折枝杏晓

明月别枝 /著

重庆出版集团 重庆出版社

图书在版编目（CIP）数据

折兰勾玉杏向晚 / 明月别枝著. — 重庆：重庆出版社，2015.12
ISBN 978-7-229-09619-9

Ⅰ.①折… Ⅱ.①明… Ⅲ.①言情小说-中国-当代 Ⅳ.①I247.5

中国版本图书馆CIP数据核字（2015）第054927号

折兰勾玉杏向晚
ZHELAN GOUYU XING XIANGWAN

明月别枝　著

出 版 人：罗小卫
责任编辑：李　梅
责任校对：杨　婧
装帧设计：九一设计
封面插图：@曾想乃

重庆出版集团
重庆出版社　出版

重庆市南岸区南滨路162号1幢　邮政编码：400061　http://www.cqph.com
重庆国丰印务有限公司印刷
重庆出版集团图书发行有限公司发行
E-MAIL:fxchu@cqph.com　邮购电话：023-61520646
重庆出版社天猫旗舰店
cqcbs.tmall.com

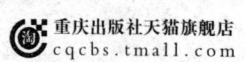

全国新华书店经销

开本：700mm×1000mm　1/16　印张：20　字数：450千
2015年12月第1版　2015年12月第1版第1次印刷
ISBN 978-7-229-09619-9
定价：35.00元

如有印装质量问题，请向本集团图书发行有限公司调换：023-61520678
版权所有　侵权必究

目 录

楔　子		1
卷一	轻烟淡水的江南，你跨马经过的是我的故乡。	4
卷二	一墨杏画，师徒情，名天下。	39
卷三	漫天杏花，最是少年情动时。	77
卷四	你是我心底，永远的烙印。	116
卷五	经不住似水流年，逃不过此间少年。	154
卷六	流水浮灯，愿你青丝如墨，愿我平安喜乐。	192
卷七	梦入江南烟水路，不与离人遇。	232
卷八	修一世圆满，解你我千年情结。	269
番外一		301
番外二		310
番外三		313

楔　子

延绵数百里的花林，汇成一片花的海洋。

向晚浑浑噩噩地穿梭其中，醒来的时候，她就躺在这片花林里，还没回过神来，就被眼前自称是百花仙子的女子拦下，带至这处据说是天庭仙界的地方。

向晚亦步亦趋地跟着，纵使眼前风景再美，仍是心中凄恻："百花姐姐，我……"

身前的女子停步。她羽衣如云，纹饰繁花似锦，螓首蛾眉，美得真像是传说中的花仙。向晚抬眼看她，仍觉得眼前的一切比梦还不真实。

她竟然说自己是杏花仙子，会不会是哪里搞错了？自己一生平庸，即使真如她所言七世命断婚嫁，也不至于升仙成杏花仙子吧？

难道，这是对她命运多舛的一种补偿？

百花仙子看着向晚，忽然叹口气："别想太多，都过去了，你好好休息睡一觉，有事来百花殿找我。"

说完，羽衣随风轻舞，眨眼翩然离去。

向晚呆怔两秒，提着裙摆欲追，又哪里还有她身影。

身处是一望无垠的杏林，花期已过，圆圆的青杏缀满枝头。其中一枚蓦地掉落，恰好砸中向晚手臂。被砸处阵阵发烫，向晚隔衣揉了揉，低头瞥见衣下透出小片诡异红光。

向晚盯着那红光半晌，然后撩起袖子一看，只见左臂上一朵杏花印记，鲜艳欲滴。

过后几天再没看到百花仙子。向晚待在百里杏林，学着慢慢接受目前的处境。

来此之后，再没有饥饿感，几天滴水未进、不休不眠，这是凡人不可能达到的境界。只是她还没喝孟婆汤呢！她带着前世的记忆——向晚的记忆，什么也不懂，什么也不会。成仙，不该是没有七情六欲、心无牵挂的么？是不是该给她一碗孟婆汤，让她将前尘往事统统遗忘？

如此也不知过了多少时日。

这一日，向晚依旧在杏林里发呆，忽闻林外有人唤她。声音不轻不重，直传入她耳里。

向晚理理身上衣裳，往杏林外走。她来此数日，只认识百花仙子，听这声音又

觉不是，不知是谁找她。

"你是？"来人一袭明黄曳地长裙，与她一般无二肩披长巾，看装扮，该与她同是花仙。

"我是迎春仙子，你是杏花仙子吧？"来人对着向晚笑，笑容里有迎春花般明黄靓丽的春天味道，"晚上王母娘娘寿诞，众姐妹商定百花齐放为贺，到时以莲灯为信，可别误了时辰。"

"百花姐姐呢？"向晚虽不懂这些，但她知道她的直属领导该是百花仙子。

"百花姐姐几天前便赶往瑶池。历年天庭寿诞都由她和百鸟仙子督管操办，这事是她让风婆婆传的信，错不了。"

向晚点头道声好。顾不及多聊几句，迎春仙子便赶去通知其他花仙了。

向晚想，看来花仙在众仙中，是最底层的，故不在王母娘娘寿宴的邀请之列。天界也有职位与等级，天上地下人间，又有哪处能例外？

向晚足尖点地，轻轻跃至杏树枝头，几个起落回到杏林。这些个仙诀身法，也没人教她，倒像是身体的一种本能，几日下来早已驾轻就熟。她弯身摘了几枚杏果玩，一个人笑闹了一阵，停下歇息，便等着莲灯。

这片花海由十二片花林汇成，一花林一花仙，花海正中是百花仙子的百花殿。她们这班花仙都归百花仙子管理。

天黑后，仙殿四周莲灯升起。向晚右手轻点左臂杏花封印，左手举至额前，掌心向右，大拇指与中指贴合成圆，另三指舒展朝上，心中默念仙诀。

身下杏林霎时吐苞绽放，万花齐开，听得见声音，闻得到花香。秋风换春风，点点如胭脂，连绵数十里。含苞时的艳红、怒放时的淡然、花谢落地又成雪白一片，说不尽的娇，道不完的艳。

"澹然闲赏久，无以破妖娆。"耳边似有人轻吟，有温柔绻缱的味道。

向晚蓦地转身，夜色中沉碧的杏林，哪有第二个人的身影。

向晚知道自己闯祸是在第二天。

她被人抓到天庭，对着玉帝与王母娘娘跪下时，看到同跪一旁的百花仙子。

"玉帝，是小仙疏于教导，才有此事发生。望玉帝念在杏花仙子初犯，饶她此次失误。"不等向晚开口，百花仙子已先伏地求情。

昨晚上王母娘娘的寿诞，百花齐放为贺，只需将天界的杏花绽放即可，寿诞结束，莲灯落下即恢复原样。向晚不知这些个规矩与惯例，巴巴地将三界杏花催放，直到一大清早有人发现异常，她被拉到天庭，才知自己闯了祸。

"一夜之间，你可知因她的失误，人间多少谣言纷起，百姓惶惶、奔走逃亡，莫不道天呈异象，必有灾荒。"是玉帝在说话。

向晚抬头，那个在她常识里该是中年大叔结果却意外年轻的男人高高在上地坐着，眉目英挺、丰神俊朗，只是此刻眉皱着、唇抿着，满身的怒气平添他三分肃然七分威仪。

不知怎么的，向晚一看到这张脸，就鬼使神差地吐出一句："谣言止于智者。"

是，她有错。但她错得情有可原，不是么？她匆匆走马上任，没有一个人教她，就好像她理应知道一切，就好像她天生该是杏花仙子一样！

话音刚落，袖子便被一旁百花仙子扯住。向晚扭头，耳边传来玉帝的怒声："还不知错！"

百花仙子神色一慌，不由分说拉着向晚伏地。向晚将腰挺得直直的，硬是不肯磕头。

"何错之有？花开二度，本就坏了自然规律，坏一界坏三界，有何分别？"向晚只觉心中有股没来由的气，让她不想磕头认错，更不想对着那个高高在上的男人磕头认错！

王母娘娘闻言一怔。百花仙子松手，愕然地看着向晚，轻喝："怎能如此讲话！"

向晚皱眉，倔强地不低头不认错。

"不知悔改！"玉帝脸上的怒气更甚。百花仙子欲再求情，反被他喝住，"你退下！"

百花仙子担忧地看了眼向晚，依命退下。王母娘娘一直没有说话。

向晚直视着玉帝，脸上的倔强更甚。

两个人半晌都没再开口。向晚忽然想，她这样被抓过来，天庭除了她们几人未见其他仙人，玉帝是不是也想给她一个改错的机会？不然对于她这样的小花仙，完全可以直接下一个惩罚令，不必如此周折。

"我……"

"杏花仙子违反仙规，即刻逐出天庭到人间再次修行。"

向晚软了口气想认错，终究还是晚了一步。玉帝话音刚落，她只觉眼前金光乍现，直觉偏过头，视线滑过座上王母娘娘，似见她眼中一抹不忍，口中念念有词。向晚听不到她说什么，周身霎时被一道金光包围，失去意识前，车祸那幕在脑海浮现，她只觉得那种灵与肉分离的痛楚再次袭来。

卷一

轻烟淡水的江南,
你跨马经过的是我的故乡。

明德一十八年。

秋。

风神国。

杏花村。

"向晚，向晚……"粗声大气的中年女声，由远及近。

向晚忙跳下高高的草垛，顾不及掸衣服，边往家跑边应道："来了来了。"

"死丫头，都什么时辰了，还不做饭！"妇人动作熟练地揪过向晚的辫子，照着她脑后就是一巴掌。

向晚吃痛却不吭声，低着头，小手拼命想把辫子从妇人手中解救出来。她今年八岁，出生时恰逢杏开二度，人心惶惶。

向晚当然知道为何有此异象，也记得自己当初是怎么被贬下凡的。那个跪在她身边求情的人、那个一言不发的座上女子，以及，那满脸怒容对着她说"杏花仙子违反仙规，即刻打入人间，再次修行"的男子……可是，前因后果呢？

为何她会犯这种错，为何犯了错的她死不肯认错，包括那之前的种种经历，她怎么都回想不起来。

除了她是杏花仙子，那一日在天庭被贬下凡，她再记不得其他。

也罢。既是被贬，要记忆何用，更无所谓这种种遭遇。无所谓爹不亲娘不疼；无所谓弟弟经常爬她头上欺负她，爹娘却只责罚她；无所谓饥一顿饱一顿；无所谓身上的破衣烂衫，权当……这是修行吧。

她安于现状，并且沉默，只喜欢坐在草垛上望着天，想着左臂上的那朵杏花封印，想着那一脸怒容她想解释却不及的男人。

她为何这般倔强？他又为何这般生气？向晚摇摇头，使劲将妇人手中的辫子扯回，惹来头皮一阵热辣揪疼。

"你个死丫头，下回再偷懒，我把你的头发全剪光！"妇人犹不解气地朝向晚劈头盖脸打去。向晚侧着身子躲开，有两下结结实实打在她耳朵上，一时脑中嗡嗡作响。

妇人撒完气走了。向晚站在原地等那嗡嗡声消失，回家动手做饭。

洗菜、切菜，然后一头顾着灶下柴火，一头站在小凳上炒菜——灶台太高，八岁的向晚够不着。

炒好菜，接着煮饭。她将米放入锅里，转身动作利落地端着水便欲添上，蓦地一道黑影冲过来，抬脚踹上向晚身下的小凳。小凳一滑，向晚不备之下，仰面倒去。

屁股落地，疼得像是摔成了四瓣。可这不是最糟的，最糟的是向晚在后倒的过程中，手中水盆顺势泼向身后的桌子，桌上刚炒好的四个菜瞬间被淋成了汤。

"娘……娘……姐姐往菜里灌生水……"黑影大喊着往厨房外跑，过门槛时不小心被绊了一跤，小小的身影爬起来，又哭又叫地跑了出去。

向晚根本没有解释的机会，瘦小的身板被抓起来就是一顿狠揍。她的娘亲拿着竹条狠狠抽她，她的弟弟——那个踢掉她脚下小凳的罪魁祸首则咬着手指站在边上一脸无辜地看她被抽。他才哭过的眼睛又圆又亮，黑色的衣裳衬得他有些婴儿肥的小脸干净白皙，唇红齿白的好像一个瓷娃娃。

向晚不哭不闹不求饶。她挨揍向来如此。

虽是隔着衣裳，身上被抽过的地方还是热辣辣的疼。她的娘亲松手，扔了竹条，抱起她瓷娃娃一样的弟弟，一径哄道："小阳乖，饿了吧，娘这就去做饭，马上可以吃了……"

向晚看着娘亲与弟弟离去的背影，咬着牙喘着气，一步一步往外走去。

今天的午饭，自然没有她的份了。她不敢回房休息，她知道她若回房，她那瓷娃娃一般的弟弟吃完饭肯定又会来找她麻烦。

沿着村里的小河往西，一直到西村口的小庙停下。小庙残破，除了初一十五，平日里若有人来烧香拜佛，便表示这人家里不太平了。

向晚躲到小庙北面，身后是满坡的杏树。翻过杏林坡，是个堆满坟墓的小荒坡。这一带向晚很熟，每次她挨揍或不想被弟弟找到时，就会躲到这里来。

向晚捡起块石子，一笔一笔沿着庙墙上的画像轮廓划。画像不小，与八岁的向晚齐高。向晚不知道自己为何要把玉帝的像画在墙上，她只知每当她心情不好躲来这里时，便会用小石子一遍遍地描摹画像。日积月累，庙墙上的画像愈来愈深，像是刻上去的一般。

折兰勾玉悠哉哉骑着他的白马途经杏花村，看到的就是庙墙上的画像。

他的画像。

虽然笔锋粗劣，但一眼望去，那五官神韵，竟与他有八九分相像！

折兰勾玉心里一震。在这陌生的村庄，离家千里之远的一座小庙墙上，竟出现他的画像！

"表哥表哥，你认识她吗？"一旁黑色骏马上的乐正礼问。他们途经这小小的杏花村，慕名前往杏林坡，听闻异响，循声一观，不料竟撞见有人将表哥折兰勾玉的像画在墙上。那人还是个素未谋面的小姑娘。

向晚闻声扭头，只一眼便扔了手中石子，转身往身后杏林坡跑。她的动作本该利落而娴熟，无奈刚挨过打，身子就不那么灵活了。没跑几下，就被一人一马当先拦下。

向晚抬头，只见眼前之人鲜衣怒马，眉目如画，手执一玉柄折扇，墨发长过腰际，只在末梢松松系了根玉色丝带，天然一股华贵优雅，高高在上犹如神祇。

身量虽小了些许，但那眉眼、那气质，不正是玉帝——北庙墙上画像的正主么？

"玉……玉……玉帝……"向晚大惊，惊惧全写在眼底。想起那次他大怒她被贬下凡，这一次不知又会如何罚她！

"天哪天哪表哥，她竟然知道你名字，她竟然叫你弟弟！"乐正礼驱马赶上，看跟前的小姑娘身量瘦小，不过六七岁光景，浑身脏兮兮的，身上衣裳大小补丁十几个，长长的头发用根粗绳捆着，乱糟糟的倒不像是用梳子梳的而是随手抓了几下扎成一束。

　　不止乐正礼，折兰勾玉也甚是惊奇。他从未见过她，可她不仅画下他的画像，竟还直呼他名字，这之中莫不是有他不知道的渊源？还有乍见时她眼中的惊惶，那不是害怕陌生人的恐慌，而是对他这个人的惧怕，可是……理由呢？

　　折兰勾玉决定将这一切弄个清楚明白。

　　向晚还想逃跑，人已被折兰勾玉拎上马背。他一手稳稳按住她，一手攥着扇子抓紧马缰，脸上始终保持着淡淡的笑容，问："我送你回家。"

　　"不要！"向晚惊跳，单薄的肩膀一颤。她不能带陌生人回家。

　　"礼，问路。"折兰勾玉打马往旁边一靠，示意乐正礼先行。

　　向晚的抗拒无效。

　　往村庄里走，随便问个路人，莫不是回答："是小晚啊，可怜的，她家就在前头右转第五个房子。"

　　是啊，可怜的，所有人都知道她是可怜的小晚。

　　在杏花村，比她家穷的多了，孩子比她家多的也多了，但她该是村里所有小孩里最可怜的吧。做家务不可怕，可怕的是做了家务还要挨打；有弟弟不可怕，可怕的是弟弟欺负她之后，总是用一副很无辜的表情看着她，而她的爹娘从来不问谁是谁非，直接打她一顿了事。

　　邻居里也有好心的，看她挨打挨饿，有时会塞给她一个馒头。但她不喜欢这样，她不喜欢别人的同情，不喜欢别人的施舍，所以她总是一个人偷偷躲到小庙，在小庙与杏林坡的那个狭小空地里，一个人疗伤。

　　"死丫头，碗也不来洗，又跑哪去偷懒了？"折兰勾玉抱着向晚才下马，一个中年妇女冲过来，从他手里一把拉过向晚，也不顾忌有陌生人在场，劈头盖脸就打了下去。

　　折兰勾玉伸手，折扇拦住中年妇女的手，淡淡一笑。

　　"你们是谁？"向夫人这才注意到还有两个陌生人在场，一人身形修长，风华无双，虽不足岁，已有大人模样；另一人又小几岁，眉目清朗，粉面黑眸，如画中瓷人，虽都还是孩子，但观其形貌衣着，俱是出身富贵。

　　"您是她母亲吧。"虽是问话，却是肯定语气。折兰勾玉略一沉吟，手中折扇一开，笑得清风明月，"请问，我们是认识的么？"

　　向夫人莫名其妙，迫于折兰勾玉的言谈气度，不由老实摇头。

　　"敝姓折兰，不知与府上可有渊源？"折兰勾玉笑得愈发亲切，折扇贴着微尖的下巴，看着向夫人，眉眼微挑。

　　在风神国，复姓是身份与地位的象征。除皇族之外，又以折兰、乐正、微生三大家族最为显赫。

　　一听"折兰"二字，向夫人慌得跪下身去，尖着嗓子颤颤抖抖地道："大人明鉴！

草民岂敢与大人攀亲带故！"

折兰勾玉微一颔首，视线移向向晚，若有所思。家世的显赫，素来的养尊处优，让他这一刻雍容华贵得就该是接受众人膜拜似的，坦然尊贵得紧。

向晚抬眼看他，全不知他心中打算。又瞥了眼跪着的娘亲，一声不吭就往厨房跑，准备在挨揍前把碗洗好。

她身上的衣衫过于宽大，因着跑动，头发一松一垮，看起来明明狼狈万分，偏又跑得飞快，几下消失在转角处。

折兰勾玉看着她的背影，手中折扇一合，纵身上马，掉头离去前对仍跪着的向夫人笑道："一场误会，不打扰了，告辞。"

折兰勾玉与乐正礼并没第一时间离开这个名叫杏花村的小村庄。

走马观花一圈，已近傍晚。两人在村里最有钱的孙员外家借宿，听那热心爱唠叨的孙员外讲些杏花村的趣事，以及，并不有趣的向家的事。

"小晚这孩子又听话又懂事，就是可怜。她出生那年，村里满坡杏花一夜之间花开二度，徐长老说天呈异象、必有大灾，大伙儿听了纷纷收拾细软连夜逃亡避祸，小晚的亲娘就是在逃亡路上生下的小晚。半道路上哪有产婆，她亲娘产后血崩，就这么去了。她现在的娘亲是他爹的续弦，后娘，才几岁的孩子，平时家务全做，农时跟着大人下地，她爹也不管，由着她让后娘使唤，可怜哟！"孙员外是这样说的。

"那年的杏花不都是二度盛开么？"彼时折兰勾玉七岁，对此颇有印象。

"哎，出去了才知道啊！本以为只有我们村的杏树是这样，所以后来逃亡的人远远近近的又都回来了。"孙员外说到这里一顿，摇摇头叹息道，"咱村的徐长老说话一向神准，大家连夜收拾东西，拖儿带女的……哎，这都八年过去了，也没见什么大灾大难，也是奇了怪了。"

折兰勾玉笑，手中折扇一开，悠哉哉摇着。想起庙墙上的画像，他漂亮的眼眸眯成弯弯一道弧，脸上的笑容却愈发谦和温润了。

"表哥，那小丫头真可怜。我看她身上还带着伤呢，她后娘当着我们的面都这么打她，背着人不知还会做出些什么事来。"乐正礼已经被向晚的遭遇完全震惊了，跟着折兰勾玉回房时，很是愤愤不平地念叨。

她才八岁，一个八岁的小姑娘，竟有这般凄苦的遭遇。他八岁时享尽父母万千宠爱，哪能想到还有人过得这么惨。

"人各有命。明年你一人游学，挑些偏僻穷苦的地方，就会发现这些不稀奇。"折兰勾玉心里一叹。今年是他最后一年游学了，明年他便得规规矩矩地接受封赐，在他的封地，担起他"玉陵君"封号所衍生的一切权利与义务。

表弟乐正礼小他三岁，今年十二。他还有三年自由自在的游学时间，那些责任与义务离他还远。

折兰、乐正、微生三大家族虽非皇族，却是高祖皇帝下旨与皇朝共荣的贵族，封地封爵、世袭继承，尊贵了几百年。三大家族的嫡出嫡长从出生那刻起便被钦定为爵位封地继承人，待得十六岁上京正式接受皇上授封，就要担起家族责任，为家族的繁荣昌盛、荣华富贵而努力。

折兰勾玉的封地正是玉陵，这个国家最东面的一座城池，临海。

"可是表哥，我还是不明白她怎么会知道你的名字，还将你画在庙墙上。听那孙员外说，这家人世世代代都在杏花村，应该不可能与你有联系才是。"乐正礼想破脑袋也没想明白，粉嫩嫩的脸蛋，五官全皱在了一起。

他讨厌自己长了张娃娃脸，更多时候是享受，用这张娃娃脸夸张地表达他所有的心思与情绪。

"或许是巧合吧。"折兰勾玉手中折扇一开，一袭玉色长袍，腰坠兰形玉佩，说不出的风流宛然。

"这也太巧了吧，她还是个孩子呢，看她的遭遇，该没见过什么世面，更没上过学才是。"乐正礼抓抓头发，一脸困惑。

"回房休息吧，我们得赶在入冬前回家。"折兰勾玉拿折扇轻点乐正礼的脑袋，笑如春阳。

第二日，折兰勾玉与乐正礼辞别孙员外，继续赶路。

骑马沿着那条小河往西，行至西村口，便见小庙旁围着一群人，交头接耳、指指点点。折兰勾玉不爱管闲事，一径策马往前；一旁乐正礼高高骑在马上，往人群中间一探，一眼看到向晚，就嚷嚷开了："表哥表哥快看，是昨天的小丫头。"

折兰勾玉勒马掉头，便见乐正礼翻身下马，往人群钻去。

人群正中围着两个人，其中一个中年瘸子生得横眉竖嘴，一手拄着拐棍，一手牵着条绳子，绳子的另一端赫然绑住向晚的双手。

"看什么看？她娘昨晚上收了我银子，已将她卖给我当媳妇了，你们看什么看？"瘸子粗着嗓子朝围观人群边吼边用拐棍赶人。

"什么？她这么小，就卖给你当媳妇了？"是乐正礼脆生生的童音。折兰勾玉想阻止已不及，只得跟着下马。

向晚趴在地上，双手被人缚在身后，头发凌乱。她没有理会围观的人群，也没有去看说话之人，低着头，小小的身子不停往前爬。

围观的人群退开些，交头接耳地议论着、叹息着。有人不忍看下去，摇着头走开。

"她娘收了我银子，卖身契还在我手上呢。"瘸子见有人跳出来说话，还是个孩子，声音更亮了。他将手中的绳子并在拿拐棍的手上，空出一手往怀里掏出张纸，冲着乐正礼耀武扬威地晃了晃。

黄黄的纸上有黑黑的字迹，随着他的动作，落款处一抹红印清晰可见。

"她不是我娘，她不是我娘……"向晚发了疯般地尖叫，爬起身子直往前跑。瘸子使劲一拉绳子，她便似断线风筝，直直栽回地上。

媳妇意味着什么，她知道，她明白。但这种认知似乎和隐在脑海中的某段记忆一样，细想起来，却是一片空白。她只知她不能成为这个人的媳妇，她可以忍受打骂、忍受挨饿，但她不能忍受成为这个人的媳妇！

一想到她要成为这人的媳妇，她就觉得可怕，从心底深处冒出来的满满的恐惧与害怕。

"表哥，表哥，我们救救她吧。"乐正礼几步跑回折兰勾玉跟前，因着愤怒与激动，喘着气，脸上有异样的红。

折兰勾玉脸上挂着笑容，华贵而优雅，手中折扇一开，眉毛几不可见地一皱。他看了眼瘸子，伸手取出一锭金灿灿的元宝，递至瘸子跟前，视线却移向向晚，淡淡道："既是你买来的媳妇，不如转手卖给我吧。"

向晚终于侧过脸看他。她下嘴唇有倔强咬过的深深齿印，即便逃跑、尖叫、摔倒，她的眼睛都没有流过泪的迹象，脸上有泥巴，身上脏脏的，还是昨日那套破旧衣衫、披头散发、狼狈至极。

瘸子呆怔半晌，然后扔了绳子，欢天喜地地用卖身契换过金元宝。

他昨晚上花五两银子买的小丫头，还是从亲戚处借的钱。虽然小贵，但他三十了还未娶妻，方圆几里知道他底细又长得顺眼的哪肯嫁给他一个瘸子，也就向家那个后娘贪财才肯。如今一锭金元宝摆在他跟前，金灿灿的，足有十两，他又有什么好犹豫的？回头给亲戚还了钱，剩下的银子够他去邻村穷人家买个小丫头过上几年好日子了。

围观人群一叹，焦点霎时成了折兰勾玉。

乐正礼忙跑过去解向晚手腕上的绳索。绳子绑得很紧，又是死结，乐正礼好半天都没解开，索性抽出匕首一刀割断。

绳子掉在地上，有暗红血迹斑斑。

折兰勾玉走近，望着向晚细小手腕上的勒痕，脸上的笑容带着抹疏远，淡淡道："送你回家，或者你自己回去。"

向晚浑身一颤，脸上努力维持着平静表象，抬头看向折兰勾玉，忽然跪下。

她知道，若她回去，面临的只是再一次被卖而已。

"表哥，表哥……"乐正礼拉着折兰勾玉的袖子，不满道，"表哥，她回去还是会被卖掉的。"

"礼……"

"我不回去。"向晚冲着折兰勾玉摇头，脸上有股孩子气的倔强。

"我们这一路还有事，带着你不方便。"他拒绝人的时候脸上也挂着笑容，站在那里如芝兰玉树，优雅而亲切。

向晚身子一垮，跪坐在地上，紧咬着嘴唇，眼泪终是滑下，一颗一颗模糊了视线，越落越凶。

她毕竟还是个孩子。她只记得被贬那天的情景，却不记得其他。不记得她任杏花仙子时的生活，不记得她任杏花仙子前是谁，那些不属于出生孩子该有的常识、经验、见识，统统埋在一个她找不到的地方，任她怎么努力也回想不起。

她只知道自己来这一程的目的，以及与生俱来的那股倔强。但她毕竟只有八岁，这八年里她以孩子的身份，所能接触到的东西实在太有限。

折兰勾玉看着一径流泪却没有哭声的向晚，她小小的身子跪在地上，从头到脚都是脏兮兮的，又平静又倔强，看似对一切遭遇受之坦然，可这一刻，他分明感觉到有什么隐藏在她心底最深处，真实存在着，却又努力压抑着。

他第一次在一个孩子身上看到这么多矛盾的东西。他以为如向晚这样的性格，该是不会哭的。

事实上向晚也没有哭，她只是忍不住流眼泪而已。

折兰勾玉忽然有些不忍。那庙墙上的画像浮现在脑海，那一声"玉"浮现在耳畔，他微微一笑，弯腰抱起向晚，纵身上马前，只对向晚说了一句话："从这一刻起，任何事你都得听我的。做不到，或半路想回家的，现在就可以走。"

向晚点头，小小的身子努力缩着，又摇了摇头。

"那就……走吧。"折兰勾玉一抖手中缰绳，策马便跑了起来。

乐正礼咧着嘴，欢天喜地地跟上。他跟着表哥游学数月，像今天这样的事还是头一回碰到。他感觉自己做了回善事，伸张了回正义，小脸蛋上满是春风得意。

三人毕竟尚小，向晚八岁，身子还没发育，加上她又长得瘦小，哪能让人有男女意识，倒省了不少尴尬。

乐正礼俨然以向晚的救命恩人自居，一路上对向晚嘘寒问暖、问长问短，关心得不得了。几次还说要教向晚骑马，若向晚学会了骑马，他就将子墨——他身下的那匹黑马送给她。

每当他这样自说自话的时候，向晚都像看怪物一样看一眼乐正礼，又目不斜视地看向前方。她拉着马鬃尽量坐得靠前，小心翼翼地不让自己弄脏身后那人。

中午落脚小镇客栈，三个人三间房。折兰勾玉让掌柜的替向晚准备两套干净的换洗衣裳，交代完后先行回了房。

说好是等向晚洗漱完再一道用餐。可折兰勾玉和乐正礼在房间等了半天，也不见向晚来敲门。

"表哥，我好饿啊，小晚怎么还没好？"乐正礼摸摸肚子，惯性地将脸上的五官皱成一团。

"再等等吧。"折兰勾玉淡定得很，摇着折扇，从从容容。

又等半晌，依旧不见向晚。

乐正礼贴着墙壁细听隔壁动静，诧异："表哥，小晚的房间没声音耶。"

折兰勾玉回身用折扇敲了记他脑袋，哭笑不得："女孩子的房间，怎能隔墙偷听，你这礼字吃到肚子里去了？"

乐正礼嘿嘿一笑，索性开门跑到隔壁去敲门："小晚，小晚，你好了没？"

既无人开门，也无人应答。乐正礼侧耳倾听半响，慌慌张张地跑回折兰勾玉的房间，急道："表哥表哥，小晚不会出什么事吧？我敲她门，半天都没动静。"

折兰勾玉闻言折扇一合，疾步至向晚房前，一边冲乐正礼吩咐："让掌柜找个大娘来。"

乐正礼莫名，但他对折兰勾玉心怀小小的崇拜情结，向来言听计从，于是匆匆跑下楼，不一会儿领着个中年妇女过来，说是掌柜夫人。折兰勾玉点头致意，示意她进房瞧瞧。

开门、掩门，随即一声惊呼。乐正礼闷头就要冲进去，又被折兰勾玉的折扇拦下。

"礼，她可能还在洗澡。"话音刚落，便见掌柜夫人跑出来急急道："这姑娘浑身是伤，晕倒在浴桶里，快叫大夫，快叫大夫。"

"大娘莫急，在下略懂医术，麻烦大娘替她穿好衣裳扶她回床。"折兰勾玉谦谦一弯身，君子般磊落坦荡。小小年纪，便让人为他无双的风度折服。

掌柜夫人折回身，掩上门，再开门时冲着折兰勾玉点头。

"礼，将我房里的包袱取来。"折兰勾玉又用折扇拦下乐正礼。

乐正礼踮着脚尖往里一探，瞥见床上那抹纤细身影，二话不说，飞奔向隔壁。

折兰勾玉这才从容进入，行至床沿坐下，细细打量床上的向晚。

只见她双目紧闭，脸色煞白，小小的眉峰似痛苦地蹙着。他伸手探她额，有轻微发烧迹象；把脉，看到她手腕上的斑驳勒痕，脸上笑容不由一敛。勒痕虽已结疤，但一没清理二没上药，如今黑黑红红的，衬着她腕上孩子特有的细白皮肤，分外狰狞。

折兰勾玉为自己的疏忽感到些许愧疚。虽说"买"下了她，却并没照顾她一星半点，明知她身上有伤，也没及时替她医治，是因为她一直没有喊疼么？她才八岁，小小年纪，竟是对这些伤痛已经习以为常了？不觉伸手撩起她衣袖，果见上面伤痕累累，细的、宽的、长的、短的，颜色深浅不一，该是不同时间留下的。

或者身上会有更多吧！

她左手臂上有个胎记，叶瓣花蕾，栩栩如生，竟是杏花模样。只不过颜色极淡，接近肤色，不仔细看，便不容易发现。

乐正礼提着包袱冲进来。折兰勾玉听到声响，掐准时间点般及时放下向晚的袖子，伸手接过包袱。

其实也不算太严重。向晚的昏迷一半是因为身上伤口泡水，一半是因为被关在柴房一夜没睡又经历白天的逃跑奔波，外加一天一夜没有进食。折兰勾玉捏住她小小的下巴，往她嘴里喂了些药，又让乐正礼找来掌柜夫人，替向晚身上的伤口上药。

一炷香之后，掌柜夫人抹完药回去，向晚便悠悠转醒了。

"表哥，表哥，她醒了。"乐正礼第一时间发现并汇报。

折兰勾玉转身看向晚。她大大的半月形的眼睛打量着房间的环境，视线从两人身上一一扫过，好像一时不知身在何处，短暂的迷茫后，方挣扎着起身道："谢谢。"

这是她第一次说谢。上午他"买"下她，带她离开杏花村，她都没有一句感谢的话，这时却突然对他说了声谢谢，这让折兰勾玉有些不能适应。

不过他脸上还是挂起了招牌的笑容，声音也分外亲切："不客气。"

"你们该去吃饭了，我躺一下就好，等你们吃完，我会收拾好东西等着的。我不会耽搁你们的行程。"向晚说完，闭目躺回床上。

她的脸色依旧苍白，洗过澡后整个人清清爽爽，五官精致纤小，头发散着，湿湿乱乱地披在枕头上，嘴唇习惯性抿着，有倔强的味道。

"不急这半天，我们明天出发。"折兰勾玉起身，对着乐正礼道，"让掌柜的将饭菜端上来吧。"

看着乐正礼出门，折兰勾玉取过浴桶旁的干净棉布，回到床边将向晚散落在枕头上的湿头发悉数包好。

向晚吃得很少。她一向胃口小，且不习惯与人坐在一起吃饭。以前在家里，她从不被允许与爹娘和弟弟同桌吃饭，要么等他们吃完再吃，要么干脆端一碗白粥，坐在门槛上喝完。

乐正礼往她碗里夹菜，她惊慌失措，拿眼偷偷瞄一旁的折兰勾玉。她不习惯别人的热情，有碗白米饭，便已知足。

"小晚，你吃得太少了，怪不得八岁的人看起来还不足七岁的样子。"乐正礼字正腔圆，学着课堂上先生说话的老成口气，将脸上的五官皱成一团。

向晚抬头看他，复又低头不说话。

她习惯沉默。

"你上过学堂，认得字么？"乐正礼觉得自己身为向晚的救命恩人，应该对她多多关心。

向晚想了下，摇头，看了眼折兰勾玉，将碗筷小心收起放好，起身离席。

她的头发半干，垂在身后，长及腰下。身上是折兰勾玉让掌柜准备的干净衣服——是套男装，绯色长袍，稍嫌大，宽宽松松地穿在她身上，腰上系了根同款腰带。她走回床前，将床铺收拾得整整齐齐，又将那套换下的脏衣服与另一套干净衣服分开打包，放进包袱里。

她从家里出来没带任何东西，除了那套脏衣服，再无其他。

收拾准备好一切，她坐回床上，用手一下一下顺自己的头发。

她没有梳子。

她做这些事的时候好像身上根本没有伤。

折兰勾玉放下筷子看着向晚的一举一动。她身上有一种矛盾的气质：她倔强，

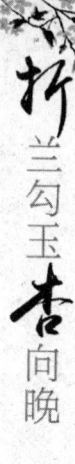

一般倔强的孩子都不讨人喜欢，但她的倔强让人心疼；她乖巧懂事，一般乖巧懂事的孩子嘴巴很甜，笑容很纯真，但她的乖巧懂事是沉默且不爱笑的。她小小的身子，似乎一直以来都在默默承受着什么，这种承受，不止是后娘的不善待这么简单。

他不爱管闲事。游学三年，走遍大江南北，看过的听过的故事太多，帮助过的人也不少，但从没有这样累赘地让自己身边多一个人，而且还是一个女孩子。

这都该归功于他的表弟乐正礼，他想。然而一个千里之外的八岁大的孩子，从未见过他，却在墙上画下他的画像，以及初见时她的那声"玉"，若说他心里对她一点也不好奇，无疑是自欺欺人。

他想，他与向家既无渊源，那么这份巧合委实诡异了点。

直到第二天上路，向晚都没有问折兰勾玉与乐正礼的来历、名字、身份、此行的目的，以及最后会落脚在哪里。她身上有一种这年龄孩子不该有的坦然、平静，以及接受与适应能力。

这一次骑马，向晚不再担心自己会弄脏身后人的衣裳。她微微靠后，将小小的身子缩进身后人的怀里，小手紧紧攥着马鬃。骑马的颠簸，她已开始适应，不再似昨日那般受罪。

她已知身后之人不是玉帝。虽然他们长得很像，但他不是那个冲她发怒贬她下凡的玉帝。被贬下凡，再次修行，再苦再累她都得承受，玉帝又怎会出现救她？而且玉帝在天庭、玉帝不会骑马、玉帝的手上不会有折扇、玉帝不会对着她笑。

一路向南，最开心的莫过于乐正礼了。他这次跟着表哥游学，又觉得是自己救下向晚，心情自是不同。一路上叽叽喳喳，隔着一匹马的距离与向晚对话。

"小晚小晚，你还不知道我和表哥的名字吧？我表哥叫折兰勾玉，我叫乐正礼。"

向晚点头，没有说话。

"我们出来游学，表哥明年满十六，就要上京受封了。"乐正礼知无不言、言无不尽。

折兰勾玉阻止不及，回头一想，向晚既是他的人了，知道这些也无妨。

向晚还是点头，没有说话。

"小晚小晚，你怎么一点反应也没有？你听说过折兰家族，听说过玉陵君折兰公子么？"乐正礼瞪大眼，对向晚的反应表示不可思议。

向晚点头，依旧没有说话。

想起这一路过来，包括向晚的娘亲，一听到折兰二字，莫不下跪直呼大人。乐正礼本以为向晚没听过三大家族，不知复姓所代表的权势与尊贵，没想到她听过，知道三大家族的她对他二人的身份竟是这么平静的反应。

不可思议，真是太不可思议了。

在风神国，复姓是尊荣、地位与权势的象征。平民百姓遇到复姓家族的人，一般都以大人称呼，断不敢直呼名讳，而不管对方是否身有官职。游历数月，虽然两人尽量低调，但他二人穿着气度，尤其折兰勾玉手中的那把玉柄折扇，腰际的兰形玉坠，有眼尖的认出他们身份，莫不伏地以拜，再不济也是恭敬奉承的。如向晚这般，倒真是头一回碰到。

乐正礼讨个没趣，摸摸鼻子，身下马儿加紧脚步，与折兰勾玉的并行，不屈不挠地继续问道："那小晚，入冬前我们得结束游学回家，到时你是跟表哥回家，还是跟我回家？"

乐正礼对这个自己救下的人儿充满了好奇。他觉得帮人帮到底、送佛送到西，自己对向晚的未来，对向晚接下来的人生，都有着不可推卸的责任。

向晚侧头看他，又拼命转身看身后的折兰勾玉。他高高大大，坐在马背上，一身锦袍暖如白玉，脸上是惯常亲切温和的笑容，眉目清润。她仰着脖子看他，太阳照在她洁白如瓷的小脸上，额头一层细细密密的汗，脸在绯衣的映衬下红扑扑的。

她的身体该是好些了，折兰勾玉安心地想着。难得她从小经历这些还能有一身细白的皮肤，只是双手虽软，却有不属于孩子的微微粗糙。

她就这样扭着身仰着脸望着他，尖尖的下巴有优美的弧度，眼睛大大的，是最美的半月形，黑黑亮亮，如一汪潭水，有些深。

她在等他的回答？

"小晚？小晚？"乐正礼得不到回答，很是气闷。

折兰勾玉微笑地看着向晚，伸出一手，将她的脸转回原位。

于是向晚继续沉默。

"呃，表哥，她为什么一直不理我，也不说话？"乐正礼不乐意了，大呼小叫的，觉得自己受不了不公正的待遇，"她明明会讲话的，可是一直不理我。"

"那我可没办法，她也没跟我说话呢。"折兰勾玉笑，策马加快速度。

一旁乐正礼急急跟上。他们要在天黑之前进城。

扬州城。

烟柳繁华地、输赢扬州城。

扬州城的青楼与赌楼齐名天下，是个有钱人醉生梦死、一掷千金的好地方。

三人天黑前进城，落脚客栈。

折兰与乐正两大家族赫赫，此番出来游学，却不铺张。

在风神国，三大家族的嫡长子有受封的特权，受封前又有游学的惯例。所谓受封，即嫡长子从出生起便被钦定，年满十六成人礼后由皇上正式下旨受封，接手封地的一切事务，并享有封地的自治权。

受封为世袭制，即子承父统。当年高祖皇帝的遗训只提及三大家族与皇族共荣，并无细则。历来三大家族的封地都随封号由嫡长子完全继承，但从先皇开始，忽然有了分封的旨意。分封意味着只要是嫡出，不管长幼都有受封的权利。看似广泽共利的分封，其实质却是慢慢分解三大家族的势力。两代下来，至折兰勾玉刚好第三代，本来可谓堪与皇室一比的三大家族，不管从权力还是财力而言，俱已非当初。

　　三大家族岂会不明白个中玄机，素有交往，至上一代，更是攀上了姻亲。乐正礼的母亲是折兰勾玉的姑姑，另一家族的嫡长子微生澈的母亲，又是乐正礼父亲的胞妹。而且三大家族中，折兰家族已是两代嫡出皆只一子。金陵君折兰老爷尚有一妹，至玉陵君折兰勾玉，别说胞兄胞妹，连庶兄庶妹也没有。折兰老爷只有折兰勾玉一个儿子，虽然他亦很想再有子嗣，无奈折兰夫人生折兰勾玉时差点血崩，吓得折兰老爷半死，至此再不敢让折兰夫人怀孕。折兰夫人身娇体虚，后来也一直没再怀上。

　　折兰勾玉的封地玉陵城，封号玉陵君，人称折兰公子。乐正礼的封地礼正城，微生澈的封地夜明城。因着上一代的姻联，曾有人戏称，三大家族的三侯君——玉陵君、夜明君和礼正君，其实就是一家三兄弟。

　　其中折兰公子从小聪慧过人，是个天才级的人物。未足十岁，便已才名天下，十三岁时更是三元及第、高中状元，成为风神国史上最年轻的状元郎。文才如此了得，偏又长了副好皮囊，出身高贵，说折兰勾玉是当今天下未嫁女子的梦中情人，一点也不为过。

　　折兰勾玉几次上京颇得圣上喜爱，传闻当今圣上对他不仅有加封城池的打算，更是预留了宰相的好位置——当朝宰相年事已高，再过几年就该告老还乡了。

　　简单一句话：折兰公子风采，无人能及！

　　三个人三间房，向晚居中。按例先是洗漱。折兰勾玉让掌柜找了个妇人，帮助向晚洗澡并上药。

　　妇人出来时很是不善地瞪了等在门外的乐正礼一眼。乐正礼莫名，摸摸鼻子问站在一旁悠哉哉的折兰勾玉："表哥，我得罪她了？"

　　折兰勾玉笑，折扇支着下巴："她以为小晚得罪你了。"

　　"什么意思？"乐正礼丈二和尚摸不着头脑，皱眉苦思。

　　折兰勾玉折扇一开，笑得眼睛眯成了弯弯一道弧，戏谑道："没什么意思，以后你好好照顾她便是。"

　　说完越过他，以折扇敲门。向晚开门，小手不安地扯着身上衣服，神色愧疚。她觉得她又一次耽搁了折兰勾玉的时间。

　　小镇那掌柜替她准备的衣裳一套绯一套红，俱是男装。此刻她头发扎成一个髻，光滑干净的一丝一缕都没有漏下，唇红齿白，黑亮的半月眼眸衬着身上的红衣，甚是好看。

　　向晚从未被精心打扮过。别说精心打扮，这样干净像样的衣服此前是她不曾穿过的。

　　从小到大，她的后娘将自己不要穿的衣服，或者别人家小孩不要穿的衣服修修补补改改扔给她穿。她从不替她梳头发，向来都是随随便便用布条或粗绳一扎了事。向晚一直羡慕弟弟，看着他瓷娃娃一般的脸蛋，看着他身上一套又一套的新衣服，觉得他比女孩子还好看，还精致。

所以，当向晚听到乐正礼冲着折兰勾玉嚷嚷着"表哥表哥，小晚真好看"时，着着实实吓了一大跳，吓得她返身往房里逃。

她这举动，又吓了他二人好大一跳。折兰勾玉与乐正礼前脚后脚地跟进，看着向晚站在窗台前，低着头绞着手，不知所措。

"我不好看。"这是第一次有人说她好看，这是她第一次对乐正礼说话。

以前爹和娘，都只说弟弟好看。

乐正礼一怔，显是不明白向晚这是谦虚，还是好看的定义又有了新的标准。

折兰勾玉眼眸一深，心下明了。他合扇抱起向晚，笑道："小晚很好看。"

向晚不敢伸手去搂他脖子。毕竟是八岁的小姑娘了，有了身高，被折兰勾玉直直抱在怀里，便有些怯怯危危的，看起来倒比折兰勾玉高了一个头。

她低头，看着折兰勾玉，声音也是怯怯的："真的吗？"

"嗯。"折兰勾玉腾出一手摸摸她的头，笑得很是温柔，"我们现在去吃饭。"

爹和娘从来都没有这样摸过她的头。向晚怯怯地，带着十分的小心，伸手轻轻环住折兰勾玉的脖子，一双小手在他颈后紧张地绞着。她红红的衣袖围着他玉白绣兰的衣襟，分分明明、热热烈烈。

向晚还是吃得少。乐正礼给她夹菜，将她门前的菜碟堆得山高，她盯着菜碟上的菜发呆，既不想浪费，又没有胃口，动了几筷，终是放下。

"真是粉嫩嫩三个妙人。"周围食客交头接耳。三人的衣衫在扬州城算不得招眼，但模样真是俊的俊、可爱的可爱、粉嫩的粉嫩，想不引人注意都难。

向晚闻言低头，半响抬头，半月明眸朝折兰勾玉脸上看去。他是真的好看，温润如玉，笑起来雍容优雅，如墨青丝随意披在身后，懒懒扎一根发带，手中折扇一开一合，说不出的风流宛然。她又将视线移向乐正礼，他和弟弟一样，好看，可爱，有精致的五官，有粉嫩的脸庞，眼睛又黑又亮，天生就是一副纯洁而无辜的神情。

向晚因为在弟弟身上吃过太多苦，看到乐正礼就不太想说话。可是现在，不仅他们俩夸她好看，连周围的看客都说他们三个是妙人。是他们三个，包括了她。

向晚心里有丝喜悦慢慢浮现。从小她就不被重视、不被表扬，爹娘的疼爱从来只为弟弟，她知道这一切是修行，是她的宿命，然而她在接受的同时，不代表心里没有希冀。

她毕竟是个孩子，虽然心智成熟，但经历不多。

"小晚，小晚……"乐正礼看着脸上隐约有了笑容的向晚，别提有多开心了，"你看大家都说你好看。"

向晚眉一皱，下一秒，眉舒展，对着乐正礼莞尔一笑："我没照过镜子。"

"呃……"乐正礼手中筷子落地，回过神来猛地起身，冲着折兰勾玉嚷嚷，"吃完了，表哥表哥，我们去逛街，顺便替小晚买些东西吧。"

向晚破天荒冲着他笑，乐正礼那叫一个激动，不花点银子绝对不足以平复他心情。

向晚平生头一遭逛街，小小的身子走在折兰勾玉和乐正礼中间，对扬州城热闹的夜市目瞪口呆。

在杏花村，除非盛夏，不然晚饭后就是等着灯火一家一家熄灭，整个村子都是黑压压的一片。而眼前，一排排的商铺，灯火昏黄、衣香云鬓，夹杂着小贩的叫卖声，行人的谈笑声，不远处流光溢彩的高楼红墙，远远近近似还能听到姑娘们嗲嗲的调笑。这一切，既新鲜，又新奇。

乐正礼在一堆铜镜中挑选合适的，向晚却对折扇产生了浓浓兴趣。折兰勾玉站在一旁，看着两人东挑西拣，脸上仍是那谦谦温和的笑容。

向晚在两把折扇间犹豫，一把木质白底，一把玉柄粉面。她偷偷瞄了眼折兰勾玉的折扇，低头想了下，终是放下那把玉柄的，拿着木质白底的问乐正礼："我可以买这个么？"

她没有银子，是乐正礼说要给她买些东西的。

"好啊好啊，喜欢什么买什么，随便挑。"乐正礼冲着向晚点头，转回头继续挑镜子。

"这把也买了吧。"

向晚闻声抬头，看到折兰勾玉手里拿着那把玉柄粉面小折扇，对着她笑若春风。

向晚欢天喜地接过，自从遇到折兰勾玉和乐正礼，她第一次穿新衣服，第一次拥有了折扇。当然，接下来她拥有了很多东西，穿的、戴的、玩的，乐正礼精挑细选的那面袖珍小铜镜被她学着折兰勾玉的样子当成腰坠挂在了腰带上。

粉红色的扇面、玉色扇柄，手执折扇，腰上的小铜镜一晃一晃。向晚学着折兰勾玉的样子将折扇一开，动作生涩，扇子半开半合。她仰起脸，冲着折兰勾玉羞涩地笑。昏黄街灯下，她大大的半月明眸清澈黑亮，微微弯成弦月，唇抿着，嘴角却勾扬着。

三人逛得不远，在离青楼还有数百米的地方停下，往回走。

向晚是没有意见的，怀里抱着一堆礼物，右手紧紧攥着那把粉面小扇。

乐正礼扭脖子来回看，不明白才逛了一半怎么就要回去了。但他现在的全部心思都在向晚身上："小晚小晚，你读过书、识得字么？"

他总是连着叫两声"小晚"，有时也"表哥表哥"地叫，表明他说话时情绪高涨。

折兰勾玉手中折扇轻敲一记乐正礼的脑袋，笑道："礼……"

他表弟的问题总是这么可爱。以向晚的出身，怎么可能读过书认得字！何况，这问题他之前问过一次，只不过没有得到向晚的答复罢了。

向晚摇头，这是弟弟才有的待遇。

"那从今天开始，我教小晚读书习字吧？小晚就拜我为师好了。"乐正礼的兴奋之情溢于言表，一想到他有徒弟了，就觉得晚上的银子花得不够多。

向晚停步，侧过头看他，小想了一会儿，然后面无表情地摇摇头，继续往前走。

"呃，小晚，你居然不乐意？你居然不乐意？"乐正礼极度不可思议后，觉得自己受伤了。这不是他这个救命恩人该有的待遇啊!

向晚不理他,跟在折兰勾玉屁股后头,亦步亦趋。

"小晚,你为什么不当我徒弟?说起来我还是你恩人呢!"

"恩人?"向晚停步。

这回连折兰勾玉也停了下来。两人转过身看乐正礼。

乐正礼本来很理直气壮的,被两人一个一脸春风一个一脸困惑地盯着看,莫名就心虚起来。

很快乐正礼又对自己的心虚表示鄙视。当初若不是他仗义执言,八岁的向晚就成了瘸子大叔的小媳妇啦!表哥是向来不爱管闲事的。

向晚皱眉苦思了一会儿,粉面小扇支着下巴,奇怪道:"那天不是你付的银子。"

乐正礼两眼一黑,折兰勾玉伸手摸摸向晚的头,脸上笑容又大又温暖。

向晚回以一笑,折兰勾玉拉着她的手,自然而然,一大一小两个身影扬长而去。剩下乐正礼鼓着腮帮子气闷胸闷,须臾又疾步跟上。

折兰勾玉想,向晚还是有她可爱之处的。她虽然没有一般孩子的天真烂漫,也不太爱说话,但她的可爱却从孩子特有的小小身量与稚气的脸蛋上表现出来。她脸上有种这年龄孩子不该有的成熟,那样的表情却让她看起来有别于一般孩子的可爱。

就像现在牵着的手,虽然有些粗糙,但娇小柔软,分明是小孩子才有。

所谓游学,说穿了是为了增长点阅历与见识。读万卷书,行万里路,一切都是为了能在受封后将封地打理得有声有色。

折兰勾玉与乐正礼虽是身份尊贵,这一路过去,倒低调得紧,身边也没跟个侍卫什么的。向晚毕竟没什么阅历,留着一抹杏花仙子的记忆,虽对这样的情况觉得奇怪,倒没往深处想。

过了扬州,便是柳州。

风月扬州,风雅柳州。

折兰勾玉对柳州很是偏爱,足足待了三天,舞文弄墨、以文会友,不亦乐乎。

第三天晚上,折兰勾玉与他的几位至交好友又至柳州湖画舫相聚。乐正礼死活赖着要跟去,折兰勾玉拗不过,自然不可能留向晚一人在客栈了。

向晚的头发整整齐齐地束起,换了那身绯色长袍,拿了玉柄粉面小扇,眉目如画,精致纤细。

画舫内共六人,除去折、乐、向,另三位皆与折兰勾玉年龄相仿。一个一身黑衣,面冠如玉,比折兰勾玉高瘦些、白净些,却是截然相反的冰冷气质。另两人一人长着娃娃脸,圆得可爱,另一人浓眉大眼,阳光磊落,实难与文人沾边,看起来倒与武将有缘。

几人显是旧识,也不一一介绍。对面三人第一次见向晚,看其年龄尚小,又长得粉嫩,倒没说什么。折兰勾玉只介绍了向晚名字,来历身份一概略去,大家点头致意，便也安然入席。

自从那晚买了折扇，向晚学着折兰勾玉的样子，天天扇不离手。毕竟孩子心性，可能自己毫无所觉，但不知不觉中，总会去模仿一些喜欢的人与事。比如说话的语气、走路的姿势、书写的字体，或者只是这样一个拿扇的习惯。

另五人谈天说地、博古论今，或意气风发、或恣意懒散，向晚坐在一角，安静地玩着手中折扇。开、合、再开、再合，间或拿起腰上坠着的小铜镜打量镜中的自己。

画舫昏黄的灯光下，铜镜里影影绰绰，让人看不真切。

有了这面镜子，向晚才开始慢慢喜欢起自己。她第一次发现，自己也是挺好看的，镜中的人儿虽比不上折兰勾玉，但干干净净、玲珑剔透，并没因这八年的苦而磨损掩盖。

"向贤弟颇爱红妆啊。"那位娃娃脸的兄台正坐于向晚对面，几次看过来，终是忍不住道。

对于向晚偏爱对镜照颜的行为，折兰勾玉与乐正礼这两天已经习惯了。

向晚闻言抬头，黑黑亮亮的半月明眸直视着对方，神情莫名。

这样一来，发话之人倒不好意思了。他佯咳几声，讪讪道："恕在下唐突。"

如此直白地说一个男性爱红妆，并不是件太礼貌的事。

"女爱红妆，天经地义。"黑衣男子修长白净的手指闲闲握着茶杯，垂眼细细观察，却没有喝它的打算。

向晚学着折兰勾玉的样子，用折扇支着下巴，循声看向说话之人。

他有一双如钩的眼睛，细细长长，似能摄人魂魄。皮肤很白，衬着黑衣，有些苍白的意味。如墨的长发干干净净地束起，和她的一样，不过他用的是玉束带，而她的是红丝带。向晚想到了折兰勾玉的头发，也是这样又黑又亮又长，却是懒懒披在身后，只在末梢扎根发带。

"她……是姑娘？玉你打哪找来的？没听说你有妹妹啊！"娃娃脸转过弯来，细看了向晚两眼，惊呼。

折兰勾玉游学带上乐正礼尚能理解，怎么还带了个女娃儿？

"小晚是半路上碰到的。"折兰勾玉合扇，侧身摸摸向晚的头。

"半路上碰到你就将人带身边了？"娃娃脸更惊，看着折兰勾玉的眼神仿佛他是个人贩子。

"权，玉怎么会这么不理智。"黑衣男子放下茶杯，修长白皙的手指轻叩桌面，看着向晚，目光中有审视的味道。

这样一说，折兰勾玉倒是不好意思了。他一向不爱管闲事，向晚虽不麻烦，但这样匆匆忙带上她，当初的那点心思连他自己都想不明白了。他若真这么助人为乐，这几年游学下来，家宅再大，也怕挤不下人了。对于此次破例"买下"向晚，折兰勾玉只能归咎于乐正礼身上。

或许也还是有初见那一幕的关系吧。

"说来话长。小晚的身世很可怜，我们在杏花村遇见她，就将她买下了。"乐正礼憨直得很，见折兰勾玉但笑不语，忙主动交代。他有一种富家子弟的率性，心地善良、坦然耿直，只是养尊处优惯了，由来是不会考虑对方感受的。

"买？"这一个买字，让另三人险些下巴落地。

"当时情非得已。"折兰勾玉似解释非解释地追加一句。

向晚低头，神色一黯。折兰勾玉本想表明当初若非形势所迫，他定不会做出"买人"之事，无奈落入向晚耳里，便成了一种勉强。

八岁的小向晚，第一次有了心事。可惜大家都没发现。

酒过半巡，茶过半盏，话题开始围绕折兰勾玉的封地玉陵打转。

玉陵城位于风神国最东、临海、风景秀丽、土肥人美、名胜古迹无数，是座人人称道的好城池。另五人都到过玉陵，聊起天来意犹未尽，唯有向晚例外。

向晚听得不甚在意，把玩着手中折扇，浅翠玉扇柄，粉色扇面干净无一物。

"玉陵有杏树么？"向晚的声音细细的、轻轻的，让本来热络万分的交谈霎时安静下来。

"小晚喜欢杏树？"乐正礼若有所思地点点头，"也对，杏花村就是以杏树闻名的。"

向晚握紧折扇，几不可见地冲着乐正礼撇撇嘴。她喜欢杏花，是因为她是杏花仙子被贬下凡，杏花村那都是后来的事。不过，杏花村满坡的杏花，也是极美的。杏花怒放，连绵数里，如云如霞，说不尽的娇，道不完的艳，让人沉醉，像极了某个地方，又觉得不及某个地方漂亮。

什么地方？是什么地方的杏花比杏花村满坡的杏花还要迷人？向晚却是想不起来了。

"这么小就背井离乡，真可怜。"有钱人的同情心总是直接而赤裸。娃娃脸率先感叹，并建议道，"不如让澈替向晚小妹的折扇画上一幅杏花，聊慰向晚小妹的思乡之情吧。"

向晚的视线扫向坐在她对面的那三人，除去说话的娃娃脸，唯有黑衣男子挑眉，却是没有说话。

原来他叫"澈"，娃娃脸叫"权"。

"好啊好啊，我们几人，属澈的画艺最为精湛。小晚，让澈替你画幅杏花图，保管栩栩如生。"乐正礼说完欲"夺"过向晚手中折扇，不料向晚却把折扇背手一藏。

乐正礼诧声："小晚？"

"我自己画。"向晚的脸上有倔强。

乐正礼松手，惊喜道："原来小晚也会画画？"

向晚护住折扇，往折兰勾玉的方向靠了靠，先是摇头，然后抿着唇，语气坚定："等我学会了，就自己画上去。"

率先笑出声的是那位浓眉大眼、身上颇有阳光之气的男子。接着是折兰勾玉、

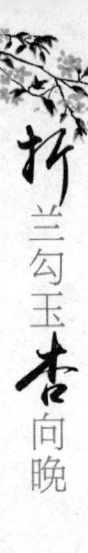

娃娃脸。黑衣男子只是挑挑眉，神情是素来的冷冷清清。唯有乐正礼脸涨得通红，感觉他这个救命恩人又被向晚戏弄了，只好憋着声道："你不肯认我为师，索性拜澈为师吧，他不仅画艺一绝，琴棋书也是样样精通。"

说完思索半刻，补充："如果澈肯收你为徒，小晚，你就名扬天下了。"

向晚抬眼看澈，他脸上还是那种冷冷的表情，既不同意，也不反对，好像刚才说的事与他无关。

"澈不收女徒。小晚若想学画，我教你吧。"折兰勾玉微笑地将话说完，换来一片寂静无声。

他说得没错，微生澈不收女徒。可是他折兰勾玉何时收过女徒了？更甚者，才名天下的折兰公子何时收过徒弟了？连微生澈的脸色都微微一变，乐正礼就只能用目瞪口呆来形容了。

"玉要收她为徒？"开口的是微生澈，修长的手指来回转着桌上的茶杯，骨节分明，分外白净。他垂着眼，让人看不清他眼里的神色。

于是，所有的目光便都聚焦到了折兰勾玉身上。

秋夜凉如水，一轮月如弦，画舫悠悠在柳州湖上轻泛，远处明明暗暗的灯火、影影绰绰的船只、轻轻袅袅的笑谈。折兰勾玉打开折扇，悠悠然摇了几下，清亮的眼眸眯成弯弯一道弧，勾起嘴角，声音温润："只不过教她画画，不足为师矣！"

向晚想，拜师这事儿，折兰勾玉好像又勉强了。

折兰勾玉是言而有信的。

画舫归来第二日起，落脚客栈若得闲，他便开始教向晚画画。

白日里同乘一骑，晚上又教书画，其实何等的亲密！折兰勾玉却无这个意识，于他来说，向晚只是个孩子，他自然不会想得太多。

向晚从没有执过笔。以前弟弟读书习字，她曾旁观，她努力回忆弟弟执笔的姿势，发现与折兰勾玉的一比，简直是馅饼与明月的差距。

折兰勾玉的手很美，修长有力，如他的人一般给人温润如玉的感觉。他执笔的姿势很美，手腕灵动，像是被赋予了某种灵魂，撩拨得人心跟着颤动。向晚脸红地看着折兰勾玉微笑写下两字，第一次知道原来自己的名字是这样子的。

这是他教她的第一堂课，作画也得学写字，不然落款没法表述。

一牵扯到写字，读书便是自然而然的事了。所谓的学画，最后成了读书、习字、学画三者兼顾。没名没分的"师父"教得用心，乖乖巧巧的"徒弟"学得努力。

向晚想，她执笔的姿势肯定也很好看。因为她是学着折兰勾玉的样子，偷偷练了无数次，才终于觉得满意。她也有修长的手指，有白皙的皮肤，掌心的粗糙执笔时恰好完美隐藏。

两人一教一学，乐正礼就觉得自己多余了。

表哥倒还好，毕竟做老师的，学生刻苦用功又有天分的话，不用花太多心思。

向晚本就理他甚少，上次扬州城逛街买礼物后，情况稍有好转，没想到学画事件一出，又回到起点，向晚忙得连看他一眼的时间也没有了。

乐正礼暗自思索，他也该教向晚一些东西了，哪怕没有拜师的礼，没有老师的名，但他们三人应该像一家人一样，没理由将他拦在门外。

这日行至常州，乐正礼趁着向晚学画的光景出去闲逛。说是闲逛，其实是去取件东西，他在心里想了几天又安排了几天的好东西。

乐正礼半天才回来，怀里抱着件不小的物什，用红缎严严实实地包着，径直推门进了向晚房间。

恰好向晚苦学了几天杏花，正拿着先前扬州买的那把白底木柄折扇练习。临近结束，正待完美收笔，她也觉得甚好，没料到一声门响，屋里宁静的气氛被打破，向晚手一抖，那抹杏蕊划过花瓣，横生至一旁枝头。

好端端一幅杏花怒放图，霎时失了味道。

乐正礼浑然不觉自己闯了祸，大步流星入内，一边扯着嗓子喊："小晚小晚，你看我给你送什么来了！"

向晚看着折扇上的杏花图，笔一扔，起身便将乐正礼往外推。她小小的身子只有乐正礼腋下那么高，但她从小做惯家务，力气不小，直将乐正礼推出门去。

"哎，小晚，小晚……"当事人一头雾水，抱着东西，觉得又茫然又无辜。

"礼……"折兰勾玉右手执扇，左手拿起案上的折扇略一打量，从乐正礼推门笑看到现在，终于缓缓开口了。

端看扇面上的杏花图，真的难以想象作画之人才学了十来天的画。想起初见向晚时庙墙上的画像，五官神韵竟与他有八九分相像。她果然很有天分，一笔之差没什么可惜的，以后只会更好！

折兰勾玉只一个字，便让两人静了下来。

"表哥表哥，我给小晚备了样东西，你一定会喜欢。"乐正礼一激动，分不清你我他，给向晚备的礼物，却说折兰勾玉一定喜欢。

"拿来看看吧。"折兰勾玉一身白衣胜雪，如墨长发散在身后，手中折扇半掩，笑得又温和又悠然。

乐正礼仿佛得了圣旨，屁颠颠绕过向晚，将抱着的东西小心轻放于桌上。他送个礼物弄得比读书应考还紧张，站在桌子前，深呼吸几次，方伸手将外面的红缎缓缓揭去。

"凤首箜篌！"红缎下的东西，让折兰勾玉都意外了下。

这件礼物太过贵重。此刻横置于桌上，文身凤首、缨以金彩、络以翠藻，十四弦，足有向晚大半身高。

"礼花了不少心思啊。"折兰勾玉抚扇微笑，淡定从容。

乐正礼嘿嘿一笑，不好意思地摸摸自己的头，转身冲向晚道："小晚喜欢么？"

向晚抬眼看他一眼，而后走至桌前，皱眉打量桌上的"庞然大物"。

她是第一次听说凤首箜篌，虽不知它到底珍贵到何地步，但观其外形，已觉高

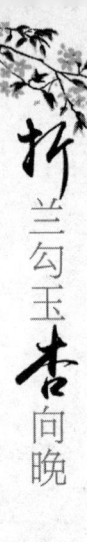

雅华贵。而且，折兰勾玉的反应很能侧面反映礼物的贵重。

其实她并不喜欢乐器，因为不会弹奏。在杏花村的八年，她甚至连个念想都没有。

"我不会这些。"向晚婉转拒绝。

"没事没事，我教你，也不用你拜师的。"热心少年乐正礼。

向晚不自觉地咬着嘴唇，半响才轻道："我够不到这个。"

风流倜傥、优雅华贵的折兰勾玉破天荒笑了场。他表弟脸上的神情很逗人，似笑非笑、欲哭不哭，与一旁向晚无辜的神色相衬，他便再忍不住了。

他一向注重形象，自觉修为也是顶顶的，三人中又最为年长，本不该这样打击人，所以当他听到自己的笑声时，心里也是恍然一怔。

气氛太融洽，心情太放松，才会如此吧！

折兰勾玉想，向晚真是个奇怪的孩子，虽然她不善言辞、不常笑，沉默到对人有些爱理不理，而他与表弟分明也不是易亲近的人，她却这么自然而然地融入到他们之中，好像本就该这样似的。

在折兰勾玉的协调下，向晚收下了凤首箜篌。并在表示谢意的同时，一并表示要等她长大长高些，手能轻易够得上箜篌的时候再学弹奏。

送礼讨喜终以美好结局落幕，向晚也不好提折扇杏花图败笔之事。毕竟这折扇也是乐正礼掏银子买下的。

秋日浓，冬渐近，三人一路按计划赶路。

自从上次送礼事件后，虽然向晚的杏花越画越好，却一直不敢拿那玉柄粉扇下笔。

有一天，向晚骑着马坐在折兰勾玉身前，问了她自见到折兰勾玉与乐正礼后的第一个问题："游学是什么？"

马儿跑得极慢，折兰勾玉略一沉吟，微笑回道："走马观花，美其名曰为增长见识与阅历。"

向晚点头，跟着一沉吟，继续问："为什么要游学？"

这个问题容易，折兰勾玉立马回答："惯例，规矩。"

向晚似懂非懂地点点头，转头问一旁的乐正礼："你游学也是遵着规矩与惯例么？"

称呼问题一路过来都没引起重视，更没得到妥善解决。向晚虽小，自忖是不能与他二人攀亲带故的，又不甘心恩人来恩人去的伏了小。他二人自在，小晚来小晚去的叫得顺口，苦了她，虽觉不礼貌，却也只能你来你去的。

"早了一年，跟着表哥，按规矩是明年才走这一趟。"乐正礼皱眉苦思了下，转头问折兰勾玉，"表哥，你说小晚怎么称呼我们？离家越来越近，到时候怎么安排交代？总得有个说法吧！"

折兰勾玉难得地敛了笑容，很认真地思考起这个问题来。

向晚小心地揣摩着，不知道折兰勾玉会如何"处置"她，她的命运会不会又生变化？

"礼，你说呢？"折兰勾玉暗忖半晌，将问题扔还给乐正礼。

倒不是什么难事。折兰家族家大业大，多一人少一人，根本不算事。难的是向晚该以什么身份进家门？他不收徒弟，更遑论女徒，若向晚当个丫鬟，又哪有他教她读书学画的理？一个说法倒真难住了他。

"表哥如果难办，小晚就跟我回家，到时候来来往往，表哥也常能看到小晚。"乐正礼心里偷乐，觉得这样的安排简直太完美。

向晚闻言，身子往折兰勾玉怀里缩了缩，眼睛直视前方，小手攥紧身下的马鬃，一声不吭。

折兰勾玉胸前一暖，垂眼看身前的向晚。她不会梳髻，学着小男孩的样子，将头发高高束起。从他的角度望过去，看不清她粉嫩的小脸，却看到她修长的脖颈与粉粉的耳垂。她身上是那套红色衣衫，衬着他的白衣，身下的白马，热烈的感觉。

折兰勾玉想起第一次看到她时的模样，她在墙上刻着他的画像，身上衣衫破旧，小脸脏脏的，但眉目清亮，初见他时的那种震惊，分明带着满满的心慌与惊惶。

"你明年游学，难道让小晚一个姑娘家跟着你在外面疯跑？"折兰勾玉展眉一笑，心中疑虑全消，"小晚跟我回去，礼你记得以后有空多来玉陵看我们。"

向晚紧绷的肩膀一松，安心地靠在折兰勾玉怀里，嘴角轻扬。

他虽然长得像玉帝，但他不是玉帝。她一早就知道了。

乐正礼噘着嘴，趾高气昂地骑着他的"子墨"，越过折兰勾玉的白马，率先往前。心里却不无懊恼，怎么当时掏金子的不是他？

过了潮州，便是湖州，过了湖州，便是玉陵——三人的目的地，折兰勾玉的封地。

这一路行来，山清水秀、国泰民安。向晚不懂游学，却也长了不少见识，吃的穿的用的玩的，各地风俗人情、风味小吃、风格建筑，都在她心里留下了深刻印象。

杏花村外的世界原来如此精彩，这是她此前从未想过的。

向晚这几天心情颇好，确定自己不会被赶走，或者另"送"他人，她的心弦就放松了。玉陵是折兰勾玉的封地，他既然带她回去，在某种程度上玉陵便有了家的含义。愈是接近，她心里愈是期待。

这日落脚在潮州与湖州交界的钟家庄一农户家里。

折兰勾玉与乐正礼出身尊贵，但游学在外，却很能适应环境，有客栈住客栈，行经郊区必须借宿时，倒也不介意住宿条件。

钟老汉家是一间两进厢房，篱笆围着院子，隔出柴房和猪圈。年长的满头银发，小的还没头没脑满院子追着鸡跑，三世同堂，其乐融融。

农户纯朴好客，钟老汉看借宿三人衣着华贵、谈吐不凡，忙唤儿媳杀鸡斩鹅地招呼客人，唯恐怠慢了。

向晚对这样的场景很熟悉。杏花村的左邻右舍，每一天都是这样过的。想起杏花村，向晚忽然有些怀念。她以为她不会怀念，过去的八年并不愉快，可回忆涌上心头，仍如星火燎原不受控制。

这边厢钟家儿媳杀鸡斩鹅热火朝天，那边厢折兰勾玉与钟老汉屋檐下对弈。

钟老汉年幼时上过私塾，后家道中落，唯独保留了下棋的爱好。无奈家中无对手，好不容易贵客肯与他对上几局，心里别提有多欢喜了。

向晚站在院子一隅，保持着一小段距离，看钟家小孩趴在地上不知玩什么玩得一脸泥巴，没人过来责骂，也没人过来指使他帮忙做家务。向晚看得有些出神。在她印象中，即使是弟弟向阳，也不曾有这样闲适尽兴的童年。向阳从出生就担负起光耀门楣的使命，每天必得穿戴整齐，从很小时就开始读书识字，仅有的消遣就是在繁重的课业中，抽空欺负她。

"小哥哥，小哥哥，你也来玩吧？"那个梳着半吊子发髻的小男孩跑过来拉向晚的袍摆。

他还小，三四岁光景，整个人从头到脚都是脏兮兮的，仰着头问向晚，认真而期待。他分辨男女的唯一标准就是看打扮，向晚一身男装，头发高高束起，乌黑光洁，是标准的少年装扮。

一旁干净利落褪着鸡毛的钟家媳妇笑着纠正儿子："小离，她是姐姐。"

向晚的五官精致柔美，尤其那双半月明眸，分明只女子才有。

"小姐姐，小姐姐，你也来玩吧？"孩子的接受能力特别强，他不会追究向晚为什么从哥哥变成了姐姐，他对父母的话百分百信任。

弟弟向阳也曾这样邀请过她，结果是一场又一场的恶作剧。他故意打破东西，然后哭着跑到娘亲跟前告状，最后咬着手指一脸无辜地看着她被娘亲抓起来打一顿屁股、饿一顿饭。弟弟邀请她的时候，也是这样一脸纯真无辜，漆黑的眸子认真而期盼。

向晚怔怔望着，心里慌慌地，一时不知所措。

孩子有孩子的坚持。小离见向晚迟迟不应，一迭声喊着"小姐姐"，又扯扯手中衣角。

向晚受惊似的后退一步。

钟家媳妇看到，慌忙起身，湿漉漉的手在围裙上搓了搓，上前拉开儿子。向晚袍摆被扯过的地方，有乌灰的痕迹留下。钟家媳妇尴尬地又往围裙上搓搓手，讪讪道："对……对不住，姑娘你换身衣服，这件我马上拿去洗干净，晾上一夜，明早应该能干。"

向晚不善表达，更不善与人交流。她想说没关系，她想说不介意，但她沉默惯了，最后费劲半天，才结结巴巴地挤出三个字："不……不用了。"

"是啊是啊，小晚没关系的，大婶你鸡毛才褪一半呢。"乐正礼跑过来，瞅瞅向晚，将大婶推着往回走。

小离趁机挣脱母亲，脚步不稳地跑回向晚身边，扯着她袍摆道："小姐姐抱抱。"

向晚局促不安地看向钟家媳妇，钟家媳妇被乐正礼推搡着，只留给她一个背影。

她又将视线移向屋檐下。

屋檐下对弈中的折兰勾玉似有感应，抬头看向向晚，微一领首。

向晚慌忙收回视线，不自觉咬咬嘴唇，犹豫再犹豫，终是蹲下身，伸手抱起一再抓着她衣角的小人。

她没抱过弟弟，因为不被允许，后来便也不再有念想了。

折兰勾玉执子的手落在棋盘上，微笑。向晚有转变，虽然很细微。

饭后折兰勾玉与钟老汉又聊起民生民计。

向晚本想帮忙收拾碗筷，被钟家媳妇婉拒。她虽是被买下的，折兰勾玉与乐正礼不仅没有让她照顾起居，反而是他们照顾她更多，出了杏花村后，她便再没做过这些事。

向晚一得空，小离便又缠上来。两人在院子里玩了没多久，小离被叫去洗澡。向晚站在篱笆旁，折了根柳枝，无聊地绕指玩，就听乐正礼的声音由远及近："小晚，小晚……"

他慌慌张张跑来，圆圆的脸蛋红红的，明明比向晚大，向晚却常常觉得他比自己小。他离受封还有四年，孩子的天性并未在他身上退去，仍然天真单纯。

乐正礼不知是兴奋，还是惋惜，看着向晚，眼眸晶亮："小晚小晚，表哥说晚上我们三人住一间房。"

向晚平静地应了声。这段时间以来，他们一直一个人一间房，不过钟家不大，又三世同堂，能挤出一间空房已经很不错了。

"小晚，可是男女授受不亲耶！"乐正礼不知是个什么逻辑，只觉得向晚这么平静的反应，他很不能接受。

向晚直直盯着乐正礼，盯得他阵阵心虚，才道："你动坏心思？"

乐正礼手忙脚乱地否认："不……不是……没有……"

"礼。"不知何时，折兰勾玉已站在乐正礼身后，手中折扇一开，看着向晚，笑如春风。

"表哥，表哥，小晚误会我了，你快帮我解释。"乐正礼连忙求救。

他很无辜的，知道三人同房的消息，不过替向晚想得多了点，于是巴巴地跑来告诉她，全然不似他表哥那般淡定坦然。

"礼，你先回房。"折兰勾玉的折扇敲了记乐正礼的肩膀。

乐正礼摸摸头，来回看向晚与折兰勾玉，又摸摸鼻子，心不甘情不愿地走了。

"如果不方便，我们可以另想办法。"折兰勾玉看着缠绕向晚莹白手指的青绿柳条，漂亮的眼眸眯成弯弯一道弧。

向晚低头一忖，摇头。

"小晚今年几岁？"

向晚抬头，不明所以："八岁。"

"回到玉陵，给小晚请个先生吧。"折兰勾玉摸摸她的头，笑。

她是个奇怪的孩子。他一方面并没有将她当成单纯的孩子，另一方面又觉得她比谁都单纯。知她是个女孩子，面对她时又难有男女意识，就好像她天天坐他身前与他共乘一骑，他并没觉得不妥。

"先生？"不是由他教她读书习字学画么？虽无师徒名分，却有师徒之实。

"虽然小晚是个姑娘家，但读书习字是好事，请个先生教小晚很不错。"这段时间教她，折兰勾玉就发现向晚极有天分，不仅一教就会，更能融会贯通、举一反三。

他不是古板的卫道士，从不觉得"女子无才便是德"；他有绝对的自信，更不会因为别人的出色而坐立不安。

不过他虽不刻板，却从没在一个女孩子身上花过丁点心思，以后也没有花这个心思的打算。

向晚是个例外。

"你不教我了么？"向晚抬头，神色平静。

可是不知为何，对上那双半月眼眸，折兰勾玉发现自己怎么也点不了头。他觉得如果他点头，就像犯了滔天大罪一样——明明向晚的声音和表情俱是平静。折兰勾玉一阵犯晕，脸上的笑容也有了自我玩味的味道，犹豫了下，方道："画还是我来教。"

向晚心里"哦"了声，低头一想，复又抬头问："那我怎么称呼你？"

折兰勾玉觉得自己的下巴还在脸上那简直算是奇迹了。这一路过来近两月，向晚这时才想起称呼问题，他都不知该哭还是该笑。

回想一下，心里也是奇怪的。向晚虽然话少，但每天必要的对话还是有的，称呼问题竟能被忽略至此。商量了向晚跟谁回去，商量了向晚该以什么身份跟他回玉陵，怎么从没商量过称呼问题？

他和乐正礼一直"小晚小晚"地叫，倒忘了向晚从没正式称呼过他，更没称呼过乐正礼。

折兰勾玉合扇轻敲自己掌心，习惯性勾起嘴角，眉却不自觉微蹙。

他决定带向晚回玉陵，亲自教她画画，还打算给她请个先生，她的身份该是什么？一个机缘巧合"买"下的小丫头，充其量也就当个丫鬟，可向晚的待遇明显不是丫鬟嘛！

"这样吧，你想怎么称呼就怎么称呼，这不是重点。"折兰勾玉眉一展，几句话玩起了太极，摸着向晚的头，要多慈爱就有多慈爱，"晚了，我们回屋吧。"

向晚低头跟进，开始思考称呼这个问题。

房间不大，没什么摆设装饰，搭了个大大的通铺，占去大半空间。那架招眼的凤首箜篌依旧用红缎裹着，如今搁在房内唯一的桌子上。

乐正礼就站在桌边，对着凤首箜篌发呆。

"礼，还不休息？"

"等你们回来，我睡最外边。"乐正礼抬头，看了眼折兰勾玉，又看了眼向晚。

"这样啊……"折兰勾玉点头，舒眉展颜，声音是素来的温和，"可是你还小，就睡最里边吧。"

"表哥，最小的明明是小晚！"乐正礼习惯一人独占大床，自跟了表哥游学，有时条件不允许也会和表哥同睡一床，每次同床都是他睡里边，可把他郁闷坏了。好不容易来了个小晚，心想今晚肯定不用睡里边了，没想到表哥一句话还是把他拒绝了。

"我想睡外边。"向晚斜了眼乐正礼，对着折兰勾玉道。

"不会半夜掉下床？"同样的问题，折兰勾玉的态度截然不同。

一旁乐正礼一听，腮帮子都气鼓了。

向晚摇头。

"那好，你睡外边。"折兰勾玉笑着摸摸向晚的头，又转身拍拍乐正礼的肩，示意他可以上床休息了。

和衣而眠，向晚缩在床沿，尽量少占地方，尽量不碰到身旁的折兰勾玉。

她第一次与人同床。从小到大，只有弟弟才有资格睡在父母的床上，弟弟也喜欢挤父母的床。她的床说是板更贴切，弟弟自是看不上了。

她八年的经历并不能明白同床共枕的真正意义。一个孩子，自然不必想这么多，但她某部分隐藏的记忆却在这时突然有了点模模糊糊的意识，好像同床共枕是一件很重大很慎重的事。向晚的心怦怦跳着，越发往床沿缩去。

一只手横过她小腰，将她往里抱了抱。

向晚一惊，翻转过身。

漆黑的夜色中，她身边的折兰勾玉并没有睁眼，倒让人不知他是睡中所为，还是醒而为之。渐渐适应视线后，向晚隐隐约约看到折兰勾玉的脸。他长得极其好看，她的词语匮乏，只知他是她见过最好看的人，比弟弟好看，虽与玉帝长得相似，脸上却有玉帝不曾有的柔和笑容。

而且，他是第一个给予她温暖的人。在她眼里，他超越了所有人。

"睡吧，再往外就掉下去了。"说话之人没有睁眼，声音轻轻柔柔，温热的气息拂过她的脸，犹如粉色杏花飘落而下，花瓣轻轻滑过她的鼻尖，麻麻痒痒的酥软感觉。

向晚闭上眼，悄悄将头往身前人的怀里贴近了些。

向晚是被小小的拍门声吵醒的。睁眼，床上只她一人，门外一道稚嫩的童音："小姐姐，小姐姐……"

是钟离。

向晚跳下床，套上鞋子甫打开门，一个圆滚滚的身影就滚了进来。向晚一笑，弯身抱起钟离。他三岁，她八岁，这样抱着很花力气，但她喜欢。

"大哥哥说你该吃早饭了。"奶声奶气，小手紧搂住向晚脖子。

"大哥哥？"向晚抱着他往外走，一时没明白他口中的大哥哥是谁。

钟离在她怀里扭头，腾出一手指向屋檐下对弈的两人，咯咯地笑："他是大哥哥。"

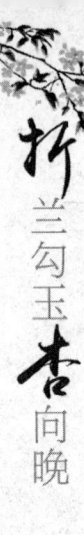

然后将头扭向另一边，指着正在院子里闲晃的乐正礼道，"他是小哥哥。"

"嗯，小离真乖。"向晚费力地抱着他往上紧了紧，朝着对弈的两人走去。

"毛猴子，怎么叫姐姐抱着？快下来自己走！"钟老汉一见钟离挂在向晚身上，而向晚瘦瘦小小的身子已然脚步不稳，忙起身训道。

向晚喜欢钟离，面对钟老汉，又有些局促，一时不知如何应答。她不介意钟离黏着她，"没关系"三个字却怎么都说不出口。

钟离被祖父抱下去，倒也乖巧懂事。折兰勾玉起身，摸摸向晚的头，笑道："醒了？先去吃早饭吧，大婶替你热着粥呢。"

向晚小脸一红，慌忙跑去厨房。

灶上热着粥，小小的一个粥锅，向晚揭盖，浓浓的鸡香中带着几缕米香。是鸡丝粥，稠稠的。向晚第一次喝到这么好喝的粥，一气喝了两碗。

"小晚喜欢喝粥？"乐正礼的声音突然出现，吓了向晚好大一跳。

幸好以前弟弟也常这样吓她，以期她手中的碗能摔碎，又挨一顿揍，所以向晚虽然受惊，手中的碗还是牢牢端住。她"嗯"了声，摸摸肚子，开始收拾碗筷。她收拾的动作很熟练，将碗筷放进粥锅里，端着粥锅出门。

"小晚，小晚，你干吗？"乐正礼看不明白。他从未动手做过这些事，他像向晚这个年纪的时候，整天只知道捉弄先生。

"洗碗。"向晚将粥锅放在地上，拿着水瓢趴在水缸边舀水。

她瘦小的身子趴在水缸边使劲往里探的样子看起来就好像随时要掉进水缸里。乐正礼看着心惊肉跳，几步冲过去接过水瓢舀水："呃，我来，我来！"

向晚也不推辞，蹲回锅边，让乐正礼将水倒进锅里，伸手刷碗。小离看到，撒腿颠颠地跑过来，一路叫着"小姐姐"，临到跟前，两脚一缠，直直朝前跌去。

"小离！"向晚湿着手慌忙去接，却还是晚了一步。眼见着那小小的脑袋就要撞上粥锅，蓦地一道黑影掠过，向晚定睛一看，哪还有小离的影子。

"小姐姐，小姐姐……"小离的声音将向晚的思绪拉回。向晚循声，却见乐正礼抱着小离，小离小小的身子正努力往她方向扒，张牙舞爪的，全然不知自己刚才差点大跌一跤。

向晚的心一下子落回原位。她松口气，爬起身抱过小离。

孩子的小手如愿环上她脖子，清亮的眼睛盯着她刚才跪倒的地方骨碌碌转，奶声奶气地嚷嚷："我要……我要……"

向晚循着他视线，才发现方才着急一扑，跪倒时腰际坠着的小铜镜不小心落了地。乐正礼忙捡起小铜镜，递至向晚跟前，半道却被小离抓住不放。

这边的响动自是惊动了对弈的两人。所幸大小无碍，道歉、客套、安慰之后，折兰勾玉便借机告辞了。

折兰勾玉抱着向晚纵身上马，乐正礼跟着上马。向晚回头看了眼站在院门口的钟老汉，他的儿子儿媳忙于秋收一早去了农田，小离被他抱在怀里，此刻正低头专心玩着手中的铜镜，不时凑至嘴前咬咬。

"小离,跟哥哥姐姐说再见。"钟老汉捏捏孙子的脸。小离抬头,看着向晚,似懂非懂。他还不明白离别的意义,只顾摇着手里的铜镜,呵呵傻笑。

折兰勾玉回头对着钟老汉点头致意,策马向前。白衣白马,身前是一身鲜红的向晚,一旁的黑马上是一身黛蓝的乐正礼,背着那架用红缎严严实实包裹着的凤首箜篌。

"他,会武功么?"向晚回想刚才那幕。小离摔倒的速度奇快无比,她伸手那会,乐正礼该还在水缸边舀水,可就在那一瞬间,乐正礼却从她眼前滑过,快如闪电,小离没有摔倒,被他安全地抱在怀里。

向晚从没见过这些。只是以前在杏花村,夏夜纳凉,村里的徐大爷会说些很神奇的故事,比如神仙、妖精,比如会武功的侠客。

"他?"折兰勾玉自是明白向晚口中的"他"指谁,不过眼见着就要到玉陵了,回到玉陵,不比此刻三人行,人前人后的,向晚总不能他来你去的吧?看来称呼问题迫在眉睫。

"嗯。"三个人,你、我、他,再明确不过。

"礼……"

一听折兰勾玉叫,乐正礼策马靠近。

"你说小晚该怎么称呼你?"折兰勾玉觉得这个问题,还是当事人互相商量解决的好。

"呃……"这问题难倒了乐正礼。他沉吟良久,心里最希望的当然是向晚拜他为师了。

"表少爷?"向晚试探。她是被买下来的,身份与差距她明白。

另二人闻言险些跌下马去。两人心中都觉怪异,向晚这样叫,按理也是没错,但就是别扭,浑身上下的别扭。

"别,小晚别这样叫。"

向晚看乐正礼,不明白他这样慌慌张张地拒绝是为什么:"那我该叫你什么?"

乐正礼又将脸上的表情变更,苦思半晌,方道:"要不兄妹相称?"

不合规矩,很老套……

"我不要。"向晚一头扎进折兰勾玉怀里,难得的孩子气。

"其实兄妹也不错……"乐正礼坐在马上,低头看了眼身前的人儿,自言自语地琢磨可能性。

向晚从怀里掏出粉面折扇,支着下巴,噘嘴抗议。

到了湖州,离玉陵更近。

中午落脚在南湖酒楼,三人在二楼坐下。掌柜一见三人着装不俗,点菜又舍得花钱,脸上的笑容就泛滥开了。

菜陆续上来,向晚坐着,等折兰勾玉与乐正礼先动筷。即使同桌吃饭,她也谨守身份。这些并没有人教她,倒像是一种本能,她觉得她该这样做,找不到原因与理

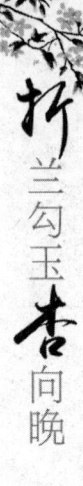

由，更找不到相关的痕迹。

酒楼是个热闹的地方，一楼人多，便显嘈杂，高谈阔论者有之，醉态毕现者有之。此外，还有女子抱着琵琶，挨桌问点曲，一曲两文。那女子二八模样，一袭浅翠衣裙，虽旧却干净。她手中的琵琶纹饰精美，琶头轸子处缀着的圆珠看起来并没什么特别之处，不过轸子挂珠本身就是个特别之处，与她那身粗布衣裙倒显得有些格格不入。

女子连问数桌，都被拒绝，抱着琵琶去下一桌时，一只毛手往她腰肢捏去，女子惊得疾走几步，直接越过跟前那桌，往前头去了。

"哎，小娘子走这么快，莫不是看爷付不起两文钱？"被忽略的那桌有人起身拉住了绿衣女子。

女子慌忙挣脱，不敢太过用力，福了福身，又向前疾步而去。

那拉人的中年男子挺着个大肚腩，也不恼，站在原地看着女子走出数桌远，方大声道："等等，爷要听曲。"

女子停步转身，虽心有惶惶，但这是她的生计。

男子朝身前指了指，女子略一犹豫，抱着琵琶往回走至桌边，福身轻问："不知爷想听哪一曲？"

"十八摸！"男子话音刚落，惹来周围人群一阵哄笑。

十八摸是有名的青楼淫调，女子脸上一红，竟没第一时间拒绝，想来该是会唱这一曲的。

男子将两个铜板掷在桌上，指着道："两文钱，唱得好，爷再赏你两文！"

向晚坐在二楼，居高临下，自然看到这一幕了。

她以为绿衣女子不会同意，村里有名的醉鬼鳏夫二根子醉醺醺站在村口，看到有女经过，就经常扯着嗓子唱十八摸，因这事，被人打、被人骂、被人吐口水，依然恶习不改。向晚听过几次，露骨而粗俗，有几句她根本没听懂，后来看到二根子就绕道。

"谢谢爷。"绿衣女子闻言福身，也不入座，站在原地轻唱起来，"紧打鼓来慢打锣，停锣住鼓听唱歌。诸般闲言也唱歌，听过唱过十八摸……"

向晚皱眉，她不喜欢这首歌。

乐正礼也将五官皱成一团。折兰勾玉倒好，满脸笑若春风，也不知是游学三年见多识广，还是隐藏情绪已经成了本能。

酒楼渐渐安静下来，女子的歌声一字不落清清楚楚传来："伸手摸姐面边丝，乌云飞了半天边。伸手摸姐脑前边，天庭饱满兮瘾人……"

声音清润、字正腔圆，唱这青楼淫调，未免可惜了一副好嗓子。

陆陆续续有起哄声、调笑声，向晚用筷子扒饭，一下子没了胃口。

在乐正礼起身前，折兰勾玉招手示意小二过来。

"给我们换个包厢，或者让楼下的歌停下。"折兰勾玉笑着给低头哈腰的小二一道选择题，温和的言辞自有股不容人反抗的气度。

"这……"小二为难了。包厢早就满了，三位客官来的时候已经问过，是知情的。

楼下卖唱的姑娘虽然眼生，但买唱的可是位熟客，也不能贸然得罪。

"这什么这！我妹妹八岁，你这楼下唱的什么混账玩意！"乐正礼护妹心切，一见小二支吾，不由来气。

不过这十八摸，也是他平生第一次听。

小二看向向晚，她衣红面粉、眉目精致玲珑，一看就是富贵出身。吃饭的大好光景让这样的富家小姐听青楼淫调，他心里也是不忍的。

"伸手摸姐小眼儿，黑黑眼睛白白视。伸手摸姐小鼻针，攸攸烧气往外庵……"那声音和唱功甚是了得，硬是将青楼淫词唱出山中清泉的清冽气息，配上绿衣女子唱歌时的从容神情，别有一番婉转的含蓄。

两相为难之际，向晚不冷不热地道："随她去吧。"

在场三人皆怔。折兰勾玉最先反应过来，挑眉看着向晚，眼里一抹新奇。向晚的反应，出乎他的意料。

问题解决，小二屁颠颠离开，留下乐正礼犹有些反应不过来。

"伸手摸姐下各尖，下各尖匕在胸前。伸手摸姐耳仔边，凸头耳交打秋千……"歌声袅袅，折兰勾玉和向晚越听越平静，唯有乐正礼越听脸越红，只差头顶冒火了。

"礼，你的修为还比不上小晚。"

乐正礼脸上更红，五官皱成堆，作势反驳，侧头看向晚果然一脸淡定，支吾了两声遂也不再说话。

半晌绿衣女子唱罢，酒楼一时还很安静。须臾后，众人交头接耳，一时倒不知该喝彩还是该起哄。

"他妈的，老子叫你唱十八摸，你唱成这样，还想老子给钱！"那点曲的中年男子本听得专注，回过神来一掌拍开绿衣女子取铜板的手，那纤嫩的手背迅速红了一片。

绿衣女子敢怒不敢言："爷……"

"爷什么爷，好好的十八摸唱得跟哭丧似的，都像你这样，男人还逛窑子干吗！"中年男子粗声粗气地说完，把桌上的两个铜板收回。

同桌几人哄笑，什么窑子什么相好，全然将绿衣女子当成了空气。

不过两文钱而已！

向晚看着楼下，绿衣女子垂着眼，虽是不甘却也不敢再争。孤身一人到酒楼卖唱，境遇可想而知。向晚并非同情心泛滥的人，她自己的遭遇也好不到哪去，但见绿衣女子为了两文钱辛苦一场，现在挨了一下依旧等在一旁，而那桌人吃吃喝喝再不理她，整个酒楼白听一曲的食客没一个出来说话，便觉得有些气闷。

"可以给我两文钱么？"向晚看向乐正礼，问。

自从那次扬州城买东西后，向晚觉得乐正礼花银子特别爽快。

"你要做什么？"乐正礼红着脸，从荷包里找出块碎银。

向晚接过，起身下楼。红红的衣裳，如瓷的面庞，霎时成为众人注目焦点。

向晚径直走到绿衣女子身前，将碎银递至她跟前，道："你唱得很好，这是我哥哥赏你的。"

身上虽是男装，声音却是娇娇嫩嫩的女声。

绿衣女子看向向晚，眼里有丝疑惑，倒也不惊不乍，伸手接过碎银。

刚才点曲那桌人一下子安静下来。向晚目的达到，转身上楼。

"喂！"那中年男子脸上一阵青红，坐在位子上就想叫住向晚。

向晚脚步不停。

"爷叫你呢！"中年男子起身，几步拦下向晚。

向晚停步，抬手指指二楼折兰勾玉的方向，平静道："我哥哥在楼上，你看他那身衣裳，你能对我自称爷么？"

中年男子一愣，向晚绕过他上了楼。

周围陆陆续续有人笑场，中年男子脸上青一阵白一阵，抬头又看一眼折兰勾玉，闷声走回原位。

二楼座上那人一身白衣如雪，优雅雍容的气度，恣意从容的神情，与生俱来，非一般富贵人家就能拥有，那是天生的贵族。中年男子自忖惹不起，也只能忍了。

向晚回到座位，受到了英雄般的礼遇。

乐正礼两眼冒心，对于向晚刚才那句看衣识人表示了十二万分的崇拜："小晚，你一句话掐中死穴，真不像个八岁的孩子。"

向晚斜他一眼，他是说她长得老气么？

"吃饱了就走吧。"折兰勾玉起身。向晚刚才的话，他自然一字不差地听进去了。一个八岁的孩子，有那样镇定的表现，有那样一针见血的回复，礼说得没错，刚才的向晚，一点也不像个沉默的八岁小女孩，她身上似乎隐藏了某些东西，如果爆发出来，也许会让所有人傻眼。

一路平静，速度不快不慢，两天后便到了玉陵城。

一到玉陵，情形大不一样。把守城门的官兵一见三人身影，俱是跪地迎接。向晚坐在马上，居高临下地看着他们伏地跪拜。封地与准领主，再大的礼亦不为过。

折兰勾玉只在经过时扔下一句"起吧"，马不停蹄地继续赶路。回府之前，他得先去一个地方。

乐正礼跟着，一般临近新年，不得不回家时，他才会不情不愿地回去。两表兄弟的感情很深。

三人在近郊一处竹院停下。折兰勾玉抱着向晚下马，乐正礼背着凤首箜篌跟上。

竹扉虚掩，折兰勾玉推门而入。两侧竹林沙沙作响，秋冬时节，黄黄的竹叶随风飘飞。没走几步，对面迎来一小书童，扎着书童髻，脆声脆语："折兰公子快请，家师就说你今日会来。"

折兰勾玉笑着点头，小书童跟近几步，却是将向晚与乐正礼拦下。

"呃，表哥……"乐正礼当然不干了。

"小彦，她与我一道。"折兰勾玉拉住向晚的手，转身吩咐乐正礼，"礼，你在外面等着。"

说完也不等他二人反应，拉着向晚向竹屋行去。

小书童回神，急急跟上。留下乐正礼一人在原地干瞪眼。

竹屋左侧是方空地，中有竹桌竹椅，桌上有茶具，椅上背对着坐着个人，灰袍长发，看不到脸，却自有一股儒雅气质。

"先生。"折兰勾玉弯身。

"来了？"那人徐徐转身，三十有余，四十不足，清雅绝尘的智者形象。

"让先生久等了。"折兰勾玉笑，摸摸身边向晚的头，道，"小晚，问先生好。"

向晚躬身行礼："先生好！"

"这位是？"先生困惑。折兰公子身边除了他那位表弟，向来无人。

"她就是我在信中提到的向晚。"

"是个女娃？"先生虽神色平静，声音却掩饰不住地失了平静。

折兰公子在信中提及收学生之事，并没说那学生是男是女。他本想折兰公子推荐之人，该是没什么问题，不料竟是个女孩子，这……这就有些为难了啊。

向晚不明所以，困惑地看向折兰勾玉。

折兰勾玉又摸摸她的头，笑道："小晚去找礼。"

向晚依言，折兰勾玉看着小彦领着她消失在拐角处，方微一躬身，对着先生施施然道："为难了先生，还请先生首肯。小晚很有天分，无奈我接下来会很忙，抽不出这么多时间教她，望先生能收下她。"

"折兰公子……"先生犹豫。他与折兰勾玉六年前结识，彼时九岁的折兰勾玉已是才名天下。他虽满腹诗书、名满天下，但自诩并没这个资格成为折兰勾玉的老师。不过折兰勾玉一向尊重他，六年来不仅书信不断，每年更会登门拜访几次。

他知折兰勾玉是未来玉陵的主，折兰勾玉亦知他毕生梦想是让更多的孩子读书识字。今年年初，两人开始着手筹办玉陵第一所学堂。他很期待，期待满堂学生那琅琅的读书声，而不是有钱人的私塾。

"我有教她书与画，先生若不愿破例，能否不担师父之名，对小晚从旁稍加指点即可。"不知怎么的，折兰勾玉明知这事为难人，但说出口的话，语气神情虽温和，温和中却有股不容人拒绝的张力，并非疑问句。

似乎……这已是他的底线。

"可是……"

"先生的理想不是让更多的孩子读书习字么？或者先生先看看小晚的资质再作决定如何？"折兰勾玉说完，不由一笑。幸好向晚不在，不然这番话听在她耳里，不知会作如何想。她沉默且敏感，这一点，他比谁都清楚。

先生仍是为难。理想诚如此，但历来传统皆是男子读书谋职，女子在家相夫教子。他其实是个传统的人，而且小有名望，让他收个女学生，到时生出些是非，不定会被天下人笑成何地步呢！

折兰勾玉退后一步："请先生考虑，改日我再登门拜访。学堂年底落成，明年招生开课，到时还要劳先生多多费心了！"

折兰勾玉的话并没问题，只不过落入先生耳里，似乎有了那么点不一样的味道。这是先生之前不曾体味过的。

记忆中，少时的折兰勾玉锋芒毕露，意气风发。之后参加科举，金榜题名、大魁天下，成为风神国开国以来最为年轻的状元郎，一时名动全国、轰动一时。只是高中状元的折兰勾玉从京城回来后变得低调而内敛，三年游学，更是让他成了谦谦君子，人前永远温润如玉，面带微笑，手中折扇一摇，好一个"陌上人如玉、公子世无双"，但却永远让人捉摸不透他心里的真实想法。

"她几岁开始读书习字？"先生松了些口。既无师徒之名，从旁指点，似乎也无不可。再则，折兰勾玉也说了，向晚现由他教导，才冠天下的折兰公子都不介意，他再拒绝就显得矫情了。

"一个月前吧。"折兰勾玉笑得甚是无邪。

"若她资质不输小彦，便让她过来吧。"先生最终让步。

小彦今年八岁，六岁时跟着潘先生，名为书童，实为师徒。

折兰勾玉欣然应允。他对向晚是有信心的，稍加时日，向晚定能成才，胜过小彦也不无可能。再则，就算到时向晚输了，他还是相信潘先生会喜欢向晚的，喜欢中带有欣赏。

真正接触过向晚的人，都会有这种感觉。

先生当然不信小彦会输，却仍客套一句："折兰公子看中之人，必定其过人之处。届时潘某亲来拜访公子，会即兴安排小彦与这位姑娘小试一场。"

约就这么定下了，折兰勾玉带着向晚与乐正礼满意而归。

向晚也是从一旁乐正礼的唠叨不满中得知先生姓潘，是个很有名望与声誉的学者。少年成名，这些年来，也不知多少富贵人家求他去教书。刚开始潘先生还偶有前往，三五年后，便再也不出门授课了。

潘先生本也是有家底的人，不必为生计奔波，闲来到处走走，或者回竹院清闲度日，年长了也没成个家。六年前认识折兰勾玉后，两人素有来往，年前一次品茶论道，两人突然有了个共识：开学堂广收学生，让更多的孩子读书习字。两人相惜已久，是对人人称道的忘年交，学堂的事便在折兰勾玉的安排下，年初正式筹备起来了。

向晚想，才进玉陵，尚赶不及回家就来拜访这位潘先生，且明明白白带上她，相互介绍及初见时潘先生的神情话语都略嫌诡异，折兰勾玉领她来可是有什么打算？

向晚告诉自己，她心目中的师父非折兰勾玉莫属。潘先生再有名望，她向晚也不稀罕。想起之前折兰勾玉的承诺，"这样吧，你想怎么称呼就怎么称呼，这不是重点"，又想起他那句"回到玉陵，给小晚请个先生吧"，以及此前明明白白的说什么只是教她东西，不足为师的话，她该不该试着趁早将名分定下？

身下马儿前蹄腾空，一声长嘶。向晚回神，幸好折兰勾玉揽着她腰稳住她，不然只怕她已摔下马去。

"在想什么？"折兰勾玉停马打量，看着马鬃被狠狠揪过，柔软中还有未及褪却的揪痕，顿时明白了爱马失态的原因。

说不心疼那是假的。这马是他心爱之物，历来被人好生侍候，哪受过这般待遇？可向晚一向也不是熊孩子，必是心事想得出了神，忘了手中抓着马鬃。

"我可以叫你师父么？"想得太投入，受惊之下，向晚脱口而出。

"可以啊。"折兰勾玉犹沉浸在心疼爱马的情绪中，随口回道。回完怔住，方想起当日画舫所言。

"师父！"向晚欢天喜地，难得的满脸甜笑。

"啊，表哥表哥，你收小晚为徒了？这是真的？这怎么可以！"乐正礼耳尖，乍惊后开始愤愤不平。他想收向晚为徒，向晚不同意，退一步认她为妹，她也不情不愿的样子，怎么一碰到表哥，就全变了呢？他虽然才不如表哥，但教教向晚也是绰绰有余的嘛，凭什么好事全落到表哥身上？别忘了他才是小晚的救命恩人耶！

任凭乐正礼如何愤愤不平，折兰勾玉与向晚都是无视之。

三人就这么到了折兰府。

向晚此前八年，从未离开过杏花村。如今跟了折兰勾玉，自认也长了不少见识。杏花村最有钱的孙员外家曾是向晚见过的最富贵的人家，光是那道门，就比普通人家的一间房子还值钱。后来陆陆续续经过各地，大的宅子见多了，便觉得孙员外家不过如此。

不过这些，都是在见到折兰府之前。

向晚抬头看着身前的建筑，目瞪口呆。青砖小瓦马头墙、朱门金钉狮门环，向晚知道，金色的门钉，可不是光有钱就行的，那是尊贵的象征，只有皇亲贵族才能享有。连绵数里的围墙，大门中开，一眼望去，黑压压跪着一群人。

好吧，向晚承认，她被眼前的场景吓到了，心里不由紧张起来。

折兰勾玉抱她下马，率先进门。乐正礼来得多了，也没觉得稀奇，再则乐正府差不到哪去。唯有向晚，低着头亦步亦趋跟着。

黑压压跪着的人伏首，倒也没呼天喊地，只对面迎来那人，一迭声地叫："少主回来了，少主回来了。"

"沈管家……"折兰勾玉停步，将向晚拉至身前，笑道，"她是向晚，住晚晴阁，你准备一下。"

管家是个大叔，头发半白半黑，身板倒硬朗，他闻言看了眼向晚，又慌忙低头，恭声道："老奴这就去办。"

不知向晚是什么身份，折兰勾玉没点明，他也不好妄加猜测。

少主总是这样，交代办事，却不讲明原因。不过这些年来，少主第一次往府上带人，

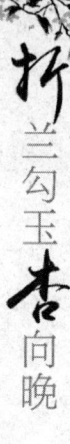

还是个姑娘。沈管家吃不准内中原委,只知向晚能住晚晴阁,是绝对绝对不能怠慢的。

　　晚晴阁位于折兰府的西厢,阁前小河桥下过,前庭有花园,白墙粉瓦,清静秀美。

　　一路风尘仆仆,向晚被人领着穿过大片花园,又过小桥流水、亭台水榭,方到了晚晴阁。第一站便是浴池。是浴池,十尺见方的浴池,上面撒满了花瓣,给人无限遐想的空间。池中冒着热气,暖暖的,两个丫鬟伺候着向晚沐浴,向晚沉默又沉默,终是没有拒绝。

　　穿衣服的时候又被那套华服惊住,之前的几套衣服虽质地不错,但与现在这身相比,又不是一点两点的距离了。

　　绫罗绸缎、锦衣玉食,向晚一下子从杏花村被后娘欺负的小可怜,成了折兰府有实无名的小千金。

卷二

一墨杏画，师徒情，名天下。

有了那句约定，向晚的小千金生活也不太闲适，不过向晚并不知那约定之事。

学堂年前落成，明春正式招生授课。回玉陵之后几天，折兰勾玉忙得见不到影，只每日一早布置功课给向晚。向晚做完功课，便在乐正礼的热心陪伴下，将折兰府上上下下里里外外逛了个遍。

向晚的记性很好，折兰府很大，但一处一景她都记得很仔细。

折兰府佣仆一堆，主人只折兰勾玉一人。玉陵本是折兰老爷子的封地之一，因从折兰勾玉出生起即被划为他的封地，只差成年后正式下旨受封，所以玉陵城的一应事务，折兰老爷子除了派遣几个得力助手过来，这几年早就交由折兰勾玉全权打理。

这三年，每年初冬游学归来，折兰勾玉都会在玉陵留到过新年。他名义上虽未正式受封，实际上早已是玉陵城名符其实的城主了。

折兰府上上下下对向晚又是另一种心情。向晚就这么住进了晚晴阁，没名没分也没个说法，众人心中不免好奇，这向晚姑娘是何身份来历，竟能让折兰、乐正两大家族的继承人对她另眼相看？

这日折兰勾玉将手头事情处理得七七八八，终于想起了向晚。遍寻晚晴阁，却不见向晚，于是见到个人便问："小晚呢？"

被问之人一片茫然。沈管家交代，晚晴阁住进的姑娘一定要好生侍候，他们这些下人只知向小姐向小姐的叫，不知道她的名字是向晚。

"晚晴阁的向小姐。"

"哦，向小姐啊，她和表少爷出去了。"一说向小姐，被问之人立马笑容浮现。

"有说去哪么？"折兰勾玉手中折扇一开，笑容就浮在了脸上。

怪不得这几天乐正礼都没在他跟前晃，原来是与向晚在一块。

"今天说是去海边，天不亮就出门了。"

折兰勾玉想，他这几天真是太忙了，忙得顾不及乐正礼，更顾不及初来乍到的向晚。本来应该好好感谢乐正礼的陪伴，但他拉着向晚竟大清早出门去看海，折兰勾玉抬头看天，即使有侍卫跟着，也无论如何放心不下。

他这个表弟，天性憨直、为人纯真，就是太孩子气，眼见着就十三岁了，一天到晚还只知道玩。他十二岁的时候，已能得心应手地处理折兰家族的账务了。

折兰勾玉略一沉吟，问了管家乐正礼向晚出门的时间，骑上马跟着出门。

玉陵临海。从折兰府到海边，骑马需两个时辰。出东城门，再在城门关前赶回来，其实看海的时间少得可怜。

向晚从未见过海，此前甚至都没听说过，只不过被乐正礼唾沫横飞地一通海侃，心里便有了期待。乐正礼热心又热情，见向晚心动，毛遂自荐要带她去增长见识，于是海边之行火急火燎地启程了。

当然，向晚是逼不得已的。乐正礼准备好一切，天没亮就来敲她房门，说要带她去个好地方，直到出了东城门，在向晚几番追问下，他才神神秘秘地说是去看海。

向晚上了"贼车",半道回来已是不可能的了。

　　向晚还是不会骑马。这段时间东逛西晃,乐正礼不止一次地怂恿她学马,无奈向晚态度坚定,拒不肯学,乐正礼始终也没辙。
　　此次出海,乐正礼倒是体贴,安排了马车,自己则骑着他的"子墨"一马当先。为了方便,向晚出门都是一身男装。
　　马车是折兰府的,跟着的侍卫随从也是折兰府的,所以乐正礼与向晚的海边之行分外顺利。玉陵果如传闻中的富饶,出了城门一路往东,同样是乡村或偏远地,玉陵就比向晚一路所经的城池热闹,百姓的生活看起来也更富足。
　　向晚坐得累了,放下帘子在马车里假寐。两个时辰的路途不近,向晚开始反省大清早的她怎会上了乐正礼的"贼"车,估计是刚睡醒没正常的思考辨别能力,而且出东城门前,乐正礼都没说有这么远。
　　好像有很久没怎么见到折兰勾玉了,向晚心里甚是想念。他很忙,一半时间在外面,一半时间在书房,连吃饭都碰不上面。向晚安心住在折兰府,对于所受到的照顾与礼遇,心中惶惶然地,想和折兰勾玉说些什么,却一直没机会开口。
　　马车里备了食物,除此外,还有一身干净衣裳。
　　"还有多久能到?"向晚觉得自己很没礼貌,但那声哥哥又实在叫不出口。况且她也不想高攀,她是什么身份,他二人又是什么身份,她心里再清楚不过。
　　"再一个时辰吧。"绯衣黑马,不可否认,十二岁的乐正礼也很帅。
　　向晚趴在窗口,转而专心看沿路风景。
　　她是喜欢这样子到处走走的。
　　"小晚小晚……"见向晚不语,乐正礼放慢速度,与马车并行。
　　向晚抬头,用又大又亮的半月明眸看他。
　　"小晚,你真的不跟我回家吗?"乐正礼这几天反反复复挖墙脚,"贼"心不死。
　　"嗯。"
　　"可是你看表哥忙得根本顾不上你,我明年游学,你跟着我,多好玩啊!"挖墙脚的人是可耻的。此时的乐正礼一早忘了他对表哥,是怀有小小的仰慕与崇拜之情的。
　　"我有人照顾,吃好睡好还能读书,挺好的。"虽然向晚喜欢四处走走增长见识,不过总觉得对象换成乐正礼,总有些不靠谱。
　　"那我也教小晚读书吧!"乐正礼退而求其次。
　　"不是说好了等我再长高些,你就教我箜篌吗?"向晚其实不讨厌乐正礼,就觉得他幼稚了些,聒噪了些。
　　乐正礼又将五官皱成一团,懊恼自己送什么不好,偏要送凤首箜篌,不然他一早可以教向晚了。
　　有个向晚这样的学生,是多么有成就感的一件事啊!他不在乎向晚是男是女,就是单纯地觉得向晚像是他的亲人,和表哥一样,三个人在一起很开心。

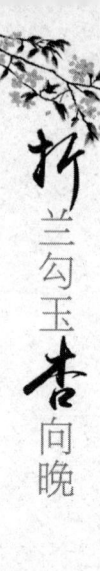

"那得等到什么时候？"乐正礼满脸的不情愿。

向晚斜他一眼，视线越过他看向远处。

真懒得理他，那箜篌有近她一人高，加上底座，比她人还高，总得再过个三五年吧。

近一个时辰后，迎面而来的空气有了不一样的味道，有点咸，又带点腥。

"小晚小晚，我们马上到了。"

向晚被马车颠得昏昏欲睡，闻言起身，手还没来得及撩开车窗帘子，人已被探身进来的乐正礼抱了起来。

向晚是素来处变不惊的，也没惊乍，只是认认真真地瞅乐正礼。

"骑马上看得清楚！"乐正礼比向晚大四岁，身形高大，向晚又比一般孩子瘦小，抱向晚上马，于他轻而易举。

向晚抬眼，眼前一片苍茫。

天阴阴沉沉，不远处灰茫茫一片，视线似乎很开阔，又似乎什么都看不真切。没有水天相接的绝妙美景，更没有日出日落的绚烂唯美，却依然给人一种不同于江湖的盛大气势。

驱马往前，渐渐看清海之风貌。并非乐正礼口中的湛蓝，海水些许泛黄，一浪一浪涌过来，漫过细细的沙滩，翻起微白泡沫。

"和你说的不一样。"但还是很美。原来水可以这样无边无际，漫延到视线尽头好像还只是个开始。

乐正礼坐在她身后，得意地笑："这里是这样的，如果出海，海水会越来越蓝。"

"出海？"

"嗯，小晚乘过船吗？"乐正礼可没顾及后果，只想着将新鲜事物统统告诉小晚，希望她快快接受。

向晚摇头："大海看起来很平静。"

哪里有他口中惊涛拍岸，卷起千堆雪的汹涌热烈。

"我们乘船出海！"乐正礼手指右前方，兴奋道，"从那里一直过去，会有小岛，海水很蓝，站在岛上，海浪很高，拍岸声很大。"

向晚扭头看乐正礼，持疑。

"小晚不信？那我们赶紧出海吧。我有让人备好船只哦！"

说话间已至海滩边。乐正礼抱着向晚下马，吩咐下去，拉着向晚脱掉靴子一同下了海。

沙子细细滑滑，又沉沉实实，乐正礼一身绯衣，向晚一袭紫袍，头发都高高束起。两人将裤脚挽高，手拎着袍摆，赤脚走在沙滩上，留下一大一小两串脚印。偶尔小浪滚滚行至脚边，退回时又将脚印抹平。

时已初冬，天气微冷，赤脚蹚水，冰冰凉凉。两人都是孩子心性，乐正礼不懂体贴照顾人，向晚第一次看到海，虽然脚被冻得发白，心里的兴奋大过身体的不适，亦无觉得不妥。

很快侍卫拖过来一艘敞篷小船，不大，胜在精致，可容纳十来人。乐正礼兴奋地喊向晚上船，待得两人在船上坐定，侍卫便将小船推入海中。

船至水上，又有两侍卫跟着撑桨。乐正礼与向晚并坐在船头，迎着海风，任小船悠悠驶向前方。

折兰勾玉快马加鞭赶到海边，就只看到沙滩旁候着的侍卫，而小船早不知所终。

是他的疏忽。表弟一向孩子心性，向晚又不懂这些，天灰蒙蒙的，云层厚实，不消多久就会起风下雨，折兰勾玉心中担忧，扫了眼在场几人，难得的肃然："表少爷出海多久了？"

这几个侍卫皆非府上新人，自然明白折兰勾玉的神色意味着什么，纷纷跪下回话："回少主，有半个多时辰了。"

折兰勾玉抬头望天，天愈发地阴沉，海面有风，滚滚的浪潮渐有打高的趋势。

"备船。"

"回……回少主，只有一船，就是表少爷坐的那艘。"侍卫结结巴巴，额头已沁出一层细汗来。

折兰勾玉蹙眉，站在海边。少顷，他从怀中取出一管玉箫，箫身刻竹兰，是难得一见的玉屏箫。

折兰勾玉吹起了那箫。箫声圆润优美、幽静典雅，初听只觉悦耳，细听方知其中乾坤：箫声醇厚，似用内力吹吟，方圆数里，各处听闻箫声竟是一般轻重，又延延绵绵传至更远处，在阵阵海浪声中，悠远绵长。

乐正礼能不能听到箫声，折兰勾玉并无十分把握。

不过乐正礼也非普通人。三侯君中，微生澈的画技一绝，折兰勾玉才名天下，乐正礼最为出彩的，便是一身好武艺。习武之人耳聪目明，更何况乐正礼年纪轻轻，武学修为已跻身一流高手行列。

约摸一炷香后，远方隐隐出现一个黑点。折兰勾玉停箫，箫扇一换，悠然坐于马上等人。

海面风渐大，天色愈加沉黑，空气中风雨欲来的潮湿味道。

折兰勾玉高坐于马背，一身华袍暖白如玉，襟口袖口有同色兰绣，玉柄折扇扇面干净无一物，看着黑点越来越近，船上的四人已能分辨模样，他脸上缓缓浮起笑容。

"表哥表哥，你怎么来了？我还以为错听箫声，没想到真是你！"愣头青乐正礼一点也没发现他表哥神色有异，拉着向晚跳下船的时候，脚丫子还是光着的。

向晚的脚丫子也光着。

"礼怎么想到来海边了？"折兰勾玉合扇，指指两人的脚丫子。

两人慌忙擦干脚，穿上靴子，一边乐正礼大大咧咧扯着嗓子答道："小晚没看过海，我带她来看看。"

折兰勾玉策马往前，弯腰抄起向晚抱坐于身前，道："出海前可曾观过天象？这么远的路，怎地也不跟我报备一声？"

"还不是表哥你忙嘛，这两天都看不到你人影，小晚初来乍到，只好我带她各处逛逛了。"乐正礼跟着爬上马背，全无做错事的自觉。

折兰勾玉顿时无语，双腿一夹马腹，道："先回府，风雨马上就来。"

不能想象他若晚来一步，指不定小船回不了岸，两人要在海上淋雨了。而且不抓紧时间的话，城门也会关的。

策马不过一盏茶的工夫，大雨倾盆而至。三人躲进马车尚能一避，那几个侍卫眼见着就要淋成落汤鸡，众人只得寻处民宅避雨。此处近海，稀稀落落的只几户渔民，毕竟偏远，自然认不出躲雨的正是玉陵城的准城主。

雨越下越大，短时没有停下的迹象。乐正礼开始庆幸："表哥，幸亏你来找我们，不然我和小晚还没到小岛，要先成落汤鸡了。"

全无忧患意识。末了再加一句："那几艘大船不知怎么样了，虽然可以避雨，不过风浪大，也够呛吧！"

不说不打紧，一说折兰勾玉心头刚压下的怒火噌噌往上冒，脸上的笑容反倒愈发亲切和蔼了："你也知鲁莽了吧，什么地方不好去，到这种地方来也不思量周全，出了事怎么办？只这一次，回去禁闭一月，不许出府，若有再犯，就直接把你送回家。"

禁闭一月于乐正礼来说已是酷刑，送回家就只能用恐怖来形容了。天知道对乐正礼来说，回家是件多么痛苦的事，也只有天知道，他有多喜欢跟在表哥屁股后头，巴不得两人是连体双生儿，拆也拆不开。

"表哥……"乐正礼垂死挣扎。

"时间太短？那两个月吧。"折兰勾玉笑得谦谦温和，好看的眼睛眯成弯弯一道弧。

乐正礼哀嚎，咕哝几句再不敢开口。

向晚看着他二人，勾起嘴角微微笑。

"对了，你刚才说的大船是什么？"折兰勾玉顺了气，问起正事。

乐正礼满腔郁闷，脸上的五官不自觉又皱成一堆，声音蔫蔫的："我们本来打算出海去小岛，结果半道上看到几艘大船，不过离得太远看不真切。"

"几艘？"

"三艘。"

折兰勾玉手中折扇一开，神色平静。心里，却是不平静的。

大雨足足下了一个时辰，才渐渐停下。一行人谢过渔民，赶在关城门前进了城。

光着脚丫踩沙滩出海的向晚回到府上便上吐下泻加发烧，小脸潮红，硬是忍着没吭声，还是侍候她的丫鬟发现异常，连忙上报了折兰勾玉。

折兰勾玉亲自替她把脉配药。向晚喝了药躺在床上昏睡一天两夜，第三天早上总算缓过劲来。

乐正礼白天黑夜地探了无数次，看向晚惨白着唇，烫着一张小脸，心里又是愧疚又是担心，懊恼自己怎么就没想到初冬的天气，哪能让向晚一个不懂武功的女娃光着脚丫下水吹风这么久？

乐正礼认识到错误，安分下来，没再拉着向晚往外跑。向晚身体恢复后，在折兰勾玉的教导监督下，继续之前的读书习字画画，外加下棋弹琴。

乐正礼的作用慢慢显露出来。向晚学下棋，折兰勾玉是个忙人，有时间教没时间陪练，乐正礼当仁不让，成了陪练的不二人选。

向晚的时间被安排得满满的。每天一早起来，洗漱用餐，然后趁着折兰勾玉处理事务先自行读会儿书写会儿字，待得折兰勾玉忙完，便教她功课。下午也不得闲，主要是弹琴和画画，而下棋是晚饭后的功课。一天时间，从早到晚，一月三十天没得空闲。

如此被禁足两个月后，向晚实实在在学了点东西。

禁足期满的乐正礼，也该回家了。新年将至。

乐正礼本来多赖一天是一天，结果一封家书，只得一步三回头地回去，别提有多依依不舍了。

临走前，他对向晚说的最后一句话是这样的："小晚，你要多吃饭，快快长高长大，等明年我来看你，就能教你箜篌了。"

向晚历来沉静，却也是有心有肉。乐正礼待她不薄，此番回家，大半年见不到，临行交代她这么一句话，她也不好意思不点头。

乐正礼得到向晚应允，欢天喜地地跑到他表哥跟前又交代了一堆事，末了一句"明年游学回来我先到表哥家"，就辞别尊长，上了他的子墨回乐正府。

年前事忙，学堂顺利落成。折兰勾玉有事提早去金陵，潘先生最终也没有登门拜访。

关于要不要带向晚回金陵过新年，折兰勾玉一度很矛盾，最后终是作罢。一来，向晚的身份不好解释；二来，他娘亲是个什么样的性子，他还是小心为上；三则，向晚毕竟不是折兰家族的人。

金陵位于玉陵西侧，两天的路程，不远，也不近。

折兰勾玉交代了管家，又嘱咐了向晚，左右不放心地踏上了回家的路。不知怎么的，他心里总觉得空落落的。分明他的思量没错，看到向晚沉默地听他说完一切，然后低头施礼道声好，并预祝他新年快乐，头也不回地转身回房，他心里忽然有些不是滋味。

过西城门时，他心里飞快闪过一个念头：应该带上小晚的，怎么可以留她一人在玉陵过新年？

念头终归是念头，折兰勾玉终究是理智冷静的折兰勾玉。

甫过元宵,比预期中早了几天回玉陵,折兰勾玉并不承认是因为心里担心,又有些想念向晚。

小半年的相处,她又乖巧又懂事,不知不觉中,彼此间还是有了些感情。

回到折兰府,折兰勾玉就发现自己的担心是多余的。

向晚安安分分地待在府里不曾生事,听老管家说,近月时间,她未出折兰府大门一步。

"那她每日里做些什么?"为何过年都不出去看个热闹?有侍卫陪着,安全不用担心。

"回少主,向小姐每天在书房里读书习字画画,外加弹琴。"老管家恭恭敬敬,想了下,补充一句,"棋倒是没下,估计是没人陪同。"

折兰勾玉示意管家退下,一个人在原地站了会儿,方向晚晴阁走去。

书房里,向晚端端正正地坐在椅子上写字。小腰板挺得直直的,右手勾指执笔,头发高高束起,一袭红裳,衬着桌上雪白宣纸,专注写字的侧脸如玉雕琢,英气中又显无限温柔韵味。

向晚执笔的姿势很好看,她的字也好看,一笔一画,工整娟秀,完全不像初学之人,让折兰勾玉都心生赞叹。《九辩》默写在纸上,足足写满五大页。

向晚写得用心,并没察觉屋里多了个人。端端正正地默写完,她搁笔起身,乍看到一旁的折兰勾玉,脸上的惊喜一闪而过,随即恢复平静,施施然一礼:"师父回来了!"

折兰勾玉非常满意她刹那惊喜的反应,伸手摸摸她的头,声音轻柔:"能默写《九辩》,小晚很用功呢!"

两千余字的《九辩》,里面不少生字僻词,向晚不过几月学龄,竟能将它一字不差地默写下来,看来这段时间果如老管家所言,小丫头用功得让人心疼。

向晚弯弯嘴角,为他的亲密举动心生欢喜。

他回来了,生活又有了主心骨,她终于可以不用自学了。

"每晚几时睡的?"

"亥时。"从海边回来后,每天晚上都是这时间睡觉,已成一种习惯。

"怎么新年也不休息?"

向晚抬头看他,忽而垂下眼,淡淡道:"反正也是闲着。"

折兰勾玉虚活十六年,心里第一次泛起一种名叫心疼的感觉。向晚身上有种让人心疼的气质,却又让人不明白这种心疼从何而来。如果杏花村的向晚遭遇让人心疼,那么没道理住在折兰府晚晴阁的向晚还会让人觉得心疼。

一个生活得很幸福的人,身上是不该有让人心疼的气质的。

"礼过几天就到。"折兰勾玉想,这对向晚,该是一个好消息吧。

向晚果然又看他,微微困惑:"不是要到游学回来么?"

怎么才一个半月,就又要过来了?

"他一定要来参加我的成人礼，姑母怎么拗得过。"

原来如此！向晚笑，其实她并不讨厌乐正礼。

几天后，乐正礼果然来了。

人未到，声先至。一迭声的"表哥，小晚，表哥，小晚"，由远及近。

"小晚，这么快又见面了。"乐正礼临到跟前一个急刹车，然后挠挠头发，讪讪地拿出个礼盒，递至向晚跟前，微微脸红道，"长了一岁，送给你的。"

向晚看了眼折兰勾玉，得到肯定的眼神，方伸手接过，回乐正礼一笑："谢谢。"

"礼真是有心。"折兰勾玉折扇轻敲了记乐正礼肩膀，建议道，"不如我们午饭出去吃吧。"

向晚禁足后再没出过府。明明他回来了，她仍是足不出户，天天待在书房里读书习字画画，刻苦得让人心疼。

"真的？我们中午去酒楼吃饭？太好了！"乐正礼就是个喜欢撒腿往外跑的性子，一听这话别提有多高兴了，嘴角笑得咧到耳根子去。

折兰勾玉点头，伸手摸摸向晚的头，笑若春风："小晚长了一岁，我也没备礼，请吃一餐饭，算是祝贺吧。"

乐正礼嘿嘿一笑，拉着向晚就往外跑。身后折兰勾玉折扇半掩，作势轻咳两声，悠哉跟上。

玉陵酒楼是玉陵城最大的酒楼。

不过今天要去的不是玉陵酒楼，而是位于它斜对面新开的一家不大不小的酒楼，名曰：三佰楼！

说起这三佰楼，可不简单。开张两天，生意火爆到不行，连带地将街对面的玉陵酒楼都比了下去。一时在玉陵，可谓人人称道。

向晚三三两两听折兰府上丫鬟们闲聊，便有提到三佰楼的。听说这三佰楼开业前两天人满为患，原因无他，三佰楼老板娘年轻貌美，又云英未嫁，能在此处开酒楼，该也是有身份背景的，却偏无人知其来历。一个女人，一边抛头露面经营酒楼这样的生意场，一边身上又带有无限神秘色彩，自然引来男人们的兴趣与热议了。

而且三佰楼开业酬宾三天，除流水席大宴宾客外，还有一个三佰宴。

这三佰宴，乃整个流水席的头桌。锦缎桌布、玉瓷碗盏，忒地讲究。菜是私房菜，堪比宫廷秘厨，一桌一宴需三百两银子，一天合计酬宾三百两金子。三佰楼之名由此而来，老板娘更是笑称自己从此改名为金三佰。

这三佰宴，可不是人人都能有幸尝到。老板娘亲自下厨，入席凭的是才学！琴棋书画，过五关斩六将，胜出者才能受邀入席。短短两天，听说整个玉陵城的才子都慕名前往，说是凑个热闹看个新鲜，暗地里则铆足了劲。入席者风光，尝了美味还想再尝；差之一步者过了午饭等晚饭，过了晚饭就等第二天再努力争机会。

今天是三佰楼开业酬宾第三天，向晚一行三人赶上了末班车。

三佰楼前人声鼎沸，眼见着便是午饭时间，楼前擂台上挤满了人。

三佰宴一桌十人，设于酒楼三楼挑台，此时已有五人入席。挑台原是顶层小阁楼，如今一装修，去顶拆围，扩大挑高，配以琉璃顶，顿时成了全玉陵最特色的风雅包厢。

这会子挑台四周帷帐束起，视线开阔得恰到好处。坐于高处往下看，平添一股富贵凌人之势。从大堂直上挑台，祥云饰梯，取平步青云之意；琉璃顶上饰以金粉，金科登顶，正是读书人的梦想。先前便有造势，如今开业酬宾三天活动一搞，三佰楼一夜之间打响了名号。

此时小擂台上有人奋笔疾书，有人潜心作画，有人吹拉弹奏。三佰楼掌柜金三佰放下话来，说这些个比赛，当以贺三佰楼开业为主旨，无非图个热闹欢喜，所以比赛宗旨"友谊第一"，输赢不过是她拙见，大家切莫因此伤了和气。

说是她拙见，一旁却看到了潘先生。玉陵城的潘先生，何等的声誉与名望，请他过来作评判，又岂是一般人请得动的？再则潘先生作评，哪位入席，哪位下次争取，有意见的人便也少了。

很快有人眼尖地看到折兰勾玉，现场热闹的气氛一下子安静下来。

在玉陵，谁人不识玉陵君折兰公子？连折兰公子都来了三佰楼，莫不是也有渊源？

折兰勾玉见惯这种场合，笑得一脸亲和。他行至潘先生跟前，点头致意。

向晚今日着一袭绯色长袍，虽不知折兰勾玉与潘先生的约定之事，也对着潘先生行了个礼。

乐正礼是个闲不住的，早跑到一边，到处看人的作品去了。

潘先生身边站着小彦。他知道约定之事，此番再见向晚，不由多看两眼。两人俱是九岁，向晚身量小，小彦瘦高，看着倒像是差了一两岁。

几人未及开口，便见一人自酒楼而出，一袭翠色衣裙，裙摆袅袅，走路的姿势却爽利，似能平地生出一股风来，正是这几日闻名玉陵的三佰楼掌柜金三佰。

向晚抬眼，一怔。衣裳打扮虽不同了，人还是那个人，不是那日南湖酒楼抱琵卖唱的姑娘还有谁！折兰勾玉自然也认出了来人，冲着她微一颔首，脸上是招牌的谦谦笑容，心里却疑云重重，拉着向晚去找乐正礼。

众人见折兰公子走来，人群自动让出一道。乐正礼站在空道那头，浑然不觉继续看人作画。

"礼……"折兰勾玉微笑唤人。

"呃，表哥你看，这幅青杏图，还不如小晚画得好呢。"乐正礼口无遮拦、语出惊人！

向晚一脸黑线，不明白乐正礼明明比她年长四岁，怎么比弟弟向阳还不懂规矩？他要贬人，提她作甚？何况作画之人二十模样，向晚可不认为自己画得比他好。她才正正经经跟着折兰勾玉学了小半年画而已，此前在杏花村，那都是随手涂鸦。

折兰勾玉阻拦不及，只见作画之人抬起头来瞪视乐正礼道："区区不才，还请公子作画一幅，不吝赐教！"

这话踩到了乐正礼的痛处。平生最不善画画的乐正礼霎时语噎，圆圆的脸蛋涨得通红，半晌手指向晚，憋出一句："让我家小晚出马就行。"

年轻人的神情更气愤了。乐正礼显是看不上他，竟让一个七八岁的孩子与他比画。深呼吸片刻，他让出位置，卷了自己的画，示意向晚动笔。

向晚不理乐正礼，侧过头看折兰勾玉。正巧他也看向她，视线相触，折兰勾玉唇微抿、眼微眯，暖暖笑道："试试也无妨。"

"是啊是啊，小晚就随随便便画一幅好了。"乐正礼唯恐天下不乱地又加一句。他是真的觉得向晚画得好，向晚的杏花、杏树、杏果，但凡跟杏搭边的，都画得极好。

向晚心里恨不能掐死乐正礼，脸上却是一派平静。小小身子立于桌前，执笔作画时，神情专注。

潘先生看了眼向晚，示意小彦上前，回头与折兰勾玉相视一笑。

向晚画的也是青杏图。

不同的是，向晚的青杏图，满枝青杏点点，又满树杏花缀缀。先花后叶再结果的杏树，在向晚笔下却是枝繁叶茂、花果并蒂。

向晚以前在杏花村就酷爱杏林坡，无聊时也曾用树枝在地上勾画杏花，后跟着折兰勾玉学画，几月时间，画的皆与杏有关。一年四季，杏花村杏林坡的不同风情早已刻入她脑海，又在这几月的时间里，无数次从她笔下展现。

向晚的杏画连折兰勾玉都赞叹。杏叶的浅齿边、杏红的深入浅出，甚至青杏表皮那层似有若无的细小白绒，在向晚笔下，栩栩如生。

向晚的桌边围了越来越多的人，笔未停，惊叹声已此起彼伏。她才九岁，一个九岁的孩子画功如此精湛，不由让人联想到以画技闻名天下的夜明君微澈。各种猜测在众人心底浮现，碍着折兰公子的面子，又生生压下。

向晚收笔，并不落款。围观的人纷纷鼓掌，向晚神色平静地看了眼青杏图，自觉还算满意，这才抬头看折兰勾玉。

"这画的不是九年前杏开二度的情景么？"有人眼尖，发出惊叹。

杏开二度不过是一夜不到的时间，又是九年前，在场众人能有幸亲眼目睹的，没有几个人，折兰勾玉是其一。

可是九年前，向晚不是才出生么？她怎会知道这些，光凭听说就能将当时奇景画得惟妙惟肖？折兰勾玉想起向晚左手臂上的杏花胎记，心思略动。

说话之人年约四十，挺着个肚子，头发虽秃，人倒精神。

向晚没有回答，走至折兰勾玉身边，站定。

"是啊是啊，当时真是这样呢……"

"九年前天下杏花二开就是这样的？"

"太不可思议了……"

"他还是个孩子,看起来都不足九岁,居然能……"

"……"

"小晚的想象力真好,就跟亲眼目睹一样。"折兰勾玉摸摸她的头,不得不赞叹。向晚真是极有天赋。

向晚勾起嘴角,难得地展颜。她还小,身量未足,一身男装,精致中别有一股英气,唯有脸上难得一现的笑容,给人一种杏花怒放的明艳,让人无法忽略她是女孩子的事实,而且可以肯定,不出几年,她必会出落成远近闻名的美人。

乐正礼唯有惊呆,向晚的一切总是出乎他意料。

潘先生来回打量青杏图数遍,对着折兰勾玉赞道:"名师出高徒,折兰公子果然不凡,几个月的时间竟能教出这般厉害的学生,潘某折服!"

众人哗然,这面目清秀胜过女孩的小娃竟然是折兰公子的学生!打小被称天才、以才学闻名天下的折兰公子,十三岁高中状元、连当今圣上都赞誉有加,传闻不仅封侯,还要出仕入相的折兰公子,竟然有学生了,还是个名不见经传、无人识得的学生!

这下子,焦点不再是三佰楼,不再是三佰楼的未嫁女掌柜,不再是潘先生,而是折兰勾玉与向晚了。折兰勾玉倒是坦然,脸上的笑容是惯常的亲切温和,手中折扇一开,眼角眉梢俱微微上挑,既不承认,也不否认。

向晚也是不简单的。面对众人的打量与评论,沉默而平静。

一直没名没分的两师徒,因这一幅青杏图,师徒情分成了天下尽知的事。而小彦"出师未捷身先死",出乎意料地落败了!

向晚心里有些小欢喜。她喜欢折兰勾玉做她师父,心里也只认他这个师父,这会子偷偷瞄着折兰勾玉,见他对此未有丝毫愠色,心里便愈发开心了。

"原来是折兰公子大驾光临,公子如不嫌弃,还请赏脸到三佰楼坐坐。"金三佰将一切看在眼里。她从刚才看到他三人已认出他们,彼时在南湖酒楼受他们恩惠,如今知悉他们身份,倒不好借此攀谈。好在向晚的画得到潘先生的赞许,恰好顺水推舟、请君入席。

折兰勾玉看向向晚,还未征求意见,乐正礼已经先一步答应了:"好啊好啊,表哥,我们也上那个挑台坐坐。"

回神又细看了眼绿衣女子,困惑:"掌柜的好生眼熟,是不是在哪见过?"脸上的五官扭成一团,忽然拊掌恍然,"湖州的南湖酒楼!"

金三佰笑,笑容爽利,全不似南湖酒楼初见时那般怯弱。想起她当时抱着琵琶清唱《十八摸》,不扭不捏,又觉得她本就该是这样一个爽利的人。

平步青云梯,金科琉璃顶,三人入席,加上潘先生与小彦,恰好圆圆满满一桌十人。金三佰招呼了几句,又亲自沏了茶,方下楼做那传闻中堪比宫廷御食的私房菜。

折兰勾玉精于茶道,对杯中材质上乘却只简单沏泡的龙井无动于衷。向晚不爱喝茶,一径低着头来来回回转着茶杯。

在座十人，折兰勾玉一行三人与潘先生两人是旧识。小彦名为书童，实是潘先生的学生，平日在家就同桌吃饭，在外更无顾忌。

另五人向晚一个不识。折兰公子与竹院潘先生俱是大名鼎鼎的人物，余下座上之宾也是玉陵城有名有才之人，相互之间或钦慕已久、或本就相识，一番寒暄下来，已有小二端着几个花色凉拌菜上来。

"向贤弟年纪轻轻，便有一手好画，实在让愚兄佩服！"说话之人一袭白衣，有那么点风流才子的味道，无奈坐在折兰勾玉旁边，两相比较，高低立现。

向晚抿抿嘴，想说什么，最后什么也没说。

"贺兄过奖，小孩子夸不得。"向晚不说，折兰勾玉只好代言。

向晚垂下眼，心里一哼。说小孩子夸不得，他好像经常有夸她啊。

"折兰公子太客气了，向贤弟既是你学生，定然不凡，这般年纪已如此了得，不出几年我们就该服老了。"一青衣男子接话。

向晚想，就算她是个庸才，只要折兰勾玉认了她做徒弟，那她至少是个人才了。

"哪里，小晚极有天分，我不过从旁稍加指点而已。"折兰勾玉话锋一转，"说起来，年前落成的学堂，下月开始只怕要忙坏潘先生了。只不知在座各位，可有这份心，为我们的学堂同出一份力？"

此话一出，众人纷纷向潘先生道贺，又围绕学堂问了些问题，莫不表示如果潘先生不嫌弃，愿尽一份绵薄之力。

潘先生笑得很是谦虚，一边嘴里客套着，一边心里叹息着：他正愁春试招生的事会忙不过来，而且正式开学后，单他一人教学，也是不现实的。没想到折兰勾玉一句话就将问题解决了，请的还都是玉陵城有名的才子。

折兰勾玉悠哉哉看着忙于解答与感谢的潘先生，伸手摸摸向晚的头，无比惬意："小晚，看来我们以后要低调点了。"

向晚瞥他一眼。走到哪就招摇到哪的是他，她向晚在哪都是不起眼的。

说话间，菜陆续呈上。一道一道精工细作，色香味俱全，很多菜的原料与搭配都是闻所未闻见所未见，品尝后却让人回味留恋。

坐在三楼，一侧临街，边吃还能边看风景。向晚小口小口地吃着，离开杏花村后就是锦衣玉食，喝白粥或饿肚子的经历似乎已经离她很远很远了。

号称三百两一席的三佰宴足足吃了一个时辰，众人酒足饭饱心满意足。下楼的时候小彦偷偷拉了一下向晚，两人于是走在最后。

"你的画，不错。"同样九岁，小彦的口气好像是长辈。

向晚脚步一滞，随即恢复正常，淡淡两字："谢谢。"

"若画竹菊，今天我定不会输给你。"

没头没脑一句话。向晚侧过脸看他，"呃"了一声。

"也罢，画上你领先，琴棋书我定不会再输你！"

小彦说得信誓旦旦，向晚更听不明白了："你，要找我比试？"

小彦本来目不斜视说得坚定,闻言转过头来看向晚,并对向晚表现出的茫然与疑问表现出同样的茫然与疑问:"你不知道吗?折兰公子和家师约定新年前后我们小试一场,若你赢我,家师便收你为学生。"

向晚站在楼梯上,呆了近十秒,然后转身就往楼下跑。她推开前方三三两两闲聊的人,也不顾折兰勾玉与乐正礼,一气跑出了三佰楼。

向晚一口气跑到很远,略一打量,右转直走。三佰楼地处闹市,这地方之前乐正礼带她逛过,右转直走是玉陵城最有名的秦淮河,向晚对地理方位几乎过目不忘。

"小晚……小晚……"身后传来乐正礼的声音。

向晚疾走几步,又跑了起来。她跑得很快,那是以前在杏花村满杏花坡跑练出来的。

折兰勾玉对着潘先生点头致意,抬眼似有若无地瞥一眼后面的小彦,朝着向晚离开的方向从容追去。

乐正礼很快追上向晚,拦在她身前,气都不喘:"小晚,小晚,你怎么了?"

向晚停步,伸手推他。

"小晚?"乐正礼更莫名了。吃饭的时候还好好的,楼梯还没下呢,怎么就成这样了?大家知道了向晚的身份,应该没人敢惹她才是,小晚的气是从哪来的?

"小晚……"折兰勾玉的声音让向晚的动作一滞。

"表哥,表哥……"乐正礼话未出口,已被折兰勾玉打断:"礼,不如你先回府?"说完拉住向晚的手,脸上是亲切又谦和的笑,嘴角微扬,眼角眉梢满是风流意味。

乐正礼来回看他二人,显然不想先回去。但他对表哥的话向来言听计从,最后还是点点头。临走前又不放心地看了眼向晚,走近两步学着折兰勾玉的样子,使劲握了握她的手,以示鼓励。

"小彦告诉你了?"十之八九。

"如果你不想教我,我可以自学。"怪不得一直说是稍加指点,并非师生关系,原来早就打算让她拜师他人。

"自学?"折兰勾玉琢磨。

"是,自己看书,有不懂的问题记下来,隔段时间找人解答一次,不会浪费别人太多时间。"新年时,他去了金陵,她便是这样做的。

"原来如此。"折兰勾玉摸摸她的手,拉着她索性往前走,"看来在小晚心里,我现在连别人都不如了。"

向晚沉默。明明心里不是这样想的,但就是不想解释。

"潘先生的理想是让更多的孩子读书习字,除了私塾,还有学堂,那些读不起书的孩子可以坐在学堂里听先生讲课。"

向晚沉默很久,才道:"我是女孩子。"

男女之别,她纵不甘心,又能如何?

弟弟读书她做家务,并不是因为爹不亲娘不爱。即便爹疼娘爱的,又有哪家闺女有先生上门教书习字？更何况就算读书，读的是《女戒》、《女训》、《女德》，学的是相夫教子与女红，难道还能跟男孩子一起去学堂听课？这听起来就像个遥不可及的梦。

"连小晚也是这样想的？"折兰勾玉笑。向晚的唇微微抿着，脸上又有初见时的那种倔强，分明是不甘心的。

向晚抬头，认认真真地看折兰勾玉，想知道他话中的真与假。他笑得很温暖，漂亮的眼眸微微弯着，有些深邃，但神情却是认真的。

折兰勾玉也认认真真地看着向晚，直到看到她摇头，方继续道："那么小晚不想试试么？"

"为什么？"理由呢？向晚虽才九岁，思想可比一般孩子成熟，不是你说什么就是什么，她会分析，会思考，有逻辑能力。

"其实，朝堂权倾、沙场帷幄，都不如改变民生民计民思让人有成就感。改变很难，需要或许不止十年二十年的时间，但一步一步往前，总是一种进步！"说这话的时候，折兰勾玉停步望向远处，手依旧牵着向晚的，另一手从怀中掏出折扇，一下一下轻叩自己下巴，神情中似有向往。

"于是你想拿我当你追求进步与平等的试验品与引路石？"向晚脱口而出，直觉高于一切。

折兰勾玉笑容一僵，手一松，折扇就这么摔在了地上。

跟随多年的折扇第一次与地面亲吻，一声脆响，待得捡起，只见玉柄处一道清晰裂痕。

"小晚……"向晚的话太犀利，折兰勾玉犹有些反应不过来。金銮殿上泰然自若、对答如流的折兰公子，平生第一次被一句话噎到，说话之人还是个九岁的小姑娘，平时分外沉默的小姑娘。

"算了，我是你买下的，试验品就试验品吧！"倒是向晚率先转过弯来，表现出非一般的适应与自我调节能力。

折兰勾玉那种角色互换的感觉更强烈了。听着向晚的话，怎么感觉怎么不是滋味。不该是这样的啊？怎么变成这样了？

"事先声明，你要我现在就胜过小彦，我没把握。"潘先生的名望，她今天彻底见识。小彦跟随他多年，该也不是个简单的角色。

"嗯。"折兰勾玉终于从短暂的惊诧及不适应中调整过来，恢复了正常。

"但我会尽力的。"向晚又不放心地加了一句，表明态度。

"尽力就好。"折兰勾玉低头看她，笑得温柔，惹来路人频频侧目。有胆大的女子，或窃窃私语、驻足欣赏；或满脸红霞，上前意欲攀谈。

向晚扫了眼围观群众，冲着折兰勾玉平静道："先离开这里吧，低调行事。"

那种角色互换的错位感觉又来了。折兰勾玉看着向晚，收扇入怀，然后摸摸下巴，陷入沉思。

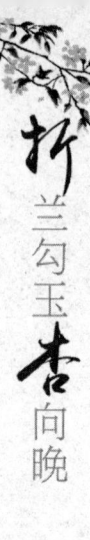

离开热闹的中心大街，折兰勾玉倒不急着回府，只一径朝东走。

很长时间过去，他一直在等向晚开口，可向晚走了半天，却是一句话也没说。

他该是想到的，她向来沉默，又认准了他，不管去哪，只要在他身边，她必不会问东问西。

折兰勾玉平日话虽不多，但比起向晚，又好过许多。走了半天的路，仍是他开口在先："索性去学堂看看吧。"

向晚点头。

"小晚真是很不喜欢说话啊！"折兰勾玉没话找话。

平时也没发现，因为但凡有乐正礼在，他一人就能撑起整个戏台。折兰勾玉与向晚的独处时间又多为读书习字学画，以安静为主，真没想到会有现在这种冷场面。

一般孩子出门，最多的就是问题。仰着脸走多少路，就可以问出多少个为什么来。可是向晚不一样，向晚对周遭的一切，有种超越孩子甚至超越成人的坦然与超脱。

"多说多错。"向晚神色一黯，咬了下嘴唇，瞬间又恢复平静，"而且我不善说那些讨巧的话。"

折兰勾玉心里一涩。为何她简简单单的几个字，为何她微微一黯的神色，却让他觉得话里包含了太多让人心疼的过往经历？是杏花村八年的生活，或者远不止那一些？

"并非人人都想听奉承的话。小晚想说什么，便说什么就好。"折兰勾玉鼓励，她应该更开朗。

向晚抬头，看他笑容亲切温和，又低头，细想了好一会儿，方鼓足勇气问道："若是说错话了呢？"

"那也无妨，你还小。"

向晚忽然笑，笑容中有自嘲的味道，半响才淡淡接一句："是这样的么？"

"小晚……"那种怪怪的感觉又来了。折兰勾玉不由伸手摸摸她的头，希望能给予她一些温暖与安慰，"至少在这里，是这样的。"

就像刚才，言辞锐利，他亦不会苛责她。这里是玉陵，护她安全，不让她受委屈，这个主，他还是做得了的。

"那么我能参加你的成人礼么？"向晚仰头，微微期待。

她知道，只有折兰家族的近亲，才有资格参加折兰勾玉的成人礼。

"好。"折兰勾玉笑，习惯性地取扇欲开。蓦地想到扇柄已裂，笑容一顿、手下一滞、心思一远。

这些个东西虽是身外之物，折兰府上也不缺，但这柄折扇是他师父所赠，贴身跟随他多年，是师父对他这位得意门生的肯定与赞许。没想到今日竟被向晚的一句话吓得失手摔裂，实在可惜。

这么些年，从他少时读书习字开始展露他的非凡天分，随着年龄的增长，锋芒毕露、意气风发，小小年纪就已才名天下，十三岁那年更是金榜题名三科登顶。只是盛名之下带来的困扰，金銮殿上那一席与天子的对话，以及他一个不慎给一个家族带来的灭顶之灾，让他忽然明白，他这样的身家背景，懂得收敛持重才是王道。

他不应该对那一家子人有太多的愧疚。他的不慎，不过是皇上的一步棋，即使没有他，也会有其他人来做这枚棋子，重点是皇上想下这步棋。尽管这样安慰自己，这件事还是成为他心底永难抹去的伤痛。

四十六条鲜活的生命，他绝不会让折兰家族重演历史！

"扇子……"折兰勾玉刹那一黯的眼神向晚并没错过。这柄扇子肯定是他的心爱之物，弄成这样，她是有责任的。

"没事，正好可以换把新的。"折兰勾玉收回思绪，漂亮的眼睛弯成一道弧。

向晚想，明明他心里也是遗憾与心疼的，为何还能笑得如此温和坦然，连眼睛都笑得弯起来了？他和玉帝真的不一样，虽然长得实在相像，可玉帝生气时脸上是明明白白的怒气，不知折兰勾玉生气时还会这般笑脸相迎？如是一想，便忍不住地想去试探、去证明、去证实些什么。

"这把扇子能送给我么？"

向晚说话时的神色非常平静，折兰勾玉一时摸不清她心里真实想法。从杏花村初遇也有近半年，一直以来她都没跟他开口要过什么，不管在游学路上，还是回到折兰府之后，向来是他给什么，她便接受什么，从没有她自己的主观意识表达。

"这扇子已经不能用了。"折兰勾玉承认心里稍微为难了一下。

"就是这样，才向师父开口要这柄扇子啊。"向晚仰着脸看折兰勾玉，嘴角勾起，半月明眸弯成弦月，说不出的甜美娇俏。不知怎么的，她心里没边没际地泛起了快乐的链漪。她本不是个开朗外向的人，一般情绪都隐藏在平静的表象下，这一次，却是连自己都觉得意外的心情欢快起来。

确实是个九岁的孩子，折兰勾玉提着的心倏地放下，刚才角色互换的感觉估计只是个错觉。

心里一松，倒一时不察她又叫了声师父，更不好意思攥着扇子拒绝了。

向晚欢天喜地外加小心翼翼地接过折兰勾玉的折扇，微沉，玉质扇柄上似还留有他的体温，灼得向晚脸上一烫。

两人本打算去学堂瞧瞧，无奈半道路上总有女子慕名跟随，胆小的远远跟着、盯住不放，脸大的或借故说话，或佯装顺路，两人只好打道回府。

忙忙碌碌中，很快迎来了折兰勾玉的生日，二月初六。

在风神国，男子十六岁成人，女子十三岁成人。所以折兰勾玉今年的生日不同于以往，因为今年的生日会有一个盛大的成人礼。成人礼后，他便要上京接受正式受封，从此掌管玉陵的一切，为自己家族的兴隆而努力。

向晚此前在杏花村，也曾旁观过男孩子的成人礼，一般由舅舅替其穿新衣、扎腰带、佩腰刀，然后在祠堂里叩谢祖先，之后吃个团圆饭。

而在玉陵，男子成人礼却不同。

这日折兰府上上下下，五更天就忙活开了。向晚也早早起床，洗漱完毕径直跑到折兰勾玉的房间外。

按照风俗，这一日起床更衣需开着房门，以示男子成人光明磊落。向晚来得巧，看到房门大开，往里一探，正好撞见折兰勾玉换衣服。

折兰勾玉不习惯被人贴身伺候，沐浴洗漱更衣都是自己搞定，一班丫鬟们放下洗漱用品和更换衣物便悄然退下。

"小晚这么早？"折兰勾玉瞥见门外探头探脑的向晚，倒没觉得尴尬，一边不紧不慢地拢了衣襟系腰带，一边笑着招呼。

幸好向晚还不算太巧，如果正穿中衣，那就尴尬了。

向晚的脸微微发烫，折兰勾玉这样也算衣衫不整吧！他还没来得及在头发末梢扎上发带，如墨的长发恣意地披在身后，配着这穿衣的动作，风流宛然中竟有一丝妖艳。

向晚被自己的联想狠狠吓了一跳，有些怯怯地开口："师父……"

"进来吧。"折兰勾玉将玉佩扣在腰带上，勾起嘴角，笑得温暖，衬着一身衣裳暖白如玉，丰神俊朗，尊贵不凡。

向晚抿抿嘴，入内。

她今天规规矩矩穿着女装，因为要出席折兰勾玉的成人礼，不敢出了差错。近来坊间关于她与折兰勾玉师徒情分的传闻如火如荼，她几次偷偷出府，若不是身边有折兰府的侍卫跟着，估计会惹来不少是非。

说起出府，又有一段因缘。

自那日三佰楼回来后，向晚问了沈管家玉陵城里的玉匠高手，又找了机会溜出府，一一寻了个遍。

她想把折兰勾玉的折扇修好，结果那些所谓的玉匠高手不是说找不到同质地的玉，就说原柄维修肯定会留裂痕，没一个能满足她要求的。她知道以折兰勾玉的性子，必是不会接受这样的瑕疵与缺憾。

折兰勾玉与乐正礼事后当然有发现向晚的出府行为。不过向晚解释说到处走走看看，折兰勾玉忙于成人礼的事，也没起什么疑心。倒是乐正礼，听了向晚的说辞在一旁哇哇大叫，说什么出府也不找他一起，太不够意思了。

向晚无视乐正礼，之后出府更加小心翼翼，以免被乐正礼撞见，非要赖上她跟去。

事有凑巧，就在向晚几乎不抱希望的时候，沈管家告诉她闻名天下的玉匠珈瑛大师来了玉陵。珈瑛大师与潘先生是旧识，此次是来看望老朋友潘先生的。

幸得有了潘先生这层关系，向晚登门拜访时，珈瑛大师仔细看了她半晌，又看了眼她手中折扇，倒是爽快地答应了。

"你就是折兰公子的学生？"大师花白胡子遮住半张脸，双目矍铄。

折兰公子的学生竟是个女娃，新奇新奇。

向晚略想了下，点头。

"老潘房里的那幅杏花是你画的？"

向晚听到"老潘"两字，小忍了一下才没笑出声，恭敬答道："是。"

"那你现下再给我一模一样画一幅可成？"

向晚心中诧异，倒也不疑有他。小半个时辰后，她收笔，正是那一幅杏开二度。这次她遵了大师的嘱，特意在画上落了款。

大师得了画很是开心，反反复复端详，又来回看了向晚好几眼，最后摸着花白胡子笑着让向晚过几日来取折扇。向晚记下，谢了情回了折兰府。

时间刚刚好，正赶得及折兰勾玉的生日。

向晚收回思绪，从怀里取出一细长木盒，递至折兰勾玉身前案上，红着小脸，讷讷道："师父，生日快乐。"

她身上是一袭杏红曳地长裙，因为天冷，外披白狐大衣，粉面若桃，明眸樱口，俨然画中妙人。

"小晚有心了。"折兰勾玉也不急着打开，坐于铜镜前，开始梳发。

向晚就站在一旁看他梳发。他修长的手执一柄象牙梳，长长的黑亮的发丝划过梳子，千丝万缕，仿佛将什么东西紧紧缠绕。

"师父，我替你梳吧。"向晚觉得被迷惑了，说完才惊觉自己说了什么，收口已不及，只好绞着手站在一旁，微微紧张地等待发落。

折兰勾玉不喜欢人近身侍候，这是全折兰府上下皆知的事。

"好。"折兰勾玉心情奇好，虽有那么一刹那犹豫，最后终是不想让向晚难过。

他虽然有点洁癖，不过向晚是个讨人喜欢的孩子。

乐正礼起床过来看到的便是这样一幅景象：折兰勾玉一身玉白长袍坐于凳上，身后站着向晚，杏红长裙、白狐披风，替折兰勾玉仔仔细细梳着头发，小心翼翼扎上发带。

这一幕静好如画，竟让他站在门外，一时忘了说话，忘了行动，不忍去打断破坏。

玉陵男子十六岁的成人礼与其他地方不一样，称为"跳云台"。

所谓云台，即四根四米多高的圆柱竖成正方形，取一边扎以横木作梯，当事人登上云台，念完誓词，表达光宗耀祖的决心，团身抱膝，从云台跳下，以示其成人的勇敢与无畏。一般情况下，云台下有铺着稻草的藤网，避免当事人受伤，然后众人拉着藤网旋转欢呼，赞扬孩子的勇敢无畏，祝贺他长大成人。

这是惯常的流程，又与今日折兰勾玉的成人礼不同。

四根四米多高的圆柱立在折兰府正中院落，呈四方形，却没有横木作梯。向晚仰头，觉得这四根柱子都快高到天上去了。

云台四周围满了人，不止折兰府上上下下，还有专程赶来的堂表亲。一大家族人，但凡走得近又在族中有地位的，都不远千里地赶来了。折兰勾玉身为折兰家族的唯一继承人，在他的封地举行成人礼，于整个家族都是一件盛事。

成人礼由族中德高望重的长老三叔公主持。

三叔公满头银发，脸上的皱纹深得可以夹死蚊子，两道白眉顺势而长，几乎碰到眼睛。

仪式庄严而隆重，折兰勾玉恭谨跪地，折兰老爷子端坐上首，三叔公立于一旁持册执言，其余人等皆在丈外，神情肃然。

按照玉陵风俗，孩子的成人礼，母亲必须在寺庙斋戒祈福半月，以求上苍保佑孩子成人后平安健康。今天的成人礼，折兰夫人注定不能出席。

向晚毕竟没有折兰家族血统，又站得远些，也听不见三叔公在那说什么，只望着她跟前的一众女子发呆。

折兰勾玉虽是独子，折兰家族的成员却很庞大，她立于女眷最末，眼前一片衣香云鬓，淡妆浓抹地差点没把她熏晕过去。

"咦，你是谁？"站在向晚跟前的女子回身打量向晚，十二三岁模样，梳着双髻，一袭鹅黄长裙，围着紫色毛围巾，说话的时候有两个酒窝，娇气又可爱。

向晚抬头，眨眨眼不说话。

小姑娘生气了，向晚面生，身边又没个大人陪同，自己之前从未见过，莫不是混进来的？

"喂，问你话呢！"大小姐脾气毕现。

向晚叹了口气，转身离开。

向晚的"惹不起、躲得起"，引来小姑娘的大大不满。她与折兰勾玉是姑表亲，姓陆名羽雪，外祖父与折兰勾玉的祖父是亲兄弟，先皇分封的得利者。她外祖父当年分封兰陵城，只得她母亲一女，她母亲又只得她一女，所以她自认与表哥青梅竹马、门当户对，心中一直认定等到她及笄，就会顺理成章地嫁给表哥，成为折兰府的女主人，玉陵城的城主夫人。

"你站住！"小姑娘毕竟年小，心里有气，直觉喝住向晚。

成人礼上安安静静听三叔公持册执言的人纷纷循声回头。向晚心知不妙，低头疾步走得更快。有人比她更快，从后面一把拽住她，几乎将她拽倒在地。

站在成人礼仪式台上的三叔公虽然年长，目力却极佳，远远地看到这幕，顿时来了气。他非是折兰家族的掌门人，但在族中历来受尊敬，再则今天的成人礼庄严万分，竟敢有人喧闹！

向晚与陆羽雪就这么被人"抓"到了三叔公跟前。

陆羽雪深知利害，她的名字还是请三叔公取的呢，所以刚到三叔公跟前，便"扑通"跪在地上，委屈中带着恐惧道："叔公，叔公，我错了，我不敢了！"

反观向晚，站在原地不吭一声。

两相比较，态度就有了高下之分。历来备受尊敬的三叔公看着这个面生的小女孩，气得直喘气。

"还不跪下，祈求上天的宽恕！"风神国崇尚祭祀，跳云台之前先得叩天谢地，再是感谢父母，最后才跳云台。正在进行的叩天谢地因她们的喧闹中止，得罪的是天神，需请求原谅的是上苍。

众人的视线一下子聚焦到了向晚身上。

折兰勾玉仍跪在地上，他看了眼向晚与陆羽雪，轻咳一声，对着三叔公笑道："叔公，小孩子不懂事玩闹而已，叔公继续吧。"

"这怎么行，仪式被打断，得到上天的宽恕才可以继续，否则只能择日再定！"有一种人，平时虽然德高望重，毕竟没有显摆的机会，一旦得势，便无限膨胀，非得弄得人人知道他厉害方肯罢休。

三叔公就是这样的人。他登台的机会越来越少，迟暮的感觉他至今还不能坦然面对。

向晚觉得记忆中有相似的场景浮现，或许相似的只是当时的心情、此刻的感觉。她心中有一股莫名之气，看着折兰勾玉笑得亲切温和，这一刻却分明感觉他心里似也在隐忍些什么，不由就脱口而出："心诚则灵。我与她站在最后，又未成年，本可以无视，让仪式停下来的不是我们。而我们，到底是触犯了神灵，还是触怒了某些人的权威？"

这话无疑狠狠甩了三叔公一个耳光。年纪一大把，头发胡子眉毛俱白的三叔公哪经得起这气，吹胡子瞪眼了几下，眼一翻晕了过去。

这下子，向晚真的惹到大麻烦了。本来她罪责与陆羽雪相当，如今一句话之故，陆羽雪的过错就可以忽略不计了。关注的焦点再次到了向晚身上。

一阵手忙脚乱。侍卫抱了三叔公回房，唤了大夫把脉，确认无碍，众人这才舒了口气。而向晚被勒令回房，派人严加看管起来，不许出房门一步。

折兰勾玉的成人礼就这么夭折了。

向晚因为身份特殊，具体的处罚留待折兰勾玉决定。总得有个交代，不止对三叔公，还对参加成人礼的所有人。

折兰勾玉进房时，向晚正写着字。房里生了暖炉，她解了披风，端坐于书桌前，神色专注，好像岁月静好，什么事都没有发生。

他吩咐所有人退下，房里只余他与向晚两人。

"师父。"向晚停笔，起身行礼。

自从两人师徒情分昭白天下，向晚这声"师父"是越叫越顺口了。

"今日这种场合，怎能如此跟叔公说话！"折兰勾玉难得地敛了笑容，声音不轻不重，却是别于往常的严肃。

向晚抬眸看他，微微困惑。垂下眼，忽又想起被贬的情景。那时在天庭，她也是一句话冲撞了玉帝，不知理由地不肯认错，百花仙子跪在旁边，便是这样轻喝她："怎能如此讲话！"

当时是不是也是这样，自己客观上犯了错，主观上却觉得没有错？

向晚不由弯起嘴角，觉得有些可笑。

"小晚？"折兰勾玉双眼微眯。总有些时候，向晚的言行举止会超乎所有人的预料，甚至想象。就像刚才，她可以哭闹、不肯认错、推卸责任、甚至沉默，而不是说出那番话。

"心诚则灵。我与她站在最后，又未成年，本可以无视，让仪式停下来的不是我们。而我们，到底是触犯了神灵，还是解怒了某些人的权威？"是什么样的遭遇，是什么样的心思与心智，让一个九岁的孩子说出这样一番话来。

最重要的是，他心里是认同她观点的。向晚对于这件事的认知，竟与他出奇的一致。他几乎可以肯定，当时在场几十人，有这种想法的，只有他和向晚两个人。

因着这一层认知，折兰勾玉忽然有些犹豫。他可以简单地处罚向晚，可是这样一来，从某种意义上说，似乎也否定了自己的某些想法。

"对于结果，我很抱歉。但我觉得我没有错。"不管是搞砸了折兰勾玉的成人礼，还是将三叔公气得晕倒，都是她不愿意看到的，"家规不可废，何况我身份尴尬，还请师父按规矩处罚吧。"

折兰勾玉沉默。平时的向晚从不多话，今天话倒是不少，却是将该说的不该说的统统说了。

追究最初向晚与陆羽雪谁是谁非已没有意义，折兰勾玉心里明白，不管委不委屈，向晚这一顿是少不了的。

按照折兰家族的规矩，以下犯上、以卑犯尊、以幼犯长，都是非常严厉的处罚。所幸向晚不算是折兰家族之人，最后只罚了十下板子。

向晚一向瘦弱，本来不用折兰勾玉使眼色，折兰府行家规的执事自会手下留情。无奈才两板下去，就见三叔公被人搀扶着到了现场。

"慢着！"三叔公看起来很激动，声音苍老中带着颤抖。

"叔公，您还是回去休息吧，这边有我。"折兰勾玉笑得温和，微垂着眸，让人看不清他眼里的真实情绪。

以他对三叔公的了解，自是知道三叔公这时出现，不会是好心阻止对向晚的惩戒。

"她就是你收的学生，你收的徒弟？"手指微颤，明明白白指着向晚。

"只是小事，有劳叔公记挂了。"折兰勾玉依旧笑得亲切，对着三叔公微一弯身，视线瞥见执事房门外那个躲避不及的身影，顿时明了一切。

三叔公怎会突然知道此事，除了他那永远长不大的表弟，还会有谁有这个胆子！

"胡闹！"三叔公手中的拐杖狠狠敲地，大口喘气。搀扶着的下人赶紧替他顺气，他这才将下半句话缓缓说完，"堂堂折兰家族的继承人，玉陵城的城主，收一个来历不明的女徒弟，成何体统！"

折兰勾玉笑里的讽意一瞬即逝，定睛又是个谦谦君子，淡淡道："不过一件私事，也用不着谁来批准，若招来非议，那我只能略表遗憾了。"

"冥顽不灵！"三叔公气噎，拐杖连连顿地，不停喘气，"你这样只会让你自己，让我们折兰家族蒙羞！"

折兰勾玉微垂着眼，笑得很是温和，示意那几个执事继续杖刑。

他已表明态度，不愿就此事作退步与沟通。

"祸害啊祸害！她就是个出身不祥的祸害！"三叔公气极，连连咳了好几声，人便有些不支，很快被人扶下去休息。

向晚本就瘦弱，挨板子的时候又一声不吭，打板子的执事没了轻重，只得一下一下往实了打。十下板子下去，打掉半条性命。

向晚被人抱回房时，折兰勾玉才看到她嘴角流血，牙齿嵌进嘴唇，留下一排深深齿印，那双又黑又亮的半月明眸紧闭，脸上没有流过泪的迹象。

折兰勾玉心中叹气，吩咐人好生伺候，又吩咐沈管家取了些珍贵药材，这才去看望三叔公。

至于陆羽雪，则是将过错全推到向晚身上，当时又认错得早，她是个聪明人，自责在祠堂里罚跪一个时辰，众人也没了意见。

说是不太严重，结果向晚当晚就高烧不退，昏睡几天清醒后，她被告知不准出席折兰勾玉的成人礼。

成人礼重择吉日，二月十二。

这之中乐正礼来过多次，起先向晚昏迷，后见她醒了，拉着她的手，一脸懊恼："小晚，好端端的你怎么去顶撞三叔公啊？"

向晚沉默。她挨了板子，趴在床上，坐不得躺不得。

"成人礼改期了。三叔公说如果再看到你，他就不主持了。"乐正礼见向晚不理他，摇摇她的手，急道，"小晚，你倒是说句话啊，是不是身上很痛很不舒服？"

"我没事。"向晚的声音从枕头里闷闷传来，不重。

"小晚，礼成之后表哥就要上京受封，到时府里剩你一人，你和我一道去游学吧，就像去年一样。"

向晚终于抬头，认认真真地看乐正礼。

乐正礼被盯得脸红心跳，半晌松手，支支吾吾："那个……那个……表哥收你为徒的事，是我不小心说漏嘴的。"声音越说越小，最后几乎听不真切，末了又急急加一句，"我原是想替你说几句好话，求求情的。"

"没事，早晚总会知道的。"淡淡一句。她知道那时的情景，乐正礼虽不敢当面阻拦，事后总会想些方法以期让她免责，只是结果往往不尽如人意罢了。

其实也没什么。此前师徒情分大白天下，当时她一身男装，又没在公众场合开口说话，别人忙着感叹玉陵君折兰公子收了个名不见经传的徒弟，没想她会是女儿身。只是今日之后，这真相是从折兰府的秘密上升为折兰家族的秘密，还是会成为天下尽知的大新闻？

礼成之后，送走亲朋，折兰勾玉才得空来看向晚。

向晚这几日虽渐有好转，仍只能趴在床上，动弹不得。折兰勾玉示意下人退下，悄悄走近，却见向晚脸埋在枕头上，一动不动。

"好些了么？"

向晚肩膀一动，没有吭声。

"可是在为不能参加成人礼的事生气？"折兰勾玉试探。下人回报，向晚这几天的情绪都不怎么好。

他并不是惧怕三叔公，只是向晚下不了床，他便索性将成人礼顺利揭过而已。

向晚依旧沉默。折兰勾玉等了半晌，见她不愿说话，也不愿看他一眼，轻轻叹口气，掖掖她被子，起身准备离去。

一只小手拉住他的手。折兰勾玉转身，跌入一双黑亮静深的眼眸。

向晚微撑起上身，一手拉着他手，一手支着身子，仰着脸楚楚地看他。

"小晚……"折兰勾玉声音一涩，心里升起一种异样的情绪。

"我一早说过，我不善说那些讨巧的话。"那双半月明眸好像旋涡，不知不觉将人吸引。折兰勾玉几乎着迷一般陷在她眼眸里，坐回床沿安慰："怎么会……"

她浑身一颤，小脸低垂。翘长的睫羽下，晶莹的泪珠如珠断线，一颗一颗滑落："多说多错，我只适合沉默。"

当日他是如何问她的？小晚你真不爱说话啊！她说，多说多错，我不善说那些讨巧的话！会得出这样的结论，是因为遭遇过类似的经历么？

而这一次，她会顶撞三叔公，是否因为当日他给的承诺？

"并非人人都想听奉承的话。小晚想说什么，便说什么就好。"

"若是说错话了呢？"

"那也无妨，你还小。"

"是这样的么？"

"至少在这里，是这样的。"

是他给的承诺，不到半月就食了言。他鼓励她想说什么就说什么，告诉她不会有任何后果，他不会苛责她，可以保护她，不让她受委屈，可是事情发生时，他竟忘了当初的承诺。

而她不曾给他难堪，默默地承受杖刑。

他说不出道歉的话，只能在心里告诉自己再不可这样："小晚说得没有错。只是他们不懂。"

这不是安慰的话，他心里确实这样想。

向晚抬眼，双眸晶亮，楚楚中带着丝微怯："真的么？"

脑中一片空白，直觉高于意识，折兰勾玉俯身在那双让人沉沦的眼眸上印下一吻："真的。"

心里又加一句：以后再不会这样了。

这一记轻吻，来得突然、去得迅速。向晚眨眨眼睛，还有些反应不过来。

"困了？"折兰勾玉摸摸她的头，笑得坦然。

向晚"嗯"了声，觉得整个人昏昏沉沉，头一下子晕得很。

"睡吧，好好养伤。"折兰勾玉又摸摸她的头。她还是个孩子，刚才只是一个纯洁的安慰吻。一定是这样没错。

向晚闭上眼，很快进入梦乡。

梦里她是新上任的杏花仙子，开心快乐，却因错开三界杏花，被贬下凡，再次修行。

折兰勾玉临行前才将向晚送的礼物打开。

细长的礼盒里静静躺着一把折扇，只一眼他就认出正是恩师送给自己的那把，此前掉在地上断了柄，被向晚讨去。

折兰勾玉将扇子来回翻转，修长的手指抚过曾经断裂的地方，没有一丝一毫的痕迹。想起前段时间向晚频繁出府，没想到她有心至此。

想到这里，折兰勾玉心中多了几分欣慰。这把折扇材质有多珍贵，修复这把折扇有多难，他比谁都清楚，向晚居然做到了。

他又觉得愧疚。那天三叔公当面指责她是个祸害，他虽不赞同，但也没阻止，更没体谅她的感受。先前的承诺也未兑现，害她徒受一顿杖刑，至今下不了床。刚才他竟又情不自禁做下逾矩举动，真是太不应该了！

不管怎么样，向晚这个学生，真的很讨他欢喜。

如此心念一动，手中折扇习惯性打开，瞥见扇面那抹杏红，折兰勾玉脸上的笑容就僵在了脸上。

本来干净无一物的雪白扇面，如今一枝红杏出墙来！

向晚杏花的画技几乎到了炉火纯青的地步，青砖小瓦马头墙，墙上横生一枝红杏，栩栩如生。可是让才名天下的玉陵君折兰公子手执一把红杏出墙扇，算什么样子？哪怕那幅杏开二度，也比这个好许多！

折兰勾玉将折扇拿起放下、放下拿起。犹豫良久，最后心一横，终是将它贴身安放。

折兰勾玉走了。

临走前交代沈管家好生侍候向晚，又交代潘先生有空多指点小晚学习，交代向晚有事找沈管家或潘先生，来回交代了个遍，终于走了。

该是心无牵挂的，只是每每碰到怀里的折扇，都会不自觉想起某个人。

乐正礼也走了。

他与折兰勾玉一同出发，一个独自游学，一个上京受封。

热热闹闹的折兰府又安静下来。

向晚这几日反反复复地做梦，梦境相同。

延绵数百里的花海，那羽衣如云、纹饰繁花似锦的美丽仙子，那满脸怒容的座上男子，以及他身边沉默不语的女子……

"我是迎春仙子，你是杏花仙子吧？晚上王母娘娘寿诞，众姐妹商定百花齐放

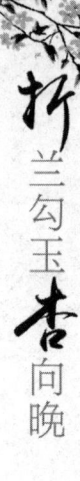

为贺,到时以莲灯为信,可别误了时辰……"

"百花姐姐几天前便赶往瑶池。历年天庭寿诞都由她和百鸟仙子督管操办,这事是她让风婆婆传的信,错不了……"

"玉帝,是小仙疏于教导,才有此事发生。望玉帝念在杏花仙子初犯,饶她此次失误……"

"一夜之间,你可知因她的失误,人间多少谣言纷起,百姓惶惶、奔走逃亡,莫不道天呈异象,必有灾荒……"

……

如此这般反复,有一天向晚夜里惊醒,猛地醒悟:这不是梦境,这是她任杏花仙子时的经历!

那些影像一幕幕在脑海浮现,一段往事,一段经历,联结成谜底,将埋在她心底九年的疑问悄然解开。

原来,九年前的杏开二度是她的失误!

原来,她的错情有可原,若不是当时在天庭冲撞了玉帝,或许不致有今天的遭遇。

原来,她竟然恢复了记忆。

是因为挨板子高烧昏迷,还是因为折兰勾玉的轻轻一吻?

不管怎么样,恢复了杏花仙子的记忆,向晚很开心。

困扰多年的疑问,原是她初来乍到不懂规矩,又当庭冲撞了玉帝所致。虽然玉帝脾气不小,但她当时口无遮拦,就跟这次冲撞了三叔公一样,不管错没错,受罚是必然的。

如此一想,向晚心中搁了九年的包袱卸下大半。

她所恢复的那段记忆告诉她,她生来便是杏花仙子,虽然任职时间不长,但除了做错事受罚那段,其余的日子皆是开心快乐、无忧无虑的。而现在,既已被贬下凡,那就好好修行吧。来人世一趟不容易,总得圆满地走完这程,才能安心回天庭。

近来玉陵学堂春试招生的事,替代折兰勾玉收徒之事,成为玉陵城的头条新闻。

一件新鲜事物,总有人赞成,有人反对,又有人持观望态度。这一次,因着折兰公子与潘先生的好名声,赞声大大盖过反对浪潮。

听说报名参加春试的,以中产阶层居多。富贵人家爱私塾,穷苦人家不敢相信天底下还有免费学堂这等好事,双双观望。

向晚有些无聊,恢复杏花仙子记忆又心情甚好。想起那日折兰勾玉的亲密举动,想起他提过的理想与梦想,便命老管家替她去学堂报个名。

老管家忆起少主临行前的交代,说是向小姐的话就是他的话,即刻领命下去。

学堂首次招生,只招四十名。为了保证之后的开堂授课,先期会有个摸底测试,择优录取。以今年为经验,逐年扩招,争取以后让玉陵城的孩子都能读上书。

潘先生见沈管家亲来报名,又见报名表上赫然是向晚的名字,再次为难了:"沈管家……"

向晚是女子。虽然他此前同意折兰勾玉，若是向晚资质不错，便不担师父之名，从旁稍加指点。但稍加指点是一回事，与男子一同上学堂又是另一回事。

"不瞒潘先生，少主交代，向小姐的话就是他的话，任何人不得怠慢。此事是向小姐交代下来，我们身为下人，不敢违逆。"老管家对少主的话，是绝对服从的。

这情况就更严重了。折兰勾玉上京受封，已是玉陵城实至名归的城主，向晚的话就是折兰勾玉的话，也就是玉陵城主的话……潘先生忽觉阵阵头晕。

"向小姐还说，她与其他报名考生一样，春试过则过，不过也无妨。"

听起来倒知书达礼。潘先生想起老管家的那句"我们身为下人，不敢违逆"，又想起玉陵学堂乃折兰勾玉所有，莫说现在还在招生报名，哪怕报名结束，怕也只能破一回例了。

赶上春试报名尾声的向晚，一点也不紧张。

横竖她现在是折兰勾玉的学生，去不去学堂上课，一没跟折兰勾玉商量过，二来自己心里也没个准。不过当初既答应他会尽力，又能趁机解开小彦心结，免得他老惦记着与她比试之事。

考试那天，老管家亲自陪同向晚赴考。

潘先生留了个心眼，考试时依据科举惯例，将考生分成数个考场。向晚与小彦分在同一考场，小小的房间里除了他二人，再无旁人。

不过，人算不如天算。

潘先生自觉谨慎，该是万无一失。不管向晚过不过春试，先将她身份瞒下，等到折兰勾玉回来，一切问题都将迎刃而解。

不料向来不搭理人，考试前都未与小彦有只字片语的向晚，考完试后，居然主动走到考场外的学生群中，对小彦说了这么一句："你之前觉得输得冤，这次就看各自考试成绩吧。"

小彦回向晚一个面无表情的表情，淡淡道："你入学时短，我让你三个名次。"

"这样……"向晚沉吟，而后点点头，表示同意。

两人倒是心知肚明。

向晚转身出了学堂，上了折兰府的马车，扬长而去。听到向晚开口竟是女声而呆若木鸡的学生们反应过来后，将小彦团团围住，现场炸开锅似的，矛头直指向晚，询问其身份来历。

第二天，整个玉陵城都风传着折兰公子收女学生的传闻。

向晚倒是平静。

城主大人收女徒之事，即使做不了表率，引不起跟风，至少也会有一些影响力，对大家更快接受男女平等有那么一丁两丁点的帮助。这对实现折兰勾玉的目标，未尝不是件好事。

时间过得飞快，转眼折兰勾玉上京已半月有余。天渐渐回暖，空气中隐隐有潮暖的味道。

这日向晚在晚晴阁习琴，反反复复练习《高山流水》，总觉得抓不住其中最关键的神韵。这是折兰勾玉很喜欢的一支曲子，她很想在他回来前将它弹得纯熟。

又练一遍，依旧平平淡淡，充其量没走音而已。向晚起身，在晚晴阁小花园里散步。

迎春正艳，柳树抽芽，那么杏花，也快开了吧。以前在杏花村，第一朵杏花必会在二月底盛开，算算时间，正是这个时候。

可惜，折兰府上没有杏树。

"沈管家，沈管家……"向晚叫住老管家。

在杏花村的八年，她日日与杏树为伴，如今恢复了杏花仙子的记忆，对此更是期待。她想念杏花村那满坡的杏花，更想念那数十里的杏林花海，如云如霞，令人沉醉。

"向小姐有何吩咐？"少主出门前的交代，时时在老管家心里。

"玉陵哪里可以看杏花？"

老管家沉思半晌，欲言又止，半晌却是摇摇头。

向晚道谢，待得老管家告退，带了两个侍卫出了府。

向晚去的三佰楼。

下午的时间，酒楼没有客人，伙计们收拾了卫生，正扎堆聊天。向晚进门，自有伙计记得她，又见她身边跟着的是折兰府侍卫，纷纷起身。

"金掌柜在么？"

虽是男装，一开口就让众人目瞪口呆。传闻竟然是真的！那日画冠全场的小公子、玉陵君折兰公子的学生竟然真是女的！

好半晌后，终于有个伶俐的小二回过神来，屁颠颠跑去后院喊掌柜。

又半晌后，一袭绿衣的三佰楼掌柜金三佰步履生风，未见其人先闻其声："是折兰府的向小姐来了？"

"金掌柜。"在折兰府半年，向晚听了半年的"向小姐"，她深知自己身份，但也不作解释。

"你们都下去吧。"如今的金三佰脱胎换骨，早已不是当初那个南湖酒楼抱琵卖唱的青涩姑娘。向晚这时来找她，定是有事，又见一帮伙计交头接耳，不由使劲瞪了他们一眼。

向晚示意侍卫退下，两个女孩子坐下。

"金掌柜可知玉陵城何处有杏花？"向晚开门见山，微微一笑。

"竟为这事？金三佰跟着一笑，她看着向晚，想起她们初见时的情景，声音柔和，语气利落："向小姐太客气了，当日在南湖酒楼幸得你相助，如不嫌弃，便叫我三佰吧。"

三佰楼开业两人都认出对方，但并没有说破。向晚不知金三佰会否介意别人提及她曾在酒楼卖唱之事，没想到今天她自己先提，如此看来，倒是个爽快人，不似一般女子小心眼。

"不妥，你该长我几岁。"

金三佰笑，也不知她这几月遭遇了什么，又为何摇身一变，成了三佰楼的女掌柜，只是这笑容，倒有几分初见时的温婉："你是折兰府的小姐，若以姐妹相称，岂不被人说我攀了富贵。朋友则无妨了，你要不介意有我这样一个朋友，直呼姓名也不是什么大事。"

"好。"向晚也不是矫情的人。

"那说正事。玉陵不是杏花的最佳生长地，玉陵的百姓更爱桃花。听说这玉陵城，唯有一个地方有杏花。"金三佰挑眉看向晚，话止于此。

想起沈管家犹豫的神色，最后又什么也不说，想必这地方，不是她向晚轻易去得的。向晚左右一想，笑道："三佰就请直说吧。"

面对金三佰，她有一种不同于其他人的亲切感。许是两人的境遇相似，那种身份的转变不管出于何因，让向晚对金三佰生出一种本能的投缘。和金三佰在一起，她觉得舒适自在。

金三佰捂嘴一笑，凑近向晚，神神秘秘："玉娇楼头牌杏香姑娘的杏香阁。"

"玉娇楼？"据说是玉陵最有名的青楼。可青楼是何物，向晚不甚清楚。杏花村没有青楼；一路游学，也没经过或到过青楼；天庭就更没有青楼了！

"男人的温柔乡、寻欢地。"

向晚点点头，大概明白了。

"你怎么想看杏花？"话题到玉娇楼停下，一阵沉默后，金三佰无话找话。

"我原住杏花村。"

金三佰长长地"哦"了声，表示理解："要不我找人替你偷偷折一枝过来？"

向晚摇头，那感觉怎会一样。

"我再想想办法。"让折兰府的向晚小姐去青楼，总不是那么回事吧。

"好，我先回府了，明日再来找你。"向晚三言两语说完，起身便出了门。

留下金三佰一人目瞪口呆。

现在好了，带折兰府的向小姐看杏花好像成了她的事。

向晚回府，温习了功课，晚饭后开始想玉娇楼的事。

虽然她这个大小姐是半路冒出来的，但也知道有些地方不能去。即使女扮男装，她也太小，更何况，她现在是玉陵君折兰公子的学生，若丢了折兰勾玉的脸，就太不应该了。

可是心里又着实期待杏花，犯了瘾一样。如今折兰勾玉与乐正礼一个上京一个游学，都不在身边，她恢复了杏花仙子的记忆，却没有杏花仙子的法力，唯一的寄托便是那抹杏红了。

看一眼，哪怕只远远地看一眼就好。

次日老时间到三佰楼。

金三佰照旧在后院午睡。她本以为向晚随口说说，不会真来找她，所以办法什么的想都没想。

"向小姐，"见向晚今日一袭月色长袍，头发高高束起，手执一把粉面小扇，示意侍卫放下包袱退下，金三佰狐疑，"这是？"

向晚解开包袱，取出一套衣服，递到她跟前："换衣服。"

金三佰接过，是套男装，与向晚身上同款，白色。

"向小姐……"金三佰大概明白了。她觉得有些头晕。

"叫我小晚吧！"向晚笑，又甜又可爱，不像是会出现在她脸上的那种。她历来静默，即使难得一笑，也是浅浅的。

金三佰看得眼都直了。这样毫无保留的笑容，让向晚整个人都笼罩在一种光环中，犹如……犹如杏花绽放，醉如胭脂！

金三佰换好衣服，还是有些犹豫。

"小晚，到时候被折兰公子知道，不止你惨，我也会惨的。"亏向晚还细心地替她也备了把折扇，怎么看这小孩都是在模仿折兰勾玉。

"我只是去看杏花。"正所谓身正不怕影子斜，只要消息不外泄，即便折兰勾玉知道她去了玉娇楼，也该能明白她心情的。

玉娇楼是男人的天堂，可不是女人寻欢作乐的地方，何况她才九岁。

"其实我没去过玉娇楼啦。"金三佰总有不祥的预感。对于她与向晚突然演变到了这地步，心里也是诧异的。向晚看起来不是随和的人，自己也是，这样的两个人，怎么就投上缘了？

"正好，那就没有谁陪谁了。"向晚边说边往后院走，"这里有后门吧，侍卫守在前，不能被他们发现。"

金三佰头还是晕晕的，"嗯"了声，上前几步拉住她。

"怎么？"向晚扭头，神色平静。

"进去后，你千万别开口啊。"金三佰叹口气，不放心地叮嘱。

向晚点头，态度非常好。

两人避开折兰府侍卫，从后门溜去玉娇楼。

大名鼎鼎的玉娇楼坐落于秦淮河畔，前有园，后有水，说不出的雅致风流。传闻玉娇楼里的姑娘不仅艳冠玉陵青楼界，头牌杏香姑娘更是才貌不输扬州花魁。

传闻如此，见过的人却少之又少。杏香姑娘卖艺不卖身，作为玉娇楼头牌，那价码也不是寻常人家出得起的，但闻那些一掷千金博美人一笑的富贵恩客口口相传，只道清艳绝丽、气质脱俗，言语中犹意犹未尽。

向晚听金三佰说着这些街头巷尾茶余饭后的八卦，心中不甚赞同。既是青楼女子，又何来脱俗一说？人前再风光，也不过是个欢场女子，能有几人得善终。

"小晚，要进杏香阁，这价码可不低啊。"金三佰来回琢磨，还是觉得不妥。她会来这一趟，自是对那位传闻中的杏香姑娘也颇多好奇。再则，她虽会唱十八摸，青楼可从未进过，说不好奇，那也是假的。

"我有这个。"向晚伸手，小手中一叠银票，银票上躺着个金元宝。

金元宝是折兰勾玉每月给她的零花，随她买些喜欢的东西。银票是乐正礼送她的新年礼物。

"折兰府果然有钱！"金三佰顿足，示意向晚赶紧收了银票。

到得玉娇楼。

金三佰清清嗓子，理理衣裳，手中折扇一摇，率先迈入。向晚亦步亦趋跟在她身后，神色平静，俨然一个小跟班。

"等等！"没走两步，金三佰突然停下。

向晚也不问，只用又大又亮的半月明眸看她。

"呃……这样的，小晚，我们只是去看杏花嘛，又不是恩客，花这么多银子做什么？"金三佰左思右想，终于找到哪里不对劲了——银子啊，她太心疼那些银子了！进杏香阁要花的银子，抵得上她三佰楼几天的收入了。就这么看一眼杏花，太亏！

向晚还是不说话，继续看三佰。

"走，我们回三佰楼，换身衣服再来，保管不花一分银子！"金三佰打定主意，拉着向晚转身往外走。

向晚倒没什么意见，两人一道回了三佰楼。

再次出门，两人俱是小厮模样。金三佰让人备了筐青菜，提了就走。

再次来到玉娇楼，金三佰领着向晚找到侧门，敲门。

侧门是玉娇楼杂役小厮及供货小贩进出的地方，一天十二时辰有人守着，楼里的姑娘平日里不许出门，若想出去，必得经过老鸨同意。

"怎么这么眼生？"小厮开门，见门外两人提着筐青菜，从未见过，不由怀疑。

"城东李家的。李伯身体不适，今天由我送菜，这位小哥是李伯儿子，以后李伯没空，就由他来送。"金三佰粗着声说话，很诡异的，居然与男音有八分像。

小晚小惊，侧头细细打量金三佰。

城东李伯的菜又好又嫩，附近酒楼饭馆什么的需要青菜，都由他送货上门。

"这样啊，那进来吧，厨房左转到底，快去快回。"小厮不疑有他，伸手一指方向。

金三佰道声"好咧"，拉着向晚往小厮指的方向行去。

左转，疾走几步，两人停下。回头一瞧，已是小厮视线不及处，暂时安全了。

金三佰把菜筐往地上一搁，偏门人少，又是午后，偶尔过来一两人，也都没起疑心。

金三佰略一打量四周，示意向晚跟上。两人一路兜兜转转，一时也没人发现异常。

青楼本是个闲杂地，她二人小厮打扮，眉目清爽、神色平静，自是不容易惹人怀疑。

玉娇楼很大，除了临街那一排三层高的主楼，后面错落有致地分布着十数间香阁，该是当红姑娘的闺房。两人俱是第一次来，不识得路，又不好问人，一开始由金三佰摸索探路，最后却是向晚领路在前。

向晚对杏花有种本能的敏锐直觉，既然整个玉陵城只有杏香阁有杏树，那种杏花盛开的强烈感觉不知不觉引领着她朝某处快步走去。

果然是杏香阁没错！

阁前几株杏树正含苞待放，偏偏杏香阁有小厮把守，两人还未靠近，就被喝住：
"你们两个，干什么的？"

连个躲的地方都没有！金三佰扭头看向晚，却见她光顾盯着不远处的那几株杏花，对眼前的危急形势浑然不觉。她心里一叹，声音低低沉沉，与男声七八分相像：
"回小哥，我们第一次来送菜，出了厨房想回侧门，结果不小心走岔了道、迷了路。"

"去去，掉头往右，到底左拐就是。"小厮说完，冲着两人不耐地挥挥手，示意快走。

"谢谢小哥，谢谢小哥！"金三佰低头哈腰，转身去拉向晚。

向晚远远地看着那几株杏花，神色平静，心里却有小小的兴奋。杏香阁朝南，空气干燥清新，日光尤其好。那几株杏树花苞满枝，一阵风过，其中一朵杏花竟在刹那迎风绽放。向晚屏住呼吸，任由金三佰拉着她手就是不肯走。

"小晚，小晚……"金三佰看了眼脸色不佳的小厮，有些急了，一手横过向晚的腰，几乎拖着她走。

"三佰，杏花开了！"向晚半晌回神，亦步亦趋跟着金三佰出了玉娇楼，这才开口道。她脸上又是那种纯真热烈的笑，半月明眸有抹异彩划过，美得不能逼视。

"痴人！"金三佰娇嗔一声，笑着拉着她手回三佰楼。

向晚开心的是终于看到了心心念念的杏花，而金三佰开心的是没花银子就进了玉娇楼圆了向晚的心愿。

"你说杏香姑娘见一次客，得多少银子？"回来的路上，金三佰苦思。

"不知。"向晚还在想那几株杏花。

杏花于她的意义，只有她自己知道。有些事，若从不知便从不想，比如她从前不知天底下还有折兰勾玉这样一个人，便无从想起，而今他上京受封，她却日日思念。

人如是，杏花也是。她想明天再来看杏花，天天对着它，看它绽放，看它凋谢。

金三佰暗暗咬牙，半晌忽而笑道："至少百两以上吧。我们今天真是赚了，一筐青菜就到了杏香阁门前，看到了你想看的杏花。"

这话不算露骨。如果向晚只是个寻常的九岁孩子，就不可能像现在这般敏锐："哦，那筐青菜是你准备的，多少银子，算我的。"

金三佰险些背过气去。好吧，她承认她对刚才向晚手里的银票与金元宝很有些眼红。若不是她出主意，向晚真的要实实在在花上大把银子才能看到杏花。可向晚竟然回了她这么一句，简直要让她内伤了。

"算了算了，不值几个钱。"回头一想向晚曾有恩于她，金三佰爱财的小性子就收敛了。

"那我晚上请你吃饭吧。"向晚不愿欠人情，她看金三佰满脸犹豫，忽而眨眨眼睛，笑道，"就在三佰楼，银子我付，你既大吃一顿，又能照顾生意，还能提高三佰楼的收入，一举三得。"

金三佰承认自己被打败了。原来向晚不是没听懂她的话，相反她一早将她的爱财小心思看得清清楚楚，不过只肯给她一点小甜头罢了。

两人从后门溜回三佰楼，换好衣服。折兰府的侍卫绝对忠诚，一直到向晚与金三佰吃完晚饭护送向晚回府，这之中都不曾问过向晚一句话，也不敢接受向晚邀请他们共进晚餐的好意。

向晚乖乖在折兰府又待了几日，收到乐正礼书信一封，说他正在南边，到时绕回玉陵，并郑重承诺定期会给向晚写信，让她别太牵挂，好好学习。

向晚不知这承诺因何而来，收了信看向管家手中的东西。那是一个精致的木盒，一米见方，微薄。

"这也是？"。

"是，表少爷一同派人送过来的。"老管家恭恭敬敬。

向晚就着老管家的手打开木盒，只见里面规规整整躺着个风筝。向晚一早就该想到的，乐正礼送的礼物，定有其与众不同之处。

老管家心中一笑，表少爷的心思果然与众不同。

向晚"啪"一声合上盖子，捧过盒子努努嘴，一声嘀咕："一个人，放什么风筝。"

不知不觉绿了柳枝、红了桃花。春暖花开的时节真正到了。

折兰勾玉一直没有书信。从他成人礼后上京，一月有余，按计划本该回府的他却仍不见影。老管家说，少主有事耽搁了，老管家还说，少主与微生家族的继承人夜明君微生澈同年同月同日生，这次是一起上京、同时受封呢。

向晚想起那日柳州画舫的一面之缘，当时微生澈一袭黑衣，双眸如钩，细细长长的似能摄人魂魄，清瘦而白净，衬着黑衣，苍白又冰冷。他以画技称绝，不屑收她为徒，对于折兰勾玉教她的决定，他出声询问，却是垂着眼，不让人看清他眼里的神色，只用修长的手指来回转着桌上的茶杯。

向晚敏感，记性又好，当时她就觉得似乎哪里有些说不上来的怪异，细究，却不知到底是哪里不妥了。

又过几日，还是没有折兰勾玉回府的消息。本来平静的等待，因为没有只字片语的交流，忽然变得有些遥不可期来。

向晚想，或许是她太乖巧了吧。省心的孩子，总是不容易让人记挂的。

于是这日向晚又跑到三佰楼找金三佰，说是要去看杏花。

"又去？姑奶奶，上回是运气好，若是被人逮着，再被我们的城主大人知道，我估计得横尸郊外了！"金三佰头大。怎么可以因为看杏花一再地去青楼呢？

向晚的嘴角很浅很浅地勾起，神情莫测，半晌忽而展颜，天真无邪如孩童，看着金三佰，声音也有平常没有的娇俏："他还在京城，相隔千里，不会知道这事的。三佰，我们是朋友，这小小要求，你不会拒绝吧。"

金三佰再次败北，朋友之说由她提起，她怨不得别人。

两人老规矩老办法，一身小厮打扮，又提了筐青菜来到玉娇楼侧门。

这一回两人运气就不如上次那么好了。进去容易出来难，被冒名的城东李伯稍后赶来送货，谎言穿了帮，两人在杏香阁前被人抓个正着，第一时间被扭送至老鸨跟前。

"哟，两位，没有银子就想混进来看我们杏香啊？"老鸨满脸胭脂，穿红戴绿，手里拿着轻黄丝绢，看得出在红尘中摸爬滚打了不少年头，声音是刻意的嗲，掩不住的沧桑味。她斜了向晚和三佰一眼，倒没第一时间发火，似才睡醒，说完手绢掩着嘴，打了个哈欠。

"听闻杏香阁的杏花开得正好，我们慕名来看看。"金三佰低着声，又是一副男嗓音。

向晚不说话。

这话倒是惹笑了老鸨，她脸上泛开了花，胭脂太厚，便有假花的味道："我说小哥，你这不是拿嬷嬷开心嘛！"

"嬷嬷明眼，我这弟弟从未见过杏花，缠着要来长长见识。嬷嬷你手下的姑娘都是一人一价，传闻杏香姑娘一天见一客，起价百两，你看我这身打扮，就为了弟弟看杏花，怎么可能砸银子与人竞价，堂堂正正地从玉娇楼大门进？就算为了杏香姑娘我舍得银子，可我也砸不起这价啊！"金三佰神色平静，这一点倒与向晚十分相像，亦真亦假地与老鸨说起了笑。

老鸨一时语噎，仔细看了两人一眼，见都长得眉清目秀，心里一笑。她是何等眼力，刚才没细看，如今一瞧，不是娇滴滴的女娃还有谁！两人虽乔装成小厮，衣服普通得紧，但被人抓个现形，竟是一点不慌张，更遑论哭闹，来历该也是不一般的。

"小哥好生能说会道。可是不管你找什么理由，今日混入我玉娇楼总是事实。我这玉娇楼是不大，但也不是个没规矩的地儿，小哥这么聪明，总得想个办法替自己赎身吧。"老鸨摸爬打滚多年，既不揭破，也不是吃素的。

金三佰闻言一笑，笑容中有爽利的味道："妈妈，两筐青菜是少了点，不如我明日再送几筐来？"

"小哥将我这里当成路边小摊，讨价还价呢！"老鸨的脸色有些不好看。刚开始新鲜，一来二去地就腻味了。她可没这闲功夫陪人在这里唠嗑。

无奈金三佰是个财迷，平生最舍不得银子，怎么也要争取将损失降到最低。正待开口，却见向晚伸手入怀，掏出一锭金元宝，金灿灿地搁到老鸨身前桌上。反身拉住金三佰的手，示意她一道离开。

"哎呀，这位小公子出手倒是大方，敢问小公子贵姓？"老鸨拿起桌上的金元宝，熟练地掂了掂，顿时换了张笑脸。

"嬷嬷，价格满意了，就别问这么多了。"金三佰心痛那一锭金元宝啊，反握住向晚的手，使劲拉着她往外走，"少爷，快回家，时候不早了。"

这一回，她们是从正门出的玉娇楼。

金三佰在很长一段时间内，都在心疼那一锭金元宝。

想着折兰府的向大小姐还真是出手阔绰，随手一给，就是金灿灿的元宝，她是不知这一锭元宝可以让普通人家好好过上一两年了。

向晚倒是不心疼的。不管是以前在杏花村，还是跟了折兰勾玉回了玉陵，她都没有花钱的地方，也一直没有钱的概念。除了那次请金三佰吃饭半买半送用掉一张银票外，这是她第二次花钱，两次花钱，都与杏花有关。

不过这次又与上次不同。这一次，她给的这锭金元宝上刻有折兰宝号，玉娇楼的春嬷嬷只需略一打听，不难知晓她们的身份。到时候，关于折兰公子的女学生偷上青楼的传闻应该很快就会流传开来吧。

向晚计算着流言的传播速度，偶尔无事也会去找金三佰，不过再不是为了杏花，而是寻常朋友的小聚。

三佰楼的生意很好，开业一炮打响名气后，每天宾客满盈，兴隆程度大有超过对街玉陵酒楼之势。听说这之中也曾有地痞或不知来历的人挑刺砸场子，结果都很迅速地被人摆平，几次之后，三佰楼里再也没有刁蛮顾客闹事了。

"小晚，那些传闻你听说了没？"这段时间下来，金三佰发现向晚对于外界传得沸沸扬扬的折兰公子收的是女学生，以及折兰公子的女学生上青楼的传言是反应全无。有时碰到人背后指指点点，她也面不改色。

"与我何干？"早熟并超脱的孩子。

金三佰被噎到了。不过，与向晚在一起，噎着噎着她已经被噎习惯了。

"听说学堂春试已经结束，马上就要开学了。"这是玉陵城近期的第二热门事件。春试成绩不日将公布。

"哦。"一贯的平静，并无兴趣与好奇。

"小晚，你真的才九岁？"

向晚不接话。好像乐正礼也曾经这样说过，南湖酒楼她看衣识人那会子，他两眼冒光、无限崇拜地说"小晚，你一句话掐中死穴，真不像是个八岁的孩子"。

她当然不是八岁，也不止九岁了。她是杏花仙子下凡尘，以前几乎没了记忆，现在记忆恢复，杏花封印还在呢，不过失了法力，借住在一个孩子的身体里而已。

日子依旧平静。

向晚已能精准而熟练地弹奏《高山流水》了，那曲中神韵融于乐符之中，一点一点从她指尖倾泻。

折兰勾玉还没回来，乐正礼则定期写来书信。向晚一人霸着偌大一个折兰府，只觉得日子好像少了什么，有些平静得过了头。

春试参加了，身份暴露了，青楼也去了，这些在外面都造成了很大的轰动，街头巷尾蜚短流长的，大有全国上下妇孺皆知的趋势。折兰勾玉远在京城，时候到了，也该有所耳闻了吧！

晚晴阁花园里蔷薇花开的时候，折兰勾玉终于回来了。

一群人呼啦啦出府迎接，向晚神色平静，难得穿着件杏红曳地长裙，立于最前。

约摸一炷香之后，便闻马蹄声笃笃而来。向晚抬头，马上一人白衣飘飘，如墨长发懒懒披在身后，末梢系根玉色发带，丰神俊朗，高贵清雅，正是两月未见的折兰勾玉。

马至府门前驻足，折兰勾玉下马，众人还没来得及行礼请安，便见他一言不发，弯身打横抱起向晚，直奔书房。

"少主……少主……"众人之中，老管家身份地位最高，见少主行动异常，脸上也不是惯常的温柔微笑，不免开始替向晚担心。

"都退下吧。"折兰勾玉步履飞快，扔下一句话，转身从众人视线消失。

向晚一声不吭，甚是平静，只是双手环住折兰勾玉脖子时，嘴角不自觉轻扬。

"那些传闻是怎么回事？"进了书房，折兰勾玉将人放下，也不坐，开门见山。

"师父回来了。"向晚脸上挂上甜笑，施施然行了个大礼。

折兰勾玉一时失神，然后漂亮的眼眸微眯，半晌神色镇定下来，在心里轻轻叹了口气。

这一路上，多少传闻，可谓一拨紧接一拨，不曾停歇。从玉陵君折兰公子收女学生了，到折兰公子收的女学生参加了学堂春试，再到折兰公子的女学生去逛青楼……前两个他可以不介意，既然上次在三叔公跟前他都不否认，那么会招来多少非议自在他的预料之中。可是向晚逛青楼，这是怎么回事？她居然在他不在家的时候去逛青楼！她忘了自己是个九岁的女孩子这个身份与事实了么？

他素知向晚不是个忘本的人，身份与分寸尤其拿捏得准，不过心里又怎么都不敢相信，这会是一个九岁的孩子让他快快回府的小伎俩。

他还是相信向晚乖巧懂事又听话的。

两人一时沉默。折兰勾玉既明白流言不会空穴来风，心里又不能接受向晚居然去了青楼。

"我去看杏花。"向晚认认真真。端看折兰勾玉刚才的眼神，她就明白自己那点小心思难逃他法眼。只不过，她第一次去玉娇楼，确实为了看杏花。

折兰勾玉闻言有刹那想将人敲晕的冲动。很强大的理由，去青楼看杏花。

可是他居然相信！

折兰公子女学生逛青楼这个八卦传得沸沸扬扬，若说实情是去青楼看杏花，只怕全天下只有他折兰勾玉会信！

"陪你一道去的是谁？"折兰勾玉也不含糊。折兰府里的人，都没这个胆。向晚此前八年住在杏花村，他可以理解她对杏花的喜爱，但如果不是有人告诉她，她又怎会知道玉娇楼里有杏花？

向晚甚知轻重，细想了下，答道："一个朋友。"

这倒是难得。一向沉默又不爱与人交流的向晚有朋友了。他不在的两个月，看来发生了不少事。

"有朋友是好事。"折兰勾玉脸上浮起笑容，恢复惯常的温和模样，摸摸向晚的头，笑道，"不过小晚的朋友，是不是该让为师也见见？这样为师也好放心。"

两月不见，怎么感觉向晚长高了？

"就是三佰楼的掌柜金三佰。"瞒不了，就招了吧。

折兰勾玉笑容一敛，眼眸一深，若有所思："你们现在已经是朋友了？"

向晚点头，冲着他笑，半月明眸看着她，闪闪熠动。

那种迷惑的感觉又来了。两个月的分离，回来向晚好像变了。脸上多了笑容，整个人多了分孩子气的可爱。

金三佰的身份他还在确认。一个酒楼卖唱女子，几月不见，身份大变，开起了酒楼当起了掌柜，而且就在他的封地玉陵城。如今她又与向晚成了朋友，让他不得不多一分疑虑，持一分小心。

向晚的细微转变，该不会也是与金三佰有关吧？

折兰勾玉回府，向晚心满意足。生活于是又恢复正常。

本来会有一个盛大的就任仪式，不过折兰勾玉早已是玉陵城实至名归的城主，一应场面能省则省。

向晚很担心青楼事件会给金三佰带来麻烦，后出府几次去找金三佰，发现并无异常，三佰楼生意也还是照常火爆，便也安下了心。

金三佰作为向晚人生的第一个朋友，也是目前为止唯一一个朋友，两人之间的交往倒是越来越频繁。折兰府中丫鬟，或者折兰勾玉与乐正礼，毕竟与金三佰不一样，前者有身份的差异，后者有男女的差别，所以在向晚心里，金三佰的地位是很特别的。

至于春试的成绩，潘先生本就等着折兰勾玉回来定夺。最后成绩公布，小彦第三，向晚第五。

向晚恢复杏花仙子记忆，虽然没有法力，应付这些考试，还是没问题的。再则前段时间她确实很用功，有此成绩一点也不意外。

她是不意外，其他人却个个意外，尤以小彦最为意外。

"你瞪我也没用，说要让我三个名次的是你自己。"向晚与小彦两两相瞪，最后向晚撇开视线，淡淡道，"当时你若说让两个名次，也不至于两赛两败。"

时折兰勾玉与潘先生对坐品茗，小彦与小晚在一旁对弈。小彦闻言一个怒火攻心，抓错棋子黑白颠倒，落子时后悔莫及。

向晚脸上即刻挂上甜笑："小彦，没想到今日下棋，你也要输于我了。哎，棋书画直落三局，下次比琴我让让你吧。相识一场，怎么也要给你留点面子。"

这回不止是小彦，折兰勾玉与潘先生也双双落了手中茶杯。

卷三

漫天杏花,
最是少年情动时。

时间如白驹过隙，眨眼到了初冬。

这半年时间，向晚不仅学识上有了长足的进步，人也长高不少。折兰府伙食顶好，向晚却没怎么长胖，清清瘦瘦，愈发显得高挑起来。

除此之外，过了一年折兰府幸福千金生活的向晚慢慢地开朗起来。虽然话还是不多，但也不少，最重要的是，她脸上的笑容跟着多了起来。

这日向晚难得的又是一身女装，是她喜欢的杏红曳地长裙，早上复习了功课，看看时间差不多，便至折兰勾玉的书房敲门。

折兰勾玉近来颇忙。玉陵城近期有海客大量出入，他正忙于此事。

向晚也是听了下面的丫鬟议论纷纷，才知道海客的事。说是海客的着装怪异，头发束成冲天辫造型，反正看起来与风神国的百姓大不一样。而且海客们会说风神语，但语气生硬，一听口音便知不是本国人。还有海客带来的物什也很稀奇，喜欢与人以物换物，喜欢上酒楼下馆子吃饭，诸如此类，不胜新鲜。

向晚那时找不到折兰勾玉，便巴巴地问老管家："什么叫海客？"

"回小姐，海客从海那边驾船过来，非我风神国人。"

向晚想起此前唯一的一次看海经历，她跟着乐正礼出海时远远地看到几艘大船，当时乐正礼还纳闷来着。所谓海客，该在当初就尝试来玉陵，只不过一年后才渡海登陆成功罢了。

毕竟这事是头一遭，折兰勾玉慎重些也是该然。其实关于海客，折兰勾玉几年前早有关注，上回三人从海边回来后，他便派了官兵在海边设防，故这次海客登岸，就被先集中在一处，出入皆有登记备案。

"进来吧。"屋内传来折兰勾玉温润的声音。

向晚推门，也不进去，就站在书房门口道："师父，时间差不多了，他也该到了。"

向晚口中的"他"正是乐正礼。大半年未见，乐正礼终于结束游学要来玉陵了！

其实两个月前他就书信不断，说是很快就到玉陵，每每约定的时间还没到，便又来一封信，说是有事耽搁，要晚几天，如此几次，两个月后，这一天终于来临，不再延期了。

"小晚，你长了一岁，可不能他来他去，待会儿看到，得按规矩叫他哥哥。"折兰勾玉放下手中的笔，笑着起身。

向晚噘了噘嘴，不吭声。

"罢了。"他叹口气，摸摸她的头，两人一道往外走。

说起向晚与乐正礼，也算是一对欢喜冤家。

这大半年来，乐正礼不知写了多少封信，送了多少好玩的东西来，向晚就有这个意志不动摇，硬是只字片语都没回。可是即便如此，乐正礼还是一头热地将一路所见所闻写信给她，顺带捎上好玩的好看的送过来。

有一次说是到了边疆，看到了一种叫做骆驼的奇怪动物，还说向晚肯定没见过，大老远的让人送了来，结果还没到玉陵就死了，送的人吓个半死，将骆驼尸体送到折兰府门口就跑了。

还有一次说是看到了一条特好看的蛇，金银交叉环，又细又长，装在笼子里也派了人送来给向晚玩。向晚平生最怕蛇，打开礼物吓得尖叫一声——平生唯一一次尖叫，一下子跑回房间，连晚饭都没出来吃。

两人才到前庭，便闻一人大呼小叫地远远而来："表哥，表哥，小晚，小晚……"

折兰勾玉与向晚非常默契地停步，不出几秒，果见乐正礼迈着大步朝他们奔来。大半年没见，他长高了许多。许是这一年的游学只他一人，看上去又显成熟，脸也不再是去年那般圆圆的，少了娃娃脸的可爱，多了些鲜明棱角，平添几分英气。

"表哥……表哥……"乐正礼几步冲到折兰勾玉跟前，看似想来个热情大拥抱，最后却是伸手挠挠头，嘿嘿一笑，转过身对着向晚一比画，道："小晚长高了，都快到我肩膀了。"

向晚冲他露出个笑容，没有说话。

"表哥表哥，我们中午去三佰楼吃饭吧。之前没感觉，走南闯北一趟下来，各地招牌酒楼去了不少，想来想去还是上回在三佰楼吃的那桌私房菜最美味！"一早说过乐正礼是个散财的性子，此次独自游学，旁边没个监管的人，花起钱来那叫如流水，每到一处，必挑最好的酒楼，点上招牌菜，美美地享用一番。

"好啊，小晚现在和金掌柜是好朋友，说不定今天去了，还能免单。"折兰勾玉笑若春风，打趣。

向晚垂眼，撇了下嘴，半晌淡淡一句："这顿我请吧。"

一路过去，都是乐正礼在说话。

"小晚你怎么和人家掌柜成朋友了？"

"那个金掌柜什么样的？我都没印象了……男的？女的？"

"想起来了，是南湖酒楼唱十八摸的……

"对了小晚，我路上居然听到有人说你去了青楼。你怎么可能会去青楼呢？所以我听到一个就狠狠教训一个……"

"礼……"折兰勾玉不得不开口了。表弟看起来倒是成熟了，这聒噪的性子怎么一点也没变？

"表哥，你也不相信吧，这些人太可恶了，说小晚去青楼，不是毁小晚的名声嘛！"话语之中，犹有一股愤怒。

"我去了，就是和金三佰一起去的。"向晚坦然而平静，心里则为那些被乐正礼揍的无辜人士默哀。受害者估计不少吧，不然折兰勾玉从京城回来就不会如此生气了！

"小……小晚……"乐正礼伸手牢牢扶住自己下巴，结结巴巴地一脸不敢置信。

乐正礼是这样想的，向晚如此纯真美好的一个九岁小姑娘，怎么会有去青楼的想法？所以这事情的主谋肯定是金三佰了。此前她在一堆男人跟前唱十八摸都那么坦然，百分百是她拉着向晚去青楼的准没错。

　　向晚真是遇人不淑交友不慎！乐正礼脸上的五官皱成一团，带着这样一种愤愤不平的心情到了三佰楼。

　　折兰公子与向晚一同到来，金三佰自是亲自招呼，领了他们直上三楼雅包。

　　乐正礼的脸色臭臭的，两眼死死盯着金三佰，似能喷出火来。

　　金三佰当然也感觉到了。她对乐正礼虽有印象，不过许久未见，两人又从未深交，所以也不好意思问，瞥了几眼就直接无视了。

　　点了菜，金三佰下楼，乐正礼起身跟在她身后。

　　甫一出向晚与折兰勾玉的视线范围，乐正礼便拉住金三佰，毫无风度毫无气质地将她往外拖。

　　自有店小二见到掌柜有难，奋不顾身地想救驾立功，都被金三佰一一喝退。在金三佰的指引下，两人来到后院，乐正礼这才松了手。

　　"这位客官，请问你这样，所为何事？"金三佰伸手理理身上的衣裳，面带笑容，声音温柔中又有飒爽，刹那给人风情万种的感觉。

　　乐正礼怔了下，小脸瞬间涨得通红，良久才道："你以后不许带小晚去那种地方！"纸老虎的威胁口气，一捅就破。

　　"哪种地方？"金三佰笑，明知故问。

　　乐正礼的脸更红了，过于丰富的想象力让他不能平静对待青楼二字，支吾几声，眼一闭，粗着声一气说完："就是那玉什么什么的青楼！"

　　"这事啊……"金三佰拖长了音，又轻咳数声，看着乐正礼两眼冒火、满脸怒容，自觉够了戏份，才施施然道，"那玉什么什么的青楼，分明是小晚拉着我去的。"

　　金三佰说完不甩乐正礼，袅袅地走了。留下乐正礼一人目瞪口呆。

　　他倒没怀疑金三佰的话，因为他忽然想起来一点：如果是小晚不想去的地方，拉着她去她也不会去。以向晚的性格与现在的身份地位，只怕整个玉陵城都没人敢强迫她做什么。

　　想着刚才的鲁莽，乐正礼的脸愈发红了。

　　一顿美食，唯有乐正礼一人食不知味，心里五味杂陈。他误会了金三佰，还对她无礼，最重要的是对于向晚怎么会想到去青楼，他百思不得其解。

　　"小晚，你为什么要去青楼？"乐正礼是个直性子，憋了一会儿还是没憋住，也没想个婉转的表达方式，直截了当地问。

　　"看杏花。"

　　筷子掉在地上，乐正礼简直听傻了。

　　"礼，专心吃饭。"折兰勾玉一发话，乐正礼就恢复正常了。

时光仿佛跌回到去年，三个人一起吃饭，一起游学。向晚与折兰勾玉共乘一骑，一旁乐正礼大呼小叫不停地问问题。

　　三人吃完去了学堂。
　　乐正礼说，关于玉陵学堂的事，可谓举国热议。这是一项创举，自会引来一部分人支持，一部分人观望或反对。不过这一次因为折兰公子与潘先生的关系，倒是赞声一片，人人称道。
　　学堂设在秦淮河的另一侧，环境清幽，此时正是午休。学生们三五成群或休息或聊天，或留在学堂用功看书。从京城回来后，折兰勾玉来过几次，大家都认识，此番看到三人进来，纷纷起身行礼。
　　"潘先生呢？"
　　"回大人，潘先生有事，中午时回竹院了，下午再过来。"
　　"这样……"折兰勾玉点点头，手中折扇轻叩掌心，道，"你们都去忙吧，我们自己走走看看。"
　　众人退下，折兰勾玉示意乐正礼与向晚跟着他走。他手中折扇正是恩师所赠那把，只不过向晚在上面画了红杏出墙后，折扇几乎不曾在人前打开。
　　学堂不小，今年首次招生四十名，管理与反响都不错，明年已有扩招打算。三人中，乐正礼是学堂开学后第一次过来，左右环顾，心里觉得甚好，不由想着日后在他的封地礼正城也建个学堂。

　　在折兰勾玉的推荐下，乐正礼年前待在玉陵的两月时间，三天一次到玉陵学堂讲课。所谓讲课，倒不是规规矩矩地照本宣科，而是讲述他的游学经历。在座四十名学生，毕竟没有人能如此之幸走遍风神国的东南西北，各地风俗人情又颇为不同，乐正礼这半年多的游学经历，加之去年与折兰勾玉同行的见识，是最宝贵的见识与经验。
　　乐正礼自有贵族气质，见惯大场面，又有阅历，除了在女孩子跟前容易脸红外，在课堂上讲学倒是格外生动精彩。几堂课下来，学生们反响热烈，纷纷提议三天一课增至两天一课。不过折兰勾玉此举的重点是在锻炼乐正礼的基础上，给在座学生一些国情常识，所以觉得三天一课足矣。他看学生委实热情，便让乐正礼之后的两年游学也如今年这般，来玉陵的时候都去学堂讲课。
　　转眼临近过年，乐正礼又是依依不舍，一步三回头地回家。
　　不过这一次，他心里还是有些小开心的，因为向晚答应他，明年冬天，就会跟着他学箜篌了。

　　这一年的新年，折兰勾玉倒是想带向晚同去金陵，不料却被向晚拒绝。
　　"我不是折兰家族的人，而且我留在这边，与小桃管家他们一起过新年，也甚好。"向晚笑得特别甜，特别乖巧。
　　这一年，她闹出多少事来，还是不要跟他去金陵的好。从年初破坏他的成人礼，到后来的传闻满天飞，还扯上了青楼，真要拜见家长，还是等风波平静些，等大家都遗忘了这些事吧。

"小晚？"折兰勾玉眉毛微挑。每当向晚露出这种笑容的时候，便表示她心里有不一样的想法与打算了。

"师父不用担心，一个月很快就过去，我会乖乖待在府里，这一次绝对不会惹事的。"笑得愈发地甜了。

折兰勾玉心里狐疑更甚，苦于找不到关键所在，心里不免又有些失落。去年是他不带她去，没想到今年他改变主意竟被拒绝。

她明明一向以他为天，以他为尊的。这一次，却破了例。

一个月的分别，他似乎能看见自己的想念了。

这一次分别，向晚真的没惹事。

未过元宵，折兰勾玉借口有事急急赶回玉陵，发现向晚和去年新年一样，乖巧而懂事。听老管家说，只是去了几趟三佰楼，又去拜访了几次潘先生，便再没出过门。

什么学堂，什么青楼，什么蜚短流长，这次一个也没有。

折兰勾玉回到书房，心里忽然生出一种不被重视的失落感。

书桌上只安安静静放着一张画，画上是一把琵琶。

向晚站在门口，往里探脑袋："是金三佰的琵琶。"

折兰勾玉点头，确实是金三佰的。南湖酒楼那次遇见，她便抱着这样一把琵琶，琶身花纹精致，琶头轸子处垂着一颗圆珠，并不寻常。

"师父在调查三佰？"向晚依旧站在门口，不进也不退。

金三佰的身份转变确实诡异，但她觉得金三佰不是坏人。或许折兰勾玉身为玉陵城的城主，考虑的立场不一样。

折兰勾玉背靠椅背，挑眉看她，不置可否。

"她与海客有关？海客们为什么要找她？"

折兰勾玉起身，走至向晚跟前，忽地将她抱进书房，放至一旁椅子上，摸摸她的头，笑道："原来今年新年，小晚研究了这些。"

向晚仰起脸看他，半月明眸又黑又亮，带着丝狡黠："那天凑巧看到管家手中的画，问了才知道。"

"那你如何看此事？"折兰勾玉不动声色地移开视线，告诉自己不能沉沦在这一双眼眸里。

"她是我朋友。"向晚起身，娇俏道，"你是我师父。"

她没有去问金三佰，从老管家口中也问不出更多内幕。她只知海客们借商贸之名，实则是为寻人。寻人的依据便是这把琵琶，她因为识得这是金三佰的琵琶，才知原来折兰勾玉一早就开始派人调查金三佰了。

只是调查的结果如何，她并不知道，暂时也不想知道。

很快又到杏花时节，向晚心里不免有些蠢蠢欲动。

如今折兰勾玉在府上，她是断不可能再去玉娇楼看杏花了。想起去年去了趟玉娇楼，这位才冠天下的玉陵君折兰公子破天荒发飙，向晚莫名想笑。

没想到他对这个挺介意。

"师父……"向晚的声音难得有些怯怯的。

"是小晚啊。"折兰勾玉最近好像习惯了这样的问答。每回向晚叫一声"师父"，他必以这四字作答，一次不差。

"我想去看杏花。"向晚眨着眼睛，想着接下来折兰勾玉会有的表情，嘴角不由浅浅勾起。

折兰勾玉起身，颀长俊逸，如兰清雅，手中折扇一开，道一字："好！"

白色的扇面上，赫然是那幅红杏出墙图！

向晚本想惊人，反被人惊。折兰勾玉竟然同意她去玉娇楼！

"师……师父……"向晚第一次结巴，向来平静的神色都不平静了。

说起来她在折兰府一年多，除了那次顶撞三叔公挨了顿打，就属青楼事件最为严重。没想到事过一年，折兰勾玉竟然要与她一道去青楼看杏花了？

"择日不如撞日，就今天去看吧。"折兰勾玉手中折扇轻摇。只有在向晚跟前，这把折扇才能"重见天日"，否则扇面永远不开。

"真的去玉娇楼？"向晚打量了身上的衣裳一眼，还是不敢置信。

"玉娇楼？"折兰勾玉挑眉，合扇点点向晚脑袋，笑道，"这个地方，以后小晚就不要再想了。"

向晚高高挑挑，这两年长得飞快，看起来倒有十一二岁模样。被折兰勾玉的折扇一点，她不由伸手摸摸头，一时不明白折兰勾玉的意思。

他说和她一起去看杏花，又说别再想玉娇楼了，这是作何解释？

如今向晚十岁，折兰勾玉十七，自是不可能再同乘一骑。两人坐着马车，直往城北。

城北有玉陵城唯一的一座山——启明山。风景秀丽，山上有座寺庙名曰灵隐，传闻不仅寺里的菩萨灵验，住持的修为也很高。

不过折兰勾玉与向晚此行的目的并非灵隐寺，而是启明山人迹稀少的北半坡。

向晚还是老样子，只一路跟着，并不问话。玉陵君折兰公子彻底折服了，只得先开口："小晚在想什么？"

"你种了杏花？"此行的唯一解释。

折兰勾玉不免苦笑，向晚有时真的与他小时候很像。人太过聪明，便会失去很多乐趣。比如向晚若是寻常孩子，没有这样冷静的分析能力，待会儿该会惊喜万分吧。而现在，哪怕等下会很开心，但那种惊喜肯定是没有了。

启明山北半坡，马车停下，除了向晚一行，几乎没有旁人。

卷三 漫天杏花，最是少年情动时。

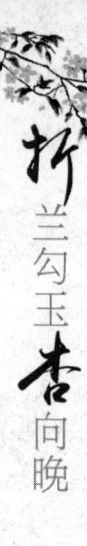

两人下车，顺着山路蜿蜒而上，留侍卫守在下面。

向晚久未爬山，没过多久，就有些气喘，再过片刻，额头已细细沁出汗来，愈发衬得她白皙清透。

"走不动了？"折兰勾玉停步，站在前头，地势与身高的优势，让他此刻高高在上。

向晚跟着停步，仰起脸看他，摇头。他背对着光，玉白长袍随风轻摆，如墨长发披在身后，末梢系一根发带，却有几缕散落，随风轻舞。此刻，他看着她笑，漂亮的眼眸眯成弯弯一道弧，声音温润，如仙如谪，与玉帝一般无二的脸庞，却不是玉帝这般威严不可亲近，而是温暖是亲切。

向晚心里忽生感动。是她的幸吧，遇到了他。她虽可以在杏花村忍受那些谓之"修行"的苦，但他就像她生命里的阳光，让她看到了快乐和希望。

依赖与贪恋，历来都是拥有的附生物。

"马上就到了。"折兰勾玉安慰一句，继续往前。

向晚的心情前所未有的愉悦，笑容不觉浮上脸庞，疾走几步跟上折兰勾玉，侧头问他："为什么要把杏花种得这么高这么远？"

折兰府里植上几株即可。

"大概……是为了好看吧。"折兰勾玉略一沉吟，抚扇笑道。

确实是大动干戈了点，即使他理解她对杏花的情结，在府里种上几株，派人精心培植亦可。不定非得挑这么大块的地方，弄得这么复杂。想来想去，可能自己也是闲了点。

向晚"哦"了声，快步越过折兰勾玉，一气往前。她已经感觉到杏花的存在，不用折兰勾玉指路，凭着一种本能，走至不远，又侧转往下。

那是一条小径，窄窄的仅容一人通过，稀稀落落的有树枝横生挡道。

向晚在前，伸手将横生的枝丫或撸到一边，或折断。折兰勾玉跟在她身后，悠哉哉享受她的服务。小径虽然幽僻，却是条捷径，难为向晚第一次来，竟能自己摸到路。

"到了！"向晚一声轻呼，向前小跑。她已经闻到杏花的香味，就在这附近！

"小晚……"折兰勾玉话没说完，果见向晚的衣袖被一旁树枝钩住，她停步转身去解袖子，侧头的时候发带钩到另一根树枝，一拉一扯，满头青丝如瀑布般倾泻而下。

这一幕很惊艳！

她身上是绛紫丝帛长袍，衣领高高束起，郊外暖阳，让她整个人看起来白得似能透出光来。折兰勾玉有一刹那的看呆，青丝如流水般倾泻，丝丝顺滑光泽，这一瞬间的向晚竟是美得让人不能逼视！

向晚已经顾不上被钩住的衣袖，顾不上还挂在树枝上的发带，扭过头看他，脸上带着兴奋与运动后特有的红润，牙齿咬着红唇，半月明眸里满是不知所措。

她的眼眸又黑又亮，不似往日般静深，短暂的不知所措后，却是撇开视线不敢看他。

"咳咳……"折兰勾玉回神清清嗓子，神色自若地走近向晚，脸上又是那种招牌的亲切笑容。他伸手取下发带，递至向晚跟前，转而去解救她被钩住的衣袖，声音平静，"不急，那杏花又不会长翅膀飞走。"

向晚的脸噌地透红，他的气息近在咫尺，让她的心失控般狂跳起来。她十岁，他十七岁，不知不觉已经两年。十六成年，二十娶妻，十七岁的折兰勾玉已是全玉陵城未嫁女子的梦中情人，他的优秀出色与他的尊贵不凡一样，与生俱来，再多的词汇都显苍白。若不是折兰勾玉坚持，只怕整个风神国的媒婆早已挤满玉陵。不过也只是时间早晚，再过三年，折兰勾玉的婚事注定又会是一场风波，席卷整个风神国。

"又在想什么？"衣袖问题顺利解决，可是向晚犹在发呆。

向晚不说话，抬头看折兰勾玉，心里忽然有点难过。

"怎么了？"

"没事。"向晚笑，掩饰了下，"只是想到了以前。"

"礼来信了，说非常想念玉陵学堂的那些学生，今年他会早点过来，争取多讲几堂课。"折兰勾玉笑，也不问向晚想了什么，扯开话题。

向晚也笑，想起去年乐正礼三天一堂课的当起了先生，还做得有模有样，不由跟着开怀。没做之前很难想象，尝试了才知道原来他也很有天分，只不过经常待在折兰勾玉身边，不管从哪一方面，都显得逊色了些，便容易被人忽略。

"这次我一定要去听他讲课。"说来好笑，去年向晚听说乐正礼的课很受学生欢迎，便问了折兰勾玉想跟着去听课，结果乐正礼死活不同意，直说如果向晚去了，他肯定连话也不会说了。两人几番讨论未果，最后在折兰勾玉的协调下，向晚终是没去成，"师父会同意的吧。"

折兰勾玉笑，却是不回答，手中折扇一指，示意向晚往前看。

延延绵绵的一大片杏林，杏蕾与叶芽交相成趣，春意点点。向晚几步走近，心底升起一种异样的情绪，亲切而又满足。她是天上的杏花仙子落入凡尘，唯一的烙印是左臂上的杏花印，唯一的牵连便是杏花了。

以前在杏花村，只有在杏林坡的时候她才是开心的。杏花盛放时节，一有空她便会去杏林坡，穿梭在杏林中，难得的展颜，开心的时候甚至还会哼歌。

阳光很暖，有微风拂过。向晚笑着穿梭在杏林，青丝飞扬，经过之处竟是杏花刹那怒放！

折兰勾玉的视线追随着向晚，看到这幕心里狠狠一震。这不是一株两株的巧合，跟着向晚的脚步走近，一大片杏林竟是瞬间盛放近半。

这是什么样的奇迹？这是什么样的因缘？若非亲眼所见，怕是谁都不会相信世上还有这样的事！

"师父……"向晚停步，转身。

她就站在杏花下，人比花娇，更比花艳。

折兰勾玉微笑，悠哉哉踱步至她身前，拿过她手上的发带，声音温润："今天就让为师替小晚梳头吧。"

向晚抬眼，眼中有疑惑。

折兰勾玉摸摸她的头，走至她身后，伸手。这一幕青丝的触感，果然如他预料中的顺滑，青丝如墨，垂直如坠，让人拘之不忍释手。

没有梳子，折兰勾玉将向晚的头发理到身后，只在末梢松松地系上发带，就和他的一样。

"澹然闲赏久，无以破妖娆。"向晚伸手，折一朵杏花，高举至眼前，对着太阳，轻轻吟诵。

她不知道这首诗哪来的，她只知道她任杏花仙子时，曾经很喜欢这首诗。

折兰勾玉没有说话，迷惑于此刻的向晚，心底泛起层层波澜。

这一天，对于折兰勾玉与向晚来说都是一个转折点。

杏开杏落，转眼过了夏天。

最后一批青杏采摘完后，向晚就很少去启明山杏花林了。不是不想去，毕竟路远，常去也不方便。

乐正礼今年果然来得比往年早，中秋刚过不久，他便快马加鞭地赶到了。

"小晚，小晚，我终于可以教你箜篌了。"久别重逢，乐正礼的开场白是这样说的。

向晚想起去年自己一时心软答应他，现在也不好反悔，只得点头。

彼时折兰勾玉恰好有事出府，向晚在第一时间被乐正礼拉去小书房开始了箜篌第一课。

折兰勾玉回府，听到晚晴阁方向传来的乐音，便明白乐正礼终于如愿开始教向晚箜篌了。

琴架早就做好，那面近一米高的箜篌此刻置于架上，文身凤首、缨以金彩、络以翠藻，尽显高雅华贵。向晚屈膝坐于箜篌旁，双手左右弹奏。

只是最简单的试音，以及一个熟悉的过程。毕竟学了近两年的筝，不是音律不通之人，弹奏乐总有相通之处，向晚学得很快。

箜篌音色纯正典雅，加上独特的造型与稀有的品质，向晚弹奏的模样看起来极是赏心悦目。

乐正礼教得很用心。他年少时偶然得到这样一个乐器，兴趣之余便学了一些。当初因为箜篌的罕见，请个先生就费了好大的劲，如今乐正礼更是将那本珍贵万分的《箜篌乐典》送给向晚，以便他不在的时候向晚能勤加练习。

两人俱没发现房门口站了个人。半响之后，折兰勾玉只得作势伴咳。

"表哥，你回来了！"乐正礼起身，几步冲到折兰勾玉跟前，嘿嘿一笑，转过身对着向晚又一比画，道，"小晚又长高了，现在真的可以学箜篌了。"

向晚起身，对着折兰勾玉施施然一礼。

向晚长高不少。乐正礼比之去年，不仅更显成熟，大半年不见，看上去竟让人觉得英挺俊朗。

"嗯。晚饭还是去三佰楼吧。"

"表哥……"乐正礼犹豫。自从上次因为向晚去青楼的事误会了金三佰后，乐正礼就很不好意思再去三佰楼了。去年在玉陵两月的时间，他都有意避开不去三佰楼，也没再见到掌柜金三佰，没想到今年一回来，第一件事竟然又是去三佰楼。

"你去年来的时候，不是念叨着她家菜肴美味么？"折兰勾玉笑。他清楚记得去年表弟风风火火赶回来念叨三佰楼的那桌三佰宴，只是去了一次后，就没再提及了，偶尔他和向晚邀他同去，他都借口避开，甚是有趣。

"是很美味。"乐正礼是个直肠子，倒是实话实说，想了下，大有壮士一去不复返的气概，道，"就去三佰楼吧。"

不就一个女人嘛，还能把他吃了不成！

话虽如此，胆也替自己壮了，到了三佰楼，见到近一年未见的掌柜金三佰，乐正礼心里不免还是有点虚。

"哟，这位客官，又来替妹妹讨还公道啊！"金三佰一袭翠衣绿裙，腰际扎根宽绿腰带，愈发衬得腰细起来。她本不想调侃，看到乐正礼有意撇开视线不看她，心里的那点坏心思就忍不住了。

她早已不是当初那个南湖酒楼抱琵琶卖唱的女子，如今三佰楼开业两年，金三佰在玉陵城也已站稳了脚跟。一个身份成谜的未婚女子经营偌大一个酒楼，也算得上是一段传奇了。经营酒楼需要的才能与性格，开业酬宾重遇那次，她就已经完成了蜕变。

乐正礼闻言脸红，折兰勾玉事不关己，站在一边悠哉哉笑，倒是向晚，看了乐正礼一眼，终是不忍心："三佰，一年前的误会，你怎么还揪着不放？"

"好好好，一年前哥哥替妹妹出头，一年后妹妹替哥哥出头，哎，这风水转得……"熟了的关系，金三佰在折兰勾玉与向晚面前可不忌讳什么，"好了好了，我这就替你们准备吃的去，稍等慢坐。"

金三佰说完返身下楼。三人坐的还是三楼的雅包，老地方了。

"女人话多就是不可爱。"乐正礼见人走了，才敢嘀咕一句。

可惜他向来大嗓门，金三佰楼梯踩了一半，耳边飘来这样一句话，顿时停步，却是不回头理论，半晌后又风一般笑着下楼了。

很快，乐正礼就尝到了得罪女人的下场。

饭菜自是没有问题的，问题出在酒上。乐正礼酒量甚好，平时在家并不怎么喝，出来吃饭却有喝点小酒的习惯。金三佰很善解人意地在酒里下了点"调料"，便让乐正礼吃足了苦头。

这是一种无色无味的小药，名叫"大舌粉"，融于一切液体，无毒性，只不过喝的人在一个时辰里都会大舌头，说话含糊不清，唇舌有酥麻感觉。

"你玩阴的！"乐正礼独自游学两年，倒学了几句江湖话。只是大着舌头，话讲出来就少了份气势多了份可笑。

折兰勾玉与向晚抬头看乐正礼，乐正礼此时已冲到金三佰身前，挡住了金三佰正欲下楼的门道。

"你说什么，我听不清呢！"金三佰退后一步，双手环胸微微后倾，笑得风情万种。

"你在酒里下了什么！"乐正礼眼睛似能冒出火来，恨不能揪住金三佰将她扔下楼去。

"哎，客官，您酒量也太浅了吧，才喝了几口，这就大舌头了。"金三佰捂嘴偷笑，神情无辜。

折兰勾玉冲着向晚挑眉，向晚无奈起身打圆场："三佰……"

她倒是爽利，手一摊，冲着向晚道："别看我，没毒性也没解药的，只不过会大舌头，过一个时辰就好了。他是你哥，我没下得太狠，估计用不了一个时辰吧。"

三人哗然，乐正礼破天荒毫无风度地手指着金三佰，指尖离人家鼻尖不足三寸，大着舌头气得哇哇叫。

折兰勾玉与向晚满含同情地看着他，却也爱莫能助。

乐正礼与金三佰的梁子就这么结下了。

大半个时辰，乐正礼大着舌头都在反反复复地念叨两句话。

"女人不好好在家相夫教子，学人家开什么酒楼，以后哪有男人敢要！"

"还是小晚最可爱，有的女人心眼小还心狠手辣，怪不得年纪一把还没嫁人！"

大着舌头反反复复说这两句，想不听清也难啊。金三佰气得咬牙，不过自己使坏在先，又碍着向晚与折兰勾玉的面不好发作，只得忍了。

"小晚，你以后要离那个女人远一点。"回到折兰府，乐正礼还在苦口婆心地劝。向晚当作没听到，摆了棋盘，在一边坐下，手指指对面，示意乐正礼与她对弈。

"小晚……"得不到明确回答的乐正礼不甘心。

"她是我朋友。"

一句话砸得乐正礼没有翻身的机会，只得无限哀怨地陪向晚下棋。

冬去春来，又是一年。

乐正礼年前不得不回府后，这一年的新年，向晚还是不愿意跟折兰勾玉同去金陵。

九岁新年，折兰勾玉在金陵待了一个月。

十岁新年，折兰勾玉只在金陵待了二十来天。

十一岁新年，算上来回路程，折兰勾玉不过去了十一天。

这一年，向晚十一岁，折兰勾玉十八岁。

十八岁的折兰勾玉，按照风俗可以先行纳妾了。

阳春三月，老管家根据金陵老夫人指示，又向折兰勾玉问及此事。

此前新年时，折兰夫人就有提及，不过被折兰勾玉拒绝。如今新年一过，折兰夫人退而求其次，让老管家替折兰勾玉先安排个通房丫头。此番老管家便是来确定人选的。

时折兰勾玉与向晚在花园晒太阳。折兰勾玉坐于园中品茗，慢看一旁向晚细细收拾前几天摘来的杏花。她说她要酿杏花酒。

"绿袖？"折兰勾玉摇着扇子，回想那个名叫绿袖的小丫头究竟是何模样。

"长得甜，又讨巧，爱穿桃红小裙的那个。"向晚放下手中杏花，好心替老管家回答，然后问，"沈管家，什么叫通房丫头？她不是平日里侍候师父，本就属于师父房里的么？"

老管家老脸一红。折兰勾玉忙清清嗓子，对着老管家摆摆手，示意他退下。

"那师父告诉我。"向晚转而楚楚可怜地看着折兰勾玉。

杏花村没有通房丫头，天界也没有通房丫头。

"呃……"这个问题，难住了大才子折兰勾玉。

这该怎么解释？小晚今年十一岁了，小晚今年才十一岁！

"师父也不知道？"向晚眨巴了几下眼睛，蹙眉。早熟、沉静、倔强，独独对此一窍不通。此前对青楼似懂非懂，如今更是第一次听说通房丫头。

"那倒不是……"

"如果师父为难，我下回去学堂请教潘先生好了。"向晚甜甜一笑，回身继续挑拣杏花。

她春试合格，后来偶有到学堂听课。不过不是正经上课，纯粹属于闲来无聊凑凑热闹。她身份摆在那，成绩摆在那，学堂里上至潘先生，下至学生，倒没人敢有意见。

"小晚……"折兰勾玉屈服了，矮身将向晚抱入怀里，思考如何开口。

他能理解小晚不懂这些，可有时候又会觉得她是故意使坏。比如现在，拿请教潘先生说事，他怎能让她跑去问潘先生这问题。

她半月明眸认认真真看着他，眼里分明满是好奇。

折兰勾玉一早就有发现，自从他上京受封回来后，向晚有微妙的转变。虽然话还是不多，但亦不算少，脸上时有笑容，而且她的眼神，不再是最初那般静深，慢慢地越来越直接地反映她的情绪，平添一股娇俏。一如此刻。

"通房丫头，就是大家族里没有名分与地位的侍寝丫头。"

向晚点点头，若有所思："那什么叫侍寝？"

折兰勾玉忽然觉得平日里让向晚看的书是不是太圣贤了？或许该让她看些野史轶事，让她自己领会个中含义，也胜过此刻面对面地解释。

"侍寝就是一男一女同睡一床。"

向晚又点点头，长长地"哦"了声，一骨碌滑下折兰勾玉的膝盖，远远地站在那里，盈盈笑道："原来我八岁的时候就已经侍寝过师父啦。"

说完回身继续挑拣杏花，嘴里哼着不知名的小曲。

折兰勾玉彻底哑然。看着向晚的背影，却分明感觉到，他已不能再将她简简单单地当成一个孩子，一个学生了。

通房丫头的事，最后不了了之。折兰勾玉历来清寡，素有洁癖，对未来对生活又有非常明确的打算与目标，又怎会同意。

这一年的冬天，乐正礼没有来玉陵。折兰勾玉只道他家中有事，赶不过来，向晚也没有多问。

以乐正礼的个性，影响到他来玉陵，只怕这事，定是大事。但向晚看折兰勾玉的神情，不免又放下心来。若是真有不好的大事，折兰勾玉岂会旁观？

这一年的冬天，天气甚是暖和。师徒二人，感情甚是温馨。

只除了一件事。

这件事着实让折兰勾玉有些困扰。自从上回通房丫头与侍寝之事后，向晚忽然又有了新问题。

事情是这样的。

初冬的某天晚上，折兰勾玉刚睡下，房门忽然被人推开。他向来不喜人贴身侍候，这时已过就寝时间，折兰府是个规矩地，上上下下从来没人敢在这时候闯他房间。门推开的刹那，他已从床上坐起，垂着眼，嘴角勾着笑，浑身上下都是逼人的杀气。

下一秒，他身上的杀气悉数敛去，一眨眼的时间，又是那个谦谦温和的折兰公子。

"怎么了？"夜色中，虽视线受制，但他几乎第一时间就感觉到向晚的气息，她身上带着特有的微微杏花香的气息。

向晚只在门口顿了顿，然后直冲过来扑进他怀里。

折兰勾玉身上只着中衣，正要推开她，忽觉胸前湿热。他一惊。记忆中，向晚唯有的两次流泪，一次是他买下她却不愿带她同行，她跪在那，簌簌落泪；另一次是搞砸他成人礼挨完板子，当时她流着泪对他说："多说多错，我只适合沉默。"

向晚无声抽泣半晌，平静下来后从折兰勾玉怀里抬头，半月明眸清亮至极，眸底却满是伤悲："如果有一天，我离开人世，师父会如何？"

"说什么傻话！"折兰勾玉笑，摸摸她的头。

这样温柔的模样，是她最最喜欢的，可是很快……向晚咬唇，眼泪又无声滑下，终是忍不住哭道："师父，我……我不想死。"

她不想离开他！

折兰勾玉笑容一敛，一手探向她额头，一手搭上她手腕把脉。折兰府里有专门的大夫，但向晚之前有任何不适，都是他亲自把脉诊断的。

向晚的脉象并无不妥，但向晚的反应分明有事。折兰勾玉神色微凝，问道："可是有哪里不适？"

向晚看他神色凝重，一下子心跳加快，紧张得不自觉屏息："我……我身上长了硬物。"

"哪里？"折兰勾玉心下一沉。身上长硬物不是小事。

向晚脸上一烫，被折兰勾玉这样郑重其事地看着，良久才别过脸，讷讷道："胸前。"

折兰勾玉呆怔了很长时间，恍然之后哭笑不得："无碍，小晚长大了。"

他的小晚，长大了。该找个年长的嬷嬷教导教导她了。

向晚回过脸看折兰勾玉，一脸狐疑。

折兰勾玉对上那双半月明眸，无法形容此刻心中的感受。有点酸，又好像带点甜，明眸上那两扇轻颤的睫羽，仿佛微风拂过他心头，泛起阵阵涟漪。他收回视线，佯咳一声，再看时已是神色平静："这是长身体的正常现象，说明小晚要当大姑娘了。"

这下子轮到向晚呆怔了。她一眨不眨地看着折兰勾玉，半晌后，"啊"地一声，小脸通红，转身手脚并用地爬下床。结果慌乱中不知怎么地两脚缠在一块，眼见着就要脸先着地，蓦然腰上一紧。

"别怕。"折兰勾玉将她抱回怀中，轻轻在她额头落下一吻，"别怕。"

其实他比谁都清楚，向晚是慌，不是怕。

这一年的新年，折兰勾玉借故没去金陵。

向晚不想去金陵，他便也留下来。所幸这一年新年折兰夫人都在寺庙祈福中度过，没生出什么猜疑。

新年刚过，玉娇楼的杏香姑娘成了玉陵城街头巷尾热门话题人物。原因无他，二月十五，正是艳冠玉陵城的玉娇楼头牌杏香姑娘梳拢之日。

卖艺不卖身的杏香姑娘，稳坐玉娇楼头牌几年，终于要步入另一种人生了。

玉娇楼为此不知花了多少心思。春嬷嬷扬言不管多少银子，定要砸出个前所未有的大排场来，此前的宣传工作也做得极其到位——竟然广发邀请帖，邀请玉陵城有钱的主儿届时到玉娇楼捧场。

折兰勾玉作为玉陵城最有权势最有财势的城主，自然是第一个被邀请的。管家拿着那封散发淡淡香味的邀请帖去书房时，半道上恰碰到乐正礼，送信的差事就被乐正礼抢了去。

乐正礼的出现纯属意外。因为他来之前，都不曾事先知会一声。

"表哥，表哥，玉娇楼送的请帖！"人未到，声先到。

恰向晚在折兰勾玉书房求教问题，两人闻声抬头，果见乐正礼大步而来，冲着他们晃晃手中之物。折兰勾玉不动声色地接过，随手搁于桌上，问道："礼怎么来了？成人礼与上京受封呢？"

向晚瞥了眼桌上的粉红请帖，闻到一股淡淡杏香，极是素雅。

乐正礼嘿嘿一笑。他今年十六，正式受封的年龄，当初那个经常将五官皱成一堆的可爱男孩子，终于也要长大成人了。

"成人礼提早办了，趁着还有时间，便先来看看你和小晚，到时直接从玉陵上京。"绕了个弯，只因去年一年都没见过表哥与小晚了。

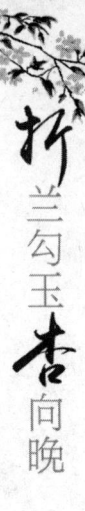

"事情，可都处理妥了？"

乐正礼点头。两人都没忌讳向晚在场。向晚左右看看，本想着借口避避，结果又看到折兰勾玉手边的请帖，当即不作他想。

他们口中的事情，该是去年耽搁乐正礼来玉陵的大事吧！

"表哥，玉娇楼发请帖给你干吗？"乐正礼实在对这个地方没什么好印象。

向晚笑，早一步回答："该是玉娇楼头牌杏香姑娘的梳拢之夜，想请城主大人大驾光临！"

这不是什么新鲜事了，整个玉陵城传得沸沸扬扬，请帖还能有其他？不过乐正礼匆匆而来，没来得及听说罢了。

折兰勾玉挑眉看了眼向晚，打开请帖，一朵干杏花飘落。只随意瞥了眼，他便将请帖递至她跟前，别有深意道："帖上说，这位杏香姑娘是天上杏花仙子下凡尘。"

向晚来不及反应，倒是乐正礼比她还激动，一把抢过请帖，只一眼便扔到地上，嚷嚷道："一个青楼女子，说什么杏花仙子下凡尘，真能扯！"

向晚低头看看请帖，俯身拾起那朵干杏花眨巴了几下眼睛，抬头对着折兰勾玉施施然一礼，微笑告退。

出了书房门，向晚脸上的笑容隐去。她想不介意，想一笑置之，可心里不知怎么的，就是觉得硌硬得慌。

还是不能当什么事也没有啊。这个杏香，有什么资格说她是杏花仙子下凡尘？所谓梳拢，不就是开苞，从此之后卖艺兼卖身，这样的人，这样的身份，有什么资格说她是杏花仙子下凡尘？

重要的是，折兰勾玉会赴这个约么？

在杏香姑娘梳拢夜之前，折兰府又迎来了另一位贵客。

向晚事先并不知道，看完了书去花园散步时，正巧遇到折兰勾玉与贵宾。

贵宾一身黑衣，一双如新月的眼睛，细细长长，颀长的身形，清瘦而白净，衬着黑衣，有些苍白，浑身上下冰冷的气质，正是夜明君微生澈！

一黑一白两道身影比肩而行，一个笑若春风，一个冷若寒冰，折兰勾玉不时抚扇一笑，气氛出奇的融洽。

向晚欲避不及，折兰勾玉与微生澈几乎同时看向她，她只能迎上前，施施然一礼："师父！"

向晚与微生澈虽在四年前的柳州湖画舫上有过一面之缘，不过当时只介绍了向晚的名字，并未向向晚介绍过微生澈，向晚现在便也假装不知，只对微生澈点头致意。

"小晚，这位是微生大人，之前游学时你见过的。"折兰勾玉笑着介绍。

"大人好。"向晚于是行礼问好。

"看来传闻也是可信的。玉，我一直以为传闻只不过是传闻。"微生澈打量向晚，眼眸深邃，却是对折兰勾玉道。

不是没听说那些传闻，不过他一直以为传闻捕风捉影，夸大了事实。况且那日柳州湖画舫上折兰勾玉明言过，只是从旁指点白晚，不足为师，他也一直坚信以折兰勾玉的性格脾气、身份家世，是不可能会收向晚这个女徒弟的。

微生澈想到这，不免又多看向晚一眼。她果然不是四年前的小丫头了，五官精致，气质高雅，出落得亭亭玉立，才十二岁吧，看起来却有十三四岁模样，有别于一般孩子的可爱，她身上有股似与生俱来的沉静而温婉的特质。

一早该想到的，折兰勾玉会买下她，会带她游学，把她带回府，还教她琴棋书画，这已经破了很多例了。他该一早想到长时间的相处，或许没有什么是不可能的。比如现在的师徒名分！

"澈，你不会是后悔了吧？"折兰勾玉调侃，语气有不同于平常的轻松惬意。

向晚敏感地感觉到了这一点。

"有点。"微生澈似笑非笑，看着折兰勾玉，身上的冰冷气质这一刻竟不再是拒人于千里之外的寒冷。

"小晚，澈也夸你呢。"折兰勾玉习惯性地摸摸向晚的头，笑，倒没料到微生澈会不否认。

微生澈不置可否，视线似有若无地越过向晚，看折兰勾玉。若说后悔，远谈不上，只不过当初若他顺势应了乐正礼，教不教向晚是其次，倒是不会有向晚与折兰勾玉这日日相处的机会，更不会有现在举国皆知的师徒情分了。

不过微生澈的心思，连折兰勾玉都没有发现。

这一天的晚饭，向晚是一个人吃的。

三侯君有事商量，向晚未被邀请。

微生澈此次过来，兼了说客之职。传闻当今圣上对折兰勾玉非常中意，不仅当年钦点十三岁的折兰勾玉为风神国最年轻的状元郎，更欲让他出仕入相，为朝廷效力。这些传闻并非空穴来风，圣上确实想开此先例，不过当初被折兰勾玉婉转而巧妙地拒绝，不过几年，前段时间微生澈因事上京，圣上便又旧事重提，差事虽没明令，却自有办法让微生澈心甘情愿跑这一趟当说客。

"澈，你该明白我的。"花亭用膳，折兰勾玉明了微生澈来意，闲看花园灯影婆娑，淡淡一句。

微生澈执一酒杯，视线直直看着折兰勾玉，良久才道："皇权为大，玉该是明白的。"

折兰勾玉笑，清风明月，眼神却是灼灼："胜在一个距离。"

伴君如伴虎，到时候挑个刺，惹个不快，岂不更易！

"表哥说得是。"同样是亲戚，乐正礼与两人的感情却是天差地别。倒不是怎么的，而是微生澈的性格太不容易亲近，生疏在所难免。

三人浅浅喝酒，一时都没再说话。

"这一回，若是拿婚事说事呢？"微生澈眼微垂，把玩手中的白玉酒杯，说得漫不经心。

"这样……"折兰勾玉笑着斜了眼微生澈，懒懒道，"婚旨不在你身上吧？"微生澈摇头，折兰勾玉继续道："那便无妨，明日请媒，三五天之内定下亲即可。"

微生澈手中的酒杯落地，乐正礼目瞪口呆。

折兰勾玉何等条件，请媒消息一传，不到一个时辰，折兰府那道威严高贵的金钉狮环大朱门外就排起了长队。

向晚一大早起来，便闻下人们私下里炸开了锅。请媒这等大事，竟是连个征兆也没有，想不吓人也难。

向晚心里是说不清楚的感觉，勉强维持平静，赶去早饭时，还是没忍住先去府外看了看情况。

敢情全玉陵城的媒婆都挤到一堆儿了。穿红戴绿，头上一朵媒婆花，一眼望去，好一幅色彩斑斓的烂花田。

向晚远远地扫一眼，返身回去。

折兰勾玉乐正礼微生澈三人已然在席，谈笑风云，气氛融洽。向晚上前，一一行礼问好，入座时笑得纯真如天使："师父，我是不是快有师娘了？"

折兰勾玉但笑不语，微生澈与乐正礼经过昨晚，神色都分外平静。向晚勾着嘴角，垂下眼又加一句："府外媒婆只多不少，师父若是陪同微生大人没有时间，不如这事就交给我来办吧。"

说完抬头，看着折兰勾玉，笑如杏花怒放。

向晚虽才十二岁，却是领下这件差事。乐正礼咕咕哝哝，对此很是不满，不过折兰勾玉对向晚分外信任，一口答应，他也没辙。

老管家在府门外给媒婆们排队编号，维持现场秩序。向晚款款出现在众人跟前，长发高束，沉静端庄，自有侍卫置一太妃椅在她身后。向晚怡然坐下，朗声道："家师日理万机，事务繁忙，为了玉陵，鞠躬尽瘁，终身大事一时也顾不上。今日又有要事缠身，抽不得空，只得委屈各位，烦各位先行回去，将你们姑娘的画像及身家资料统一于明日巳时来此交予我，待得家师有了闲时，我自会奉上。他过目之后，若有中意，折兰府会派人另行通知。不知如此，各位意下如何？"

众媒婆此前也曾听闻过折兰勾玉这位女学生的种种传闻，不难猜测她在折兰公子身边的地位，再则知她久居折兰府，说是折兰府的第二主子亦不为过。此番见她，一身男装，粉嫩嫩一个妙人，如此大事竟由她出面，虽嫌之年幼，但观其言行举止甚为得体，又碍于身份，也不好反对，只得一一道好。

"这都散去吧，若时间赶不及，晚几日也成，备好了画卷递至门侍即可，他们自会第一时间将画卷交予我。各位都是忙人，刚才让诸位久候，甚感抱歉，若是媒成，折兰府定会包个大红包谢媒。"向晚起身，从怀里掏出那柄粉面小扇，轻轻一开，学着折兰勾玉的样子懒懒摇了摇，笑得甚是可亲。

众媒婆顿时眼冒星星，折兰府的大红包，这一笔赚下来一辈子都不用愁了。一边奉承着向晚的姿色与善解人意，一边便作鸟兽散回去准备画像资料了。

不过一天时间，众媒婆已将东西一一备妥。第二日巳时，向晚准时出现，微笑着收下所有画像，再客套地安慰几句，回了晚晴阁。

画像她暂时都不会交给折兰勾玉。闲时无聊拿出几张欣赏，大家闺秀小家碧玉，环肥燕瘦各式，琴棋书画各姿，可谓应有尽有。美人们个个貌美若仙，不禁让向晚感叹起玉陵的风水来，想来美女都是养在深闺人未识，所以她平日里偶尔出门，看到的都是平凡姿色。

不仅如此，向晚还吩咐老管家，若是以后还有媒婆上门，就按此法，将画像交到她这边来即可。老管家领命下去，这四年时间，向晚在折兰府的地位，让他对她难得的命令毫无异议。

连着两天向晚都没和那三人吃上一顿正餐，碰面的机会也趋于零。向晚闲来无聊，只得跑到三佰楼找金三佰。

"是小晚来了？"金三佰看到向晚，忙迎上前，拉着她手，往她身后探了探，奇道，"你那坏嘴讨人厌的哥哥怎么没来？"

去年冬天听说他有事没来，没想到一过新年就又来了。还以为他今天会跟着向晚一道过来讨骂呢！

"三佰……"多久的事了，她居然还记着。

"停！当我没说。"金三佰撇撇嘴，拉着她转身往里走，不免又嘀咕一句，"我是你朋友，他咒我没人要，嫁不出去，是你哥我也不原谅！"

"他是气不过你整他，哪能真被他说中。三佰，你会找到如意郎君的。"乐正礼说话一向不体谅对方感受，金三佰不小了，早到了适嫁年龄，他说这话真的打击人。

"好，正赶上请媒的大好时候，你把我们才貌绝顶的城主大人介绍给我吧。"金三佰招手示意小二过来，报了几个菜名又冲着小二摆摆手，一脸认真地对向晚道。

向晚神色一僵，半晌尴尬地笑道："这事，我哪说得上话。"

"得，这事现在不由你经办么？只怕说得上话你也舍不得，你那点小心思我一早看明白了。"金三佰倒是爽直，有什么说什么，看到向晚脸红，很是开心兴奋，"小晚，那些个媒婆与千金小姐，你若一人搞不定，不如我也来帮忙，我们要一击即中，把她们一网打尽，从此断了她们进折兰府的念头！"

"三佰……"向晚被说中心事好比被踩到尾巴的猫，跳起来去拧金三佰的胳膊。

金三佰笑着躲开，逃到桌子对面坐下，上下打量一番向晚，才认真道："虽然你还小，咱们的城主大人可不小了，你得盯着点，别被人抢走了。"

向晚坐下，神色一黯。是的，人人都道她还小，十二岁，一个十二岁的孩子懂什么？只有她自己知道她不止十二岁，她和一般的孩子不一样，她的心思无处可诉，她的秘密不为人知。

最重要的是，折兰勾玉对她很好，可是对她很好的他还是按例请媒，谈婚论嫁，并不曾考虑过她。

她喜欢折兰勾玉，以前觉得只是单纯的喜欢，喜欢中有感激有依赖。一个八年没得到过温暖与关怀的人，突然有人对她笑，有人对她温言软语，有人带她脱离困境，那种感情无法言喻。只是自从玉娇楼送来请帖后，有些东西就不一样了。向晚自问，她心中的那根刺是一个青楼花魁自称杏花仙子，还是折兰勾玉会赴这个约？或者两者兼而有之？

若是折兰勾玉赴约，整个玉陵城，有谁敢和城主大人竞价抢人？更何况，现在还扯到了亲事，一些现实问题更不容她逃避与忽视。

不过折兰勾玉三五日定下亲事的决定向晚并不知情。于向晚来说，玉娇楼杏香姑娘的梳拢之夜，比媒婆说亲更为迫切。

名满天下的玉陵君折兰公子定亲，这么多媒婆上门，没个三五月，将方方面面考虑周全，再征得双亲同意，又怎么定得下城主夫人人选？所以当务之急是明晚杏香姑娘的梳拢之约才是！

"想什么想得这么入神，有心事？"金三佰坐在对面，向晚的异常不难发现。

"你知道明晚玉娇楼杏香姑娘梳拢的事么？"向晚咬唇，犹豫了下，还是问道。她本不敢肯定折兰勾玉赴不赴约，可微生澈在，就好比贵客来访，家里有精彩的活动，难道不请贵客参观？微生澈作为折兰勾玉的贵宾，这几日玉陵城关于玉娇楼的传闻又是沸沸扬扬，她知道男人的习性，只怕到时候他三人都会一道去吧。

"知道啊，这不闹得满城风雨的，玉陵城还会有人不知？"

"三佰，明晚我们也去看看吧。"

金三佰的一口茶当场喷了出来，她擦擦嘴角，顺顺胸口，半晌才道："小晚，你不会是认真的吧！"

明晚多少名流贵族，向晚准备混进去？上两次去玉娇楼是为了看杏花，真的只为了看杏花，这一次呢，金三佰略一思忖便明了其中因果。

向晚点头，认认真真。

"银子呢，请帖？明晚玉娇楼的门可不好进！"玉娇楼那个见钱眼开的春嬷嬷，只怕明晚点杯茶也要狠宰上一刀，那不是去白送银子嘛。

"银子我有，你觉得带多少够？"

金三佰一手扶着下巴，舌头打了下结，拍着桌子道："有多少带多少！"

折兰府的人说话就是牛气，花银子眼睛都不带眨一下，既然当事人不心疼，那她心疼做什么！

第二日晚饭光景，果然如向晚预料，折兰勾玉、乐正礼与微生澈三人出了府。出府之前乐正礼倒是专程巴巴地跑来找她，支支吾吾了半天，最后说了句"我们有事，你一个人好好吃饭"就跑得没踪没影了。

向晚等了一会儿才出府，先是到三佰楼与金三佰集合。两人按照老办法，避开折兰府侍卫，换了身衣裳，稍稍改头换面打扮一番，便从后门溜了。

"你带了多少银子？"金三佰拉着向晚，摸黑就近抄小路赶去玉娇楼。

向晚从怀里摸出厚厚一摞银票，比之上次多了三倍有余，递至金三佰跟前："还有一半，我手拿不过了。"

金三佰觉得好像被人掐住了脖子，让她有种窒息的错觉。

怎么折兰府的一个小丫头有这么多银票？

"折兰府居然有钱到了这地步！"金三佰话里有强烈的不满与忌妒。

向晚收回银票，继续鼓鼓地揣在怀里，平静道："这不是折兰府的银票，是你讨厌的那个人给我的压岁钱，我一直没用。"

金三佰险些晕倒，身子一歪扶上一旁墙壁，努力深呼吸。天怒人怨啊，有人这样给压岁红包的么？这么赤裸裸的一叠银票，还这么厚的一叠，简直就是败家嘛！

今晚的玉娇楼因头牌杏香姑娘的梳拢夜而设了门槛，进门之人需得有请帖，玉娇楼门外有人把守检查。

向晚与金三佰到得玉娇楼，身量虽都娇小了些，不过金三佰的妆化得很有几分沧桑，声音又是低低沉沉男中音，向晚晃晃手中的粉红请帖，两人就这么顺利地进了门。

请帖是折兰勾玉的。他三人赴宴，自是用不着这东西，留在书房就被向晚偷来借用。

金三佰倒是坦然，向晚毕竟做贼心虚，打量了四周一眼，估摸着以折兰勾玉的身份，定是在二楼最高档的包间，便拉着金三佰在大厅最角落处坐下。

此时大厅已经热闹非常，来客俱是名流贵族，或有钱的暴发户，玉娇楼的姑娘穿梭其中，陪酒卖笑，莺歌燕语，暗香浮动。

大厅正首设一大圆台，圆台四周垂着杏红轻纱，看不清里面的情景。

金三佰瞪着玉娇楼的菜单，心在滴血。温柔乡里果然好宰客，男人不愧是猪投胎的，有了美色就不管菜价酒价了，玉娇楼能天天宾客满盈，金三佰不由替春嬷嬷算起了月收入年收入来。

向晚不愿招来大茶壶的侧目，伸手扯过菜单随手指了几个菜，示意大茶壶下去。

"这地方真黑啊。"金三佰感叹，纯正男音。

向晚斜她一眼，金三佰经营酒楼有道，分明也是个有钱人，偏生又守财得紧，十足的财迷一个。

"小晚，你说你的心上人在哪一间？"金三佰抬头，一间一间打量二楼包厢。

向晚也懒得辩解，跟着抬头。大厅挑高，二楼中道挑空，形成一个方形露台。从窗户来看，二楼有十间包厢，左右各四，正首对面有二。其中正首对面两间视线最好，位置最佳，从窗户看，包厢又最大。

折兰勾玉应在其中一间。

漫天杏花，最是少年情动时。

折兰勾玉杏向晚

姑娘们刻意的嗲声笑语和美酒佳肴点燃了整个大厅的温度。调笑声、撒娇声、荤的素的，气氛异常热烈，衬着玉娇楼今晚的大红灯笼，将向晚与金三佰的脸都映红了。

两人幸在角落，也不招人眼，吃了点东西填肚子，一时倒没有姑娘主动上门来献殷勤。

酒过半巡，玉娇楼的春嬷嬷走至台前，清清嗓子，开始说话了。这时机刚好，酒壮人胆，有人酒劲一上，连自己老子是谁都不知道，银子就更没概念了，这样竞起价来才疯狂。

"各位爷，各位大爷，各位大大爷，今晚上我春嬷嬷特别激动，一来感谢各位赏脸来我玉娇楼捧场，二来，是我们杏香今晚上终于要做女人了。"春嬷嬷话到这里一顿，底下一群人随之起哄，嚷嚷着杏香姑娘怎么还不出来，春嬷嬷心里一美，脸上的笑就更疙瘩了，一边挥着手中丝帕，一边又重复一遍，"各位爷，各位大爷，各位大大爷……"

无奈宾客们情绪高涨，也不管她说什么，只一径拍桌子晃酒杯地喊着"杏香姑娘怎么还不出来，杏香姑娘怎么还不出来"，春嬷嬷一根丝帕哪压得住这火爆的场面，丝帕一甩，转身掀了杏红轻纱进了圆台。

向晚抬头又看二楼包厢，正首对面那两间窗户严严实实闭着。

音符如月光流泻，杏红轻纱缓缓上升，圆台终于露出真面目。

圆底一朵硕大的杏花，佳人与筝立于花蕊，四周几株杏树，枝头竟有点点杏红。音符珠圆玉润，错落有致，弹的是《出水莲》，开场便表明自己的清白与清高。

佳人背对着大厅弹奏，短短一曲，让整个玉娇楼鸦雀无声。向晚想，传闻艳冠玉陵的玉娇楼花魁还是有其过人之处的。比如现在，只不过普普通通一曲《出水莲》，只不过一个窈窈窕窕的背影，只不过一袭轻轻浅浅的杏红衣裙，只不过素净青丝上那一支杏花簪，却惹得人无限遐想，让喧哗的人群顿时安静下来。

向晚又抬头望向那紧闭的两扇窗。这一曲《出水莲》虽然弹得很不错，毕竟普通了些。

"今天对奴家来说，是人生中最重要的一个日子。奴家感谢大家几年来的厚爱，无以为报，唯有献歌一曲，略表心意。"娇娇柔柔的声音响起，让人闻之酥酥软软。不似一般姑娘的刻意，她娇柔中的嗲，似与生俱来，让人心里舒坦。

这一曲不同于刚才，筝音流丽柔美，悠长典雅，伴着玉娇楼花魁天籁般的嗓音，轻轻吟唱：

"上国昔相值，亭亭如欲言。异乡今暂赏，脉脉岂无恩。

援少风多力，墙高月有痕。为含无限意，遂对不胜繁。

仙子玉京路，主人金谷园。几时辞碧落，谁伴过黄昏。

镜拂铅华腻，炉藏桂烬温。终应催竹叶，先拟咏桃根。

莫学啼成血，从教梦寄魂。吴王采香径，失路入烟村。"

一曲《杏花》，道尽无限风华与衷肠。向晚不得不承认，若她是男人，虽还未窥见美人真面目，也已经被这一曲《杏花》与这样一个舞台折服了。

"你觉得如何？"向晚听过金三佰唱歌，能将《十八摸》这样的青楼淫调唱成那种清幽婉转境界的，金三佰的唱功丝毫不逊于杏香。

"很不错啊，爷的骨头都听酥了。"金三佰很入戏，喝口小酒，叹一句，"有些女人天生就是来魅惑男人的。"

向晚抬头，那两个包厢，靠左边的已经开了窗。从一楼往上看，看不清窗户里有什么。

"各位爷，各位大爷，各位大大爷……"一曲结束，春嬷嬷又上台了。她甩了下丝帕，捂嘴自个儿先笑了会儿，方继续道，"你们想不想看杏香姑娘跳舞啊？"

此话一出，全场哗然，莫不道好！

"可是我们杏香姑娘说了，跳舞之前要跟各位爷做个小游戏呢！"春嬷嬷说完，丝帕捂着嘴，又自顾自地笑了起来。

"真想将酒壶砸过去，将她砸昏了事！"金三佰喝了一大口酒，提起一旁酒壶，用手比画了一下，最后还是替自己掭上酒。

向晚忍不住笑，凑近轻道："砸昏了当家的，这桌菜钱还是得付，省不了。"

金三佰呛了口酒，连咳数声，才道："老板娘昏了，肯定大乱，趁乱不逃的是笨蛋！"

向晚坐直身子，觉得还是不要打断财迷的幻想为妙。

此时圆台四周的杏红纱帐又缓缓垂下，有大茶壶摆了个长席至圆台前，席上十个小酒坛，每个酒坛旁一个小酒杯，原来小游戏是品酒猜名。

自有人上去捧场，猜对的抱着酒坛回来，猜错的两手空空，几人下来，长席上只余三坛酒。

"各位爷要加油啊，我们杏香姑娘说，要全猜对了，她才跳舞呢。"

春嬷嬷一吆喝，便有人推举玉陵酒庄的钱老板。钱老板挺着个圆滚滚的酒坛肚，喝得满面红光，抱拳客套了几句，趔趔趄趄地走到前台。

风神国的男子地位尤其的高，逛青楼下窑子，三妻四妾都是再正常不过的事，像今晚这种场合，根本无需避忌。

钱老板经营着玉陵城最大的酒庄，玉陵酒庄里要什么酒有什么酒，让他品酒猜名，不过小菜一碟。钱老板也一直是这样自信的，会有什么酒难得倒他？可是连品了两坛酒，每坛都喝了不止一口，钱老板却一个字也没吐出来。

众人不免交头接耳，钱老板脸涨得更红，好歹最后一坛酒只一闻便脱口而出酒名，而之前几位都没猜对，春嬷嬷忙顺势吹捧几句，钱老板好歹挣回点颜面，趁机下了台。

气氛一时尴尬。连钱老板都猜不出那两坛酒，其余人便连试都不想试了。春嬷嬷跑回圆台意欲与杏香姑娘商量之际，二楼包厢有人摇了下铃。

春嬷嬷喜滋滋地倒了酒让人端上二楼，向晚抬头，摇铃的正是圆台正对两间包厢靠左那间。

"小晚，要不我们也试试？"金三佰顺着向晚的视线，建议。

虽是建议，打着商量的口气，结果没等向晚拒绝，三佰楼金掌柜的手已经举了起来，示意不远处的大茶壶，指指长席方向。

两人坐于最角落，身上打扮也不招人眼，再说眼生得紧，本来也没什么人在意。待得大茶壶端酒过来，两人顿时成了焦点。

二楼包厢的贵客可以理解，可这最角落的两人也太自不量力了吧！

向晚侧过身，尽量不让人看清。也不敢抬眼看二楼。

"小晚，你试试？"金三佰浅尝几口，几番品味，只能对其中一杯有点印象，像是青杏酒，并不敢十分肯定。

向晚转回身，低头，捧起酒杯只闻了闻，轻道："左边的是杏花香，右边的是青杏甜。"

这两种酒并不普及。大凡杏树，一般栽来或为观赏，或为杏果，此前从未有酿酒之说。不过自从十岁那年，折兰勾玉在启明山北半坡上弄了个杏花林后，向晚每年都会收一些杏花杏果酿酒。

金三佰一个响指，冲着人群大喊一声："春嬷嬷，左边的是杏花香，右边的是青杏甜，可是如此？"

恰此时，上二楼送酒的大茶壶也下得楼来，盘中一张白纸，春嬷嬷一边笑着回应金三佰，一边拿起纸一看，惊呼："不得了，二楼天字包房的贵宾也猜一杯杏花香一杯青杏甜，春嬷嬷要在这里宣布，两位爷都猜对啦！这两坛酒可都是我们杏香姑娘亲手酿的，两位既同时猜对，那么只好一人送一坛了。"

春嬷嬷说完，亲自捧了酒坛下来。圆台四周杏红轻纱再次上升，音乐响起，本背对着大厅弹唱的美丽身影已换了一身如雪羽衣，在台底那一大朵杏花上，在那几株青杏之间，轻舞翩跹。

旋转、跳跃、细腰如柳，裙裾飞扬，青丝飞舞，看客们皆醉。

春嬷嬷抓住大好时机，开始吆喝着竞价。

今夜的底价一千两！

向晚并不关心价格，只关注着二楼包厢的动静。那正对圆台的两间包厢窗户都已打开。靠左的是天字包厢，在玉陵，除了折兰勾玉，还能有谁与他争这个地？

价格已经叫疯了，加价的时候竟是五百一千的加，到五千两的时候二楼两侧包厢开始加入竞价，底价很快变成了一万两。

春嬷嬷笑得一脸的褶子，舞台上杏香姑娘还在翩翩起舞。到了一万两，大厅里叫价的声音渐渐隐了下去，倒是二楼的几间包厢竞价激烈。

"两万！"天字包厢的窗户探出个大茶壶的脑袋，扯着嗓子一声大喊。

向晚闻声抬头，桌底的脚踹了下金三佰的。金三佰咽咽口水，深呼一口气，举手叫道："两万零一两！"

全场注目！向晚对于金三佰这种舍不得银子的财迷个性简直无语。

向晚虽然尽量避开身子，也乔装打扮了一番，不过金三佰的这个价实在惊悚，甚至颇有挑衅与叫板的意味，想不惹人注意也难。

折兰勾玉本只是觉得这个价出得有意思，顺着视线望过去，却是一眼看到向晚——她换了衣服与发型，有刻意打扮的痕迹，微侧过身子避开众人视线，不过他仍一眼认出了她！

不用猜，旁边粘一撮八字胡叫价的男人非金三佰莫属！整个玉陵城，怕也只有她一人有胆量带向晚来这里！

向晚竟然混进了玉娇楼，还竞价玉娇楼花魁的梳拢夜，这个认知让折兰勾玉心头突生一团无名怒火。折兰勾玉几乎第一时间起身，对着微生澈与乐正礼交代一句有事，便径直离席。

玉陵城主折兰勾玉的出现让一楼大厅一阵骚动。向晚偷偷回头寻找骚动根源，视线碰到折兰勾玉的，就一动也不能动了。

动也没用，溜都溜不走，向晚心里哀叹，眼睁睁看着折兰勾玉带着招牌的笑容，向她从容走来。他一身白衣如雪，丰神俊朗，在大厅一群红脸半醉的酒鬼中，好似神祇一般。

向晚就这么呆呆地看着他走近，然后弯身。她看到他脸上的笑容如昔，他经常笑得弯弯的漂亮眼睛习惯性地微眯了下，眼里似乎有什么不一样的情绪，打破了惯常的平静。

他的眼睛没有笑！向晚意识到这一点，身子已被折兰勾玉打横抱起，两人就以这种姿势，在众目睽睽下出了玉娇楼。

折兰勾玉身上有很明显的怒气，向晚感觉到了。想起上次他上京受封回来听闻她去青楼，也是这样生气的。他师父平时对她诸多包容，甚至对她上学堂听课都睁一只眼闭一只眼，独独对此坚决反对。

不过，虽与预期结果不一致，但他这样出了玉娇楼，与她一道回府，这个晚上，于她来说，已经达到目的了。向晚心里一松，脸上浮起笑容，想起方才品的酒，开心道："杏花香应该用甘甜清澈的井水与怒放中的杏花合酿方为最佳。刚才那个，用了雪水与花苞，过于精致，反令酒次。"

折兰勾玉闻言心头怒火更甚，苦于现在在马车里，只得勉强平静道："这次的理由呢？"

上次是看杏花，这一次呢？

向晚神色与声音俱很平静地回答："看杏花仙子。"

末了又加一句，语气微讽："请帖上不是说玉娇楼的杏香姑娘是天上的杏花仙子下凡尘么？"

收到请帖时，他不是还试探性地提了那么一句？

折兰勾玉眼眸一深。向晚是个什么样性子的人，三年多的时间，他早已了解。会让她以这种语气说话的，表明她心里是全然不认同的。传闻毕竟只是传闻，他当时也不过小小一试，没想到一向不管闲事流言的她居然对此颇为在意。

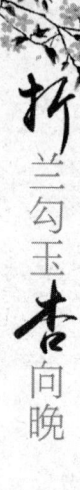

他知道她对杏花的感情，没想到有关于杏花的一切，她都在意至此。

"上回是怎么跟你说的？"折兰勾玉敛了笑，看来当初他还是太温和了，向晚一点记性也没长。

"你别怪金三佰，她是被我逼去的。"端看折兰勾玉的神情，向晚不想连累了金三佰，连忙拉住折兰勾玉的衣袖，解释。

"竞价是谁的主意？"

向晚松手，低头沉默，知道自己圆不了谎了。单为看杏花仙子，她和金三佰两个女子竞什么价？可是她最初的打算，就是若折兰勾玉参与竞价，她便也参加，而且不管花多少银子都要从中拦下，不让折兰勾玉与杏香有一夜风流佳话。

"我。"

"那你前前后后自己解释一遍吧。"折兰勾玉背靠着马车，从怀里取出折扇，掂在手里耐心把玩。

向晚咬咬嘴唇，自知解释不出，好一会儿才道："师父去得，我便也去得。师父竞价，我便也竞价。"

这话无疑是在折兰勾玉的心头火上浇了一把油："青楼是女子去得的地方么？"

向晚咬唇不语，忽然又有了孩子的倔强与别扭。

"小晚……"人还是那个温润如玉的人，脸上甚至还有笑容，这一刻的折兰勾玉，身上却散发着一股强大的迫人气势。

向晚虽然开朗了不少，但本性倔强，又逢近来请媒心情不好，这一次坚决不肯认错。两人僵持良久，向晚经不住马车内的迫人气氛，侧身掀开车帘，冲着外面喊道："停车。"

侍卫驾车哪知个中原因，听向晚一声喊，立马停下车来。

"到了？"折兰勾玉一把拉住欲跳下马车的向晚，笑问。

"回少主，还没。"

"那还不走？"声音微微拔高。

侍卫一惊，忙回身驾车继续往前。向晚挣扎，不停往马车外扒，她力气不小，又坚持又倔强，折兰勾玉忍着心头怒火一等马车停下，几乎以拎的姿势将向晚拉下马车，大步入府。

沈管家急急迎上来，看到这一幕，一迭声道："少主息怒，少主……"

这一幕曾经上演，不过这一次看起来情况更糟。

折兰勾玉拎着向晚直上书房。他"砰"一声踢开书房门，又"砰"一声将书房门踢关上。松了向晚，再问一次："可知错？"

"青楼也不是好男子该去的地方！师父要正家规，再罚我十大板便是。"

话音未落，人已被折兰勾玉打横抱起，然后就被按压在他腿上。过了三年多幸福千金生活的向晚又挨揍了！

向晚咬着牙不吭声，折兰勾玉下手也失了轻重，实实在在十数下之后，折兰勾玉才稍稍消了气。

因着向晚这一茬，折兰勾玉没再回玉娇楼，而微生澈与乐正礼没过多久也提早回来了。折兰勾玉大厅抓人的行为因为某些原因没有成为街头巷尾又一茶余饭后热议话题，而是成了当时在场所有人心中的秘密。

这一顿打让向晚明白了一件事：青楼是个大忌！折兰勾玉仅有的两次发火，都因她去青楼。他能容忍她去学堂，能接受她做他学生，却坚决不同意她去青楼。

虽然最后成功破坏了折兰勾玉与杏香姑娘牵连的机会，向晚为此也付出了相当惨重的代价——除了挨揍外，折兰勾玉明令向晚三个月内没他允许不准出府半步。

乐正礼于心不忍，不过他也非常不赞同向晚的这种行为，所以先是安慰了几句，又苦口婆心地劝解几句，最后表明等表哥气消了，会替向晚求情。

向晚神色平静地听他说完，也不送个笑脸，直接冷眼冷脸地要求他替她送封信。她担心此事会连累金三佰，又苦于出不了府，热心青年乐正礼虽然心里不情不愿，最后还是勉强充当了信差一职。

结果可想而知。折兰勾玉还没找金三佰的麻烦，乐正礼连夜上门送信，便与金三佰唇枪舌剑一番，大败而归后，一夜心有未甘辗转难眠，第二天一大早就又杀过去了。

向晚被禁足甚是平静，翌日一早大张旗鼓地命人将媒婆送来的画像搬至折兰勾玉书房前，又让人搬来了火盆子，一张一张亲手将那些画像焚毁。

折兰勾玉听闻外面动静不小，知是向晚，以为她因昨日这一顿打心里别扭，本想在书房安心处理事务，由她闹去，结果被烟味熏得够呛，索性出了书房，就站在一旁，双手环胸，似笑非笑地看着向晚焚画。

"沈家千金，端庄美丽，琴技一绝，可惜了……"向晚声音平静，手执一帧画像，淡淡一句，将画像扔至火盆。

"高家千金，貌美无双，尤善吹箫，可惜了……"

"李家千金，贤良淑德，厨艺无双，可惜了……"

"小晚……"折兰勾玉终于开口。

向晚手下一顿，须臾后，转身抱起一叠画像，一下子全扔进火盆，用火钳拨弄一番，确定每张画像都沾了火后，拍拍手扬长而去。

折兰勾玉觉得自己很应该像昨天那样再发一顿脾气，狠揍她一顿屁股。结果意外发现自己竟对向晚刚才这种放肆的举动怒意全无，心里不免也有些悻悻然。

他居然期待自己再次发怒，诡异！

不过亲事总该定下，他不想到时候圣旨一下，连最后一点主动权也没有了。

下午，向晚正在小书房安静画画，折兰勾玉进来，看了一小会儿方问："画像可还有剩？"

向晚停笔，抬头看他，半月明眸看不清情绪。

折兰勾玉笑,慈如父兄:"不会烧得一张也不剩吧。"

"不剩也没关系,天天都会有人来递画像,到时一并收着给你就是。"向晚想着昨日之事,一口气不顺,说完还哼了声。

折兰勾玉被呛,作势轻咳两声,淡淡道:"小晚继续画吧,我看看。"

随意在书房信步走走,最后在书柜前停步。没想到向晚的画卷已堆满整个书柜,他随手翻看几张,便听下人来报,说是又有画卷送至。向晚恨不得将那下人扔到海里去,就被折兰勾玉抢了先:"拿来我看看吧。"

下人双手恭敬奉上画卷,躬身退下。

"画像多失真,你要有心,分批见人吧。"

向晚见折兰勾玉手执画卷看得认真,心里来气。不料折兰勾玉顺势接话:"有理,小晚记性甚好,不如将那些看过的画像,一一记下形容家世要点,晚上列一清单交与我,到时我斟酌着挑几个看看。"

向晚一时语噎,心里酸酸楚楚的,扯过一张纸,唰唰唰一气写下数十个名字与身份形容,然后笔一掷纸一甩,扔下一句"你慢慢看",一下子跑出了书房。

折兰勾玉看着向晚的背影失了会儿神,半晌后嘴角浅浅勾起,低头打量那张名录,忽然觉得分外舒心。

向晚一气跑到折兰府的花园东侧,那里有她最喜欢的沉香露台。露台又高又大,四周满栽鲜花,向晚喜欢坐在上面看天,无论白天还是晚上。

今日露台却有位不速之客,正是向晚最不愿意看到的微生澈。

既然避不及,也只能迎上了。向晚施施然一礼,淡淡道:"微生大人。"

微生澈只略略点头,站在露台上,高高在上地看了眼向晚。

向晚历来也很酷,见微生澈没搭理,也没告退转身便朝另一侧走去。

没几步,身后方传来他冷冷的声音:"玉素来精明,竟收了你为徒,还纵容你至此。"昨晚玉娇楼的那一幕,他看得分明。

向晚本就心情不佳,听了这话心情更不佳。她停步转身,迎风仰脸,笑得如星璀璨"万事皆有因缘,羡不得妒不得,仅此而已。"

微生澈被呛,翩然而下,一袭黑衣,净白清瘦,凛然生寒。

向晚直视他,笑容不变,身形不退。

"如此败坏玉的名声,我真该现在就让你从这里消失。"身形逼近,出手疾如闪电,掐住向晚的脖子。

向晚笑得愈发欢,仰着脸看微生澈,美丽的眼睛满是轻蔑:"将我当敌手,大人也太看得起我了。"

微生澈微微用力,昨晚上折兰勾玉扔下他与乐正礼,以那种方式出了玉娇楼,这是他此前不能想象的。向来温润亲切的折兰勾玉竟然也有沉不住气的时候,这是多少年不曾有过的事!

呼吸越来越困难。向晚看着微生澈,他身上有凛凛杀气,而她笑得如水沉静:"同样败坏他的名声,你比我更危险!"

微生澈蓦然松手,向晚身子一软,勉强站住。

"你究竟是何来历?"他身上刚隐去的杀气陡然再起。

向晚笑,理了理身上衣裳,丝毫无孩童的幼稚纯真,却是半真半假道:"与你一般,投胎再世为人来的。"

说完翩然离去,也不担心微生澈会否背后出手,心情瞬间转好,阴霾尽去。

"我要去三佰楼。"禁足第一天,向晚便黑着脸向折兰勾玉请假。

折兰勾玉本不同意,想起她上午闹别扭,下午醋溜溜,估计心情真的不太好,金三佰是她唯一的朋友,他晚上又没时间陪她一道吃饭,只得嘱了句:"让侍卫跟着。"

向晚摆完了脸色,得到了想要的答案,扭头就走。

折兰勾玉不觉摇摇头,失笑。

"哟,敢情我这三佰楼成吃人楼啦!"金三佰远远地看见向晚,也不动,待得向晚走近,斜了眼贴身跟着的两名折兰府侍卫,嗔道。

向晚朝身后的侍卫挥挥手,两人却不敢像以前那般退到门外,只稍稍站远了些。

向晚冲着金三佰摊手,表示自己亦无可奈何:"我被禁足了,出府要经人同意,侍卫得贴身跟随。"

"该!"金三佰笑,一手拢拢头发,无视那两侍卫,凑近向晚悄悄问道,"怎么样怎么样?"

"什么怎么样?"向晚不明所以。

"我看昨晚的形势,后来你们怎么样了?"金三佰飞过来一个分外暧昧的眼神。

"就是被禁足了。"

"就这样?"金三佰咋舌。

向晚点头。

这下轮到金三佰皱眉困惑了,她喃喃自语:"不应该啊,不应该啊……"

怎么会一点事都没发生呢?她还以为那种情况出了玉娇楼,后面会有惊心动魄、少儿不宜的事上演呢。毕竟,现在的向晚出落得亭亭玉立,而折兰勾玉又是成年男人嘛!转眼看到向晚一身男装,遂恨铁不成钢道:"怪不得,明明也是个标致的妙人,天天穿着个男装,调情小菜当成了主食,男人会动心才怪!"

向晚莫名,抬眼看金三佰,又低头看看自己。为了方便与舒适,她还真的天天穿男装,重要时间重要场合才穿回女装。

"时间紧迫啊,若不能在大婚前迷得人家神魂颠倒,真到大婚了,后悔就来不及了。平日里怎么教你的?不听老人言,吃亏在眼前,世上可没后悔药!"金三佰完全一副过来人的口吻。

向晚认认真真地盯着她,半响才道:"三佰,你早该嫁人了吧,如今还是孤身一人,说这些一点说服力也没有。"

金三佰险些吐血身亡。这向晚，要么不说话，一说话就惊人："好好好，你跟你那个哥哥一样损。我不管你了，到时咱们的城主大人娶妻生子，你别来我这里哭就成。"

金三佰说完，扔下向晚，赌气跑去厨房。

向晚看似平静，心里其实是很不平静的。回府的路上，她还在想金三佰的话。三佰的话不无道理，杏香姑娘的问题解决了，接下来便是折兰勾玉请媒定亲的大事了。虽然按理折兰勾玉一时半会儿肯定没这么快定下亲事，毕竟他挑选完人选后，还得征询金陵双亲的意见，但总体来说，她的时间还是很紧迫。若是晚一步，定下了亲，那就麻烦了。

抛开身份家世，抛开一切世俗，她喜欢的不是玉陵城的城主，她只是单纯地喜欢那个跨马经过杏花村，带她脱离苦海的折兰勾玉。既然心意如此明确，不管她与折兰勾玉之间隔着多少世俗的距离，至少她也得为自己的这一段感情付出努力，这样不管是何结果，才能甘心。

在向晚认定婚事不会这么早这么快拍板定下，在全玉陵城的媒婆等着第二轮通知，在向晚正准备改变形象争取感情的时候，玉陵城主折兰勾玉闪电而又高调地宣布了自己的亲事。

入选的幸运儿是陆羽雪，此前与向晚有过一次不愉快经历的陆羽雪。

陆羽雪是折兰勾玉的姑表亲，同族，虽是单姓，但她的外祖父是折兰勾玉祖父的亲弟弟，当初先皇下旨分封兰陵。兰陵城不大，也不小，陆羽雪的外祖父又只得陆夫人一女，陆家能娶陆夫人过门，自也不简单。陆夫人又只得陆羽雪一女，所以陆羽雪虽是姑表亲，亦非复姓，家势身份却不容小觑。

陆羽雪比向晚年长三岁，今年十五，待字闺中，又与折兰勾玉青梅竹马，两人门当户对，甚是登对。

这一消息很快成为玉陵城尽人皆知的喜闻。不止玉陵、不止金陵、不止兰陵，消息正以一种前所未有的速度传遍整个风神国。

无数少女心碎羡慕，又不免对准玉陵城城主夫人的风采好奇不已。

向晚乍闻此消息，一时怔住。她没想到折兰勾玉竟会如此的迫不及待，而且新娘人选并不在此次媒婆说媒之列，更没想到会是陆羽雪。

好像一场内定的游戏，她过手的不过是种形式。从最初请媒，到宣布定亲，她像个傻瓜一样，被人利用或被人蒙蔽。

完全一场局外人的闹剧！

向晚在书房里待了整整一天，不吃不喝。因着定亲之事，折兰勾玉这天从早忙到晚，恭喜送礼人情往来，一时也顾不上她。

乐正礼傍晚时来找向晚，向晚怔怔坐于书桌前，好半天才回过神来。她动动嘴唇，一时竟发不出声音，最后才轻轻一句："你之前不是说教我骑马么？"

乐正礼刚觉得向晚有些不对劲，就被这话震住。来不及细思，他就欢天喜地拉着向晚到马厩选了马，又与侍卫好一番打缠，顺利出了府。

向晚沉默而努力。此前游学与折兰勾玉同乘一骑的经历，在这时发挥了作用，适应了马的奔跑速度后，策马不过是件稍有技巧亟需锻炼的事。

"小晚，你骑得真好。天很晚了，我们回府吧，不然表哥要来找人了。"乐正礼是真真惊叹，向晚学什么都又快又好。比如骑马，虽然他的子墨于向晚来说太过高大，也历来不算温驯，可向晚竟然一试就行。看来之前承诺向晚学会了骑马就将子墨送她，还真有先见之明。

向晚心里一痛，双腿一夹，策马跑得更快。

乐正礼见她兴致这么高，刚才的担忧又抛到了脑后，策马紧跟上她。

"小晚，你怎么突然想到学骑马？"太突然了。

向晚耳边是呼呼的风声，脑海里是折兰勾玉定亲的事，心里一团乱麻，抓着缰绳只想这样一路狂奔下去。

乐正礼讨个没趣，摸摸鼻子不小心又落后一截。

"小晚！"待到乐正礼发现不对，惊呼着飞身向前，仍是慢了一步。

夜色中，看不清脚下那几块大石，石上横着截木桩，子墨遇坎腾跃，向晚不备之下，结结实实摔下马，"砰"一声，头正磕在其中一块石头上。

乐正礼在向晚的右后方，隔了匹马还隔着段距离，向晚又是向马左侧跌去，纵是他身手了得，惊变之下也只堪堪抓住向晚的片角衣服。

骤闻那声闷响，乐正礼整个人如堕冰窖。他扑至向晚身上，伸手一搂，满手的温热黏稠。他吓得丢了三魂去了七魄，疯了似的用足轻功往折兰府赶。

"表哥！大夫！表哥！大夫！"所幸他们骑马的那片草地是折兰府的御用草地，就在折兰府后不远，乐正礼抱着向晚直从后府门上掠过，惊起侍卫无数。

折兰勾玉彼时正与微生澈及潘先生等人在三佰楼共进晚餐，并不在府内。

向晚身上的杏色长裙鲜红一片，满头满脖子的血。折兰府上上下下乱成一团，老管家领着大夫急急奔来，见此情景，不免有些腿软。

几个平日里侍候向晚的丫鬟早已吓傻，边哭边团团转，拿着干净棉布不知从何下手，还有胆小的已吓晕了去。大夫一见神情凝重，一边搭脉，一边招呼人取药止血，不一会儿额头就细细沁出一层汗来。

这边厢折兰府闹翻了天，那边厢已有侍卫快马加鞭赶到三佰楼向折兰勾玉汇报。

不止折兰勾玉，金三佰在一旁闻听此讯，抚胸扶墙一靠，随即奔出三佰楼。

所有人来了个大团圆，齐齐候在折兰府晚晴阁向晚的房门外。乐正礼靠着门，染血的手无意识地用劲，竟生生掐进门框，深深一道五指印。

"小晚是女孩子，大半夜的带她去学骑马，你把我的话当耳边风了么！"折兰勾玉视线瞥过丫鬟替向晚换下的那身血衣服，上面还有好几大撮粘湿的长发，手中折扇扬起，朝着乐正礼就欲挥下，却被一旁的微生澈拦下。

卷三 漫天杏花，最是少年情动时。

向晚现在是禁足，他已明令没他允许不准出府，他这个表弟，怎么就长不大！

"表哥，她流了好多血，她不会有事吧？"乐正礼抬眼，眼里有泪，脸色已不是愧疚后悔能形容。他看着自己血迹未干的手，蹲下身捂脸失声痛哭。

"站好！"折兰勾玉心头狂躁，大喝一声，引来微生澈与潘先生一阵侧目，"这种时候，哭有何用！"

乐正礼被折兰勾玉一吼，吓得站直身。金三佰朝里探头看情况，回过头来忍不住讥道："说他何用，小晚向来乖巧，今日若不是被你定亲的事刺激，她又怎会想到去学骑马。"

折兰勾玉看向金三佰，眼神锐利。此时的他已不能维持平日的温润谦和，浑身上下都是风雨欲来的味道。

"瞪我也没用，别说你不懂小晚的心思。她是才十二岁，可是十二岁的孩子也有心！"金三佰说完转向乐正礼，指着他鼻子道："你个缺根筋的浑球，小晚若有事，看我不扒了你的皮抽了你的筋，就算你们是三侯君，老娘也不怕你们！"

说完闪身进屋，也不管主人客人的，转身将向晚的房门严严实实关紧。

一直到三更天，大夫才背后渗汗地出得房来。

"怎么样，怎么样？"乐正礼率先迎上，抓着大夫的手，急急问。

大夫用衣袖擦擦额头，却是看向折兰勾玉，弯身道："老夫不才，全看向小姐造化了，她后脑重创，只怕醒来也会留有后遗症。"

说完叹一口气，摇头离开。老管家手拿药方跟在后头，经折兰勾玉过目，下去煎药。乐正礼心一紧，疾步入内，折兰勾玉一行随后进入。

金三佰坐在床沿，仔细替向晚掖被子。她神情温柔，近看才发现有晶莹的东西自她眼角滑下，一滴一滴落在被子上。向晚静静躺着，头上层层包着白纱布，遮住了眼睛，只露出半张小脸，嘴唇与纱布一般的惨白，安静得好像没有呼吸。

"我先回三佰楼，以后每天我都会过来，如果小晚有变，请第一时间通知我。"金三佰起身，对着折兰勾玉微微一礼，又看了眼乐正礼，率先出了房间。

几个人只呆了片刻，便一一出去了。乐正礼本不肯走，最后还是被潘先生拉走了。留下折兰勾玉一人，站在床前看着床上的人儿。

这一刻，竟然觉得害怕。

从杏花村初遇，到昨天下午的小闹别扭，过往的点滴一幕幕如光影掠过，定格在她笑闹穿梭在杏林，杏花随她瞬间绽放，而她站在杏花下，回眸甜甜唤他一声"师父"。

人比花娇，更比花艳。

"瞪我也没用，别说你不懂小晚的心思。她是才十二岁，可是十二岁的孩子也有心！"

金三佰的话浮现在耳畔，他怎么会不懂？他若不懂，他若无心，又怎会对她纵容至此，又何必急匆匆安排下这门亲事？

坐于床畔，渐渐平静下来。小心替向晚把脉，又细细观察了伤势，唤了管家问明当时情况，吩咐下人各自歇息。

折兰勾玉理了理思绪，转身去书房。他不担心向晚会醒不过来，他担心的是向晚醒来，会有什么后遗症？而且她后脑受创，去发留疤，她该如何接受？于一个女子来说，容貌有多重要，他虽知向晚一向不注重这些，不过这样大的伤害，只怕任谁都接受不了。

他提笔写信，将此事托他师父帮忙解决。他的师父四处云游，认识颇多奇人异士，一定能推荐良医，消了向晚的后忧。

向晚昏迷了近半月，还不见醒。微生澈不便久留，先行回了封地。乐正礼上京时近，却迟迟不肯上路。

向晚日常的把脉诊断已由折兰勾玉接手了去。金三佰天天都来看向晚，而乐正礼一天比一天更沉默，一天十二个时辰，有十个时辰他就守在向晚身边或房门外，谁劝谁说都不肯离开。

这日下午金三佰又来看向晚，见乐正礼还是老样子，忍了好久的怒气就这么爆发了："小晚还没死呢，别整天哭丧着脸！"

乐正礼抬头，饶是练武之人，这些天熬下来，也早已双颊微凹，双目充血，不复平日阳光神气。

"男人要有担当，出事就该想办法弥补解决，天天窝在这里愧疚后悔有个屁用。你乐正家族权大势大，怎么不想想办法救人！"

"表哥……"乐正礼方说两字，就被金三佰打断："一人技短，二人技长，你表哥再厉害，又不是天上玉帝南海观音，这么多天小晚都没醒过来，你怎么不动用你们乐正家族的关系，想想有无其他良策或良医！"

"金掌柜……"乐正礼话未说完，再次被金三佰打断："听小晚说你武艺高强，揍人的必先学会挨揍，你问问你师父什么的，江湖奇士多，说不定能有办法。"

乐正礼豁然开朗，觉得金三佰的话很有道理。与其自责，不如想办法解决。不管结果如何，总得尽力，而不是听天由命。他起身，暮地给金三佰一个拥抱，撂下一句"谢谢"，瞬间消失。

金三佰收回视线，坐于向晚床畔，伸手轻抚向晚的脸。昏迷半月，她更清瘦了。

"这样睡下去，甘心么？"

"你向来懂事，一定不会希望他们两兄弟因这事而有隔阂。"

"你再不醒过来，你师父真的要被别的女人抢走了。"

"小晚，你真是个傻孩子。"

……

一滴泪悄无声息地从向晚眼角滑下。这几日换药，她头上的白纱布略往上了些，裹至额头，露出了眼睛。

"小晚……"金三佰短暂的空白之后，大叫，"传大夫，传大夫！"

众人一阵慌乱，折兰勾玉第一时间赶至，命令所有人退下，房里只余他与向晚。

把脉，诊断，除了那一滴泪，向晚还是没有清醒。折兰勾玉叹息，手不由自主地抚上她的脸："还是不愿睁眼？"

不是他的药方与诊治无效，向晚的脉象早已表明她有了清醒的条件，只是她不愿醒来而已。

"又到杏花时节，我们去看杏花吧。"

良久，向晚都没有睁眼，只是有泪滑下，一颗接着一颗。

"如果你不愿醒来，那片杏林也没有存在的必要了，不如我命人伐了吧。"手指轻拭去她眼角的泪，折兰勾玉笑如春风，暖暖道。

向晚如扇的睫羽轻颤，折兰勾玉继续笑道："若再不醒来，便命人将天下的杏树都伐了吧。"

睫毛颤得更厉害，半晌之后，终是缓缓睁开眼来，晶亮若星，看着折兰勾玉，泪如泉涌。

折兰勾玉心一悸，直觉高于一切，蓦地俯下脸来，印上向晚的眼。

"你好，我叫李誉……"

"我喜欢你，可以与你交往么……"

"我觉得我们挺合适……"

"你不喜欢，我不会勉强你……"

"我们结婚吧……"

"今天注册登记，我来接你……"

"啊——"

……

"小晚，怎么了，怎么了？"折兰勾玉一惊，感觉到向晚的不对劲，本以为她是被吓到了，可看情形显然不是。

向晚紧咬着唇，神情痛苦地皱眉，豁命般去扯头上纱布。她根本听不到折兰勾玉的声音，耳边只闻呼呼声，似大风刮过，脑中像是炸开了锅，痛得不行，混乱得不行。

"小晚？小晚？"折兰勾玉用力掰开她扯住纱布不放的手，因着她的拉扯，白纱布上很快又渗出血来。

折兰勾玉一手搭脉，另一手紧紧抓住向晚双手。向晚挣扎，指甲狠狠掐进他手背，失控一般，只痛苦地咬着唇，借此忍受这种从未有过又强烈万分的头痛。

"小晚？小晚？"

向晚抬眼，脸色煞白，她昏迷多日本就虚弱，此刻更甚，蓦地喊了声"师父"，便又昏了过去。

再醒来时，天色已暗。向晚抬眼，房里置了夜明珠，点了宁神熏香，榻边小桃打着瞌睡，时间该是不早了。

她摔下马，昏迷后清醒过来时，并没恢复那些记忆。那么又是什么，让她突然恢复了这部分的记忆？想着刚才脑中出现的片段，一点一点串成一段简短的人生。

原来她前世也叫向晚。

原来她前世跟今生是完全不同的两个世界。

原来她前世是车祸而亡。

原来她不是生来就是杏花仙子，而是遇车祸死后升的仙。

还有什么？似乎还遗漏了什么重要而关键的东西？

她需要时间好好理清这一切。

床前阴影一闪，向晚侧目，对上一双微圆星目。

"小晚，小晚你醒了！"

接着一声惊呼，吵醒了小桃，稍顷惊动了整个折兰府。大半夜的厨房炖了粥，向晚喝了点暖暖胃，方有了些力气，对一旁一直紧张小心的乐正礼道："对不起。"

乐正礼身一颤，看着向晚头上的白纱布，想着那缕缕青丝落地，蓦地跪至床前，拉着她的手，怔怔落下泪来。他再孩子气，也明白这次对她的伤害，若是她头上的伤口成为永久的疤，不知会给她带来多少不幸与灾难！

"小晚，跟我回家吧，让我照顾你一辈子。"

向晚弯起嘴角，眼眶微微湿润。他想负责，她知道，可这事因她而起，错不在他。尽管这样，她心里还是暖暖的，觉得感动。

向晚恢复得不错。很快能在小范围里走动透气，头上的纱布也越来越薄。

只不过从她醒来后，折兰府所有的镜子都消失了。一切与水有关的也被吩咐与向晚保持距离，有意识地不让她靠近。

与镜子一道消失的还有折兰勾玉。他不在府里，有要事出府，却没跟任何人说是什么事。

向晚也不往外走，整天待在房间里，不喜见人。有时她一整天谁也不见，折兰勾玉还没回来，乐正礼上京的时间一拖再拖终于拖不下去，只得一步三回头地走了。金三佰自从向晚醒后，偶有过来。

"三佰，我是不是很丑？"向晚站于窗前，看着窗外，淡淡问。

"怎么会，小晚一向漂亮，就算头上扎着纱布，也很好看呢！"

向晚低头笑笑，回过身，看着金三佰，认认真真："三佰，帮我一个忙吧。"

"你想做什么？"金三佰心中隐隐不安。

"我想离开这里。"

"小晚……"金三佰默然。

向晚低头，神色一黯，幽幽道："过几天就可以解下纱布，我不想大家看到我

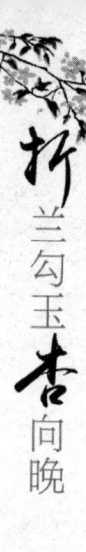

那么可怕的样子。"

　　说是大家，其实只有一个人。她想在折兰勾玉回来前逃离这里，不想自己不堪的样子落入他眼。金三佰又岂会不知，叹口气，沉默倔强的表象下，依然是少女细腻而敏感的心。

　　向晚失踪了。
　　凭空不见，只留了张纸条，娟秀整齐的一行小字：勿念勿寻，一切安好。
　　与向晚一道消失的还有那架凤首箜篌。
　　折兰勾玉好不容易在师父的推荐下，亲自拜访寻了良医回来，到得折兰府竟是这样一个情况。
　　向来处变不惊的折兰公子忍不住又烧了把心头火，得知这几日老管家已封锁消息秘派折兰府侍卫遍寻玉陵未果，这段时间累积的怒火终于爆发，第一次将相关责任人处以家规。
　　向晚在玉陵无亲无故，忽然出走，折兰勾玉自是想到了一个人。

　　"哟，城主大人，您的徒弟不见了，怎么找我要人？"
　　"金掌柜，"折兰勾玉笑容和煦，眼神锐利，"此前小晚一直不希望牵连你，不过这一次，怕是要让她失望了。"说完，笑得愈发温暖。
　　金三佰挑眉，似笑非笑："大人这是什么意思？"
　　"只不过想让金掌柜明白，这里是玉陵。"从三佰楼开业时，他就派人查过金三佰的来历。虽然费了不少心思，最后还是摸清了她的底。她金三佰靠山再大，在玉陵，也不过是他给的面子。这一次，金三佰若知情不报，甚至参与其中，他可不保证自己会做出什么事来。
　　折兰勾玉说完起身，作势掸掸衣服，华贵优雅，转身离去。
　　金三佰在原地暗忖片刻，然后小跑着在三佰楼外追上折兰勾玉，喘了口气，方道："她不想见你。"
　　折兰勾玉神色一凛，金三佰忙加一句："你伤了她的心，她又觉得自己现在很丑，不想见你是正常。"
　　见折兰勾玉神色缓了些，金三佰又道："若她想见你，自会让你找到，若她不想见你，即使你翻遍整个玉陵城，也找不到她。她是我金三佰唯一的朋友，就算得罪玉陵城主，我还是会尽我所能，护她一个周全安心。"
　　金三佰说完，全不看折兰勾玉反应，转身进了三佰楼。

　　玉陵城说大不大，说小不小，要找一个人，而且这个人熟悉你又有意避开你，并不容易。
　　折兰勾玉与金三佰彼此心知肚明，却又有一个共识：在以各自的方式保护向晚的同时，尽量不撕破脸。

折兰勾玉虽然不甚赞同，听闻金三佰的话，却能理解此刻向晚的那点小心思。既然如此，早点解开她心结才好。亲请了来的良医不能白费劲，而且向晚也需要治疗，于是他与金三佰心照不宣，他送人，她接人，不耽误向晚的容貌大计。
　　只不过折兰勾玉有心趁机派人跟踪，还是被金三佰技巧地甩掉了。

　　时间过得飞快，转眼已是三年后。
　　折兰勾玉没想到这一等，竟然等得这么久，等得这么有耐性。
　　没耐心也没辙。他不是没尝试过找向晚，只不过三年多的时间，找遍了玉陵，甚至分派几路人出玉陵城找，却一直没有向晚的踪迹。
　　不止向晚，请来替向晚疗伤的怪医莫前辈，以及金三佰都跟着失踪，平地消失一般，凭折兰家族的势力，竟然遍寻不着。三佰楼倒是照常营业，金三佰竟然托了潘先生代为管理。折兰勾玉有气无处使，从向晚出走最初的暴躁易怒，到三年后的平静，忽然明白了向晚的心，更明白了自己的心。
　　此刻他对向晚的思念，不正是向晚对他的思念吗？一种相思，两处闲愁，折兰勾玉轻轻叹息。他跨马经过杏花村，怎能料到千里之外的小村庙墙上有他的画像？他因着表弟的爱管闲事买下了一个倔强沉默又脏兮兮的小丫头，当时并不算太情愿，又怎能料到这个丫头会慢慢融入他的生活，融入他的感情，成为他初次情动的对象。
　　这么突然，又这么自然；意料之外，又在情理之中。他其实也知道自己早已动情，只不过这么耐心地等了三年，才知自己已然动情到这么深的地步。
　　她如果只是因为他定亲而赌气去骑马，而后才有了这后来的一切，他发誓待他找到她时，一定要狠狠打她一顿屁股。
　　他的向晚，今年十五岁了。三年未见，她必然已是脱胎换骨，能让所有的人惊艳。他知道，并且一直知道。
　　而他，一边苦心寻找，一边耐心等待。二十二岁，依然没有正娶。

　　新年一过，天气渐渐回暖，不知不觉又到杏花时节。
　　每年此时，折兰勾玉都会特别地想念向晚。杏花与向晚，太过有缘。
　　这日得闲，折兰勾玉独自一人策马往北，往启明山北半坡的杏花林。
　　延延绵绵的一大片杏林，满枝头杏红花蕾。折兰勾玉立身于前，想起第一次带向晚来这里时的情景，心中的思念更甚。
　　"澹然闲赏久，无以破妖娆。"
　　若隐若现的声音，惊得折兰勾玉双手握紧，险些捏碎手中折扇。稍顷慢慢松开，脸上浮起大大的笑容。这个声音，这首诗，除了向晚还会有谁！别后三年，记不清来了多少次，只希望漫漫杏花下，能再看到那个沉静而又明媚的女子。
　　无数次的希望，无数次的失望，这一次，终于等到了！
　　折兰勾玉心下狂喜，神情却是坦然，悠哉踱步入林，似漫不经心，实则四处找寻向晚身影。听音辨位，于他来说不是什么难事，只是向晚是在杏花林的另一端，穿

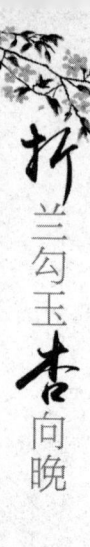

过大半杏林，折兰勾玉才看到那久违的身影。

她一身绛紫丝帛长袍，头发高高束起，挽成一个小髻，露出一小截发尾，背对着她，站在一株杏树下，哼着不知名的小调。折兰勾玉停步，保持着小小的距离看她，带着微微的贪婪与满满的思念。

心弦蓦地放松，他的小晚，他的小晚终于回来了！

一个哼着小调，一个远远看着，一时两人都没行动。

就好像暗中较劲一般。

哼完一曲，向晚徐徐转过身来，手中折一枝怒放的杏花，半月明眸笑成弯月牙，看着折兰勾玉，盈盈道："师父，近来可好？"

犹如电光石火，一瞬间击碎折兰勾玉所有的理智，什么尊贵什么气质什么身份，统统成了尘埃。只一眨眼的工夫，向晚的好字余音未落，人便被整个地拥进他怀里。

向晚的脸被密密紧紧闷在他怀里，很有难度地勾起嘴角，笑。

"小晚……"叹息中有满足，折兰勾玉松了向晚，轻轻摆弄她露在发髻外的短短发梢。

三年未见，她高了许多，如今已至他下巴处，出落得如莲出水，双颊丰满，有种胭脂的莹泽，浑身上下，掩不住的少女光彩。

她本就早熟，又比一般孩子高。如今一看，他不由喟叹：他的向晚，终于长大了。

向晚眼一弯，巧笑如嫣，伸手一扯发带，青丝如流水般倾泻，丝丝顺滑光泽，暖暖太阳下，头顶亮成一圈淡淡光环。

"莫前辈妙手回春。"青丝如墨，只及肩长。

折兰勾玉回神，伸手，丝丝缕缕，满头青丝，并无疤痕留下。师父推荐的江湖隐士怪医莫前辈果然名不虚传！

"莫前辈还说，师父是师公的得意门生，世人只道折兰公子才冠天下，殊不知折兰公子也能武冠天下呢！"

折兰勾玉轻笑，从怀中抽出折扇打开，轻轻一摇，无限风流："这三年，你掏了为师多少秘密？"

"不多。"向晚垂眸，低头笑笑，忽又抬头，望着折兰勾玉，淡淡道，"师父可以带我站到杏树上去么？"

折兰勾玉挑眉，未及开口，向晚又加一句："久别重逢，算是师父欢迎我回家吧！"

嗯，理由听起来很是合情合理，虽然由当事人主动提出失了些味道，不过看着那张魂牵梦萦的脸，为什么他无法拒绝？

其实此前早有迹象。游学路上乐正礼救钟离那次，向晚就想他与折兰勾玉应该都会武功，而且修为不低。偌大一个家族的继承人，怎会独自一人去游学，要么身怀绝技足以自保，要么保护的侍卫躲在暗处，或者两者兼而有之。莫前辈的话不过更加肯定她心中所想罢了。

而此刻，折兰勾玉揽着她，也不见有什么动作，身形一轻，两人便到了一棵杏树枝头。

这棵杏树该是这片杏林最为年长的杏树了，枝大根粗，向阳而开，以向晚对杏树的了解，料想该有百年以上。两人站在树枝上，向晚起初还有些不稳，小手紧紧攥着折兰勾玉胸前衣服，半晌适应后，仰脸迎着太阳，竟觉无比惬意。

杏花仙子的记忆浮现，向晚叹一句："要是能在杏树间飞来飞去就好了，莫前辈怎么都不肯教我……"

话未完，人已腾空。折兰勾玉足尖轻点，抱着向晚在杏树上流连。向晚从开始的小小害怕，到最后全然信任地松手，任由折兰勾玉揽着她，迎着风、笑着闹着间或哼着不知名的小曲。

折兰勾玉侧目，那个在他心里一直还是个孩子的女子，身上绛紫衣袍飘飞，粉面若桃、黑眸若夜，笑颜如怒放杏花，声如银铃，精灵般的美丽。

只怕这一幕，又会成为他心底的烙印吧。折兰勾玉轻声叹息，他居然对一个孩子动心，耐心地等她长大，等她回家，而这个孩子还有一个天下皆知的身份——他的徒弟！若被世人知晓，又会有怎样一番风雨？

"小晚，我们回家。"日下山头，折兰勾玉抱着向晚几个起落下了杏林坡，纵身上马。

向晚还沉浸在兴奋中，坐在折兰勾玉怀里，双颊绯红。

马儿跑得不快，一路向北城门行去。毕竟才是早春天，颠簸之下，向晚又是犯冷又是犯困，一个劲往折兰勾玉怀里缩去。

"师父，我回来了。"她几乎耳语，似睡似醒，以为折兰勾玉听不到。

三年来，这一句话埋在她心里百转千回，今天终于可以说出口了。

折兰勾玉笑，也不说话，只是揽住她腰的手一紧。

马儿悠悠向前，两人同乘一骑，仿佛回到最初游学的时光，又与当初大不相同。

卷三 漫天杏花，最是少年情动时。

卷四

你是我心底,永远的烙印。

折兰府人仰马翻。

在折兰勾玉与向晚回来前,三佰楼三年未出现的掌柜金三佰亲自送了当日与向晚一道失踪的凤首箜篌过来。

老管家看到箜篌当场老泪纵横,看到折兰勾玉与向晚一道回来,更是哽咽得说不出一句话来。折兰府上热闹胜过新年,向晚回到晚晴阁,看着熟悉的一切,物是人亦是,心中感动。

贴身侍候的小桃先是不敢置信,复又情不自禁地逾矩抓了她手一径地哭,好半天都停不下来。向晚笑着拍拍她,安慰道:"别哭了,这不是好好的回来了么!"

小桃破涕为笑,赶紧准备为向晚洗浴。

不止折兰勾玉,府里上下都发现向晚这趟回来有些不一样了。除了长得更高变得更漂亮,人也更加沉静妩媚,愈发知礼得体。

这一年,向晚十五岁,折兰勾玉二十二岁。

这一年,注定开始不平静。

话说向晚回来后,状似无意地打探了下。躲避折兰勾玉的这三年,她虽然有偷偷通过其他渠道打听折兰勾玉的消息,知他一直未完婚,却不知具体原因。此次回来,折兰府上依旧没有办喜事的迹象,有一次她假装关切地向老管家问及此事,老管家恭恭敬敬一板一眼地答道:"这事只等少主交代下来,老奴才能准备。"

左右看了眼,又加一句:"小姐以后别在少主跟前提起此事。"

"为何?"向晚诧异。她以为这事她才更忌讳。

鉴于向晚这三年都不在府里,老管家语重心长地总结了三年来的经验:"这事用家规压着,谁提谁受罚。"

这倒是稀奇了,难道一直不完婚,那位陆羽雪表小姐会同意?

老管家却是摇摇头,叹一口气:"也不知造的什么孽,表小姐前年突染怪疾,听说至今还未大好。"

这还真是突然。向晚作势安慰了几句,便借故回了晚晴阁。

现在的向晚,有别于三年前。三年前的向晚只有杏花仙子的记忆,现在有了前世记忆的向晚,为人处世,自有不同之处。前世的向晚性格虽也偏静,但见识与处事却不一般。

只是她回忆自己的前世,平平淡淡、庸庸碌碌,有些短暂,并没做什么大善事,为何死了之后会直接升仙做杏花仙子?

这日向晚出府去找金三佰。

她离开折兰府三年,亏得有金三佰照顾。向来财迷的金三佰,为了她扔下三佰楼,三年来悉心照顾、谆谆劝慰,给她信心、陪她渡过难关。于她来说,金三佰已是亲人了。

这样的感情或许在外人眼里很不可思议,但两人都分外珍惜这段难得的缘分。

"三佰，看来你这掌柜在与不在，不曾有什么影响。"向晚促狭。此前金三佰一天无数次地念叨什么读书人肯定不懂经商之道，只怕她到时候回去，这三佰楼连影都亏没了。如今金掌柜重出江湖，三佰楼历年不衰，只怕风头真要盖过玉陵酒楼了。

"没想到书呆子经商有道，还真让人看不出来！"金三佰撇撇嘴，一袭翠衣，腰上扎一根宽腰带，说话飒爽，站在掌柜台后，将算盘打得噼里啪啦响。

"你在算什么？"

"算账！"金三佰头也不抬，一心两用，忙得不可开交，"三年时间，账目总得清清楚楚过我的算盘才行。"

"你不信潘先生？"向晚哑然。

"信！怎么不信，不信我能把三佰楼托付给他？"

信还算得这么仔细，向晚彻底无语了。这个金三佰，什么也不求，为了照顾她舍得扔下三佰楼，转个身却又跟潘先生精打细算。

"你不用这么不齿的样子，我托潘先生代为照顾酒楼，说好将这段时间的利润抽两成给他，算是请他代为管理的费用，等我算仔细了这笔银子得由你出。"金三佰抽空抬头斜了眼向晚，复又低头噼里啪啦地算起来。

"三佰……"这是什么时候的说法，她怎么从来不知？

"怎么，你付不起啊？付不起我直接把账单扔给我们英俊英明的城主大人好了。"金三佰大声说完，咬了下唇，又小声恨恨道，"老娘既当爹又当娘地照顾你徒弟三年，敢威胁老娘，看我不狠狠宰你一笔！"

最后一句向晚没听清，倒也不计较，横竖就是银子，她金三佰爱这个，怎么样也是该得的。

"久别重逢，他可有向你表白？"

向晚摇头，笑。他们三年未见，各自都有小变，以她与折兰勾玉的性格，哪会一见面就不顾一切？

金三佰一听急了，扔下算了一半的账，跑到向晚跟前干着急："三年前是这样，三年后你怎么还不心急啊！"

"听说陆羽雪两年前突染怪疾。"

"那正好，染一辈子吧，趁机将我们的城主大人还给你！"这位表小姐的事迹，金三佰很八婆地从向晚嘴里挖出过不少八卦。

金三佰就是刀子嘴豆腐心！向晚笑笑，不说话。

"哎，小晚，你倒是用点心啊，这三年你有多辛苦，不都是为了他么？"标准的皇帝不急，太监急。

向晚还是笑。用心？她怎么会不用心。若是她不在乎这些，不想用心，又何必巴巴地跑回来。她知道自己的性格，不过是回来一搏，若是失败，那么这个师父，即使以后再如何想念，她都宁愿相见不如怀念。

除了杏花林重逢的那一个拥抱，之后折兰勾玉又恢复平常的谦谦君子样，好几次分明情动，却是克制着。许是两人三年未见，彼此有些生疏也是正常，再则折兰勾玉又是个心思过深、不肯轻易许下誓言的人。

不过她也不是三年前的她了。现在的她，让折兰勾玉失控，其实是一件很简单的事，真的很简单。

向晚的方法真的很简单，而且非常有效。
是夜各自安寝。
临近半夜，向晚突地掀了被子，趿了鞋子就往外跑。榻边的小桃被声响惊醒，茫然抬头的时候，向晚已经出了房间。
向晚径直跑到折兰勾玉房前，也不敲门，直接推门而入。
折兰勾玉有了经验，这次倒很平静。虽然距上一次这样夜半被闯时隔三年多，但于他来说，这三年来想念向晚，回忆与她在一起的点点滴滴，如细水长流，平淡而温馨，就像才是昨日发生之事，并不觉得陌生。
不止不觉得陌生，他甚至还有些期待。
"怎么了？"折兰勾玉坐起身，身上只着中衣。
可是，向晚身上居然也只穿了中衣！春天的夜还有些冷，她身上是薄薄的中衣，杏红轻纱下，隐隐看得到水红小肚兜。
向晚回来后，便忽然淑女了，天天长裙，一改往日男装形象。
折兰勾玉话音刚落，喉咙一紧，正待取过衣服替向晚披上，却见向晚在他床前站定，然后弯腰凑近，主动将唇贴上了他的。
向来镇静泰然的折兰公子吓了狠狠一大跳。向晚此举，大大出乎他意料，让他一时找不着北。大惊之后，唇与唇相贴带来的美妙感觉又主宰了他的思绪，正待细细品尝，不料向晚像是掐准了时间点，蓦地抽离。
好吧，折兰勾玉承认自己这一刻有点抓狂。
"我就是来做个测试。"向晚的脸红红的，声音娇娇软软，消冰融雪。
测试？上一刻想抓狂的折兰勾玉，这一刻分外想揍人了。她想测试什么，他二十二岁，是个正常的男人，她想测试他会不会对她下手吗？
"好了，你继续睡吧。"向晚低头说完，转身走人。
没两步，就被人拦腰抱起。向晚一声惊呼，回过神时人已落入折兰勾玉的怀抱。
"测试什么？"一脸的神色莫测。
向晚偷瞄一眼，讷讷道："坊间有传闻说你有断袖之癖。"
那日金三佰告诉她的，说是坊间有折兰公子断袖的传闻，并且传闻不止一天两天了。原因无他，折兰公子二十二高龄，尚未完婚，虽说是因准城主夫人身体欠佳而不得不将大婚延期，不过折兰公子竟是连妾也不纳，甚至清寡到不喝花酒的地步，又扯到了杏香姑娘梳拢之夜折兰公子突然出现在大厅，抱着个白面小男人离去，断袖的传闻便好像有了那么点可信度。

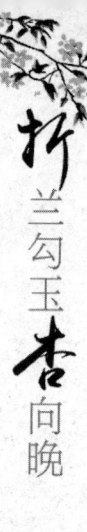

向晚虽然不信传闻，但此刻拿来当借口是再好不过。谁让她才十五岁，十五岁的孩子分不清谣言真假也是可以理解的嘛。

"测试的结果呢？"

向晚眼睛一转："好像是真的呢。"

折兰勾玉承认自己被成功勾引兼激将了。轻扣向晚细腰，另一手抚上她后脑勺，五指间的丝滑触感平添三分销魂。

"师父……"话音淹灭在他的唇舌中。

向晚未经世事，刚才主动献吻凭的是一股热血，想撩拨他情动，不想让你情我愿的感情变成你猜我猜的猜谜游戏。那蜻蜓点水的一吻岂能与此刻相比，淹灭的不仅是她未出口的话，更有她所有的理智与思绪。

事后向晚烫着脸从折兰勾玉怀里退身，脑中一时还有些空白，不知怎么的脱口而出："第一次是我先主动的。"

像是为了证明什么，宣告什么！

折兰勾玉失笑，摸摸她如绯的脸，道一字："好。"

神智逐渐回笼，向晚的脸愈发烫了起来。她慌忙跳下床，趿了拖鞋也不管折兰勾玉，一溜烟地跑回了自己房间。

饶是恢复了前世记忆，她对这种事还是羞涩。她前世短短的生命历程，大半时间用来读书成长和吃喝拉撒睡，爱情方面单纯如张白纸，并无相关经验。她法律上的丈夫相亲认识，淡淡交往了半年，对她有礼而守矩。若不是领证回来遭遇车祸，或许那天晚上会有激情一刻。

可惜她没机会体验。

转念一想，又庆幸从不曾体验。这样她才能将自己完完整整交予他。

有了这一个吻，窗户纸算是彻底捅破了。

最重要的是，折兰勾玉清寡了二十二年，如今被向晚一吻，大有一发不可收拾之势。

比如此刻，晚晴阁的花园里，向晚一袭杏红长裙，头发松松挽了个髻，神情专注地弹奏箜篌。这一幕美不胜收，但凡有分寸的都该知道不应去打断。可是偏生有人控制不住自己，惊艳了半晌，又欣赏了半晌，一曲未完，硬是将向晚抱离箜篌，圈抱在自己怀里，细细亲了个够。

这人除了折兰勾玉，还会有谁？晚晴阁的一应闲杂人等早被他遣了下去，阳春三月，小花园里无限春光旖旎。

"师父……"向晚软软趴在折兰勾玉怀里，声音里犹余一丝意乱情迷。

折兰勾玉松了她发髻，青丝指尖缠绕，待得平复些，轻道："她身体似有好转，姑母安排她来玉陵休养。"

"好。"向晚脸色微酡，淡淡道一声好。

"小晚……"折兰勾玉心里却有些不平静。

这是他第一次主动提起陆羽雪的事。不管是三年前，还是三年后，其实他心中一直都有自己的打算，只是从未跟向晚商量交代。而这一次，他开始尝试，虽然不惯坦白所有的心思与打算，但至少有了一句交代。

　　向晚仰起脸看他，半月明眸清亮而坚定，脸上却有娇娇软软的甜笑："总该面对的，不是么？"

　　除非他想将她金屋藏娇，没名没分地跟着他一辈子。他会么？不会！

　　折兰勾玉如被迷惑般，不由俯身又在她额上亲了下，暖暖笑道："小晚是如何得知的？"

　　他的心思，她是如何发现的？

　　向晚蓦地从他怀里抽身，拢了拢微乱的头发，就这么不远不近地站着，挑眉看了眼怀里一空坐直身的折兰勾玉，笑道："不要通房丫头、不纳妾、不喝花酒，师父真对表小姐这么痴情，早该飞到兰陵日夜贴身照顾了。"

　　世人都道才名天下的折兰公子真是个绝世痴情的好男人。未婚妻身体抱恙，请了无数名医前往诊治，送了无数珍贵药材，不纳妾，洁身自好，多少媒婆上门都不心动。整整两年，这样的情况哪怕退婚另娶亦不为过，他却痴心不改。莫怪乎坊间有传言说玉陵君折兰公子实是断袖，不然身居此位还如此自爱，委实有些过了头。

　　"还听说了什么？"

　　向晚眨眨眼睛，然后溜回箜篌旁，远远地喊一句："莫前辈说，师父有下跪求他呢。"

　　莫前辈号称怪医，退隐江湖多年，不仅医人方法怪，为人更怪。当初折兰勾玉求他下山，本以为以他师父与莫前辈几十年的交情，加之他双手奉上莫前辈心仪的医学秘籍，该能将他请下山。结果却不是。莫前辈谁的账也不买，医学秘籍收得坦然，却死活不肯跟他下山，还说不管谁介绍的，求他怪医医人，都得按他的规矩在他的破草屋前跪足一夜，最后折兰勾玉跪足一夜，方将他请下山。

　　这事，折兰勾玉当然不会跟任何人提了。不过莫前辈后来与向晚熟了后，是当笑话说给向晚听的。

　　那样尊贵又那样骄傲的一个人，却在莫前辈的草屋前跪足了整整一夜。也是从那时候起，向晚忽然明白，折兰勾玉对她不只是一点点动心。

　　这几日心情都分外好的向晚，得闲去看金三佰。

　　"不得了，红光满面，可是春心动了？"金三佰眼尖，恋爱中女人的光彩，她一眼便瞧个清楚分明。

　　"说得你好像很有经验似的。"恢复记忆的向晚也不是吃素的。

　　金三佰神情一垮，往向晚身后探了探。

　　"你等人？"向晚眼尖，故意点破。

　　"哪有！"金三佰连忙摆手否认，看到向晚不置信的眼神，又加一句，"最近着实太平，我想着怎么就没人上门来找麻烦呢！"

　　话音未落，忽地涌进来好几个乞丐，向晚忍笑看着金三佰打发了他们一些吃的，

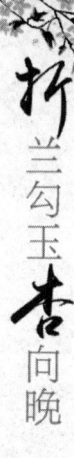

飘过一句:"他有点麻烦,晚几日才到。"

她回来了,折兰勾玉自会通知乐正礼。本来乐正礼这几天该到,不过临行因事耽搁,所以会晚几天。

"什么麻烦,他有什么麻烦?"金三佰简直以飞的姿势扑过来。

向晚笑,摇摇头:"具体我也不知,你还说没想着他。"

金三佰迅速镇定下来,仔细看了向晚表情,松了口气。

也不知结的什么冤造的什么孽,自从上回下药整他之后,心里好像就有了牵挂。后来青楼的事,向晚被禁足,乐正礼连夜替向晚送信给她,字字句句都是对向晚的关心袒护。再到向晚坠马出事,她看到他日日相守,那种自责内疚,那种实实在在的关心与心疼,竟让她着了魔似的,喜欢上了这个人。再不承认也没用,就像刚才,得知他有麻烦,不由就会担心。

或许经历越多,看得越多,便越对乐正礼这种单纯的个性羡慕不已。他的单纯,他的善良,以及他对向晚的那份毫无保留的关怀,都让她心向往之。

当然,他的散财是个例外。

"到时候陆羽雪也该到了。"

"什么?"金三佰比向晚还激动,一下子从乐正礼的魔障中恢复神智。

向晚笑,斜了她一眼,嗔道:"你急什么?终究是要碰面的。"

金三佰摇头,只得叹一句:"小晚,你还真是一点也不担心。"

向晚垂眼,淡淡地笑。

"既然你都不担心,那我是不是也可以放下心来了?"金三佰拉着她手,一时鼻酸。这三年的时间,她与向晚日日相处,她看着她受苦,忍受常人难以想象的痛,却从不吭声,从不落泪。她那么瘦弱,又那么坚强,思念与惶恐,不安与害怕,她陪着她走过这一程,努力让她看到希望,努力让她快乐开朗。而现在,她看到她的希望,看到她的快乐,心里忽然是满满的感动。

经历过这一切的向晚,应该得到她的幸福,从此平安喜乐。可是她又知她还需经历另一些,面对另一种风雨,才能真正拥有她的幸福。所以,她总会不自觉地悬上一颗心,哪怕这一刻的向晚是笃定的,她还是放不下心来。

"是。"向晚反握住她的手,暖暖道,"从现在开始,你也要努力争取自己的幸福。"

金三佰哂笑,扯开话题:"对了小晚,我们的城主大人真的有断袖之癖?"

乐正礼的事只是她一厢情愿,是她的一个小小的感情寄托,她并不曾想过真能与他有什么进展与发展。年龄的差距、身份的差异……一切的一切,重点在于乐正礼的心从来都只在向晚身上。

"你说呢?"

"传闻也不会空穴来风啊!"金三佰凑近向晚,作神秘状,"二十二年真这么清寡,你说会不会真有断袖的爱好呢?"

"割舌头。"向晚斜她一眼,拿起身前的茶杯,平平静静吐出三字。

金三佰捂住嘴一声惊呼,半晌才去掐向晚:"有异性没人性,我也不过是听了这样的传闻，有些好奇罢了。"

"谣言止于智者，三佰你越活越回去了。"向晚避开身，笑她。

"哎呀，你个小丫头，一说你心上人，还真是六亲不认。"金三佰追打。

向晚放下手中茶杯，也不躲避，着着实实让金三佰抓个正着，才笑道："他是礼的表哥，到时候你们可是一家人，现在这种时候你不帮衬着点，竟还好意思一起凑热闹！"

金三佰猛地抱住向晚，也不恼，只跟着笑道："我不管，小晚你若成了城主夫人，可得特许我这三佰楼百年免税。"

向晚也不接话，自顾让金三佰搂着，盈盈笑。

率先赶到玉陵的，还是乐正礼。

恰巧这日向晚邀请金三佰至折兰府吃饭。出于对金三佰这三年来对向晚的照顾，折兰勾玉既往不咎，很是客气。

三人甫入席，刚一起筷，便闻一个声音由远及近："小晚，小晚，小晚……"

在座几人莞尔，来人不是乐正礼还有谁！

"小晚……"乐正礼在门外止步，情怯。三年未见，他害怕那一场意外在向晚身上留下永远抹不去的印迹。

"正好赶上，先吃饭吧。"向晚起身，吩咐下人添双碗筷，示意他入席。

"小晚……"乐正礼身形未动，视线跟着她，确定她是否有事。

"我很好，这三年，劳你和师父担心了。"向晚笑，明媚动人。

三年未见，两人皆有不小改变。乐正礼今年十九，受封三年，接管封地礼正城的一切事务，早已不是当初的青涩少年。他眉目英挺，身形俊朗，举手投足的贵族气质，看起来沉稳老练不少。

想起三年前的那场意外，两人感叹之余，心里又都生出一种感动。向晚虽然依旧不肯喊他哥哥，不过这一刻他亦明白，在向晚的心里，他乐正礼从来都不是路人甲。

聊天叙旧。向晚虽仍显沉默，又与以往不同，有问必答，面上带笑。

本以为乐正礼与金三佰会八字不合瞪眼斗嘴，没料到乐正礼知悉金三佰这三年对向晚的照顾，竟诚心实意地对她鞠了个躬，并对当年她对自己骂中带训的那番话表示感谢："金掌柜不愧年长几岁，当初那番话，于我真是醍醐灌顶，至今心中仍感谢。"

短短四字"年长几岁"，一下午白表现了。紧要关头，乐正礼还是欠了些火候。

金三佰暗骂一句"愣头青"，脸上勉强维持着笑容，顺势道："确实年长，既如此，你不如叫我姐姐算了，以后也好多些醍醐灌顶的机会。"

"醍醐灌顶"四个字，金三佰说得咬牙切齿。

"也好，三佰姐在上，受小弟一礼。"亲人面前分外单纯的乐正礼又愣头青了一把。在他心里，金三佰能如此待向晚，他又一向拿向晚当家人，道一声姐姐无可厚非。

金三佰简直气得晕厥，觉得自己压根没救了，居然会喜欢上这么个不开窍的人，前景一片黑暗。气闷之余，便借故告辞了。

"小晚，这三年你都躲哪去了？我和表哥几乎将风神国翻了个遍，就是找不到你。"金三佰一走，乐正礼便问起了"正事"。

向晚笑笑，不回答。

这个问题，此前折兰勾玉也问过，她也没有说答案。过去的已经过去，她不想再提及。

乐正礼如今已与折兰勾玉一般高，他习武出身，身形又比折兰勾玉魁梧了些。此刻他站在向晚跟前，比向晚足足高了一个头，剑眉微蹙，看着向晚，却是恢复少时的青涩，伸手，半途又放下，有种孩子的讷讷："这三年，小晚吃了很多苦吧？"

乐正礼依旧自责，一切全因自己少不懂事。

向晚笑着摇摇头，伸手，主动给了乐正礼一个拥抱："一直都是我应该说一声谢谢，因为一路过来，只有你最纵容我。那次是意外，更是我的任性，别再自责了。"

折兰勾玉对她的好，其实还是有原则的。他为她改变的同时，亦有自己的打算在里面，比如与陆羽雪的定亲。只有乐正礼，才是一直纵容包容她的全部。

"小晚……"被她的这个举动，更是被她的这番话感动，乐正礼有一刹那不知该如何反应，待他回过神来准备回向晚一个拥抱，怀里一空。

折兰勾玉站在向晚身边，清清嗓子，淡淡道："小晚说说这三年的经历，我也很想知道呢。"

于是向晚站在一边盈盈笑，又是什么也不肯说了。

这三年经历，让她如何开口？她知道他们好奇，但这一段经历，说实话，她不想提，亦有些害怕再回想。

在向晚看来，乐正礼该是改变许多。他已具备一个侯君需具备的一切，看上去成熟又沉稳，可不知为何，面对她时，总会一不小心回到过去。一样的动不动眼红，一样的不善言辞，一样的被她欺负。

"正式受封后，忙了许多吧？"晚饭后，折兰勾玉有事忙，向晚拉着乐正礼聊天。

"习惯了就还好，不过人被绑住了。"他的笑和折兰勾玉不同。折兰勾玉是谦谦温和，乐正礼笑起来爽直热烈。

"那你这样急急跑过来没事吗？"

真的是第一时间赶过来的。本以为他有事耽搁，必不会这么快来玉陵，中午这样意外出现在众人面前，看得出他的心切。她杳开回来，他杳落赶至，一身的风尘仆仆。

"没事。"他嘿嘿一笑，有些孩子气的生涩，"每天面对那些人处理那些事都烦了，正好可以出来透透气。"

向晚想到折兰勾玉，不知他心里，是否偶尔也会有这样的想法？

"不过小晚你真会躲，我们这几年找你找得辛苦，特别是表哥……"话至一半，却蓦然停下。

其实她亦想得到。从老管家的那句"用家规压着"，就可以预见他当时的心情。这样一个看似永远一副好脾气的人，会说出这样的话来，不难想象当时的情形。

过去了，都过去了，不是么？三年分别，不管各自遭遇多少，结果总归是好的。

乐正礼因有事，匆匆来，又匆匆地走了。走的时候，去了趟三佰楼，才回了封地。

没过几天，陆羽雪也到了。

兰陵位于金陵西侧，离玉陵稍远。本来快马加鞭四五天的路程，因为陆羽雪的身体，足足用了十来天。

陆羽雪被人搀扶着下马车，折兰勾玉自是做足了功夫，亲自出府迎接，又作关心状："小雪累了吧，身体还没大好，真不该这么舟车劳顿的，先回房休息吧，等下我再来看你。"说完也不等陆羽雪说话，转而命人扶她下去。

向晚站在一旁，对着陆羽雪施施然一礼。

陆羽雪看起来不太好，两个人扶着才能下地，脸色苍白，人也不似几年前那般丰满圆润，瘦削得连那两个酒窝也几乎不见。她看到向晚，明显一怔，无奈身体委实虚弱，赶了十来天的路，又被下人扶着，一时也没能说上话。

"她这样，也很辛苦。"看到陆羽雪这样，向晚难免唏嘘。

陆羽雪是无辜的。

折兰勾玉不置可否。看着所有人都退下，方轻轻环住她。

她还能保有这样的善良与单纯，真好。

"匹夫无罪，怀璧其罪。"向晚轻叹一句，"希望她不至于连命也丢了。"

恢复前世记忆的向晚，在三年避隐的日子里，听金三佰说了许多风神国的事，包括三大家族的种种传闻，加之她回来后有意打探，其实折兰勾玉的心思她已隐隐猜到。她无权去指责折兰勾玉的所作所为，这不是一个法制的社会，在封建皇权的时代，处于折兰勾玉的地位，他不骄奢淫逸，不滥杀无辜，还能有这样的秉性，已是难得。

"放心，我们毕竟是族亲。"

声音轻轻柔柔，在向晚头顶上方低低回响。向晚偎在他怀里，浅浅笑。

陆羽雪的情况确实不好。几天吃饭都没出现，折兰勾玉每日里抽时间去看她一次，向晚基于礼貌，也偶有跟去。

九岁那年，折兰勾玉成人礼上，两人唯有的一次见面，已经是六年前的事了。当初那个刁蛮任性的大小姐，不知是久病的缘故，还是脾气已经大变，如今看来温婉许多。

其实向晚又何尝不是。陆羽雪看着静静跟在折兰勾玉身边的向晚，心里的震惊大过向晚。成人礼的那件事，她讨了巧，向晚挨了顿板子，也没人追究事情的经过究竟孰是孰非，她以为这件事表明了向晚的身份，根本不足她为惧。后来她如愿与表哥定亲，又陆陆续续听闻向晚受伤、失踪，之后几年音信全无，没想到她竟又回来了。

不仅回来，而且与初见时大不一样。女大十八变，九岁时看到她，那一身华服

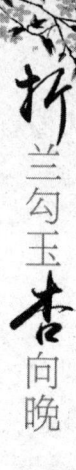

已让她妒忌，这一次再见，向晚竟已出落得如此美丽。早就知道她是个美人坯子，又想到自己一脸病容，根本无法相比。她十五岁了吧，娉娉纤细，又白皙沉静，脸上多了笑容，眉眼盈盈，一种不容人忽视的明艳动人。

这样的一个向晚，出现在折兰府，出现在折兰勾玉身边，委实太可怕。

陆羽雪住在金风阁，身体依旧虚弱，大半时间都躺在床上，偶尔起身，不是坐于榻上看看金风阁小花园的风景，就是在丫鬟们的搀扶下在屋里走走。

金风阁属于别院，而向晚住的晚晴阁则属于折兰府主院，与折兰勾玉的起居相连。陆羽雪徒有一纸婚约，在这一点上，孰主孰客，却是让人一目了然。

陆羽雪今年十八，早已不是当初的任性大小姐了。她心里虽有疙瘩，但从未在折兰勾玉跟前表现。

这三年，从她满心喜悦等着当表哥的新娘，成为玉陵城的城主夫人，到突染怪疾，遍寻名医未能根治。其中有两年多的时间，她都躺在床上，一直虚软无力。开始的时候，甚至连开口的力气也没有。哪怕现在，说是好转，这一程过来，休养了近半月，到现在也只能少少说上几句话，说多了就倦。

这日身体微好，陆羽雪命人去请向晚。

折兰勾玉不在府里，向晚正在书房里画画。来的是陆羽雪从兰陵带来的贴身丫鬟小喜，向晚推辞不过，只好停笔过去。

到了金风阁才发现绿袖也在。

绿袖是折兰勾玉房里的丫鬟，上回通房丫头的事，向晚对她深有印象。如今这样出现在陆羽雪的房里，向晚心下略明。

小喜示意向晚坐下，又扶了陆羽雪起身，便掩了门退下。

"表小姐身体好些了吧？"向晚礼节性问候，依旧唤她"表小姐"。

陆羽雪神色一僵，脸色似乎愈加白了，她伸手抚抚胸口，方道："几年没见，小晚出落成大姑娘了。"

向晚笑，无意辩驳。她与陆羽雪相差三岁，此时陆羽雪俨然一副长辈的口吻，她知道她是以她师父的妻子身份开的口。

"这几年，我身体虚，你也不在府里，多亏了绿袖细心照顾表哥。"话至此一顿，细细喘气，歇了半晌才继续道，"听管家说，此前也曾跟绿袖提过通房丫头的事，我这身子，也不知猴年马月才能好，表哥的大事却一直被我耽搁，所以我想……"

绿袖本小心站在一旁，低着头红着脸，听闻陆羽雪如是说，忙慌慌跪身至她床前，急急表明心意："少奶奶是多福之人，身体很快就会大好的。"

开口就是"少奶奶"，脸却愈发红了起来。

只怕刚才向晚来之前，绿袖已知此行来意了。

向晚一直等到她们客套完，方笑道："其实这事，表小姐与师父商量了作主便是。"

神色是再自然不过。

陆羽雪一怔："我自会与表哥说，不过我怕表哥到时又不同意。此前不止一次地劝他先行纳妾，他都不肯听，只说等我……"说到这里，陆羽雪的脸一红。无论她在这份感情中掺杂了多少物质上的欲望，她对折兰勾玉的感情却是实实在在的，"你与他师徒情分不浅，又伴他多年，到时候从旁提几句，说不定他反听得进去。"

"表小姐考虑得甚是周全。"向晚笑得娇娇软软，"可是，自古哪有做徒弟的，去指点师父的家事情事？"

向晚扫了眼一旁的绿袖，起身对陆羽雪微微一礼，便告退了。

她又不傻，岂会看不出陆羽雪的打算。这一番话，是试探，亦是警告。

她并不担心绿袖，若是折兰勾玉会同意，几年前她就是他的通房丫头了。她亦明白，陆羽雪业已看出蛛丝马迹，安插绿袖不过是她的第一步应对之棋。

她甚至理解绿袖。她在折兰勾玉房里这么多年，这一个通房丫头的身份对她的诱惑，可以是不顾一切。

可是一切的一切，比起阻碍她与折兰勾玉在一起，都是她不能接受的。就是这么简单而明确。

有了这一桩事，向晚愈加谨慎。

几乎可以肯定，绿袖被陆羽雪利用从此都是心甘情愿。或许不止绿袖一个。再则虽然没有完婚，那一纸婚约犹在，向晚是不可能正大光明与折兰勾玉你侬我侬的。

折兰勾玉本就是个心思缜密之人，又历来不爱人近身侍候，此前与向晚捅破窗户纸，一般两人相处，他都会遣退下人。此番陆羽雪过来，虽然安排她在金风阁住下，他亦会将一应面子上的事做足。

于是晚晴阁的小书房，成了最隐蔽最安全的地方。

天气日渐暖和，转眼已是四月中下旬。

前一日折兰勾玉与向晚刚去了杏花林，后一日陆羽雪便说身体好了些，命人将她抱至花园晒太阳，一旁有折兰勾玉作陪。

向晚其实无心跟陆羽雪过不去。她不过凑巧练完箜篌，没事到花园散步，远远地看到折兰勾玉与陆羽雪，一旁小喜与绿袖退至丈外，很热络地聊着什么，欲避时已来不及。

折兰勾玉抬头看到她时，一怔。

向晚今日一袭玉白丝帛长裙，裙摆绣有杏花，襟袖口银线暗相绕，青丝如墨，只在末梢扎了根杏红发带，五官精致纤小，粉面若桃，有种盛极的明艳。她款款而来，裙裾浮动，杏花若隐若现，不由让折兰勾玉心里一动。

视线相触，向晚掠过折兰勾玉，看向一旁的陆羽雪。

软榻搬到了花园中央，陆羽雪躺在软榻上，一袭鹅黄衣裙，长发半挽半披，虽身体抱恙，仪态却端庄，苍白的脸不知因为太阳，还是一旁的折兰勾玉，隐隐有淡淡红晕。

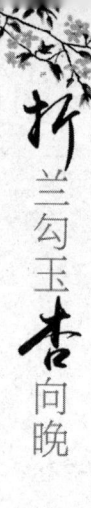

向晚迎上，施施然一礼，娓娓问好："师父，表小姐。"

大家闺秀之风立现。

折兰勾玉笑，看着向晚的眼眸一深，关切道："前面是台阶，你这身裙子，小心些。"

饶是陆羽雪深沉许多，闻言不免也有些吃醋："表哥……"

即使定亲，即使后来她大病，他虽有问候，但话里的关心又如何能与此刻的情真意切相比？

话音刚落，向晚"哎呀"一声，折兰勾玉旋身，人影一晃，定睛再看时，已然揽着向晚的腰，下了台阶。

陆羽雪心里一急，身形一动，险些跌下软榻去。一旁小喜急急跑近，扶了她躺好。无奈折兰勾玉的眼里只有向晚，揽着她腰，一径关切地问："怎么了？"

"脚扭了。"楚楚的眼神，柔柔弱弱的声音。

向晚真不是装的。刚才被折兰勾玉露骨的关心一吓，上台阶时不小心踩到裙摆，脚狠狠扭了一下。若不是折兰勾玉反应迅速，只怕她早跌下台阶去。这一扭又快又狠，确实有些惊痛。

向晚这一刻的楚楚可怜让折兰勾玉疼到了心坎去。折兰勾玉早忘了向晚一向倔强，以前挨板子都能忍着不吭声，此番看到伊人扭个脚疼成这样，不由分说拦腰抱起，对着陆羽雪，语气亲切，却是不容人质疑与拒绝的气势："小雪先回房吧，我送小晚回去。"

"我没事。"回到晚晴阁，被小心地安放于床前榻上，向晚动了动脚，叹口气。

说来也是她命硬身贱，以前挨饿挨打，种种苦难都能强撑过去，如今扭了下脚，刚才一时剧痛，现在竟已不适全消。

"还是看看吧。"明明也知道她这样该无大碍，想起她刚才楚楚可怜的神色却又不放心。

她向来乖巧懂事，总是不愿别人担心，还是仔细些为好。折兰勾玉这样想，静了心思才又想起向晚以往的倔强性子。以前挨板子都能不吭声的她，自从失踪回来后，似乎一改以往的倔强性子，小女儿娇态时时浮现。就像刚才，她楚楚可怜看向他时，竟让他瞬间方寸大乱。

可是他又喜欢她现在这样。他心疼向晚的隐忍，他希望她有苦有痛，在他面前都能毫不掩饰。

向晚倒是爽快，之前身体如有不适，也一向由折兰勾玉诊断查看。于是三两下脱了靴子袜子，将脚伸到他跟前。

"小晚……"声音涩然。

向晚缩回脚，用裙摆严严遮住，软软笑道："无妨，这伤是上次莫前辈替我针灸时，我不小心踢到一旁油灯，烫了些皮，早没事了。不过那时莫前辈专心针灸，顾不得替我处理伤口，所以留了疤。"

幸好在脚上，平时看不到，若不是听他声音涩然，她都忘了这事。

折兰勾玉觉得心刹那被人狠狠揪住。想着当时情景，向晚一边忍受针灸的苦，一边承受脚上的痛，他能想象她的表情，一定是白着脸咬着唇不吭一声，那让他心痛的一幕好像他当时亲临一样。

"我当时真怕自己永远不能回来了。"声音轻轻的，近乎耳语。

折兰勾玉心被狠狠一撞，蓦地抱起向晚，将她紧紧搂进怀里。

这三年时间，她承受过多少苦、多少痛？此前她一直不肯说，却在这样不经意间泄露极小极小的一点。只是这极小极小的一点，让他心疼到骨子里去。

他的向晚，以后都不该再受到哪怕一丝一毫的伤害。

向晚双手环住他腰，浅浅地笑。

陆羽雪回房后，郁结了好几天，刚见起色的身体又气得退了回去。

向晚心里还是有些过意不去的。不过这种时候，她若上门说些什么，都显得虚伪客套，只会让陆羽雪气上加气。

得闲的向晚这日出府去三佰楼。

"对付完情敌，终于有时间来看我了？"金三佰斜了眼向晚，她有半个月没出现了。

"哪来的情敌？"向晚笑。若是折兰勾玉喜欢陆羽雪，那才叫情敌。

金三佰闻言赶紧拉着向晚坐下，兴奋道："听你的口气，这么快就将表小姐打败出局了？"

向晚嗔她一眼，想起微生澈那双如新月的细长眼睛，淡淡道："或者我的竞争对手是男人呢。"

"男人？你的情敌怎么会是男人？"隔着小桌，金三佰在另一边坐下，将桌上的食盒打开，里面全是甜点，示意向晚随意。

"你不是说我们的城主大人有断袖之癖么？"

金三佰一怔，起身去拧向晚："作死的，你寻我开心……"

向晚也不躲，笑闹了会儿，方拉着三佰道："他有来信，信里有提到你。"

"他？"金三佰反问，随即明白是指谁，一下子烫着脸急急道，"他信里提我作甚？"

向晚侧头看她，认认真真仔仔细细地看。金三佰背上一寒，惊觉自己失常，忙掩饰道："我怕他后悔，要我还银子！"

"银子？"这下轮到向晚诧异了，"什么银子？"

金三佰说漏嘴，一捂嘴巴，打哈哈道："那个，就是上回你们替我出的潘先生酬劳。"

"金三佰……"向晚可不含糊。潘先生两年多的酬劳虽是折兰府出的，不过她金三佰就是个中间人，银子从她左手进右手出，过了回干瘾，能博她一回惊才怪！再说这事跟乐正礼无关。

"好吧好吧，我招了，你别这样看我，弄得我好像个见钱眼开的财迷！"金三佰扛不住了，每当向晚这样认认真真仔仔细细盯着她看，她就有种崩溃的欲望，"你那个哥哥，临走前不是来了趟三佰楼么？"

向晚点头，继续认认真真仔仔细细看她。

金三佰身子一软，扶着桌子坐下，喝口茶恢复元气，继续道："那个，他说感谢我三年来对你的照顾，于是给了我一笔银子，说是我该得的。"

"一大笔吧！"一句掐中要害。

"呃……是……"

"你上次已经收了一大笔了！"向晚无语，叹气。乐正礼估计真是散财童子转世的。

"上次他送我银子是收买我，让我别再带你去青楼那些不三不四的地方。与这次不一样，这次是我该得的！"金三佰立马转了神色，翘着脚，理直气壮。

向晚淡淡道："那上次的还回来吧，名不正言不顺的。"

金三佰忙坐直身："银子银票入我金三佰的口袋，只进不出！"末了又咕哝一句，"你又不领他的情，这么替他说话干吗！反正他的银子不是这样花出去，就是那样花出去，总是要花出去的，花在我头上正好！"

向晚摇头，重重叹一口气："散财童子与财迷，真是冤家。"

向晚优哉游哉回到折兰府，才知微生澈下午来了玉陵。

微生澈此次过来，是有正正经经的大事。听说三年一届的科举，本届皇上有意破例让折兰勾玉做主考官，圣旨大概过几天就到，约莫下月初得动身上京，待的时间不会短。

说起微生澈，也是个另类。折兰勾玉二十二岁还未完婚，尚有个借口，微生澈二十二岁未婚，却连个借口也不乐意找，直接推拒。而且他这样，坊间连个断袖怪癖的传闻也没有，原因无他，微生澈虽不肯大婚，但是却要上青楼喝花酒，府里也是有女人的。

陆羽雪得知微生澈过来，身体抱恙不得迎接，她又对微生澈花名素有耳闻，暗忖自己身份，便当了回折兰府女主人，安排了一场善解人意又别有用心的好戏。

事情是这样的。陆羽雪听说微生澈此前来玉陵，去过几次玉娇楼，遂命管家将玉娇楼的杏香姑娘请了来。

老管家碍于陆羽雪面子，折兰府上虽从未有过这样的事，也只能领命办事。

不仅如此，想到前几日向晚花园扭脚那一出好戏，陆羽雪又安排了绿袖晚上侍候折兰勾玉。

在陆羽雪看来，上次向晚扭脚，定是蓄意为之。后与折兰勾玉提及绿袖通房之事，又被婉拒，陆羽雪觉得此次微生澈来访，倒是个绝好的时机。

是夜，折兰勾玉与微生澈在花厅用膳。

花厅有杏香献舞，一旁又有绿袖陪侍。月如钩，灯如星，酒过三巡，气氛醉人。

无论是先前的卖艺不卖身，还是后来梳拢之后，杏香稳坐玉娇楼头牌好些年，自有一股魅感的韵味。此番应折兰府相邀，来意明确，当然不再忸怩作态，一曲舞毕，便坐到了折兰勾玉的身边。

她显然是误会了来意。

折兰勾玉还未开口，微生澈倒先说话了："听闻杏香姑娘是千杯不醉，今日若能将我们的城主大人灌趴下，今晚上他就属于你了。"

折兰勾玉笑，示意绿袖替微生澈满上酒，淡淡道："这杏花香可是小晚亲手所酿，你就算想千杯，也没有这么多酒。"

微生澈只是挑挑眉，抬手，满满一杯杏花香悉数落入喉。

杏香曾与折兰勾玉有过数面之缘，对他的折扇风流印象深刻。梳拢之夜，折兰勾玉突然出现在大厅，却是抱着一个陌生小男人转身大步离去，这一幕落在杏香眼里，灭了她心里所有的希冀。

她以为，放眼玉陵城，只要折兰勾玉开口，有谁敢与他竞价，又有谁竞得过他？她是自信的，自信天底下没有哪个男人能无视她的美貌，没有哪个男人会对她毫无念想。她以为，那个晚上，会是她与折兰勾玉的一个美好开始。

如果那个晚上，她能如愿服侍了折兰公子，或许这些年的生活，就不至如此。

杏香一想到这，看了眼身旁的折兰勾玉，垂眸，跟着将身前的酒一饮而尽。

这个晚上，喝得最多的就是杏香。

折兰勾玉直道酒量浅，没喝几杯便佯装半醉，再不肯多喝。微生澈一杯接着一杯，一个人喝得尽兴，饶是平日酒量好，也有了七八分醉意。

在场四人唯有绿袖最清醒。

最清醒的绿袖于是趁机做了最不清醒的事，以为另三人喝酒的喝酒，喝醉的喝醉，统统看不到。

只是人算不如天算。绿袖端着那杯加了料的醒酒茶意欲侍候折兰勾玉喝下，方扶了折兰勾玉起身，侧身去取茶，赫然发现桌上的醒酒茶已然不见。

绿袖一惊，扶着折兰勾玉的手都微微打颤，心狂跳，缓缓转过身，果见微生澈手中拿着那杯醒酒茶，正捏着杏香的下巴，逼着她喝了个干净。

此时杏香已然大醉，任由微生澈灌下醒酒茶，又软软趴回桌上。

"大……大人……"面对微生澈，绿袖的腿开始打战。

这一刻的微生澈，不止是平时的冷漠，更有一种让人害怕的冷酷。

微生澈走近，从绿袖手中扶回折兰勾玉，另一手出手快如疾电。绿袖还未弄明白怎么回事，已摔出几米远，"砰"一声撞在花厅柱子上，昏死过去。

折兰勾玉只好继续装醉。

许是酒精慢慢发挥作用，微生澈看着半靠在自己怀里的折兰勾玉，不禁有些痴痴然。好半响后，他眼眸一深，弯身将折兰勾玉抱回房。

折兰勾玉双眉微不可见地一蹙，只能继续装醉。

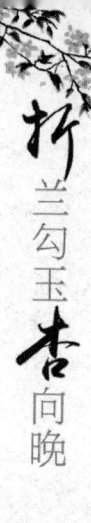

向晚左右想想，还是忍不住前往花厅探风。

花厅里除了昏死过去的绿袖，只余杏香一人。陆羽雪特别吩咐过，今晚上花厅不许任何人打扰。只是向晚身份特殊，倒也没人敢拦。

杏香吹了些冷风，又小歇了会儿，已然有些清醒。她抬头抚额，头疼欲裂，浑身上下一股燥热，打量四周，一眼瞥见桌上的那柄折扇。

这是折兰勾玉的折扇，她深有印象，竟然落在这里。

杏香左右看了眼，还是没人，一种强烈的好奇心驱使她取过折扇，犹豫再犹豫，然后轻轻打开。

扇面缓缓展开，衬着灯光，一朵鲜红杏花映入眼帘。杏香心里狠狠一震，起身步履趔趄，踉踉跄跄地往折兰府主院行去。

她心里有个声音在呐喊，酒精作用，加之醒酒茶里的浓情散，以及折扇上杏花的刺激，行为已然不由她控制，甚至思绪也开始不受控制。

向晚远远地看到杏香往折兰勾玉房间走，又望一眼花厅，早已人去厅空，便也尾随杏香而去。

微生澈将折兰勾玉抱回房。

折兰勾玉在床上翻了个身，背对着微生澈，仍是装醉。微生澈站在床前，怔怔看着床上的折兰勾玉，一时失神。

普天之下，唯有眼前这人配得上他。凡夫庸脂，配不上他，亦配不上他。只是这份心思，深埋在他心底多年，从无人得知。

他与他的身份，注定只能将这段心事埋藏。他可以离他很近，却不能近到如此刻这般，可以贪恋而不顾一切地看着他的眉、他的眼、他的鼻、他的唇，他的一切的一切。

喉咙一紧，那种犹豫又来了。

他该珍惜这难得的独处机会吧？他是该这样看着他才冠天下、权倾一方，还是让他失去一切，以得他蔽护？

醉意渐渐升腾。

伸手，终是没有忍住。如愿碰到折兰勾玉的头发，来不及指尖纠缠，屋里突然闯进一人。不是杏香还有谁！

杏香显是被眼前的一幕惊到，捂住自己的嘴，返身便往后跑。

有一个人比她更快。

一只微冰的手狠狠掐住她脖子，她发不出声音，手紧紧攥着折扇，脸色惊白。

向晚进门，看到的就是这一幕！

她不惊不乍，甚是平静地走到两人身边，伸手取过杏香手中折扇，果然是折兰勾玉的那把没错。

"放开她。"向晚的手来来回回在扇柄处抚摸，又轻轻打开，确定折扇安好，方平静道。

杏香脸色煞白，呼气大过吸气，毫无反抗之力。

"她受折兰府之邀过来，不管如何，都罪不至死。"向晚的折扇抵在微生澈的手上，依旧淡淡的。

她有一种洞悉一切的镇定与坦然，仿佛刚才的一幕，不是落了杏香的眼，而是落了向晚的眼。

微生澈侧目看她，眼眸凛冽似寒刀。向晚无惧，收了执扇的手，浅浅一笑，转身往里走："让她忘记今天晚上的方法有两种，一种是让她想不起来，另一种是让她不敢想起来。"

杏香一声闷哼，软软倒在地上，晕厥过去。

向晚没走两步，眼前一花，险些撞入一个人怀里。是微生澈。

向晚扭头看了眼地上的杏香，笑问："大人有事？"

"几年不见，果真不一样了。"八岁、十二岁、十五岁，每一次看到她，都大不一样。尤其这次，失踪三年回来，竟已这般倾城模样。

可是改变的，分明不止她的容貌而已。从第一眼看到她，他就不应该轻视她的。

"得大人如此赞美，真是向晚的福气。"向晚微微一礼。

微生澈难得勾起嘴角，似笑非笑："你我也算有缘，如今男未婚、女未嫁，不如让这份缘分变一段佳话，成一桩美事？"

向晚笑，晶亮的半月明眸直视着微生澈，盈盈道："大人甘心屈一辈，跟着我喊他一声师父？"

微生澈脸色一变，想起她方才打开折扇，扇面分明是幅红杏出墙图。他自不会以为这画会和杏香有关，忆起初见向晚时，她那句"玉陵有杏花么"，后来又陆陆续续听闻她的杏画一绝，以及折兰勾玉大动干戈却不张扬地种了半坡杏花，不由声音一冷："你也知他是你师父？"

向晚笑得愈发明媚，凑近微生澈，故作神秘道："其实我与他并未正式拜师收徒，这关系作不得准。不过谣言传得多传得久了，听起来倒像是真的，我也懒得去澄清解释。而且师父这人，大人你也知道，别说这些是误会，只要他心里乐意，就算是真的，他也不会计较介意的。"

直到向晚将折扇放回折兰勾玉床头，又出了房，微生澈还怔在原地。

向晚倒是睡得踏实。第二日一早起来，却听闻杏香姑娘已被赎了身。

早饭的时候微生澈没有出现。向晚对着折兰勾玉微微一礼后入座："听说师父昨晚喝醉了？"

折兰勾玉的手在桌下握住向晚的，温暖而坚定，没有说话。

他昨晚装醉，微生澈的举动，以及他与向晚的对话，他听得分分明明。他忌讳微生澈的这份心思,更忌讳他似真似假说要娶向晚的话。

"就知道师父酒量不会这么浅了!"向晚也不挣扎,半月明眸着看折兰勾玉,盈盈一笑。

折兰勾玉一时情难自禁,另一手悄悄抚上她如瓷的脸。

昨晚上幸好她早走一步,不然就会看到杏香的惨状。微生澈出手不轻,杏香本已昏迷,待得身上情浓散发作,又被微生澈封了穴,连个呻吟发泄都不能有。他佯装醉酒,假装未觉,微生澈就这么站在杏香跟前,看着她遭罪。

许是绿袖胆小,又或者不敢下重药以免被察觉,杏香遭罪的时间不算太长。饶是如此,浓情散效过,她也已浑身虚脱,身下湿一大片。他趁机假装酒醒,微生澈见他醒来,道了句"醒了",便拎着杏香出了房。

今天一早微生澈就跟他说要赎杏香,但杏香的人影却不见。

其实只是花些银子,他并不关心事情的始末与走向。不过单凭绿袖,又岂有胆子动这心思?他忽然有些担心向晚有一天也会被设计。

傍晚时分,微生澈才又出现。

"杏香姑娘已赎身,从此她便是你的人了。"折兰勾玉笑,看着微生澈,双眸幽深若潭。

"好。"他如钩的眼睛微眯,愈发显得细长。

折兰勾玉手抚折扇,暖暖一笑,客套一句:"昨晚醉得太快,都没顾上你,失礼了。"

微生澈盯着他手中折扇半晌,却是扯开话题:"近日圣旨该到了吧?"

折兰勾玉垂眸,似真似假的玩笑:"澈,人人都道当今天下,唯沈相最能揣摩圣意。只可惜世人不知你夜明侯,不然岂有沈相这一声赞。"

微生澈却不搭话,难得勾起嘴角笑。

几天之后,圣旨果然到了折兰府,命折兰勾玉为本届科举的主考官,下月动身上京。

风神国的分封,不必每年进贡,封主对封地享有完整的自治权,经济上如此,政治上也有相对独立的主权。不过自从先帝登基后,现状有所改变。皇权的绝对权威发挥作用,几百年来对封地享有完整自治的封主,慢慢被皇权所忌,手中的权力开始变小。

科举主考官历来由进士出身的正一品官员担任,从无侯君主考的先例。今年科举忽然下旨让折兰勾玉担任主考一职,微生澈与乐正礼同被邀请,可想而知此次上京必不会简单。

若是这天底下还有让折兰勾玉忌惮的东西,便只有皇权了。

不过也只是有所忌惮而已。

圣旨来得晚又急,行程就显得仓促了。

此行心里更放心不下向晚。但这一程,又注定不能带上她。

绿袖已被拨到金凤阁，管家处也已交代明确，照理没什么可担心的，可折兰勾玉心里总觉得隐隐不安。

"什么东西？"折兰勾玉握住向晚的手，往里塞了个东西。回来时短，又要分别，心里纵有万般不舍，两人脸上却都不曾泄露太多。

折兰勾玉不回答，只将向晚的手握得更紧，暖暖笑道："有事可找沈管家，或者潘先生。"

向晚笑，点点头，加一句："闲时还可以经常找金三佰。"

折兰勾玉不置可否，伸手抚她的脸，微微用力："这一次时间会久些，别玩失踪游戏。"

向晚吃痛，蹙眉瞪他。原来对那件事，他心里一直有想法，只不过她主动回来，他重于结果，不再追究而已。可以想见，若是向晚被他找到揪回折兰府，只怕那一顿火比起前两次青楼发火，必不是同一级别的。

"这么放心不下，不如带我一起去吧。"除了那一次游学，她就再没出去玉陵。

他摇头，神情温柔，蓦地俯下脸来，吻住那张微抿的小嘴。

直到折兰勾玉离去，向晚才摊开手。手心正中躺着块兰形玉佩，温润暖白，就好像他脸上暖暖的笑。

是他贴身佩戴的玉佩，更是折兰家族权与势的诏令。没想到折兰勾玉一句话也没说，就交到了她手上。

向晚追出府，哪里还有折兰勾玉的影子。

三侯君按时上京。

折兰勾玉作为本次科举的主考官，与微生潋、乐正礼一道旁参了科举考生们的殿试。九年前，十三岁的折兰勾玉成为风神国开国以来最年轻的状元；而这一次，七十三岁的陈修，御前被钦点为状元，成为风神国开国以来最为年长的状元。

问及个人情况，这位熬到七十三岁才高中的新科状元潸然泪下，因为七十三岁高龄的他，竟尚未娶妻。皇上闻之不忍，当场说要御点婚事，过两天就下旨，以示体恤。

是夜皇宫摆宴，三侯君陪席，聊着聊着，便聊到了向晚。对于自己最中意的青年俊才折兰勾玉收女徒一事，皇上亦有耳闻，颇感兴趣。折兰勾玉不愿深谈，乐正礼经过三年的独自游学以及三年的城主阅历，早已不是当初的愣头青，接到表哥的眼色，跟着打哈哈扯开话题。

微生潋历来沉默，一晚上除了必要的问答都没开过口，不过赞美一句："才貌双绝，尤其一手杏画，怕是放眼全国，都难有人能比。算一下，明年也满二八了。"

这一句话成功勾起了皇上的兴趣。

"哪里，还是个孩子，身体又虚，出不得门，见不得人。"折兰勾玉似不经意地看了眼微生潋，对着皇上笑道。

向晚失踪的这几年，消息是尽量瞒下的，知道的人不多。

"哎，一说这事，朕又想起另一事。想当初，朕打算将七丫头许给你，心念刚动，算着你那时应了上京佐朕，恰好与你商议此事，怎料没几日听闻你定亲的消息，朕的七丫头就这么晚了一步，怨了朕好长时间。"皇上作慈爱状，话至此一顿，声音愈发关切，"不过，朕早前听闻兰陵陆家的小姐近几年身体抱恙，婚事一拖两年，现在情况可有好转？"

末了看向微生澈，眼神锐利分明。

当日他只提及想让折兰勾玉上朝任相，未提及指婚一事，亦有心借微生澈与折兰勾玉的关系，让微生澈当一回说客。微生澈没让他失望，甚知圣意主动请缨走这一趟。本以为这事成功在望，没想到不久后就收到折兰勾玉的婚讯，出仕入相却依旧被他婉转推拒。

兰陵陆家本是官宦之家，自从娶了分封得城的兰陵城城主独女后，就辞官专心打理兰陵事务。两家族亲，这一桩婚事门当户对、亲上加亲，他身为九五至尊，想反对也不成。只不过，这桩婚事挠得他心里难受。他本想招贤，不料被折兰勾玉抢先，而且折兰勾玉定亲的是兰陵城城主独女的独女，当年先皇煞费苦心的分封，这门亲事一结，赫然收封。

几十年的分封举措，削弱了三大家族的势力。只是折兰家族的两代独子，加之此次的联姻，将先皇的一招分封彻底击碎。

折兰勾玉神色不变，依旧谦谦笑道："小雪近来好了许多。我与她青梅竹马，结亲你情我愿，又岂能因她的小病而有所嫌弃，白担了这身好名声。"

皇上不禁点头赞许，看着他，眼眸愈发深邃："爱卿如此重情重义，想必教出来的学生定也如此。令徒才貌朕时有耳闻，又是待字闺中，不如由朕成全一桩美事，指婚新科状元，他日必定成为一段佳话。"

"皇上……"率先沉不住气的是乐正礼，话一出口，桌下就被人踢了一脚，折兰勾玉视线滑过乐正礼，不着痕迹地打断他，起身对着皇上躬身一礼，朗声道："臣多谢皇上厚爱，能得皇上指姻，是小徒三生修来的福分。"

"哈哈哈，爱卿说得好，届时朕定当备上厚礼，亲来喝一杯喜酒！"

折兰勾玉垂眸，淡淡地笑。

"表哥，你怎能答应！那个陈修都七十三了，小晚才十五！"乐正礼憋了一晚上的气，终于在散宴后爆发。

"礼，忘了你的身份与脚下的地方是哪了？"折兰勾玉斜他一眼，眼眸静深如幽潭，悠哉踱步入了寝宫。

三侯君被格外开恩留在皇宫的泽润宫。说是开恩，皇宫内院的，更像是监守。

"表哥……"乐正礼一想到这门婚事，手握成拳，就想揍人。

"这是皇上的恩赐，我们只能心怀感激。"

"可是小晚……"道理他不是不懂，可心里怎么能接受？十五岁的向晚，如此可爱美丽的向晚，怎能嫁给那个花白胡子牙掉一排的陈修做妻子？

"好好休息，别想这么多。"折兰勾玉拍拍他的肩，背着身又轻轻加了句，"别轻举妄动。"便笑着回房了。

这一场科举主考，本就是一场鸿门宴，不过是皇上对他此前几番违逆不肯出仕又匆匆定下亲事的一个警告罢了。警告完，或许下面还会有大动作，不外乎尔。

新科状元在晚宴上喝得酩酊大醉，皇上破例安排他在鸿淇宫住下。泽润宫与鸿淇宫相距甚远，皇宫内院，外有禁军，内有侍卫，连只苍蝇都不能自由出入，可谓是天底下最安全的地方。

七十三岁的新科状元陈修，就在这样一个最安全的地方，当夜暴毙！第二天一早被人发现，皇上龙颜大怒，当场砍了几个宫女太监。三侯君应召赶至时，跪了一地的奴才，个个筛糠似的抖个不停。

"三位爱卿没事吧？"皇上的视线从三人身上一一扫过。

三人赶来路上已知事情原委，不由都谨慎回道："托皇上福，臣等安然。"

"可惜了陈爱卿啊，朕给他的位置，给指的婚事，还没来得及告诉他，更没来得昭告天下，就这么去了。"

"皇上节哀！"

"一群没用的狗奴才！"皇上一脚踹向跪在跟前的小太监，小太监被踹翻在地，不敢吭一声，爬起来又慌忙跪好，低着头听皇上怒声道，"太医呢，这么长时间，难道要朕亲自来验么！"

几个太医抖抖索索地出来，整齐跪地，其中一个汇报："回皇上，陈状元是饮酒过量，又太兴奋，加则年事已高，一下子静下来，强撑的一股气消，就……"

还没说完，又被皇上一脚踹翻："宴会时一切正常，回来休息侍候的人也未发现异常，你们倒是敢省事！"

"皇上饶命，微臣不敢……微臣不敢……"太医们纷纷伏地，诚惶诚恐，泪流满面。

"将此事移交三法司，朕要一个明明白白的结论！"

看着内务总管领命下去，一众人等四下退去，皇上方转身道："三位爱卿如何看？"

"臣等不懂医理刑狱，实难发表论见，相信三司会审，定能给陈状元一个公正的论断。"三人口径一致，皇上深深看了折兰勾玉一眼，转身去上朝。

昨日的皇榜过了一夜，便被换了讣告。皇上大悲，群臣忌讳，早朝上无人敢言。

好比一场闹剧，从圣上亲点七十三岁的陈修为状元，到新科状元饮酒暴毙，消息与传闻风一般传遍京城的角角落落，又以极快的速度蔓延全国，遮不住、瞒不下。

三司会审的结果与太医们的诊断一致，不管皇上如何不信，陈状元身无中毒症状，又无外伤，唯一的解释只能如此。皇上虽心中不满，认定事有蹊跷，却也只得接受这个结果，下旨厚葬了新科状元，也不好再拿指婚向晚说事。

三侯君各自回封地。出了皇宫，三个方向分道扬镳，乐正礼临别前凑近折兰勾玉，轻声问："表哥，陈修的事……"

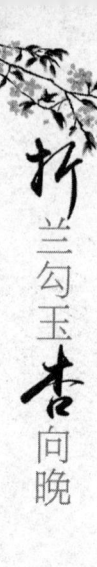

"礼，三司会审已有结论，我们只能遗憾！"笑若春风，暖若春阳。

乐正礼高坐于子墨上，正身，对着微生澈点头致意，双腿一夹马腹，率先向西而去。

"玉……"微生澈站在马车前，远远地看着折兰勾玉，眼眸深邃，神情莫测。

"澈，就此别过，一路顺风。"折兰勾玉笑，视线丝毫不避，手中折扇一开，正是那一幅红杏出墙，阳光下明艳如胭脂，像极了某个人。

马蹄踏踏，车轮绝尘而去。折兰勾玉看着折扇上的杏花，想到向晚，满心情切的期待。

归心似箭的折兰勾玉快马加鞭地赶回玉陵，却发现玉陵城早已满城风雨。

满城风雨皆围绕着一个人，正是玉陵城主的女学生向晚。原因无他，向晚到了适嫁年龄，开始挑选良婿人选。

谁都知道玉陵君折兰公子只有一位学生，谁都知道折兰公子的这位女学生久居折兰府，深得折兰公子喜爱。此番选婿消息一出，玉陵城的媒婆再次聚到了折兰府门前，三年前的盛况重现。

折兰勾玉急急回府，却不见向晚。老管家说向小姐去了学堂，少主不在的这段时间，向小姐经常去学堂听潘先生讲学。

折兰勾玉正待问老管家选婿事件的始末，厅门处便出现几个身影，正是小喜与绿袖搀扶着陆羽雪进来。

两人扶了陆羽雪坐下，折兰勾玉抬眼示意管家退下，小喜与绿袖跟着告退。

"表哥这一路辛苦了。"陆羽雪的身体还是那样，留着一口气，说话都带着喘。

折兰勾玉笑，淡淡道："小雪身体好些了吧？"

陆羽雪也笑，甚是贤良温婉地点点头："不知不觉小晚也到了适婚年龄，我看表哥终日忙碌，倒将这事给忘了。我这身子，也帮不了表哥什么忙，前些日子跟小晚说起这事，她也同意了，我便着人去办差，不过人选还是由表哥过目决定。"

"哦？"本就是八九不离十的事，不过小晚会同意，倒出乎他意料。

陆羽雪一手顺顺胸口，喘了口气，方缓缓接上："你是小晚的师父，一日为师，终身为父，当初她又是你买下的，由你决定这门亲事再好不过，他日小晚出嫁，也是风光的一件大事。"

一番话说得有理得体，折兰勾玉折扇轻叩掌心，亦笑得优雅万分："小雪所言甚是，不过这等操劳之事，我既回来，就由我来操心吧，小雪还是静养才是。"

陆羽雪看着折兰勾玉，笑得甜蜜。折兰公子女学生选婿之事已闹得满城风雨，就看他如何收场了。事情的结果就是折兰勾玉的心意体现，她决计不会看错的。这一桩婚事拖了两年，她不会让自己成为向晚与折兰勾玉的一块垫脚石。

向晚傍晚时分才回来。刚进门，听侍卫说少主回来了，提着裙摆便向书房跑去。

"师父回来了？"

话音刚落,刚好到书房门口,又刚好被人抱个满怀。低头就是一个情深意长的热吻,互诉相思。

"怎么最近老往学堂跑?"他此去不足三月,管家说她至少有两月都去了学堂。

"反正闲着也是闲着。"向晚笑得眉眼弯弯,伸手一顿,终是抚上他的脸。

他春末走,如今夏末,甚是想念。

折兰勾玉拥着她坐下,暖暖笑。

书房里处处昭告着她的思念。比如案上的她的笔,比如她翻过的未及收回的书,比如她画了一半的杏画……他临行前有向管家吩咐,他不在的这段时间,书房里唯有向晚可以进。别的不能保证,至少这一处书房,会是个清静地。没想到她会躲到学堂去。

她也不说话,静静把玩他的头发,眉眼盈盈、天真无邪。

"小晚……"正是夏末,天气还有些燥热,她坐在他腿上,隔着薄薄的衣衫,贴在他怀里,一袭水红衣裙衬得她脖子修长凝白,让人有种想细细啃咬的欲望。

"我听说今年的新科状元喜极而去的传闻,是不是真的?"刚才在学堂听到的消息,让她一时不敢置信。

折兰勾玉眼眸一深,点头。

"皇上真的钦点七十三岁的陈修为新科状元?"向晚咋舌。怎么说这都有些过了,十三岁的折兰勾玉,七十三岁的陈修,这位皇上莫不是有特殊癖好?

折兰勾玉伸手轻抚她脸颊,忍不住凑近在她额头一点。

她不知道那些真好!

"据说这位新科状元七十三岁还未娶妻,皇上当场说要指婚,学堂有位学生还即兴赋诗一首:尽读诗书五六担,老来方得一青衫。新人若问郎年几?五十年前二十三。"

向晚娓娓道来,本来是件很不可思议的事,因着新科状元喜极而去,不免又有些唏嘘。只是话未完,已被折兰勾玉狠狠吻住。

他怎么能让他的小晚嫁给那样一个人!

终是折兰勾玉耐不住先开口:"小晚似乎一点也不担心择婿的事。"

他知道这事是陆羽雪搞的鬼,不过看向晚的反应,着实太平静了些。满城风雨的,她不仅上学堂,看到他回来,也不主动跟他喊委屈。

"准师娘说,师父定会帮我挑个良婿,让我终身可依。"她眨眨眼,水漾般清亮灵动。

总是她主动,而他的心思与打算全闷在肚子里,这一次,她不乐意了。她虽不愿将陆羽雪当情敌,亦不想与她为难,不过任谁动了感情面临她这样的情况,时间长了想不郁闷也难。再则折兰勾玉不在的近三个月时间,陆羽雪没少将她叫到金风阁去。她应了面子每每过去,总会感觉到陆羽雪的敌意,以及她身为贵族小姐及折兰府准女主人的优越与张扬。

不过这一些折兰勾玉都不会知道。

"准师娘……"折兰勾玉低低重复一句,心下甚明。

向晚弯起嘴角，蓦地滑下他膝盖，退后两步，从怀里掏出那把粉面小扇，轻轻一开，站在那里，半掩住樱桃小口，盈盈笑道："书生武夫、官家商家，师父可得帮我好好把关才行。"

话音刚落，眼眸一转，顾盼生辉："这几日潘先生总有意无意在我跟前夸小彦，说小彦少说也是个状元之才，又克守勤俭，是个不可多得的好儿郎。"

折兰勾玉优雅起身，慢慢蹀步至向晚跟前，一手抬起她精巧而微尖的下巴，凑近一啄，漂亮的眼睛微微一眯，侧头在她耳畔，几近耳语："某天半夜，忽然有人闯入我房里行胆大之事，那人还宣告第一次是她主动的。小晚说，为师该拿此人如何？"

向晚笑，摇头表示无法。

"为师觉得，做人还是有始有终的好。有时候招惹太多，只会麻烦更多。"

向晚眨眼，轻飘飘出了书房。

这一次向晚的亲事，真的堪与折兰勾玉当年的热闹相媲美。

折兰勾玉本是闲来看看，玉陵城的媒婆根据上次的经验，这回早早准备了画像与资料，纷纷送至折兰府，只不过这次换成了他看画像。

想起向晚那次烧画像，以及他定亲后的种种风波，乃至后来的一别三年，河东河西、世事变迁，如今赫然换他体会她当年体会过的感觉。

明明也觉得不该浪费时间看这些画像的，看了亦是白看，又不会真从中挑选人选。可就像是有种魔力，让折兰勾玉将手中厚厚一摞画像一张一张仔细看完。心里一时百味杂陈，忽然有些庆幸里面并未发现小彦的画像。

小彦本不是威胁，因着向晚特意提了一句，于是就有了不一样的味道。

这事毕竟尚可一拖，也不急于一时。倒是向晚天天往学堂跑，学堂里有谁？学堂里有小彦！折兰勾玉心里很是吃味。

翌日向晚心情大好，午饭后去找金三佰。

"哎哟，我的大小姐，太阳打西边出来了，第一次来找我还拎了礼物！"金三佰远远地看见向晚，也不动，待得向晚走近，一把夺过她手中礼盒，斜一眼噔道，"真是越来越见外了。以后要送礼，直接折合银票好了！"

说完，露出财迷看到银票的花痴笑。

"不是我送的。"向晚习惯了，神色平静地替自己倒了杯茶，坐下悠悠地喝了口。

"咦，难道我们的城主大人良心发现，从京城回来还捎了我礼物？"金三佰边说边拆东西。

"确实是从京城捎来的，不过不是家师，而是希望你多对他醍醐灌顶的那位。"向晚说完捂嘴笑。

金三佰忙停手，转身去捎向晚："亏我对你这么好，你竟取笑我，果然没心没肺。满城传着你择婿的那点破事，你倒像个没事人，还天天出门瞎逛，也不知你怎么想的。"

向晚求饶："好吧好吧，我一定等到你嫁人后再嫁人，免得刺激你……"

"向晚！"连名带姓，说明我们的金掌柜生气了。
　　"莫气莫气，快看看吧，说不定盒子里是满满的银票。"揶揄。
　　"不会吧？上次才给了不少，这次又给？"金三佰咋舌，难道真如向晚所说，乐正礼是散财童子投胎转世？

　　陆羽雪身体抱恙，折兰勾玉的婚期自然延迟。而向晚的良婿人选，因为城主大人的慎重，也一拖再拖。
　　很快便是秋末初冬。
　　有别于上一次折兰勾玉请媒的"突然死亡法"，这一次玉陵城的媒婆翘首等了几个月，一直没等到结果，不免又开始蠢蠢欲动。多方打探、上门求见，一方面盼着折兰公子这位女学生花落谁家尽早见分晓，另一方面欲借准城主夫人身体两年不见好转的机会，挖墙脚推人选，好让城主大人早日成婚。
　　无奈这一切，都被折兰府那道金钉狮环大朱门统统挡在了府外。

　　这日折兰勾玉有事亲上学堂找潘先生。
　　玉陵学堂历时六年有余，学生与规模早非当初，如今不仅声名在外，而且俨然成了一个榜样。陆陆续续地，乐正礼与微生澈的封地也建了学堂。且不止三侯君的封地，全国上下，但凡有人有心又有财力的，听说不少都开始筹备学堂之事。此次折兰勾玉来找潘先生，正是因为收到不少言辞恳切的举荐信，概是那些或有交情或有耳闻的名望之士举荐人来玉陵学堂学习经验。
　　与潘先生谈完正事，折兰勾玉各处走走，顺便看看学堂，再顺便看看向晚在学堂都做了些什么。不料没走几步，就在学堂一隅看到了向晚与小彦。
　　时两人对坐下棋，神情专注，都未察觉有人走近。小彦一袭青衫，向晚一身杏红，两人俱是十五。十五岁的小彦，初具清雅风范；而十五岁的向晚，足以令男子驻足欣赏、女子心生妒忌、师父望之失神了。
　　这一幕看起来融融，折兰勾玉心里一些不清不楚的酸异滋味悄然浮现。
　　"你为何一直不跟我比琴？"几年前的事，向晚还惦记着。
　　小彦面无表情，专心下棋。
　　"哎，我答应过会让着你，你有什么好不放心的？"向晚纯粹属于闲来无聊，拿小彦调侃。
　　两人还是没发现不远处多了两个人。
　　小彦执子的手一顿，半晌撇撇嘴，面无表情地道："家师说你学的是箜篌，放眼风神国，会这个的屈指可数，我拿什么与你比？"
　　"呃……"向晚同情地看向小彦，潘先生这不是让他不战而降嘛，真是太不厚道了，"我们可以比筝啊。"
　　小彦还是一脸的面无表情，反反复复转着手中棋子，不吭声。
　　"咳咳……"折兰勾玉作势出声，两人转过头，这才看到一旁的折兰勾玉与潘先生。

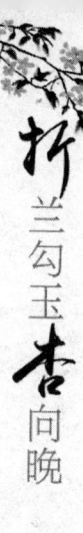

"大人，师父……"小彦率先起身行礼。

向晚打量了眼棋局，方跟着起身，笑道："每回该是我输的时候，先生都适时出现，我这不败的记录，委实有先生的一大功劳。"

说得历来清雅的潘先生也不好意思起来。

这么些年来，潘先生早已接受向晚。从她九岁参加玉陵学堂的首次春试，除去失踪那三年，她陆陆续续也有到学堂来听讲。除了他与小彦，她甚少与人说话，也不管别人背后议论，平静而沉默，淡定而从容。最重要的是，她实在是一个有天分的学生，她的天分不仅表现在某一方面，而是琴棋书画各个方面。

"小彦是谦让，以后可不许这样净缠着他陪你下棋比艺了。"从容淡定，折兰勾玉觉得他说这话时，一点私心也没有。

向晚抬头看他，盈盈笑："小彦肯将我当对手，说明我没有给师父丢脸呢。"

折兰勾玉看着她晶亮的半月明眸，以及她脸上娇娇柔柔的笑，不免又有些心神荡漾。一别三年，回来后她身上的女人味显山露水。偶尔的眉眼盈盈，情动时的娇羞醉态，平时的沉静脱俗，总在不经意间让他怦然心动。想起初遇她时，那张脏兮兮的脸，那身破破旧旧的衣服，沉默而倔强，脱胎换骨，亦不过如此。

翌日下午，向晚甚知折兰勾玉心意，没有去学堂。

折兰勾玉书房前的花园里，向晚弹奏箜篌，折兰勾玉在一旁看书，初冬暖阳，将人的心都照化成了水般温柔。

"表哥……表哥……"

熟悉的大嗓门打破冬日午后花园里的暖融气氛，来人正是乐正礼。也只有在折兰勾玉与向晚跟前，他才如此。

乐正礼风风火火地出现在两人面前，一头的汗，看到向晚，微微一怔。而后三人相视一笑。

自从受封后，他来玉陵的时间大大减少。上一次还是春天，来匆匆去匆匆，只因为向晚平安回来，便急急地赶来了。而这一次，似乎也赶得匆忙。

"你有事与师父商量吧。"向晚笑，看出他刚才的那一怔，起身道，"我先去命人替你准备，你与师父谈完事，洗漱休息一下，我们晚饭去三佰楼。"

乐正礼嘿嘿地笑，脸蓦地泛红，点点头，向晚便先告退了。

乐正礼此次过来确实有事，但折兰勾玉没想到的是，乐正礼这么急匆匆满头大汗赶来玉陵，是为了向晚的婚事。

从京城回到封地，忙忙碌碌，直到上个月才陆陆续续听到向晚择婿的传闻。乐正礼失措之余的第一反应是打听虚实，得到确定的消息后，想了一天两夜，便马不停蹄地赶来了。

他这次来，是亲自来提亲。既然向晚到了适嫁年龄，开始物色合适人选，那么他为何不争取一下？他喜欢向晚，一直一直的喜欢，最初觉得是一种亲人的亲切，后来才慢慢发现又何尝没有男女感情！相遇的时候，她还小，他却不小了，之后的相处，正是年少初情，他早在不知不觉中爱上了她。

他自忖比不上折兰勾玉，可表哥与向晚毕竟是师徒，再则如今向晚请媒招亲，他不认为这世上还能有另外一个人比他对向晚更好，比他更将向晚放在心上，比他更喜欢向晚。

"礼的意思是？"折兰勾玉心里一惊，没想到向晚亲事一拖，拖来了乐正礼。他看得出表弟对向晚懵懂朦胧的感情，但毕竟后来两人相处时间甚少，更没想到乐正礼会这么正经严肃地在第一时间赶来提亲。

乐正礼跟任何人都不一样，他不可能将他也像其他人那样随随便便打发。

"我……我想娶小晚。"毕竟年轻几岁，在折兰勾玉面前又特别生涩，说这话的时候，乐正礼的脸都不争气地红了。

"你明年二十，就该大婚了，你想将小晚放在什么位置？"

"我只想娶她一个，照顾她一生一世。"当初向晚摔马，他便是这样想的。无关她有没有毁容，无关内疚与责任，而是那一刻他真的这样想。

折兰勾玉挑眉，没想到乐正礼会这么认真："姑父与姑母会同意么？"

为了反抗先皇的分封，三大家族做出了多少努力。婚姻大事，是一桩筹码，更是一场交易，岂能想怎么样就怎么样！乐正礼的封地礼正城，并不比玉陵城小，但经济与人口却不能与玉陵相比，他二十大婚，要娶的女子不外乎巨贾之女或是贵族之后，又怎么会是向晚！

"只要表哥同意，爹与娘定也会同意。小晚虽出身贫寒，但这些年实已是折兰府的人，又是表哥的爱徒，以小晚现有的条件，这门亲事不会招人非议，更不会让她受丝毫委屈。"乐正礼说得认认真真。

折兰勾玉失笑，他的表弟看来是慎重地考虑过这件事，还将会面临的困难一一想了个遍，更是想到了他这个好帮手。确实，如果他有心促成此事，这件事倒真能成就一段美谈，向晚与乐正礼面对的阻力也会小很多，可是他又怎会促成此事？

折兰勾玉摇头，身子懒懒靠于椅背上，淡淡道："礼知道为何小晚的亲事一直没有定下么？"

乐正礼摇头，看着折兰勾玉，神情有一丝紧张。

折兰勾玉笑，谦谦温和，犹如春风拂面："因为小晚的亲事，得小晚自己说了算。"

难题推还给了向晚，折兰勾玉知道，他的表弟在向晚面前，是开不了这个口的。只是他不知道的是，其实他的表弟，早在三年前就开过这个口了。

晚上三人本一道去三佰楼吃饭，不料折兰勾玉临时有事，便只剩乐正礼与向晚两人同往。

"哟，今儿个什么风把乐正大人吹来了！"上回收到的礼物，金三佰等向晚走后心慌慌地拆开，结果没想到只是几片树叶。金三佰当时那个伤心郁闷劲，捂到现在顿时成了阴阳怪气。

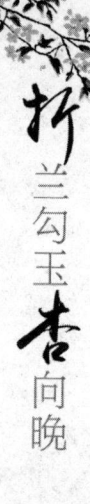

"三佰姐客气了，每回离了玉陵，最舍不得的就是三佰楼的美味了。"当年的愣头青，几年城主历练后，终于也能说几句讨巧的话了。

不过金三佰怎么可能领情？那一声"三佰姐"是多么致命的错误，遂更阴阳怪气地道："乐正大人真是寒碜我金三佰了，区区三佰楼，怎能跟大人府上的家厨比？再说了，离了玉陵，大人最舍不得的应该是我们英明神武的城主大人与她美丽可爱的女徒弟。"

一语中的，乐正礼再无反击之力，只得讪讪道："劳烦金掌柜上些好酒好菜吧！"

金三佰从鼻子里"哼"了声，转身风风火火地下楼了。

乐正礼心中藏着事，又少了那么一份胆，酒一上桌，先闷头喝了满满三大杯。

"我们是久别重逢，怎么看你的样子，倒像是来喝酒买醉的？"向晚盈盈笑，乐正礼自有他可爱之处。

一语中的，乐正礼看着向晚，脸上一烫，支吾了两声，还是说不出口，抬手又下一杯酒。

向晚看他神色有异，也不拦他，自顾自吃了点菜，五分饱时，对面的乐正礼已灌下了三坛酒。

这下子，向晚看不下去了。她用筷子点点一旁的空酒坛，佯嗔道："你这是做什么？敢情真是来买醉了？还是与我无话可说，只能喝酒解闷？要不你跟我说说上回你与师父一起在京城主考科举的趣事吧，那么多考生，一定很有趣了。"

不提这个还好，一提更是一发不可收拾。乐正礼又灌下满满一杯酒，看着向晚，已有四五分醉意，涩涩一声："小晚……"

向晚莫名一颤，瞬间恢复平静，淡淡笑道："怎么？如果无趣，那就说点别的，说说你的封地吧。"

"有趣？"乐正礼重复这两字，想起皇上指婚之事，又替自己满上一杯酒，仰头灌下。

或许对他与折兰勾玉这般身份的人来说，京城皇宫才是天下最无趣又最危险的地方。向晚也不好劝，看着他一杯接着一杯，不停地灌酒，眼见着第五坛酒也见了底，不免有些动怒："你这是怎么的？是跟我过不去，还是跟你自己过不去？"

他历来酒量好，喝到这份上，已有七八分醉意。此刻闻言抬头看向晚，不免恍惚失神。眼前的这张脸，不知在梦里多少次地出现，分别时又有多想念。又替自己满满斟上一杯，一饮而尽，话也染上酒的苦味："听说都好几个月了，不知小晚可选好了良人？"

向晚端起身前的酒杯，小小地品一口，笑："你远在礼正城，也听说了这事？"

乐正礼点头，仗着点酒胆，又问一句："小晚的心上人，是何模样条件？"

向晚摇头，不置可否，依旧浅浅地笑。

"小晚……小晚……"这样的笑容，让人迷失，让人沉醉，"小晚，让我照顾你一辈子吧……"

三年前的那句话，再一次脱口而出。那时她十二，他十六，而现在，她十五，他十九。

　　向晚手中的筷子险些握不住。难道乐正礼竟是为这事而来，难道今晚上的借酒浇愁只是借酒壮胆？

　　一时沉默。

　　向晚不知该如何开口拒绝。乐正礼对她的好，她何尝不知，若他此番真只为此而来，倒让她不小地意外了下。

　　她没想到他会怀有这样的心思，更没想到他会这么勇敢。他已不是当年那个跟在表哥屁股后头的小跟班，他已有了自己的选择与追求。

　　向晚忽然有些伤感。她多希望这句话是由折兰勾玉说出。乐正礼虽然不是她想相伴一生的心上人，听到他两次说出同一句话，她的心里还是感动。

　　"我知道小晚喜欢的不是我。"乐正礼自嘲地笑笑，这一刻失之平日的阳光，多了份醉者的落寞，"我一直知道小晚喜欢的不是我。"

　　他向来大大咧咧，但有些事，还是看得清楚分明。只是这次向晚公开请媒选婿，将他心里一早看清的东西彻底打碎，他以为他还有希望。

　　向晚无法反驳。谎言并不是良药，相反可能是让人沦陷的毒药。

　　于是乐正礼继续往嘴里灌酒。

　　"这算个什么事？敢情他来三佰楼买醉来了？"金三佰忙完前头，急巴巴赶到三楼雅包，便见桌上歪歪斜斜七八个空酒坛，而乐正礼坐在那里还在一杯接一杯地喝。一桌子的菜，几乎没动。

　　醉一场也许是好事吧。向晚起身，看了眼歪歪扭扭的乐正礼，又看了眼金三佰，微微松了口气："我下楼去透透气，你帮我顾着他点，别让他真醉得路也不会走了。"

　　真是棘手。注定要拒绝，又不想伤害他。她向来不善言辞，处理这些甚是为难，怕太过直接伤害了他。她喜欢他，甚是喜欢，只不过终究不是男女之爱罢了。

　　而且，这之中还掺杂了金三佰的感情在里面。乐正礼不知情，她却早就知道，若是乐正礼能转而喜欢金三佰，该是多么圆满的一件事。

　　她真心希望她与金三佰，都能有一段美好姻缘，与喜欢的人在一起，永永远远。

　　在后院随处走走，找一僻静处坐下，抬头望天，繁星点点。

　　忽然想，这一世修行，能有一个完美结局么？杏花村那八年的苦，就是修行的全部？每每静下心来细想，她便有些不安，有些紧迫。可是折兰勾玉并不知这一切，所以不曾心急担忧。

　　终于她快十六了，提及了婚事。她坐看陆羽雪使计，并不加以阻拦。没有什么好阻拦的，若是折兰勾玉与她想法一样，两人必得经历这一切。

　　可是她的婚事只是巧妙一拖。看来师徒大不伦，他还未做好迎接这场暴风雨的准备。又或者，是还未到最合适的时机？

天空墨蓝静深，望不到那一方净土，一个完全不一样的世界。如果此生能让她圆满，那么死后让她成为百里花海的一抔土，她也心甘情愿。

夜幕愈深，三佰楼也渐渐清冷下来，时辰该是不早了。

向晚坐得腿麻，起身太急，一个趔趄，险些摔倒。堪堪扶了一旁的树，靠着树干又休息半晌，待得脚消了麻，方回包厢。

随便问一小二，道掌柜的还没上楼，两人竟是一直在雅包，也未有人上去打扰。向晚拾级而上，平步青云梯、金科琉璃顶，一切都是再熟悉不过。未及包厢门前，便听"吱呀"一声，门从里打开，金三佰头发微乱，身上衣衫却是整整齐齐，地势优势，高高看着向晚，脸一下子红透。

"三佰？"

看见向晚，金三佰明显一怔，回神风一般越过她跑下楼，只飘过一句："他在里面。"

向晚莫名，望着金三佰迅速消失在视线范围，转身上包厢。

门开着，向晚入内，一见眼前情景，吓了好大一跳。雅包本可容纳一大圆桌的人，因着只有向晚与乐正礼二人，便卸了圆桌，换上小桌，余下凳子排成一排，放在一侧。此刻，乐正礼躺在那排宽凳上，身上衣衫凌乱，正半醉半醒起身，看到向晚，不由怔住。

她的头发被夜风吹得微乱，身上杏红衣裙因为在后院石头上坐过，又靠着树干出神良久，微沾着些脏，显得有些狼狈。

"三佰！"向晚返身就跑，满酒楼找金三佰。刚才包厢里发生何事，不难明了，乐正礼被这一声喊惊醒，酒去了大半，抚着脑袋努力回想发生了什么，一眼瞥见身上衣衫，心就沉到了海底去。

他对小晚，做了什么？

折兰勾玉处理完事，本以为乐正礼与向晚吃了饭该回来了，结果迟迟不见人影。即使与金三佰一道，三人聊得欢畅，这时也该回府了。想起表弟做事总有不靠谱的时候，于是他只好亲自来"抓"人。

到了三佰楼，发现一团乱。小二说向小姐慌慌下楼，叫着掌柜的名字不知跑哪去了，乐正大人还在三楼雅包。折兰勾玉上楼，正好看到乐正礼收拾干净。两人一对视，折兰勾玉眼一眯，乐正礼身一震，转眼便跪了下来。

"礼？"折兰勾玉退身避开，视线滑过满桌子东倒西歪的空酒坛，至那排方凳处停下，定格在某根凳上不甚明显的一抹暗红血迹。

"表哥，让我娶小晚吧！"倒是条汉子，脊背挺得直直的，明知这话出口会有什么后果，却无丝毫退惧。

可惜酒令智昏，更令眼迷，弄错了对象。他本以为不过是梦一场，但他看到向晚的狼狈，又看到自己身上的不堪，以为自己真的拥有了她。

"礼……"折兰勾玉蹲下身，手中折扇挑起乐正礼下巴，浑身上下的肃杀之气，冷冷道，"你知道你在说什么？"

"小晚已是我的人，求表哥成……"全字未落，那排凳子已成一堆废末。乐正礼抬头，哪还有折兰勾玉的身影。

向晚满后院找金三佰，一排的房间，不管有人没人，来不及敲门就直接闯进去看个究竟。一楼找完，没看到金三佰，一气跑到二楼，手还没碰到门，眼前一花，人已被整个地抱了起来。

来人身上满是山雨欲来的气息，揽着她腰的手很用力，身子腾空，一阵物换星移头晕目眩，待得终于停下，向晚定睛，方发现自己出了三佰楼，此刻正在不远处的秦淮河畔。

"师父？"确实是折兰勾玉，只是向晚不明白他怎会突然出现，又为何肃着一张脸，浑身上下散发着的危险气息。

来不及细问，唇已被他封住。辗转而激烈，一种压抑的狂野，尽是毫不留情的掠夺，带着一丝惩罚，与平时的大不一样。

"师……父……"向晚艰难喘息，声音断续，细若蚊鸣。

如此汹涌的情欲，这是从未有过的。秦淮河畔，这一处虽偏，此时亦该无人行经，可还是太过大胆。他一向自制，一切点到即止，从不曾如此。

"小晚……"从刚才到现在，折兰勾玉说的第一句话。

"嗯……"意乱情迷，这一字"嗯"，道尽无限风华。

折兰勾玉重重在她锁骨处一咬，向晚吃痛，顿时清醒不少。

"我……"

未出口的话再次淹灭在他口中。天为被，地为床，那一身褪却的衣裳为垫，折兰勾玉倾身，轻轻啃咬着向晚的耳垂，宣誓般一句"你是我的"，便完整地占有了向晚。

"好疼……"向晚噙着泪，被身上的锐痛激走所有意乱情迷，使劲去推折兰勾玉。

拜乐正礼所赐，又拜乐正礼所害，折兰勾玉极迅速地翻了个身，让向晚趴在他身上，一手取过他外袍覆于她身，轻抚她后背以示安抚，另一手轻擦去她眼角的泪，又道一声："小晚，你是我的。"

前一句带着那么强烈的情绪，愤怒不甘又心疼，后一句只余情深。

这一个晚上，折兰勾玉与向晚自然顾不上乐正礼与金三佰了。

所幸金风玉露未被人发现，以事实证明折兰勾玉对此处地形的了解与熟悉，以及遇事极为准确的判断与解决处理能力。

可怜乐正礼还以为自己喝酒混账占了向晚便宜，回折兰府后负荆请罪跪在向晚房门前整整一宿。而折兰勾玉抱着向晚，因身上衣衫不整等问题，直接翻墙入府。他那身好武艺终于有了用武之地，两人直到进了折兰勾玉房间都未被人发现，黑灯瞎火的也不点个灯，便又滚到床上去了。

折兰勾玉有了色性不忘人性，翌日一早看向晚睡得香沉，也没打算让她去面对那么尴尬的状况。他偷偷起身，仔细嘱咐了下人，便去找乐正礼了。

于是真相大白。

折兰勾玉神清气爽，既不追究责任，脸上也无丝毫尴尬，拍拍乐正礼的肩，走了。

很明显，他这表弟需要时间和空间消化这个真相。

回房，向晚依旧未醒。折兰勾玉满心满足，坐于床畔，细细打量沉睡的向晚。

她睡得很安静，双颊有未散的红晕，淡如杏红，晕染开来，及至白皙如玉。心里忽然涌起无限柔情，小晚，他的小晚，真真正正只属于他一人。

他真是既怨又爱他那个表弟，若不是他，昨晚就不会那么粗鲁，若不是他，又不会有昨晚那一夜缠绵。不管如何，他得偿所愿，从现在开始，准备婚事。

折兰勾玉坐了良久，向晚都未醒来，看来昨晚是累坏了。想念她如夜星般黑亮的半月明眸，凑近，轻轻吻上，一阵情动，却未发觉向晚舒缓的眉头微不可见的一皱。

近中午，向晚还是没有醒过来。

折兰勾玉这才觉得不对劲，急急回房把脉。脉象平稳，并无异常。这次与骑马那次又不一样，缠绵的时候很正常，过后累极睡去，若是有异，他不可能没发现。

"小晚，小晚？"折兰勾玉轻拍向晚的脸，温热细腻的触感，并无不妥。

向晚依旧睡得沉静，毫无反应。折兰勾玉心里一紧，向晚身上，总会发生很多不可思议的事情，这些事情无法解释，又与常人大异，饶是他才冠天下，寻遍古籍野史，亦找不到答案。

这边厢折兰勾玉焦灼担忧，那边厢乐正礼在三佰楼外徘徊了近半时辰而不入。

"客官，您在门外犹豫这么久，到底是进，还是不进？"小二新来不久，昨晚上瞥过一眼乐正礼与向晚上楼，并不知乐正礼身份。今天看他来来回回地在门外徘徊，忍不住出来探探。

"呃……"乐正礼猛一被人打断混乱思绪，惊得后跳一步，回神镇定，声音勉强平静道，"金掌柜可在？"

"哦，掌柜身体不适，还在后院休……"

息字还没说完，跟前那人已然消失。小二张着嘴，扶着下巴，瞪着眼睛，一时傻了。

金三佰的香闺在哪间，乐正礼并不知情。不过按着习惯与判断，竟是一找就中。

中午光景，后院几乎没人，乐正礼身手了得，偷偷溜进没被人发现。推门的时候，金三佰还以为是底下的小二，背对着门躺在床上，懒懒一句："我再躺会儿，等下就过来，你们都去忙吧。"

"吱呀"一声掩门，金三佰以为人已下去，轻叹一口气。

房间里安安静静。乐正礼看着金三佰的背影，不知从何开口。

昨晚上受伤的不是向晚，他庆幸，不然真不知以后该怎么面对表哥与向晚。可是这样对金三佰太不公平，他心里忽然涌上一抹心疼。

这个女子，比他年长，初见时他觉得她甚是不堪，为了两文钱，竟在酒楼唱十八摸。

而后再次见面，她已脱胎换骨，成了三佰楼的掌柜，身份悬殊，暗示她背景的复杂。再次见面，被收买了胃的他与她成了冤家，从此彼此看不顺眼，直到小晚出事。从那时起，他开始对她改观。本来气恼她几次带小晚去青楼这种不三不四的地方，直到那时才发现她是真心对向晚好，那气极的怒骂，那一番训话，以及她三年陪着向晚走过最艰难的岁月，一切的一切都让他感动。

只是没想到会发生那样的事。他竟然趁着醉酒对一个未婚女子做出这等事来，而且这个人不是别人，是三佰楼的金掌柜！

"你怎么在这！"又过半晌，金三佰终于起身，抬眼，看到门旁的人，吓了好大一跳。

"金……金掌柜……"结巴，外加生分。

"出去！"金三佰见他这副脸红加畏缩无措的样子，就心里来气。

"三佰姐……"乐正礼一急，错上加错。

金三佰眼睛冒火，弯身捡起床前的绣花鞋，使劲朝乐正礼扔去，一边大骂："见鬼的三佰姐，老娘有这么老么！你给我滚出去，永远别在我眼前出现！"

乐正礼接住绣花鞋，依旧无措地站在那里，看着发飙的金三佰，讷讷一句："三佰……"

金三佰不理，跳下床，从一旁找出另一双鞋穿上，紧了紧身上腰带，忽然泄气一般，又坐回床上，撇过头说道："又不是小孩，你情我愿的事，不用担心会让你负责。从此，你走你的阳关道，我开我的酒楼，赚我的银子，各不相干。他日你若来玉陵，记得别再来我三佰楼就是。你走吧。"

这话颇有金三佰风格，然而此刻她脸上的神色却不复往日飒爽利落。乐正礼心里百味杂陈，开口也不是，不开口也不是，走也不是，不走也不是。望着手中的绣花鞋，又看着金三佰难得幽幽的表情，不由就走了过去。

"走开，不许过来！"金三佰回神，看到近在咫尺的乐正礼，她几乎惊跳起身，使劲推了他一把。

她哪是乐正礼对手。他今年十九，身材颀长，又有一身好武艺，金三佰情急之下用力一推，结果没把人推倒，自己倒直直往床上栽去。

"三佰……"乐正礼忙伸手去扶，手里还拿着个鞋子，金三佰离床近，下跌的速度又快，一阵手忙脚乱后，两人都倒在了床上。不过乐正礼显然身手不错，救人成功，金三佰趴在他身上，没跌个仰面朝天。

率先脸红的是乐正礼。他手里还紧紧抓着鞋子，递至金三佰跟前，结结巴巴地解释："我……只……只是……给你鞋……"

就是这样的单纯与执着，让她不知不觉动了心。金三佰闭眼，努力不让泪水滑下，她与他终是无缘亦无分，她这样的年龄与条件，能奢求什么，不过是有一段记忆能让她回味甘甜，在未来漫长的寂寞黑夜，能让思念与回忆温暖她的心房。

"乐正礼……"第一次叫他的名字，完完整整，眼泪终是滑下。她接过他手里的绣花鞋，一把向后扔去，回手解了帐钩，将唇轻轻覆上他的。

乐正礼昨夜一宿未合眼，过后沉沉睡去。金三佰起身，略一梳洗，临走前又痴痴看了床上之人一眼，不放心地掖掖他身上被子，转身去了大堂。

日子继续，她已心满意足。

晚饭后回房，乐正礼已离去，房间里空空如常，不过少了只绣花鞋，枕边又多了件物什。金三佰坐于床畔，手里紧紧捏着那物什，忽然一笑。

幸好他留下的，不是银票。

她第一次没有财迷，觉得手里这件不起眼的小佛珠，弥足珍贵。

还没休息片刻，就被一阵急急的拍门声惊醒。金三佰收了佛珠，皱眉开门，抬眼看到来人，又急急掩门。

"三佰……"

"你还来干什么！"满心的狼狈。

"小晚又昏迷了，表哥让我请你去趟折兰府……"

"什么！"金三佰闻言使劲开门，用力过大，门"砰"地撞在墙上，来回晃了好久，说话间她人已往外冲，"怎么好好的就昏迷了？"

乐正礼跟在后头解释："就是昨晚睡着了到现在都没醒，表哥说脉象什么的一切正常，不知是不是跟三年前的伤有关，想问问你那三年时间，小晚是怎么治好伤的……"

金三佰脚下一个趔趄，幸好身后的乐正礼扶了一把。两人顾不得其他，坐上子墨，风一般往折兰府赶。

向晚静静地躺在床上，身上早由折兰勾玉擦洗干净，换了她最爱的杏红长裙，头发披散在枕侧，依旧不是很长。

安静而神色平静，好像真的只是睡着了。

"怎么会这样？怎么突然就成这样了？"金三佰听了折兰勾玉的描述，怎么也不敢相信，心里满是恐惧，失控般抓着折兰勾玉的衣襟追问。

"三佰……"乐正礼拉住她，将她抱离折兰勾玉身前。

"此前一切正常，我也想知道小晚会这样的原因。所以请你过来，或许告诉我那三年她是如何接受莫前辈治疗的，能从中发现些什么。"

"如何治疗？"金三佰猛地挣脱乐正礼的手，眼泪瞬间滑下，大声吼道，"九死一生，忍受常人难以想象的痛苦，多少次受不住晕过去，她却从来不道一声苦喊一声痛。没见过这么傻的人，哭着求莫前辈，不管用什么方法都要治好她头上的疤，一丁一点也不要留下，为此差点永远醒不过来丢了小命。而这一切都是因为你……"

"礼你出去！"折兰勾玉垂眸，示意乐正礼离开。

乐正礼担心地看了眼几乎失控的金三佰，又看了眼看不清猜不透他此刻情绪的折兰勾玉，终是没说什么，转身出了房间。

"还要维护你那高高在上的表哥形象？你以为他真不知这一切？"看着门被掩上，金三佰讥讽。

"说重点！"这种时候，那些见鬼的形象早被扔到了九霄云外，他心急如焚，全没了平日的谦谦温和。

"你不配知道！"向晚回来大半年，他虽未结婚，那一门亲事却始终存在着。而且现在又冒出给向晚择婿的事，这样的人，有什么资格得到向晚的爱？

折兰勾玉身上的杀气一瞬即逝，金三佰来不及反应，脖子已被人掐住，不是折兰勾玉还有谁。不过他留了劲，虽不易挣脱，倒也不致伤及她。

"你应该明白一点，当初若不是你帮她逃出折兰府，还跟着她一起玩失踪，她说不定不用受这些苦！"

金三佰不怒反笑："你会娶一个秃头么？"

折兰勾玉松手，转身至床畔坐下，淡淡道："我不用对你做出任何承诺。你若不愿说，现在就出去，从此折兰府与你三佰楼，再无任何干系。"

金三佰心里忽然生出满满的酸涩。不管折兰勾玉那话是不是威胁，此刻看他坐在床边，他看向晚的神情分明明写着眷恋。一如刚才，他身上的焦灼，哪里还有平常谦谦君子样。他这样不掩饰自己的情绪，心里也该是爱着向晚，或者是很爱向晚的吧。想着自己的感情遭遇，想着乐正礼醉酒抱着她时一声一声小晚小晚，她不知道向晚受的那些苦值或不值，她只知若她能有这一刻，必会像向晚那样，心甘情愿去受那些苦。

再没有什么好坚持了。她只希望向晚能拥有她的幸福。

回忆过去的那段记忆，很痛苦。金三佰甚重感情，尤其与向晚投缘，当初她肯为向晚放下三佰楼，默默照顾陪伴她三年有余，便知她与向晚的感情，胜似亲情。如今不过重提往事，饶是她这样一个爽利之人，又素来世故而坚强，不由也几度哽咽。

折兰勾玉一直默默听着，垂着眼，身上近乎没有气息，让人看不透他情绪，猜不透他心思。

当初金三佰借着折兰勾玉不在府上的大好机会，使计带向晚离开折兰府，又安排向晚在启明山的灵隐寺住下。说来真是不巧，折兰勾玉寻人时不是没想过灵隐寺，尤其灵隐寺离杏林坡又近，他也曾派人去查，结果却是未果。思及灵隐寺乃方圆百里远近闻名的佛教净地，方丈又是得道高僧，全然不曾想到全寺上下竟会将向晚瞒下。后无数次去杏林坡，直到三年后，才终于见到向晚。

向晚离开折兰府，带走的唯有两件物什：凤首箜篌，还有那把粉面折扇。这两件东西，成了她之后坚持与思念的凭借与慰藉。开始几天倒还好，毕竟是伤好恢复，总是一日胜过一日。以金三佰的能力，没办法替向晚找到留发除疤的良医，后来折兰勾玉找了莫前辈过来，情况才得以改观。

莫前辈退隐江湖多年，折兰勾玉凭了师父推荐，亲自上山拜访、请人下山，这之中也是花了不少功夫的。金三佰不知他当初彻夜下跪之事，只知他寻了不少医书奉

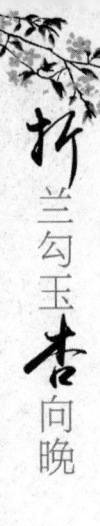

上，其中就有一本失传百年的《秘医》，算是莫前辈毕生追求却一直苦寻不着的珍宝，该是费了他不少心思。

向晚知是折兰勾玉请来的良医，便求他疗疤。无奈莫前辈仔细看了向晚情况，摇头拒绝。原因无他，他虽妙手回春，向晚的要求也有成功的希望，不过失败的可能性更高。而如果失败，向晚随时会丢性命。

于一个大夫来说，保命才是关键。当时向晚身体已好大半，他怎么可能将她再次推向死亡边缘？向晚足足求了一个月，她本就倔强，又沉默寡言，受伤之后心事重重，离了折兰勾玉更是心里难受，偏又心性坚定。用了无数种方法：下跪、绝食、几天几夜不睡，最后还跑去找方丈出家剃度……可莫前辈比向晚还坚持，任凭她如何，就是不心动。不过她昏了，他救她，她欲自绝，他再救她，反反复复，不止金三佰，将灵隐寺上上下下都折腾了够。最后一次向晚跑去找方丈剃度，在佛像前静坐了七天七夜，昏迷过去还保持着这样一个姿势，让方丈都大为感动，莫前辈终于在方丈的劝说与金三佰的哭哭啼啼下，同意了向晚的要求。

那一个晚上，莫前辈与向晚细说治疗过程，金三佰不被允许旁听。第二天一早她起床，方知两人一夜未合眼。

而这还只是一个开始。

或许连向晚都没想到接下来的治疗过程会如此漫长而痛苦。千奇百怪的治疗方式，无数次昏迷又痛醒，那些不眠不休的日子，很多时候，向晚都是依靠那凤首箜篌与粉面折扇支撑下去。好几次实在撑不住，金三佰都是大半夜的跑去杏林坡折一些杏枝过来，看着那些杏树，向晚才又坚持下去。

她是如此的心急，总是催着莫前辈加快治疗进程，一再地表明自己承受得住，为的不过是早日见到折兰勾玉。别人不明白，可是她金三佰看在眼里，怎会不知？

渐渐长头发的时候，向晚偶尔会偷偷跑去杏林坡。却不敢太靠近，只敢远远地找个藏身的角落，有时候一看就是一整天，天黑了也不肯回。

头发长至耳后时，有一天晚上向晚跑来找金三佰，什么话也不说，就是拉着金三佰的手一径地哭，一直哭到沉沉睡去，不过是梦中道一句："师父，我终于赶得及回来了。"

梦中有笑容，看得金三佰一阵心酸。

之后的事，便是折兰勾玉也知道的了。

金三佰说完，头也不回地出了房间。折兰勾玉从始至终都垂着眼，没抬过一次眼，没说过一个字。

这一次，莫前辈爽利许多。收到消息后，他就急急赶来了。

彼时向晚已昏迷近月。莫说玉陵金陵的良医无策，便是请了御医来，也是直摇头。折兰勾玉这段时间没少花心思，他本就精于医道，又博览群书，这次却束手无策。

又一次的束手无策。

乐正礼因为封地有事，前几日一步三回头地离开玉陵。而陆羽雪，折兰勾玉本开始着手准备他与向晚的婚事，正打算送她回兰陵，却因向晚的突然昏迷，再无心顾及其他，也由着陆羽雪继续留在折兰府。

这段时间，每当看着向晚沉沉睡颜，他就想：若他当时能找到更好的方法，那么向晚也许不必受这么多苦。

"你会娶一个秃头么？"言犹在耳，与其说金三佰在质问，不如说她是反问，因为她心里早有答案。

他自是不需要对她做出承诺。他甚至从未想过要对向晚作出任何承诺。山盟海誓、天长地久的事，放在他的心里，无需言语表达。

很早以前，他对自己的人生就有一个明确的目标与规划。家庭的影响，他希望他能有父母一样执着而唯一的感情与婚姻，只是他从不希望他的另一半，是娘亲那样的性格。

他的娘亲，在他很小的时候，可不忌讳有他在场，总喜欢在父亲跟前撒娇，逼父亲说一些露骨的甜言蜜语。父亲每每尴尬又不习惯，最后还是"屈从"，这在他脑海里留下深刻印象，形成一种另类的"阴影"，遂立志另一半绝不能跟娘亲一样。

向晚与他的娘亲大不一样，有时候甚至感觉小小的向晚比他娘亲成熟许多。与向晚在一起，是一种很舒服很平静的感觉。起先不曾发现，她是他买下的人，又住在折兰府，还是个孩子，他怎么可能多想？直到那一场不告而别，让他看清了自己的心。

只是三年多的担心与思念，比起向晚所受的苦，根本不值一提。

卷四　你是我心底，永远的烙印。

卷五

经不住似水流年，
逃不过此间少年。

莫前辈把完脉，又仔细观察了向晚半响，脸色沉重，摇头叹息。折兰勾玉心里一沉，之后的几天没日没夜地与莫前辈在书房里研究。

向晚依旧安安静静地睡着。

几天后，正式开始施行治疗。其实亦无把握，不过是争取些机会，总不能什么也不做，让向晚这一直睡下去。

莫前辈从药箱取出牛皮包，打开，一排的银针，不是常见的细小，枚枚又粗又长。

"前辈？"折兰勾玉一惊。此前莫前辈建议先用针灸，他以为只是一般小银针，没想到会是这般粗大。

"不用担心。"莫前辈几步至向晚床前，冲着折兰勾玉摆摆手，"她早受惯了，对她来说，那种小的没用。"

早受惯了。如此纤妍的身子，竟然早就受惯了这样的粗针！折兰勾玉蓦然心痛，涩然道："可有他法？"

"哎，你跟那个金三佰一样啰唆。那时候我每试一种方法，她就在旁边问一句可有他法，有别的方法我干吗这么折腾小晚？"莫前辈手一顿，斜了眼折兰勾玉，命令，"去将别的东西准备好，这里你别待了，免得看着受不了。"

莫前辈说完，又不耐烦地朝他挥挥手。

折兰勾玉深深看向晚一眼，掩门退下。

莫前辈需要准备的东西不简单，除了一大桶的雪水外，还需几味珍贵药材。所幸折兰府非等闲地，这些难不倒折兰勾玉。

足足一个时辰后，房门才被打开。莫前辈一身的汗，擦着额头，脸色有些虚白，显是费了不少功力，对着折兰勾玉疲惫地吩咐："将她抱至备好的桶里吧。"

"前辈没事吧？"话未完，视线早已越过去看向床上的向晚。

"我稍作休息，你记得看好时间，要泡足一个时辰。"莫前辈也不介意，转身出门，心里却是叹一口气。

他与向晚有两年多的接触，直到向晚长出头发，一切趋于平稳，他才离开灵隐寺。那两年多的时间，这个倔强而坚强的孩子留给他太深刻的印象。从最初的不喜欢到最后打心底里心疼她，本以为从此她可以平安喜乐地过一生，没想到这么快又有了麻烦。

每次麻烦还都不省事。

向晚躺在床上，脸色煞白，一身的虚汗。还是昏睡着，却不是最初的平静，微皱着眉，痛苦而惨烈的感觉，看得折兰勾玉心里一阵揪疼。

更让他心疼的是，如此虚弱的向晚还得在冰冷的雪水里泡足一个时辰。莫前辈说，向晚脉象一切正常，若再这样昏睡下去，会有闭息的可能。所以，不管用什么方法，先将她刺激醒来才最关键。

此前他已用过不少方法，皆是无效，只能做到让她这样沉睡着，不致让情况更糟。

向晚入水的刹那，身子明显有不适反应。冬天泡雪水，还要泡足一个时辰，折兰勾玉守在一边，看着她由始至终都蹙着眉，看着她皮肤渐渐泛起白皱，看着她身上甚是明显的针孔，心里的痛更甚，胸口更有一股气，闷得他想发狂的难受。

偏巧有人还来添乱，正是陆羽雪。这一个月的时间，从向晚莫名昏迷，折兰勾玉就很少到金风阁来。之前至少每日里还会来看一看她，如今她让人搀扶着上得门来，还经常吃闭门羹。

陆羽雪等了很久，几近支撑不住，才看到折兰勾玉从一旁内堂出来。

"表哥，小晚还未清醒过来么？"一应担忧全挂在脸上，看到他摇头，又生生落下几滴泪来，"也不知造的什么孽，怎地竟比我还严重。"

当初她突染怪疾，昏迷了一天，之后便是无休无止这样乏力的状况。没想到向晚也会如此，只不过她这回昏迷的时间更长，也不知之后会如何。

她本该对此高兴的。她不是傻瓜，折兰府里总有明眼之人，如果她不是一早看明白了折兰勾玉与向晚之间的那点情分，向晚的亲事如何能让她挂心操劳？只是她本以为这对她是个利好的消息，没想到自从向晚昏迷后，她连每天见表哥一面都成了奢望。

向晚的一场昏迷，竟然不是拉近了她与表哥的距离，反而让他们隔得更远。

折兰勾玉沉默稍顷，方淡淡道："小雪别太担心，注意身体为要，还是回房休息吧。"

"表哥……"陆羽雪手绢抹了把泪，喘口气，幽幽道，"听说怪医在府上，不知能否替我诊断一下？"

她之前并不知世上还有怪医莫前辈这一号人，不过连日来听府里下人们议论纷纷，才知原来她生病的时候，折兰勾玉请来的那些所谓名医，全加起来也顶不过一个怪医。

原来早在那时，他已存了私心。

原来从一开始，在他的心里，就分了轻重缓急。想起六年前折兰勾玉成人礼时的初遇，向晚一身华服，丝毫不逊于她，她当时怎么会以为她不足为惧？她这样冲撞了三叔公，挨了十下板子，却依旧在折兰府里要风是风、要雨是雨，哪怕是她，都不可能会有这样的待遇。

她竟然输了这么多年。

"好。"折兰勾玉眉一敛，示意门外小喜扶了陆羽雪下去，又去看向晚。

向晚这一次莫名沉睡，一应照顾皆由折兰勾玉亲力亲为。他是真的不放心，心里又害怕有什么突然的变故不能第一时间顾及照料，只得日夜陪伴。处理事务也从书房移到了卧房。

泡了一个时辰雪水的向晚，身体不冷反热，出水时皮肤竟已泛红。折兰勾玉小心替她擦拭身体，才发现她左手臂上的那朵杏花胎记，竟是鲜红欲滴。

此前替向晚沐浴更衣，他并不曾发现。虽然相比她八岁那年，他初次看到杏花胎记时，隐隐颜色深了些，却没想到这一次，竟变得如此艳丽。

她身上有太多让人不能按常理判断理解的地方。从他们相遇开始，那一墙画像、那一声"玉弟"、那左手臂上栩栩如生的杏花胎记、那满坡杏花在她身后瞬间开放的奇迹……如今，她手臂上的杏花胎记竟还能变色！

折兰勾玉再一次遍翻古籍传奇趣轶，以期找到相关记载。循着杏花胎记的线索，又一次翻到十二花仙的传说，久久不动。

"你说月见半魂？"莫前辈咋舌。

传闻月见半魂乃天上的仙草。既是仙草，便只在传说中出现，只寥寥见于古籍，并未有谁真的见过用过。即使有记载，亦很简略，只道月见半魂药性与毒性并存，夜半见月开花，凌晨见光凋败无形，传闻只要人尚存一息，用此仙草，多重的病患都能缓过命来，而好好的人食了月见半魂，则丢半条性命，故称月见半魂。

《秘医》里有月见半魂的记载，只简简单单一句：以血为引，哺以月见半魂。未记载更详，更未记载何处可寻。

"是。"

"那只是传闻，并未真有人见过。"莫前辈还是觉得不可思议。

"传闻既是人记载下来的，就不会空穴来风。"

"那么你准备上哪去找这种仙草？"他知道折兰勾玉不简单，天底下知道月见半魂的人屈指可数，但传闻并未记载何处可寻月见半魂，他觉得折兰勾玉的打算与想法，太冲动，亦太自信。

"晚辈不恭，想请前辈与我一道走这一趟。"他脸上终于又有了淡淡笑容。担心月余，一种拨云见日又兼清风明月的感觉。

走这一趟，必得带上向晚。

月见半魂见月开、见光谢，又需第一时间引血为哺，纵使向晚昏迷，也少不了这程车舟劳顿。幸有莫前辈同行，即使有什么突发状况，该也不会出什么意外。

莫前辈见折兰勾玉说得自信，医者的痴迷作祟，他心里早已期待得不行，哪能不点头同意。若他此生真能见到月见半魂，便也圆满了。

一行人出了城门，直向海边而去。

"如果真能找到月见半魂，即使最终没能让小晚醒来，至少也可保她身体五六年不损。"马车又宽又大，向晚躺于里侧，隔了层门帘，折兰勾玉与莫前辈坐于外侧，莫前辈向往中带着点感慨。

折兰勾玉要去的是极东海岛。

他再一次从向晚身上的奇怪现象寻到十二花仙的相关记载，又尝试着从这些记载中寻找蛛丝马迹。天界神界的传说他翻了个遍，才找到月见半魂的些微记载。"天界仙草海上生，见月花开梦似真，始光初来凋无影，原是半命换半魂"，就是凭着这二十八个字，他反反复复研究琢磨，食不知味夜不成眠，才考证出月见半魂的位置。"海上生"是生长环境，"始光初来"是方向位置，加之记载人的记载时间与当时的寻访足迹，该是风神国最东这片海域上的极东海岛没错。

听了莫前辈的话，折兰勾玉更觉此行若能找到月见半魂，定能救下向晚。

马车里因为躺着向晚，不敢赶得太急，出城门时已近傍晚。又赶一段路，至海边，天已全黑。

折兰勾玉数年前在海边设了边防，又有侍卫快马加鞭提早准备一切，一行三人下了马车便欲上船。

"少主不可！"侍卫斗胆拦下折兰勾玉。

黑夜又怎能出海？

"退下！"

"请少主三思，夜晚海上温度低，向小姐可能经受不住。"侍卫跪身在前，避重就轻、忠心耿耿。

折兰勾玉低头看了眼沉睡的向晚，终是回了海防的主将营。

翌日一早天方露白，折兰勾玉便抱着向晚上了船。莫前辈上船时眼睛半睁半闭，犹是一副未睡醒的模样。

幸是冬天，虽冷但风平浪静。海水由浑至蓝，船缓缓向极东海岛驶去。

极东海岛比当初乐正礼与向晚欲去的那个海岛又远了许多。

折兰勾玉抱着向晚，坐于船头，时而私语、时而吹箫。向晚还是没醒，神色安详地靠在他怀里，半月明眸已有月余没睁开。

极东海岛甚远，寅时出发，第二天未时才到。还是托了风和日丽的福。

侍卫们不识月见半魂，折兰勾玉嘱咐他们好生看护好向晚，便与莫前辈一道上岛。

极东海岛处于茫茫海上，本该荒无人烟，上岛后，折兰勾玉却发现事实并非如此。不大亦不小的一座海岛，竟留有诸多人迹。折兰勾玉心中挂念月见半魂，一时无心顾及此，不过环岛一圈，还是发现这些人迹该是海客留下的。

他可以理解近几年随着海客出入的频繁，出海碰到风潮期，海客躲到这岛上暂避不是什么稀奇事。不过看着小岛西侧那比比皆是的帐篷，事情只怕没这么简单。

古籍中对于月见半魂的记载实在太少，这一处海岛，也不过是折兰勾玉推测下的博弈。海岛说大不大，说小不小，要找并无人见过的月见半魂很不容易。所幸折兰勾玉过目不忘，此前又仔细研究过月见半魂的习性，加之一身了不得的本领，两天后他回到船上，抱了向晚复又上岛。

天公作美！是夜明月高悬，皎皎生辉。

折兰勾玉找到的月见半魂长于一处不算高的峭壁。他抱着向晚坐于壁下，自有侍卫候在一旁，待得月见半魂见月开花，第一时间采了来。

"传闻月见半魂需以血为引、咀嚼以哺，那喂药之人要丢大半条命……"临了莫前辈想起正事。

传闻如此记载，其实谁心里也没底。万一情况更糟，怎么办？

折兰勾玉笑，双眸定定看着向晚，命侍卫退至十米外候命，又对莫前辈一礼，借着月光，打量一眼手中之花。

莫前辈看一眼折兰勾玉，又看一眼软在他怀里昏迷月余的向晚，摇摇头跟着退开了些，背过身去。

"小晚……"折兰勾玉伸手轻抚向晚的脸，海岛上夜晚气温低，她小脸有些冰。他忍不住凑近，贴上她的脸，又眷眷在她额上、鼻尖、唇上印下无数细细的吻。

伊人一动未动，折兰勾玉苦笑，将月见半魂含在嘴里，拇指用力，食指裂开小小一个口子，鲜血蓦地涌出。含了口血，细细咀嚼，直至嚼烂，汁水尽出，方渡至向晚口中，用功逼向晚服下。

有一种极致的复杂滋味，酸甜苦辣，一如人生百味，慢慢由舌尖渗入，又缓缓蔓延至全身。传闻记载月见半魂药毒兼半，必须这样以血为引、口口喂服。传闻还记载，多重的病患，只要还有一口气，服食后便保住了大半条命。而喂食之人哪怕再好，口腔内残余的月见半魂残液，也会让他丢掉大半条性命。

传闻未记载的是，月见半魂的毒性，会让人武功尽失。

折兰勾玉感觉到异常时，急忙用功护住自己，结果与月见半魂的强大毒性对冲，蓦地喷出一口血。

他料到此行会中毒伤身，所以一早备了救命的良药，却没想到月见半魂竟然霸道到夺人毕生功力。折兰勾玉护功心切，不料反被毒侵，中毒愈甚。他的武功修为有多高，这一次的毒就有多重，饶是服了师父留给他的还魂丹，又打坐用功逼毒，真气耗去不少，毒性却没减几分。

莫前辈替向晚把脉，她依旧沉沉睡着，脉象起伏甚大，很不平静。折兰勾玉强撑一会儿，见莫前辈点头，心神一松，毒气攻心，只来得及在晕过去前唤了侍卫。

莫前辈转而替折兰勾玉把脉，心中一声叹息。

"你七世命断婚嫁，第一世，你是地主之女，心系一个穷秀才，好不容易等秀才高中状元迎娶你，抬花轿的轿夫脚下一滑、轿子一斜，你一头撞在轿子上，撞死过去……"

"第二世，你是农家之女，要嫁给隔壁的大牛哥，不料婚前被蛇咬了一口，不治身亡……"

"第三世，你是宰相之女，久病缠身，夫婿只看中你家权势，新婚之夜便娶了偏房，你气极吐血，撒手人寰……"

"第四世，行礼时被梁上木匣砸中，当场暴毙……"

"第五世，新婚之夜一场火灾……"

"第六世，太过兴奋，心脏病发……"

"第七世，注册登记结婚后遭遇车祸……"

"别想太多，都过去了，你好好休息睡一觉，有事来百花殿找我。"

……

向晚在嘈杂的声音中醒来。抬眼，完全陌生的一个地方，东方欲白，适才的声

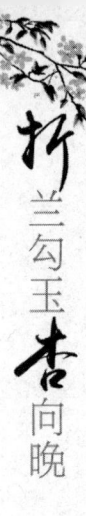

音消失不见。

身上披的是折兰勾玉的披风，四周打量一遍，却没看到任何人。

细想刚才耳边莫名的对话，从前世到杏花仙子，再到被贬下凡，这一路的记忆，终于悉数归位。原来她升仙的原因竟是"七世命断婚嫁"，可笑！

左臂有炙烫的感觉。撩起衣袖，赫然发现原本几不可见的杏花封印艳如盛放杏花！

向晚起身，又环视一圈，还是没看到人。

想来她该是在折兰府的。她最后的记忆是窝在折兰勾玉怀里，倦极闭目。他轻吻她的眼，在她耳畔呢喃："睡吧。"

怎么一觉醒来，身处陌生之地。身上衣衫也换了，但那件披风是折兰勾玉的，定不会错。

向晚四处走走，发现自己身处一座海岛之上。远远地望过去，一片静蓝，极目处水天交接，隐隐白茫中渐渐泛红一片，稍顷，一轮红日从海面缓缓升起，不过一盏茶的时间，红日跃出海面，从最初的清晰轮廓，到光芒万丈，让人不能逼视。

向晚惊艳于眼前美景，久久不动。初升的感觉，令人震撼。忽又直觉回头，明明感觉有视线盯视自己，身后却没人。向晚转回身，蓦地惊觉，侧转过脸猛仰起头，视线沿着身侧峭壁往上，那峭壁上迎风而立的身影，不正是折兰勾玉！

明明是他，又明明不是他！峭壁上的身影满头银丝随风轻扬。

正自困惑纳闷，那个身影倏然消失。

"师父……师父……"向晚慌了，一瞬间自是不明白发生了什么事，但她知道这一切定是与她有关。心里一痛，急向峭壁奔去。

海岛植物低而密，她顾不上其他，跑到峭壁下，裙摆已被撕裂了好几道口子。

峭壁于习武之人来说，不高，于向晚来说，却不低。光滑而陡峭，根本无攀爬的着力点。向晚心中焦急，沿着峭壁绕了一圈，发现峭壁四面俱如此。而峭壁上，只不过刚才一瞬间的出现，之后再无折兰勾玉身影。

"师父！"向晚冲着上空大喊。

海岛空旷，连回音都没有。更没有折兰勾玉。

向晚使劲扔了披风，赌气开始往上爬。指甲出了血、眼睛落了灰、膝盖磕破皮，根本无济于事，她依旧在峭壁下，束手无策。

想起刚才的惊鸿一瞥，他一身玉白长袍，高高站在峭壁上，迎风如仙。可是为何那满头青丝会成华发？又为何她与他会在这海岛上？她睡了多久？这之中发生了什么事？

心一阵抽痛，捡起披风紧紧抱于怀里，视线隐隐模糊，只能一声一声哽咽："师父……师父……"

太阳高照，暖暖的感觉。向晚收了泪，渐渐平静下来。

起身环顾一周，依旧没有人。

她抱着折兰勾玉的披风，一直走到岛边临海一块岩石上。她将披风狠狠扔进海里，转身对着身后那处峭壁喊："折……兰……勾……玉……你若不肯见我……我这就跳下海去……我数到三……"

　　峭壁上还是没有人影。

　　向晚笑，转回身迎着风面朝大海，双手舒展，闭上眼，悠悠地数着："一……二……"

　　"小晚……"背后传来熟悉的声音。

　　向晚身一震，双手垂下，眼泪瞬间模糊了视线。她也不擦，紧咬着唇，转身用力扑进来人怀里，泪落得越发凶。

　　他胸前的衣服上有几滴干涸的血迹。向晚埋首在他怀里，泪水将那血迹染成鲜红，仿佛还是暖热新鲜的。她的手紧紧环住他的腰，想着那如墨青丝怎样一根一根变成华发，心里一阵窒息的痛。

　　"是不是很可怕？"待得向晚从他怀里退身，他方自嘲一笑，声音微涩。

　　他一直是个追求完美又对自己对生活对一切有非常高要求的人，这一头华发，再怎么心甘情愿，再怎么看得开，一时之间也让他有些难以接受。

　　衣冠楚楚、优雅华贵、风华绝代。他一直很在意这一些的。

　　向晚摇头，伸手抹掉眼泪，掬他的一束华发，紧紧握在手心，又反复缠绕，直到指尖被勒得涨红，她方松手，反手勾住他脖子，用力拉向自己，踮起脚尖，凑近，亲吻。

　　从眉到眼，到鼻再到唇，她学着他的样子，细细流连，忘情投入。

　　"小晚……"他本想拒绝，却被她撩拨感染，勾起层层欲望。

　　"师父永远是最帅最英俊最玉树临风的师父。"她紧紧环着他脖子，虽经人事，此番主动大胆，不免仍是羞涩。不过纵使羞涩，她都不能退却，"八岁那年，师父买下我，并让我与你同乘一骑开始，我便开始偷偷喜欢师父了……"

　　他买下他，或者不算什么。但他买下她后，不计较她脏，不计较她身份卑贱，二话不说抱她上马，让她坐于他身前，乃至后来的一切一切，他又如此优秀出色，她岂能不动心！

　　"小晚……"

　　"师父也是爱我的吧？"向晚微微抽身，晶亮的眼眸异彩浮动，不由让人沉溺其中，迷失自己。

　　"小晚……"折兰勾玉紧紧搂住向晚，俯身凑近，将所有一切，都抛诸脑中。

　　他现在眼里、心里，只有一个人。那个人的名字，叫向晚。

　　离岛回船，已是午后，莫前辈与一干侍卫候在船上。侍卫此前已遵折兰勾玉的吩咐，将海岛西侧小帐篷群探了个虚实。

　　向晚对着莫前辈行礼感谢，也不避嫌，拉着折兰勾玉坐于船头，窝进他怀里，用手一下一下理着他不断被海风吹散的银发，听他娓娓讲述她昏睡一个多月的情形。

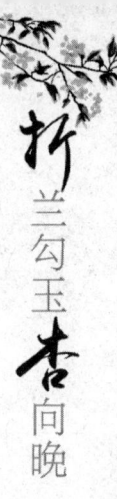

除了华发，以及神色略显憔悴，他看起来一切正常。

她不知他已身中剧毒。

"传闻若是虚的，岂不白遭这场罪？"

折兰勾玉笑，眼角瞥过向晚指上缠绕的银发，淡淡一句："总得一试。"

"试也不一定非得你来试。"向晚看着那满头华发，心疼。

此前还曾说过乐正礼，如此贵族思想不可取，如今才明白，为了喜欢的人，有时候自私近乎一种本能。看着折兰勾玉现在的模样，她倒宁愿他能自爱兼自私一回。

放在她腰际的手一紧，他凑近，在她耳根处轻喃："让你与别人血水相融、相濡以沫？"

原来忌讳这个！向晚失笑，他是不知这世上还有人工呼吸这门学问。然而心情随着他的话大好，声音都不自觉变得娇俏："女人也不行么？"

折兰勾玉没有回答，只是环着她腰的手又收紧了些。

向晚浅浅的笑，心里也是欢喜的。她不在乎他的容颜有损，也许这样一来，在世人眼里两人的距离反能拉近些。赤子之心，挚真感情面前，并没有谁配不上谁之说，但世俗禁锢，能拉近彼此的距离，也不是件坏事。

回到岸边已是翌日傍晚。

折兰勾玉命侍卫屏退外人，备了马车，连夜回折兰府。入府也是如此，侍卫摒了一应闲杂人等，包括平日里侍候折兰勾玉的，只余向晚陪他回房。

第二日又嘱了管家，此后数日，一应事务皆由管家禀报，在折兰勾玉卧房处理。

饶是老管家见惯场面，看到折兰勾玉回来的转变，也是大惊失色。他向来忠心耿耿，左右犹豫半晌，还是遵从折兰勾玉的意思，不将消息告知金陵的老爷与夫人。

老管家与那些同去极东海岛的侍卫一时都没人敢泄露，外人又见不到折兰勾玉，暂时白发与中毒之事都被瞒了下来。

向晚本以为这些不过是折兰勾玉一时未能接受自己满头白发，几日后，她发现事情并非如此简单。

折兰勾玉的身体不太好。从海岛回来后，一天一天的，憔悴气虚的神色不见好，反有加重趋势。莫前辈一天几次进折兰勾玉的房间，每回进房，都将她赶出房，她本以为是折兰勾玉请莫前辈妙手回春，让他的一头华发恢复当初风采。她虽不介意，不过若是他在意，她亦乐见其成。可是几天过去，看情形竟然不是。

折兰勾玉不想向晚担心，嘱了莫前辈隐瞒他的情况。谁知凭借莫前辈与向晚早些年培养下的深厚感情，向晚一开口问，莫前辈便知无不言、言无不尽了。

莫前辈说，当时折兰勾玉用功护体，反让月见半魂的毒性渗入五脏六腑。他那时满心是不能废武功，后来唤了侍卫相助，终是保得一身好武艺，月见半魂的毒却深入血脉，日子一久，渐渐显露出来。

"那怎么办？"向晚惊问。

莫前辈摇头，叹道："月见半魂被称为仙草，偶见传闻记载。这个，老朽也不好说了。"

"用老办法，可行否？"理论上，应该可行的吧，向晚想。

"药与毒，讲究一个相生相克，他本已中月见半魂的毒，你再喂他月见半魂，岂不是让他死得更快？"关心则乱。莫前辈又摇摇头，向晚此前可不是这么不冷静的。

向晚沉默，稍顷屈膝跪下："还请前辈助师父过此关。"

"哎，丫头，你这是干吗？"莫前辈赶紧扶了向晚起身，叹道，"这娃是老朽至交最中意的徒弟，老朽若见死不救，只怕余年也别想过好日子了。"

向晚心里一松，脸上也有了些笑容，轻道一声："谢谢前辈。"

莫前辈点点头，转身往折兰勾玉房里看了眼，感慨："终归还是你让人心疼些。那时候，你可没少受苦，小小年纪，小小的身子，老朽真担心你那时撑不过。"

说起这段经历，莫前辈不得不感慨。最初碍于面子，折兰勾玉双手捧上他最爱之物亲来请他下山，又跪足一夜，他也不好推辞。待见了向晚，并不看好她。一个沉默又倔强的孩子，一径任性着，忽视种种危险，没完没了地求他替她圆容。时间久了，见她如此坚持，不惜种种自虐让他答应，他便也答应了。答应的时候，心里还是觉得勉强。她头上的疤长而深，若真要恢复得无任何痕迹留下，那么接下来她所要受的苦，是任何人都难以想象的。

他以为她会中途放弃，哭着求他不要再继续。结果却没有。

他被称为"怪医"，妙手回春，医术一绝，为人怪，治疗的方法更怪。自然天底下没有多少人能得他救助，在这些人中，又有不少半路放弃，概因受不了他行医方法的怪异。这种怪异，皆以常人不能忍受的苦痛为代价。

两年多的时间，他看着向晚默默承受，从不喊痛喊苦，只是无数次地咬破唇，无数次的晕厥，甚至都没有流泪。不知不觉中，连他都对她甚是佩服。她又是个有礼又成熟的孩子，不久后就颇得他心，直至最后圆满下山，他才发现自己随身携带的药箱里，不少好宝贝都让她在无意中讨了去。

莫前辈离去后，向晚返身入内。

"醒了？"

折兰勾玉坐于床上，看着她笑："我一直醒着。"

这下轮到向晚讪讪笑了。他刚才只不过脸色不好，又咳了好一阵，于是扶他回床上休息，又请了莫前辈来，这之中，他并不曾睡去，或昏迷。

"都知道了？"

向晚点头，看他斜倚在床上，蓦然冲着她笑得风情万种："怎么办？还未大婚，夫婿先成病秧子了。"

向晚心里一沉，这话说中了她的心事。

她知道他说的大婚，定然不会是与陆羽雪的婚事。若她没有恢复所有记忆，她肯定会欣喜地说一句"又有何妨"，不过是担一门不当户不对，以及亦真亦假的师徒大不伦罪名。可是她此刻在乎的，是那句"七世命丧婚嫁"！

她本不觉得谁亏欠谁多一些，就以前世来说，爱与不爱，其实也不重要了。只不过知道自己七世命格如此，便蓦地心怀愧疚。那七世与她极细一道姻缘红线牵的男子，或许只是因为遇上了她，才会担上"克妻"或"鳏寡"的名。

"现在这样，就很好。"能日日陪在他身边，没有名分亦无所谓。

这次她莫名昏睡月余不醒，若不是他找到月见半魂，只怕还会长此下去。究其原因，她不得不将此与前七世的命格联系在一起。几次恢复记忆，都与她跟折兰勾玉的感情有关。每回他亲她的眼睛，每回他们感情更深一层，就会有意外发生。而这次之所以这么严重，是不是她做了前七世没做成的事，破了情戒的关系？

除此之外，她无处寻找答案。

若真如此，大婚不是更与前七世命格相冲？难道这一世的修行，还和前七世一样？

领证身亡、礼成暴毙，她害怕历史重演。

折兰勾玉眼眸一深，神色一黯。向晚竟然会拒绝？

他一早作好打算。他要的婚姻，是与自己喜欢的人，如父母一般，彼此相伴一生。如今他找到了他喜欢的人，并为这场并不会太容易的婚姻做好了一半的准备，却没想到她会拒绝。

明明向晚也是喜欢他的，在很早之前。

"算命的说我，命不能嫁。"她莞尔，亦不想因此让他有心结。

折兰勾玉手一勾，向晚跌落他怀里，他一手抚上她的脸，捏了一下，不轻不重，漂亮的眼睛微微一眯："真是算命的说的？"

"是。"向晚也笑，反手抚上他的脸，告诉自己他定不会有事。

折兰勾玉挑眉，手下微微用力，明显不信："传闻月见半魂是仙草，小晚知道我是怎么找到的？"

向晚承认说谎不厚道。可是杏花仙子被贬下凡的事，又让她如何开口？开口了他可会信？

"师父既已猜到，怎地还来套我的话？"

折兰勾玉笑，松手揽住她腰，叹一口气。

月见半魂的毒虽然麻烦，暂时还能控制住。他与陆羽雪订婚三年，后两年因陆羽雪身体抱恙，他又一直不离不弃，既不退婚，也不纳妾，这份痴情着实感动了兰陵陆家。兰陵原是折兰家族分封出去的城池，陆家又只有陆羽雪一女，两三年下来，陆家对于这位有着玉陵君头衔才冠天下贵不可言的准姑爷可谓万分满意，加之折兰勾玉有心，很多兰陵的事务，早已由他经手过目。陆家二老忙于女儿身体的事，年初将陆羽雪送来后，爱女心切到处寻访名医良药，更是将兰陵城的事务交由折兰勾玉全权处理。折兰勾玉何等人物，加之折兰老爷的金陵，自己的封地玉陵，先皇分封好不容易削弱的折兰家族势力，在折兰勾玉的谋划下，收封得八九分完满。

当初他的闪电订婚，以及后来苦守一纸婚约，亦是出于这方面的考虑。他知道当今皇上的权欲，那四十六条生命，是一个警告，更是皇权对历来与皇族共荣的复姓贵族忌讳的昭告。分封是明，在暗处，三大家族早已感觉到皇权对他们的顾忌与野心。

　　盛极数百年的三大家族，纵是皇权，亦不是朝夕能轻取。三大家族的目标也非苟且残喘，皇权既忌讳，便也得担上同样的忌惮，至少百年内再不敢动此心。

　　向晚的出现，既在意料之中，又在意料之外。他在等待生命中出现这样一个人，但他一直以为，这个人不会太早出现。而且，等他明白自己心意时，那些世俗的阻碍已经超越了他之前的预算。

　　然而，世俗是什么？在折兰勾玉眼里，世俗不过是固有思想加诸之下的唠叨罢了。

　　想到这里，折兰勾玉揽住向晚腰的手又紧了些。向晚抬眼看他，他的脸色微白，一身白衣如雪，银发随意披散，看起来有些憔悴，但这份憔悴与那本该突兀万分的银发，此刻却让他看起来清雅到极致。

　　向晚叹口气，反手环住他腰，脸贴着他胸口，心里是万分满足。这个男人，无论哪一方面都优秀至极，怎能让她甘心半途而退轻言放弃？

　　事有凑巧。

　　这日有人求见向晚，老管家问明来意又汇报了向晚后，便领着人上主院，恰碰到被人搀扶着想见表哥一面的陆羽雪。

　　"他是？"陆羽雪上下打量来人一眼，见他十来岁模样，衣衫普通得有些寒碜，手里捧了件不小的物什，圆圆的脸蛋，此刻也正好奇地看向她。

　　"回表小姐，他有事找向小姐。"

　　陆羽雪又看来人一眼，不免有些轻蔑与不耐："让他留下名字，放下东西便走，折兰府是谁都能进的么！"

　　老管家哈着腰，一时尴尬。

　　不料来人倒是爽快，圆圆的脸蛋有可爱的笑，脆生生答道："这东西需亲手交到向小姐手上。"

　　只是他孩童特有的率性与天真，在陆羽雪的眼里，俱是穷孩子的没见识与没规矩。

　　老管家连忙打圆场："向小姐还等着，老奴先领他过去了。"

　　陆羽雪本就身体虚，说了两句也不能咋的，只好由着管家领了人去。

　　向晚仔细看了来人，确定自己并不认识，开口询问。

　　来人自称是珈瑛大师的徒弟，说是奉师父之命，特来送件礼物。

　　向晚心中诧异，长方形的一个礼盒，一般画卷大小，伸手接过，又沉又实。向晚当众打开盒子，捧出里面的物什，将外包的缎布掀开，整个人一震！

　　正是那幅杏开二度，不过用玉雕刻，精工细作，细看竟是整玉雕成！

　　"珈瑛大师……"犹记九岁那年，那个慈眉善目的尊长一口答应替她修复折扇，不过索了她一幅杏画。六年之后，竟送来了这样一份大礼！

　　"家师两年前仙去，临终前交代我一定要将这幅杏画完成，并将此画送给玉陵折兰府的向小姐。"

向晚的心比玉杏画还沉。六年不见，竟已阴阳两隔！她与珈瑛大师谈不上交情，她的杏画何以能入了这样一位大师的眼，让他为此耗了三年在寻玉上，寻了玉又作刻，半途撒手，犹留下遗命！

"敢问小师父尊名，如不嫌弃，请留在府里做客几日吧。"

"区区钟离，师父遗命已成，这就告辞了。"圆圆的脸蛋有如释重负的笑，让向晚隐隐觉得有些熟悉。

"钟离？"向晚轻声重复。故人的名字，不过那时他方是个孩子，如今细看，倒真有六七分相似。

"向小姐可是还有其他吩咐？"被向晚细细盯着，钟离不免有些不习惯。自从四年前跟了珈瑛大师后，他已很少与人接触。每日里跟着大师翻山越岭地找玉石，找着后又在师父的山中隐居里没日没夜地打磨雕刻。若非此次遵师父遗命来送礼，只怕他还会留在隐居不愿下山。

"可是潮湖交界的钟家庄故人？"

"向小姐去过我钟家庄？"这下子轮到钟离细细打量向晚了。

"这一去，已是七年前的事了。当时你尚小，只怕不记得。"

钟离皱着眉头，苦苦回想。向晚一笑，点一句："你还记得那面小铜镜否？"

钟离恍然，掏出身上的铜镜。这是他打小甚是喜欢的一件物什，祖父说是当年三位贵人借宿时留给他的。但是七年前，他甫三岁，这么小，只有一些模模糊糊的记忆，根本无法分清。不过向晚既能说出小铜镜，结合祖父当初的唠叨，应是故人无误。

向晚见钟离神色，知他心中有底，遂问道："你一家老少可好？"

钟离神色一黯，小圆脸上满是悲伤："四年前一场瘟疫，钟家庄的人活下来的，兴许只我一人。"

向晚心一沉，钟老汉与大婶的影像在脑海浮现，她一边示意下人收拾客房，一边挽留："你以后有何打算？这段时间就住在这吧，当日我也在你府上住过。"

当初他那声小姐姐，以及短短的相处，不知不觉间淡去了她不少阴影。若能选择，她一定选钟离做弟弟。

钟离摇摇头。家没了，师父走了，他本打算完成师父的遗命，便回师父留给他的隐居去，此刻却推辞不过，便先留了下来。

陆羽雪最终还是没能见到折兰勾玉。几次失败，无奈之下，只能转找向晚。

陆羽雪找向晚，倒是摆足了姿态。她先回金凤阁，又命小喜跑到晚晴阁传话，向晚碍于面子，只能巴巴地上金凤阁一趟。

行礼问好，向晚客套几句，陆羽雪既没说句恭喜向晚身体无碍的话，也没纠缠发脾气，只看着她，上上下下打量良久，方似笑非笑说表哥早前答应她让莫前辈替她把脉诊断一回，担心表哥出门一趟，回来太忙忘了此事，让向晚从旁提个醒。向晚答应，她便借口身体有恙请人送客了。

向晚与折兰勾玉提及这两件事，折兰勾玉倒是对钟离兴趣更大一些。

"当日抓着你的小铜镜，死活不肯放手的？"

向晚轻笑出声，想起那时钟离眼尖地瞄到地上铜镜，之后抓在手里任是如何都不肯放手，临行前钟老汉硬想夺下，钟离噘着嘴巴想哭又不敢哭，她不忍心便将铜镜送给了他。

"珈瑛大师竟收了他为徒。"眼里分明另有深意。

想起高家庄的瘟疫，想起珈瑛大师的仙去，向晚叹口气。她起身将一旁的玉杏画搬至折兰勾玉跟前，淡淡道："这么贵重的礼，连拒绝都不能。我与钟离也算有缘，如今他无亲无故，不如留他在折兰府吧。"

"你喜欢就好。"他笑，暖若春风，是完全的纵容。

向晚心里一暖，更进一步："若是他愿意，不如也让他去学堂听讲吧？"

"好。"折兰勾玉态度出奇的好。

"呃……"向晚一时倒有些不能适应了。当初带她回府，身份与称呼的问题难倒了两侯君，这回怎么这么爽快了？

"那小离的身份是什么？"

折兰勾玉还是笑，回答得理所当然："便说是你弟弟。"

再待他看一眼，若是资质不错，就收他为徒，正式而高调。他知道这样会惹来多少蜚短流长，但只有如此，才能将向晚的身份校正过来。

或许不能一下子成功，但有珈瑛大师，再有潘先生佐证，至少会有成效。何况，他确实未与向晚行过正式的拜师礼。

他倒是不介意什么师徒伦常，他只是不愿意向晚多受一分苦。

有了折兰勾玉的支持，向晚便没什么顾忌的了。

说起来她与钟离颇有缘分。小时候的短暂际遇，长大后犹能延续重逢，人海茫茫，不可谓不奇妙。闲闲两日，向晚抽空拿了几本书，摸了摸钟离的底，见他喜欢读书，又耐心教了他一些。

"前些日子，家师还托梦给我，说是上了天庭，才知你原是杏花仙子被贬下凡。梦虽然怪了些，不过小姐姐你的杏画得真好。"钟离换了湖色长袍，平添一股清朗，看了会儿书，见向晚动笔作画，不由就被吸引了去。

他跟着珈瑛大师学玉雕，最初由大师雕刻玉杏画，大师仙去后便由他一人独自刻画。两年多的时间，比摹那卷杏画真是苦不堪言。若非珈瑛大师一早完成了大概框架，只怕这幅玉杏画就要毁在他手里了。

向晚已经很多年没有这样吃惊过了。手中的笔一滑，一笔败画。

"珈……珈瑛大师托梦？"

梦本无稽，钟离虽小，也只当假不当真。可这无稽之梦，却一语说中了向晚的身份，让向晚一时心慌。

他两人不知的是，折兰勾玉知向晚又在教钟离，恰好过来，打算偷偷从旁观察

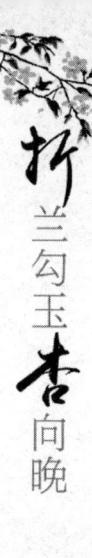

钟离的资质。他想走这步棋，自然不想正式收的徒弟是个庸才，没想到会听到这段对话。

"是啊。"钟离不好意思地摸摸自己的头，讪讪道，"那梦跟真的一样，师父还托我告诉你，别动情，别婚嫁，别破了封印。"

他原不将梦当真，不过两天下来与向晚实在相处得好，索性拿来说笑聊天。

然而一明一暗听着的两人却各有心思。向晚最是明白这句话的分量，而折兰勾玉则皱眉陷入了深思。

"你信么？"

钟离红着脸，摇摇头：“仙子不该在天上么？不过小姐姐比天上仙子还美。"

向晚淡淡一笑，摸摸他的头，道："明日我们去学堂报名，明年你就可以上学了。"

"小姐姐……"

向晚拉他回桌前："好好看书，若珈瑛大师再托梦给你，你代我转告他，我很想他，也很谢谢他。"

自从海岛醒来，看到手臂上的杏花封印恢复最初模样，她不是没尝试过仙法口诀，结果无一能成。有时她也不想多想，被贬下凡，玉帝何尝留过一丝情面。不止不留情面，对一个初来仙子无意犯的错，他当时的怒火甚至有些夸张。

她自与玉帝不熟，也不知是他脾气如此，还是对她是个例外。七世命断婚嫁，然后直接升任杏仙，她最近反反复复地想，这升仙是一种补偿，还是七世的经历原就是场磨砺与修行？

这两者，究竟哪个是因，哪个是果？

第二日从学堂回来，钟离回了他的小客房。向晚刚与折兰勾玉说完学堂的事，便见老管家亲自来报："少主，外面有一妇人和孩子求见向小姐。"

两人皆抬头，怎么海岛回来后，求见向晚的人忽然多了起来？

"有说身份么？"

"说是杏花村来的，还说是向小姐的家人。"老管家略一犹豫，抬眼看了眼折兰勾玉，如实回答。

"不见。"向晚倒是干脆，直接拒绝。

"先领他们下去，在客房住下，说是向小姐现在不方便见客。"

老管家领命下去，向晚才道："一早没了关系，又见来何用。"

"无事不登三宝殿。既撇不清这关系，便也得尽点人事，至少面子上做足，免得落人口实。"

说得又直白又赤裸，有她最欠缺的世故与圆滑。可是她就是不愿意世故，不愿意圆滑，不喜欢的人最好从此不见，见了也不过给自己添堵。

"到时若不能让他们满意，结果不也一样。"

折兰勾玉摸摸她的头，笑："别担心，不会有什么事。"

向晚抿抿嘴，头一偏，淡淡一句："我不是小孩子了。"

折兰勾玉失笑，收回手，意味深长："是，小晚现在是大人了。"

向晚脸上一烫，辩也不是，不辩也不是。

折兰勾玉看着她笑，暖暖洋洋，一头华发，平添一股清逸俊雅。

来人正是向夫人与向阳。向晚与折兰勾玉都没有出面，老管家安排了他们住下，顺便问了所为何事，却道原是向老爷病逝，孤儿寡母的前来投靠向晚。

老管家一字不差地原话禀报给折兰勾玉，向晚坐在一边，听闻父亲过世，神情平静。老管家禀报完，先行告退。

"小晚……"折兰勾玉想看清她平静神色后的不平静。

"我没事。生前互不关心，死后又何必惺惺作态。人死不过一抔黄土，娘的坟都没动，他的更不必费周折了。"向晚起身，弯身行礼回晚晴阁。

父亲死了，他虽算不上善待她，毕竟血脉相连。然而逝者如斯，有的也不过是一些难过，除此之外，并不想去改变什么。有些荒唐，这个世界上，唯一与她还有血缘关系的，竟是从小恶魔似的欺负她的弟弟。

血缘是什么？是世人评判的筹码与法则。如折兰勾玉所说，即便只是全个面子，她也不能无视那一对孤儿寡母。想来真是可笑，此前她从未对她尽过一个母亲的责任，给过她一个母亲的温暖，现在她却必须去履行女儿的义务，塑造一个可依可靠的角色。

在折兰勾玉的建议下，向晚还是去见了后娘与弟弟。

"我只是折兰府的客人，能留在这里，全赖折兰大人慈悲。至于你们，不方便长留折兰府，我替你们找了处房子，你们尽快搬过去吧，以后每月我会派人送些家用过去。"

"小晚……"

向夫人一开口向晚就想笑，还真是有些想念陪了她八年的称呼"死丫头"了。

"小晚……娘知道以前对不起你，如今你爹撒手去了，我们孤儿寡母的实在没办法。小阳是你弟弟，此前一直有请先生读书识字，听说玉陵学堂是折兰大人所建，小晚，娘求你，跟折兰大人说说，让小阳去那上学吧。"

"姐姐，让我去上学，让我去上学吧……"

曾经让她羡慕甚至妒忌的瓷娃娃一样的人儿，如今也已十三岁了，与她差不多一般高，白白净净，依旧长得粉人似的，比女孩子还漂亮。以前在杏花村，一年里他有三次叫姐姐就很不错了，每次叫，不是让她顶罪，就是陷害她，从没好事。

"先收拾东西吧，此事稍后再议。"向晚说完，也不顾他二人反应，便走了。

甫出门的向晚，又被小喜请了去。

"让你跟表哥说的事，你没说？"等了几天的陆羽雪，没等来折兰勾玉，更没等来莫前辈，不由心急。

"我说了。"只是莫前辈这段时间忙于折兰勾玉的事，哪有空来金凤阁？

向晚说了实话，无奈陆羽雪并不相信。她心里至少存了六七分疑，靠躺在床上，喘口气,似笑非笑:"听说你老家来人了?"

她是真的妒忌向晚。她几次上门求见表哥,都被拦在门外,可是向晚却日日夜夜在表哥的寝居进出自如。她不知表哥因何禁了主院,但向晚突然昏迷,又突然醒来,事情肯定不简单。

"是。不敢叨扰师父,已经安排他们去别处了。"

"真亲的,往外赶,非亲非故的当成宝留在身边,亲疏远近,你倒是与表哥一样。"陆羽雪忍不住声音微扬,说完就是一阵气喘。

向晚笑,也不解释。如陆羽雪这般出身富贵的大小姐,从小到大顺风顺水,又怎能理解自己?她也不能理解折兰勾玉,男女有别,折兰勾玉虽出身更为尊贵,但所担的责任,所遭遇的事,又岂是她能明白的。

天罡伦理,若真能人人遵守,这世界岂不大同了?

陆羽雪最看不惯向晚这种永远淡然平静的神色,好像什么事都不能让她惊色。她不甘心,不甘心在表哥心里,在折兰府,向晚的地位凌驾在她之上,终有一天,她要让这张永远平静淡定的脸大惊失色。

170　　向晚替向夫人与向阳安排的房子位于城西,小小的三间房,独门独院,很是不错。向晚又留了些家用,足够他们好好过日子。

学堂的事向晚本不想管闲事,不过等了两天没等到回音的向夫人拉着儿子巴巴地跑到玉陵学堂,直接表明他们的身份,潘先生碍于折兰勾玉的面子,又见向阳确实读过书识得字,也就这么同意了。

向阳看来甚爱读书,头天潘先生同意,他第二天就去了学堂,找到潘先生行了个大礼。小小年纪,粉嫩嫩的一个妙人,嘴上又会讨喜,潘先生不疑有他,安排了他下去,向阳就这么开始了学堂生涯。

向晚知道这事,是因为向阳在学堂设计戏弄同学,将玉陵酒庄钱老板的宝贝儿子弄得头破血流,事情闹大,下人急急赶来通报。

原来向阳乖巧了三天,从第四天起,便开始在同学中标榜自己身份。说他是折兰公子唯一的学生向晚的亲弟弟,说他是被姐姐接到玉陵,说他经常到折兰府做客,说起折兰公子风采、折兰府的精致幽静、折兰府厨子的绝妙手艺,那叫一个头头是道。不过十来天的时间,一群或年长或年幼的同学被他唬得一愣一愣,并很快有了自己的小团体。

当初折兰勾玉与潘先生筹建玉陵学堂的本意是让更多的孩子读书识字,而不是让读书习字成为有钱人的特权,所以经过第一年的积累之后,从第二年开始招收一些条件很一般又想读书的学生。到今年,那些穷孩子喜欢读书的,只要长得机灵能通过潘先生的面试,也可以在玉陵学堂上学,上学的一切费用全免。正因如此,玉陵学堂的学生暗中分了好几个等级,而新来的向阳有了自己的小团体后,开始欺负嘲笑那些穷学生。

钱老板的宝贝儿子当然不是穷学生了，错就错在他替那些穷学生出头，于是被向阳设计，骗至一间空屋子，推开虚掩的门，悬放在门上的酒坛就这么砸下来，正中脑袋，满头的鲜血，当场昏了过去。

事情于是闹大了。

这事颇有向阳风格。打小他就是这么设计欺负向晚的。潘先生赶至，命人先将钱小公子送去医馆救命后，追问事情过程时，向阳却开始推卸责任，硬说这事不是他的主意，而是从知道他身份就跟他身边溜须拍马的沈江为了讨他欢心一手策划的。可怜沈江历来胆小，本已吓坏，如今一被栽赃，当场大哭起来。

向晚急急赶至学堂，现场还有些混乱。一大群的学生停了课，议论纷纷。

向晚先是问了受伤的钱少东的情况，得知他情况严重，送了医馆还不知情形如何，向晚一怒之下，当场甩了向阳一个巴掌。

"姐……"

"谁允了你来学堂上学？"

"姐我不敢了，我再也不敢了……"打小就是个审时度势的人，这会子挨了巴掌，哪还能不清醒。

向晚甩开他伸过来的手，转身对着潘先生躬身行礼，深吸口气恢复平静道："给先生添麻烦了，出了这种事，先将他的学籍除了吧。"

"小阳，小阳……"

潘先生还未表态，便闻一个中年妇女的声音由远及近。向晚皱眉，果见向夫人飞奔而来，一把抱住儿子跪在地上，扯着嗓子声泪俱下："小晚，你弟弟还小，不懂事，你就原谅他吧，他以后再也不敢这样了……"

向晚皱眉避开，对跟着她过来的两个折兰府侍卫道："将他绑起来，送至玉陵酒庄，告诉钱老板，全凭他作主，不用给折兰府面子。"

侍卫领命，上前动手。向夫人护子心切，挡身于前，又哭又闹："小晚，他是你弟弟啊，你不救他，怎么还将他往火坑里推！"

"既撇不清这关系，便也得尽点人事，至少面子上做足，免得落人口实。"

折兰勾玉的话浮现在耳畔。向晚心里一动，忽而蹲下身悲戚道："娘，杀人偿命，是理更是法。有道是天子犯法，与庶民同罪。家师贵为玉陵城主，我更应以身作则，怎可徇私舞弊，做出那种以权压人之事。怨只怨弟弟太不争气，我们只能祈祷钱小公子平安过此关，这样弟弟说不定受顿皮肉之苦，还能保住一条小命……"

向晚毕竟不是那种表情丰富、生活戏剧之人，虽想流几滴泪以示真诚，最后还是做不到声泪俱下。不过她那副悲戚的表情倒演了个九成九像，在场之人莫不因她这段话又感动又敬佩。

向夫人目瞪口呆，向晚起身示意侍卫继续，又向潘先生行礼说声抱歉，便掩面奔出学堂，上了折兰府的马车扬长而去。

她虽不惯这些，但她现在不是杏花村的向晚了。此前上学堂上青楼，她也曾闹出过不少事，不过那是她愿意。而现在，她一点也不愿意她这甩不掉的娘亲与弟弟坏了折兰勾玉的名声。

折兰勾玉静静听完向晚的讲述，末了不过淡淡一句："他向来都是这般胆大？"

向晚心里一惊，细细回想，抬眼看折兰勾玉，讷讷道："以前在杏花村，他历来也只敢欺负我，因为得父母宠，别家的小孩却是不敢惹的。"

折兰勾玉笑，华发如银，白衣如雪，加之与生俱来的华贵优雅，月见半魂导致的一头白发与些微憔悴，让他看起来竟有种谪仙般的清逸脱俗。向晚微微着迷地看着他，被他这样暖暖笑看着，又不由脸一烫想移开视线，心一下子跳得飞快。

她一早就觉得他好看，但他竟能好看到这地步，损了容颜却丝毫无损他风采，倒真让她又着迷又妒忌了。

"打小就是个机灵的人，怎么长了年岁，来了玉陵，反倒不知分寸起来。"他淡淡感叹一句，分明又不止感叹。

向晚一惊，有什么在她脑中一掠而过，划开纷乱的思绪，让一切变得清晰起来。

向阳从小就是个鬼精灵，能做的事不能做的事分得又精又清。他敢欺负她，不过是知道欺负她后根本不会受罚。但他从来不敢在别家小孩跟前霸道，因为他知道别人的父母不会将他当宝。

八岁离开杏花村，至今已有七年。这之中，并无联系。父亲年初过世，若说他两母子凭着当年折兰勾玉的那一句"敝姓折兰"，加之听闻玉陵君折兰公子收女学生的传闻，花了大半年时间才打探到她的下落，并赶来投靠，没道理在知道她不甚喜欢他们亦没将他们留在折兰府后，初来乍到的还这么不懂规矩，不仅自己跑到学堂抬出折兰府名头，还在学堂里横行惹事。

"师父……"向晚哑然。足不出户，不过听她寥寥几句，即能抓住事情的重点，真是可怕的洞悉力。

折兰勾玉笑，知她已有七八分明白，便也点到即止："静观其变吧，总会有人忍不住的。"

向晚也笑，看来他已经做好迎接一场暴风雨的准备了。她心里忽然生出些期待，期待在接下来的不平静中，他会有如何的表现。

"还有……"折兰勾玉拖了长长的尾音，似乎有那么一瞬间的犹豫。

向晚抬眼看他，挑了挑眉。会犹豫的折兰勾玉，倒是罕见。

"近期小晚就别去三佰楼了吧。"

向晚知道从海岛回来后，折兰勾玉开始派人盯紧金三佰。

其实他早该查明了金三佰的身份，对于金三佰的突然转变，亦能理解他这样做的原因。不过这一次，她却不知他调查的原因了。

有什么，让折兰勾玉又觉得金三佰可疑起来？

她一时亦不知该如何，双方都是她最亲最近的人，面对僵局，她左右为难。

幸运的是，钱小公子总算清醒过来，顺利渡过难关；不幸的是，钱小公子脑部受到重创，留下了痴傻的后遗症。好好一个聪明又仗义的少年，自此后反应都比常人慢几拍，说话结巴，目光呆滞。

小公子是钱掌柜的心尖肉，遭此变故，钱掌柜的心情不难理解。只是向晚虽有话在先，但钱掌柜又哪有这胆量，折兰勾玉的这位女学生如何得宠，玉陵城老少皆知，向阳是向晚的亲弟弟，他权衡再三，最后还是将向阳完好无缺地送回了折兰府。

向晚看着捡回一条命的向阳，抬眼看折兰勾玉。他轻浅一笑，并不说话。看来这件事，只能由她自己处理了。

向晚心里其实盛怒。这不是一般的恶作剧，或许向阳在整人之前并没想过后果，但事情的结果却是毁了一个人的一生，并带给一个家庭永远的不幸。一边是亲，一边是理，她无心袒护向阳，却明白不管她有没有袒护，这件事终将不能两全。

对钱小公子的伤害是实实在在的，用钱弥补、或者将向阳送至官府，于事无补。她一方面派折兰府的大夫亲上玉陵酒庄替钱小公子看病，银两与药材，但凡需要，折兰府有求必应，并且表明钱小公子的将来，都将由折兰府负责到底。而至于向阳，虽然必会处罚惩戒，但不管她是徇私还是秉公，这次事件对折兰府对她带来的负面影响，只怕再难消去。

向晚罚向阳在玉陵酒庄跪足一天一夜，再命人将他大打二十大板，然后一辆推车呼啦啦从大街穿过，一直送回城西的新向家。向阳趴在上面，无力呻吟，屁股上皮开肉绽，众目睽睽之下回了家，而非折兰府。

然而事情并没到此结束。

玉陵城的百姓还来不及赞美折兰公子学生的胸襟气度，来不及赞美她的秉公无私，街头巷尾的，忽然间又扯出向晚当年二上青楼的老掉牙的故事，并就此引出了向晚的来历与身世。

对于折兰公子的这位女学生，身世来历向来都是很神秘的。名不见经传的一个小姑娘，突然出现在世人面前，身份是才名天下的玉陵君折兰公子的学生，大家惊讶之余，多方打探也没探出个所以来。

这也可以理解，毕竟有好事之人想弄清向晚来历，一概会往大处高处去查，谁又会想到她只是千里之外杏花村的一个饱受后娘与弟弟欺负的小可怜。

而这一次，向晚的身世算是彻底曝了光。出身贫贱、父母双亡，有个同父异母的弟弟和后娘。这些都还好，徒惹人一声叹息罢了。真正的问题是她八岁那年竟已被卖给一个瘸子做媳妇，据说头天晚上就被破了身。这条消息好比热油里滴水，一下子炸开了锅。想起前段时间玉陵城还热热闹闹地替折兰公子的这位女学生择婿，媒婆们在折兰府外排起长龙，向晚的这些过去却从未被泄露或者坦白，不免让人有种被欺骗的感觉。

而且她竟已破身，虽说当时年幼，非她自愿，不过贞洁对于一个女子的重要性，

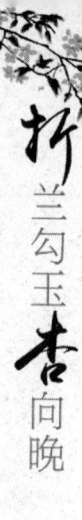

又如何能让人原谅？哪怕她后来赎了身，又拜了折兰勾玉为师，不过污点始终是污点，当真相大白天下后，世人虽有同情，更多的还是气愤与不齿。

"有心事？"这日午后，太阳甚好，向晚在花园里弹箜篌，折兰勾玉处理完事务，坐在一旁看她弹箜篌。向晚弹得不甚用心，折兰勾玉一听便知。

向晚闻言颓然松手，叹口气，悠悠走到折兰勾玉身边，跟着坐下。

"怎么了？"折兰勾玉笑，伸手将她揽入怀。

近新年，亦是一年中最冷的时候。她还是穿得少，一袭杏红丝帛长裙，披了件白貂披风，头发就这么披着，如今已及肩下，长得很快。

向晚往上缩了缩，整个窝进折兰勾玉怀里，指尖缠上他的华发，看他脸色比最初更显苍白，担心道："你这个样子，怎么回金陵？"

他瞒了这么久，是希望身上的月见半魂能在短时间内去除，至少这一头华发能恢复原来模样，没想到近月过去，他与莫前辈竟是束手无策。临近新年，按照惯例，折兰勾玉定是要回金陵过年的，到时一切都将瞒不住。

折兰勾玉还是笑，亲亲向晚的额头，暖暖道："还以为你介意外面的传闻。"

向晚轻笑，往他怀里腻了腻，娇声软语："出身贫寒、被卖为人妻，非我自愿，而且都是事实，被人知道又有何惧！至于被谁破身，天底下再没有人比师父更明白才是。于我来说，既只愿嫁一人，他心里清楚明白这一切，便足矣。"

折兰勾玉拥着她，心里一阵满足。

他就是喜欢她这样。她对加诸于她身上的一切，有种极致的透彻与坦然，从不遮掩，从来无惧。不过破身的传闻，即使她不介意，他亦是介意的。所以几天前他已派人去杏花村，如何还向晚一个清白，抓了那瘸子过来便是。

"其实现在的情况也不是很糟，总是有这一天的。"最糟的应该是她与折兰勾玉的恋情大白天下后，而她目前最担心的是他的身体。伸手不确定地轻抚他脸，向晚幽幽道，"老觉得脸更白了，是不是身上的毒更重了？"

他垂眼低低一笑，拉下她的手，安慰："年前事多，多费了点精力，无妨。"不等她开口质疑，又转回刚才的话题，"见你最近心事重重，还以为是被传闻所扰，所以特意备了件礼物，想哄你开心，原来是为师猜错了心思会错了意，可惜了。"

向晚在他怀里抬头，咯咯地笑："什么礼物？"

折兰勾玉松手，眉眼微挑，衬着一头华发，竟是妖艳异常："小晚回房看看吧。"

向晚困惑地眨眨眼，起身巴巴地跑到自己房间，角角落落地看了个遍，没发现异常，又跑回花园，一脸疑惑。

"在我房里。"折兰勾玉笑，丝毫没有内疚感。

向晚难得地瞪他一眼，又巴巴地跑到折兰勾玉的房间。

乍一眼，并无异常。他的房间很简单，简单中不失华贵。因着这段时间的亲密，向晚又觉得他房间有种温暖的味道。

左右张望走至最里，看到那满床的杏花，向晚睁大眼倒抽口气，紧捂住嘴，才将那声惊呼堪堪压下。

"这……"现在是冬天,怎么会有杏花?而且是真杏花,盛放中的杏花!

身后一暖,腰上多了双手。向晚侧头看他,脸上有太过惊喜的红晕,半月明眸清亮如水,半是兴奋半是困惑。

"怎么做到的?"

折兰勾玉笑,俯身贴近,几乎咬着她的耳根,轻喃:"都是早春的杏花,保存到现在,可花了为师不少心思。"

向晚已经感动得说不出话了。她离开折兰府三年,终于赶在今年初春回来。杏花时节,他最爱与她到启明山杏花林独处。那时她摘了不少杏花,想酿杏花香,看到他跟着摘花,本以为是帮她忙,结果却不是。他摘的杏花悉数落入他口袋,一朵也没给她。她当时虽觉奇怪,也不当回事,没想到竟有现在这一刻!

"谢谢师父……"向晚笑得比杏花更娇更美,转过身与他面面相对,主动环上他脖子,踮起脚尖大胆献吻。

她本想点到即止,来不及退身,已被紧紧搂住。唇与唇相贴,舌与舌嬉戏,极致的缠绵。向晚只能在喘息的刹那,用仅剩的一丝理智娇娇软软地又喊一声:"师父……"

"嗯……"折兰勾玉何尝不意乱情迷。缠绵时候向晚的声音,有种致命的诱惑力。他一手紧揽着她腰,另一手早已有了自我意识般在她身上游移,辗转绕到后背,停留在她纤细的腰上,稍一用力,彼此紧密相贴。她不能动,一手攀着他肩,一手环着他脖子,仰着脸看他,说不出一个完全的字,只能断断续续地发出一些没有意识的哼声。而那双好看的半月明眸,仿佛一个磁场,又像一潭深渊,深深迷惑吸引着他,让他着了魔似的俯下脸,便欲吻上那双勾人的眼。

"不要……"向晚惊醒,头一撇,险险避开,心里有虚惊一场的后怕,双手紧紧环上他脖子,摇着头一迭声道,"不要亲我的眼睛,以后都不能亲我的眼睛……"

"好……"折兰勾玉抚她的背,唇细细流连在她唇上,压下她满心的惊恐。待得她渐渐平静,蓦地将她打横抱起,置于床上。

她长发披散,如墨柔顺,身下满是杏花。他俯身而下,鼻尖厮磨着鼻尖,然后从头发,到耳垂、脖颈,双唇一路而下,直至她细巧盈白的脚趾。

"痒……"她娇憨一声,早忘了害怕。他的双唇所到之处,激起层层战栗,勾起她无限情欲,让她不断沦陷。

他欺身而上,定定看着她的眼睛,如水明眸雾气迷离下隐有火焰跳动,令人惊艳,再不愿多等一秒。

筋骨交错般缠绕,血液相溶般交汇。

她睁眼,看到他额头流下的汗,落在他黑黑密密的长睫毛上,他的眼一颤,只喑喑哑哑地叫了声"小晚"。

"从明天开始，我要与莫前辈闭关七天。"

向晚趴在折兰勾玉胸前，手中把玩着一朵杏花，闻言蓦地抬头，心一颤，手中杏花滑过他胸口，摔回床上。

"这七天时间，府里府外的事，小晚都看着点。"

向晚半撑起身，微眯起眼："师父？"

这一床的杏花，这一刻的缠绵，分明不是安慰她近来遭遇的蜚短流长，而是慰藉他接下来的相思！

七天闭关，他竟现在才告诉她，让她一丝一毫的心理准备也没有。难道是因为月见半魂的毒，拖已经不是解决之道了？若真如此，这七天又意味着什么？

如果这一次的闭关，不是真正寻找到解毒方法，而是输赢一搏，那么赢是如何，输又会如何？

所以这一次的缠绵，才会如此浪漫与浓烈，原来竟是如此？

"七天很快就过，不会有事的。"他将她心里的担心看得清楚分明。

可是他亦无十分把握。这一刻，她分明清晰地感觉到他心里的那几分不确定。回过头来一想，刚才那翻天的情潮，似乎隐隐也有不甘与告别的味道。她用力推他，然后俯身狠狠朝他肩膀咬下。

"小晚……"折兰勾玉吃痛，放在她腰际的手一紧。

向晚松口，半撑起身恶狠狠道："这七天时间，你若敢撑不住撒手一去，别指望我的肚子里有你孩子，然后让我独自一人一把屎一把尿地将他拉扯大，给你培养个折兰家族的继承人！"

"小晚……"他叹息，她将他的心事看得一清二楚。

"你去哪，我便去哪，见鬼的命格，见鬼的封印，见鬼的修行，反正你不能扔下我。"她说完，也不管他回答，捧着他脸，狠狠咬了下他嘴唇。

他闷哼一声，痛并销魂："小晚……"

她抬起头，忽而又双眸晶亮，带着丝狡黠，笑靥如花，娇娇软软道："不过也无妨了。你若扔下我，我便与别人做这些事去。反正现在大家都知我已不是黄花闺女，到时候给你戴够了绿帽，再到地府看你如何绿着脸抓狂。"

一句话轻易撩拨得向来泰然镇定的折兰公子跳脚，还没施行，不过这么一说，已让他心底妒火熊熊燃烧。一想到有人敢染指他的小晚，他就有杀人的欲望。

向晚心满意足地看他一脸风雨欲来，坐起身又不怕死地加一句："听说师父的书房什么样的书都有，这七天时间，我有空便去找找，看有没有春宫图之类的，无聊研究一下。"

话音未落，人已被严严压于他身下。向晚不惊不乍，伸手勾着他脖子，一根手指微微用力，沿着他脊背的曲线，一下子从颈后滑到他腰下，指甲微尖，惹来折兰勾玉一声呻吟。

"小晚……"什么时候他的小晚变得如此妖媚了？一个眼神，一句话，一根手指，就让他心痒难忍。

向晚笑，喘了口气，甜甜道："都是偷学师父的，以前只敢想不敢做，今天突然开窍了。"

折兰勾玉若还能忍住，便是圣人了。他自然不是圣人，所以他不会让别人有见识到向晚这妖媚一面的机会。

第二日正式闭关，有侍卫层层把守。折兰勾玉嘱了老管家，除非向晚，任何人不得靠近主院一步。

向晚闭着眼装睡，不肯与折兰勾玉告别。感觉到他的吻、他的笑、他的叹息、他的离去，她方起身，赤脚披了衣裳走到房里的立柜旁，翻找昨晚上折兰勾玉偷偷藏起来的东西。

他以为她累极睡去，其实她怎么睡得着？

立柜中间的那格抽屉，躺着两封书信。向晚取出，打开，一封退婚一封订婚。退婚的自然是陆羽雪，订婚的是她。向晚笑，原来他昨天真是有所准备，怕是后来被她所激，终是没将这两样东西交至她手里。

向晚没将书信放回原位，左右又看了眼，伸手撕成两半，找了烛火，烧了个精光。说不担心，那也是假的。不过再怎么担心，也只能在外头老实等着。

向晚心里亦没底。不管是折兰勾玉，还是莫前辈，都对月见半魂的毒没有十成十的把握。她任杏仙时短，杏花封印看似恢复，但她仙子的法力并没跟着恢复，只能在一旁束手无策。

下午的时候，等得实在心慌，忽然想到自从向阳挨板子后，她就再没去看过，便命人备了些东西，然后带着侍卫，去了城西向家。

到得那个三间正房独门独院，吓了向晚好大一跳。

她每月有给向夫人家用，上回向阳挨板子，又多给了些银子。不过对于新向家居然在短时间内彻底改头换面，还真有些目瞪口呆。

推门入内，向家竟还请了老妈子和长工，向夫人坐在院中，晒太阳嗑瓜子，向阳趴在软榻上翻书。远远一望，本来整洁的房子，如今挂了灯笼，贴了窗花，加了门匾，一应家具都换了新，满屋子的礼盒。

"这是怎么回事？"

向夫人闻声转头，看到向晚，忙扔了手中瓜子，起身往衣服上蹭蹭手，急巴巴笑脸迎上："小晚怎么来了。"

"你收了谁的礼？"向晚扫了眼屋内情形，仔细看向夫人。

"呃……我没说要收，他们留下东西转身走人，我也没办法。"向夫人赶紧扯着嗓子解释。

向晚皱眉，重复："这些是谁送来的？"

"高……高家。"

"退回去。"向晚冷声。

上回替她招婿，高家是最积极的，之后多次派人打探消息，意欲与折兰府结上这门亲事。没想到近段时间安静下来，听了她被卖被破身的传闻，竟是转攻向夫人这一边了。

"小晚，其实高家公子一表人才，家世显赫，又未正娶，娘觉得与你最是般配。"

向晚笑："七年前，娘不是已将我卖给村里的瘸子当媳妇了么？"

向夫人神色一垮，向晚冷声："当初你既已替我作了一次主，如今便再没资格作第二次主。谁送的礼，原封不动地都退回去，不然到时候交不了差，对方定也不饶你。"

向晚上了折兰府的马车，心里还有些不平静。

从向夫人与向阳突然上玉陵投靠她，到之后向阳的胆大妄为，这会子竟还收起高家的礼来。她不想去猜测向夫人的心思，只知这样任由下去，到时惹了麻烦出了事，她这个娘亲往地上一坐，什么都不管不顾，苦的还是自己。而前段时间外界关于她的种种传闻，她知跟她这个后娘脱不了干系。她惩罚了向阳，她这护短的娘亲心里哪能痛快，不过流言传播的速度与效率，加上莫须有的被破身的传闻，只怕又不是她这娘亲一人能为的。

"去三佰楼。"

"是。"侍卫掉转马车，毫无异议。

看来折兰勾玉当时只是嘱了向晚暂时别去三佰楼，并未下死命令。

恰午休时间，金三佰听说向晚来了，风一般开门，边还用手系腰带。

"我说你有多久没来看我了？"金三佰拉着向晚进门，又"砰"地将门关上，愤愤不平道。

向晚昏迷月余，她想探也探不着。后来向晚醒了，就来过一趟三佰楼，也没说上几句话，有事又急急回府了，之后再没出现过。

向晚笑，抬眼看金三佰，似不经意一问："三佰，你当初为什么来玉陵？"

金三佰笑容一滞，又瞬间恢复如常，利落道："听说玉陵好，就过来了。"

向晚心里叹口气，她既不愿说，她便不会再追问。想起那天晚上三佰楼发生的事，不免又有些唏嘘："过了年他就二十，该正娶了。"

那时候她陪在她身边，安慰她，打听折兰勾玉的消息，第一时间告诉她。而现在，临到她面临同样的情况，她却无法安慰她。

两个人的情况毕竟是不一样的。

"你不用替我难过可惜，我从没想过会与他在一起。"金三佰佯装忙碌，背过身至一旁取点心。

"那你当时又是何必。"

金三佰手一顿，半响才将点心盘放至向晚眼前，垂着眼道："一时冲昏头，人总有控制不住想自私一回的时候。"

向晚摇头，莫名的感觉眼眶湿润："那么是你不够了解他。"

金三佰抬头，一脸莫名。

向晚自嘲笑笑："你想留住的是回忆，他需承担的却是责任。他比谁都活得简单，又怎会让自己白占你便宜后不管不顾。三侯君，竟没一个能顺顺利利大婚的。"

微生澈动静全无，折兰勾玉又身中剧毒，接下来的乐正礼，本来新年一过二十正娶，如今亦可以预见不会顺利。

"小晚……"当时真是一时冲动，她不想自己后悔。可是向晚的话，不无道理。如果真这样，她忽然有些害怕自己会后悔。

"怕什么？事情既已发生，就勇敢去面对解决。"就像她一样，即便七世命丧婚嫁，她还是想与折兰勾玉在一起，想嫁给她，想替他生儿育女。

她并没有前六世的记忆，不知前六世可曾动过心，但她记得第七世，那种年龄渐长迫于家庭与周围压力相亲结婚的无奈，那种想找一个值得爱又愿意去爱的人而不得的期待，那种午夜梦回冷冷清清的徘徊，她都印象深刻。哪个女人不想尽情爱一场？她甚至希望有个男人可以让她不顾一切，但没有这样的男人，碰不着，找不到，便也只能收心，安安静静地接受现实，学会将就。

安静，但心里平静么，甘心么？

这次却不一样。再次修行，她吃过不少苦，可也找到了那个想爱的人，所以她争取，她努力，幸运的是，对方也是爱她的。她知道坚持这段感情会吃更多的苦，但有爱就无惧，她是，三佰也应是。

"三佰，不管你有什么样的身份，不管你与他有多少阻隔，只要他愿意，你又甘心，就没有什么好犹豫的。"

"小晚……"金三佰欲言又止，终是什么也没说。

向晚回到折兰府，恰看到陆羽雪被人搀扶着定要进主院。

"你们今天要是敢再拦着我家小姐不让进，等我家小姐与表少爷完婚，全部将你们遣退或重罚！"

说话的是小喜，盛气凌人的样子，看起来倒像她才是主子。

小桃远远地看到向晚，跑过来小声说了原委。

原来向晚下午出府，老管家有事也出了门，陆羽雪便过来了。双方僵持很久，侍卫忠于折兰勾玉的命令不肯退步，场面有些难堪。

侍卫看到向晚，纷纷求救地看向她。陆羽雪的身份摆在那，虽然是折兰勾玉的命令，但今天陆羽雪这么坚持，侍卫们又不好说重话，真是两相为难。

"表小姐，师父近来有很重要的事，实在不能被人打扰，望表小姐体谅。"

陆羽雪显是有备而来，她既说不了多少话，一概发言便由身边小喜替代了去："既如此，凭什么你能进去？"

向晚扫了眼小喜，脸上挂着淡淡的笑，声音却是清冷："我本就住在晚晴阁。"

晚晴阁属于主院，小喜一时语噎，不甘心地跺了下脚又道："不管如何，我家小姐有要事，今日定要见到表少爷。"

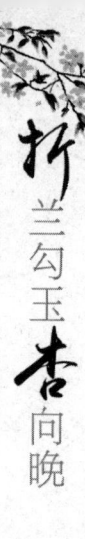

"若表小姐有要事，不妨由我代为转告吧。"

"金陵来的重要家书，需亲手交到表少爷手上。你是什么身份，如此重要的东西怎能交于你手上？"

这话委实难听，幸好向晚也不介意，不过一笑置之，连反驳都是淡淡的："这么重要的家书，不也是经过别人的手才到表小姐手中么？或者还是由你这个小小丫鬟代为收妥的。"

"你……"小喜气得又跺脚。

"若是表小姐信得过我，有什么事可随时来找我，我自会转告师父。若是有人想硬闯，折兰府的家规也不是摆着好看的。"闭关七天，有多重要，不管是谁，她都不会让他们乱来！

"小晚似乎搞错了自己的身份。"陆羽雪眼见着小喜不是对手，终于开口。

向晚从怀里掏出一块玉佩，置于手心，半晌又收回，笑："望表小姐莫为难了这些侍卫。"

正是春时折兰勾玉上京主考科举前交给向晚的，是号令与动用折兰家族权力的凭证。

陆羽雪看到玉佩，脸色愈发苍白，身子一软，竟晕了过去。小喜与绿袖大惊失色，一阵手忙脚乱，向晚示意侍卫抱了陆羽雪回金凤阁，又嘱了小桃去请大夫，便头也不回地进了主院。

也就平静了一日，折兰勾玉闭关第三天，就发生了一件让向晚始料未及的事。

高家送来了聘礼！

老管家急急禀报向晚，向晚略一犹豫，也不忌讳，直接去了正厅。

来的是高家二爷。高家在玉陵，也是名门望族，早前陆羽雪使计替向晚择婿时，高家便一门心思想攀上这门亲事。后来择婿的事一拖再拖，直至向夫人出现，高家开始转攻向夫人。

"请问这是？"

高二爷看到向晚，一怔。他本以为会是折兰勾玉。折兰勾玉女学生如何大胆，他此前虽有耳闻，不过现在要这样面对面与她本人说亲，不免还是觉得尴尬："咳咳，向小姐，不知折兰大人在否？"

"家师有要事抽不开身，高二爷有事，与我说也是一样。"向晚又瞄了眼一旁几乎占满半个大厅的聘礼，不卑不亢。

高二爷琢磨稍顷，开口前又犹豫再三，终是说道："是这样的，昨日向夫人答应了向小姐与小侄的婚事。"

向晚咬了咬唇，半月明眸微微眯起，淡淡道："我娘答应了这门婚事？"

在她说过那番话后，她竟然还敢答应。再如何贪财如命，这胆子委实大得有些过了。

"是。"高二爷又补一句，"向小姐不必担心之前已婚配之事。向夫人说那是因为家境所迫，逼不得已，婚事七年前早作了废。"

向晚似笑非笑："外界关于我的种种传闻高二爷也该听说了，我已非完璧，又如何能答应这门亲事，让高公子蒙羞？"

原来有了权势，有了地位，再如何不堪，再遭世人唾弃，都还是会有人不择手段地想攀亲。她想起自己第三世的遭遇，无关爱或不爱，不过是联姻的利益太诱人，那位高公子心里或许根本看不起她。真定下这门亲事，将她娶过门，也许历史会重演，新婚之夜她独守空房，是生是死，且看天意。

高二爷脸上一烫，没料到向晚说话如此直白，只得佯装一笑洒脱："传闻只是传闻，向小姐既为折兰公子学生，品性不言而明，到时候大婚一过，那些流言不攻自破。"

向晚轻浅一笑："既如此，一切安排高二爷与娘亲商量拿主意便是。"

当年的卖身契在折兰勾玉手里，且看她到时如何收场！又或者，有人以为如此一来，收不了场的话，折兰勾玉真会应了这门亲事，让她嫁至高家？

高二爷尴尬地清清嗓子："是这样的，向夫人说，向小姐久居折兰府，如今又是折兰大人的学生，身份不同于以往，这门婚事最好再征询下折兰大人的意见，所以今日特奉上聘礼，上门求见。到时婚事的一应安排，也由折兰府说了算。"

好，很好。向晚心里冷笑，这一刻万分肯定，这一切的一切，都是因为幕后有黑手。不然她的娘亲如何有这份胆？从她们来到玉陵，到向阳的妄为，再到后来她身世的曝光、现在的定亲，实在是太过明显的阴谋了。

她这个后娘，不是不知自己已经失去了这个权力，当然更不会傻到想跟折兰府叫板。她说的话很有技巧，技巧到在过去的这么多年她从来不知她的娘亲还能如此圆滑世故。当然是有人看中了她的贪婪之心，怂恿她做这些事，并替她想好了步骤与台词。而她，显然觉得自己找到了靠山，才有了这份胆子。

高家，只是被蒙在鼓里的冤大头。或者，是利益面前的趋附者。

"今日实在不巧，家师有要事抽不得空，不如高二爷先将聘礼收回，等家师得空，自会派人到高府亲来请高二爷。"向晚弯身微行了个礼。

聘礼怎么能收回，高二爷一急，偏偏向晚赶在他开口前，又加一句："婚事既是我娘亲答应下来的，断没有折兰府收聘礼的理，所以这些东西，还要麻烦高二爷先带回去了。"

说完又是一礼，然后示意管家送客。

只是既然有人存心在背后搞怪，事情当然不会就此罢休。

向家与高家的亲事，正以一种前所未有的速度，在玉陵城里迅速传了开来。分明还留有余地的事，当事人也都心知肚明，流言一传，却成了铁板上钉钉的事。而且向夫人竟然厚着脸皮收下纷沓而来的贺礼，帮着证明这场婚事的可靠性。

少主交代这段时间，一切事情由向小姐说了算。老管家是个明眼人，对于外面传得沸沸扬扬的传闻，虽很想问问处理意见，但每每看到向晚平静淡然的神色，便又咽了回去。

向晚根本无心顾及这些事。于她来说，这些与折兰勾玉闭关七天的结果比起来不过是过眼云烟。而且，即使她现在抓出了幕后黑手，仅凭她的身份，也是不够分量作出处理的。

七天很短，七天很长。

第一天陆羽雪意欲硬闯主院，第三天高二爷上门下聘，第四天管家来报，说是玉陵城忽然之间涌进很多领城的乞丐荒民。

"理由呢？"

老管家毕恭毕敬地汇报："外界传闻玉陵城土肥人美，加之城主英明仁慈，近几年从学堂之事反映出的拉近贫富贱贵距离的举措，让人向往。今年不少地方闹灾，此前也有荒民三三两两地到玉陵来，不过不像此次多而集中。"

向晚略一沉吟，吩咐："麻烦管家派人仔细查明他们的身份，密切注意他们的动向。若有必要，可将他们集中安排住处、出入登记管理，切不可大意。"

忽然有大批荒民涌入，只怕不简单。她能做的，只是不掉以轻心，然后等折兰勾玉出关定夺处理。

"是。"

"还有……"向晚有些犹豫。

老管家却是诚恳："小姐有事就请直说。"

向晚犹豫了下，终是开口："师父闭关前，是不是对您有特别吩咐？他还是瞒着金陵的老爷与夫人么？"

"小姐不必担心，少主说，如今表小姐在府上，她身体抱恙，不方便出行，所以今年的春节该是在玉陵过，老爷与夫人过些天会到，那时他已出关了。"

向晚点头。离新年不远，金陵的折兰老爷与夫人，很快会到玉陵来，今年，她是避无可避，也不想再避了。

在折兰勾玉出关前，另一个人又意料之外地出现了。

"大人怎么来了？"向晚对着微生澈施施然一礼，示意侍卫退开些。

微生澈来折兰府无数次，没想到这次竟然在主院被侍卫拦下，而且这些侍卫都知他身份。

"这是何故？"他锐利如钩的双眼打量向晚，眼里分明有锐利闪过。此前不过听闻折兰勾玉的学生昏迷，他到了这里，看到向晚安然，却发现折兰勾玉的主院成了禁地。

"没什么，师父新近得到一本武学秘籍，正在闭关练功。"向晚淡淡一句，浅浅一弯身，"大人来得不巧，不如先在府上住几日，等过几天师父出关，到时第一时间通知大人。"

微生澈侧目看向晚，细长的眼睛微眯，冷冷道："我比你早认识他整整十二年。"

言外之意，他比她更了解折兰勾玉。向晚盈盈一笑，她这不也是随便找个理由么，总不能实话实说，只得强撑一句："师父确实闭关七日，想必大人也知道，若闭关被扰，后果甚是严重。"

"你以为拦得了我？"

向晚笑，挑眉毫不示弱："师父嘱我闭关期间不许任何人来打扰，我自是拦不下大人，但师命在前，若折兰府都护不了师父一个闭关时的清静，那玉陵岂不成了险地？"

微生澈倒意外地勾起嘴角，似笑非笑。他微眯着眼又打量向晚一眼，忽而走近，修长白净的手指在她眉尖轻轻一点，又迅速抽离，清清冷冷的声音响起："眉顺而润，他终究对你动了心。"

向晚抬眼看他，蹙眉。这一句话，她有听没有懂。

微生澈自不会解释，说完转身就走。

晚饭时向晚问了管家，才知微生澈出了折兰府，该是去了杏香处。

此前微生澈替杏香赎了身，并未带她一道回夜明，而是留她在玉陵，置了屋业配了下人，让她生活无忧。

向晚与钟离一道吃完晚饭，又与他说了会儿话，补习了些功课，看看时间差不多，便回主院。已经五天了，闭关房里动静全无，心里不是不悬着的。即使看不到折兰勾玉，每天晚上在外面守一会儿，心里也会好受些。

侍卫严严守在外面，向晚怕打扰了里面两人，也不进去，靠在门边思念。

五天时间，并无异常，该是一切都顺利的吧。

可外面却是一团乱。她再一次被后娘定下亲事，玉陵城又涌进很多奇怪的难民，金陵的折兰老爷与夫人眼见着也快到了，微生澈来了玉陵，并猜到折兰勾玉闭关的异常，到时候全员到齐，陆羽雪定不会轻易让她好过。

不过一切的一切，都不如折兰勾玉身体重要。他该没事的，有莫前辈在，他自己又不简单，月见半魂的毒该能顺利解除吧。

一定可以的！

有轻微的声音，向晚抬眼，眼前人影晃动。灰色与黑色身影交缠，由远及近，向晚只一眼，便认出黑影正是微生澈。

没想到他竟然不死心，在她那番话之后。向晚心里怒火腾地升起，抄起一旁的夜盏，狠狠往交缠的身影砸去。

身影分开，侍卫险接住夜盏。向晚一气跑到微生澈跟前，扬手一甩，却被微生澈半路拦下。

他身上有酒气，一如那天晚上。细长的眼睛看着她，一手用力捏着她纤细手腕，却不说话。

"退下！"向晚对着侍卫轻喝，一干人瞬间退至折兰勾玉的闭关房四周。

向晚另一手迅速取了怀里折扇，狠狠拍向微生澈抓着她手不放的手。他手一避，她折扇已转变方向，抵上他的肩。

只是抵着他的肩,不算太冒犯,声音却隐着浓浓怒火,冷声道:"你若真敢误了师父的闭关大计,我便让你从此与他相见不如不见。"

他一怔,眼睛半眯,意味不明地看着她:"凭你?"

向晚笑,收了折扇,说不出的娇俏:"是。眉顺而润,原是非处之兆,大人眼尖,竟是一眼看穿。大人比谁都了解师父,自然明白这意味着什么。所以……"向晚拖了个长长的尾音,方一字一字缓缓道,"所以若是大人还要不顾一切地闯关,如此英勇又执着,我便决定放弃师父,转而爱上大人,从此跟着大人走。"向晚话至此一顿,仰脸挑眉,笑道,"大人你说,以师父的性子,若是知道自己心爱的女人跟了别人,而这别人还是他的好兄弟,会如何?"

不管争取还是成全,心结在所难免。原来除了折兰勾玉,还有一人对她破身的真相一眼明了。

他身上的杀气如此明显。向晚却是不甚介意,半月明眸弯成弦月,淡淡道:"大人又想杀我了?可惜早些年大人没把握机会,从此这个念头还是趁早抹去的好!师父不会让我平白死去,以师父的能力,若我冤死,又怎会查不出真凶?"

微生澈看着向晚的眼,愈发地冷。

向晚盈盈一礼,不卑不亢:"还有两天师父就可出关,烦请大人耐心等两天,师父出关,我定第一时间亲来禀报大人,还望大人体谅海涵。"

"你真以为你配得起他?"

向晚笑,轻轻浅浅:"浊浊尘世,能找到自己喜欢的人,何其难得。难道大人也觉得爱有高贵卑贱之分?若爱真有高贵卑贱,那么何为高贵,何为卑贱?师徒大不伦,断袖何尝不是?我爱你,无关身份,无关性别,我以为即便世人不能理解我,大人却是能理解的。"

"你……"句句切中他要害,如此大胆,出乎微生澈意料。

"大人先别激动。普天之下,我想没有人比大人更了解家师了。他天生是人中龙凤,不是那种甘于居人之下、愿意藏在别人身后、过见不得光生活的人。"

一语中的。微生澈何尝不明白,只不过还是不甘心。

"只要他有心,我愿永远陪在他身边,哪怕没名没分。那么大人呢?用遥望的一种姿态守住自己的心,还是想刺猬相贴,两败俱伤?"

他站在原地,垂着眼不看她,也不说话。向晚微微一礼,退回刚才的位置,靠在闭关房门边,继续思念。

也不知微生澈是何时离去的,向晚站得腿酸,回晴阁时,早没了他影。

第二日早餐时,却意外看到他坐在那里用早点。比她略早一步,才刚开始吃,看到她过来,只清冷一眼,也不说话,又自顾自地吃起来。

向晚依例给他行了个礼,喝了点清粥,又起身行礼告退。只是转身没走两步,身后有清冷的声音响起:"他此次闭关,可是因为你?"

向晚脚下一顿,深呼吸,道一字:"是。"

以微生澈的能力与性格，以他对折兰府及折兰勾玉的了解，个中乾坤不难推测。既是事实，她否认又有何用？

话音刚落，眼前阴影一闪，微生澈已至她身前。

"情况如何？"

"如你所见，正在闭关。"

他的手好像习惯一样，再一次掐住她脖子："前因后果呢？"

向晚笑，伸手抓住他掐着她脖子的手，指甲狠狠掐进他的肉里，用力扯下他的手。他眉微蹙，终是没开口。她才缓缓道："我比任何人都担心他闭关之后的结果，你真想为了他好，便别为难于我。你想知道前因后果，等他出来，他若愿说你便听，他若不愿，你也休想从我这里探出一星半点。"

"向晚……"他第一次开口叫她的名字。

她微微弯起嘴角，用力眨眨眼，忽又垂下眼，退开一步，行了个礼，绕过他走了出去。

六天了，只要他能一切顺利，那么不管什么谣言什么困难什么大不伦，她都能撑下去。可是若他的情况有变呢？她真不敢想下去。

"小姐姐……"钟离看到向晚，起身相迎。

他留在折兰府已有近月，除非向晚找他，不然可谓足不出户。这么大的一个府邸，他因之前陆羽雪的那句"折兰府是谁都可以进来的"，又素知自己身份，轻易不敢出房，怕给向晚惹事。

"怎么也不出门走走？整天闷在屋子里，也不怕闷坏了？"他小时候是个好动的性子，许是跟了珈瑛大师四年，虽然还是一张圆脸，笑起来分外可爱，却是静了许多。

想想也是，玉雕是如何精细的一门手艺，若闲不住静不下，怎能学好？

他不好意思说自己怕迷路，圆圆的脸蛋微红，摸摸头，笑得很是天真："我得多看些书，过完年就要去学堂，不能给小姐姐丢脸。"

向晚心里一暖。折兰勾玉闭关的这段时间，幸好还有钟离。偌大一个折兰府里，至少还有一个人能让她有此刻的宁静，这是她的幸。

"喜欢看就多看些，不喜欢也无妨，对得起自己就行，你还小，不必考虑这么多。"这么小的孩子，遭遇变故，没了亲人，又送走了师父，难得他还能有这样纯真的笑容。她自是不希望十岁的钟离，也与她小时候一样，想得太多。

"小姐姐，我在这里住了这么久，还未正式拜见过折兰大人，不知大人何时有空，我想还是正式拜见一下的好，若大人不喜欢，我便回师父的隐居去。"

或许也因为一直没得见折兰勾玉，所以钟离住在这里，心里总有些惶恐不安。

向晚伸手，摸摸他的头，又费力地想抱起他。只是十岁的钟离，已非现在的她能抱得动了。

钟离挣了挣身子，红着脸，支支吾吾："小……姐姐……"

向晚眼眶一热，一笑掩饰，拉着他坐下。

"那时候在你家借宿,你都不怕生,看到我就要我抱,现在你长大了,我都抱不动了。"

钟离的脸愈发地红。在他眼里,向晚真比天上仙子还美,又对他好。

向晚笑了一会儿,摸摸他的头,淡淡问:"小离,近来可有梦到你师父?"

钟离不明所以,乖乖摇头。

"那小离说说珈瑛大师吧。你是怎么拜他为师的,玉杏画的玉石,又是怎么找到的?"这一幅玉杏画价值连城,她受之有愧。

"哦,说起玉杏画,上回师父托梦还说,这玉杏画的玉是什么镇什么灵玉……"他皱眉苦思,最后却是茫然,"记不清了,只记得说是什么灵玉。"

向晚安慰几句,回到晚晴阁细细研究玉杏画,却未发现有何不寻常之处。

出乎意料的是,折兰老爷与折兰夫人赶在折兰勾玉出关前到了玉陵。

更出乎向晚意料的是,与他们一道赶至玉陵的,还有陆羽雪的父母。

原来年初将女儿送来玉陵便四方寻访名医的陆家二老前段时间到了金陵,又逢陆羽雪在折兰府,双方父母就商定今年一起到玉陵过个团圆年。

提早赶到的原因,是陆夫人收到陆羽雪的信,道玉陵折兰府这边既不太平又很诡异,于是四老急急赶来了。

老管家小跑来报,说是老爷夫人马上就到。向晚一惊,忙理理身上衣服,到府门时,陆羽雪早由小喜与绿袖搀扶着,候在了她前面。

等了一会儿还没见到人,却见微生澈悠悠过来,远远地站在一旁,一贯的冷冷清清,倒有些出乎向晚意料。

又过半晌,便闻马车声由远及近。宽敞的两辆马车,顶悬金线,缀金铃,朱色绸缎做饰,前后侍卫侍女若干。虽已简单出行,仍尽显尊贵不凡。

车停,自有侍女掀帘,四老分别下马车,赶在老管家迎上前,陆羽雪已奄奄然一迭声叫道:"爹……娘……"

未语泪先流,说不出的心酸委屈。

陆家二老疼女儿是出了名的,加之陆羽雪这几年受的苦,更是溺爱到了极点。如今看女儿这般模样,早忘了身份,越了折兰二老便先抱住女儿一阵痛哭。

向晚跟在老管家身后,对着折兰二老规规矩矩行礼,又自报姓名。只是折兰二老还未说什么,陆夫人听到向晚的名字,便蓦地冲到她跟前,扬手甩了她一个巴掌。

在场所有人一时惊呆。

左脸颊热辣辣的烫,向晚也不伸手去揉,只是站得端正,勾起嘴角笑。

陆夫人会有这样的反应,自是拜陆羽雪所赐。只不知她在背后说了她什么,以致让她娘亲激动至此。

率先开口的,还是折兰老爷。风度翩翩的中年美男,气质绝佳,不同于折兰勾玉的风流宛然,自有一股威仪:"锦儿!"

陆夫人闺名折兰锦儿,与折兰老爷是堂兄妹。

"大哥，都是这臭丫头搞的鬼。小雪替玉儿安排的偏房与通房丫头，都被她给使计破坏了，她还处处阻拦小雪与玉儿在一起，现在连主院都不让人进。"陆羽雪信里添油加醋一说，陆夫人这口气忍得辛苦，看到女儿一见面就委屈落泪，哪里还忍得住，"不仅如此，她还日日夜夜在玉儿床前侍候，不知是什么居心。此前玉儿收她为徒，就惹来诸多非议，搞砸成人礼、二上青楼，不知给玉儿丢了多少脸，这会子想攀上枝头做凤凰，还爬上了玉儿的床！"

折兰老爷眉头一皱，沉声打断："口无遮拦，成何体统！"

她历来是被宠坏的。当初先皇分封，折兰家族长子得金陵玉陵，次子得兰陵。至下一代，又都只得一子。折兰老爷顺利接手金陵玉陵，新兰陵城主却只有一女，便是折兰锦儿。后兰陵城主与陆家联姻，因身份家世，婚后陆家上下没有一个人一件事敢不依折兰锦儿的。到了陆羽雪，其母如此，她就更甚了。

折兰老爷话虽如此，心里也是有些动怒的。

他对折兰勾玉万分放心，一应玉陵事务，以及其他一切，都由折兰勾玉说了算，从不加以干涉。但近月前堂妹与堂妹夫到了金陵，每回收到玉陵来信，就到他跟前哭嚷一回。最近几次更甚，前几日收到信，说折兰府的主院莫名成了禁地，向晚百般阻挠，不让陆羽雪见折兰勾玉，折兰勾玉久未露面，府里府外事务皆由向晚说了算，陆羽雪甚是担心表哥是否发生了什么事，赶紧写信求救。

事情看起来很严重，四老就再也坐不住，第一时间赶来了。

微生澈冷冷看着向晚被陆夫人甩了一巴掌，并没开口说话。

陆羽雪哭了会儿，体力不支，便被搀扶了下去。陆家二老爱女心切，第一时间跟去金凤阁。折兰二老则直接去了主院。

主院的禁令，在折兰二老跟前自然是不生效的。老管家跟在二老身后，哈着腰一直犹豫着该如何开口。向晚走在管家的身边，微生澈远远地落在最后。

"师公不可！"行至闭关房前，眼见着侍卫退下，折兰老爷就要推门，向晚一急，忙扑到折兰老爷身前，死死守住房门。

"哎，你拦着干什么？"折兰夫人心一急，便欲上前拉走向晚。

风神国的风俗，男子二十成婚，女子十六出嫁。折兰夫人不过四十上下，身着一袭蓝紫对襟窄肩宽袖长裙，肩披绛色长巾，明眸皓齿，看起来不过三十五左右。一双眼睛尤与折兰勾玉相像，此刻蹙眉看着向晚，尽是端庄尊贵。

"师父闭关，正是最后关头，忽然被打断，会有危险！"向晚跪着身，左脸红肿一片，死守住房门。

"好好的闭什么关？以前练功也没见他闭过关，这会子怎么莫名闭起关来了？"说话的还是折兰夫人。

其实她对陆夫人的话半信半疑。自己儿子什么个性，她当娘的最清楚，想来亦不可能为了个女人昏头，将正事当儿戏。再则师徒身份摆在那，即使向晚想爬上她儿子的床，她儿子又岂会做下这等混账事。

"莫前辈在里面，师父闭关疗伤，明天才能出关。"

"疗伤？"这会子轮到折兰老爷说话了。

折兰夫人也曾听说过怪医莫前辈的名声，如今知是闭关疗伤，心里一沉，自是明白了情况的严重，早抚了胸口靠到折兰老爷怀里，欲晕不晕，说不出话来。

向晚跪正身子，垂眸低头，不卑不亢："此前我昏迷月余，师父为了救我，受了伤。"

月见半魂的事，她一时三刻不知如何开口。

在场几人莫不又是一惊，只有微生澈眼里有抹了然。

向晚伏地："恳请师公师婆静等师父出关。"

自然再不会有人闯关了。只是向晚却被禁在了晚晴阁。

她不肯细说事情的来龙去脉，折兰老爷细问管家时，绿袖哭哭啼啼地跑过来请罪，直道自己该死，愧对折兰府的恩情，于是本来还被二老质疑的师徒大不伦，经绿袖的"坦白"，成了定罪。

向晚被禁，等的就是明天折兰勾玉出关后的发落而已。

终究还是瞒不下去了。向晚笑，撇过头示意小桃不必替她的脸抹药，冲她摆摆手，想一个人静一静。

是夜辗转难眠，怕极了明天出关的结果。明明心里一直告诉自己不会有事，也相信他不会有事，可又止不住地发慌、犯虚。天不亮便起床，就这么站在窗口怔怔出神。

"不止受伤这么简单吧！"

清冷的声音，在房间里突兀地响起。向晚一笑置之，不予理会。

虽说折兰勾玉有时也与微生澈一样不按牌理出牌，但折兰勾玉尚有一副温和的表象，而微生澈则连伪装都不屑。

"你以为隐瞒于他有利？"黑影渐渐走进向晚视线，一身黑衣，净白清瘦，正是夜明君微生澈。

"我不管这些，我只知遵他吩咐。他有无数次机会告知你们真相，却选择了隐瞒，我只能选择理解与支持。"

他一时沉默，目光灼灼，盯着向晚，良久后才道："只要他承认确与你有私情，你可知按折兰家族的家规，你们会遭遇什么？当然，主要是你。"

向晚笑，迎视他，半月明眸晶亮若星，左脸的红肿丝毫无损她此刻的美丽，娓娓道："你以为他是冲动的人？既下了决定，自有他打算。更何况，经得起便经，经不起至少也无憾。他若弃我而去，我便当错爱一回，不用你们劝，我自会离开。"

"原来你也是这么个自私的人。"他如钩的双眼微微眯着，竟是隐有笑意。

"若是爱情够伟大，若是大人够无私，这一回，是不是该帮帮我和师父？"

话音刚落，黑影一闪，哪还有微生澈的影。向晚笑，捧出玉杏画，伸手细细抚摸，一遍又一遍。

玉杏画的关键，究竟在哪？

第二天，关于折兰公子与女学生的不伦传闻就飞满了天。

之前关于向晚的种种传闻，与这个消息比起来，刹时成了灰烬。玉陵城的百姓震惊了、惊呆了、不敢置信了！他们英明英俊的城主大人，他们引以为傲奉为信仰的城主大人，居然与他的女学生有不伦私情！

高家更是在听闻消息的第一时间赶去了城西向家。

折兰老爷听老管家抖抖索索地禀报这些，当场砸了书房镇纸。

微生澈捧着茶杯浅浅喝一口，素来的冷冷清清。待得老管家退下，方冷冷一句："这种消息，没与玉确定，怎么可以漫天乱传？"

折兰老爷心中怒气更甚。左右一想，若是这事当真，也不是一天两天的事了，折兰府外一直没人知道内情，如今他才回来一天，消息就满天飞，也就那几种外泄的可能了。

折兰锦儿什么性子他最知道，又护短得紧。昨天折兰府的大门还没进，就当着一府的人说出那样的话，也不管事情真假。她是不知，这样的事一出，第一个被毁的，便是折兰勾玉的好名声！又或者她知道也不在乎？

"听说前段时间还有关于她八岁就非完璧的传闻，当年玉带她在身边，我也是见过的，观眉观色观身段，虽卑贱了些，却是个干净的孩子。没想到这回流言连玉的名声也不顾及了。"他修长的手指转了转手中茶杯，抬眼看一眼折兰老爷。

折兰老爷的眉蹙得更深。微生澈继续喝茶，不再开口。

陆夫人却浑然不觉，没事人一般中午又跟折兰老爷哭哭啼啼地说起莫前辈的事。原来陆羽雪将莫前辈的事告诉了她，又道若不是向晚挡着，只怕她现在早恢复了身体，与表哥完婚了。陆夫人一听，心里喜怒参半，自然第一时间来找折兰老爷。

"一切等玉儿出关再说。"莫前辈的传闻，折兰老爷也听了不少，哪能瞎答应。

"大哥……"陆夫人眼泪顷刻泛滥，掏出手绢抹了又抹，凄凄哀哀道，"玉儿与小雪，都是我们的心尖肉，如今玉儿有莫前辈相助，可怜我的小雪染病三年，难道莫前辈在府上，大哥都不愿意安排么？还是大哥觉得这门婚事非要这样搁着才称了心？"

话里有话。折兰老爷忍着怒气作势安慰几句，借口与微生澈有事要谈，示意她先退下。

向晚被禁在晚晴阁，一整天都十分焦虑，吃不下任何东西，却是不吵不闹，安安静静待在房间里。

"小姐……小姐……"小桃气喘吁吁地跑进来，"老爷和夫人去闭关房了，少主现在出关。"

向晚起身，飞一般往外冲，刚出小厅，就被侍卫拦下。

"向小姐……"

向晚掏出玉佩，这一招只能用一次，所以一定要留到这一刻："退下。"

见玉如见少主。侍卫正在为难，向晚使劲一推，绕过他们便往闭关房跑。

一路飞奔，见侍卫就用玉佩喝退，远远地便看到莫前辈开门。

终于出关了！

"前辈……前辈……"不知为何，向晚腿一软，跌坐在地，眼泪毫无征兆地滚落下来，是期待，也是害怕。

"小晚啊……"莫前辈远远地看到她，无奈七天闭关，耗了他太多功力与精力，声音都已嘶哑。

一旁又有侍卫去扶向晚。折兰老爷示意侍卫将向晚拦下，扶着腿软的折兰夫人欲进闭关房。

"你们……"莫前辈扶了下门，喘口气稍作歇息，直直道，"你们别进，让小晚一个人先进。"

即使莫前辈从未见过折兰老爷与夫人，看他二人穿着打扮，与此刻的情形，心里已明了七八分。但他脾气向来怪，也从不是附势的人，自然不理会这么多。

向晚心中不祥的感觉更甚，爬起身一气跑到莫前辈跟前，哭道："师父他……"

莫前辈摇头叹口气："丫头，你莫前辈尽力了。"

折兰夫人一听，直接晕了过去。

向晚只觉得有盆冷水兜头浇下，整个人瞬间冰冷，连痛的意识都渐渐消失，心已麻了。

双脚如被灌铅，向晚还是第一时间走了进去。

斜斜靠在床上的那人闭着眼，银白长发随意披散，遮住了小半边脸。他的脸色苍白如蜡，七天不见，整个人削瘦不少，外袍衣襟微微敞着，腰下盖着衾被。

这几尺的距离好像很远，向晚屏住呼吸，一步一步向前，感觉沧海桑田的变迁。她一直告诉自己他不会有事，当结果避无可避，那种失败的巨大痛苦将人覆没灭顶。

向晚走近，用力擦干眼泪，身上是最喜欢的杏红长裙，努力弯起嘴角，坐于床畔，伸手替他拢拢衣襟，然后偎到他怀里，轻道一声："师父……"

他缓缓睁开眼，也弯起嘴角笑，轻道一声："小晚……"

再不用更多的言语，两人心里俱是清朗一片。心很痛，但因为互为了解，更因为明白彼此心意的坚定，这一刻竟是如缠绵般缱绻。

"所有人都知道我们的事了，我看我想给你戴绿帽，怕也没男人有这胆了。"她从他怀里抽身，眉眼盈盈，看着他笑，"师公与师婆在外边等着，我让他们进来吧。"

"我又不是马上要撒手去了。"他伸手抚上她的脸，指尖冰冷。

正是左脸颊，向晚脸上一痛，心愈发揪紧，笑容却更明艳，抓住他手，脸往他手心腻了腻，声音软软："你这身子怕是受不住家规了，等下师公一问，你便说是我灌了你迷药，主动爬上你床的。"

折兰勾玉捏捏她的脸，脸色苍白，又岂会不明白她左脸红肿的原因。看着她，眼里满是心疼："该反过来才是。难道他还能巴不得唯一的儿子早些归天？只怕他肯，我那娘亲也会冲上前去，说什么谁敢动她儿子一根汗毛，先将她杀了之类的话。"

每每父母有些微争执，娘亲要么说要带着她的儿子回娘家或出家，要么说不许动她儿子一根汗毛，好像他不是爹的儿子，生分得紧。

"这样总归不好。折兰公子的好名声早前已经因为女学生的事屡屡受创，这回若再如此，一世英名便就毁了。"

他也不再辩解，伸手拥着她，轻浅一笑："七天已过，接下来交由我处理吧。"

卷五 经不住似水流年，逃不过此间少年。

卷六

流水浮灯，
愿你青丝如墨，
愿我平安喜乐。

向晚又被禁回晚晴阁。

折兰勾玉被送回房。他看起来很虚，没说多少话，一应事情暂时被搁起来，等他休息恢复再说。

向晚安安静静地待在晚晴阁，闲来不过弹弹箜篌，至少折兰勾玉听得到，互慰暂时不能相见的相思苦。

这之中，微生澈倒是来过。

恰向晚正在弹奏箜篌，一袭绛紫长裙，头发高高挽起，珠簪垂下一串珠珞，落至眉心处。

向晚弹得专注，并没看到他。微生澈亦没有出声，斜倚在门边，看她弹奏。分明清水芙蓉未及修饰，但此刻的向晚却给人一种盛极的明艳，脸上的神色偏又沉静温婉。

她身上那种矛盾的气质，像是有万千故事与情绪深埋在她心底，隐藏在她平静的表情下，谜一般，让人不由被吸引了去。

微生澈第一次发现，折兰勾玉日日与向晚相对，会动心，绝非意外之事。

"大人……"向晚整整弹完一支曲子，才看到微生澈，起身行礼，又是那种淡淡的感觉。

"今天高家来人了。"他想看她的反应，却一无所获，她依旧静静地站在那，分明存在，又像是不存在般安静，"还请了你娘亲。"

即使是八岁时的初相见，他也无法将她与她娘亲联系在一起。这样一个贫贱的家庭，这样一个后娘，竟还能让她有那一身沉静温婉的气质，轻声细语，比一般大家闺秀更甚，确实不可思议。

向晚微微一笑，还是那样淡然："那些背后使坏的人，终究心太急，还未弄清楚所有的过往，便忍不住出手。我的卖身契，从离开杏花村的那一刻起，就一直在师父手上。"

"可是处理这事的，却不是他。"

向晚并没有他预想中的惊色，闻言反倒笑开了，如杏花盛放，一时明艳得不能逼视。

"你以为我那娘亲，除了撒泼耍赖，还会如何？她当初说的话，也是留了底的。不管谁处理这事，我的终身大事，还是那个有我卖身契的人说了算。"

在师徒大不伦这个节骨眼上，加之她之前的蜚短流长，折兰老爷或许真的很想借此机会将她这个麻烦解决，让她嫁至高家，从此清静。只是她娘亲当初那番话，明显是得了便宜推了责任。若是折兰勾玉同意，她受之无愧；若折兰勾玉不同意，那也与她无关。她以母亲的身份表态，又提醒这门婚事最后是折兰府说了算。只不过高家显然不知卖身契这回事。

或许知道，只是与折兰府攀上亲的诱惑太大，一丝一毫的机会也不肯放过。

"你不好奇高家的态度？"

向晚摇头，低头笑如出水清莲："君既有情共白首，君若无意我便休。于我来说，

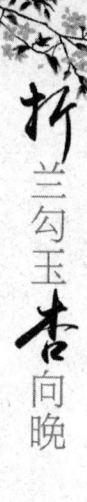

从始至终只要他的一个态度。"

哪怕这件事现由折兰老爷经手，此刻于她不利，可是自她离开杏花村起，她就已经是折兰勾玉"名下"的人了，无论如何，婚嫁大事又怎么可能不经他表态？他又怎会同意让她成为挽回他名声的牺牲品？

不得不承认，这一刻微生澈心有妒忌。只是他不知道，他妒忌的是向晚，还是折兰勾玉。

"你就这么信他？"

"大人以为我的直言只是矫情？"自嘲一笑，忽又抬头，直直迎上他的视线，"大人不似我这般被禁，何妨去看场好戏。末了还能告诉我，是否信错了人。"

他看她，似笑非笑，站着那里，并不说话。

向晚恍然，是自嘲，也是嘲讽他："原来大人以为我这里的戏更好看，可惜让大人失望了。"

说完转身，坐回箜篌旁，垂目、低眉信手，乐声流动，洒落一种随意的惊艳。

如向晚所料，向夫人扯着嗓子撒泼。后娘也是娘，她一会儿哭着说自从她卖了向晚，向晚又被瘸子转卖后失踪，向老爷为此天天迁怒她，为此还大病一场，从此落下病根，所以才这么早就过世了。一会儿又表明自己虽是后娘，也养了向晚八年，早将她当成了亲生女儿，亦真心希望她好，如今看高家公子一表人才，不顾此前的种种流言，真心想结这门亲事，她当然乐见其成，并一再向高家表明，最后还是要折兰大人同意才算，收了人家的礼，将一干责任推得是一干二净。

处理这事的正是折兰老爷。

他明白这件事，无论在外人眼里，还是在当事几方心里，都是高家最亏。他私心里很希望向晚的亲事就这么定下，这样随着这桩婚事的尘埃落定，至少师徒大不伦的传闻也能跟着消散，挽回自己儿子的一点名声。只是他看了折兰勾玉命人送来的卖身契，又看了眼他在卖身契上亲笔写下表明他心意的八个字，"爹之娘亲，我之小晚"，再不能武断地定下向晚去向。

而高家的态度，竟是坚持，出乎所有人的意料。外面沸沸扬扬的八岁破身、师徒大不伦，不但不影响高家的态度，相反还给了高家结成这门亲事的契机。

高家不相信城主大人会与女学生有私情，即使有，也不相信城主大人会为此冒天下之大不韪。所以，趁此定下亲事，这是证明清白的最好时机。

折兰老爷推说考虑几日，高家遂回去等消息。

不一会儿折兰夫人过来，一为说服折兰老爷定下向晚与高家的亲事，二为莫前辈替陆羽雪诊治之事。折兰老爷听罢，借口有事处理，示意陆夫人也退下了。

在折兰老爷处碰壁的陆夫人想到了去晚晴阁看向晚。

说是看向晚，其实是想问她几个她这几天实在好奇得紧的问题，顺便替女儿出口气。

向晚被禁，出不得晚晴阁，亦拦不住人进晚晴阁。她虽不愿见陆夫人，但陆夫人既能当着一府的人赏她一巴掌，这种性格，她想进来又怎么可能拦得住？

向晚依礼对陆夫人行礼，又请陆夫人入座，吩咐小桃沏了茶，示意小桃退下。

"你倒真是本事不小。"陆夫人斜眼打量向晚。确实有几分姿色，也难怪男人会心动。

向晚不置可否，亦不接话。

陆夫人不由就来了气。想着还有正事要问，又将心里的这口气生生压下。

"玉儿究竟是怎么回事？"这个问题她存疑许久。她在信中见女儿说主院成了禁地，久未见到折兰勾玉，以为他们赶到，情况会不一样。没想到这些天来，她硬是连折兰勾玉的面也没见到，问折兰二老，也只说是折兰勾玉在闭关练功。

好好的闭什么关练什么功？她打探良久，好不容易打探到折兰勾玉早已出关，却打探不出更多的消息。心里的疑团越发大，搁得她这几天寝食难安。

向晚笑，淡淡道："我被禁足在房，又怎知具体情况。"

陆夫人气得一拍桌子起身，又勉强按下这口气，坐回身假意笑道："像你这样的女子我见得多了，长得有点姿色，便耐不住寂寞，想攀了富贵成龙成凤。"说到这里，眼神愈发轻蔑，"不过你也太自不量力，玉陵君是个什么身份，你以为凭你那点姿色手段，就能如了愿？"

向晚还是笑，替她说完："何况我们尚有师徒名分在。"

"你还真不知羞耻！"陆夫人再次被激怒。她腾地起身，桌上的茶杯被她宽宽的衣袖带倒，茶水顺着桌子漫溢，弄湿她衣袖，她一脸恼色，直想甩向晚几个巴掌解解气。

向晚对着她微弯了弯身，从从容容："这就不劳夫人费心了。你我非亲非故，更谈不上渊源，如何为人处世，何为礼义廉耻，家师自会悉心教诲，向晚自忖没这个身份受教于夫人。"

"你……"

"夫人的那一巴掌，我铭记于心。顺请夫人告诉表小姐，请她高抬贵手，别对我向家人太过关心了，她是我后娘，该是与表小姐一点亲故也没有的。"

陆夫人神色一凛，扬手又欲挥下，半道却被向晚的折扇拦下。

陆夫人显是没料到向晚竟会反抗，一愣之后，冲着房门大喊："来人！"

向晚不慌不忙，慢慢悠悠："夫人若是想将事情闹大，我便奉陪到底。只是表小姐身体抱恙，夫人该多行善积德才是。"

"人呐，都死哪去了！"陆夫人哪顾得上向晚，一径冲到房门前朝外怒喊。

"都候在晚晴阁外，夫人出了阁就能看到。"向晚在她身后淡淡道。看着她又回头狠瞪了自己一眼，不过一笑。

初次与向晚正面交锋，陆夫人可谓是惨败而归。回到金凤阁，她犹是一脸怒气，转头看女儿依旧病态楚楚，不由湿了眼眶。

"小雪，你在玉陵近一年，受了不少委屈吧！"早知如此，她就不该将女儿送

到玉陵来。

陆羽雪跟着湿了眼眶，怨只怨自己这身病，不然又岂至于被动成这般地步："现今请莫前辈替我医好了身体方是要紧，至于那个贱人，如今她家人都来了玉陵，师徒不伦也已尽人皆知，她想进折兰家的门，休想。"

本该颇有气势的话，无奈她身体委实太虚，未及说完就开始喘气，顿时气势全无。

"也不知玉儿究竟卖的什么关子，就快过年了，连面也照不着。"听女儿说，分明先前是向晚那个贱丫头昏迷，两人出府一趟，回来却见不到折兰勾玉的面了。这之中诡异得紧，她几次打探未果，连堂哥堂嫂也不肯泄露半分，莫不是……

陆羽雪想的却是另一件事："娘，你怎么忍不住将师徒私情传出去了？说好是等我身体好些再传的，表哥尚守着婚约，你也太不顾及他名声了。"

"呃……"陆夫人慌忙摇头，"我并未派人散播传言。"

陆羽雪抚着胸口咳了好半响，方轻轻幽幽道："那日你在府门，实在不该这么口无遮拦，当时这么多人在场，有心的人听了传出去，怪谁也要拉上你担一半的责任。"

竟没想到陆羽雪的心机更比陆夫人深沉。

这边厢，折兰老爷来到折兰勾玉房里，准备商量向晚的亲事。

折兰夫人这些天一直守在儿子房里，哭一阵晕一阵，眼睛红得跟兔子似的，脸色苍白，声音喑哑，好像她才是病人。

折兰老爷进房的时候，折兰夫人又摸着儿子一头的银发哭哭啼啼："玉儿……玉儿……"

折兰勾玉叹口气，看向父亲。

"红绸……"男人的成熟与内敛，虽然他对儿子的现状分外担心，不过尚算镇定。

折兰夫人听到声音，猛地扑上来人怀里，嘤嘤哭道："老爷，怎么办，怎么办？刚才莫前辈过来，他说玉儿身上的月见半魂无药可解，而且带有传染。"

"传染？"他知儿子的身体现状很不乐观，没想到现在又多了项麻烦。

"是啊……"折兰夫人哭得更凶了，说话也变得断断续续，"这孩子……之前还瞒着……不肯说……要不是刚才莫前辈……说漏了嘴……"

"到底怎么回事？"因担忧而心急，折兰老爷难得等不及她说完，出声打断。

"无甚大事。"满头银发、面色苍白，折兰勾玉靠躺在床上，风轻云淡。

话音刚落，折兰夫人又激动得扑回床畔，大声道："什么无甚大事！莫前辈说你体内的月见半魂，会通过交合传至对方女子身上，你是天赋禀异，加之神功护体，尚能撑些时日，寻常人中了月见半魂，顶多熬个半年，臭小子你想让娘断子绝孙啊！"

折兰勾玉中毒、闭关、出关，都甚是平静："不是还有小晚么？她当初用月见半魂救回的命，所以即使传染，亦受得住。"

"可她是你徒弟！"

折兰勾玉笑，情绪一起伏，连咳数声，方慢慢道："我们从未正式拜师收徒，更未行礼。"

折兰夫人一时惊呆。折兰老爷目光灼灼，直直逼视折兰勾玉。

"我知道你们反对，所以一早吩咐了莫前辈别提此事，没想到今天还是被娘发现了。其实亦无妨，我至少还能撑个一年半载，这期间说不定毒就解了，到时再讨论大婚与传宗接代的事也不迟。"

他身上的月见半魂确实未解，脉象异常，加之满头银发，折兰老爷虽有疑惑，也万万不敢大意疏忽了去。

只是这样一来，向晚的亲事铁定不能定下了。不管情况如何，她必得留在折兰府静观其变。

折兰老爷与折兰勾玉还有事要谈，折兰夫人先行退下。被人侍候着洗了把脸，又吃了些东西，红着眼睛的折兰夫人想到了去晚晴阁看向晚。

"师婆。"向晚行礼，对折兰夫人的突然到访，心里略明。

"他说你们并未正式行过拜师礼。"

向晚本以为她是为了师徒大不伦的传闻而来，没想到折兰勾玉先一步说明情况，遂屈膝跪下，恭恭敬敬："夫人。"

折兰夫人看着她，姣好纤妍，此刻跪在那里，低垂着头，青丝松松挽髻，想起儿子的那一头白发，不禁潸然泪下。

七年的时间，他只用一句话来表达："七年，我终于等到她长大，她也终于长大，成了我的人。"她看着他在向晚的那张卖身契上写下八个字："爹之娘亲，我之小晚"，明白这段感情，已不是他们为人父母可以阻止与反对的了。

一直以来，她对这个儿子太过放心。从小他就是她的骄傲，不论哪一方面，他都是天之骄子般的优秀出众。少时张扬，高中状元后开始变得谦谦温和，三年游学的经历，更是让他低调内敛、成熟精干、懂得隐藏。

正因如此，从小到大，她几乎没怎么为他操心过。后来陆陆续续听闻他带了个女子回玉陵，又收这个女子为学生，再至后来的一切一切，她虽好奇，却从不作他想。每年折兰勾玉来金陵过新年，她也会问起，他说得亦不多，总是淡淡几句让她不要担心。他素知自己的身份，更知自己需要担负的责任，与陆羽雪的那门亲事便是明证。

后来婚事一拖几年，她虽然在一旁干着急，也只以为儿子不过是看到了这桩婚事的利益不肯放弃，没想到实情却不尽然。

"他……可还好？"向晚仰头，鼓起勇气问。

自从出关那天见过他，她再没有出过晚晴阁。他身体的现状与目前的处境，自也不可能来晚晴阁看她。那天见面，只寥寥几句，她知这次闭关失败，却不知他情况到底糟到了什么地步。如今看着折兰夫人过来，一径流泪不说话，心沉沉而下。

他是真的很爱她吧，折兰夫人泪眼朦胧地看着跪在她跟前的向晚，摇摇头，泪却愈发落得凶。他为这个女子一夜华发，他为这个女子身中剧毒，他为这个女子命悬一线，却告诉她"即使重回过去，依然选择如此"，她才明白，原来她这个娘亲，太早让他独立，所以才有今天的一切，想阻止已不及。

"起来吧。"她不该埋怨向晚。她的玉儿既无悔，她又何辜。只是一想到玉儿现在的情形，她又实在无法将她当成普通人对待。

"夫人……"向晚起身，扶着她坐下，复又跪至她跟前，"对不起……"

为人父母，她当然能理解折兰夫人此刻的心情。

"他若熬不过此关，你便如何？"她问，颤着声，哑着声。

向晚抬头，从始至终都没流一滴泪，只淡淡道："随他而去。"

折兰夫人扬手，几近她脸颊，却倏地滑下，转而使劲推了向晚一把，强装的坚强崩溃，哭得撕心裂肺："他才二十二，还未娶妻，还未生子，你想让我们折兰家族绝后么？"

向晚踉跄坐于地上，愕然、悲恸，忽然落泪。微生澈说得没错，她就是一个自私的人。她只想着自己，想着与折兰勾玉两情相悦，告诉自己要与他生死相随，安慰自己这样无愧无憾，却从未想过其他。未想过若折兰勾玉真的这么去了，即使她死上一百回，又值什么？她的死，挽不回他离去后留下的狼藉，挽不回一个家族的没落，更挽不回一对父母的绝望与悲伤。

若他真熬不过这关，她便是一个罪人，一个以爱为名的至罪之人。

"你劝莫前辈替小雪诊治，再劝他与小雪完婚。"

向晚震惊，看着折兰夫人，脸上犹有泪痕，一时不能说话。

"你也可以留在他身边。"两手准备。

"夫人……"向晚伸手，只敢抓住折兰夫人的裙摆，想争取，开口，却发觉自己根本没有争取的权力，只得低着头哀求，"求您让我见见他吧。"

泪又一颗颗滑下，如珠断线，落在她的杏红长裙上，晕染成一片。

折兰勾玉并不知折兰夫人的打算，晚饭后看到向晚端着药进来，不由怔住。

"师父……"向晚甜甜一笑，至他床畔坐下，"该吃药了。"

他微蹙着眉，细细看她的眼睛："怎么了？"

她该是被禁足，这时候忽然出现，双眼分明有哭过的痕迹。

向晚借着端药，低头稍一掩饰，抬头再看他时，又是娇俏甜美："先把药喝了吧。"

他就着她手，将药一饮而尽，却在她回身之前，将她手中药碗扫落在地，一把揽了她腰，另一手扶上她脑后，贴上她的唇。

他口中还留有药的味道，涩涩地，一如她现在的心情。想起折兰夫人的话，向晚心里一恸，扭身爬上床，跨坐在他身上，双手环住他脖子，与他缠绵。

"小晚……"他微微退身，伸手抚着她的脸，眼里一分困惑，九分精明。

虽然向晚什么也没说，不过他分明感觉到她的异常。

"莫前辈去替表小姐诊断了。"是她的功劳。是她求莫前辈，莫前辈才不情不愿地说去看看，只这一次。

"发生了何事？"此前他也曾与莫前辈提过，不过接连发生这么多事，莫前辈直说他现在一门心思在他身上，分不得心去看陆羽雪。现在，莫前辈突然同意替陆羽雪看诊，竟是她的安排？

她从不希望陆羽雪因此丢命，看她那样，心里也甚是同情，只是一想到她身体复原，就会与折兰勾玉完婚，心里又涩痛得难受。心里还是介意的啊。此前对着微生澈说的只要能留在折兰勾玉身边，没名没分亦无妨，不过都是些自我安慰的话。向晚努力维持笑容，用力摇头，趴在他胸口，听他微快的心跳声，声音平静："很快就是新年了。我得回一趟向家，没办法陪师父过新年，师父要好好养身体。"

下午她劝了莫前辈同意替陆羽雪看诊，回晚晴阁时正巧碰到折兰夫人与陆夫人。陆夫人上午受了气，借机拉着折兰夫人的手，先是一阵指东骂西指桑骂槐的奚落，最后加一句："很快就是新年了。过年就是图个团圆，听说她娘亲与弟弟同在玉陵，平日里常见不到面，逢年过节，折兰府也不放她回家团聚，在外人看来还不定被传成怎样呢。"

折兰夫人没开口。向晚抬眼看她神色，躬身行了个礼，说是不日会回向家过新年。她知道折兰夫人虽同意她留在折兰勾玉身边，心中肯定也是不情愿的。她不知这之中有折兰勾玉的努力，她只知师徒大不伦的节骨眼上，她回向家过新年，至少能避讳些什么，对折兰勾玉，也甚好。

今年新年的折兰府，是属于那一对有婚约却都卧病在床的新人，亦是属于两个族亲又有联姻的亲家的。她留在这里，只会徒然给折兰勾玉添麻烦。陆家母女不是省油的灯，说话处事又刁蛮得紧，折兰勾玉的身体需要静养，她不想加重他负担，害他身体更差。

"小晚……"他的手转而捏住她小巧玲珑的下巴，微微用力。

"新年该是与家人一道过。以前他们在杏花村，我顾不上，如今他们在玉陵安下家，我想了下，还是陪他们一道过年的好。"

他没问原因，她却先解释起来。折兰勾玉心下甚明，也不点破，拥着她，只道一句："晚上留在这。"

向晚笑，掀了被子滑进被窝，偎在他怀里不说话。

许是这几日休养得不错，折兰勾玉的神色看起来又比出关那日好了些，不过头发依旧银白，脸色也是仍苍白。

这段时间下来，好像他银发的样子更深入她心。她窝在他怀里，努力回想他之前的模样，白衣如雪、青丝如墨，好像已经是很久远很久远的事了。

"小晚……"折兰勾玉声音轻颤。

她的手不老实。

向晚抬眼看他，满脸羞红、眼眸晶亮，却是带着期待，声音羞怯："可以么？"

她的手停留在他胸前，他身前的衣襟已被她解开。只是不知道他现在的身体，是否禁得住她的热情？

他眼眸一深，心里是满满的甜蜜，犹豫了下，方似是而非道："可是可以，不过闭关耗去的精力，至今犹未复原，怕是不宜太过主动。"

向晚轻笑出声，眉眼盈盈，脸愈发地透红："事情太多，我后来没去书房找书。"

当时只为刺激他，当然不会真去找，不过听他这么一说，她便顺势接了下去。

他状似思考，脸上已忍不住泛开了笑，手在她背上游移，声音勉强维持平静道："倒也无妨，为师尚有说话的力气，你历来有天分，该能一点即通。"

向晚笑，抓过他手放到自己胸前，又勾住他脖子，眨着眼睛，说不出的娇俏："说话也很费神，师父还是省点力气吧。我向来有天分，学着师父以前的样子便可以了。"

温香满怀，他的手如何还能不做些浓情蜜意的事。向晚终究有些生涩，最后还是花了他不少力气。不过闭关确实耗去他不少精力，向晚亦有所觉，看着他沉沉睡去，她偎在他怀里，痴痴地看着，一夜未曾合眼。

向晚第二天才知昨晚上发生了一件很狗血的事。

莫前辈好不容易应了她请求，答应替陆羽雪把回脉，结果到了金凤阁，脉还没搭上，就气呼呼地回来了。

原来，陆家太过讲究大家风范。莫前辈赶到金凤阁，没见到陆羽雪，只见到一根红线——红线一头系在陆羽雪腕上，另一头赫然等着莫前辈。莫前辈本是江湖中人，不拘小节，又性子怪异，哪能忍受这些个破规矩。此前替向晚治疤，向晚从不忸怩，只求能尽快康复，撩了衣袖就让他把脉。陆羽雪或许觉得自己出身娇贵，可在莫前辈眼里，她哪里能与向晚比？好不容易应了向晚走这一趟，结果还要受这等气，怪脾气的莫前辈二话不说，当场甩袖走人。

向晚回到晚晴阁，看到小喜等了她一夜，方知事情原委。

气走了莫前辈的陆夫人，被陆羽雪好一阵哭闹，平生又第一次被陆老爷训话，便差小喜来请向晚，希望向晚能向莫前辈求求情，再让莫前辈替陆羽雪把回脉。

向晚找到莫前辈，还未开口，就被他抢白。

"不去不去，这一家子人，以后我永远都不想看见。小晚，你不是要回向家过年么？走走走，现在就走，我与你一道，这里我一刻也不想待了。"

向晚拉住直往外走的莫前辈，急道："前辈，你一走师父怎么办？"

莫前辈一怔，半响似才记起还有这么件大事，冲着她摆手道："随他去吧，我已经尽力了，闷在这里我也找不到其他办法，索性出去走走，等我找到救他的法子，自然会回来救他。"

"前辈……"

"你不愿我跟着你回家过年，说一声，我自己一个人走就是。"莫前辈看起来是真生气了，任凭向晚怎么说都不肯改变主意。

向晚忙摇头，她让莫前辈稍等片刻，回晚晴阁略一收拾，索性与莫前辈一道出了府。

向晚拉着莫前辈，却不是去向家，而是到了三佰楼。

她打算年三十与金三佰、莫前辈过除夕，所以赶在大年二十九，备了些礼，赶去向家吃团圆饭。

上次向晚让向夫人退回高家聘礼，明言她已失去替她婚事作主的权力，之后向夫人因高家的事来折兰府，她被禁晚晴阁，两人并未碰到面。这次去向家，向晚亦没事先通知。

向家大门虚掩。向晚推门而入，只见院子里搁着几只褪了毛的鸡鸭，又挂了一排腊肉，门上贴着对联，檐下挂着灯笼，一个人也不见。

向晚正自诧异，忽闻一阵奇怪声响。她穿过院子，那声响渐渐清晰，细听之下，不堪入耳。向晚循声入厅往右，右边主卧的门半开，一男一女躺在床上光裸着身体交缠在一起，听声音、看身段，女的不是向夫人还有谁！

向晚手中礼盒落地。床上两人闻声停下动作，侧过头看向声音来源。三人互照了个面，男的竟然是杏花村有名的醉鬼鳏夫二根子。

向晚有七年多没见过这个人了。他早年丧妻，算起来该比向夫人小几岁，以前在杏花村，他常醉醺醺站在村口，冲着经过的女子扯着嗓子唱十八摸，清醒之下眉眼倒算清秀，这些年变化不大。

床上二人一见来人是向晚，慌忙扯过被子遮羞。向夫人一边穿衣服一边说着"小晚怎么来了"，跳下床就去抓向晚。

可惜向晚早已不是杏花村的向晚了，向夫人又要穿衣，又与向晚有距离，哪里能抓得住。

向晚一气冲出向家，心怦怦怦地狂跳。

刚才撞见的一幕太过惊悚。向夫人是寡妇，寡妇意味着什么，向晚心里甚明。向夫人与向阳千里迢迢地赶来玉陵投靠她，连二根子也跟来玉陵，还爬上了向夫人的床，这绝对不是巧合。只怕向夫人与二根子早有私情。只是这"早"，是在爹去世前，还是去世后？

向晚一时思绪万千，走在街上哪顾得了别人对她的指指点点，回到三佰楼遍寻不着金三佰，只得问在房里乱捣鼓的莫前辈："前辈，可有看到三佰？"

"她走了，她每年过年不都要走的嘛。"

之前在灵隐寺，她日日照顾向晚，只是年三十到新年初三，都会玩失踪。这么些年，向晚哪里不知金三佰的习惯，每个人都有隐私，她亦从未打探。不过今天才二十九，她就不见了，倒是难得。

三佰楼里，留下两三个外地的伙计看顾着，其余住在玉陵城的，也都放假回去过团圆年了。向晚脑子里乱哄哄的，回了三佰楼又觉得冷清，莫前辈忙着捣鼓他那些瓶瓶罐罐，看起来也没空理她，她只好一人在院子里胡思乱想。

一夜无眠。第二天一早，向晚示意那几个伙计在三佰楼门前挂上大红灯笼，见莫前辈还未起床，便嘱咐了伙计一声，准备去竹院给潘先生与小彦拜年。

不是不想折兰勾玉的。想象着折兰府里，他们一家人是如何的开心热闹，或许席间双方家长还会提及大婚的事，心里不免又有些酸酸楚楚。

忽又想起以前在家过年，想起第七世的父母，现在与他们，不只是阴阳两隔了。

到得竹院，潘先生正写对联，一旁小彦正准备年货。

以往过年，竹院都很冷清，自从有了学堂，逢年过节，竹院便热闹起来。那些个穷苦人家，对自己的孩子能免费上学心怀感恩，纯朴的他们没什么好东西，也拿不出上台面的礼物，更不敢上折兰府致谢，所幸潘先生历来亲厚，这些东西便都送到了竹院。无非是些鸡鸭蛋类，甚至是自家种的青菜，河里抓的鱼，都是他们的心意。

向晚推门而入，穿过长长的竹径。竹林萧瑟，向晚行至一半，忽觉犹豫。

对于外界传得沸沸扬扬的师徒大不伦与她的种种传闻，潘先生与小彦，可会嫌弃？

"怎么傻站着不进来？"小彦率先看到向晚，却见她站在那里，不走不动，等了半响还是如此，不由走近问道。

"我……"

两人同岁，男女有别，小彦比她高了许多。向晚闻声抬眸，他清亮的眼眸平静无波，既没有厌恶轻视，也没有热情笑意，说话时一脸的面无表情，素来如此。

"进来吧，师父正写对联，我忙，你去帮他研墨。"

说完转身，又自顾自忙开了。

向晚蓦然有些感动。满城风雨，她虽不甘心，却也知道在这里，清白意味着什么，师徒意味着什么。潘先生与小彦，其实都是非常传统的人，此前碍于折兰勾玉的面子，对她上学堂的事既不支持，也不反对，这一次，亦是如此。

除了金三佰，她不曾想过还能有人支持她与折兰勾玉的这段感情。只是这样，她就已经满足了。

"先生……"向晚走至竹林左侧的石桌前，行礼。

"你来了，中午在这吃饭吧。"潘先生抬头，笑看了她一眼，继续低头写对联。

原来他们不仅知道她与折兰勾玉的那段情，亦知道她现在不在折兰府。以前她过来，他们知她必会回府，从未留过她吃饭。

向晚心里一时难受，视线瞬间模糊，顾不及开口告辞，转身便往外跑。

她一气跑到竹院外，寻个偏僻的角落，蹲在那里小声地哭。她不该感到委屈的，可是心里着实难受，那股难受，自从折兰勾玉闭关开始，一直闷到现在，愈闷愈难受，终于再忍不住。

一双布靴出现在她跟前。

向晚止了哭，还是有些抽抽答答，顺着视线往上，抬头看来人。

是小彦！

"大过年的，哭什么？"他话虽如此，却是伸手将干净帕子递给她。

向晚接过，胡乱抹了把眼泪，起身道一声"谢谢"。

两人就这么站着，一时都没有开口说话。

"以后别这么傻了，跟我进去，师父还以为他说错话，惹你生气了。"他面无表情地说完，转身走两步，见向晚没有跟上，黑着脸拉着她手就走。

向晚任由他拉着，回了竹院潘先生已写好对联，正在张贴。向晚没说话，低着头跟着小彦进厨房。

"进来做什么？"很多时候小彦都觉得向晚真的很麻烦。

"我……帮你一起做饭吧。"向晚有些讷讷地，眼眶还有些红。

"不用。"他又面无表情地拒绝，加一句，"你别乱跑就好，坐外边等吃饭。"

向晚什么身份，帮他做饭，万一将厨房烧了怎么办？

"我会这些，小时候经常做的。"

小彦虽然也曾听闻向晚的身世，知她小时候饱受后娘欺凌，过得可怜。不过他自认识她始，她就已是折兰府的人了，养尊处优，又任性又识礼地矛盾着，实在不敢对此抱有希望。

向晚也不废话，拿过一旁的菜刀开始切菜。

她小时候真的做惯这些，可是她已经整整七年没做这些了，手生在所难免，没两下就切到了手指割破了皮。

这下子小彦真的板起脸了，拉着她清洗伤口，又替她小心包扎好，命她不许再踏进厨房一步。

于是向晚就站在厨房门外，看小彦忙忙碌碌地准备一桌的饭菜。

"小彦……"

小彦手一顿，不说话，复又忙碌地炒菜。

"你是不是觉得我有时候很蠢？"

"不止有时候。"他以前觉得她甚是聪明，虽然任性了些，胆大了些，但她让他对女子的印象彻底改观。她聪明、沉静、颇有才气，我行我素，又知书达礼，比一般孩子成熟。他之前一直以为她是偶尔犯傻，现在却觉得原来她一直都傻。喜欢不该喜欢的人，做那些不该做的事，不是傻是什么？

她看出他的不认同。这段感情，终究还是不能让人接受。

"你不是我，所以不会明白。"她叹一口气，淡淡道，"如果潘先生是女的，或者你是女的，你们两人中只要有一个改变性别，你就会理解我的感受。"

烧鱼接近尾声，正准备切把葱提香的小彦闻言手一抖，刀脱手，压着葱的手指跟着见了红。

"向——晚！"小彦咬牙，真有点抓狂的冲动。她刚才那是什么话！

向晚抬眼看他，惊见他手上的鲜红，慌地跑进厨房，一迭声道："怎么了怎么了？你怎么也割到手了？"

小彦绝倒，忽然觉得他一向敬仰的城主大人也是个傻瓜。

向晚午饭后回三佰楼。

大街小巷到处都是过新年的热闹气息。挨家挨户地忙着杀鸡斩鹅，孩子们疯跑着玩闹。向晚慢悠悠往回走，看着玉陵城的百姓生活富足，心里莫名感动。

一条黑色身影蓦地从一侧蹿出，撞在向晚身上，两人双双跌坐在地，黑影"哇"一声大哭起来。

向晚挣扎起身,屁股一阵生疼,看着坐在地上鼻涕眼泪的小孩,伸手去扶。

"娘……娘……"小孩避开向晚的手,坐在地上耍赖。

他方才急急冲过来,撞了向晚,自己也摔在地上,重要的是他刚刚从家里偷拿的鸡腿也掉到地上了!

很快,一个中年妇女跑过来,一把拉起地上的小孩,扬手先打了他几下屁股,然后捡起地上的鸡腿,对着向晚说了声抱歉。

"这不是向小姐么?"一旁有稍大的孩子,看着向晚不敢确定。他今年开始在玉陵学堂读书,见过向晚两次,其中一次还是背影。

向晚看向来人,并不认识,只能点头致意。

这一点头,便是承认了。

远远近近围着的几个人一下子议论开了。中年妇女看着向晚的眼神都变了。与城主大人师徒大不伦的向晚,在老百姓的眼里,自然成了这段感情的罪魁祸首。对于他们敬仰崇拜的城主大人,他们觉得必是向晚有心勾引。何况向晚还曾被卖为人妻,小小年纪就已非完璧。

"是她啊……"

"真不要脸……"

"长得就像个狐狸精……"

……

他们有多爱戴城主大人,此刻就有多厌恶向晚。

"向小姐……"刚才点破向晚身份的男孩子开口,些微尴尬。

向晚看他,弯了弯身,沉默地转身往前走。不去听后面的议论,向晚将腰挺得直直的,心情却第一次跌落谷底。

她想像以前一样,不去计较大家的非议。可是这次不一样,此番出府,这样的情况不是一次两次,她可以不介意,只是在这个辞旧迎新的日子,她心中对折兰勾玉的思念让她忽然很是脆弱。

往前,左转是东城门方向,右转是热闹的大街,往三佰楼的方向。向晚站在路口,犹豫徘徊。

路口人来人往,偶有行人驻足,好奇地打量。向晚浑然不觉,站在原地,怔怔出神。

一辆马车在向晚跟前停下。车帘一掀,一人探身,一手抓住向晚,略一使力将她拉上马车。

黑衣如墨,清瘦净白,清冷的气质,正是微生澈。

向晚敛了情绪,不愿自己的心事被人发现,也不惊乍,很快恢复平常的淡淡:"大人留在玉陵过新年?"

他定定看着她,细长的眼睛微眯:"我们这就回夜明。"

向晚笑,靠在软榻上,闭目,半响方道:"大人也在担心师父的身体,所以迟迟不肯回封地?"

他垂眸,没想到向晚竟看得如此之透,他发现自己在她面前,全然没辙。

"谢谢……"她知道他刚才只是试探,这种时候还在玉陵,又怎么会回封地,而且还带她一起回去?

马车既不回折兰府,也不去三佰楼,而是来到一处陌生的庭院。

白墙黛瓦、清幽宁静。移步入内,庭院深深,别有一番韵味。

向晚跟着微生澈,亦步亦趋,未及开口询问,便见迎面跑来一人,"小姐姐,小姐姐"的喊得开心,正是钟离。

不止钟离,还有莫前辈居然也在。

向晚诧异,转身看微生澈,他早已不见了人影。

钟离嘴里喊着"小姐姐,小姐姐",伸手直将她往后院推,一径将她推到后院,也一溜烟地跑掉了。

这一处院落,地处秦淮河畔。光看前庭不曾发觉,到了后院,才发现院落实在是大。而且比邻秦淮河,围了个长长的河畔公园,倒像是秦淮河也成了院落后花园的一部分。

此刻,秦淮河畔,那个背对着她的身影,颀长优雅,是她再熟悉不过。只是冬阳下,他一头青丝瞬间让向晚湿了眼眶。

"师父……"张嘴,无声。

他却似听到她声音一般,蓦地转过身来,脸色微白,清雅致极,冲她笑得水般温柔。

"师父……"她痴痴看着他如墨的青丝,心中涌起无数感动。她以为这个新年她看不到他了,心里不是不遗憾的。

"傻丫头,过年应该开开心心的。"他笑,丝毫不避,说完就吻了下去。

"头发……"她脸色微酡,伸手,微怯。

他的身体好了?

"只是暂时这样。"他抓过她的手,紧紧握在手心。

她神色一黯。月见半魂的毒终究不是那么容易清除的。他定是费了不少心思才让头发暂时恢复原样,是因为新年这一关避无可避?他还是不想让太多的人知道他现在的状况。包括联姻的陆家。

"这样没关系么?"扔下这么多人,忽然跑来这陌生的地方。

他摇头,低低叹一句:"这种时候怎能抛下妻儿?"

十六岁那年,她在他的成人礼上,冲撞了三叔公,挨了十下板子。那之后,他就告诉自己,不能让她再受那样的委屈。他以为他可以做到,没想到定亲的事,还是伤害了她。

出关那天,他说过,接下来的都交给他。他不拦着她出府,是因为觉得他接下来要做的事,如果向晚还留在折兰府,对她反而不利。至少那些刁难、委屈在所难免。所以他亦不拦她,她不在府里,他行动起来会更方便。

他坐看她出府,并不表示会让她一个人孤孤单单地过新年。于他来说,昨天折兰府的那顿晚饭,是与父母的团圆饭,而今天晚上,则是与向晚的团圆饭。

她笑,心满意足。

"原来你早有打算。"

他那时候不反对她出府，她以为这一年她又要一个人过，心里不是不难过的。

折兰勾玉的脸色不太好，与向晚说了会儿话，就被向晚扶回房间休息。

向晚也是听钟离说完，才大概明白了经过。

原来她那天出府后，第二日折兰勾玉就命人将钟离叫到房间，提及收徒之事。撇开小时候的一面之缘，钟离是第一次看到折兰勾玉，对拜师的事诚惶诚恐至极。他技从珈瑛大师，又何德何能，能文从折兰公子！

消息一出，率先反对的就是陆家。毫无立场的反对。

彼时折兰勾玉已经暂时恢复了黑发，开始在折兰府走动，并在众人面前亲口公布了这个消息。

陆夫人从陆羽雪口中得知钟离身份，死活不肯依。又哭又闹说向晚离了折兰府，还别有用心地将莫前辈也一道请走了，这会子又让折兰勾玉收她那个来历不明的弟弟为徒，她实在受不了了，为什么折兰勾玉事事都听向晚的，却对陆羽雪不闻不问。

她此前心里一直起疑。折兰勾玉避不见人，结合陆羽雪提供的线索，她甚至想折兰勾玉是不是遇到了什么致命的难题，一时无法见人。结果竟然不是！折兰勾玉不过看起来消瘦了些，其余并无异常。如此一来，她心里的疑问消失，许多事又只能想发作，又发作不得。

"小姐姐……"钟离小圆脸上满是犹豫。

向晚摸摸他的头，问："怎么了？"

"我……我怕到时候给折兰大人丢脸。"新年就要正式拜师，钟离心里还是惶恐。

向晚拉着他手坐下，又问："珈瑛大师在玉雕方面的造诣天下第一，当日你拜他为师，有想过这问题么？"

钟离摇头，向晚又问："那么折兰大人说要收你为徒之前，可有考过你问题？"

钟离眨着圆圆的大眼睛努力回想，稍顷回道："他只问了我一个问题，好像算不得考试。"

"什么问题？"

"大人问我，怎么看外面那些传闻。"

向晚轻笑出声："你怎么回答？"

钟离的脸微微一红，低头："我觉得，只有像大人这样的，才配得上小姐姐。身份再登对也没用，对小姐姐好才是真的。"

身份再登对也没用，对小姐姐好才是真的。一个小小的孩子，过了今夜才十一岁，居然对感情有如此简单而透彻的见解。拜折兰勾玉为师，世人都道钟离会高攀，其实又何尝不是折兰勾玉的幸事！

傍晚时分，庭院各处挂起大红灯笼，五个人围坐在一起吃团圆饭。

莫前辈喝了不少酒，醉醺醺地被钟离扶下去歇息。向晚看着折兰勾玉，看他自从中了月见半魂后,脸色一直不好,就像此刻,下午分明休息过,又喝了点小酒,仍是一脸苍白,不由担心道:"别喝太多,我扶你回房休息吧。"

折兰勾玉笑。一旁的微生澈冷眼看这一幕,声音里听不清情绪:"夜很长,两位不必如此心急。"

向晚面上一烫,不知微生澈是什么意思,只得回道:"如今大人留在玉陵过新年,也无家眷,不如我命人将杏香姑娘接来吧。"

说起来,那天晚上之后,她再没见过杏香,只知微生澈替她赎了身,安在玉陵的某个地方。

"也好。"他竟不拒绝,神色清冷。

折兰勾玉命人去办差,恰钟离回来,一脸兴奋地问向晚:"小姐姐,小姐姐,我们去放浮灯吧?"

"浮灯?"向晚不明所以,看到折兰勾玉点头,起身跟着钟离去后院。

到得后院,向晚才知什么叫浮灯。两人蹲在秦淮河畔,将浮灯一盏盏放至水中,看它们随波逐流,映着静深的河面,点点如夜空中最美的星辰,将静谧的秦淮河,笼上一层轻柔梦幻。

流水浮灯,愿你青丝如墨,愿我平安喜乐,每一盏都承载着向晚的心愿,渐行渐远。

向晚起身时才发现折兰勾玉在一旁不知看了多久。他也不顾忌钟离在场,一下子拥她入怀,吓了钟离好大一跳,小圆脸一红,一溜烟地跑开了。

"怎么了?"被他这么拥着,她的脸不知怎么地,跟着一烫,"怎么怪怪的?"钟离还是个孩子,竟然当着他面就亲密了。

"想起来了么?"他依旧不松手,暖暖的声音在她头顶上方响起。

她从他怀里抬头,看着他眼里泛起层层笑意,心蓦地一颤,耳根子也红了起来。这一处,不正是他们金风玉露一相逢的地方么?

"这处院落,现在属于你。"

"啊……"向晚咋舌,"这怎么可以?"

"怎么不可以?"他笑,放在她腰际的手一紧。七年多了,他其实从未送过她一件像样的礼物,想来都不如表弟。

于是她也不坚持,轻声细语:"那我不成了土财主了。"

心里分明也是欢喜的。

回房侍候了折兰勾玉躺下,向晚不放心,又去看莫前辈与钟离。钟离本来说要守岁,因为折兰勾玉身体不允许,于是作罢。

莫前辈醉得沉,睡得沉。转去钟离房间,经过微生澈的房间时,却闻一阵异响。

向晚素来也不是好奇心重的人。只是这声响委实怪异,破碎沙哑的痛苦呻吟,让人闻之心惊,又心里难受得紧。

向晚犹豫再犹豫,抬脚没走两步,就被里面的那声"向晚"惊得失了色。

那是微生澈的声音!

向晚一慌，腿软扶了一旁的墙站定，回神连忙逃离。只是这细微的声响惊动了房里的人，向晚没跑出几步，房门一开，被人抓进了房。

自然是微生澈。他衣衫半敞，看得出是匆忙披衣起身。房里另有一人，赤裸着身体趴在床上，背对着她，向晚一时分辨不出她身份，只知是个女人。

"大人这是作甚？"向晚深吸一口气，强装镇定。

微生澈不说话，意味不明地看着她，半敞的衣襟下，露出一小片精瘦的胸膛。

"不打扰大人美事，我先告退了。"向晚微微一礼，还未转身，眼前人影一闪，身子一轻，定睛再看，她已在床上。刚才光着身子趴在床上的人此刻正看向她，不是杏香还有谁！

向晚这下真的吓到了。难道刚才破碎沙哑的声音竟是杏香发出的？她已经人事，自然明白若是缠绵时的呻吟，以杏香的声音，定不至此。再则杏香出身青楼，任何情况下都不可能发出那种可怕的声音！

"她怎么会这样？"这种时候，向晚的第一反应竟然不是逃跑而是质问，心里隐隐明白了什么。

他却忽然笑了，笑容诡异万分："不是你说的么？我只是让她不敢想起来而已。"

"让她忘记今天晚上的方法有两种，一种是让她想不起来，另一种是让她不敢想起来。"

当初她确实是这么说的。她以为，不外乎威胁警告，或者弄点什么药让她失忆，没想到结果会是这样。

她还是疏忽了。再看一眼杏香，娇颜依然，眼神却不再妩媚，看着她，神情木然。

她其实不曾对杏香有过什么好感，她甚至是她某段时间假想的情敌。而且对妓女这个身份，明知不应该，心里难免还是有些轻蔑。虽然这种轻蔑，更多的是因为杏花与折兰勾玉。

可是如今看杏香这样，心里又憋闷得难受。

她裸着身体，趴在床上，神情木然，无丝毫羞耻与遮掩。那曾经魅惑男人的顾盼流转，那让人酥酥软软的娇娇嗲嗲，统统消失不见。这一刻她神情的木然，胜过身体的残缺，更让人心悸。向晚喉咙一紧，取过一旁衾被，严严裹住她身体。

微生澈见此，走近两步，似笑非笑："这会子忽然想当好人了？"

一瞬间的迷茫。向晚心忖，微生澈到底是好人，还是坏人？在她刚以为他开始站在他与折兰勾玉这一边时，怎么忽然感觉又不是了？

"我从来都不是好人，但我至少不残忍。"向晚说完滑下床，身子一动，又被他推回床上，未及起身，已被他欺身压住。

"微生澈！"向晚怒推他，不料双手反被他一手掌握，高举过头顶，一时动弹不得。向晚怒极，不由骂道，"疯子，放开我！"

"既是疯子，怎么会放开你？"他笑，满意地看着向晚一脸怒色，一手抓着她手，另一手抚上她脸，凑近几近相贴，"他是不是也是这样？"

他的手顺势而下，滑至她的耳畔，轻轻揉捏。

向晚怒极反笑，忍住不适的感觉，眼神轻蔑："你想借我的身体感觉他的味道？堂堂三侯君之一的微生大人，竟然卑微至此？"

脖子上一紧，他的手掐住她脖子，素来清冷的脸上满是恼色。

向晚笑得愈发开心，软软道："我只是出来看看莫前辈与小离，太久没回去，只怕他会出来找我呢，到时候被撞见了可不好！"

他垂眸不看她，手下用劲。

呼吸渐渐变得困难，向晚还是费力说完想说的话："你即使杀了我，或者毁了我，也是得不到他的。"

他忽地松手，勾起嘴角似笑非笑："不如我们试试，久不见你回去，他会不会闯我房里来寻人？"

说完不待向晚出声，封了她穴。

向晚惊觉他要做什么，苦于动弹不得又出不了声，只能眼睁睁看他将杏香身上的衾被扯落，也不忌讳她在场，径自宽衣。

向晚赶紧闭眼，无奈人不能动，捂不住耳朵，杏香破碎沙哑的声音不断入耳，听得她阵阵揪心。

这样的尴尬与痛苦持续了很久，直到有人捏住她下巴，逼她睁眼，向晚才知微生澈终于完事了。

"他刚才从门外经过，可惜……"他笑，笑容诡异，光裸着上身，精瘦、与脸一般的苍白肤色，带着点沉重喘息，"显然没想到你会在我的房里。"

向晚挣不脱，亦开不了口说话，视线看向一旁的杏香，忍不住皱眉。

微生澈拂手解开向晚哑穴，转而牢牢扣住她下巴，不致让她发出大声响，只够断断续续支离破碎地拼凑成一句："没有……一颗温暖……的心，你……活得……真悲哀……"

"你以为他的心，就比我慈悲？"

他的手更用力，向晚努力弯起嘴角笑，声音不自觉变得温柔："至少……他还有我……可以……互相取暖……"

他眼里一抹戾色闪过。

向晚瞥一眼，可这一刻她丝毫不想退却："她……也是个尤物……哪怕你只肯……给她一些虚情假意……她也甘愿……为你取暖……"

她那时忘了说，只需替杏香赎身，让她承了恩情，她哪怕看到不该看的，心里明白，也应该不会开口、不会泄露。

"那么你呢？你比她更像尤物。"他手微微一松，另一手抚上向晚的脸，细细摩娑。

向晚看他，直直迎视着他，声音坚定中有温柔："我来守护你的爱人，让他幸福，因为他也是我爱的人。"

微生澈有瞬间的失神，看着向晚，在一刹那的时间里褪去他所有的清与冷。回神之后，又比之前更清更冷。他伸手推开杏香，拂了她睡穴，手依旧捏着向晚的下巴，

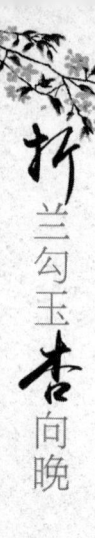

垂眸问：“你扶他回房，他可有亲过你？"

向晚莫名。微生澈显然并不需要她的答案，蓦地凑近，冰冷的唇贴上她的。

向晚大惊，瞪大眼睛却动弹不得。

他的唇只在她唇上停留一秒钟的时间。再看，还是那个清清冷冷的人，却分明有些什么东西不一样了。向晚说不出是哪里不一样，就是一种感觉。她伸手捂住嘴，才蓦然惊觉不知何时已被解了穴。

"趁我改变主意前，赶紧消失。"他背过身，看一眼昏睡的杏香，下床穿衣。

向晚惊跳下床，几步逃出房。冬夜冰冷的空气扑至她滚烫的脸颊，她靠在一侧墙上，大口喘气，待得心情平复，方回房。

"去哪了？"

向晚的手刚碰到门，门已从里打开，下一秒，落入熟悉的温暖的怀抱。

"这么大的院子忽然属于我了，于是各处走走。"她将脸埋在他胸口，反复磨蹭。

他轻笑，胸腔有让她安心的起伏跳动："怎么各处都找不到你？"

她也笑，嘴巴在他衣服上蹭了个干净，方仰起脸来："看来师父要努力了，才这么个院子就找不到我，那出了门我走丢了就更找不回了。"

她本是无心玩笑，却让他想起她三年的失踪。加之刚才遍寻不到她，折兰勾玉心里蓦地一阵翻腾，嘴里涌上腥甜，勉强压下，神色还是一变。

"师父？"向晚一慌，赶紧扶了他回床，心里一阵害怕，"没事吧？没事吧？"

他摇头，只紧紧攥着她的手，太过用力，骨节分明。

向晚心里难受极了，另一手反握住他的手，一迭声道："不会走丢，不会走丢……就算走丢，也会自己回来，再不行循着杏花的线索，师父肯定能找到我，哪里的杏花最早开，我就在哪里等师父来……"

他神色一松，缓缓展颜。

恰外头有鞭炮声响起，该是子时，正是交岁，新的一年很快来临。向晚听着外面的鞭炮声，将脸贴着他的手背，暖暖道："师父，很爱很爱师父，我要为师父生儿育女，师父也要答应与我白头偕老。"

"好。"这一刻，他心里的感动亦无法用言语表达。

他的向晚，他知道自己从未爱错人。

大年初一，早没了微生澈与杏香的影子。

向晚替折兰勾玉更衣，又替他梳发。

"小晚……"按理逢年过节不是说这事的好时候，但向晚不是一般的人，折兰勾玉略一犹豫，还是开口，"从现在开始，直到我收钟离为徒，你都留在这里吧。"

向晚执梳的手一顿，困惑。

"如果有一次选择的机会，小晚是愿意有这样的娘亲与弟弟，还是从此与他们毫无干系？"他的手，握住她执梳的手，微微用力。

向晚想起大年二十九她撞见的那幕,心里一沉。

"师父是因为那些传闻才这样做么?"特别是她破身的传闻,她知道他定会介意。他既介意,自会去调查,去寻找破绽与解决的办法。

调查的结果肯定有意料之外的情况出现,所以才有此一问。她若不是曾经撞见那幕不堪,或许此刻根本不知他因何有此一问。

"他与我有血缘关系么?"她知道他明白她说的他是指向阳。

他轻浅一笑,安慰:"别多想。有或没有,只看你愿不愿意有他这样一个弟弟。"

他要在收徒前,将向晚那些大不利的传闻消除。早前他派人去杏花村寻找当年的瘸子,不料意外发现向老爷的故去有疑。还向晚一个清白是必然的事,至于过程,且看向晚的选择。

向夫人与向阳的命运,此刻就握在向晚手中。

"且随他们去吧,只要他们学乖。"她伸手掬他一束墨发,告诉自己,要多替他积福。她曾那样对陆夫人说,折兰勾玉身上的毒未解,她也该多为他积福才是。

"好。"他虽不明白她这份心思,却以她的意思为准。

新年未过完,折兰勾玉就高调收徒了。

收徒仪式在玉陵酒楼郑重举行,潘先生是见证人,受邀的皆是玉陵城有名望人士,以及很多风闻消息赶来的围观百姓。

这日钟离换了身湖色长袍,眉目清朗,先是拜见向晚,然后两人一道赶去玉陵酒楼。

而折兰勾玉前几日回了折兰府,由折兰府出发。

折兰府的马车到得玉陵酒楼时,酒楼已宾客满盈,酒楼外围观的百姓将两侧道路堵了个水泄不通。

马车在酒楼前停下,车帘一掀,那一抹玉白长袍、手执折扇的颀长身影,顿时成了焦点。

"是城主大人……"

"真的是城主大人么?"

"我们的城主大人真是人中龙凤……"

……

周围的百姓开始骚动、情绪高涨。

向晚与钟离闻声迎出酒楼,折兰勾玉至两人跟前停下,暖暖笑着,伸手握住向晚的手,柔声道:"我们进去吧。"

向晚不动,低头看着交握的手,感觉自己刹那成了焦点,一时无措。

收徒仪式尚未开始,他就这么肆无忌惮了?

本就激动无比的围观百姓,看到这幕愈发激动。

"啊,城主大人和他的女学生……"

"她就是向晚?"

"听说她八岁被后娘卖给个瘸子当媳妇,还被瘸子破……"

"哎呀,传闻假的啦,你们不知道吗?"

"啊?假的?那真相是怎样的?"

"哎,我们城主大人的学生可怜啊,摊上这么个后娘。"说话的人用力叹气,用力摇头,"你们是不知道,那瘸子前些天来找她后娘索钱,说是不给钱,就把她后娘的底全捅了。"

"这事我知道呢,她后娘不肯给钱,还找人打了瘸子一顿,结果有人看到报官,不是被抓去官府了吗?"

"是啊,到了官府,她后娘还没说话,那瘸子就全招了。原来她后娘早前偷汉子被瘸子撞破,给了他一笔钱封住他的嘴。谁知瘸子花光了钱,听说她后娘来了玉陵小日子过得滋润,尝过甜头的瘸子不远千里地跑来玉陵,想以旧事要挟,再讹她后娘一笔银子,结果反被她后娘找人打了一顿……"

"哎呀,偷汉子,真不要脸……"

"可是这事和传闻有什么关系啊?"

一旁另一人插嘴:"怎么没关系?那天衙门判案我去看了,那瘸子挨了板子,该招的不该招的全都招了,说她后娘真不是个东西,当年他从她后娘手中买了向晚,还没将向晚带回家,半路上就被人买走了。她后娘左手收他银子,转个身告诉孩子他爹说向晚被他强占了去,只能卖给他当媳妇,害得她爹上门找他要人,又打又骂,还说要和他拼命。向晚那时还是个孩子,他哪有做这种事?分明是她后娘贪图五两银子,关了向晚一个晚上,第二天一早趁她爹出门,绑了人来交到他手里。他当时看着向晚被她后娘从柴房拉出来,那时她还不知道要被卖给人当媳妇呢。"

"可怜的孩子……"

"后娘见多了,没见过这么狠的。从小虐待不算,还将她卖给瘸子当媳妇,随便一句话又毁了她一生的清白……"

"听说她那时才八岁,我就想,这么小的孩子,怎么有人能狠得下心破她的身……"

"我看那瘸子瘸了一条腿,虽然贪财了些,看起来倒不像个会对八岁孩子下手的色男人……"

……

一时议论纷纷,大家莫不对向晚的遭遇表示深刻的同情,外加对向夫人唾骂万分。之前的不耻与气愤,忽然间烟消云散了去。杏花村的故事毕竟是耳闻,但向阳之前对钱小公子的所作所为却是玉陵城尽人皆知的。钱小公子身体恢复,偶尔在家丁的陪同下也有出府走走,看其言情举止神态,当初的翩翩少年,如今是痴痴傻傻呆呆,看到的人莫不扼腕叹息。这一份扼腕叹息,与向晚的遭遇一结合,让玉陵城的百姓对向晚又多了份怜惜。

心生怜惜,感情上就会亲近几分。如果他们敬仰爱戴、风度翩翩、才貌双全的城主大人真与他的女学生有私情,初闻的鄙视不堪与对大逆的反对,更多的也转为一声叹息。

一个曾经如此不幸的人，好不容易有了幸福生活，总有善良的人会不忍心去破坏。

几人入得酒楼，早有人备妥一切。酒楼里应邀的达官贵人，看到折兰勾玉与向晚偕手进来，个个惊得失声，稍顷回过神来，才纷纷向折兰勾玉行礼。潘先生与小彦最是镇定，传闻亦真亦假，谁也不敢下定论，他两人却是心知肚明的。

潘先生作为此次拜师收徒的见证人，主持了仪式，并在仪式中特别申明钟离是折兰公子正式收的第一位学生。

众人哗然，交头接耳、窃窃私语。

潘先生解释，折兰公子当初还曾让他收向晚为学生，不过他当时并未同意。折兰公子只是闲时从旁稍加指点向晚，忙的时候向晚也会来竹院请教他。不管是折兰公子，还是他，向晚都从未拜师，更别说行正式的拜师礼了。当日他一时口快，没想到让大家一误会就是七年。

众人再次哗然。

潘先生说，他当时口误，没想到折兰公子并没有当面澄清。说完又加一句，其实以折兰公子的身份，又何需累赘向人解释？

向晚站在一侧，静静看着潘先生。

接下来是正式的拜师收徒仪式，钟离行拜师大礼，折兰勾玉赐字明师规，潘先生是见证人，载以文书。仪式完毕，潘先生转过身，看着向晚，笑道："潘某当日眼拙，若是向晚姑娘愿意，潘某甚想有你这位学生。"

向晚笑，看了眼一旁的小彦，淡淡道："只怕有我这样的师妹，小彦会觉得丢脸。"

重要的是，折兰勾玉不能屈辈。潘先生尚可，可是折兰勾玉的身份不能跌至小彦的师妹夫吧。

小彦脸色一黑，撇过头不说话。

钟离左右看看，半晌方小心拉拉向晚的衣袖，轻轻道："这是巴不得的事，怎么会丢脸？"

话音刚落，一群人都笑了。小彦的脸难得的泛红，钟离眨眨圆圆的眼睛，不知大家笑什么，小圆脸上也是一抹红。

继向晚证明清白后，城主大人正式收徒的消息又成为街头巷尾的热议。向晚的身份，七年来在玉陵百姓的心中打下了深刻的印象，一段时间的议论纷纷，不少人开始转变态度。

随着向晚身份的转变，她与折兰勾玉的这段感情也不再是大不伦了。顶多不过是门不当户不对。

相比那段推迟三年还不见好事将近的婚约，城主大人终于有了动心的对象，这个认知一下子让百姓兴奋起来。按风俗来说，折兰勾玉早过了大婚的年龄，他又一直不肯收偏纳妾，满城的百姓都在等啊盼啊，这一次终于盼来了希望与眉目。

在他们看来，以向晚的身份，哪怕是个妾室，那也是高攀的。但不管是偏房，还是妾室，百姓心里至少是可以接受的。向晚长得美，又有才，久居折兰府，日久生情亦是人之常情。

包括陆家，也是这样妥协的。陆夫人与陆羽雪虽心有不甘，但向晚的身份矫正过来，在这个社会，男子三妻四妾本是寻常事，陆羽雪的身体迟迟不见好，折兰勾玉一等多年，从未提过退婚之事，此番若是借机纳妾，她们也没立场反对。

转念一想，向晚娘家无权无势，未必不是件幸事。

元宵这天，折兰勾玉亲自接向晚回折兰府。

从除夕到元宵，向晚都住在别院里。

临到折兰府，折兰勾玉的脸色却是一变。向晚担心地看着他苍白的面色，伸手探他的额："师父？"

折兰勾玉拉下她的手，暖暖一笑："怎么还叫师父？"

"我……喜欢这样叫……"她脸微微一红。

"那以后人前顾着些就好。"其实他亦是喜欢她这样叫的。

向晚点头，略一思忖，问道："人前我该如何称呼你？"

他笑，情不自禁抚上她脸颊，满心的满足："名字吧。"

她乖乖点头，一时却怎么都叫不出口。

下马车时正好碰到微生澈。

他不过目光一凛，也没说话，转身走人。向晚先是随了折兰勾玉回房，再回晚晴阁时，却被微生澈拦下。

"大人真是神出鬼没。"向晚行礼。

"玉最近的脸色很差。"他挑眉看她，目光灼灼，分明不肯放过她一丝一毫的神色。

向晚还是淡淡的："大伤初愈，恢复元气需要时间，自然容易疲劳。"

他一手递至向晚跟前，摊开，掌心一片黑色树叶，月牙形、浅齿边，乍看还以为是寻常枯叶。

"黑芝草，弥足珍贵，有暂时黑发神效。"

向晚心里一惊，继续装傻："恕我孤陋，并不识它。"

他脸上竟有笑容，也不恼她，话说得分外直接："这是在厨房找到的，即使你半月有余未曾回府，该也清楚这草谁用了合适。"

"大人不如索性来折兰府当管家吧，如此尽心尽职，不放过蛛丝马迹，却将自己的封地抛到九霄云外，连新年元宵此等大节，都留在玉陵，真是让我感动。"说完越过他，径直回了晚晴阁。

即使向晚不肯说，微生澈还是猜到了其中玄机。

不止微生澈，陆夫人也在无意中发现了这个秘密。

折兰勾玉虽尽量掩饰，又费了不少心思让银发暂时变黑，但他佯装无碍，时间一久，有些蛛丝马迹不难发现。一直喝药、脸色苍白，以及折兰夫人常常黯然落泪，都让人心中起疑。

元宵节的晚上，向晚终于与折兰二老、陆家二老，以及微生澈和折兰勾玉，同桌吃了顿团圆饭。她已不是折兰勾玉的学生，这样算是对她身份的一种默认。

尤其陆家二老，虽不热情，也没摆脸色，亦没说些不入耳的话。

只是向晚不知的是，这些是以莫前辈再次替陆羽雪诊治为条件。陆家虽接受向晚留在折兰勾玉身边，但折兰勾玉又怎会让向晚屈于陆羽雪之下？为了还向晚一个清白，他此次派人去杏花村调查，收获不小。从瘸子的这条线顺藤摸瓜，发现了太多意料之外的事：向夫人与二根子的私情、向老爷的死因、向阳的身份，以及陆羽雪的小计谋。

这些本不必费他心思。若不是想给向晚一个完美，他如何会选择隐忍与顺陆家的意？再则之前莫前辈去金风阁尴尬收场，陆夫人这阵子没少在折兰二老跟前哭闹，他也不想父母为难。

第二日莫前辈就来了。

向晚这段时间亦在努力翻找书籍资料，希望能找到月见半魂的相关记载。除此之外，她还顺便查寻灵玉的各式传闻记载。对这些不甚留意。

这日向晚看书看得眼酸，起身想到花园走走。刚出房门，便被站在门口的微生澈吓了好大一跳。

他倒是神出鬼没，进来也不通传，出去也不告别，一身的清冷。

"大人怎么来了？"向晚依例行礼。

他挑眉看她，似笑非笑："你倒是清闲。"

"难道大人有事需要我帮忙？"

他定定看她，好半响才缓缓道："莫前辈开始替她治疗了。"

她，陆羽雪？向晚明了，神色不变。

"你不担心？"

向晚笑，丝毫不避："我算不得好人，但也没坏到巴不得她死。在感情面前，的确会变得很自私，但我并不希望自己的幸福建立在别人的生命之上。"

至少不能主观去害人。

他看她，一时意味不明，忽而又垂眼，破天荒笑道："治好了她，婚约就得履行，你以为光凭感情，就能定名分高下？"

向晚也笑，淡淡然："大人委实矛盾。一方面见不得他与别人好，一方面看到我不争不闹又觉得不过瘾。"转而半月明眸熠熠闪动，凑近轻问，"或者，相比表小姐，大人忽然发现还是我与他般配些，所以这会子来劝我从中做些手脚？"

他有那么一瞬间的狼狈。瞬间后又恢复清清冷冷，既不说话，也不离开。

向晚只得再加一句："如果大人愿意，不妨从旁指点我几句如何？"

他像是真的来帮她，竟然开口告诉她："只怕现在陆家已知玉身体有恙，而且

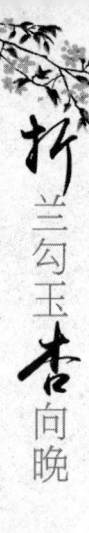

程度不轻。"

向晚先是被微生澈的"好心"惊到，很快又被他的话惊到。

"你知道多少？"不过几天，仅凭一片黑芝草，他就将一切调查清楚了？

"你说呢？"他反问。

向晚静下心来细细琢磨他的话。

听微生澈的意思，陆家虽还不知月见半魂的事，但已肯定折兰勾玉有异。那么，知悉折兰勾玉有异的陆家，会有何打算与想法？

怎么微生澈带来的消息，听着像是好消息？

可是，不应该是这样的啊。还有微生澈的态度，甚至都没向她求证折兰勾玉的情况，难道……真的是来帮她的？

向晚神色一缓，真心道谢："多谢大人。"

他凝眉看她，感觉她此刻不同于平时的温柔，心思忽然不受控制地想象她在折兰勾玉面前，该是何等的柔情似水、媚人风骨。惊觉时她已绕过他，径直向外走去。

向晚几乎小跑着冲进折兰勾玉的房间，径直扑到他怀里，环着他腰，甜甜喊了声师父。

折兰勾玉真是有些着迷，这样满身喜悦的向晚，有种久违的感觉。

向晚在他怀里仰起脸，半月明眸满是喜色，娇声问："师父是怎么让师公师婆同意我留在你身边的？"

推了高家，正了她的名，还留她在他身边。这一切，在他出关后转变飞快，她那时满心是纷乱的思绪，一直没有细想深究。

他一点也不介意她不改口，他最爱她这样娇娇软软地喊他师父。低头迎视她，他知她定是知道了些什么，并不开口。

"师父……"

他如愿看着她难得的、小小的撒娇，满心欢喜，经不住等她更多的撒娇，一早投了降："莫前辈无心泄露，说是为师中了月见半魂，不仅解不了毒，更不可与女子交合。"

向晚困惑地眨眨眼。

他几乎吻上她的眼睛，又及时忍住，半晌方道："不过，你是用月见半魂救回的小命，所以是个例外。"

一切的一切，再清晰不过。

传宗接代的大事，怎么可能儿戏？面对折兰勾玉现在的情况，一丝一毫的机会也不能放过，一丝一毫的失误也不能有。

原来竟是如此！

所以高家再怎么不甘心，还是被折兰府压了下去；所以钟离的拜师仪式，顺顺利利；所以折兰夫人同意她留在他身边；所以她现在又被接回了折兰府。

陆家或许心有不甘，却也只能暗恼折兰二老的态度。

只是，若陆家知道了真相，又会如何？这真相，是折兰勾玉身中剧毒，不知能撑多久；这真相，是他们的女儿即使嫁给折兰勾玉，亦不能怀有他的孩子，继承不了折兰家族的家大业大；这真相，是女儿若治好了身体履行了婚约，注定不久之后会是个没有子嗣的年轻寡妇，而且以她的身份，连改嫁都不能！

除非折兰勾玉能找到解药，身体大好！

可是，若陆家知道折兰勾玉身上中的是月见半魂，会相信折兰勾玉能在短时间内找到解药？在此前莫前辈与折兰勾玉可是已经闭关七天失败！

"师父是想以退为进？"他不想先提出退婚，因为知道这样一来，他得背负什么，正娶向晚，向晚又得背负什么。

他笑，不置可否，知道她已明了。

"原来莫前辈是这样无心泄露的，原来黑芝草是这样不小心被人发现的。"她恍然，巧笑如嫣。

他轻点她鼻尖，以示嘉许。

"那么师父现在的身体状况呢，是不是也该向我坦白一下了？"她捧着他脸，不让他的视线躲避。

他的眼里有犹豫，虽然稍纵即逝，但她还是看到了。犹豫之后，他漂亮的眼睛笑成弯弯一道弧，暖暖道："三年五载，不成问题。"

只是，即使撑住了三年五载，后面身体会虚弱到何地步，他亦不知。

向晚也不说破，双手依旧环着他腰，脸贴着他胸口，轻轻道："我永远陪着师父。"

天上地下人间，她都不要与他分离。

既是折兰勾玉有心，月见半魂的事终是瞒不住的。

陆夫人这次很沉得住气，陆羽雪尚在治疗中，一切都被她忍压了下来，首要问题是女儿的身体。

陆羽雪一病，已是第四个年头。寻访了多少名医，用了多少珍贵药材，一直没大起色。这次才喝了莫前辈的药没几天，已经颇有起色。只是莫前辈说喝药治标不治本，若要根治，必得一番大动作，陆羽雪身娇体弱，又久病卧床，怕是身体会受不住，所以给他们几天考虑的时间。

陆家二老确实在慎之又慎地考虑。他们是断断不可能放弃这绝好的治疗机会的，只是若陆羽雪身体大好，那么婚事自也不可能再拖。

本来这是件大喜事，可他们现在知道了折兰勾玉的隐情，就开始犹豫了。

折兰勾玉竟用了黑芝草，怕早已容颜大损，不过勉强遮掩了下来，而且他近来总是一脸苍白，看来月见半魂的毒，竟连莫前辈与一干良医都无策。听说交合会让女儿也染上月见半魂，她们当然不会让自小捧在手心怕碎了、含在嘴里怕化了的宝贝女儿去冒这个险了。但不冒这个险，到时折兰勾玉撒手去了，女儿就成了没有子嗣的寡妇。

这一切的重点，是听说向晚是个例外。既然连折兰二老都默认了这桩事，到时候若向晚怀孕，自己女儿地位肯定不保。或者说，即使保住了正室的地位，又争得长子的抚养权，到时那孩子继承了折兰家族的一切，陆羽雪也只是为他人作嫁衣裳，这让他们为人父母的如何甘心！

而且这种时候，折兰勾玉显然没有退婚的打算。这真是左也不是，右也不是。全了美名毁了女儿，毁了婚约徒惹骂名。

这边厢陆家犹豫矛盾，那边厢向晚怀孕了。

这日向晚吃完午饭与折兰勾玉在花园里晒太阳。折兰夫人亲自提着食篮过来，说是给折兰勾玉备了补汤，见向晚在，也给她盛了一碗。

向晚端起碗还没喝呢，一闻那味道，就忍不住蹲下身吐了起来。吐完起身漱口，阵阵头晕眼花。这情形实在狼狈，向晚刚想说声对不起，就被折兰勾玉拉了手腕把脉。向晚困惑，稍顷见他喜上眉梢，也不顾及折兰夫人在场，抱着她狠狠吻了个够。

小两口情深意浓的一个长吻后，才发现折兰夫人还等在一旁。向晚脸红，低头不敢看人，折兰勾玉抱着她，声音破天荒不平静道："娘，小晚有了。"

折兰夫人喜极而泣，提了裙摆第一时间跑去跟相公报喜去了。向晚则直接被震晕在当场。

那个，她是很想替他生儿育女，之前在他面前也一再表明心意。可这消息来得实在太快，她全无心理准备，不知该惊该喜。

"我有了？"

他点头，在她额头轻轻印下一吻："我们的孩子。"

向晚的神智这才一点一点回笼，六感逐渐恢复，一种说不清楚的情绪溢满整个胸口，泪水毫无征兆地落下。

七世命丧婚嫁，甫一升任杏仙又被贬下凡……这一路来，她最怕历史重演。每回情动后的异常，都昭告着她这一世的修行仍会有个大情劫。如今她破了情戒，破了身戒，历经不少，甚至以折兰勾玉的一身剧毒为代价。而现在，她居然怀孕了，怀上了他的孩子，那从她知道自己七世命丧婚嫁开始就只当是个梦想的事，竟然……真的发生了！

"小晚……小晚……"他起先以为她是太开心，后来发现她泪越落越凶，情绪也不是正常的兴奋，不由慌了神。

她却只是狠狠攥着他手，太过用力，指甲都掐进了他肉里，咬着嘴唇，一直一直地流眼泪，就是不肯停，也不肯哭出声。

他并不能完全明白她的心情，亦不知她为何会如此。但他愿意包容她的一切，就像此刻，便也由着她尽泄情绪，只是一手抓住她两手，紧紧放在心口，另一手拥着她，一遍一遍轻拍她的背。

消息很快传开。

除了陆家的人，其余俱是皆大欢喜。

折兰勾玉索性让向晚连晚晴阁都不用回了，以照顾为名，直接让她住进了他寝居。

向晚心情还是不能平复，特别是在折兰勾玉谈及婚事之后。

"退婚书呢？"当初闭关前放在书柜中间抽屉的两封书信遍寻不着，折兰勾玉转头看向晚，一眼明了。

"烧了。"而且婚书也烧了。

"小晚……"

"我不急……"向晚赶紧表明态度，"不要觉得委屈了我，按你的计划步骤来，我能等。"

闭关前的那两份书信，是他为防闭关意外所做的准备。如今闭关不算成功，亦不算失败，她觉得一切还是按计划来得好。她不想因为她的怀孕，让他太过迫切乱了阵脚，白费了前面的一番苦心。

最重要的是，七世命丧婚嫁，她不想冒险，她肚子里的孩子，一丁一点的险也不能冒。

"小晚还是不愿坦白一切么？"他知道她不是那样计较与爱争的人，但现在这样，委实也太异常。

她即便可以不在乎，可以等，但她肚子里的孩子总得有个名分。再则，未婚先孕，于她太过不利。一路的蜚短流长，他不想她为此还要被人指指点点。

向晚神色一黯，想起上次海岛回来他心里的疑问，不由问道："师父猜到了多少？"

折兰勾玉的手在她左手臂杏花封印的位置流连，半晌才道："只有礼才会认为，初见时你那一声玉帝，是在喊我为弟弟。"

那也不过是怀疑，又岂能肯定？向晚仰起脸，又问："什么时候真正起疑的？"

"第一次去杏花林，看你所经之处，杏花瞬间绽放。"

再加上杏花封印与月见半魂，他本不信神鬼之事，然而向晚身上发生的一切，让他不得不信。

"师父不怕我是妖精鬼怪么？"

他笑，如薄雾晨光，清雅至极："若是如此，便也认了。"

她轻笑出声，伸手把玩他的头发，静不出声。七世命断婚嫁的事，她该如何开口？

他叹口气，安慰："无妨，等你想说的时候再说也不迟。只是婚事……"

他话未完，已被她摇头打断："且看陆家反应，也不急着操办。这不是我们两个人的事，我也不想师公师婆不高兴。排除万难不顾一切的幸福，至少也得有家人和朋友的祝福，不是么？"

他眼眸一深，听她继续道："或许师父不明白，只是现在于我来说，平平安安生下孩子，才是最重要的事。"

他不说话，心里则另有安排。

向晚的喜讯，连这几天身体稍有好转的陆羽雪也上门来道贺。

恰向晚闲来无聊，正替折兰勾玉梳头发，听下人来报表小姐求见，忙停手道："我避避吧。"

折兰勾玉淡淡一笑，拉住她欲离开的手："她这时候出现，是冲着你来的。"

向晚站回原地，继续用梳子一下一下梳着他的头发。对镜临窗，天欲晚。他坐着，白衣如雪，她站在他身后，杏红长裙如胭脂。她如墨青丝半挽，他一头黑发随意披散，夕阳余暖，静美如画。

这一幕太过美好，陆羽雪乍见，竟怔在当场。

莫前辈的药很有效。她站在门口，身后是小喜与绿袖，已不需要人搀扶。

稍顷回神，陆羽雪借着小小的距离，打量心上人的头发。青丝如墨，看起来并无异常，若不是娘亲发现，谁又会想到这一头的黑发，是用黑芝草染上去的？她的心上人，她的准夫婿，为了另一个女子甘愿一头华发、身中剧毒，而这个女子，现在又有了他的孩子。

贤良淑德、三从四德，这些道理她都懂。她恨自己的这身病，若非如此，她与他早该完婚，早该有了他们的孩子。那时向晚失踪，谁说不是最好的时候？哪怕她后来回来，情况再糟也不至此，她亦不会像现在这样处于一个被动的位置。

如是一想，她满心都是不甘与委屈。从小到大，她何曾受过这些，若非卧病在床四年，她又如何能像现在这样静得下这份心思忍得下这口气！

"小雪身体大好了？"折兰勾玉看到门外之人，出声。

陆羽雪收回思绪，扶着小喜的手，缓步入内，脸上的笑容很深，酒窝却极浅极浅，轻甜道："要多谢莫前辈，不然只怕我现在还躺在床上。"

折兰勾玉笑得谦谦温和，点头。一旁向晚对着陆羽雪微微一礼。

"小晚使不得。"她脸上一丝一毫的妒忌也没有，掩饰得极其自然，好像来之前已经演练过无数次一般，伸手作势去扶向晚，"你如今有了身孕，千万得小心身子，这些礼能免则免。"

手终是没扶到。

向晚淡淡一笑："谢谢表小姐。"

这一声"表小姐"让陆羽雪神色一变，笑容也有些挂不住。好一会儿，她才又若无其事地上前拉着向晚的手，语气亲昵："表哥，小晚有了身孕，名分之事拖不得。她已不是你学生，虽出身贫寒，毕竟也在府上多年，该给她个说法了。"

她话到此一顿，喘了口气，继续道："你此前总是不肯纳妾，不然早该有了子嗣。现在好了，刚才娘还与舅母他们商量呢，我们不能让小晚挺着个肚子，招人非议。"

是啊，妾室，只要有她在，她休想爬上城主夫人的位置。

向晚一怔，手已被折兰勾玉牢牢握住，他低低的清雅的声音在一侧响起："小雪费心了，你身体还未大愈，尽量休息才是。"

"表哥放心，有莫前辈在，我一定很快能恢复身体，跟表哥完婚的。"

折兰勾玉握着向晚的手一紧。陆羽雪说完，也不看他二人，转身扶着小喜，回去了。

"我不要结婚。"向晚难得的任性。

分明也是情投意合，之前不止一次说爱他，要与他永远在一起，为何有了孩子，会如此排斥婚事？他心有疑惑："不会是妾室。"

她介意的不是这个。向晚摇头，心里一时又酸又痛，不知该如何告诉他她的害怕、她的担忧，泪已先滑落。

"我们去杏花林，可好？"他心疼她这样，这是他能想到的唯一能让她开心展颜的地方。

虽然还未到杏花时节。

她点头，扑到他怀里，听他安慰："我们明天就去。"

翌日两人刚出主院，就被折兰夫人拦下。

"娘……"

"不行！"折兰夫人这次很强硬，"你们俩现在都是什么状况？跑那么远，不行！"

"娘……"

折兰勾玉才开口，又被折兰夫人打断："小晚，你跟我来，娘有话跟你说。"

她这声"娘"，倒让折兰勾玉与向晚一时惊住。

折兰夫人不管这么多，拉了向晚便往晚晴阁走。向晚回头看一眼折兰勾玉，提着裙摆，亦步亦趋跟上。

"夫人……"两人到得晚晴阁，折兰夫人停步，向晚弯身行礼。

"昨天小雪来过了吧。"

"是……"

折兰夫人抬眼看向晚，若不是她让玉儿受这般罪，她可能会很喜欢她。她的美，是静美，含蓄而内敛、沉静而温婉，不张扬。唯一缺少的是家世。

她并不在乎向晚的家世。她与折兰老爷的婚姻就是先例。

当年折兰老爷在一次庙会中与她偶然相遇并一见钟情，后几经辗转寻访，终打探到她家世，亲自上门来提亲。她本是小家碧玉，家里数代单传，偏生父母只得她一个孩子。父母虽心有遗憾，对她却诸多溺爱，奉为掌上明珠，从小到大没让她吃过一点苦、受过一点委屈，但凡她喜欢的想要的，从来都是满足她。所以折兰夫人虽是小家碧玉，琴棋书画、文才武略，因着她的兴趣都有所涉猎，她也甚是娇气。正因如此，得知金陵君亲来提亲，她亦不将他放在眼里。

在世人眼里，她与折兰老爷的身份地位悬殊。折兰老爷被拒却不放弃，她后来亦为他的真情感动，不过在答应他婚嫁前，还是让他立了此生不纳妾的誓，并昭告天下。当年的这段恋爱算得上是轰轰烈烈，又因着一契不纳妾之约，惹来举国上下的关注与热议。最后有情人终成眷属，这些年过去，恩爱如初。两人只有一子，折兰勾玉小小年纪才冠天下，成为风神国史上最为年轻的状元郎，当年的那段爱情便也成了佳话，人人称羡。

折兰老爷甚是宠她，府里事务向来都是她说了算，府外的事，只要她一撒娇，折兰老爷就乖乖投降，依言行事。

没有人比她更清楚，玉儿在向晚卖身契上写下的那八个字——"爹之娘亲，我之小晚"意味着什么。她甚至可以想象，如果向晚有她的那份幸运，这段感情何尝不会是一桩美谈，他们也会有一个幸福美满的将来。

只是为人父母，哪能没有点私心。折兰勾玉现在的处境，她是万万不想再生出事端来，更不想他的名声一损再损。

"小雪容得下你，我希望你也能接受她。"

向晚低头，没有回答。折兰夫人知道，她心里有想法。

"玉儿跟我说过你们的事，我也明白你们的感情，只不过，小雪既然愿意，身体也在逐渐好转，我不想再生出些什么事来。玉儿的身体你最清楚，清修静养为上。"

向晚依旧低着头，半响幽幽道："名分的事可以暂缓，我想先等孩子出生。"

自然称不上婚事。即使折兰府再讲排场，纳妾终归是纳妾，比不得大婚正娶。

这话倒让折兰夫人诧异了。

"我不想生事，我只想平平安安地生下孩子，留在他的身边。这是我的心愿，其他的我无所谓。"

折兰夫人还是有些反应不过来。

"所以恳请夫人，纳妾之事先行搁置，一切等表小姐身体大好后再行商议。我跟他提过此事，他能理解接受，夫人不用担心，只要折兰家日后能承认这孩子便好。"

"小晚……"

"我近来忽然很是想念他银发的样子。他真是什么样都好看，没想到一个人白了头发反而愈显清雅俊逸，夫人，您说是不是？"她忽而抬眼看她，笑得如杏花盛放般明媚，说完又有些羞涩地红了脸，眼里分明满是爱恋。

折兰夫人情不自禁地拉住向晚的手。她的玉儿会爱上眼前这个女子实在是合情合理的事，若天天对着这样的女子，却丝毫不动心，那才叫奇怪呢。

"嗯，我的玉儿怎么样都帅。"她看到儿子一头银发，日夜以泪洗面，哪怕后来用了黑芝草，掩盖了白发的事实，她想起来，还是会心疼得流泪。她一直没想明白，如今被向晚一句话点破，才发现自己竟不及一个十六岁的孩子。她们爱着同样一个人，在对待同样的问题上却有截然不同的两种心境。她失之心痛，她得之坦然。

这一刻，她忽然明白，向晚对玉儿的爱，同样超越了一切。

折兰勾玉本来还在担心，结果看到娘亲亲昵地拉着向晚的手，双双回来，不由挑眉。

向晚总能给他带来惊喜。就像现在，这么快顺了他娘亲的心，而这绝对不是因为她有了身孕。

只是杏花林的事，终是被搁置了下来。

向晚昨天情绪有些失控，她知道以折兰勾玉的现状，尽量少出行为妙。杏花林路远，眼下也不是杏花时节，今天心情平复，她便想通了。

只是下午的时候，又发生了一件事。

正式为陆羽雪根治顽疾的莫前辈，没开始多久，就停止治疗了。

恰向晚回晚晴阁取玉杏画，半路上见莫前辈大步而来，他身后跟着哭哭啼啼闹哄哄的一群人。陆夫人首当其冲。

"前辈……前辈……"

莫前辈大步流星，朝后挥挥手，大声道："我说过了，如果她的身子受不了，我就停手，谁求我都没用。"

"前辈……"历来盛气凌人的陆夫人拉着莫前辈的衣角，几步跪了下来。

不管如何，目前唯有莫前辈是治好女儿的唯一希望。

"你怎么不明白？她身子娇贵惯了，受不了我的治疗方法，继续下去，她很有可能会死。"莫前辈最受不了女人哭哭啼啼，一脸的不耐烦。

他之前让他们考虑清楚，也料到要根除陆羽雪的顽疾，最后估计会有危险。万没想到才开始，情况就大不妙，根本没办法开展下去。

陆夫人哭得更悲了，一径求着："请前辈再想想办法，一定会有其他办法的……"

转眼看到向晚，慌忙起身扑过来。她知道第一回把脉是向晚说服莫前辈的，知她与莫前辈交情不浅，她这会子哪还能想起当日自己是怎么甩人家巴掌的，便欲拉住向晚哭求，不料被小桃闪身挡下。

向晚手里捧着个长盒子，神情谨慎，见小桃挡在前面，顺势退后一步。

这一幕落入陆夫人眼里，不由起了疑。她前一秒用丝绢抹了把眼泪，后一秒毫无征兆地使劲推向小桃。小桃护在向晚跟前，没防备陆夫人会使出这手，顿时直往后跌去。

她身后是向晚。

护玉杏画，还是扶小桃，向晚还没来得及权衡，已做出了直觉选择。

长盒子摔在地上，发出一声闷响。向晚堪堪扶住小桃，撇过头看脚边的玉杏画。

"一个小小的丫头，竟敢挡我的道！"陆夫人斜眼看一眼向晚，又看一眼地上的长盒子，一脸怒色，眼里却满是得意之色。

她本意是小桃能将向晚撞倒在地，最好这一撞，顺便把向晚肚子里的孩子撞没。她不能明着动向晚，小桃这丫头敢挡在她前头，她甩个巴掌推她一下，不算什么事。

"小姐……"小桃慌地跪在地上，抱起长盒子，先一步哭道，"玉杏画……好像碎了……"

向晚脸色骤变。

"哎哎，这可不关我事啊。"陆夫人赶紧撇清关系。虽然没摔到向晚，但看这东西她宝贝得紧，该是值不少钱，碎了也是大快人心的一件事。

头一阵剧痛，眼前漆黑一片，一瞬间的眩晕后，向晚复又悠悠缓过来。

"前辈……"开口，却是完全无视陆夫人。

"小晚你没事吧？怎么脸色这么差？"莫前辈几步并作一步冲过来，关切道。

向晚站在那里，整个人危危摇摇的，脸色泛白。她冲着莫前辈摇头，低低笑道："以后那些你不喜欢的人，就别花心思了。既不喜欢，便不相干吧。"

"好！"莫前辈眼睛一亮。

之前他就说过再不去替陆羽雪诊治，若不是为了向晚，他才不出尔反尔呢。

"你搬来主院，主院若容不下你，我们出府，回别院。"

"好极了，以后前辈只照顾你一人，直到你平平安安生下小崽子为止。"

两人旁若无人，陆夫人闻言险些气晕，激动得直指向晚，气不成语："你……你……"

向晚这才挑眉看她，眼神轻蔑，冷冷道："既然你不愿替你女儿行善积福，那便听天由命吧。"

说完再不看她，扶了莫前辈的手，示意小桃捧上玉杏画，三人一道回折兰勾玉的寝居。

"夫人若是想将事情闹大，我便也奉陪到底。只是表小姐身体抱恙，夫人该多行善积德才是。"

折兰勾玉出关后，陆夫人曾来晚晴阁找向晚的碴，当时向晚是这样说的。

她不是圣母，也不是任人欺负的小白兔。小时候在杏花村默默承受，不过是因为心无牵挂，亦没有想保护想追求的东西。可是现在不一样了。现在，为了她喜欢的人，为了她肚子里的孩子，她不会再任由那些人爬到她头上欺负她。

回到折兰勾玉的寝居，向晚的脸色更白，心口一阵阵地发怵。

"怎么了？"

向晚摇头，刚才莫前辈替她把脉，并无异常。她吩咐小桃安顿好莫前辈，自己捧了玉杏画进房。

"脸色怎么这么差？"折兰勾玉起身，接过她手中东西，神情担忧。

她还是摇头，伸手打开盒子，揭开里面的缎布。那样精雕细琢、巧夺天工的一幅玉杏画，已是一分为二！

"小晚……"折兰勾玉惊呼出声。

他惊的不是玉杏画被毁，而是向晚手抚胸口，毫无征兆地竟生生喷出一口鲜血来，然后软了身子向后倒去。他忙抱住她，她刚才还是苍白的脸色，此刻却如烧着了一般，双颊如醉，唇色艳红。

"师父……"向晚并未昏迷，只是身体有了不寻常的反应，不受自己控制。

"我们去找莫前辈。"他将她拦腰抱起，她却费力吐出两个字："不要……"

"小晚……"他不明白，伸手拭去她嘴角残留的血迹，脸上满是担忧，眼里亦是。

她只能断断续续地坚持："扶我……回床上……我不会……有事……"

说是不会有事，转眼却晕了过去。

这一次折兰勾玉依着向晚，没有去请莫前辈。他抱她回床，看她如被蒸煮一般，整个人通红，一触烫手。

他拥着她，脸贴着她的脸，手握着她的手，一声一声轻喃："小晚，小晚，小晚……"

她脉象平稳、呼吸平静，只是眉头微皱。

他忽然侧过头去看桌上的那幅玉杏画。青灰花纹的长盒子，正红缎布垂在一旁，那一整块雕着杏开二度的暖玉静静躺在那，从中间裂成两半。不知怎么的，他总觉得向晚会变成现在这样，和这块玉有莫大关联。

神差鬼使的，折兰勾玉起身，顺着直觉走近玉杏画，伸手一摸——烫。

粉中带绿，杏花与杏叶，天然雕刻杏画的绝好良玉，看起来并无异常。只是手一碰触，才知玉杏画竟也是烫的，只不过颜色未变，乍看并不容易察觉。

折兰勾玉心里一惊，就着缎布将玉杏画捧在手里仔细打量。

质地细腻、色泽盈润、精雕细刻。这样天然的色泽，这样大的整玉，怪不得珈瑛大师为此寻访了整整三年有余。反复端详良久，还是找不到关键所在，就在折兰勾玉几乎要放弃时，他蓦然惊觉——向晚喷出的那口血，地上、桌上、盒上、缎布上、玉上，竟无丝毫痕迹可寻。

折兰勾玉回想刚才向晚所处的位置，那么只有一种可能：向晚的血，竟融入玉杏画中，消失无迹！

"玉央……玉央……"向晚闭着眼，身上的潮红渐褪，口中喃喃，开始听不真切，渐渐地声音大了，字字清晰。

"小晚……"折兰勾玉这时也顾不得她口中念的是别人名字，伸手探她额、抚她脸颊，果然退烧了。

"玉央……玉央……"她开始皱眉摇头，神情痛苦，抓着折兰勾玉的手，用尽全力。好半晌后，蓦地松手，惊坐起身，睁眼大叫一声，"玉央！"

"小晚……"

她看着他，那一瞬间的眼神，仿佛穿越千年、追寻千年，有种悠远绵长的痴与痛。而后眼神一瞬涣散，复又变得幽深如潭，仔细盯着他半响，怯怯一声："师父……"

他心里的疑惑更深，这一刻却是沉默的安慰，并不追问。

向晚伸手，怯怯抚上他的脸，下一秒扑到他怀里，哭道："师父……"

他紧紧搂着她，轻拍她的背，一下一下。

"这玉杏画有玄机？"早前他无意中听到钟离曾言，珈瑛大师托梦，说向晚原是杏花仙子被贬下凡，又说她不能动情，不能婚嫁，不能破了封印。如今一想，玉杏画是珈瑛大师所赠，今天出现的怪异现象，加之先前向晚得知她怀孕的异常情绪，以及之后一再表明先生孩子再论婚嫁，这一切的一切串联起来，似乎有什么东西呼之欲出。

向晚神色一黯，带着丝迷茫与困惑，半响摇摇头。

刚才似有什么东西归位，思绪纷乱。可是乱则乱矣，她却抓不住一丝一毫，既像沧海桑田，又像过眼云烟，此刻细细回想，竟一无所获。

分明她所有的记忆，早该在海岛那时悉数归位才是。若非要说还有遗漏，那就是前六世的记忆。不过既知结局，那些记忆也无关紧要。

"那么，谁是玉央？"他声音里有微微的痛。这种痛，好像并非源于妒忌，而是另一种连他都说不清道不明的感觉。

"玉央？"她看着他，眼神丝毫不避，低低重复，满脸疑问。

"你刚才短暂的昏迷，一直在喊这个名字。"

向晚疑惑更深，明明这前前后后几世认识的人里并无此人，可是一声一声重复这个名字，心里竟会觉得痛，而且愈念愈痛。

可是答案还是摇头。

折兰勾玉也不急，他拉着向晚至桌前坐下，取过桌上的玉杏画，示意向晚："你的血，竟融入画中，不留任何痕迹。"

向晚抬头看他，又低头细细打量玉杏画，前后左右翻转个遍，诧异道："那三朵杏花的花蕊本是格外红的。"

如今颜色竟与一旁的杏花瓣一致，只余浅浅的杏红。

向晚此前因为钟离的话，研究了玉杏画很长时间，再者画是她画的，所以一处一毫她都记得真切清楚。折兰勾玉只见过一眼，并没看得太仔细，时间一长，并不曾发现。

那三朵杏花，本是一株并蒂，杏花上有杏叶，下有杏果，是这幅杏画的主景。向晚没想到三朵杏花的花蕊竟会褪色，加之她刚才的不适、昏迷，昏迷中的混乱，以及钟离说的镇什么灵玉。究竟是镇什么灵玉？

"小晚？"他看她费力地思索，眉头紧皱，微微担心，"有什么疑问，你一人想不明白，告诉我一道想，两人总胜过一人，难道以我们现在的关系，还有什么事不能说？"

她闻声抬头，眼里一抹惊色未定。

他拥她入怀，摸摸她的头，叹道："我知你是杏花仙子被贬下凡。"

原来他一直知道，只是她不说，他也不点破。

她看向他，眼神微乱："我也不知道，我只知道这玉杏画有玄机。从它破碎开始，我就一直发怵，心慌得不行，刚才不知怎么的还吐了血。我其实没晕，躺在床上的时候感觉很混乱，就像一刹那灵魂出窍，又像一刹那灵魂归位，我不知道谁是玉央，我也从未认识一个叫玉央的人……"

"没事……没事了……"他亲她的额头，给她平静下来的力量。一边细细思索，突然脑中灵光乍现，脱口而出："灵玉镇三魂，宝珠定三界！"

她抬头看他，不甚明白。

不可否认，她虽拥有前世记忆，以及杏花仙子的记忆，比起折兰勾玉，还是很弱。折兰勾玉真的是博闻强记又见多识广，哪怕她这段时间翻了无数的书籍寻找关于灵玉的种种传说，都不如他的这一句脱口而出。

他却忽然谦虚了下："这段时间为了月见半魂，一直翻寻仙界古籍，曾看到有这样的记载。"

"为何要用灵玉镇三魂？"

"传闻是为了惩罚仙神犯错。不过这个比较严重，所以并不寻常，该是犯了不可饶恕的大错才会如此。"

"那什么宝珠可以定三界？"

"玉帝冠上的定央珠。"

"镇魂灵玉……定央珠……"向晚琢磨半晌，又问，"师父在翻阅那些仙界传闻时，可有找到关于玉帝外貌的相关记载或画像？"

他笑，摇摇头："画像没有，记载只道尊贵威仪、气度不凡。"

向晚怔怔看着他，一时不知该不该告诉他这个巧合。

或许，这并不是一个巧合？

自从玉杏画之事后，折兰勾玉常常陷入沉思，又或者埋首在古籍中。

向晚隐隐觉得身体有些奇妙的变化。杏花封印鲜红依然，想着那句"不能破封印"，她又不敢尝试仙诀口令，只觉得身体似有轻盈之感。想去证实，又害怕证实。

而陆羽雪出乎所有人意料，靠着此前莫前辈的药方，虽一时无法根治顽疾，每日里也能勉强下地行走一回，神色不错。

本来若是陆羽雪身体大好，陆家或许还会重新考虑这桩婚事。如今陆夫人一早忘了其实是陆羽雪的身子受不住莫前辈的治疗，只一味将女儿不能大好的责任统统推至向晚身上。陆羽雪又被妒忌冲昏了头，一心想着不能让表哥与向晚这么顺顺利利地踩她过河。本来还有个冷静的陆大人，不过他怎么拗得过妻女，在说话向来没分量的他，劝解无效，也只能由着她们，再则女儿失去救治的希望，也不知这身病还能拖多久，趁机尽快完婚，亦不为错，说不定一沾喜气，两新人都能大好。

两家想法一致，那便是——大婚！

折兰勾玉没想到，向晚不仅不反对，竟然还主动说服他跟陆羽雪成亲。

"小晚……"他真是越来越不懂了，她难道一点也不在乎他与别的女子大婚？

向晚微微一笑，忽又想起之前折兰夫人说的，"你劝莫前辈替小雪诊治，再劝他与小雪完婚，"她其实理解折兰夫人，也理解这桩婚事。自她知道有孕，又遭遇玉杏画之变后，愈加明白她与折兰勾玉在一起，会是多么难的一件事。她知道折兰勾玉一向要求完美，正娶大婚，他想给她一切她该得的幸福与荣耀，可惜，现实不允许。

她不是不介意，只是心里，孰轻孰重，她甚是分明。

"你真让我娶她？"她不吃醋不妒忌不反对不难过也就罢了，竟然还支持，还主动说服他娶别的女人。折兰勾玉觉得自己很受伤。

她拉着他手，细细把玩，浅浅笑："兰陵虽不如金陵玉陵，不过它本就属于折

兰家族，理应由你执掌才是。"

他的手反握住她，听她继续娓娓道："不过一个虚名，于大家都有利。她久病在身，明知这一切还执意如此，就当全了她的心愿，你实现最初的打算，长辈们都皆大欢喜，一举三得。我知你想给我最好的，可有时世俗的鸿沟跨越不容易，我们不妨先避一避。这桩婚事，你觉得对我是种伤害，其实又何尝不是一种保护？只要你不变心，我会等你。"话至此一顿，她眨着眼睛，说不出的狡黠，"不过你身中月见半魂，做些事会传染，所以，不能去害人哦！"

还是介意的，折兰勾玉想。而且，她再了解他不过。

婚事紧锣密鼓地筹备起来。

向晚安安静静待在主院，一种世外桃源的怡然心态。偶尔身体会有不适反应，莫前辈前脚后脚地跟在她身边，反反复复唠叨那几句："话说我行医几十载，还是第一次照顾孕妇，也从未替人接生过孩子。"

每当这种时候，向晚总是笑："到时就麻烦前辈了。"

她是无妨的，前世的记忆搁在角落里，在这种时候发挥作用。她无妨，自然有人有妨，有妨的人非折兰勾玉莫属。

"接生的事，就不劳前辈了。"

莫前辈老脸一红，争一句："浑小子，你师父一点没说错你，什么事都比人想得复杂。"

向晚轻笑出声，安慰道："前辈莫要理他。你方才不是说我若生的是儿子，你就收他为徒么？"

"对啊对啊，我的衣钵全看你肚子争不争气了。"一说这事，莫前辈就兴奋得满面红光。

向晚又笑："若是闺女呢？"

"这……"

"不能这或那的，是闺女你也得收她为徒，不然我可不依。"她笑，拿莫前辈调侃，"前辈是不是觉得像我这样的女子，不配当前辈的徒弟？"

莫前辈一怔，慌忙摆手否认："没有的事，没有的事……"

"那我当前辈答应了啊。"向晚眉眼盈盈，偎在折兰勾玉怀里，说不出的柔美温婉。

午后的阳光温暖惬意，花园里已有春天的味道，不知不觉二月天了。钟离开始去学堂上学，而微生澈，自从她怀孕后就再没看到过他。一贯的来无通知，去无告别。

或许他只是没与她告别。

他自是不会与她告别。

大婚定在三月三。

二月末的时候，乐正礼急匆匆赶来玉陵。他来参加婚宴，顺便为了逃避某些事，早来了几天。

恰折兰勾玉与向晚去了杏花林，乐正礼晚到一步，在侍卫的指引下，又急吼吼赶去杏花林。

子墨的速度非凡，加之向晚有孕，与折兰勾玉一道坐的马车，两人刚到山脚下车，远远地见一骑飞驰而来，待到近前，不是乐正礼还有谁。

"表哥……小晚……"飞身下马，气势不凡。

折兰勾玉忍着怒气揽着向晚瞬间退到丈外，才没一掌将一时犹不能止步的子墨当场击毙。

"呃……表哥……"

折兰勾玉拉着向晚转身上山，扔下一句："小晚已有身孕，你仔细着点。"

乐正礼顿时回不过神来了。他只知表哥大婚，却不知向晚有孕。等等，向晚既有了身孕，表哥怎么还和别人结婚？

"表哥……"

向晚示意折兰勾玉先行，她落后几步，与乐正礼并肩，笑道："婚事，也是我乐见其成的。"

"小晚……"

"有你这声抱屈，我已经很感动了，别让我觉得错过了良人。"她笑，有调侃的味道。

乐正礼脸上一红。他觉得，向晚又与上次不同了。所有人都在慢慢转变，是变得越加成熟，还是变得屈从现实，谁又能分得清楚？就像他，借机逃离来玉陵，回去后同样要面临大婚的问题。

"有心事？"

他讪讪一笑。向晚总能一眼看穿他心思，历来如此。

"说起来，今年你该大婚了吧！"她感慨，低低叹口气，因为想到金三佰。

乐正礼沉默。她扶着他胳膊，小心地往上走，似自言自语："你在为这事烦恼么？"

他浑身一震。她淡淡安慰，声音有种让人安定的力量："如果心里有结，就去找她吧，有什么事面对面说清楚，免得他日后悔。是错过，是继续，且看天意，看缘分。"

甚是显浅的道理，贵在她历来的不卑不亢与波澜不惊，清清淡淡的，别有一番透彻韵味。

他虽明白道理，却心有犹豫。如今被她轻轻一点，忽然就有了勇气。乐正礼侧头定定看她，这样一个娇娇弱弱的女子，从小到大却一次又一次给他柔韧而坚强的力量。

说话间，已至杏花林。

向晚松手，缓步走近，展颜。

这一处杏林，是她最爱的秘密花园。而今正是杏花时节，有别于之前，这次她甫站在杏林口，无风裙裾飘飘长发飞扬，万千杏树，竟在瞬间悄然绽放。

饶是折兰勾玉不是第一次见此，仍是惊住。而乐正礼，只能用目瞪口呆来形容了。

向晚心里也是震惊的。她未用仙诀，这回杏花仙子的迹象愈加明显，简直到了不能忽视、无法遮掩的地步。

这不是好事！她心里泛起阵阵不安，一时竟不敢移步入林。

"小晚……"

向晚茫然转过头，失神间也没听清是折兰勾玉唤她，还是乐正礼。她手紧握成拳，拼命忍着才没尝试仙法之力，身体却明显感觉回到了天界时，轻盈得不行。

"怎么了？"折兰勾玉皱眉，向晚的脸色很不好。

向晚摇头，她让乐正礼替她折几枝杏花，看着他入林，方低低道："无妨，可能真如你所说，玉杏画碎了后，总觉得异常，难道此前我真是被镇了三魂，如今魂归，杏仙的身份愈发明显了？"

他眼眸一深，虽不知她此前被贬前因后果，更不知七世丧命婚嫁之事，只是向晚若真曾被灵玉镇了三魂，只怕事情不简单。如此一想，他也不免有些忧色："既是被贬，又怎么还会留有仙法之力？"

向晚摇头，亦不明白。

"小晚？"他漂亮的眼眸蓦地半眯，用力握着她的手，不让她的视线有丝毫躲避，"你在担心什么？若是你恢复了仙法之力，又会如何？"

向晚心一颤，摇头："我也不知。"

她是真的不知。当初玉帝只说她被贬下凡，再次修行。可怎样才算修行？修行的终点在哪？修行的结果是什么？她一概不知。

"你害怕回天庭？"

他看到她眼里的惊色，愈加肯定："为何不能动情，不能婚嫁，不能破封印？"

"师父……"她眼里的惊色更甚。

他怎么会知道这些？

"你一早知道自己的身份，相信钟离梦中珈瑛大师的告诫，并谨为遵守，一丝一毫都不肯出了差错。你该是明白原因的，难道到了现在，你还不愿告诉我？"话至最后，情绪激动，他手抚胸口，脸色一阵泛白。

"师父……"她一惊，伸手去扶他。

不该是这样，不该是这样的。她不想他伤心难过，她不知该如何开口，她害怕告诉他一切，会加重他负担。他已身中月见半魂，情况很不好，她不想他多担一份心、操一份劳。

"小晚……"他伸手摸她脸颊，淡淡安慰，"我没事。"

只是这淡淡三字，蓦地让她情绪失控，一下子扑到他怀里，大哭起来。

她不该如此。她一向明白的，不该以这种自以为为他好的方式，隐瞒他真相。他不是一般的人，想瞒也瞒不住，她愈遮掩，他愈担心、痛苦、猜忌与不安，这才是对他最不好的。

不知不觉，他已对她坦白一切，上回问他身体，三年五载，他亦从不忌讳，为何轮到她，反倒不明白这理了？

"师父……对不起……对不起……"流的是泪,也是这段时间的惊与怕,"我不该瞒着师父……"

告诉他,与他一起承担,何尝不是件更好的事?

不远杏树下,乐正礼手执几枝杏花,远远地看着折兰勾玉与向晚。

他当然不再年少青涩,知道向晚遣他去折杏花,不过是有些话只能说给表哥听。只是这样哭泣的向晚,依然让他心疼不已。

卷六 流水浮灯,愿你青丝如墨,愿我平安喜乐。

卷七

梦入江南烟水路，
不与离人遇。

与折兰勾玉坦白后，向晚反倒松了口气。同样的问题，两个人承担，而且另一个人是折兰勾玉，她忽然轻松许多。

而乐正礼，晚饭后也终于要去三佰楼了。

"小晚……"临行前的最后一次犹豫，"你知她身份么？"

向晚摇头："如果你介意，就亲自问她。若她不肯说，你再来问你表哥，他该是知道一切的。"

乐正礼的脸一烫。如今向晚有了身孕，虽还没名分，一声"嫂子"却在所难免。想到以后再不能直呼她"小晚"，不由又有些难过。

她又将他看得分明："不管以后如何，这声小晚，你可以永不改口。"

他定定看着她，稍顷转身大步离去。

诚如向晚所言，金三佰是乐正礼心中的一个结。

那个错误的晚上发生的错误事，亦如向晚所言，是金三佰的冲动与自私，却是乐正礼的责任与背负。

乐正礼这回不再在三佰楼前徘徊，他大步入内，恰与金三佰迎面碰上。

一别数月，又隔了个新年，感觉特别的久。两人俱是一怔，金三佰率先反应过来，侧头对着伙计大声吩咐："小李领这位爷挑个好位置。"

那叫小李的伙计忙吆喝一声，一甩肩上长巾，哈腰引乐正礼入内。

乐正礼看一眼转身背对他的金三佰，对着伙计道："三楼雅包。"

金三佰脚步一滞，又风风火火地到另一边忙活去了。

这一次，乐正礼很有耐性。

金三佰不理他，他就一直坐到酒楼打烊。

"掌柜的，楼上客人还是不肯走，说非得你亲自请他走，他才走……"那叫小李的伙计拿眼偷瞄了眼金三佰，低下头又将话重复一遍。

真是打烊时候了，金三佰没想到乐正礼还有这么坚持与固执的时候。叹口气，挥手示意伙计退下，还是没忍住，手拢了拢云鬟，又理了理身上衣裳，上得楼去。

"你来了。"他坐在那，桌上只有一个酒坛，身上有种别于寻常的内敛。

她站在门口，一副不打算进来的样子："我们要打烊了，这位爷明天赶早吧。"

"三佰……"

他一叫名字，她就有些激动，一下子打断他："说好不再见的，来了玉陵也别来我三佰楼！"

他看她，声音沉稳："我没答应。"

是，当时他全部的心思在她的鞋子上，并没应承。只是她当成了默认。

"随你，反正我与你再无干系。"她说完，转身下楼，甫一抬脚，人已被拉回包厢，按坐在了凳子上。

"乐正礼！"她明明不是放不开的人，只是上回被向晚一说，心里就有了犹豫与害怕。今天他这样，更是让她恼羞成怒。

"你既这样想,还戴着这珠子干吗?"他伸手,在她反应过来前,取过她头上发簪。簪头一颗不甚起眼的佛珠,正是此前他留在床头的。

金三佰一怔,青丝披散在肩头,她眼里有狠狈,伸手便欲夺过发簪。

她又如何是乐正礼的对手,徒惹羞怒,双手反被他牢牢制住。

"你到底想干吗!我说过不用你负责,更不要再来招惹我……"

"我要大婚了。"

短短五个字,就让她住了口。

虽说一早看开,可既动了真感情,又怎么可能毫无反应?只是一切情绪,最后化为淡淡一句:"恭喜!"

"可我想娶你。"

她几乎惊跳,并无喜色,反而破天荒地失控,声音尖厉:"我不需要你负责,我不需要你负责!"

"金三佰!"他沉声喝住她,这一面是他从不曾在她,甚至在折兰勾玉与向晚面前展现过的。

他毕竟已有四年的城主经历,怎会还是当初青涩的少年。

金三佰一时被震住。乐正礼这才缓了神色,声音也温柔了些:"金三佰,你好像从未正式介绍过你自己。"

这样的乐正礼是金三佰不熟悉的,可她心里分明又是喜欢的,甚至他这样说话,让她的心一下子跳得飞快,脸微红,勉强镇定道:"还用介绍么?不就是三佰楼掌柜金三佰,玉陵城人人皆知。"

他笑,面对金三佰,忽然有了种游刃有余的自在与主动:"从南湖酒楼抱琵琶卖唱,到玉陵三佰楼的掌柜,短短数月,身份也转变得太快了吧。"

"你今日是来调查我的?"她终于从春心荡漾中回过神来。

"我本想问表哥,不过更想你亲自坦白。"

她一慌,奋力从他掌控中挣脱,还未开口,他低沉的声音再次响起:"第一次确是我醉酒不清醒,可第二次,我滴酒未沾,也分得清谁是谁。"

她又是一震,不明白他想说什么,不敢想他想说什么。

"三佰,你我只有这一次机会。我有一个晚上的时间等你,你好好考虑,今晚你若不说,我也再没有必要向表哥打听你的身份来历。你不想见我,可以回房,酒楼照常打烊,我等到五更,时间一到,自会离开。"

回到封地后,他曾反反复复想这个问题。如果说第一次是错,那么第二次虽是金三佰主动,也分明有他的甘愿。他历来不善与女子交流相处,除了向晚,金三佰是他心里最相熟的女子了。

他一早知道自己对向晚的感情,却不知什么时候表哥也动了心。等他彻底明白时,已知自己与向晚再无可能。也好。他常常觉得自己配不上向晚,他出身的尊贵与权势,和她的内秀温婉一比,似乎分外肤浅与不堪一击。他明白,心里亦祝福,表哥与向晚如此般配,只要表哥能对向晚好。

金三佰却是个例外。她比他年长、来历身份不明，他与她从互看不顺眼，到他慢慢将她当成亲人与朋友。只是当初他在清醒状态下并没推拒她的热情，在很长时间里，连他自己都想不明白。

他知道自己是个什么样的人，对于金三佰，或许还是有那么份淡淡的情愫在。而且，他怎么能在做了那些事后，当什么事也没发生过！

乐正礼第二天一早才回折兰府。

恰折兰勾玉与向晚准备吃早饭。向晚自从有了身孕，睡早起早、少吃多餐。算时间，该有两个多月的身孕了，穿着冬裙，却看不出端倪。

于是乐正礼一道坐下。

"小晚一直不知道三佰身份？"沉默半晌，乐正礼终是忍不住开口。

"嗯。"

"你之前有问过么？"

向晚摇头。

"为何不问？"

向晚笑："她是我朋友，我知她不会伤害我，所以有些事，她既不愿意说，我便不会问。"

"你怎知她不会伤害你，在你们认识的最初？"

向晚上次失踪，是三佰陪着她照顾她三年，可是之前呢，之前向晚是如何肯定她们是好朋友好姐妹，如何肯定金三佰不会伤害她？

"若她会伤害我，师父怎会对我们之间的来往睁一只眼、闭一只眼？"折兰勾玉早将金三佰的身份调查清楚，所以她问与不问，知与不知无甚大碍。她相信折兰勾玉，也相信金三佰，仅此而已。

一时沉默。

半晌还是折兰勾玉开口："礼，你的封地，近段时间可有流民涌入？"

"流民？"

"比如荒民、灾民，或乞者。"

乐正礼细一思索，皱眉："偶有，与常无异。"

向晚看着他，忽地想起他少时总爱将脸上的五官皱成一团，如今真是大不一样了。

"看来我要反省了。"折兰勾玉笑，风轻云淡，眼神却是灼灼。

向晚知他说的是年前大量流民入城之事。显然，细查后，那些流民身份有异。

"怎么说？"乐正礼却莫名。他不知此事。

向晚笑，见折兰勾玉并没有开口的打算，只好端起身前的茶杯，浅浅一口，淡淡一句："当一座城池比京城更让人向往的时候，就成了险地。"

乐正礼会意。折兰勾玉遂又扯开话题："礼，你是如何打算的？"

新年的时候，他本该定下亲事，结果没有。姑母早前特意命人送了封信过来，大意是让他劝劝乐正礼同意家里安排的亲事。

"我想娶她。"

"也好。"

折兰勾玉淡淡两字，大大出乎向晚意料。折兰勾玉竟然同意乐正礼与金三佰在一起，这委实诡异。

她太了解折兰勾玉了。所以知他会支持，就只有一种可能——金三佰的身份，若与乐正礼成亲，定是大为有利。

只不知这利，是对玉陵，是对礼正，还是对三大家族。

这段时间陆羽雪都很安分。

临近大婚，她的首要大事是养好身体。凭着莫前辈留下的药方，一个多月时间，她身体看起来倒真有了很大的恢复。

按风俗她本该先回兰陵，再由折兰勾玉前去迎亲，只不过两个病秧子，一应折腾能免则免。不过按照风俗，新人婚前一月不能见面，陆羽雪敢情是真心想这门亲事顺利幸福，所以也不来吵不来闹，安安静静在金风阁里养身体，并未生事。

向晚后来问折兰勾玉："他要与三佰在一起，不容易吧？"

"也不难。"他笑。

"师父怎么忽然同意这事了？"此前他心知肚明，可不曾表态。

"既然他二人你情我愿，亦是一桩美事。"

她"扑哧"一笑，忽又敛了笑，分外严肃："还有呢？"

他亦敛了笑，认认真真："她既是你朋友，我必不会蓄意害她。"

之前也一直是防。除了派人调查她、暗中盯着她，他从未从中做手脚。

"她若嫁给礼，会带给你多少便利与好处？"她太了解他了。没有利益的事，他怎会主动去表态去支持。

他笑拥着她，风轻云淡："与其两面受敌，不如择一而合，胜过被人捷足先登。"

他历来谨慎，对海域和城关一向防备甚严。年前陆陆续续涌入的大批流民，确有不少邻城的荒民灾民慕名而来，但其中不乏别有用心之人混入。

向晚在他怀里点头，想起多年前的海客，以及海客四处打探寻人，而他们的寻人凭借的正是金三佰的那把琵琶。金三佰既与海客有关，又劳海客如此劳师动众，只怕身份不简单。所谓两面受敌，不外乎内忧外患。若海客是外患，内忧定是皇权。年前涌进的流民，看来身份与目的，都已被清查得差不多了。

"害人之心不可有，防人之心不可无，师父也要处处小心。"她低低一笑，又问，"海那边是什么国家？"

"金灵国。"

"三佰不会是流落异国的公主或圣女，诸如此类吧？"

"差不多。"

向晚咋舌。前情后续地想一遍，理一遍，方道："上回我们去海岛，你有发现什么？"

所以后来让她暂时别去三佰楼。海客来找金三佰，金三佰又一直在玉陵，若是早有敌意，不可能相安多年。只怕是海岛那时发现了蛛丝马迹，他才会谨而慎之，小心调查确认，及早准备应对。

他不说话。因为他明白向晚心里已然有数。

大婚终于要如期举行了。

向晚安心养胎，格外谨慎，几乎足不出户。折兰勾玉借清修为名，一应喜宴皆拒于主院外。不过向晚还是感觉到浓浓的喜庆气氛，并可以想见，整个玉陵城都将成为热闹的海洋，胜过节日。

这期间，折兰老爷与折兰夫人来过。尤其是折兰夫人，来过多次，说些安慰的话，让向晚宽心。向晚俱是笑笑，表明自己不介意，也不会生事。如此知书达礼又修身养性，折兰夫人心里更喜欢了。说这些话的时候，向晚身上有种特别让人心疼的气质，听得折兰夫人一阵不忍心，转个身就命人送了堆好东西来。

大婚前一晚，向晚搬回晚晴阁。

这段时间都与折兰勾玉同床共枕，忽然又成一个人，倒有些辗转难眠。

三月阳春天，夜晚些微冷。向晚睡不着，索性披衣起身，到花园里透透气。

今天晚上，还有明天，或者还有后天，折兰勾玉再如何坚持，再如何不愿意，最基本的新房还是得布置的。他能拖到最后一天，直至她离开才允许人动手，于她已是体贴。

"小晚……"

向晚闻声别过脸，展颜。

是乐正礼。

"表哥抽不开身，嘱我来看看你。"

向晚还是笑，淡淡的，也不接话。他猜到她今晚会失眠么？

"你……还好吧？"

向晚摇头，拢了拢身上披风，轻声细语："我没有你们想象中的柔弱。"

乐正礼哂笑。他自然知道。

于是沉默。两个人就这么站着，好半天都没再说话。

"明天我想去杏花林，顺便去灵隐寺祈福。我与方丈认识，明晚会留在寺里。"

"小晚……"

她转头看他，眉眼盈盈："这一回就不让你作陪了，免得生出事来，又成你的错。"

他语拙，不知该安慰，还是说笑。

她拉过他的手，他的手又大又温暖，像极了他给她的感觉。许是因为练武，他掌心有薄茧，向晚握着他的手，淡淡道："虽然我一直不肯叫你，以后更没机会，但在我心里，你真是一个最好的哥哥。"

他喉咙一紧，胸口一闷，未及开口，她已松开他的手，笑道："夜冷，我先回房休息了，你也是，别喝太多酒，替我照顾好他。"

待折兰勾玉过来时，向晚已睡下。她总是睡得安宁，睡容也如她给人的感觉，温婉沉静，脸上有淡淡杏红，平添几分甜美。

翌日天刚亮，向晚起床，带上侍卫，嘱了小桃，出府往北。

天青茫茫的，路上行人稀少。折兰府一眼望不到边的围墙上，挂满了大红灯笼。向晚坐回马车，放下车帘，手心紧紧握着之前折兰勾玉交给她的兰形玉佩，心里生出一抹酸酸楚楚的感觉。

再如何想得明白，再如何甘愿，还是会有不一样的感觉吧。

马车走得很慢，悠悠至城门时，城门已开，排队等着出城的百姓正热热闹闹地议论着城主今日完婚的大喜事。

守城门的官兵一见折兰府的马车，示意百姓让道，马车先行。

向晚静静坐于马车里，垂眼看着手中玉佩，反反复复。直至车帘被人掀开，她都不曾发觉。

马车左右一晃，向晚抬眼，这才看到对面坐了个人。

"微生大人怎么来了？"向晚笑。

折兰勾玉大婚，她知他昨晚才匆匆赶至玉陵，并不曾碰面。没想到这时会出现在她面前。

"原来你也会逃避。"他依旧一身清冷，视线滑过她腹部，停留在她脸上。

她轻笑出声，收了手中玉佩，语气带点疏离："大人不在府上等喝喜酒，怎么跑这里来了？"

他垂眼，更像是调侃："我以为你能明白我的心思。"

"大人你别跟我说，是想两个伤心人找个地方互相慰藉。"

他竟然笑，不置可否。

"可是大人搞错了一点，我不是伤心人，此行只是祈福。"

"是么？"说完，他闭目靠在马车上，比她更恣意。

向晚一时拿他没辙，只能由着他去。

这一次，侍卫跟着向晚上杏花林。

微生澈走在向晚身边，眼眸一扫，冷冷一句："他倒是肯花心思。"

"所以即使他今日大婚，我也知在他心里，我是独一无二。"她笑，迎着风，隔着小小的距离望着前方的杏花林，再不肯多走一步。

她不想被微生澈看出端倪，更不想被人当成妖怪。

于是绕道去灵隐寺。

"闻你素爱杏花，今日怎地绕道而行？"

"有时胜在一个距离。就像大人一样，若真陪着我祈福明早再回折兰府，不定会惹来多少流言蜚语。"

他如钩的眼睛定定看着她，眼神深不可测："我以为以你的性格，该不会在意这些才是。"

她笑，淡而浅："万般皆因欢喜二字。与欢喜的人，做任何事都是欢喜的。反之，荣华富贵只是浮云，蜚短流长更是毒药。"

他一怔，随即勾起嘴角，眼角微微上挑："玉竟然还是娶了别人，真是可惜了。"

她停步、闭眼、用力吸气，一直感觉到胸腔饱满，才悠悠呼气，随即展颜，笑如杏花怒放，在春阳下明媚不可方物："我与他的感情，不会有第三个人能完全明白。饶是大人天资过人，亦不能探知个中全貌。"

她转过身看他，一字一句说得清楚分明："我不知大人出现在这里是何用意，不过，大人若是用意不轨，我便也逾矩奉劝一句：因果有报，大人还是行善为好。"

他挑眉，不再说话，一行人缓缓向灵隐寺行去。

向晚曾在灵隐寺住了近三年，与方丈甚熟。此番祈福，诚心实意，是夜留在寺里。

折兰府的侍卫守在寺外，微生澈果真跟着留下。他由来就是个怪脾气，向晚拿他没辙，也只能随他去，只是祈完福就早早回房休息。

半夜忽闻一阵异响，向晚顿时警醒，才坐起身，就见一人推门而入。

定睛一看，正是微生澈。

向晚素知以微生澈的性格，不可能半夜闯进来做些偷鸡摸狗之事。然而实在太过意外，她还是小惊了下。

他身上有肃杀之气，但这肃杀之气非针对她而来。

向晚本就合衣而眠，门一被推开，她已伸手取过床旁的披风披上。他未发一言，瞬间至她床畔，一把抓了她胳膊，转身往外。

"你做什么？"她轻喝，无奈他力气太大，任她如何挣扎，最后还是跟着他踉跄出了房间。

房外，不知何时多了些黑影，正与几道灰影纠缠。向晚识得灰影，那是折兰府的侍卫。

"微生澈！"她难得发怒。

"叫他们停下，玉有危险。"

他的声音极轻，她却刚好听得清楚分明。脑中"轰"一声响，人已发软。他拉着她胳膊的手转而稳稳扶住她，向晚哑着声音朝纠缠的人群喊道："住手！"

黑灰身形霎时分立两侧。向晚深吸一口气，强自镇定站直身，冲着听闻响动赶过来的方丈弯身行礼道了声歉，直往外冲去。

"向晚！"微生澈一个起落赶至向晚身前，向晚伸手便欲将他挥开，反被他拉住。他二话不说，另一手揽上她腰，使出轻功直往山下掠去。

身后跟着折兰府侍卫与那几个黑衣人。

下山，怎还有心思乘马车。微生澈随手解下一匹马，抱着向晚纵身上马。马儿一声嘶鸣，前蹄腾空，微生澈坐在向晚身后，一手扶她，一手紧抓马缰，双腿用力一夹，一马当先。

深更半夜，城门大关，向晚用玉佩命了守城官兵开城门，马复又飞驰，直往折兰府。

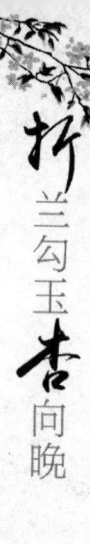

"黑衣人是你的手下？他们给你的消息？"

"是。"

向晚恢复沉默，心却悬得高高的，慌得不行，怕得不行。三魂归位，她该是恢复了仙法，虽然一直不敢尝试，但她竟没发现今晚上潜伏的危险，也没预感到折兰勾玉的异常。心电感应，她以为以他们之间的感情，如果折兰勾玉遇到危险，即使无法预知，也该有所感应才是。

马再快，距离总是实实在在的。两人赶至折兰府，府外已严守了层层侍卫。向晚顾不得一路骑马带来的不适，下马直往里冲，却被微生澈拉住。

向晚反身给了他一巴掌，声音轻脆响亮，速度极快，竟让微生澈生生受之，一时怔在当场。

"明知他今晚有危险，你竟还与我在外耗了一天！"他若不是知道些什么，又怎会派人监视折兰勾玉，并第一时间汇报消息。

他眼神一冷，似在隐忍着什么。

向晚转身不顾他，喝退守着府门的侍卫，往主院奔去。

主院外侍卫更多，而且下了严令，不许任何人靠近。饶是向晚拿出玉佩，竟也无用。主院外的人进不去，主院里的人出不来，向晚一时连个问话的人都没有，抓心挠肺的难受。

微生澈又冷冷站回她身边。

向晚手抚着小腹，背微躬，感觉一阵不适。一旁微生澈冷眼看她，不说话。

向晚本想忍忍就过去了，结果小腹的不适越来越强烈，隐隐有抽痛。她素来能忍，这一回不由也慌了神。肚子里是她与折兰勾玉的孩子，如今折兰勾玉遇险情况不明，这个孩子更不能有事。

向晚咬牙，堪堪忍住。身稍正，伸手用力抓过一旁侍卫，第一次失之冷静，大声道："快去叫大夫，我肚子里的孩子有事，他是你们少主唯一的血脉！"

侍卫大惊，一时失措。

向晚松手，转而靠着他，冲着主院大喊："莫……前……辈……救……我……的……"

她知道莫前辈肯定在主院，或许就在折兰勾玉身边。折兰老爷与夫人，以及老管家，一应能管事的，该都在折兰勾玉房里。只是"孩子"两字未及说完，她下腹一阵剧痛，她在晕过去前，狠狠攥住微生澈的衣服，声却是虚弱至极："微生澈，你见死不救，我便是死了，也不放过你……"

她不知他有没有听到，她只知自己说到后来几近无声，直至眼前一黑，失去知觉。

一片至沉至深至纯的黑色。

再醒来时，天已大亮。向晚发现自己躺在晚晴阁房间的床上，一旁莫前辈正替她把脉。向晚眼眶一湿，伸手摸小腹。

"你醒了？"

"前辈……"素来冷静的向晚也忍不住哽咽。

"傻丫头，孩子没事。"

她的泪再收不住，坐起身哭道："师父呢？"

莫前辈神色一哀，摇头叹口气："这次只怕凶多吉少。"

"怎么会这样？怎么会这样？为什么会这样……"

莫前辈使劲按住向晚的肩膀，大声道："冷静些，丫头，你的胎位刚刚稳住，情绪再激动，孩子会有危险！"

向晚紧紧咬着唇，拼命忍着还是没忍住，不住流泪，不住抽噎，只能极细极细发出"呜呜"的声音。

想着她以前再痛苦的治疗都一一扛过来，眼下却低低呜咽着，身子不住轻颤，手攥得指关节都泛了白，看得莫前辈也是一阵心酸难受。

向晚好不容易平静下来，下唇上深深一道齿印，开口，声音已哑："究竟怎会变成这个样子？我想去看他。"

"具体我也不知。大伙儿都在外喝酒，新人回新房，就喜娘与一对新人在场，是主院的下人听到新房有异响，待大家赶到，哎……"

"喜娘与表小姐呢？"

莫前辈又摇头叹气："喜娘当场气绝，那位表小姐估计熬不过今天。"

早已天亮，大婚已是昨天的事了。

当场三人，死的死，昏的昏，情况都不乐观，竟是无人知当时真相。

"前辈与我一道去看他吧。"

"他二老各自守着呢。"

"我一定要去看他，前辈，真的没办法救他么？"

莫前辈摇摇头，这一个晚上，他一直在摇头："他此前身上的月见半魂还未解，又一剑穿心，哪还能有救！"

"前辈……若是你有一次救人的机会，只能救一个，他，或者我肚子里的孩子，你选哪个？"

莫前辈完全不明白向晚为何忽然会问这么个怪问题，又见向晚神情认真，想了下，答道："如果可以选择，虽然我更舍不得你肚子里的孩子，他是我未来的徒弟，但我还是会选新房那位吧。"

向晚笑，笑中有泪，自言自语般呢喃："正是这理，正是这理……"

向晚等莫前辈的回音。久等不见他回来，担着心又睡不着吃不下，最后坐于书桌前，执笔写了两封信。刚将信装好，就听外面一阵哭天抢地。

原来陆羽雪终是撑不住，去了。

陆羽雪一去，府里又忙乱起来。折兰老爷只得离了儿子处理这些紧急事，折兰勾玉的房里只剩折兰夫人。

莫前辈趁着这个机会，领着向晚去看折兰勾玉。

门禁森严，但因莫前辈的特殊身份，向晚还是到了新房。

折兰夫人看到向晚一怔。不管是她，还是折兰老爷，一直以为折兰勾玉身上的月见半魂才是他的大劫，却不知这场大婚，会是一场更大的劫数。没人知道这之中发生了什么事，只知这结果让所有的人都承受不住。

二老本就只有一子，这唯一的儿子生死未卜，饶是昨晚那样一个宾客满盈的场面，这个消息还是被严严封锁了起来。

向晚对着折兰夫人弯身行礼，也顾不得她的反应，抬眼就往床上看去。

折兰夫人正要说话，却被莫前辈拦下。从儿子娶妻的大喜到儿子新媳不省人事的大悲，刚才陆羽雪撑不过，她就更担心折兰勾玉了，一步都不肯离开。莫前辈骗她有要事商量，她以为有了救儿子的良方，一时狂喜，看一眼向晚，乖乖跟着莫前辈出了房。

向晚静静看着昏迷中的折兰勾玉。

他躺在床上，脸色煞白，只余一丝微弱气息，衬着大红喜被，像个毫无生气的傀儡。哪怕那时中月见半魂，哪怕之后闭关，都不曾这样。

莫前辈说，撑不过两天。

向晚眷眷看着他，满心的贪恋与留恋。伸手将怀里的两封信一一置于他枕下，又恋恋不舍地伸手滑过他的眉、眼、鼻，直至唇上停下。她俯身凑近，双唇顺着手的轨迹，滑过他额头、眉、眼、鼻，最后在他唇上烙下深深一吻。

该交代的都交代了，该烙印在心底、烙印在脑海的，亦早已烙印。时间紧迫，他总得还留有一口气才行，不然，就只能去鬼门关抓人了。

向晚伸手，狠狠一口咬破手指，齿印处迅速溢出血来。向晚笑，她将手指凑至折兰勾玉嘴前，另一手用力捏住他下巴逼他开口，看到指尖的血滴入他口中，眼泪再也不能控制地滑下。

闭上眼，右手隔衣轻点左臂杏花封印，默念仙诀。她口中幽幽一道蓝光，缓缓渡至他口中。那是她的仙气、她的精元，可助他过此难关，长命百岁。

灵玉镇三魂。他说得没错，自那天后，她一直能感觉到身体的异常，这些仙法仙诀亦早已记起，只是她一直不敢尝试，因为明白破戒破封印的后果。

也好，她还是喜欢这样的。比起让她束手无策地看着他死去，她宁愿自己再次受罚。

她不是没被罚过，此前错开三界杏花，被贬下凡。当然，更早之前，不知何故还被镇了三魂，历经七世命丧婚嫁之苦。不必纠结，等天上诸神发现她破戒，等她再次被召回天庭，这一切的一切，都可解开。

只要他能好好地活在这世上。

她唯一的遗憾，是腹中的孩子尚不足三月。她多希望能有一个属于他们的孩子，那样不管上天下地，即使化作杏树下的一抔黄土，于她亦是圆满。

向晚施法的时候，满室莹莹蓝光直冲天际，稍纵即逝。

率先发现异常的是莫前辈。他推门而入，恰好向晚收法，莫前辈惊道一声："小晚！"

向晚笑，脸色微白，淡淡道："救他，还是救孩子，总是救他。"

她只是小小花仙，法力实在有限，渡了仙气、渡了精元，就有些不支。

莫前辈忙走近，伸手把折兰勾玉的脉，转过头惊道："小晚你……"

向晚身子一软，堪堪扶住床沿坐下，泪水滑下，是不甘，亦是认命："我一直想为他生儿育女，告诉自己，天上人间地下，他去哪我便去哪，结果还是不行，原来生死相随也是一种奢侈……"

他用月见半魂换回她的命，两人避过婚事，可终究还是不行，甚至等不及她腹中孩子出生："前辈，告诉他我好舍不得……"

她要他记得她，一刻都不能忘，那样黄泉路上，或者他也升了天，再遇的时候至少彼此不会是陌路。就让她担这样一个自私的名吧，她是真的舍不得。她也会记得他，永永远远。

珈瑛大师托的梦，不可破情戒，不可破婚戒，更不可破封印。

破了封印，她就恢复仙身了，自然不可能再留在人间。很简单的道理，她又怎会不明白。

只是三魂归位，这一次的灵体分离，似乎不再那么痛苦。

床上的折兰勾玉依旧未醒，神色安详，气色看起来好了许多。而向晚的身体软软靠在床尾，闭目舒眉，脸上泪痕未干，眼角犹悬着一颗未及滑下的泪珠。莫前辈正在替她把脉，一旁折兰夫人显是惊呆了，折兰老爷正急匆匆跑进来。

若是他能睁眼，再看她一眼，若是她能再看一眼他那双漂亮温和的眼睛，再看一眼他眼里的温柔眷眷就好了。

灵魂游离，越升越高。也好，这样也好，若是他醒来，睁眼看到她那样，或许眼里没有温柔，只有痛苦。

还是这样吧。

一刹那的失衡，仿佛下一秒要飘到不知名的地方去，紧接着一阵坠痛，极致的眩晕与巨痛之后，再睁眼时，眼前一片白茫。

一片白茫中，一位白发长者背对着她站在那里，手持拂尘。

向晚软软爬起身，又打量背影一眼，确定自己并不认识，只得开口："请问？"

白发长者闻声转身，正是珈瑛大师！

她以为这次回天界，第一时间要面对的，就是那个满脸怒容的人，接受自己应得的处罚，没想到竟得见凡间故人。向晚一时哽咽："大师……"

珈瑛大师仙风道骨，看一眼向晚，叹一口气："真是痴儿怨女，连精元也不要了……"

话至一半，伸手递至她跟前，手中赫然是颗赤红丹丸。

"大师？"

"赶紧吃了，你想灰飞烟灭？"

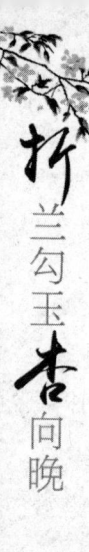

向晚一怔，接过丹药咽下，弯身行礼："多谢大师。"

此前替她修复折兰勾玉的折扇，后借钟离托梦提醒她，现在又救她，她何德何能，承受这位长者诸多恩情？

"先别废话了，三魂归位，你该记得修炼口诀，先恢复精元再说。"话音刚落，人已消失不见。

向晚追出去，结果被一道无形气墙撞回，跌坐在地。

原来这白茫茫的一片，竟是个无形结界。

向晚怔怔坐于地上，思及折兰勾玉，他该醒了吧，会伤心会难过吧？向晚的尸体有安葬了么？墓碑上会是什么身份？还有乐正礼与金三佰，他们如何了？

正自黯然，忽觉体内一股暖流喷发，该是刚才的丹丸发生了效力。暖流强大而充满力量，向晚顾不得其他，静坐敛神、默念仙诀，开始修仙。

以她一个小小杏花仙，精元是很宝贵的，精元一去，仙气大失，不像天尊大帝，救个凡人只需一口仙气。所幸有珈瑛大师的丹丸，功效非凡。

向晚也不知自己打坐了多久，待得将体内横冲直撞的力量收为己用，夜幕已微垂。人间，该过了不少日子了吧！

天上一天，人间一年。她害怕自此之后，与折兰勾玉再不能相见。

沉思许久，静默许久，又四处尝试出去，皆是未果。这一处白茫之地，是一个无形结界，她被困在里面，不知今夕何夕。

她不知这是什么地方，一时也没有形神俱灭的感觉。只是她实在想念折兰勾玉，觉得这一处结界好比一个囚笼，她是囚笼里的困兽，出不去，亦无人可以求救。

她又开始思念折兰勾玉，思念那来不及出生的孩子，属于他们的孩子，终是与他们有缘无分的孩子。她多希望能为他生下一儿半女，孩子流有她的血脉，代替她陪在他身边，他亦可以借着孩子，时常地想起她。

她不知他醒来会如何，她害怕他忘记她，害怕他连思念她的凭借都没有。

她又流泪。这一场爱，自从月见半魂的事后，尤其是她怀孕之后，一下子让她改变了许多。她不知道原来她也可以爱得这么自私又卑微，她不知道原来她也可以这样牵肠挂肚相思成灾。

"师父……"

一种强烈的直觉，向晚猛地抬头，一眼看到那张朝思暮想的脸。她跳起身，几步冲上前，又被结界无情撞回。她重重跌坐在地，眼眶一热，才发现虽是一模一样的脸庞，来人头上戴着十二行珠冠冕旒，身上是九章华服，同样尊贵，却肃然威仪得多。

他是玉帝，不是她的师父。

他站在那，一时也不说话，看着向晚，眼神冰冷。

向晚慢慢冷静下来，起身，直视玉帝，冷冷道："不知玉帝前来，有何指示？"

她本以为这次回天界，第一眼看到的会是他，然后她第一时间领罚，或者会再度被贬人间。后来看到珈瑛大师，她想大概是大师施手相救，这个人虽迟早会见，只怕不会太快，却没想到他竟然出现在这里。

一面又在心里反反复复告诉自己，哪怕两人再相像，却永不会一样。她再不能将他们搞错，更不能透过这张相似的脸，慰藉自己的相思苦。

"纡尊降贵来到这里，玉帝不会只为看我一眼吧？"她笑，微微疏离。

没想到他神情中竟有一丝异样。说不上是什么，狼狈，又或是其他，极其迅速，待向晚细看时，早没了痕迹。

向晚没细究明白他脸上的异常神色为何，却发现了另一件事——折兰勾玉说的宝珠定三界，那宝珠该在玉帝的冠冕上。之前他一直高高在上，又有一定距离，她不曾在意，亦不曾发觉，如今面对面隔着层透明结界，细看他冠冕上竟是没有！

"玉央？"她想起那次玉杏画的事，想起折兰勾玉说她神智昏迷中一直重复的名字，脑中灵光一现。

他脸上那种怪异的神色再次浮现，又转瞬即逝，随之而来的是滔天怒气："三魂归位，你竟是连封印也破除了！"

可是向晚的怒气比他还大："我犯了什么大罪，要被镇三魂、封记忆，还要下凡历经七世命丧婚嫁之苦？"

她原以为她是因为七世命丧婚嫁，所以破格升仙成了杏花仙子。当时她还想，七世命丧婚嫁与升仙，究竟哪个是因，哪个是果？

原来都不是！

他却忽然沉默，面对她的盛怒，面对她的质问，冷眼以待。

"这三界之中，又有谁敢跟你长得一模一样，我早该想到的，他与你定是关系不浅。"这真是她最大的失误。她断定玉帝不可能下得凡来，可她还是忘了，会与玉帝长得一般无二，怎么可能只是个巧合？

他仍是不说话，锁着眉，神情肃然。

"你既如此不待见我，何不索性将我贬为凡人，从此受生死轮回之苦，何必镇我三魂、封我记忆、几世修行，回过头来再将我召回天庭！"世人奉为极乐的天庭，不过尔尔。

"过是因，罚是果，一切有因有果。"

他说得神圣庄严，有种仙家的决然超脱风范。向晚却嗤笑以对："何谓因，何谓果？因与果，还不是你们说了算？莫说庸庸凡人，便是像我这样入了仙籍，又何尝能替自己作主？过与罚……"她至此一顿，笑得凄凉，"我倒是好奇，我究竟犯了何过，才受此罚？如果受罚下凡要封记忆，我现又回到天界，该还了我的记忆，就算要我死，也要让我死个明白！"

他又是那种尊贵威仪至极，一副高高在上的样子，看她一眼，转身就走。

"为什么不让我们在一起？既不让我们在一起，又为什么让我们相遇？"向晚朝着他的背影大喊。

折兰勾玉既与玉帝有关，他又为何下凡，且明显没有天界记忆？前七世的命断婚嫁，尤其是她恢复记忆的第七世，她法律上的丈夫根本与玉帝，甚至折兰勾玉，搭不上任何联系。

这一次为何会遇到折兰勾玉？定不是巧合！

玉帝一走，向晚愈发静不下心来修炼。满心的疑问，满心的酸楚，满心的愤怒。所幸珈瑛大师对她颇多照顾，天黑之前又来看她。

"怎么了？丹丸没效果么？"

向晚闻声抬头，看到珈瑛大师，疾步跑向他，临了又被无形结界撞回，身子软软跌至地上，忍不住落下泪来，"大师，他可还好？该是醒了吧？"

人间该是过去不少日子了。

珈瑛大师叹口气，劝道："这些你就别再想了，专心修炼才是。出了这修仙室，好好当你的杏花仙子，别再犯错了……"

原来这里是修仙室。

修仙室，顾名思义，是天界众仙修炼之所。进修仙室修炼的，一般都是排不上号的仙子仙女，没有自己的修炼殿。而且入了仙班，除了提升进修，只有犯错才会进修仙室。

向晚是第二次进修仙室了。只不过第一次，她已无印象。

凡间的珈瑛大师，到了天界，是修仙殿的珈瑛仙尊，司职仙班众仙子仙女的修炼。

向晚此回情况特殊。一般在天界，哪有仙子无故丢精元的。所以她这次进修仙室，实是对她的一种保护。修仙室修仙，亦护仙。在这里除了修炼，再不能有其他。

"修行未完满，又再破戒，难道就让我这么过去了？"向晚想起刚刚离开的玉帝。她以为她屡屡犯错，这一次该会有更严厉的惩罚等着她，难道不是？

珈瑛大师讪讪，佯咳几声，方道："这你就别担心了，快些修炼恢复才是正事。"

"大师……你当初既肯托梦给钟离帮我，就请再帮我一次，告诉我他现在的情况，不然我怎么能安下心来……"向晚看着他转身又欲离开，急急道。

"你以为我不知？你心里的牵挂，我即使告诉你他现在很好，你还是会想着念着不放。"

"大师……"她知道他说得没错，她无法反驳。

他语重心长："你三魂归位，重回天界，该明白有些人该忘就忘，有些念头该断则断，怎地还在犯傻？"

该忘就忘，该断则断，人若能这样轻易控制自己的心与思，那活着还有什么意思？

向晚笑："他能与玉帝长得一般无二，定不是巧合。大师，他可是玉央？"

珈瑛仙尊一听"玉央"二字，脸色一变，脱口而出："你还记得玉央？"

她怎么可能还记得这个名字？

"按理不该记得。可是三魂归位的时候，我一直念着这个名字。"她自嘲一笑，抬头看他，忽而跪下，难得的哀哀怜怜，"大师定是知道所有的因果，镇三魂、封记忆、七世命丧婚嫁，这一切的一切，因我犯了何罪，又与玉央有何关系，求大师告诉我吧……"

　　珈瑛大师叹口气，摇头。她真是有些不一样了，以前的她，又怎肯下跪求人？被封记忆、被镇三魂、被破七魄，她都不曾求过人，甚至倔强地不肯认错，更未流过一滴眼泪。而如今，真是大不一样了。

　　"大师……"

　　"别想这么多了，好好修炼吧。"他心中不忍，深深看她一眼，还是转身。

　　"大师，大师……"向晚起身欲追，没几步又被结界拦下，再一次跌坐在地，她只能冲着珈瑛大师的背影大喊，"他就是玉央，就是玉帝冠冕上的定央珠，是不是？"

　　珈瑛大师脚步一滞，站在那里。向晚以为他会回头，往前爬走几步，可是珈瑛大师只是一顿，随即就头也不回地走了。

　　向晚颓然坐于地上，心里阵阵揪痛。

　　她果然猜得没错，他是玉央，真是定三界的宝珠定央珠！这身份何等尊贵，若他真因她被贬，那么无怪乎玉帝看她总是一副怒火中烧的样子。

　　历经七世婚嫁劫，有因有果，她当初犯的，该是情劫。如果折兰勾玉就是玉央，她三魂归位时喊的也是玉央，那么毫无疑问，这一个情劫，与他有关。

　　他们这一世的感情，不也是么？

　　修仙室空无一物，向晚几次想出去尝试未果，只能继续被困在里面。

　　夜幕沉霭。与上次一样，来了天界后，向晚就没了饥饿感。而她目前的困境，唯一能做的只有修炼，唯一的希望就是先出修仙室。

　　晨光初现时，向晚稍作休息。珈瑛大师给的丹丸显是大有来头，不过一天一夜的时间，她已恢复不少。

　　珈瑛大师说，该忘就忘，该断则断。他说得容易，可教她如何忘，如何断？这次下凡修行，她自己也能感觉到自己的改变。想起当初在天庭顶撞玉帝，是何等的倔强，而再回天庭，若能让她与折兰勾玉在一起，便是让她在玉帝跟前跪足七天七夜，她亦是甘愿。

　　似乎，只要能让她与折兰勾玉在一起，什么都可以舍弃。倔强、自尊、骄傲、仙籍……一切的一切，没有什么不能舍弃。

　　爱，原来可以让人变得坚强与勇敢，也可以让人变得懦弱与卑微。

　　珈瑛大师一早又来看向晚，见她打坐，神色沉静，总算放下点心。

　　向晚修炼完抬眼，才看到外面的珈瑛大师，也不知他等了多久，遂起身行礼："大师……"

　　珈瑛大师闻声回过神来，冲向晚笑道："看起来不错。"

　　"多谢大师照顾。"向晚深深一礼。不管前因后果是什么，眼前这人对她很好。

　　珈瑛大师连忙避开："哎呀，莫谢莫谢……"

　　"大师，他……可还好？"人间，该是一年过去了吧，他该二十四了。

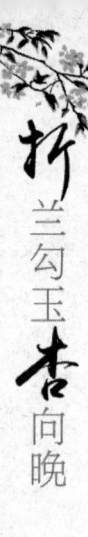

可有娶妻生子？

"你还是忘了他吧，丫头，你与他，注定不可能在一起的。"

向晚心中凄凄，视线又开始模糊，看起来分外娇弱惹人心疼："若是能忘，当初又何至被罚？"

"哎……"珈瑛大师唯有摇头叹息。

向晚抬头看他，哀哀求道："若说下凡会被封记忆，缘何我回了天界还是想不起以前？那些记忆那些过去，只属于当事人，为何封了我的记忆迟迟不还？"

珈瑛大师沉默，心中亦是不忍。

向晚泄气般颓然坐于地上，泪终是滑下，是控诉，亦是悲悯："为何我连知道真相的权利也没有？为何？所谓神仙大爱，却容不下同僚间有爱慕，所谓神仙，就是毫不留情地剥夺别人的记忆！说什么心中有大爱，渡凡人过苦海，这些苦海劫数，不过是你们预先设下的游戏！若真有大爱，若真仙法无边，唯留世间真善美，哪有这诸多苦痛过错！"

她知道不关珈瑛大师的事，但她心中一口气委实憋得慌，思念折兰勾玉加上对现状的无能为力，让她在这刻不吐不快。

"丫头！"珈瑛大师轻喝，拼命使眼色。

向晚笑，笑中有泪："我现在还有什么好担心好害怕的？顶多治我大不敬，再将我三魂镇压，把我记忆尽除，贬下凡间历经七世修行便是。"

"由爱故生忧，由爱故生怖，若离于爱者，无忧亦无怖。"是个女子的声音，音色圆润，字正腔圆，透着一股端庄味。

向晚笑，抬头却不见有第三人，微微不屑："官家之言。若是连爱人都不会，又怎么去爱众生？若是连同僚都不能去宽恕，又怎么去宽恕普度你们口中的罪人？分明是些避世自保的论调，却定要披上神圣光华的外衣。跳出众生之外，看众生喜怒哀乐，然后用你们自以为是的标准去评判是与非、罪与罚，又怎么公平？"她忽然又难过起来，好像离了折兰勾玉，就变得格外脆弱，"不曾体会，又怎知其中酸甜滋味？镇魂封忆，下凡修行，在你们看来，可能是给我一个救赎的机会，可惜在我看来，那些记忆才最珍贵。若让我从此无心无肝无回忆地活下去，又怎知于我来说，不是比死更可怕？"

"丫头……"

"就让我说下去吧。天上一天，人间一年，哪怕让我这么天地两隔，陪着他走完这一生，我也满足了。若他死了，上天下地，从此再不记得我，如你们这般，离爱绝爱，便是那时我已重返仙班，亦会自毁神元，从此烟消云散。"

有轻轻的叹息声，并非珈瑛仙尊。

"丫头你这是何苦。"

向晚笑，淡淡然："我们总是喜欢用自己的标准去衡量别人的幸福，何其愚蠢。你之良丹，我之毒药。莫道世人庸碌，其实世人更看得透这天地人生。"

她唯一的梦想，就是与他走完这一程，生老病死，生儿育女，在人间尽情爱一场活一把，什么都值了。

这一回，连叹息声也没有了。

很长时间的沉默。

待得向晚再抬头时，珈瑛大师不知何时已没了踪影。而那个女声，自始至终都没露面。

于是继续修炼。

随着修炼的不断提升，向晚渐渐感觉到精元的恢复。

她知道，这之中多亏了珈瑛大师的那颗丹丸。

三魂归位，回到天庭，仙法精元又渐渐恢复，向晚逐渐想起了一些天界的事。比如灵镜台，就是个看人间众生百态的好地方。只要出了修仙室，她就可以想办法看她想看的人了。

便是如此了，既然改变不了现状，那就努力适应吧。

整整两天两夜的静坐修炼之后，终于有人看不过眼，硬是将向晚的修炼打断了。这人不是珈瑛大师还有谁！

"你不要命了？"几次来看她，皆在静坐修炼。他本以为她终于开窍，可是两天两夜都如此，竟是不要命地长时间修炼。他这才发现她的不对劲，迫不得已只能入修仙室将她的修炼强行打断。

所谓强行打断，是在不伤害向晚的前提下，以外力迫她闭功。

向晚久久才调息平复，软软起身欲给珈瑛大师行礼，甫一动，就跌坐了回去，一时竟起不了身。

"还是那么倔！"她的心思再明显不过。珈瑛大师叹口气，终是不忍，握住她手，缓缓渡了些仙气给她，"欲速则不达，你再有天分，也不能这么逞强。"

"一天与一年的差距，我怎能不心急？若是晚了，即使出了这里，也看不到他了。"两天两夜的静坐修炼，内盛外虚，让她说话都有些喘。

"哎……"除了叹气，他不知还能说什么，"真是一对痴儿怨女，经历这些，又遭遇这些，还是这么想不明白放不开。"

向晚却是问他："大师，他既是定央珠，又如何与我有一番前情纠葛？如何能幻化成玉帝模样？"

虽说天界不少宝物都有灵性，但定央珠又大不同。它尊贵不凡，有定三界太平的神力，镶于玉帝冠冕，日日与玉帝相伴，举足轻重的位置。

只是宝物有灵性，与幻化成人形，又不是同一级别！而且折兰勾玉长得与玉帝一般无二，这之中肯定有什么关联。

"大师既肯帮我，为何不肯解我心中之疑，让我看清事情的全部？"她拉住他的衣袖，恳求。

她知这样是得寸进尺，但她真的没有别的办法了，珈瑛大师是她唯一的希望。

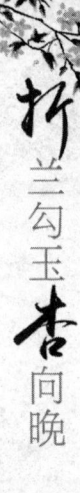

他看她，犹豫良久，方松了些口："此前他受过玉帝精血，自然不同寻常，几万年的熏陶修行，加之它自身天赋禀异，修为远胜一般仙尊。"

当初三界大乱，玉帝为了加大定央珠的威力，滴血念诀，将定央珠的神力提升发挥至极限，才将三界动乱镇下，恢复太平。自此后，定央珠有了玉帝精血，大大不同于以往。几万年之后，已能元神出位，幻化成人形，于天界各处游走。

珈瑛大师就是那时候，与玉央认识的。而向晚，那时还只是朵杏花。

他的修仙殿，与玉帝的灵霄宝殿相邻。彼时向晚还是灵霄宝殿后院的一枝杏花，早春时节，越过墙头，横生至他的修仙殿。他那日与玉央边走边论道，两人一眼看到那出墙杏花，玉央就笑说她是天生的杏仙胎子。他问何故，他说，她不过是初绽杏花，竟能越了灵霄宝殿开到你的修仙殿来，不正是来修仙的么？

他细想，也正是。灵霄宝殿是个什么地方，以前又何曾有这样的事发生。

于是两人此后日日来看这一枝出墙杏花，看其杏叶由嫩及深，看其余杏花凋败，看青青杏果越长越大，那至高一朵却是花开不败。

后来他们索性就在这一枝杏花墙角下谈天论地、把酒品茗，间或抚琴吹笛。三年后，这朵杏花落地，化为一个小小人形，自然被二人送入修仙室修炼，取名向晚。仙尊身边有些个灵物或小侍童颇为正常，所以也无人过问向晚的来历。

向晚成长得很快。每天除了修炼，就是跟在他二人屁股后头，他们走哪，她就跟哪。他二人倒不介意，偶尔还允许她插话提问或讨论。如此三年，人间已是千年之后，向晚出落得亭亭玉立，仙法修为，初具花仙风范。

那段时光最是美好。

如此又过千年，当时的杏花仙子因事下任，向晚顺利升任十二花仙之一的杏花仙。

也正因此，升任杏花仙子的向晚再不能留在修仙殿，转而去了百里花海的百花殿。这一去，就发生了后面的许多事来。

原来在日复一日的相处中，玉央与向晚早已情愫暗结。向晚去了百花殿，两人离得远了，玉央因与玉帝外形一致，不方便去那，两人便常常在珈瑛大师的修仙殿后花园幽会。

时间一久，后知后觉的珈瑛大师也发现了蛛丝马迹。正当他犹豫良久，半点半透地提醒了玉央几次后，某天在修仙殿后花园又看到了玉央与向晚在一起。他本想佯装没看到，快快掉头退回，可显然这对神仙情侣发现了他这枚电灯泡，迅速分开，朝他看来。

这一看不打紧。珈瑛大师早前识破了玉央与向晚的感情，当然以为这会子被他撞破的小情侣是玉央与向晚没错，结果一打照面，他是何等修为，一眼看出了异常——那酷似玉帝之人竟不是玉央，或者更为准确地说，那酷似玉央之人，竟是玉帝！

他心中实在太惊，脱口而出："玉……玉帝……"

向晚此前只在受封杏花仙子时，跪在那里听过玉帝短短一句训，甚至来不及抬头看清玉帝真容，就被百花仙子领了下去。如今听珈瑛仙尊一声玉帝，顿时失了反应。

玉帝却第一时间反应过来，不惊不乍，以自己的遭遇，证实了玉央与向晚的这份私情。

玉央根本不知这些，更不知有这一场约会与意外。他不过凑巧来找珈瑛大师，没见到大师，熟门熟路地往后花园来寻人，看到在场三人，很快明白发生了什么事。只是他晚来一步，因为向晚的错认，以及错认后的热情举动，两个人再无法否认这段感情。

那一日，玉帝一身长袍，未穿九章华服，未戴珠冠冕旒。向晚来来回回在玉帝与玉央两人之间打量，直到被带至天庭，才问身边的珈瑛大师："我知他是玉帝冠上定央珠，却不知他竟与玉帝长得一般模样。"

她今日并未感觉异常，也没认出原来她一眼看到就兴奋地冲过去扑到对方怀里的人不是她爱的玉央。可是他也不曾推开，不是么？而且像往常一样，亲了她的眼睛。

若说异常，倒是前两次感觉甚是明显。正当她慢慢习惯他的些微变化时，珈瑛大师竟然告诉她，拥着她的那人，是玉帝！

"玉央呢？"向晚扭头找人，想向玉央证实心中疑问。

只是天庭除了她与珈瑛大师，再无第三人。

但是很快，玉帝一身华服，头戴冠冕，出现在天庭帝位上，一旁是一身盛装的玉母娘娘，并未见玉央影。

这件事，在这一刻，在这个地方，被秘密地处理解决了。

玉央身份特殊，另行处罚，彼时正被关在密室。向晚百口莫辩，又无从可辩，她与玉央确有私情，违反了仙规，她甘愿受罚，她只是想将心中的疑问确认证实。

到底上两次的幽会，是玉央，还是玉帝？

向晚抬头，那个尊贵超然的人高高坐于帝位，正破例亲自下达对她的处罚令。一旁王母神色平静。

被贬下凡修行。她还没开口，身边的珈瑛大师已抢先一步替她求情。求情未果，她终于得以开口问一句："澹然闲赏久，无以破妖娆。当日是你吟诵的诗，还是玉央？"

问完又后悔。这么些年，玉央从未做过这等浪漫风雅之事。他的浪漫风雅，从他的气质、言行举止自然流露，从不需要刻意去说、去做。

第一次她的碰巧遇见，他的疏离与转身离去，她以为是场合不对，怕被人撞见；第二次他的诗，他的不推拒与些微僵硬；第三次，她拉着他手，眉眼盈盈，问他怎么不亲她的眼睛了，他历来最喜欢亲她的眼睛，说她的眼睛是世上最美丽的风景。他看着她眼睛，失神半晌，方低头亲吻。偏巧那时珈瑛大师过来，才有了后面的一切。

她是真不知道玉央与玉帝长得一模一样，所以虽觉有异，亦从未疑心，浑然不觉她的娇她的俏，她拉着他手约定下回见面的日子，原来都弄错了对象。

向晚的这一问，无疑当面扇了玉帝一巴掌。饶是玉帝沉默或是否认，王母与珈瑛大师端看向晚神情，心里早也明白了七八分。

向晚就这么被镇三魂、被破七魄、被封记忆，贬到了凡间。

向晚确定了折兰勾玉的身份，只一思索，就大概明白了个中因缘，问道："我与他既是同罪受罚，因何我已修完七世，他还没回天庭？而且，他也是七世命丧婚嫁么？"

所以大婚那天，才发生那样的事。

可是不对。她破情戒婚戒时，他分明也破了，却是全无异样，两人的处罚该是不同的。

"他才这一世。"

向晚惊抬头，就算她七世命丧婚嫁，世世都短命了些，但七世轮回，又回天庭，天上一天，地下一年，她再被贬，待得八岁遇到折兰勾玉，也不至于他才比她大七岁，且是第一世修行。

"他只修行这一世就好。"确实不公，但玉央与向晚之间的取舍，任谁都是重玉央而轻向晚。

而且玉央本是连这世修行也可以免去的。

"七世修行，我只有一世记忆。上次重回天庭，算时间差不多正是玉央被贬下凡。若是我与他之前的事，玉帝只想惩罚我了事，那他后来因何下凡？若是同罪不同罚，这时间拖得也委实久了些。仙尊你定是知道原因的。"折兰勾玉也无记忆。下凡被封记忆可以理解，可是她历经七世情劫，并未遇他，为何重回天庭后的再次被贬，却让她遇上了他？

想起被贬当时的情景，王母眼中似有不忍，口里念念有词，莫不与此有关？

珈瑛大师却再不肯多说，扯开话题道："你再心急，也不能这样没日没夜地修炼。过犹不及，这道理你应该明白。"

向晚不依，抬眼看珈瑛大师，些微迟疑："当初大师下凡，可是与我有关？"

珈瑛大师赶紧摇头："无关无关，丫头你别想这么多了，安心待在这，晚些我再来看你。"

有关无关，谁又能分得清？只不过，他那时确有失职，下凡走这一趟，也没什么大苦大难，已是幸事。

珈瑛大师说完，也不顾向晚还想问些什么，转身走了。

向晚一个人前前后后地想了许久。对折兰勾玉与珈瑛大师的下凡存了疑，对她这次下凡会遇到折兰勾玉，以及折兰勾玉大婚时发生的事更找不到答案。她不知玉帝还与她有过那样一段尴尬，所以傍晚时分再次看到玉帝时，仍是将他当成一个冷酷执法又易怒的居高位者。

珈瑛大师曾说，只要她好好修炼，出了修仙室，仍是继续当她的杏花仙子，别再犯错惹事就行。其实她心里是不相信玉帝会这么轻易放过她的，而且他一而再地过来，让她心里莫名。

"一天一看，玉帝是定夺不下这次该怎么罚我，还是怕我跑了？"

她保持着打坐的姿势，他离她几米远，似在结界里，又似在结界外，站在那里不说话，居高临下。

向晚笑，带点不屑带点轻蔑："我一直很好奇，您是性格脾气如此，还是因玉央的事唯独对我如此？总是一身怒气，分明看我不顺眼，又一再将我召回天庭，就像现在，再一次地屈尊来这里，或许在不明真相的人眼里，还以为你对我有多重视呢。"

说完又笑，垂下眼不再看他。他怒也罢，不怒也罢，她就是不想忍这口气。

"你以为是我想来？"他还真的没生气，至少脸上没怒容。

向晚心里奇怪，脸上又有淡淡的笑容："三界之中，能请得动玉帝来这小小修仙室的，莫不是玉央？"

总不可能是王母吧？

他只是蹙着眉，不置可否。

三个晚上过去了，今天已是第四天，折兰勾玉该二十六了。这三年多的时间，他都做了什么？为何玉帝一次次地过来，会与他有关？她知道关于她心中的疑问，玉帝定不会告诉她答案，所以开口就变成了其他："说起来，他也算是你的血脉延续。每当你看着他，或者面对他时，是不是会感觉不一样？"

他定睛看她，神色莫名，依旧不开口。

"他本是你冠上定央珠，日日相伴，但这种安静相伴，又怎及你看他修炼、看他成长、看他动情犯错、看他下凡修历来得鲜活有趣？"她抬眸看他，复又垂眸，低低娓娓道，"这种感情，其实与人间的父子有何异？因他成功而喜悦，因他犯错而生气，在他身上寻找自己当年的影子，或者寻找一些自己不曾经历过的东西。"

如果不是如此，玉帝又怎会同意玉央修炼至精，允许他幻化成他的样子，偶尔还在仙界各处走动。

"七世命丧婚嫁，我都未破身，更遑论有孩子。只是这一次，我竟然有了我与他的孩子。我多希望我能平平安安生下这孩子，像他也好，像我也罢，男也好，女也好，只要是我与他的孩子，我就觉得自己这一生都圆满了。我想象着他出生之后的生活，我因他哭而疼、因他笑而乐，看他怎么从爬到走、从走到跑，想象他小小的身子，如何长成可以让我依靠让我骄傲的参天大树。为此我避开婚嫁，劝他与别的女子大婚，因为我真的很想有这个孩子。"她一顿，忽而落下泪来，声音却依旧娓娓平静，"可还是不行，我不知道那天晚上新房里发生了什么，尽管我那么希望肚子里的孩子能平平安安降生，尽管我明白我破封印会有什么结果，但我没有选择的权利……"

他看着她，眼神复杂。除了她当初将他误认为玉央，她从不曾在他面前这样子说过话。她自知道他玉帝的身份，在他面前向来倔强、骄傲，甚至不屑，即使跪着，腰也是直的，不肯低头，不肯服软。对他冷眼以对，或者大声质问。

他见过她的娇俏，更见过她的愤怒。而这样坐在地上，垂眼落泪幽幽婉婉的她，还是第一次看到。

卷七 梦入江南烟水路，不与离人遇。

"澹然闲赏久，无以破妖娆。当日是你吟诵的诗，还是玉央？"

　　当初她在天庭的质问，让他一时狼狈。试问自己当初下的处罚，的确存了点私心。只是每当他想给她机会时，她都会先一步触怒他，让他又忘了初衷。

　　他心绪未静，却见她蓦地起身，一径走至他跟前丈外停下，抬头看他，眼睛因刚才的泪而格外的清亮，脸上犹有泪痕："他有你的精血，我又有了他的骨肉，难道你一点也不好奇，我与他的孩子，会是何模样？"

　　他神色微不平静。

　　她弯起嘴角，眉眼盈盈，声音也变得娇娇软软："这个孩子，其实亦与你有血缘关系。"

　　看他神色一变，她又加一句："可是你将我召回天庭，亲手扼杀了这个不足三个月、与你有血缘的小生命。讲真善、讲大爱，那么敢问玉帝，这个小生命，他是因何受此罪，因何被扼杀？"

　　他眉蹙得更深，神情凝重，又有一种风雨欲来的气势。

　　她笑，大笑："对了，原因还是有的，他罪在有了我们这样一对不被接受与认可的父母，所以活该胎死腹中，这不就是你们常说的因果轮回么？只是如此因果轮回，追溯根源，却是你的一滴精血，或许还有你的一份私心。我与他，不过是任人摆布的一个棋子而已。"

　　"棋子？"他低低重复，被这两字激怒。

　　"不是么？"向晚直直迎视，淡淡道，"按你们制定的游戏规则行走，进与退、错与对，又哪有我们申诉的权利。用你们的标准，衡量我们的人生，不正是一种强权？天性自然，无为而治，不过是句口号。"

　　说到后来，又是那种淡淡不屑。

　　玉帝竟一时无法辩驳。

　　"我不知他到底做了什么，让你纡尊降贵过来两次。只是日落日出，天上短短几天，人间他已近四年没看到我了，或许我的尸骨也早已化了灰成了土。我那时常常想，如果能给他留下一丁血脉，那么哪怕之后终不能在一起，至少他看到孩子时会想起我，至少他想我的时候还有孩子……"她一顿，自嘲笑笑，脸上有淡淡忧伤，声音却甚是平静，"算了，说再多亦无用。你不曾动心，不曾真真正正喜欢过一个人，怎会明白我的感受，说这些又有何用？你回去吧，该罚则罚，该贬则贬，我已经受惯了，只是这一次，求您高抬贵手，留着我的记忆，除此之外，镇魂镇魄，悉听尊便。"

　　她说完，转过身走回原位，静坐垂眸，开始修炼，再不去看他一眼。

　　那一张脸，虽是她朝思暮想。但她朝思暮想的不是那一张脸，而是那个人。既不是那个人，再相像又有何用？若是那个人，即使换了容颜，仍是她心中至爱。

　　这次珈瑛大师是等到玉帝走后，才偷偷摸摸进修仙室。

　　"丫头，丫头……"

　　向晚闻声睁开眼来，正欲起身行礼，就被珈瑛大师按坐回去："别忙别忙，这么坐着就好。"

"刚才是玉帝过来了？"

见向晚点头，珈瑛大师看起来心事重重地在她跟前来回走了几遭，又犹豫了会儿，方问道："他可是说了什么？"

向晚抬头看他，想起玉帝之前说的"你以为是我想来"，略一思忖，反问："这近四年的时间，他都做了些什么？可有……再婚？"

她前路未明，希望渺茫，她一方面希望他忘了她，另一方面又希望他永远只爱她一个。

"再婚？倒是想，可没人敢！"珈瑛大师一个激动，脱口而出。

"大师？"

向晚来不及问，他又赶紧掩饰："没什么，没什么，就是还没结婚。"

"为何？"

"什……什么为何？没结婚就是没结婚了。"被向晚认认真真地盯着看，珈瑛大师心里一慌，说话都有些结巴。

"以他的身份，以他的家世，以他的才貌，大师倒是说说怎么就没人敢嫁他了？"向晚起身，拦住意欲开溜的珈瑛大师。

"哎，丫头……"

"你之前说我只要出了修仙室，就可以安安心心继续做我的杏花仙子，为何这次破戒犯错，玉帝竟不追究？他这样一次次地来，又是打的什么主意？大师你告诉我他在人间的现况吧，你告诉我这个，该也是无罪的吧？"

根本不是有罪无罪的问题，而是若告诉她，她定不能再这样静下心来修炼。指不定知道真相，又会惹出些什么事来，到时又是一番穷折腾。

"大师不必担心，我身在修仙室，就算想出去也出不去，眼下的情况该怎么做，我心里清楚，定不再惹事。"

珈瑛大师看她，一脸的狐疑。向晚一再保证，珈瑛大师拗不过她，便也只好实话实说："他还没将你入土安葬。"

向晚知道他说的是她凡人的身体。三年多了，她的尸体还未入土为葬，会是怎样不堪的模样？

珈瑛大师看出她心里疑问，叹口气："你早前不是服食过月见半魂么？无论何种情况，它可保你身体五六年不损。"

向晚心里一惊，想到自己凡间的那具身体还完好无损地躺在折兰府的某处，声音不由都有些发颤："那……我肚子里的孩子……会如何？"

也会完好无损么？月见半魂可以保她的身体，无论在何种情况下都完好无损的话，是否就像是一种时间上的静止？既然她体内的器脏都没问题，她肚子里的孩子是不是也该无事？

这想法一浮现，她心里瞬间翻江倒海般起伏不定。满心的期待，又怕极了珈瑛大师会摇头。

"如你所想。"他感觉告诉她实情，真会生出些什么事来。可是又实在不想欺瞒她。他看着玉央与向晚这一路走来，是最清楚他们两人感情的。他曾经以为他们之间只是淡淡一份情愫，不可能经得起风浪，至向晚被贬，事情也该落幕，却没想到玉央在禁闭后，得知向晚的处罚结果，会做出那些激烈的事来。

向晚不知这些，她从珈瑛大师口中确定了她肚子里的孩子暂时没事，一时怔在当场。不能动，更不能说话，大滴大滴的泪珠滑过她脸颊，在她弧线优美的下巴悬一悬，又坠落。

"丫头？丫头？"珈瑛大师本还在专心回忆那些往事，看见向晚神情，心里不免也有些替她难过。

他下凡的时候没有仙界记忆，回了天庭，凡间的记忆却保留下来。以前他不是很理解玉央与向晚的感情，有了凡间记忆后，忽然就理解了，所以他才托梦钟离提醒向晚，所以此刻看着向晚，才明白她心中究竟是怎样的一种心境。

向晚好半晌才反应过来，蓦地跪在地上，一径拉着珈瑛大师的袍摆，哭求道："大师，我想见玉帝，我想见玉帝……"

"丫头……"他就说了，她知道这消息，怎么可能没有想法！

向晚松手，跪坐于地，双手紧紧捂住自己的脸，终于放声哭了起来。

她一直以为，向晚的身体早该入土为安，那肚子里的孩子，注定是见不到天日的。不是不遗憾，不是不痛苦的。只是当时她没有选择的权利。她不后悔，她只是难过，只是痛心，只是常常想：要是她能替他生下一子半女，或许回到天庭，她会甘心许多。

而现在，珈瑛大师告诉她，她肚子里的孩子，随着向晚的身体，都安好无恙。她心中死绝的希望复苏，更比最初强烈。

"你见了他，又有何用？"

她的泪愈发汹涌，抬头看着珈瑛大师，视线早已模糊成一片，白茫茫的什么也看不清："就算没用也得一试，大师……大师，我不甘心，他亦在等，哪怕只有千万分之一的希望，我也要争取……"

月见半魂可保她身体五六年无恙，除去今晚，她只有一两天的时间了。折兰勾玉还未另娶，还守着她的身体，他承受了这么多，她又岂能不努力？

珈瑛大师叹口气，摇头。

向晚用力擦去眼泪，对着珈瑛大师深深一礼，回到原地又开始静坐修炼。

按正常情况，要在短短的一两天时间里出修炼室，根本不可能。哪怕向晚之前三天三夜如何用功努力，哪怕她吞下的丹丸如何神效，皆不可能到那种境地。

不按正常情况，向晚还是有一丝机会的。只是这机会，代价惨重。

珈瑛大师见她静了心修炼，叹着气也就离开了。回头想想，左右觉得不对劲。以向晚的个性，知道这个消息，怎么可能真的规规矩矩在修仙室里安分守己地修炼？按部就班修炼，至少还有一个月她才能出修炼室，那时人间已过三十年，她岂会坐等眼前的机会白白消失？

珈瑛大师急匆匆赶回修仙室，果见向晚周身都被一个杏红光圈包围。

向晚与一般的花仙不一样。她是生于仙界灵霄宝殿的杏花，是天生的杏仙胎，花开三年不败，落地即化人形。若论尊贵，虽她只是小小杏花仙，但仙胎出身，实是天界众仙中最为尊贵的。传闻拥有这种出身的，在天界，不足千分之一。

天生的仙胎，比一般得道升天受封的仙人都来得有天分。于她们来说，修行更像是一种本能，所以修炼起来，效果与进度远非一般仙人能比。最重要的一点，仙胎体内有股与生俱来的神奇力量，平时隐藏，爆发时具有强大的不可估量的能量，爆发之后，若不能及时控制，结果很可能会形神俱灭。

向晚周身的杏红光圈甚是怪异。细看，光圈竟是不完整的。

珈瑛大师急急冲进修仙室，还未靠近，反被震回。光圈虽不完整，被光圈笼罩的向晚神色却是一片平静。这股与生俱来的神奇力量，其实由仙胎内心的意念决定强弱。珈瑛大师一时连靠近都不能，更没办法让向晚停下来。

"丫头，丫头，快停下，快停下……"珈瑛大师大喊，一边替结界加固，以免被人发现，一边冲着向晚大喊，"你别做傻事，别再做傻事了……"

向晚岂肯中途放弃，而且此刻她全神贯注，根本听不到珈瑛大师的声音。

杏红光圈颜色愈深，范围愈大。光圈的破绽也愈发明显。

珈瑛大师阻止不了，眼见着情况越来越糟，转身去搬救兵。

珈瑛大师十万火急地请了玉帝过来救场。玉帝倒没推诿，跟着就来了。

彼时向晚明知不对劲，也已经停不下来。所幸玉帝出手，收了她的功。向晚一时止不住势，蓦地扑跌至地上，喷出一口鲜血。

"为何破我七魄？"她抬头，半月明眸静深若潭，里面隐隐有火焰跳动。

不仅镇她三魂，竟还破她七魄！

"丫头……"珈瑛大师眨眼色。终究还是瞒不住了。镇三魂破七魄，他亦觉得太严厉。只是这时的质问与顶撞，都不是处理问题的最好办法。

"请仙尊先下去吧。"玉帝既不看向晚，也不看珈瑛大师，神色平静。

"这一点，他倒与你很像。"向晚笑，用衣袖擦干唇边的血迹，坐直身，维持自己最后的尊严。

"一错接着一错，你就没有安分的时候！"

向晚还是笑，这次她又违了仙例。她体内的仙胎原力，未经许可，是不可妄动的。仙胎原力爆发，她不仅能出修仙室，如果效果够好，时间够快，在未被发现之前，她还能偷下天界。

她不求别的，天上一天，人间一年，只要她能下凡，只要半天时间，能平平安安地生下孩子，那么之后会有什么样的惩罚与后果她都愿意承担。可是没想到她用意念动用仙胎原力，竟找不到自己的另六魄。三魂七魄，好不容易三魂归位，她竟只剩一魄！

"我虽失去当时记忆，但想自己犯错被贬，受七世婚嫁之苦，知他身份，知他就是玉央，我想当年的错，不外乎与他破了情戒，被罚也是应该。若你不愿我想起那些过往，让我与他从此再见也是陌路，我亦可以理解。只是为何再次贬我下凡，又让我碰到他？上次错开三界杏花，原与情戒无关，结果你让我受这般情苦，这是哪门子的因又是哪门子的果？"

她看着他，猜不透他此刻的心思与想法，只得徒然一笑："究竟我犯了什么样的错，不仅被镇三魂，还被破七魄？当初我与玉央的这段感情，是乱了三界，还是……乱了你的心？"

她只是猜测。他与玉央，实在太过相像。之前珈瑛大师的欲语还休，这段过往的被封，若她当初与玉央只是犯了情戒，她既已回天界，其实还了记忆，或者告诉过往，亦不碍事。

她动用仙胎原力的时候，隐隐想起什么。一些片断，一些模模糊糊的过往，只不过拼凑不完整，更多的是她的来历与修炼那段时光。

她观察他神色的变化，继续道："我原是你灵霄殿后花园的一枝杏花，攀不上你尊贵的身份，至少也承了你灵霄殿的风水灵气。料想你我身份差距，我原不该对你有敌意或不敬，也不承想你能对我有多照拂，只是万没想到自己竟成了你的眼中钉、心中刺。我三魂一魄妄动原力，怕也没多少时日了，你便还了我的记忆，让我形神俱灭，至少也有个瞑目。"

他沉默，看着她，眼里意味不明。

"那就这样吧。"她垂眸，右手按上左臂杏花封印，淡淡道，"他守我四年，只怕从不曾放弃过希望。只是他给我希望，我却不能还他希望。很快，那具身体会腐烂，肚子里的孩子仍会胎死腹中，我与他既然注定无缘，孩子也注定与我们无缘，那就让我先行一步吧。我不想再承受一次失去的痛与苦，而他修完这一切，天上人间地下，再见不到我，从此可以安心做他定三界太平的宝珠玉央。"

话音刚落，她左臂杏花封印蓦地绽放耀眼杏红光芒。

"从今往后，宁入地狱，不入天界！"她闭眼，一字一句，犹如誓咒。

"你本是仙胎，这是何苦。"

向晚意识模糊之际，听到一个似曾相识的女声，像极了前两天与她对话、却不曾露面的女子。

意识重又渐渐清晰起来，身上有种暖融融的感觉。向晚不想睁眼，泪从眼角一颗颗滑落，微微哽咽："活着既是受罪，又何必拦我？"

一声叹息。

向晚觉得自己像是沐浴在春阳下，又像被人拥在怀里，温暖得让她心里发酸。左臂上的杏花封印恢复原样，向晚颓然松手，睁眼，看到玉帝身边赫然多了个人，正是王母娘娘。

"王母……"她伏地而拜，不知王母娘娘的出现，该不该抱以希望。

"六魄俱已归位，你身为十二花仙，怎能自毁神元？"她一身盛装，神色是素来的平静，声音有种暖暖的味道。

向晚跪在那里，再不能像以往那般骄傲倔强。她低着头，一径落泪，努力忍着没哭出声："封我记忆，只能让我暂时遗忘。他终究会回天庭，我不想到时再见，又开始这样一段重复的历程。我控制不住自己，既然你们不能接受我与他在一起，那就让我消失吧，别给我无谓的希望与念想，别给我再次犯错的机会，这样他回到天界，从此可以安心修行……"

"他是三界定央珠，你是天生的杏仙，天命注定，岂是你想解脱就解脱的。"她叹息。即使她灰飞烟灭，数百年后也还是会化为一朵杏花，重复这段修仙的路。

这是天命，任谁都无法改变。

向晚不语。王母转过身看玉帝，甚是平静地道："她这个花仙，原该由我来管束。此前因与玉央有牵扯，便由玉帝一道处罚了去。这一次，就交给我来处理吧。"

玉帝总管天界众神，但仙女一向由王母分管了去。向晚既是十二花仙中的杏花仙子，按理若有犯错差池，该由王母处罚定论。不过那时因向晚是与玉央有私情，又被玉帝发觉，一切便交给玉帝亲自处理。

对于向晚的处罚，玉帝不可谓不严厉。经由向晚当时那句，"澹然闲赏久，无以破妖娆。当日是你吟诵的诗，还是玉央？"其实在场几人皆心知肚明。她不拦是因为那是玉帝下的令，更因为向晚确实有错。仙界仙规，既然犯错，下凡修历并不为过。若说封记忆是惯例，镇三魂是玉帝的狠狈与怒气，那么破七魄就出乎所有人的意料了。

向晚的七世修行，其实是破了七魄，一魄一世，并世修行。这样虽苦，但仙界一时无杏花仙，能节约时间也不错。只是没想到她回到天界后，再一次犯错被贬。

向晚的第一次被贬，玉央无恙。他不过被禁数日，出来后玉帝便不再提及旧事。若不是玉央知向晚被贬，妄图改变轮回与玉帝下达的命格定数，让向晚免受七世之苦、免受三魂七魄被散之苦，那么玉央后来不会被贬、镇魂灵玉不会失落凡间、珈瑛大师也不会因此下凡寻玉。

上次错开三界杏花，王母已有不忍。恰那时玉帝刚罚了玉央下凡修行没几天，看到向晚时怒气就格外的大，最后她还是动了恻隐之心，没想到阴差阳错，与玉帝的仙诀相冲突后，向晚会在下凡后碰到玉央。等命格老君拿着命格簿急急来报，向晚已经到了折兰府，成了折兰勾玉的女学生。

命格不可改，想着他们既成师徒，且当时的感情迹象不明显，说不定这世修行不会再续前缘。若真如此，他们之间的这段前缘趁此断绝，他日两人重回天庭，也不会再有动情的危险。没想到宿命如此，一切看似不可能，却还是那么自然而然地发生了。

折兰勾玉大婚当晚新房发生的事，绝对是命格老君的一次工作失误。向晚这一世，还是丧婚嫁的命格，只是这次她屡屡破戒，又屡屡被折兰勾玉救回小命。命格老君还未从她破身戒的惊吓中醒过来，又有命格侍童汇报说向晚有孕，这一惊吓更不得了，命格老君慌慌张张地从灵镜台往人间一探，正探到折兰勾玉大婚，一时没弄明白新娘是谁的他，知道他们前情后缘的纠结，自然认为大婚的准新娘是向晚。彼时恰喜娘取下腰际软剑刺向折兰勾玉，他动动手脚，借了点软剑的剑气，要了新娘的小命。他知道折兰勾玉大婚会有一劫，也知不管是以折兰勾玉的身手，还是以折兰勾玉的命数，这一劫都有惊无险，万没想到下一秒，折兰勾玉惊扶住新娘身子时，喜娘顺手将剑送进了他胸膛。

于是一团大乱，有了后来的一切。

话说玉帝听王母如是说，又看向向晚。只见她伏身于地，像个虔诚的教徒，从未有过的谦卑，她低头的下方地上，是一片水渍。她没有哭出声，甚至没有抽噎，只是不曾停过落泪。

"按你们制定的游戏规则行走，进与退、错与对，又哪有我们申诉的权利？用你们的标准，衡量我们的人生，不正是一种强权？天性自然，无为而治，不过是句口号。"

"从今往后，宁入地狱，不入天界！"

……

她说的没错，他确有私心。在玉央与她之间，他毫不犹豫地选择了玉央。他不想这件事影响了玉央，所以将事情封闭处理。镇了她的三魂，破了她的七魄，为的是让她再回天庭，也永远想不起玉央。

玉央甚至都不曾受罚，若不是他禁闭之后做出那等大逆激烈之事，这一次的下凡也可以免去。

只是这份私心里，是否真全为了玉央，还是有几分缘于自己的狼狈与懊恼？

他又看一眼向晚，没再说什么，转身出了修仙室。

"你起身吧。"修仙室里，只剩向晚与王母娘娘。

向晚依旧跪着，流着泪，不肯起身："这是我最后一搏。我知哪怕我灰飞烟灭，他亦不会出手相救，我赌的是珈瑛大师会来求您！"

"你……"

"我记不得更多的事，但我记得上次被贬，您有念动仙诀。"她忽然垮了一般，强忍的一股气再撑不住，伏在地上呜呜哭起来，好半晌才又能开口说话，"月见半魂只能护我身体五六年，一天与一年的距离，我怕过了今晚就来不及了……"

"你怎还想着这些？"

"我怎能不想？三魂归位，我会无意识地喊着玉央的名字，刚才动用原力，又想起一些过往，如今六魄归位，心中的念想根本停不下……若我可以忘，何至于现在这般痛苦？我的痛苦，不是得不到，而是忘不了……"

"你曾说过，那些记忆于你最为珍贵。如果有一次选择的机会，你是选择忘记这一切所有，还是选择恢复记忆？"

向晚抬头，眼眶红肿，半月明眸格外清亮。她看着王母娘娘，看她一身华服尊贵不凡，看她丰姿绰约，心里一直悬而未决。

她其实想不起与她有何特别的接触。除了上次被贬，她眼里的不忍，以及口中默念的仙诀，她并没有更多的记忆与印象。那天修仙室外与她对话的声音，该也是她吧。这一次，她是来帮她的么？

"不曾体会，又怎知其中酸甜滋味？镇魂封忆，下凡修行，在你们看来，可能是给我一个救赎的机会，可惜在我看来，那些记忆才最珍贵。若让我从此无心无肝无回忆地活下去，又怎知于我来说，不是比死更可怕？"

"天上一天，人间一年，哪怕让我就这么天地两隔，陪着他走完这一生，我也满足了。若他死了，上天下地，从此再不记得我，如你们这般，离爱绝爱，便是那时我已重返仙班，亦会自毁神元，从此烟消云散。"

……

她细想当初与她说的话，她当时不知折兰勾玉还守着她身体，不知她身体里的孩子还有出生的希望，她只知玉帝不会轻易如了她愿，所以觉得若是回不去，留着那些记忆也就满足了。她又看向王母，想揣测她两个选择背后所代表的意义，但王母神色坦然而平静，她抓不到蛛丝马迹。

王母说是一个选择的机会。按正常来说，若她从此留在天界，恢复杏花仙子的身份，那些被封的记忆理应还给她，根本不用选择。那么，如果她选择不要这些记忆，会是什么结果？是因为她说她的痛苦不是得不到而是忘不了，所以她给的选择，另有玄机与安排？

"这一世既已被贬下凡，向晚的身体尚是完好，若能让我与他顺顺利利共度接下来的半生，我愿意放弃那些记忆，从此之后，是轮回变成凡人，还是回到天界继续担任杏花仙子，我都无憾。"

"你虽如此想，到时又情难自禁，该如何办？"

向晚跪拜，立誓："修行圆满回到天界，我愿从此再不出百里花海杏林半步。"

"这还不够。"

"只要能让我下得凡去，任何条件我都答应。"她心急，又有什么比让她下凡与折兰勾玉重聚更重要？

"你还记得陆羽雪吧？她命数未尽，因你冤死，还不了阳又投不得胎。"

向晚顾不得喊冤，点头。

"这事命格老君也有失职，所以命格老君答应圆她一个心愿。"

向晚抬头，陆羽雪的心愿？

"她说再世为人，她要得到玉央毕生的宠爱。"

"王母……"向晚一怔，牙齿紧咬住唇。

陆羽雪要得到玉央毕生的宠爱，那么她呢？

"她会是你肚子里的孩子，你可愿意？"

向晚这一世命格和前七世一样，不该婚嫁，更不该有子嗣；折兰勾玉是一生清寡孤寂的命，不会动心。现在命格悉数打乱，陆羽雪孤魂四年，一直坚持未了的心愿，而折兰勾玉在近四年的时间里，按照四象二十八宿的方位，在风神国各地寺庙请得道

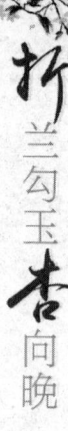

高僧持续不断地做法事还魂请神。

当初玉央为了向晚大逆而为，动用自身修为意欲将向晚的三魂七魄归位，免她七世修行及魂镇魄破之苦。如今折兰勾玉为了向晚，四年惊动了掌管天下众生生命的七元解厄星君的四位星位，扰得他们不得清修，纷纷为他们两个请情。以折兰勾玉的坚持，这不过是个开始，若是向晚还不了魂，只怕以后会生出更多的事来。

弄成现在的局面，不只是向晚与玉央的过错。这一路过来，她心里甚明，这几天反复考虑与权衡，加之与向晚的一席对话，她觉得目前为止最好的方法就是如此了。向晚与玉央是天命注定会有一段情，与其拆散他们、几番轮回修炼无效，何不换一种方法试试？

"你考虑清楚，你欠她一份债，她投胎到你孩子身上，是来要你还这份债的。"

她确实欠陆羽雪一份债。不管命格如何，从折兰勾玉定下那门亲事开始，她与折兰勾玉的这段情，再如何真心真诚、情难自禁，都是对陆羽雪的一种伤害。陆羽雪的心愿是即使再世为人，也要得到折兰勾玉毕生的宠爱。这是她欠她的，这种安排已是完美。

"我愿意。"她没有选择的机会，不是么？想与折兰勾玉在一起，她只有这条路走。

王母叹一口气。

就这样吧，以后是福是祸，全看他们的造化了。希望这次机会，能给他们一个圆满，而这个圆满，能换来他们将来千万年的清修。

王母施法，口中念动仙诀，修仙室里顿时光芒万丈。向晚陷在紫色光芒之中，再一次失去所有记忆之前，有那么一刻短暂的时光，脑海中一幕幕浮光掠影，解了所有因与果，解了她心中所有疑问。

只是她想起玉帝的那句"你以为我想来"，想起珈瑛大师说的"再婚？倒是想，可没人敢"，这四年时间，折兰勾玉到底做了什么？只怕不止是简单地守着她身体而已。

这一刻短暂时光后，她又陷入一片黑暗之中。

无穷无尽的黑暗，没有边际，也没有任何意识。

明德三十年。

春。

风神国。

杏花村。

二月十五，杏林坡脚的小庙，三三两两的正有人烧香拜佛。突然"砰"一声响，一个黑影从天而降，落在了小庙佛像前的祭台上。

跪在佛像祭台前的村民目瞪口呆，反应过来后就往小庙外逃。稍顷，小庙外围满了人，由村里的徐长老领头，在小庙门外张望。

从天而降的那人静静躺在祭台上，正对上方的屋顶还和以前一样，滴漏下几缕细碎的阳光，并没有破损。

那当事几位村民冲着徐长老信誓旦旦："真的是从天上掉下来的，我们正跪着呢，抬头看着她从上面掉下来……"

这不得了！既从上面掉下来，偌大一个人，屋顶竟然连个洞也没有，徐长老不由探长了脖子，又看得仔细些。

祭台上那人是个女子，隔着些距离他又年长眼花，也看不清容貌年龄，只依稀觉得清净美丽无比。头发很长，身上衣裳很名贵，浅浅杏红，干干净净。

"这是天上仙女下凡啊，菩萨显灵，菩萨显灵……"徐长老边说边跪，激动得声音打颤。

二十年前杏花村杏开二度那夜嚷嚷着"天呈异象、必有大灾"，煽动全村百姓收拾细软连夜逃亡的徐长老，这一回又语出惊人。

村民一时惊呆。徐长老德高望重，除了二十年前那次预言失败外，说话向来精准。现在他说庙里突然出现的女子是天上仙女下凡，满村男女老少正踌躇着该不该相信时，远远地跑来一个小孩，冲着徐长老大叫："曾爷爷……曾爷爷……后坡的杏花开了……"

二月十五，杏花坡的杏花竟然开了。这可真真不得了！

花白胡子花白头发的徐长老顿时老泪纵横："看看……看看……真是天上仙女下凡，还是杏花仙……"

说到最后，泣不成声。

他们这杏花村，以前小有名气，如今是大有名气。原因无他，四年前玉陵城主折兰公子大婚时，据说遇袭被刺，两新人双亡，最后玉陵君神奇复活，传闻就是被天上仙女所救。而这个天上仙女不是别人，正是早前折兰公子经过杏花村顺手买下、后又收为学生的向晚。

这几年来，关于向晚，关于折兰公子，关于他们的一切，风神国的老少妇孺皆耳熟能详。大家感慨之余，又不胜唏嘘。

最广为流传的版本是这样的：向晚乃天上仙女下凡修行，从小饱受后娘虐待，后蒙折兰公子相救赎身，知他命中有大劫，就一直默默守在他身边。仙女向晚与玉陵君折兰公子郎才女貌、日久生情，却屈于世俗压力与各自身份，一直未能结缘。后折兰公子大婚遇刺，命在旦夕，仙女向晚用仙法救下他，自己则魂飞魄散。

这个版本之所以广为流传，是因为这版本乃酒楼饭馆说书人的御用版本。当然个中详情更加缠绵悱恻，直教人闻之潸然泪下。仙女向晚自从魂飞魄散后，传闻她的身体几年不损，堪称奇迹。折兰公子守着向晚身体几年，这份痴情又着实让人动容。

当然也有不同意见。有人说，折兰公子已经疯魔了。他守着一具尸体也就罢了，这么些年，多少媒婆上门说亲，又个个败下阵来，皆因他的特殊要求——若想进他折兰府的门，一生都得侍候那具躺着的尸体。

敢上门说亲的，哪个不是大家闺秀？让一个大家闺秀天天侍候一具尸体，莫说

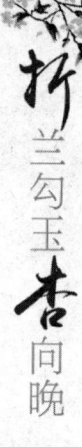

人家父母不乐意，即使当父母的铁了心要攀这门亲，那些个大家闺秀还未进门，就先被吓软了腿，哭着喊着寻死觅活去了。这些年过去，说亲的媒婆渐渐放弃，折兰公子也不管外界传闻如何沸沸扬扬，依旧不改初衷，徒留世人一声叹息。

话说那从天而降落在小庙祭台上的女子，正是向晚。命格老君提笔将向晚尘缘重续，又多此一举，按照命格簿中记载，将向晚送回了原籍。此时向晚的身体，正是前一秒还躺在折兰勾玉床上的那具没有呼吸没有心跳的尸体，被命格老君用以还魂，一瞬间移到了杏花村。

四年了，她的容貌一丝一毫都没有改变，时间好像不曾在她身上停留。衣裙崭新整洁，面容清丽干净，两道柳眉顺齐，嘴唇红润，两手指甲修剪得齐齐整整。

向晚天黑才醒。彼时村民们已经壮着胆围着祭台将她打量了个遍，经过一番激烈讨论，最后在徐长老的带领下，家家户户的拿了许多吃食贡在庙里，挨个地跪拜后，见天色已晚，就各回各家了。

向晚醒时，小庙里点了两支烛火，空无一人。她已失去所有记忆，起身并不知自己身在何处，只觉得肚子饿了，看到村民供奉的祭品，便取了些来吃。她身上甚至还有几朵杏花，该是几个孩子摘下来放在她衣裙上的。

天黑幽幽的，她出了小庙，就着烛火，四处走走。她并不惧黑，这里的一切让她有种熟悉的感觉，可是任凭她如何回想，脑中都是空白一片。

她看到庙北墙上有画像，伸手至前，想将烛火递近了看。不料几滴蜡烛油滑落到她手上，她一烫，蜡烛失手摔在地上，瞬间熄灭。二月十五，唯有天上月亮散发着淡淡清辉。她抬头，仰脸望天苦思，终是想不起自己姓甚名谁，是何身份。

玉陵城。

折兰府。

整个折兰府气氛凝重。初春的天，老管家不停地擦额头冒出来的汗。好端端地，少主不过出门一趟，回来发现房里的向晚小姐竟然凭空不见了。

少主的主院本就是禁地，再则府里府外侍卫无数，没有心跳没有呼吸的向晚小姐怎么会忽然不见？

这么些年，老管家早已习惯，偶尔到少主房里汇报事情，看到向晚的尸体，也不再觉得害怕。在少主心里，向晚小姐从未离去，就像她只是睡着一般，他一直等着她醒来。时间久了，他也觉得向晚小姐只是睡着未醒，没有了惧怕。有次偶尔提及，他刚开口说一声"向小姐"，就被少主打断，从此他就改口"少夫人"了。

府里上上下下，大多与他一样，从最初的不习惯与惧怕，到后来像他一样，感觉他们的少夫人只不过睡着，感觉躺在床上的不是尸体，而是一个鲜活的生命。

如今，他们的少夫人凭空不见，一大群人跪在主院里，抖抖索索没一个敢吭声的。他们的少主站在那里，一身的肃杀气息。自从大婚那日遭遇变故，少主隔日醒来后，他脸上就再没有了笑容。以前那个脸上总带着温和笑容，一身暖暖融融的少主，他们已经有四年没见过了。这四年，老爷、夫人、表少爷、微生大人，无数的人来了又走了，都没能让他们的少主回到原来的样子。

只除了一次。

年前表少爷与表少奶奶带着他们刚满周岁的孩子过来，少主看到孩子，脸上又有了那种温和亲切的笑容。不过那也只是一瞬间的事。

"老奴该死，请少主责罚！"老管家跪在最前，他最明白向小姐这样凭空不见的后果，如果他的老命能换回向小姐，他在所不惜。

折兰勾玉一身清冷，站在那里，一动不动。满院子跪着的人都低着头。

太阳由暖到清冷，缓缓向西滑去，西边天际一片泛红。

折兰勾玉从始至终都没说一句话。夜幕下垂，他不动，跪着的人也不敢动。二月十五，明月高悬，洒下满院清辉。他一袭月色长袍，在月辉下，比月色更清冷。

"少主……"夜色沉沉，一跪就是几个时辰，老管家不得不壮胆开口。

没有回音，只有几声簌簌，似衣袂飘动。老管家抬头，哪里还有折兰勾玉身影。

老管家一面命人彻查此事、追踪向晚小姐的去向，一面命侍卫速去杏花林，保护少主。

这种时候，除了杏花林，少主又能去哪里？

折兰勾玉一连几天都待在杏花林。天明流连，天黑回灵隐寺，静坐祈福，或者听方丈说向晚那三年的点点滴滴。

他很沉默，沉默得让人觉得有些可怕，又有些不忍。

"今年的法事还要继续么？"

折兰勾玉坐在方丈对面的蒲团上，点头。

方丈双手合十，念一句佛语，叹一口气。

四年了，折兰勾玉按四象二十八宿的方位，在风神国各地寺庙不停歇地做法事，只怕早已惊动天庭。他认识向晚，真是个与佛有缘之人，若不是她情缘未断，潜心修佛的话，修为定不一般。

折兰勾玉亦是。

可惜两个都是痴情种。关于他们两人的传闻，他一个出家人，亦有耳闻。除了叹息，还是叹息。

"今年，该是玉衡了。"天枢、天璇、天玑、天权、玉衡、开阳、摇光，七元解厄星君，终于轮到这位最亮眼的星君了。按着四象二十八宿的方位，请诸寺庙同时做法事，请愿北斗七星君。道书上说，人的生命根据出生时辰，被分属于七个星君所掌管。向晚不知自己的出生时辰，他就一个一个请星君。若是七个星君请遍都不能让向晚还魂，他就命人日日夜夜念还魂咒，做仙诀法事。

"其实你与向晚小姐都颇有佛缘。人死不能复生，得之淡然，失之坦然，冥冥中自有定数，强求不得。"

折兰勾玉微低着头，垂着眼，不置可否。

几天后，启明山北面的杏花林，一朵杏花悄然绽放。时二月下旬，每年杏花林都在这时间开花，比风神国任何地方都早。

"不会走丢，不会走丢……就算走丢，也会自己回来，再不行循着杏花的线索，师父肯定找得到我，哪的杏花最早开，我就在那等师父来……"

她软软的话语犹在耳畔回响。只是这一回，竟是连身体也不见了。东西南北，今年哪里的杏花比玉陵早开？

想起那年她第一次来杏花林，竟能顺着小道走捷径，结果不小心被树枝钩住发带，一瞬间青丝如流水般倾泻，丝丝顺滑光泽，美得让人不能逼视！她还是个孩子，身上穿着绛紫丝帛长袍，他以为这一刻她已经美极艳极，却没想到远远不止。下一刻，他看她笑着穿梭在杏林，看她青丝飞扬，所经之处杏花争相绽放！他还没来得及从震惊中回过神来，就见她站在杏花下，人比花娇，更比花艳，转身看着他，软软甜甜一声"师父"……

就是那一刻，爱上她的吧？只是那时她实在太小，小到他潜意识里尚不能接受自己对一个孩子动了心，所以后来才会让她受那些苦。

自从他定亲后，她这一路走得磕磕碰碰，苦与痛没少承受。哪怕三年后回来，他与她互相坦白感情，她却还是因这样或那样的问题，受了不少的苦。

那一天他醒后，父母只说是莫前辈救了他，连着他身上的月见半魂毒也一道清了。他心有疑惑，追问向晚下落，被告知她还在灵隐寺祈福。他知她去寺庙祈福之事，也知她此行是抱着什么样的心情，本欲第一时间赶去，又被父母拦下。折兰府的事一大堆，他刚刚礼成的新婚妻子在新婚之夜暴毙，留下一堆烂摊子需要他处理。待他处理完一切，已是几天后，正欲出门，又被莫前辈拦下。

莫前辈什么话也没说，只是领着他来到晚晴阁。然后，他终于看到了向晚，看到她静静躺在床上，没有呼吸，没有心跳，手中还握着两封信……

"少主……"

他纷乱的思绪被人打乱，垂眼定神："什么事？"

"今年杏花村的杏花，二月十五就开了。"侍卫话刚说了一半，哪里还有折兰勾玉的影子。天上掉下杏花仙子的事，他还没说呢。

这边厢折兰勾玉快马加鞭赶往杏花村，那边厢向晚在小庙待了几天，每日以贡食为生，将小庙与杏花坡东南西北地转了个遍，就趁夜偷偷出村了。

这里的村民太过淳朴。她被徐长老一口断定是天上仙女下凡，村民们倒不敢伤害她，每日里除了奉上贡食外，就没完没了地求她保佑东家富贵、西家平安，从早到晚，扰得她不得清静。她又无处可去、无家可归，有一天白天她躲在杏林坡，结果村民发现庙里的仙女不见了，全村的人都自愿加入到寻找她的队伍中，她很快被人发现，又被请回了小庙。如此几日，她心里分外想到村外的世界走走。

她像个初生的孩子，又不是初生的孩子。她听得懂村民的话，有思考与分析能力，只是没有记忆，所以知之甚少。她其实不喜欢与人交流，从她来到这里，几天了，她从未开口说过一个字。

这天晚上，她往怀里藏了些贡食，趁着夜黑风高，便偷偷出村了。

向晚不知方向，胡乱朝东而行。走累了停下歇歇，饿了吃点随身带的贡食。出了杏花村，一路上听得最多的就是玉陵君折兰公子的种种传闻了。

两天后，出了杏花镇。一位"好心"的大娘见向晚一个单身女子独自上路，热情地问她去何处，向晚想了一会儿，才说是去玉陵。大娘忙说她要去扬州投奔亲戚，有很长时间的顺路，示意向晚与她结伴，这样大家互相有个照应。

向晚见大娘面善，如今又少了份阅历，丝毫没有疑心。几天后到得扬州，一路被大娘照顾得无微不至的向晚，终于被下了蒙汗药，搜光了身上的一切，最后被卖到扬州有名的青楼——得幸楼。

醒来一身软的向晚哪有反抗之力，身上唯一值钱的玉佩被大娘偷走，一身华服也被人换下，真真是什么也没有了。

失去记忆的向晚第一次觉得人心险恶，心生害怕。所幸得幸楼的老鸨见向晚非等闲姿色，虽一眼看出已非处子之身，但以向晚的姿色，调教好了，也是棵很有前途的摇钱树。所以向晚倔强反抗，老鸨一时也没硬逼，打算先饿她几天，待她服了软，再让人好生调教一番。

折兰勾玉快马加鞭赶往杏花村，一路上听下属回报杏花村近来从天而降杏花仙子的事，更加肯定心中想法。只是玉陵离杏花村何止千里，当初从杏花村游学回玉陵，从秋到冬，这会子日夜兼程，到了杏花村，也早没了向晚身影。

到得杏花村的折兰勾玉，听了村民们的叙述，愈发肯定他们口中的下凡仙女，正是向晚！折兰勾玉一路风尘仆仆，满心的焦急与期待，临了却是擦身而过。向晚趁夜出了杏花村，没有人知道去向。

他看着小庙北面墙上的画像，风吹日晒多少年，早已斑驳不堪。伸手轻抚，才发现有道细线，沿着画像轮廓，似用细细的树枝描摹过，留下一道极浅极浅的痕迹。

折兰勾玉心一颤，想起十二年前，他与向晚的初遇，想象着就在几天之前，她站在此刻他脚下的位置，细细描摹画像时，会是何种心情，可曾想起了他？她没有等在杏花村，也没有上玉陵，会去哪里？听村民说，她从没开口说过话，他们不知下凡仙女吃不吃饭，但是小庙里的贡食倒是一天比一天少。

折兰勾玉一方面动用折兰家族权势找人，另一方面命人将杏花村的小庙重建为杏仙庙。偌大一个风神国，想找一个人并不容易，不过这一次，他有信心很快能找到她！

向晚没饿两天，就屈服了。

饥饿的感觉她以为可以忍受，可不知怎么的，肚子一饿，她心里就前所未有地慌张起来，带着一丝恐惧，不到两天，她便敲门求救。

只是这一屈服，填饱肚子后，她即刻被人拉去洗刷换衣，又第一时间去学习讨男人欢心的秘术。

这一切,得幸楼的老鸨没有亲自出面,而是派了个年长嬷嬷负责向晚的调教。

向晚一身衣裙,轻纱薄罩,浑身上下的别扭。但她被人扯住头发,反抗不得,只得睁眼看着眼前最最不堪的一幕。

那个赤身裸体趴在男人身上的女人,据说是得幸楼过气的花魁牡丹。向晚没有了记忆,自然不知牡丹曾经艳冠扬州,是与艳冠秦淮的玉娇楼头牌杏香齐名的青楼花魁。不过八年时间,当年盛极一时的花魁,竟沦为得幸楼后院调教新人的嬷嬷。

向晚看着眼前的一幕,震惊、恶心、肮脏……一时百味杂陈,偏又觉得眼前的情景隐隐熟悉。

两人很快完事。嬷嬷示意牡丹下床,松了向晚的头发将她往床上推:"他不行了,你照着牡丹做的,再让他展回雄风。"

向晚哪里肯,被嬷嬷使劲一推,眼见着就要跌到男人身上,她又害怕又惊惧,尖叫一声,蓦地转身用力推开嬷嬷,直往外冲去。

卷八

修一世圓滿，
解你我千年情結。

那嬷嬷看向晚娇弱，不妨她力气如此大，竟被推倒在地。牡丹又未穿衣，大茶壶双手被缚，三个人竟让向晚脱了身。

向晚不识得路，一气跑得飞快，听身后嬷嬷大喊"抓住她，抓住她，别让她跑了"，感觉四面八方的一下子涌出很多人冲着她过来，她只能凭着本能，往安全的地方跑。

哪里又有安全的地方！后院被嬷嬷一喊，到处都是人，向晚拼命往前院跑。前院是得幸楼的销金窟，莺歌燕语、灯红酒绿、宾客满盈，风花雪月的夜场刚刚开始。

向晚在人群中慌乱穿梭，遇人挡就推，见人拉就甩，大堂宾客被扰，一时还有些反应不过来，竟让她一气穿过半场，热闹的场子霎时安静下来。

"拦住她！"得幸楼老鸨眼尖，大吼一声。

向晚眼角瞥见两旁几个大茶壶冲过来，只怕这次被抓再没有逃脱可能，她心一横，朝身前一根柱子狠狠撞去。

还是晚了一步。

一个大茶壶眼疾手快，大跨一步，堪堪拉住向晚的袖子。向晚去势太急，大茶壶又用了力，"嘶啦"一声，轻衫本薄，一下子撕裂开来，人也被拽倒在地。

向晚摔在地上，满身狼狈，勉强用手环住自己，身边一下子围上来不少人。

她容貌姣美，出场又颇戏剧，身上衣衫不整，露出一小截光滑如脂的肩膀，分外诱人。然而此时的向晚却顾不上其他，她只觉得小腹一阵抽痛。

那扯住向晚的大茶壶看一眼手中袖子，拨开围观人群，又朝向晚光裸的胳膊抓去。

他的手在碰到向晚的前一秒，手腕处蓦地喷出一股鲜血，溅了向晚一身。向晚浑身一颤，闻到血腥一阵反胃，侧过头爬两步，一手扶着柱子，干呕起来。

那大茶壶后知后觉地惨叫出声，众人才反应过来他刚还好好的手，手掌被人齐手腕削落，只剩光秃秃一截手臂。一时有胆小的害怕后退，那些个姑娘更是吓得尖叫，现场乱成一团。

这一瞬间的变故来得太快，得幸楼老鸨冲到人群正中，看到眼前的情况，惧于出手之人的身份，连眉头都不敢皱一下，赶紧命人先将没了只手的大茶壶抬下去。

向晚好半晌才觉得舒坦了些，抬头，只见身前站着个人，一袭黑衣，如钩的眼睛半眯着看她，一身的清冷。

两人对视良久，直到一名女子拿着个水壶走至向晚跟前，示意她漱口。向晚转而看来人，一举一动，天然的媚骨风华，脸上神情却是木然，垂着眼，不看她，也不说话。

向晚伸手接过水壶，漱了口，又将水壶递还给那名女子，来不及开口道谢，人已被黑衣男子抱起，出了得幸楼，坐上马车。

黑衣男子正是微生澈，而那名女子则是杏香。上青楼还自带女人的，普天之下，大概也只这位让人猜不透的夜明君微生大人了。

向晚没有挣扎反抗，只退至离微生澈最远的角落坐下，抬眼打量两人。她身上披了件薄衫，遮住光裸的手臂，是杏香的衣服。

她不认识他们。他二人也不说话。微生澈看着她，神色不明。一旁杏香小心地替他捶腿，并不看向晚。

不可否认，向晚真的是天生尤物。她看起来纤纤瘦瘦，却是丰纤适度，他揽过她的腰肢，柔软纤盈，如今看她酥胸半露，隔着薄薄轻纱，白皙而饱满。

她是向晚么？

一模一样的两个人，甚至连眉间的平静神色都一样。那样的一种场合，当时的情况，她狼狈、她不堪、她身体有不适反应，但她不哭不喊，亦不曾落泪；被他抱上马车，如此刻这般打量着他，并无惧色。

可是，如果她是向晚，又怎会出现在柳州的得幸楼？她早没了命，几年来虽身体无损，却一直躺在折兰府里。以折兰勾玉对她的偏爱，又岂容有人如此亵渎她？

如果不是，这世上竟有如此相像的两个人！

向晚看了两人一会儿，别过脸移开视线。她对他们毫无印象，他刚才出手相救，是巧合？但看他眼神，又不像是巧合，难道他们之前认识？

三个人没人开口说话，就这么沉默着赶路。

微生澈凝眉打量着向晚，猜测种种可能性。良久之后，终于开口："你叫什么名字？"

向晚摇头，表示自己不知。

他细长的眼睛又微微眯起，看着她，神情清冷、眼眸深邃："家住何处？"

向晚还是摇头。

"那你怎么会在得幸楼？"

这个问题，向晚终于能回答了："路上碰到了坏人。"

至今她还不敢相信，那样一个面善的大娘，竟然会将她卖至青楼。

路上？他看她一眼，问："去哪？"

"玉陵。"

他眉一锁，伸手蓦地将她拉至身前，冰冷的手指捏住她下巴，冷声："不知自己名姓，不知自己从哪来，却知道自己要去玉陵？"

她小小地挣扎了下，挣不脱便也放弃了，费力说道："他们说玉陵君夜夜与尸体同眠，我好奇，想去看看。"

他就着这个姿势，打量她良久。她双眸清亮，有别于以往的静深，有种孩童的清澈。如果她是向晚，今年该二十了，一个二十的人，经历这么多，不该再有如此清澈而单纯的眼神。

"你认识我么？"她索性也打量起他，即使被他掐着下巴，亦没有丝毫畏惧。

这话惹笑了他。他挑眉看她，嘴角微勾："你现在才想起问这个问题？你既不认识我，我自然也不可能认识你。"

"你不像是个爱管闲事的人。"如果他不认识她，当时又怎会出手？

微生澈心里不是不惊的。她的话平淡无奇，却是一语犀利。

"你觉得我刚才不该出手救你？"他凑近，气息靠近，才知他原也是个有温度的人。

向晚用力去掰他抓着她下巴不放的手，一边摇头挣扎："如果只是陌路相助，可以不断他那只手的。"

他若要救她，有足够的时间，哪怕她被抓住，他替她赎身就是。当时的情况，又何至于让他急切到第一时间斩断那大茶壶一只手？重要的是，她觉得他不是那种会路见不平、拔刀相助的人，她不认识他，但她就是觉得他是这样一种性格。

他神色一敛，扣住她下巴的手一个用力，她痛呼出声，他的唇就狠狠压上了她的。

向晚根本没有反抗的能力，下巴被人紧紧扣住，两手被人紧紧捏住，又在马车里，退身不得。他的舌头与她的相抵缠绕，短短一瞬，他便松手，还了她自由。

"我不过觉得他那只脏手不配碰你罢了。"他笑得诡异，忽地拥紧她，在她耳畔轻喃，"你既不是她，往后就跟了我吧。"

向晚不知他口中的"她"是指谁，只是用力去掰他环着她腰的手，却反被他抓住手，威胁一句："你若再动，这手会与那人一样。"

向晚想起那喷溅的鲜血，又有种想呕吐的感觉了。而一旁杏香闻言，脸色惨白。

微生澈笑，见向晚果真不动，一手来回在她小腹徘徊："那时她说，若她跟了我，玉会跟我相见不如不见。我们现在看看，你跟了我，他可会不远千里来我夜明？"

他说完，也不顾向晚反应，示意马车加速，疾回封地。

在微生澈一行三人连夜赶往夜明城时，折兰勾玉终于发现了向晚的蛛丝马迹。

那位"好心的"人贩子大娘不知向晚身上的玉佩大有来头，她看向晚一身装扮猜她贴身佩戴的玉佩该值不少钱，去当铺时，连问两家都嫌人家出价低，一狠心跑到扬州城最大的当铺，结果当场被人拿下。

折兰勾玉急急赶至，亲自审问，外貌形态果然对得上号。得知向晚被卖至得幸楼，折兰勾玉一怒之下出手，也不管那人贩子大娘是死是残，又飞奔去得幸楼，可惜还是晚了一步。

不过至此，向晚的行踪已明。

折兰勾玉揪着一颗心，快马加鞭赶去夜明。这一路的调查打探，向晚明显不知自己身份，她漫无目的，忘了他，忘了他们的一切，忘了她许下的诺言，忘了在最早绽放的杏树下等他来接，忘了身上玉佩的用处，还没到玉陵便遭意外。

微生澈何等眼力，当初端看向晚眉毛就知她已非处子身，这会子又怎会看不出她有身孕。

杏香近几年跟在他身边，没名没分，做些丫头兼暖床的侍候事，如今多了个向晚，还要侍候向晚的起居。

向晚从最初的抗拒，到最后逼不得已妥协。微生澈有的是办法让她屈服。杏香早些年已失声，这些年跟在微生澈身边，岂会不知他性格，更是不敢反抗。

所幸虽然那天马车上他行为逾矩，之后倒安分规矩起来，再没动不动招惹向晚。

柳州与夜明不算远，几天后，便到了微生澈的封地夜明城。

微生澈的府邸与他的气质相符，高墙静森，说不出的威仪庄重，又显清冷。向晚还未熟悉地形，就被杏香领下去洗漱。

"你放我走吧。"向晚拉住杏香，求她。

她能感觉到杏香对她的敌意，虽然不甚明显，杏香也尽量掩饰，但她还是感觉到了。失去记忆的向晚，以为杏香对她的敌意，是怕她会威胁到她目前的地位。她单纯地以为，杏香是不想有人取代她在微生澈身边的位置。

杏香拿衣服的手一顿。衣服是微生澈命人送过来的，大红正裙，精工细作，比之她所有的衣裳都华贵。她知道衣服是身份的象征，但她对于向晚的敌意，何止这些！

她低下头，将衣服展开，神色木然，替向晚更衣，不发一言。

向晚反抗。她也不坚持，松手，手指沾水，在桌上写下几个字：安分，或者死。

向晚心惊。这几天她不是没想到借机逃跑，只是还没行动，就被微生澈看破。她亲眼看到好好的一只手瞬间落地，她想起那手腕喷出来的鲜血溅到她身上的感觉与味道，又有种想呕吐的感觉了。她知道他的威胁实实在在，并不只是单纯的恐吓，想起有次他握着她手，一边细细把玩她的手指，一边淡淡问她一句："你知道她是谁么？"

她自然明白他口中的她是指杏香，摇头。

他笑，笑容轻浅，却有种残忍的味道："她以前是玉娇楼的头牌，想见她一眼，需花银子百两，听她一曲，就更多了。听过她声音的人都说她天生是来魅惑男人的，可是她现在开不了口说不了话，你知为何？"

她莫名地心一紧，手一颤，低下头不说话。

"她当初若学你样，想着半路逃跑，只怕现在不仅不能说话，连路都不能走了。"

他说完，轻笑出声，微冰的指尖滑过她的脸颊，惹得她一阵轻颤。

向晚回神，看着杏香伸手将桌上的字抹去，抬眼打量身处的地方，不知下一步她该如何。

她是到了微生府，才知微生澈的身份。她不认识他们，可他们显然认识她，至少微生澈是认识她的。她不知他心里打的什么算盘，不知他想将她怎么样。

向晚想着心事，不知杏香悄然退下。待她感觉异常时，人已被微生澈连着衣服合身抱起。

"放手！"

向晚轻喝。只是她哪里是微生澈的对手，挣扎不过，反被他制住。他索性点了她穴，悠悠替她穿起衣裳来。

衣与裙的红色很正，衬着她的白皙皮肤，她的丰盈被严严实实裹于亵衣下，曲线玲珑。他眼眸一深，苍白而微瘦的手指轻轻扫过浑圆的曲线，笑看向晚不能动，不能说话，瞪着他的那双半月明眸里燃起一簇怒火。

得幸楼的巧遇，虽她衣着更为撩人，毕竟太不正经，他还是觉得眼下的衣裙更适合她。

他的手顺势来到她小腹，微微隆起的小腹，那里孕育着一个新的生命。他此前不曾如此接近过孕妇，向晚的症状很浅，几乎不曾让人发觉。

他肯定她是向晚，他本就关注折兰勾玉的一切，碰到她后愈发关注折兰勾玉行踪。折兰府的保密工作做得很好，不过他刚接到的消息，向晚的尸体在折兰府里离奇失踪，而折兰勾玉正往杏花村赶。消息虽是第一时间送到他这里，但有距离就有滞后，只怕折兰勾玉赶到杏花村后才知自己扑空，不知还需多久才知向晚已经跟他回了夜明。

向晚似是失去记忆，甚至不知自己是有孕之身。那个小生命，是她与折兰勾玉的血脉相融，他可以想象孩子出生，会给他们两个带来多大的喜悦。只是这份喜悦，与他无关。

莫名就有些妒忌。想象如果向晚肚子里的，是他的孩子，他会不会有同样的一份喜悦。

他的手不自觉地用劲，看着她的脸愈渐苍白，额头沁了一层细细密密的汗，才惊觉自己在做什么。

他忽然想起她以前在折兰勾玉跟前，最爱眉眼盈盈、娇娇软软喊一声"师父"；想起她为了阻止他闯关，几番无惧与他对峙；想起她直直迎视他，温柔地说"我来守护你的爱人，让他幸福，因为他也是我爱的人"；想起她狠狠攥着自己衣服，声音却是虚弱至极，对着他说"微生澈，你见死不救，我便是死了，也不放过你"……

……

不知不觉间，他已经和她牵扯了这么多。对她是什么感觉，他自己都说不清楚。是讨厌，或者还有一点点的喜欢？他只知四年前，她为救折兰勾玉而丧命，他心里觉得甚是可惜。

可惜了这样一个女子。

可是后来看到他心中至为高贵的那个男人，守着她的尸体四年，日夜不离，又让他觉得她死得太值！

若他知道她在夜明，会如何？会第一时间赶来的吧？他笑，蓦地解了她穴，抱着她往外房大床走去。

向晚挣不脱，小腹隐有不适。他将她置于床上，她惊跳起身，又被他按回床上。

"你究竟想做什么？"

他伸手一拉衾被，将她严严裹于被中，然后合着被子揽着她腰，语气轻佻："同床共枕。"

她被他抱在怀里，还没开口，双唇已被他严严封住。他的手滑进衾被，隔着亵衣，在她身上游走。这一刻，他遵于心底的欲望，不再停手。

一路过来，他日日与她相处，不是没动过念头。这样一个向晚，又别于以往。她失去记忆，不再记得以前的事，面对他时，没有那么多的敌意与芒刺。他向来对女人不甚上心，觉得她们不过是玩物，但他从始至终，都没将她当成过玩物。

还是有些不一样的。就像此刻，他微微沉醉在她唇齿的芬芳、舌尖的甜蜜里，这是从未有过的。之前，他甚至都不愿去亲吻女人的双唇。

向晚只觉得小腹的抽痛愈发强烈，她微弓起身，顾不得微生澈的不轨举动，伸手捂着小腹，难受地呻吟出声。

她的呻吟，既曾让折兰勾玉迷醉，这一刻便也能让微生澈为之激起更多更深的欲望。

微生澈的双唇往下游移，在她弧度优美的下巴处流连。向晚的背弯得更甚，屈膝，终于忍不住喊了声"痛"。他这才发现向晚的不对劲，看她脸色煞白，知她为何至此，心里一时又有些犹豫，最后终是不忍，蓦地将她拉坐起穿衣，皱眉唤了杏香去请大夫。

把脉、诊断，大夫开了药方留下一句"这位姑娘有孕，胎位不稳，不宜房事"，就退下了。

"有孕？"向晚莫名。

微生澈眼眸深邃，一时表情莫测，稍顷拉了她躺下，一句话不说，一手贴着她腹部，另一手紧紧搂着她，让她动弹不得。

向晚挣扎，他也不拦，忽地松手，冷冷道："看来你是不想要肚子里的孩子了。"

神色是惯常的清冷，向晚下意识地伸手护住小腹。她知道他绝不是在说笑。她不知道她怎会有孕，不知道她肚子里的孩子是谁的，但她知道这孩子至少不是眼前人的。她低头，翻个身蜷着身子背对着他靠里躺下，感觉他很久之后才又躺到她身边，不说话，也不动手。

向晚紧张了足有半个时辰，身后的人都没再碰她一下，倦极也就闭目睡去。梦中她还在想：孩子，是谁的？她与微生澈，是认识的么？是认识的吧？

折兰勾玉又是日夜兼程，到得夜明时，恰是凌晨。城门紧闭，他索性弃马，无声无息越过城墙，一点也没惊动守城门的官兵。他满心都是向晚，迫不及待，一分一秒都不愿多等。

到得微生府，也不是从大门进的。他不想再生意外，微生澈既然不声不响地带向晚回夜明，根本不曾通知他，他不能给他否认与周旋的机会。

微生府他此前来过，在他第一年游学的时候。或许爱人之间的感应，也或许是他身上有向晚的血与精元，一种很强烈的直觉，让他第一时间在微生澈的房间找到向晚。

天刚露白，床上两人相拥而眠。他这样进来，向晚可能不察，微生澈如何会不知？折兰勾玉双手握紧成拳，果见床外侧那个身影缓缓坐起，衣衫半敞，露出一小片光裸的胸膛。折兰勾玉定睛看去，里侧那人因着微生澈的起身，露出一小截背影，长发披散，身上只着正红中衣，只一眼，他便知是他心心念念的妻子向晚。

折兰勾玉再忍不住，身形一动，已至床前，伸手欲将床里那人抱至怀里，却被微生澈抢先一步。

他一手放在向晚小腹，另一手掐在她脖子处，垂眼笑道："玉，你这是做什么？"

向晚背对着身坐于微生澈怀里，睡眼蒙眬地抬眼，看到床前那道颀长玉白身影，一时怔住。

　　为什么她看到他，视线竟有移不开的感觉，心里一股酸酸楚楚的滋味，竟似觉得委屈？

　　"放开她！"他忍住不去看向晚，保持冷静。他怕他看到她的眼睛，一时抓狂，不知会做出什么事来。

　　"她是我在得幸楼买下的，是我的人。玉你不会以为，她是你的向晚吧？"他一手在她小腹来回轻抚，另一手掐住她脖子，渐渐用力。

　　向晚挣扎，又哪里挣得脱，看着折兰勾玉，自己也不明白为何要急于解释："我……不是……他的人……"

　　折兰勾玉握紧成拳的手很缓很缓地松开，垂着眼，嘴角浅浅勾起："引我来此，不正是你的目的么？我既来了，你先放开她。"未等微生澈开口，他又加一句，"你若不放心，我可以自封穴道。"

　　微生澈不置可否，挑眉看他。折兰勾玉会意，动手封了身上要穴，动弹不得。

　　微生澈这才松手，拉着向晚转过身，低头吻下。不顾向晚挣扎，他在她唇上流连良久，眼睛却紧紧盯着折兰勾玉不放。

　　从始至终，折兰勾玉只是皱了下眉，身子一动未动。

　　以他对折兰勾玉的了解，他在他面前这样对向晚，若非穴道被封，定会不顾一切地出手。如是一想，他心神一松，看着近在咫尺的折兰勾玉，心跳蓦地加速。

　　梦寐以求多年的夙愿，今天终于要实现了么？

　　向晚用力擦嘴巴，转眼瞥见微生澈伸手向折兰勾玉的脸抚去，近乎一种本能，她使劲推了微生澈一把，扑至折兰勾玉身前，紧紧抱住他。

　　微生澈正是情动时，心里一时激动，完全没提防向晚，被她一推，堪堪稳住身形，却见折兰勾玉抱着向晚，已然悄无声息地退至丈外。

　　"小晚……"他双手紧紧拥住向晚，好似要将她揉入自己的身体，一声一声，又痛又喜，"小晚，小晚……"

　　微生澈一惊，他刚才看他点穴看得清楚分明，防他使计，又加一道测试，没想到还是中了计。单凭他之力，又哪是折兰勾玉的对手。他太了解他了，哪怕他身边多了个向晚，也不会有多大影响。

　　微生澈忙打了个响指，谁知竟是动静全无。侧头，看到睡在外间随时等他传唤侍候的杏香站在房门边。

　　"小晚……"折兰勾玉终于松了些劲，依旧搂着她，将脸埋在她发间，来回摩挲。

　　她被他亲昵的举动惹得脸红心跳，又不想推开他，只能闷在他怀里，轻轻地问："你是谁？"

　　他低低地笑，胸腔里有轻微的震动，莫名让她觉得安心与温暖。她从他怀里抬头，伸出双手怯怯抚上他的脸，看着他漂亮的眼眸有明显的湿意，一阵心疼："你怎么哭了?"

他再不能说其他,只能以吻缄口,慰藉自己四年来无尽的相思。

唇舌的滋味有让她熟悉与心动的味道。她沉浸在他的柔情里,感觉自己像要化为一池春水,心里溢满了幸福与甜蜜。她不知道他是谁,但她知道自己喜欢他。同样的亲吻,微生澈与这个人给她的感觉,完全不一样。

或许,她以前是认识他的吧。他一口一个"小晚""小晚",分明是在叫她。

小晚,是她的名字么?

微生澈看着杏香,如钩的双眼半眯,心里一时起伏不定。

他虽未料到折兰勾玉会这么快赶到,但一个响指,该出现的人一个也没出现,难道是杏香做的手脚?她这样做,目的何在?

杏香一步一步走近,脸上挂着笑容。自从她失声后,这么些年再未露过笑容,至少在他面前如此。微生澈看着她朝着折兰勾玉的方向走去,怒火顿起,身形略动,拦在她跟前。

"真是个痴情种,这么多年,原来你一直对他念念不忘!"他削尖的指尖滑过她嫩白的脸颊,隐隐一抹血痕。

杏香满不在乎地笑笑,藏在袖中的珠簪顺势滑至手中。她执簪抬手,狠狠朝他刺去。

不过孤注一掷,她甚至都不抱成功的希望。这一口气在她心里忍了多年,今天终于爆发。她知道这样做的后果,能为自己喜欢的人而死,能在死之前为自己喜欢的人做一件事,她于愿已足。

微生澈制住她执簪的手,反手用力,珠簪朝着杏香的脖子,直直刺下。

说时迟,那时快,一道银芒划过,杏香手中的珠簪竟一分为二,断的位置妙到极点,长的一截落在地上,其余留在她手心,短于她掌根,她手碰到脖子,丝毫无伤。

微生澈一掌拍飞杏香,转身看向折兰勾玉。不知何时他已取了床上衣服,神色自若地正替向晚穿衣。向晚双颊若绯,分明已不记得折兰勾玉,在他跟前,却像是天然一般,别有一番小女儿娇态。

他替她穿好衣裙,又伸手将她的头发捋至耳后,习惯性地用指腹替她梳眉,神色温柔。向晚微仰着脸看他,从始至终视线都没离开过他,心里有种自己也觉得惊奇的温柔与甜蜜,忍不住就想亲近他。

"大夫说我有喜了。"

"嗯。"他脸上漾开笑,漂亮的双眸满是笑意,"是我们的孩子。"

她却蓦地眼眶湿润。他的笑那样好看,那样温柔,可不知为何,她觉得他脸上的笑容,好像有种久不表露的生涩,又好像有无数汹涌情绪掩藏在那温柔亲切的表象下,让她心里忽然有了依托。

"小晚,我们回家。"他执她的手,也不顾在场另两人,拉着她往外走。

房门边趴着杏香,嘴角鲜红、脸色惨白。她抬头看向晚,眼里有嫉妒,转而看折兰勾玉,笑得妩媚。她身边站着微生澈,一只脚踩在她胸口上,她好像不曾感觉。

折兰勾玉停步,看一眼杏香,又看一眼微生澈,淡淡道:"还她自由吧。"

他看着他们交握的双手,眼眸深邃,半晌后,声音清冷:"让她们先出去。"

他笑,风轻云淡:"她不是我的棋子。"

他并未利用杏香,后来虽有收到她送来的消息,不过那时他已知向晚的行踪。微生澈的那个响指,以及响指后的平静,也甚是出乎他意料。他这样过来,不想多等一分一秒,亦是做好了撕破脸皮硬碰硬的准备。不管付出什么代价,向晚他定是要第一时间接回家的。

杏香的消息虽然于他无甚大用,但她让微生澈响指后一片平静,该出现的人没出现,使得他此行几乎不费吹灰之力。他虽没有救杏香的义务,但看她一路因果,见死不救终归有些于心不忍。

微生澈闻言,脚下一个用劲。杏香呕出重重一口血,脸上的笑容却愈发开心,根本不去看微生澈。

她没办法开口,所以默默承受。今晚的一切,她早就想到会有的下场,终于……可以解脱了。

五年了,她从玉娇楼的花魁,一夕之间成了非奴非仆的失语人。她知道自己没有尊严,青楼女子,又哪配提这两个字。可即使在玉娇楼,她也从未如此不堪与卑贱,从未这样恨不得自己早早死去过。活下来,不过凭着心中那口气,不过是为了有这样一个机会。

她一个弱女子,逃不出微生澈的手掌。从一个完全正常的人,成了一个哑巴,微生澈在她身上加诸的,远不止这些。以她之力自然无法与微生澈相抗,五年前的变故来得又快又突然,她根本没有应变的能力。现在她能这样看着他喜欢的男子,与他心里地位最特殊的女子,从此百年好合,留微生澈一个百年孤寂,于她已是心满意足。

向晚的手,轻轻扯了扯折兰勾玉的衣袖,看着杏香,心有不忍。那一股子血腥味,又让她隐隐作呕。

他拥着她离得远些,低头安抚她,旁若无人。待她稍稍平复,方侧过头对微生澈道:"她当初也没撞见什么,五年了,你留着她的命,却一直将她当成一根刺,索性将她赠还给我吧。"

当初是他替杏香赎的身。

直到这一刻微生澈才知道,原来五年前的月夜花厅醉酒,只是他的伪装。原来那时他的心思,不仅被杏香撞破、被向晚发觉,亦被折兰勾玉明了。既如此,这么些年,他在他身边安插的那些眼线、盯着他的一举一动,其实都被他反盯着。他太了解折兰勾玉的性格了,谦谦温和的君子表象下,其实心机比他更甚。他既发现了他的心思,自然会对他诸多防备,怪不得这些年,他的努力从没有成功过。

"我们的身份终究是侯君,哪怕一时得皇上倚仗,亦不过是因为尚有利用价值,最后终会被忌。"三侯君中，微生澈才是与皇上最为亲近的人。他替皇上办差，他一早就有防备，有时他睁一眼闭一眼，说不上乐见其成，只是不加阻拦。

比如陆羽雪的事。

这门亲事，必然会被皇权所忌。先皇的分封，这门亲事背后的收封，所以陆羽雪才会在大婚前突染恶疾。对此他确有私心，一方面不欲为皇权招附利用，另一方面趁机将形势看得更清，更重要的是，这样一来，他才能更安心地等着向晚长大。对于陆羽雪的病，他只是尽了礼数，不曾费尽心思寻求办法，更没想过要去请怪医莫前辈。

大婚的那场意外，却出乎他意料。他后来派人调查，才知那喜娘原是宇文家族的遗孤。

四十六条鲜活的生命，十四年前金銮殿上那个无妄灭顶之灾，源于当今圣上的一句问话："小小年纪，才学如此了得，那么爱卿可知宇文二字含义？"

他那时刚被钦点为新科状元，意气风发，丝毫不察："呼天为宇，呼君为文，宇文二字，乃天帝之意。"

一个臣子，如何能当此尊贵称呼？简直是大逆不道！彼时宇文家族虽为复姓贵族，实早已家道没落、人丁稀少。折兰勾玉话音刚落，一旁就有大臣进言，一边赞美新科状元博学，一边谏言宇文家族媲逆几百年，根本是藐视皇权。皇上当场龙颜大怒，下旨将这一大家人收押立案。两天后，调查清楚，罪名罗列，满门抄斩。当时的折兰勾玉毕竟才十三岁，又身在京城，想救人，心有余而力不足。

这件事，对他打击颇大。此后他内敛、他持重，他谦谦温和的表象，都拜此事所赐。

后来他自然明白了事情并非如此简单。皇上一早想抄宇文家，不过是借着这个机会，达到目的的同时，也给了他一个警诫。皇上用这件事告诉他，一个家族的盛与败，皆在他一念之间，希望新任的三侯君能因此依附皇权。只是他从这件事中明白了皇权对侯君的忌讳与警告，选择的不是委曲求全。

喜娘当场就死了，宇文家族是真的灭了族，再无子嗣。他无法替她正名，只是命人将她偷偷安葬在宇文家族的祖坟旁。

那天晚上新房发生的一幕，他至今犹有疑点。喜娘手中的软剑分明刺向他，他亦能避开，没想到软剑半路上变化方向，直向一旁的陆羽雪刺去。陆羽雪头上的盖头未掀，哪知有危险，生受一剑。这一幕太快太疾，折兰勾玉伸手去扶陆羽雪，听到剑刺入胸膛的声音，低头，才发现自己身上多了柄剑，正是喜娘的那柄软剑！

他醒来后反反复复回想这一幕，都觉得不可思议。从始至终，喜娘的剑都是朝他而来，陆羽雪身上并没有剑，她只是被剑气所伤。这样强大的剑气，带着一道白芒，就好像一把锋芒毕露的宝剑，从喜娘的软剑上偏生而出，刺向陆羽雪，速度之快，大红烛火下，让他误以为是喜娘的剑转了方向。

喜娘是被受伤的他一掌毙命的。以喜娘的身手，以及留下的那柄软剑，他怎么也想不明白怎会有如此强劲的剑气，这剑气还能从剑身上抽离，转个方向要了另一个人的命，着实令人费解。四年来，他一直没能找到答案。他自然不知命格老君误以为大婚的新娘是向晚，所以急慌慌从中借剑气干预出错的事。后来他全副心思放在向晚身上，身为玉陵君，需要处理的事情很多，这件事慢慢就被搁下了。

陆羽雪新婚暴毙，陆家二老悲痛至极，兰陵城终是落进了折兰勾玉手里。

这之后，皇上与微生澈并不安静。只不过他花了不少心思促成表弟与金三佰的婚事，让他们安分许多。

如向晚此前所猜测，金三佰正是海对面金灵国的圣女。金灵国是个特别讲究灵异传奇的地方，虽有王室，但在百姓心中，圣女的地位比王室更高。上一任圣女，即金三佰的母亲，就是在乘船出海后失了踪。多年后，金灵国终于打探到圣女是流落到了海这边的风神国，于是派人出海寻访，才有了后来的海客。

折兰勾玉知道金三佰的身份，也知她母亲与潘先生有过一段短暂的情缘，她后来又与向晚结为朋友，只要她不动，他亦不会害她。她与乐正礼的感情虽出乎折兰勾玉意料，但转念一想，就明白了其中的好处。所以后来两人多方受阻，他出力花心思，最后还出动了娘亲去劝死活不同意的姑母。

折兰夫人拉着小姑子的手，只一句话，就吓得乐正夫人再不敢反对："玉儿好歹还抱着个尸体，你若不同意，看来小礼只能当个没名的和尚，对着空气存些念想了。"

这一句话分量忒重，乐正夫人想着折兰勾玉近两年的怪异行径，哥哥和嫂子的性格她最清楚，为人父母哪能不哭死哭活地劝说反对，只怕折兰勾玉当真是铁了心，所以他们也没辙。如是一想，乐正夫人就有些气虚了，再反对时，一次比一次声音低，最后索性不反对了。

金灵国这边亦有阻力。无奈圣女地位实在太高，最后妥协的结果是金三佰会将女儿，也就是下一任圣女送回金灵国。这是双方做出的妥协与让步，金三佰与乐正礼的婚事终在向晚去世两年后圆满举行。

折兰勾玉这些年在朝在野努力经营拉拢的关系，加之他侯君的权势、三大家族息息相关的牵扯，以及礼正君娶了邻国的圣女，这邻国又与玉陵隔海对望，关系到边疆问题，让皇权这边再不敢大意。再则微生澈亲则亲近，对皇上来说，还是会心存防备，所以皇权这边一时倒不好再轻举妄动了。

也正因此，这几年微生澈看着折兰勾玉对向晚用情至深，渐渐明白自己机会渺茫，最后竟是连争取的机会也没有。向晚说得没错，折兰勾玉天生是人中龙凤，不是那种甘于居人之下、愿意藏在别人身后，过见不得光生活的人。他终究不可能得到他，穷其一生。

"传闻近来皇上身体抱恙，"折兰勾玉看着微生澈一脸神色不明，淡淡一笑，"你该明白，太子与皇上，大不一样。"

当今太子软弱无能，这不是秘闻。然而世人不知的是，当初折兰勾玉上京赶考，到金榜题名回玉陵，包括后来每次上京城，都与太子有接触，私交甚密。他自然不会愚蠢到认为有这份私交，就能从此高枕无忧。不过知己知彼，总是更为有利。

"谢谢你及时将小晚从得幸楼赎身，这个人情我记下了。"他神色一暖。这是事实，就像微生澈虽然与皇权诸多亲近，除了陆羽雪的事，亦从未对他对玉陵下过重手一样。

微生澈闻言一怔。折兰勾玉笑着将向晚拦腰抱起，留下一句："大婚的时候，我会亲自命人来送喜帖。至于杏香，她今天已做好了必死的准备，所以不曾逃离。你自己琢磨，她该生还是该死？我想现在的你应该明白，你的一念之差，看似决定别人的生死，其实也在决定你自己的命运。"

折兰勾玉说完，再不看他二人，抱着向晚，大步离去。

外面天已大亮，太阳初升，新的一天。

折兰府的马车候在微生府前，折兰勾玉抱着向晚上车。马车很大，里面还有张不小的软榻。折兰勾玉拥着向晚半躺下，取了一旁衾被裹于她身上，在她额头印下一吻，低低道："累了吧，我们回家。路有些远，你先睡会儿，我午时叫你。"

向晚眨眨眼睛，往他怀里靠了靠，闭上眼，安安静静睡下。

从突然在一个不知名的小庙醒来，到昨晚上与微生澈的一番折腾反抗，她是真的累了。有时候觉得，她也没经历什么，为何会觉得身累，心更累？后来想，也许是因为有了身孕的关系，又或许是失去记忆的关系吧。

失去记忆，她总会下意识地去回想，想着想着，又怎么都想不起来，于是就觉得累。只是现在，被他轻轻暖暖一说，她忽然觉得连心都放下了。安安静静、安安心心、安安稳稳，她觉得自己找到了失去的东西，找到了属于她的依靠。

向晚这一觉睡得香甜，折兰勾玉守着她，连视线都舍不得移开。

她确实是向晚，有呼吸、有温度，他一动，她会微微皱眉，而后无意识地贴得更近，又在他怀里睡得香甜。她睡觉的时候双颊有淡淡杏红，说不出的娇憨，一如以前。

是的，她是向晚。她有反应，不再是那个任他梳发、任他呼唤都没有反应的尸体。小晚，小晚……折兰勾玉双眸痴痴望着怀里的人，多怕一眨眼发现这一切不过是自己的一场梦。

多少次，他都感觉向晚对着他笑，临了不过是自己的错觉。他的手抚上她的眉，一遍一遍用指腹梳抚，拇指却贴在她鼻下，感觉到她温热的气息，眼眶就抑制不住地湿润起来。

真的是小晚，他的小晚回来了！

向晚是被一阵酥酥麻麻痒痒的感觉弄醒的。就好像有只蝴蝶在她身上嬉戏，停留、离开、再停留、再离开……甚至跑到了她衣领下面。睁眼，一时不知身在何处，身下晃晃悠悠，眼前是一幕青丝如墨。

那如蝴蝶嬉戏的感觉又渐渐往上，她低头，看到一张玉雕般的脸。他有一双漂亮的眼睛，眉目如画，脸微微消瘦，显得下巴有些尖。此刻，他脸上有让她觉得温暖的笑，说话的时候温热的气息轻拂过她脸庞，声音温润："醒了？"

她不由就笑了，看着他起身将她拥至怀里，轻声问："我叫什么名字？"
"向晚。"
向晚？她在心里默念一遍，这个名字她喜欢。
"我们以前认识么？"
"嗯。"
"我肚子里的孩子为什么会是你的？"他说过，她肚子里是他们的孩子。
他轻浅一笑，眼眶微微湿润："因为你是我的妻子，我是你的丈夫。"
向晚似懂非懂，又问："你叫什么名字？"
"折兰勾玉。"
折兰勾玉？她又跟着在心里默念一遍，这个名字，她不是太喜欢。
"怎么了？"他看她皱眉，担心的问。
她摇头，想了一会儿，问他："你认识玉陵君折兰公子么？我们去玉陵好不好？"
"好。"他拥紧她，在她唇上重重一吻，然后才道，"我就是玉陵君折兰公子。"
向晚心里不敢置信，神色却是平静，她睁大眼仔细看他，好半晌才问了个她心中一直想问的问题："他们说你每天抱着尸体睡觉，你不怕么？"
"不怕。"他声音微涩。
"为什么？"
"……"
"你怎么又哭了？"她伸手，怯怯抚上他的脸，用手指小心拭去他眼角的湿意，"我不问了，我不问了，你别难过……"
"小晚……"他再忍不住，这些年的思念，这些年的压抑，尤其是见到她之后的种种强忍统统卸下，坐起身将她拉坐在他怀里，捧着她脸就吻了下去。
这个吻霸道而深情，带着他四年来的相思，带着他一千多个日日夜夜的思念，仿佛要将她吞噬一般，有种窒息的热情，又有种致命的诱惑。她根本无法抗拒，只能沉沦。
不止他的唇，他的手也在她身上寻求慰藉，感受她的温度，证明她此刻的温暖，是重生，而不是他的幻觉。
马车在这时悠悠停下，侍卫在外面恭恭敬敬喊一声"少主"，示意停车吃饭，被他低喝一声"退下"，惊得退到十米外候命。
折兰勾玉这时哪里还能停得下，不过是靠着最后一丝理智，想着此前替向晚把脉，她胎位微有不正，不敢冒险，堪堪忍住。而向晚失去记忆，对于男女之事，唯一有印象的是得幸楼牡丹言传身教的那一幕，又如何能与现在的情况相比？她虽无折兰勾玉的记忆，但从见到他开始，心里就有不一样的感觉，现在身体更是有了自主反应，忍不住凭直觉迎合。
"小晚……小晚……"他最后只能用力拥紧她，将脸埋进她发间，努力平复身体与心底的欲望。他不能再让她受一丁一点的伤。
"折兰……勾玉……"她开口叫他的名字，带着喘息与起伏，微觉陌生。

"叫我师父……"

"师父……"不知为何,她觉得这个称呼亲切多了,出口自然而然。

"小晚……小晚……"他声音又有些不平静。就是这样娇娇软软的声音,就是这样一声"师父",午夜梦回,却是他这四年来最可望而不可即的梦。

"嗯……"

"生同寝,死同穴。不管是生是死,与妻子同眠又怎会觉得可怕？"他回答她之前的问题,又加一句,"以前的事,忘了也好,如果你想知道,我以后慢慢说与你听。"

她这时候全副心思放在肚子上,低头摸摸肚子,抬头可怜兮兮:"我好饿。"

时近未时,早餐也没吃,自然是饿了。折兰勾玉轻笑出声,抱着她下马车。

侍卫早安排好了午餐,并遵折兰勾玉吩咐,命人煎好了安胎药。

向晚很是乖巧,她已有三个多月身孕,肚子微显。所幸她怀孕反应小,再则有投胎一说在,天注定的事,肚子里的孩子折腾来折腾去,也没那么容易掉,所以她倒没什么大感觉。

反是折兰勾玉小心得紧,一路过去,不仅马车车速缓慢,而且补药不停。近一个月后,才终于到得玉陵。

这一路行踪甚为保密。世人皆知向晚在四年前仙去,此番重生,当然要先准备一下,有个合情合理的说法。折兰勾玉虽不计较这些,但他不想向晚被人指指点点。

向晚有些嗜睡,窝在折兰勾玉怀里,任由他把她抱下马车。

老管家急急迎上,瞄一眼少主怀中之人,顿时老泪纵横:"少主……"

他们的少主终于找到少夫人了！

向晚闻声一动,半月明眸睁开一条缝,柔柔软软问一声:"到家了？"

这次随折兰勾玉寻找向晚的侍卫皆直属于折兰勾玉,不受老管家管理,所以折兰勾玉出府,老管家虽猜到个中缘由,却不知向晚重生之事。

老泪纵横的沈管家惊得目瞪口呆。他身后一群府里下人个个被向晚的三个字震晕了过去,现场一片寂静,须臾后又乱成一团,众人一时不知该喜该惊还是该怕。

"嗯,到家了。"折兰勾玉柔声回答,抬眼看一眼老管家,往主院走去。

老管家收到折兰勾玉眼神里的信息,即刻恢复正常,开始着手安排处理。他跟在少主身边二十七年,从小看着少主长大,两人之间的默契,往往一个眼神足矣。

"我以前真的住在这里？"比起她醒来时的小庙,这里就像天堂。这一路过来,她听他说了不少他们以前的事,她没有记忆,觉得他们的这段过去就好像梦境一样,美好得不真实。

美好不是因为他们之间的身份悬殊,而是她居然能得到这么优秀出色的一个男人的爱。

他笑,放她下地,拉着她手来到晚晴阁。

白墙粉瓦、小桥流水、亭台水榭，说不出的清静秀美。晚晴阁的花园里，小桃边晒太阳边擦着向晚的箜篌，闻声抬头，看到来人，整个人就晕了过去，压着身后的箜篌，直直向后倒去。

"哎……"向晚难得惊出声，也不知是担心小桃，还是担心箜篌，或者两者兼而有之。

折兰勾玉身形一动，箜篌与小桃逃过一劫。折兰勾玉将小桃略一安顿，回身拉着向晚走至箜篌边。

"她晕了。"

"嗯。"折兰勾玉示意她坐下，淡淡道，"让她晕着吧，现在醒来还是会再晕过去的。"

向晚觉得有道理，虽然不知为什么她醒来还会再晕过去，但她直觉相信折兰勾玉的话。

"想试试么？"

向晚摇头。仔细盯着箜篌半响，皱眉想了好一会儿，忍不住还是伸手。很诡异的，手指好像有了灵魂，有了自我意识，乐声流动，从指尖倾泻。

一曲终了，向晚抬眼看折兰勾玉，一脸疑惑。

"它叫箜篌，你以前最爱这个。举国上下，会箜篌的屈指可数。"他看她的眼里，爱意分明。

她脸上一烫，被看得不好意思，又舍不得移开视线。

"小晚……"他忍不住俯下身，在她额头轻轻一吻，问，"在这里，有回家的感觉么？"

她这样不闻不问，自看到他后就跟着他，从不质疑，就像他们最初相遇一样。他心里是满满的感动与幸福知足，又怕她失去记忆会觉得陌生，会不习惯。再次拥有她，他忽然有了点患得患失的惆怅。

向晚摇头，笑得明媚："有师父的地方，就是家。"

她在杏花村醒来，感觉那里并不属于她。后来一路行经，哪怕微生府不比折兰府差，但于她来说，感觉却大不一样。到了微生府她只想着逃，而此刻，心情宁静。她记不得那些过去，但她从第一眼看到折兰勾玉，就知道他是不一样的。这里也是，虽然震惊于府邸的尊贵与宏大，但就像这架箜篌一样，她心底最深处，分明曾有过关于它们的记忆。

"小晚，我的小晚……"折兰勾玉叹息，伸手拥住她，久久不动。

折兰勾玉在折兰府安排了一场轰动全城的大法事，请了灵隐寺的方丈下山主持，并由一百零八位高僧念经祈福还魂。向晚躺在满是杏花的床上，四周笼着数层杏红薄纱，等折兰勾玉来唤她起床。

早前向晚是花仙下凡的传闻广受好评，添油加醋的流传四年有余，早已深入人心，百姓们对此深信不疑。折兰公子在死亡边缘奇迹大好，那满室幽幽蓝光直冲天际的奇景不止一人看到，再则向晚的尸体几年不腐，这本身就带着无穷神秘色彩。

梵音袅袅，倒让向晚心中一片安宁。

仪式过半，方丈施法，蓦地平地生烟，让人眼迷。众僧诵经，法场宝鼎突然华光溢彩，钟声沉沉响起，杏红薄纱无风飞扬。折兰勾玉手握向晚生辰八字，本跪在最前，这时却起身冲向薄纱后的大床。

结果皆大欢喜。灵隐寺的方丈汗涔涔接受众人的恭维与赞美。佛法无法、道行精进，这一回，他受之有愧。

这场法事，这次请魂还魂又成街头巷尾的热议。对于守着尸体四年私下被议或深情或疯魔的折兰公子，梦中被玉帝指点，醒来行一场法事，终是让向晚还魂，玉陵城的百姓莫不感谢上苍。才冠天下、尊贵不凡的玉陵君有着世人所称羡的一切，独独情路与婚姻太过坎坷。向晚此番醒来，顶着仙女的光环，折兰勾玉即刻开始准备大婚，百姓们个个伸长脖子，祈祷这场婚事能顺顺利利。

向晚倒成了无事人。婚事不用她操心，折兰勾玉哪里舍得她操劳，府里上上下下接受了她重生的事实，对她恭敬得不行。她没有了七世命丧婚嫁的阴影，对这场即将到来的婚事心怀期待与喜悦。

这日向晚躺在软榻上，在晚晴阁的花园里晒太阳。一旁小桃端着水果侍候。

时近初夏，正午时光天气些微燥热，向晚双颊若绯，闭着眼打瞌睡。

"夫……夫人……"小桃慌慌一声喊，连忙下跪行礼。

向晚闻声半睁眼，朦朦胧胧看到一张放大的脸，她还没来得及惊跳，只听一声女子的尖叫，那张脸迅速不见。向晚抬眼，只见软榻前站着个妇人，一袭蓝紫对襟薄长裙，用手捂着嘴看着她，一双美眸微长，此刻瞪得大大的，尤与折兰勾玉相像。

"小……小晚？"

"嗯。"向晚起身，打量了妇人一眼，困惑，"您是？"

"啊……真是小晚，小晚你真醒了？"妇人完全无视向晚的问题，一把拉住向晚的手，霎时泪如雨下，"可算醒了，可算醒了，你可算是醒过来了……"

说着说着，抱住向晚大哭起来。向晚根本没弄明白怎么回事，只能任人抱着哭个够。

好半响折兰夫人才一抽一答地松了向晚，又是摸她的脸，又是摸她的手，将她前前后后左左右右地摸了个遍，悬着的心还没来得及放下，又提了起来，指着她手臂上的瘀青，问："这是怎么回事？怎么一手的伤？"

说完不等向晚回答，又自顾自地往她衣领下探了探，皱眉嚷嚷："怪不得大热天的还竖着领子，臭小子上辈子是狗投胎的么？"

"娘……"一个低沉悦耳的声音响起，向晚忙求救地看向声音来源。

折兰勾玉缓步而来，对着愣在当场的小桃摆手示意退下，一把从折兰夫人手中"抢"过向晚，替她理了理衣领，轻浅一笑，"娘，你来这里，又没知会爹吧。"

话是肯定，从他看到娘亲大人来的排场就知道了。若是爹知晓，不仅要陪同前往，这一应随从马车，自也不会如此简单。

"是啊是啊，我听说小晚还魂了，哪还坐得住？他有事出府，我没空等他。"折兰夫人眼睛一眨不眨地看着向晚，随着折兰勾玉理衣领的动作，她两眼越瞪越大，一手指着向晚微微隆起的小腹，连说话都结巴起来，"肚……肚子……小晚的肚子……"

不是才刚还魂么，怎么肚子就这么大了？她儿子之前抱着小晚尸体的时候，不会还那个了吧？

"娘……"折兰勾玉哭笑不得，看着娘亲大人的表情，怎会不知她心中想法。

折兰夫人咽咽口水，好半晌才恢复正常，想起向晚一身的瘀青，老着脸忍不住劝一句："小晚有了身孕，你好歹悠着点。"

她能理解自己的儿子，当了四年和尚不容易啊。不过孙子事大，不管是咋怀上的，既然怀上了就不能出差错。

折兰勾玉几近无语："她肚子里的孩子，就是四年前的。其实小晚早春二月就醒了。"

折兰夫人只觉脑子里"轰"一声响，不由分说，使劲去掐自己儿子，连掐边骂："臭小子，早春二月就醒了，你居然现在才说？你守着她四年，我们跟着你等了四年，难道这天底下就只有你关心她，连知会我们一声也不用了？"

说到最后，又落下泪来。

这四年，对折兰勾玉是个漫长等待，对他们为人父母的，何尝不是？

"娘……"折兰勾玉一手拥着向晚，另一手拥住折兰夫人，心里一酸。

这四年，真是不容易。他的言行在外人看来与疯魔无异，幸好还有父母理解。尤其是母亲，许是因为她之前就已喜欢向晚，加之见证向晚为救他而丧命，所以对他的种种行为，竟然没有反对。不仅没有反对，爹这边的思想工作，也是她做通的。他能守着向晚四年，将无数媒妁拒绝，自然有她娘亲的一份功劳。不然屈于家庭压力，出于嫡长子的义务与使命，他总得为家族留下子嗣。

"你不要怪师父，是我失忆忘了回家的路，师父好不容易才找到我的。"向晚伸手，小心地替折兰夫人抹掉眼泪。

"小晚……小晚……"折兰夫人使劲搂着向晚，泣不成声。

折兰老爷很快赶至玉陵，一家团圆。

向晚虽然失忆，但她本就与二老接触得少，在折兰勾玉的帮助下，很快又熟了起来。那些不愉快的经历，比如成人礼那次，比如后来陆羽雪的事，都被折兰勾玉简单一句带过。

大婚就在下月，二老留在玉陵。如此一来，折兰勾玉与向晚共处的时间少了一半。折兰夫人几乎拉着向晚寸步不离，除了晚上，折兰勾玉基本没有与向晚单独相处的时间。

这次大婚，有别于上一次，整个折兰府从里到外一片喜气洋洋，主院更成了红火热闹的海洋。

向晚的嫁衣在折兰夫人的亲自把关下，订做完工。晚晴阁贴满了喜字，折兰勾玉的房里满目红色。

"小晚……"

"嗯？"向晚看着两套喜服，想象着折兰勾玉穿上红色会是什么模样，应得漫不经心。

"我一直没跟你说，你有一个娘，还有一个弟弟，他们都在玉陵。"

"哦。"向晚答应一声，全无印象与感觉。

"我们的大婚，你觉得应该请他们么？"

向晚转过身，看着他，娇娇软软一笑："我听师父的。师父说请就请，师父说不请就不请。"

"你不好奇他们？不想看看他们？"

向晚摇头："我已经忘了以前的一切，他们是什么样的人，为什么不跟我一起住在折兰府里？"

折兰勾玉笑，拥着她，下巴来回在她发间摩挲，暖暖道："我们明天去看他们。"

"嗯。"向晚被他弄得痒痒的，缩了缩脖子，反手抱住他腰，轻笑出声。

翌日下午来到城西的新向家。

向晚跟着折兰勾玉下马车，抬头，却见向家大门紧闭。侍卫敲了门，好半天才有人来开门，一个中年妇女头发凌乱，看到他们，竟尖叫一声，晕了过去。

侍卫将中年妇女抱进屋，折兰勾玉牵着向晚的手入内。

三间正房，加一个独立的小院，简陋冷清。小院里一个人影背对着他们蹲坐在地上玩泥巴。除此之外，没有第三个人。

向晚抬眼看折兰勾玉，微微困惑。折兰勾玉冲着她点点头，她松了他手，朝前走近几步。那个背对着她蹲在地上的身影突然站起身，比她还高大，转过身将手中的泥巴朝她扔来。

他本就扔得斜，向晚朝右一避，泥巴打在一旁的水缸上。那人咯咯笑起来，拍着手嚷嚷着什么，来回转了好几个圈，头发倒是梳得干净，身上衣裳与脸上却满是泥巴灰。

向晚这才发现，他腰上绑了粗粗的绳子，随着他刚才的转圈，缠绕得更多。而绳子的另一端，绑在他身后不远的柱子上。

"师父……"向晚诧异，心里微惊。

"我们走吧。"折兰勾玉牵她的手，径直出了门。

"娘和弟弟，就是他们？"马车悠悠往回走，向晚窝在折兰勾玉怀里，满心疑问。

"他们与你并无血缘关系。"

向晚看他，一脸困惑。

"她是你后娘，至于那个弟弟，与你没有血缘关系。"

当初为了向晚的清白，他派人去杏花村找瘌子，没料到发现诸多意料之外的事。后来二根子来了玉陵，被瘌子一闹，闹出不少事。他当时问她，如果有一个选择的机会，她会选择要这样的亲人，还是不要？她的答案出乎他意料，但他愿意尊重她，所以并未对他们动手。

不料一年后，二根子偷偷卷了向夫人的所有家财潜逃，未及出城，就在大街上碰到了向阳。向阳观其神色有异、见人就逃，身上还背了个不小的包袱，遂追了上去。两人在大街上动起手。向阳毕竟年纪小，哪是二根子的对手，两人拉拉扯扯，街一边就是玉陵酒庄，向阳被二根子使劲一推，跌至地上，头刚好碰到玉陵酒庄门口的招牌大酒缸上，当场血流不止，后来捡回条小命，就成了现在的痴傻样。

二根子看到闯了祸，正待开溜，却被路人抓住了扭送官府。根本不用判，向夫人听闻消息先跑到医馆看宝贝儿子，再被官差领了去看凶手，一见到二根子就晕了过去，醒来哭哭啼啼，反反复复那么几句："造孽啊造孽，亲爹害死亲儿子，这都是造孽啊……"

此前向夫人与二根子的奸情早已大白天下，这话一听，哪还能不明白个中玄妙。一传十、十传百，玉陵城人人皆知这向阳其实是二根子的骨肉。

"他们一直是这样的么？"没有血缘关系，不就表示不是她的亲人了？

"不是。这是他们的因果报应。"

"因果报应？"向晚又听不明白了。

折兰勾玉暖暖一笑，拥紧她："这是一个不短的故事，我慢慢说与你听。"

"好。"向晚将头靠在他怀里，闭眼打了个哈欠，挪挪身子，找到更舒服的位置，双手环着他腰，开始午睡。

玉陵城主大婚，不仅在折兰府大摆筵席，还在全城大大小小酒楼设了喜宴，宴请全城百姓。所以，大婚这天，实是整个玉陵城的盛大节日。

乐正礼与金三佰自然赶来参加婚礼。在他们赶到前，折兰勾玉已经反复对向晚提过很多次，希望三人见面的时候，她不至于感到陌生。

乐正礼与金三佰对向晚来说太过特别，他希望她即使想不起他们，至少在心里对他们能先有个熟悉的感觉。

金三佰挺着个肚子，看起来比向晚大多了，乐正礼本担心她有孕不宜远行，可是折兰勾玉与向晚的大婚，中间又隔着向晚还魂，金三佰哪能不来？

与他们一道来的还有他们的第一个孩子乐正青兰，一个一岁多的小男孩。

"小晚……小晚……"这一次轮到金三佰大呼小叫地进来了。

向晚站在折兰勾玉身边，弯起嘴角笑。师父说得没错，那个嚷嚷着挺着肚子跑进来的定是金三佰，一旁小心跟在身边、担心妻子身孕的就是乐正礼了。

"小晚……小晚……"临到跟前,又不禁语噎。

向晚轻笑出声,先她一步开口:"每个人看到我要么吓晕,要么哭晕,可不许你也这样。"

金三佰破涕为笑,拉着她手想给她一个拥抱。无奈肚子着实太大,挡在两人中间,这一个拥抱终是落空。四个人于是都笑了起来。

向晚看着眼前明媚的女子,她身上是一袭墨绿衣裙,肚子隆得高高的,看起来快生产的样子,心里生起暖暖的感觉。就像折兰勾玉说的,她们应该是很好的朋友,很好的姐妹,所以一看到她,她本能地有种亲切的感觉。

"小晚……"绿衣女子身边的男子开口唤道,眉目俊朗、英气逼人。

向晚抬眼看他,他双眸深沉,似有某种感情沉淀太久,此刻看着她,这种沉淀蓦然升腾,让他的眼眸一亮,好像习惯似的微微蹙着的眉头也在瞬间舒展。

向晚勾起嘴角笑,半月明眸弯成弦月,一手拉着金三佰,一手拉着乐正礼,软软道:"能再看到你们,真好。"

身旁折兰勾玉贴近,伸手环住她腰,对着另两人道:"舟车劳顿,三佰又有身孕,不如让她先随小晚回房,边休息边叙旧。"

两人自然同意。向晚拉着金三佰回了晚晴阁,乐正礼随折兰勾玉去书房。

晚饭的时候,奶娘抱着乐正青兰过来。金三佰这才想起一个下午光顾着和向晚聊天,都忘了还有儿子。

"青兰,快叫姨娘。"

"应该叫伯母。"乐正礼反对。向晚与金三佰虽情同姐妹,不过他与折兰勾玉是姑表亲,如今向晚终于要嫁给表哥了,按理青兰该称她为伯母才是。

"无妨,哪个都可以。"向晚笑,从怀里取出个小礼盒,递至乐正青兰跟前,"这是送给青兰的,快拿着。"

"谢谢伯母。"小小的乐正青兰机灵得很,看一眼母亲,又看一眼父亲,见他们都不反对,忙伸手接过道谢。

向晚伸手摸摸他的头,弯身抱起他,让他坐在她腿上。

"伯母肚子里也有弟弟妹妹了么?"小青兰眼尖,伸手摸摸向晚微微隆起的肚子,笑的时候有两颗小虎牙,奶声奶气、虎头虎脑的分外可爱。

"是。你说伯母肚子里的是弟弟,还是妹妹?"都说小孩子的嘴最灵,说什么是什么。

小青兰又摸摸向晚的肚子,很认真地回答:"有弟弟,也有妹妹。"

这话说得折兰勾玉大喜。金三佰笑着示意乐正礼将儿子抱走,结果小青兰趴在向晚身上不肯走。金三佰笑骂一句:"不许胡闹。"

小青兰委屈地撇撇嘴,拉着向晚的手,不依:"伯母,我没有胡闹。娘肚子里的是妹妹,伯母肚子里有弟弟,也有妹妹……"

"嗯,青兰没有胡闹。"向晚不由也笑,轻轻捏他圆圆的脸,感觉特别的熟悉与亲切。

　　小青兰得到肯定，立刻展颜。坐在向晚腿上，开始研究刚才得到的礼物。伯母甫一见面就送他礼物，在他小小的单纯的心里，觉得伯母是个大好人。

　　大婚临近，小彦与钟离也赶了回来。他二人在折兰勾玉的建议下，学着三侯君的游学惯例，过完新年就离开玉陵，到风神国各地走走，了解下风神国各地的民俗人情，外加国情现状。

　　小彦今年二十，钟离十五。四年多的时间，钟离在玉陵学堂刻苦努力，进步神速，没有辜负折兰勾玉的期望。

　　两人收到消息，第一时间往回赶，正好在大婚前一天赶到。

　　折兰勾玉本不欲遵循风俗，但想着这次大婚再不能有任何意外，妥协之下，决定大婚前三天不与向晚见面。小彦与钟离只好分别拜见两人。

　　"小姐姐……小姐姐……"钟离跑得飞快，小彦跟在他身后，看他从收到消息后，一路过来都是这样一种迫不及待。

　　"是小离？"向晚此前已从折兰勾玉口中听闻关于钟离的一切，他说钟离最好辨认，开口叫她"小姐姐"的非他莫属！

　　"是我！"钟离今年十五，高高大大，算是个小大人了。跑过来的气势虽迫不及待，真到了向晚跟前，又扭捏起来。

　　向晚是真的一点也没变。他曾在折兰勾玉房里看到她沉睡的样子，是的，沉睡，那样安详、那样沉静，虽然没有气息，但是几年身体不损，怎么让人相信她已离他们而去？

　　"你该改口了。"身后的小彦面无表情，冲着向晚一礼。

　　钟离讪讪摸摸头，慌忙改口："是啊是啊，应该叫师娘了。"

　　向晚一时倒有些晕了。折兰勾玉跟她说了很多以前的事，又让她改口称他为"师父"，独独没跟她说他虽担师父之名，并没有正式收她为徒，这个关系做不得准。此刻向晚听钟离称她为师娘，一时倒有些为难了："可是我也称他为师父耶。"

　　关系确实复杂。钟离拜折兰勾玉为师，她又称他为师父，按理她该是钟离师姐才是。如今她即将嫁给师父，成了她这个师弟的师娘，辈分一下子全乱了。

　　小彦忍不住抽抽眉毛，看着向晚，神色一时复杂莫名："你与他又没行过拜师礼，师徒关系做不得准。"

　　向晚皱眉想了想，很是无辜："我忘了，他没告诉我这个。"

　　小彦绝倒。

　　向晚又问一句："你是小彦吧？"

　　钟离替小彦回答："嗯。他是。"

　　向晚还魂失忆的事，刚才折兰勾玉已有提及。

　　"你明年参加科举吧。"

折兰勾玉说小彦是个状元之才，就是一直不肯参加科举。

"为什么？"小彦奇了。不管她失没失忆，四年后第一次见面就关心这个问题，太诡异了吧。

"师父说你小时候棋书画皆输于我，弃琴不比。如果你高中状元回来，就可以证明我也是个状元之才。"她笑，说不出的娇俏，一如四年前，偶有天真一面。

"向晚！"小彦满脸黑线，狠狠盯着向晚半晌，转身走人。

"小彦……"钟离意欲追去，却被向晚拦下。钟离拼命张望小彦的背影，结果被向晚硬拉着坐下，看她笑得颇有深意，不由往椅背缩了缩，讷讷一声，"小姐姐……"

"小离，小彦二十了为何一直没有娶亲？"

钟离圆脸一红，支支吾吾："这……这我哪里知道……"

"那我替小彦介绍一门亲事如何？"

"不……不好吧……"钟离被向晚盯得心里发毛，越发慌乱加结巴，"他……他……他不喜欢……女人的……"

钟离惊觉失言，连忙捂住嘴，可惜已经来不及了。向晚眨着眼睛，很快消化这个真相，喃喃一句："果真如此。"抬眼又看钟离，伸手摸摸他的头，笑得如星般璀璨，"那小离要努力加油了……"

"我……我……"

"你不喜欢小彦么？"向晚困惑。折兰勾玉不是说钟离最爱黏着小彦，小彦也爱被他黏么？自从小离上了玉陵学堂，四年来两人形影不离。这一次折兰勾玉本是建议小彦游学，没想到钟离知道了定也要跟去。折兰勾玉说，除了她之外，小彦根本没和第二个女子说过话，心思不可测。

"我喜欢的是小姐姐！"钟离红着脸憋着气快速说完，飞一般逃出了房。

"呃……"向晚听到身后的笑声才反应过来，"三佰……"

金三佰从内堂出来，一手扶着肚子，一手扶着门，笑得直不起腰来。

"别笑了，小心动了胎气，你这孩子要在玉陵出生了。"向晚赌气斜她一眼，忍不住又走过去扶她。

"若真是女孩，这时候出生也不错。"当初与金灵国的约定，下一任圣女，甫出生就要交给他们带回国。她虽不舍，双方既有约定在先，也只能遵守。

"三佰……"她已知他们之间的因果来去，这样的约定太过无奈。定约定的时候无奈，履行约定更无奈。

"我为了自己的幸福，牺牲了她的幸福，我实在是愧对母亲二字。"她低头黯然，强忍着没落泪，手紧紧反握住向晚的。

向晚另一手来回抚摸她手背，声音轻轻柔柔："我相信她会在大海另一端，生活得很幸福。或许在不久的将来，她会乘船来看你，又或者你们乘船去看她。我相信她知道这一切，定会选择原谅与理解，她会为你骄傲，为你自豪，然后学着你的样子，努力去追求属于她的幸福。"

"小晚……"金三佰哽咽，将头靠在向晚肩上，极轻极轻一句，"谢谢你，也替我谢谢他……"

能与乐正礼在一起，先有向晚帮忙，后有折兰勾玉帮忙。在这样一段不被看好的感情里，有人支持，而且是如此强有力的支持，她应该庆幸，并且感恩。

大婚当天。

向晚一大早被人侍候起床洗漱，换上大红喜服，戴上象征城主夫人身份的华冠。待得梳妆完毕，直看得一旁的金三佰与折兰夫人傻眼。

她向来清水芙蓉，不施脂粉，如今略一点妆，加上喜服华冠，一时竟让人移不开眼。艳极反淡然，此刻的向晚正是如此。

未到出阁时，喜帕一时也没盖。折兰府上上下下的忙成一团，金三佰与折兰夫人很快就被叫了去。向晚遭了小桃，独自一人坐在房间里。

自从她在微生府看到折兰勾玉，之后的日子，甜蜜圆满得犹如梦境。她看到他，一方面觉得心里苦苦寻找的东西终于觅得，一种尘埃落定的踏实与可靠；另一方面，这一切的一切，又让她太过幸福喜悦，简直不能相信是真的。

就像今天。她一想到要嫁给他，就脸发烫、心跳加速，觉得吃黄连都能吃出甜味来。心里不免生起一种因为太幸福而太害怕失去的患得患失感。

她已经有三天没有看到折兰勾玉了，不知他此刻，可是如她一般心境？

看着镜中的人儿脸上溢满幸福，眼神又微微迷茫，这一刻的她太需要他温润的声音温暖的怀抱，给她定心的力量。

"小晚……"乐正礼在门口看她良久，终于出声。

向晚闻声转头，冠上垂下的珠珞发出细细叮当声。

看她背影已经美得不可方物，此刻她转过脸来看他，直教他忘了呼吸。乐正礼一时怔在当场，早忘了说话。

"快进来吧。"她看他呆怔不能反应，起身走至他跟前，拉着他手示意他进来坐下。

他只能亦步亦趋地跟她进屋，在她的示意下落座，微微低头撇开视线。今天的向晚，美得让人不能直视。

他好半晌才稍稍平复心情，再抬头看她时，声音已平静许多："一直没来得及跟你说，那次你嘱我好生照顾他，我又没做到。"

他真是愧疚至极。年少时的青涩冒失，害她从马上跌下，失踪三年，险些毁容。上次表哥大婚，她去寺庙祈福，临行前笑着跟他说，"这一回就不让你作陪了，免得生出事来，又成你的错"，眉眼盈盈，说不出的娇俏，末了嘱他一句"别喝太多酒，替我照顾好他"，结果表哥险些丧命。

他真是一事无成。当初他若能照顾好表哥，何至让她以命换命，阴阳相隔四年之久。这四年来，他一直内疚自责，每每想到表哥痴痴看着向晚、温柔替她梳发时的神情，他就觉得自己没用；想到向晚静静躺在床上，没有呼吸，没有生命，又心痛得无比复加。

向晚尸身几年不损，他心中的那份期待，不比折兰勾玉少。所幸，真如表哥所想所言，她真的还魂了，醒过来了，虽然失去了记忆，但她是向晚，这就够了，足够让他感谢上苍。

她将他的手摊开，掌心与他的相贴，暖暖道："那是意外，亦是宿命中的劫数，根本不关你的事，你又何需自责内疚？"

他神色一紧，她继续娓娓道："从杏花村的素不相识，到后来的点点滴滴，你给过我这么多的温暖与依靠，我感激都来不及。你不要时时觉得亏欠了我，这样让我觉得我不是你的亲人，而是你的包袱，压得你喘不过气来又丢不开的包袱。"

"小晚……"他喉咙一紧，眼眶湿润。

"我一直将你当成亲人，所以对于你的付出，我历来受之坦然。你也要这样。他说，我一直欠你一声哥哥，这是我该给的，也是你该得的。我不知道我以前为什么一直不肯叫你，希望现在开口不算迟。"

他摇头。表哥不知，其实在四年前大婚的前一个晚上，向晚有叫过他哥哥。她当时也是这样，拉着他的手，暖暖地跟他说，"虽然我一直不肯叫你，以后更没机会，但在我心里，你真是一个最好的哥哥"，让他心里感动万分。他最是明白自己对向晚的感情，能得向晚一声哥哥，能有这样一个身份看着她的悲欢喜乐，他于愿已足。

"哥哥，今天是我的大喜之日。我只有你这一个亲人，希望今天哥哥能送我出阁、抱我上轿。"她知道了前因后果，自然不会去请那个后娘与不相干的弟弟。父母送出阁、兄长抱上轿，这是大婚的风俗。折兰勾玉将乐正礼的一切都告诉了她，包括他那次提亲。不管他有没有放下她，她希望今天之后，他都能放下她。

"好。"他亦明白她心中所想。今天之后，他希望自己真可以从此将这段感情深埋在心底，然后金三佰与孩子会是他未来生活的全部。

她笑，松了他手坐回镜前，故意调侃他，语气轻松："这下好了，娘家有人了，还是三侯君之一的礼正君，看谁以后还敢欺负我。"

他被她逗笑，不由回一句："难道现在有人敢欺负你？"

向晚佯装思考，半响方道："听说以前有，现在暂时没有。"

他忍不住笑，看着折兰夫人慌慌地进来，也不顾及他在场，拉着向晚一迭声道："喜帕怎么不盖？喜帕怎么不盖？"

向晚无奈，冲着乐正礼眨眨眼睛，就觉头上一沉。眼前一片红色，哪里还能看得到其他。

锣鼓喧天、华灯如昼，繁复的婚礼后，向晚独自坐于新房内，等着新郎陪完酒席来掀盖头。

外面是一片喜悦热闹的海洋，新房却甚是安静。因为上一次的喜娘事件，为保这次大婚的安全顺利，连喜娘都被拒在了新房外。新房内看似只有向晚一人，暗处实则层层侍卫严阵以守。

早上和中午都只喝了点粥，还是看在她肚子里的孩子分上。晚上小桃端了粥进来，又悄无声息地退下。向晚闻到粥香，才发觉自己早已饿得不行。掀了盖头起身，小口地喝完粥，走回床时，赫然看到床上摆放着两封信，端端正正置于喜被上，好像就等着她发现。

　　向晚困惑，细细打量良久，终是忍不住伸手。信封上一个写着"折兰勾玉"，另一个写着"给未出世的孩子"，娟秀工整的字体，有些眼熟。

　　向晚先是打开写着"折兰勾玉"的那封信，浅浅杏红的一张小笺，只简简单单写着一句话：师父，活下去才有重逢的希望。落款是小晚。

　　向晚捧着信笺好半天不动，转而打开另一封信。同样浅浅杏红的一张小笺，也只简简单单一句话：给我们来不及出世的孩子：一定要记得，娘不是因为不够爱你才舍弃你。落款是向晚。

　　一种似曾经历的熟悉感觉，向晚努力回想却想不起一丁一点。其实即使想不起，她也能大概明白是怎么回事。她将信与信笺凑近大红喜烛，一一点燃，直到它们燃烧成灰烬，才又将喜帕盖上，重新坐回床边。

　　没过多久，眼前视线一亮，大红喜帕已被挑下。向晚抬头，凤冠上的珠珞轻轻摇晃，叮叮当当。只见折兰勾玉手中拿着喜秤，漂亮的眼睛定定看着她，有一刹那的惊艳，随后眼眸温柔如水，脸上浮起暖暖的笑。

　　掀盖头、交杯酒，漫漫长夜正是他们此生最美的洞房花烛夜。

　　"这么早？"那么多的宾客，难道不用他作陪？

　　"我觉得这么晚才是。"他执她的手，为她此刻的样子着迷，舍不得替她换下这身喜服华冠。

　　向晚轻轻浅浅地笑，脸微微发烫，声音说不出的娇软："还以为你今天会不醉不归。"

　　"应酬的时候酒量很深，十几杯下肚，分明没事，却得装醉；回来这里，只刚才一杯，分明醉了，却还得强装清醒。"

　　她轻笑出声："在房里醉了就醉了，正好可以休息。"

　　他也笑，拥她入怀，声音说不出的低沉迷醉："我舍不得睡。"

　　他还没看够，今天的向晚太美。

　　"听说潘先生也来了？"她听他说起，很想一见，但一直没有机会。今天潘先生好不容易得空过来，不过以她新娘的身份，自然见不到面了。

　　"嗯。过几天我们去竹院拜访他。"潘先生毕竟年长，虽然现在的向晚更为尊贵，但他历来受折兰勾玉尊敬，又怎么可能让他来拜见向晚？

　　"你不是说他一直在忙学堂的事嘛。"小彦游学后，潘先生索性住在了学堂，连竹院都不回了。金三佰委托他代为管理的三佰楼，他都甚少有时间去看看瞧瞧。

　　"那就去学堂，正好你也去看看。"他话一顿，略一思忖，又道，"今天澈来了。"

　　向晚点头。玉陵君的大婚，同为三侯君又有姻亲的微生澈怎么可能不来？再则他们同年同月同日生，这一份缘实在难得，上一次虽然尴尬，毕竟没撕破脸皮，折兰勾玉最后那一句"谢谢你及时将小晚从得幸楼赎身,这个人情我记下了",甚是婉转,全了他的面子,缓和了两人的关系。

"杏香也来了。"

"她还好么?"微生澈既没要她的命,也没将她送还折兰府,对她是幸,还是不幸?

"于她来说,最糟的已经过去。"

生不如死,很多人都觉得最痛苦的莫过于此。其实,生又怎么会不如死?若连死都不怕,生又有何惧?至少生还有希望,所以更应该懂得坚持、懂得珍惜。这个道理,没有人比折兰勾玉更有体会。

城主大婚大宴三天之后的很长一段时间,全玉陵城的百姓还在念叨这场婚事的盛大隆重。

向晚遵着习俗,大婚第十天随着折兰勾玉共坐车辇巡游,接受全城百姓的观瞻祝福。关于她肚子里的孩子,因为还魂时短,已有诸多传闻。盛传最广、最为百姓接受的就是仙胎。

向晚是仙女下凡已被百姓接受,加之四年尸身不损佐证,一直在折兰府被折兰勾玉小心保护的她还魂之后突然有了几个月的身孕,自然不会有人往恶处揣摩。

乐正礼与金三佰还留在玉陵。向晚大婚后,金三佰胎气动得格外厉害,孩子未足月,产婆说有早产的可能,礼正城距玉陵路远,乐正礼不敢贸然上路。

巡街的第二天,折兰勾玉与向晚一道去玉陵学堂拜访潘先生。

正是午后,艳阳高悬,天气微有些热。

彼时学堂正是午休,折兰府的马车在离学堂还有一小段距离处停下,折兰勾玉抱着向晚下车,只见学堂门口围满了人。学生们浑然不觉城主大人光临,交头接耳地议论着什么,人群中间有人说话重了些,远远一听,隐隐是个女声。

待得走近,方知个中原委。原来不知哪家的小姐跑到学堂硬要来上学,在大门口被几个学生拦下,小姐不依,学生论理,各执己见就吵了起来。又是午休的大好时光,有这么出热闹,学生们一下子围了过来。

"为什么女子不能上学堂?城主夫人当年不也来这里听过课?"人群正中的女子看起来不过十二三岁,身上衣裙讲究,对自己的处境一点也不担心,说话带着股泼辣劲。不知是因为天热,还是费力大声说话,她双颊通红,额上一层密密的汗,在太阳下格外的晶亮。

向晚闻言侧过头看折兰勾玉,他也正看向她,眼里脸上,俱有笑意。

一大群学生当中,自然也有代表,居中那位发言反驳:"城主夫人是天上仙女下凡,怎是你可以相提并论的?再则城主夫人当年参加过春试,得了第五的好成绩,听说她那时才学了几个月。小彦学长学了几年,与她参加同场春试,也不过才得第三。"

本来是反驳人的话,结果倒给了对方更好的机会。人群正中那小姑娘忙抓住机会:

"这说明我们女子不比你们男子差，若一起上学听课，只怕考起试来你们都只能垫底。说不给女子上学，怕是你们害怕给了我们机会，将来只能认输！"

一大群学生哗然，有几个嚷嚷："哪有女子上学堂的？玉陵学堂没这先例！你应该回家学学三从四德、工绣女红……"

还有几个嚷嚷："别跟她废话了，我们赶紧进去关上门，谁也别开门，不然她非得惊动潘先生不可……"

一群学生附和的挺多，呼啦啦准备走人，终于有眼尖的看到了折兰勾玉他们，惊喊一声："城主大人！"

于是现场的焦点悉数转移到折兰勾玉与向晚身上，一大群人弯身行礼，唯有正中那个小姑娘还有些反应不过来，转回身看着折兰勾玉与向晚，呆呆不能动。

折兰勾玉虚点了点头，示意学生们起身，然后笑看着向晚，用眼神示意她处理这个问题。

那小姑娘既抬出了城主夫人的过往与名头，自然对向晚的一些传闻听得不少。这会子看着向晚施施然向她走来，虽不识她，但她刚才已从别人的口中知她身份，反应过来后忙不迭下跪行礼。

"你想上学？"向晚问，声音淡淡。

"是……是……"小姑娘根本不敢抬头，半是紧张半是激动，哪还有刚才泼辣口才。

"可是他们都不愿与你一道听讲，你说怎么办？"

"我……我……"她刚满十三，从小娇惯，被向晚一问，哪知如何作答。

向晚笑，声音不自觉温柔了些："学堂分了好几个班。他们既不愿与你同堂听讲，你可以选择另开一班。不过学堂学生多，先生少，若只为你一个学生开班，一来没有这么多的先生，二来这样又与私塾何异？所以，如果你能凑到十个以上女子愿意同你一道上学堂听讲，再来学堂找潘先生报名，就说是我的意思，他定会同意。"

那小姑娘好半晌才反应过来，脸上顿时神采飞扬，几近欢呼："别说十个，二十个都没问题。我身边的姐姐妹妹私下里聊天，都说要是能像男子一样上学堂读书听讲就好了。"

玉陵学堂开办至今，已十二年有余。加之之前向晚上学堂的行为，不知不觉间，产生了不小的影响。

"很多事，真做起来比你预想中要难得多。她们或许有这样的想法，临到跟前，可会有那份勇气？而且你们要来上学，得先征得父母同意。这不是一朝一夕的事，除非父母同意，不然你们偷偷摸摸或瞒或骗终不是长久之计。上学之前，得先妥善解决这些困难才行。"

小姑娘听向晚一番话，很认真地想了好一会儿，点头保证，又行了个大礼，便先回去了。

"又给先生出难题了。"向晚笑，看着正前方那个清雅身影微微一礼。

潘先生不知何时已站在一群学生前，向晚只一眼，就知道是他。

"哪里，正是良策。"潘先生赶紧回礼，向晚现在的身份，他怎能受她的礼。

折兰勾玉上前轻扶住向晚的腰，她的肚子一天比一天显。三人一道进学堂。

晚饭的时候说起这事，折兰勾玉已从潘先生处知道了小姑娘的身份。

"原是城南林家。听说他家三代单传，到她这里只她一个，父母宠得不行。"金三佰毕竟在玉陵待过不少年头，当初又是三佰楼掌柜，玉陵城稍有头有脸的，她都将人家家底探得七八分清。

这情况倒与折兰夫人相似，所以惹来她好大一句感慨："我当初想学，都是请先生上门，那时候没有学堂这回事。"

末了又加一句："若有，只怕爹娘这事不会再依我。"

毕竟是抛头露面的事。虽然金陵玉陵风俗不至于女子足不出户，但与男子同上一所学堂，还要得到父母支持，想想就很有难度。

折兰勾玉笑回道："对此，小晚与娘，显然意见不同。"

折兰夫人闻言看向向晚。不止折兰夫人，在席几人皆不由自主看向向晚。

向晚羞涩一笑，轻轻浅浅说一句："我看那位林小姐的样子，只怕她父母真会同意。"

"为何？"

"大凡几代单传又只得独女，父母若不嫌之，也未再谋子嗣，必是宠爱得不行。旁人越是觉得他们该心有遗憾，觉得他们生活不够圆满完美，他们愈会将孩子加倍宠爱、甚至百依百顺。因为他们要告诉世人，有女亦是福，有女亦圆满。而且林小姐说话泼辣，行事大胆，只怕她父母早将她当成半个儿子养育。上学堂虽是抛头露面的事，可上学听讲毕竟不是件坏事，而且此举若真成，至少会有十个女孩子结伴同学，这又不同于只她一人让人觉得怪异，所以我相信，她父母会拗不过她，同意这件事。若是这一次找不到另九人与她作伴，毕竟也算先例，不出几年，定也能成真。"

向晚不卑不亢，娓娓说完，折兰夫人率先大赞。她觉得爹娘对她的宠爱就是如此，当初亲朋好友每每看着她叹气，又劝爹娘再生个弟弟，爹嘴里客套几句，待送走了客人，娘就抱着她对爹撒气，说女儿哪里不好了，哪里比不得儿子了？爹甚是无辜，苦于嘴里与人有过客套附和，只得一次次道歉安慰。她后来也有感觉，说的人越多，叹气的人越多，爹娘就越宠她，但凡她要的她喜欢的她想学的，千方百计都要依了她。

不过折兰夫人还没来得及说上几句感言，一旁金三佰胎气一动又阵痛了。

这次金三佰一直痛至半夜，产婆忙里忙外地指挥丫鬟，一群人候在门外焦急等待。子时，金三佰产下一女。虽不足月，但一切正常。

折兰勾玉本劝向晚早些休息。一来她有身孕，累不得；二来怕她看到这些，会对之后的生育心生恐惧。

向晚坚持，看丫鬟们进进出出，一下子热水，一下子血水，心都提到了嗓子尖。

乐正礼虽有一次候产经历，还是不能冷静。听屋里金三佰喊痛，一声高过一声，他来来回回地在屋外走个不停，一停下来又欲闯门，都被折兰夫人拦下。

待得子时一声婴儿的啼哭，向晚才松了口气，软软靠进折兰勾玉怀里，一身的虚汗。她第一次经历这些，太过紧张与担心，指关节都攥得发白，背上的衣服汗湿一大片。

乐正礼早冲了进去，折兰夫人紧随其后。折兰勾玉抱着向晚，一边伸手拭去她额头的汗，一边问："你没事吧？"

向晚摇头，虚虚软软靠在他怀里，轻道一句："我生孩子的时候，师父一定要在我身边，在我眼能看到、手能碰到的地方陪着我。"

"好……"他忍不住低头吻她，许下承诺。

"我想去看三佰。"

折兰勾玉点头，打横抱起她，进房。

房间里产婆与丫鬟大致收拾完依次退下。乐正礼坐在床前，抱着孩子弯身凑近金三佰。金三佰虚脱一般躺在床上，长发披散、脸色苍白，努力伸手去摸孩子的脸。手刚碰到，便忍不住哭了出来。一旁折兰夫人跟着落泪。

折兰勾玉抱着向晚站在丈外，没再靠近，也没出声。向晚看着乐正礼与金三佰，想到这个孩子会有的命运，听着金三佰的哭声，将脸埋在折兰勾玉怀里，也悄悄落下泪来。

乐正礼与金三佰没留多久。

玉陵城这些年一直有海客频繁进出。早在金三佰此番怀孕后，他们就等在玉陵，金三佰赶来参加折兰勾玉的大婚，亦与海客有所接触。

如今金三佰终于生下女儿，当年的约定就得履行。海客很快听闻消息，至折兰府上门求见。乐正礼与金三佰再如何不舍，最后还是让人抱走了孩子，两人又伤心难过了好一阵子，尤其是金三佰。

待金三佰身体稍稍恢复，虽在月子里，还是坚持回去了。向晚能理解金三佰的心情，看她将青兰紧紧抱在怀里一刻不肯松手，脸色犹有苍白，也不知该如何安慰，只得将他们一直送到城门才罢休。

折兰老爷先回了金陵处理事务，折兰夫人却留下来，以照顾向晚为名。小彦与钟离启程去游学，潘先生依旧忙于学堂之事。微生澈与杏香早回了夜明，与向晚都未曾碰上面。大婚之后，每个人的生活渐渐恢复正常，折兰府里又冷清下来。

秋末初冬的时候，向晚生下一子一女龙凤胎。

"徒弟……徒弟……我的乖徒弟呢？"

一个声音由远及近，向晚抬头，看到一个灰发灰袍长者朝她飞奔而来。

向晚也不惊，瞥一眼跟在长者身后的折兰勾玉，又看一眼长者，做了个嘘声的动作，低头继续轻摇摇篮。

一双儿女睡在摇篮里，一模一样的脸，一模一样的被子，一模一样的帽子与衣服，憨憨地睡得香甜。

"丫头，丫头，我的乖徒弟呢？"来人压低声音，正是莫前辈。

这几年他云游四方，折兰勾玉找人想告诉他向晚还魂的喜讯都找不到他影。他哪偏僻往哪走，完全忘了今夕何夕，荒无人烟的地方又哪有消息流通，还是月前他有事去个稍不偏僻的小镇，这才听说了向晚还魂、折兰公子大婚的消息。火急火燎地赶来，到得玉陵，消息已经变为折兰公子喜得龙凤胎了。

向晚笑，一早已猜到他身份，她伸手指指一双儿女，忍不住捉弄："保持这个距离，你自己挑一个吧。挑中了不许反悔，是男徒弟，还是女徒弟，全看天意了。"

莫前辈吹胡子瞪眼，又见折兰勾玉守在向晚身边，一副监督他不许耍赖的架势，心里直骂人。骂也没用，他左看右看，甫出生没几天的婴儿，被子盖至下巴处，又戴着帽子，只露出张脸，小脸蛋又一模一样，眼睛闭着，更让人分不清，直教他又心急又心痒。

"看来前辈是两个都不中意了。"

偏生向晚还在一旁催他。莫前辈心一急，闭眼胡乱一指。向晚笑着将他指中的孩子抱起，莫前辈一步跳到她跟前，慌手慌脚打开孩子屁股上裹着的尿布，定睛一看，险些晕了过去。

"小女以后就麻烦前辈了。"折兰勾玉在一旁笑得惬意。

向晚忍不住也笑，将孩子抱回摇篮。

动来动去的，小丫头也没醒，躺回摇篮的时候只皱皱眉头撇撇嘴，又憨憨地睡去了。

莫前辈的眉头几乎皱成了个死结。哎，怕什么，来什么，难道真是天意？

冬去春来，转眼又是一年。

折兰颜玖与折兰杏满周岁那天，折兰府里热热闹闹地举行了个抓周仪式。除了折兰府的一应上上下下，折兰老爷与折兰夫人也特意从金陵赶了过来。

莫前辈已经在折兰府住下。近一年过去，他还是看到折兰杏就叹气，看到折兰颜玖就两眼放光，继而埋怨自己当初手怎么没偏一偏，又涎着脸去求向晚换人，结果都被向晚三言两语灰溜溜地打发了。

一大群人围着张大桌子。桌子上琴棋书画、笔墨纸砚、算盘账簿、小刀小剑、珠簪服饰等应有尽有。向晚抱着折兰颜玖，折兰勾玉抱着折兰杏，将一双子女放到桌上。

"颜玖杏儿乖，喜欢什么拿什么。"折兰夫人边说边将笔墨纸砚往孙儿这边推了推，又将珠簪往孙女那边推了推，摆明了意欲作弊。

两人刚满周岁。折兰颜玖小小的身子站得又挺又直，看着向晚眼睛一眨不眨。折兰杏早趴到桌上，胖乎乎的小手抓一个扔一个，大有把桌上的东西统统拿一遍扔一遍之势。

"桌上的东西，颜玖喜欢什么，就拿什么。"向晚看颜玖光顾着看她，一动不动，只得出声重复一遍。

折兰颜玖这才低头，开始打量桌上的物什。他未足周岁已能走路，大人的话也

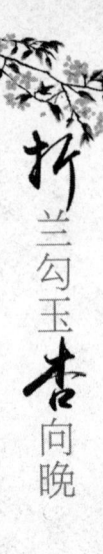

听得甚明，开口早，就是有点像小时候的向晚，不太爱说话。

折兰颜玖将桌上的物什一一打量了个遍，站着身不取一件，抬头又看向晚。

"颜玖拿一样最喜欢的。"向晚又重复一遍。彼时折兰杏手中已拿了三四样东西，向晚走近一步又跟女儿说明，"杏儿，只能拿一件，拿最喜欢的一件。"

折兰杏闻声抬头，圆圆的脸蛋上表情似懂非懂，冲着向晚使劲摇摇手中的东西，又低头松手，去拿别的了。

向晚笑，叹一口气，看向身旁的折兰勾玉。

"娘……"站了好半天的折兰颜玖终于开口。

"颜玖挑中了么？"向晚看他，走至他跟前，看他手里空空，耐心重复，"一定要挑一件最喜欢的抓在手里。"

折兰颜玖点头，小小的脸上还挺认真严肃。

"那颜玖挑中了什么？拿不动么？告诉娘也行。"

折兰颜玖往前两步，堪堪站在桌子边，伸手抓住向晚的衣袖，认认真真回答："最喜欢娘，颜玖挑娘。"

向晚一怔，在场其他人都忍不住笑了起来。连折兰勾玉都轻笑出声，从背后拥住她，道一声："小晚……"

折兰颜玖见大人们都笑，又见娘亲不说话，心里一急，伸出短短的小手使劲去抱向晚，声音也急了："爹，爹，颜玖最喜欢娘，颜玖就挑娘……"

挑花眼的折兰杏终于抬头，看见哥哥急着去抱娘，她也歪歪斜斜地爬起身，还没站直又一屁股坐下，只得伸手拉住哥哥的裤腿，大哭："我要哥哥，我要哥哥……"

好好的抓周，结果变成了抓人。任折兰老爷、折兰夫人、折兰勾玉，还有向晚怎么说，折兰颜玖就是铁了心挑娘，对桌上的东西看也不看。折兰杏抓着哥哥的裤腿不松手，让她松手她就哭，一抓住哥哥裤腿就不哭。才冠天下的折兰公子对此也束手无策，只得盼咐人将东西撤下，抓周之事不再提及。

晚上哄了折兰颜玖与折兰杏睡觉，向晚才舒了口气。

折兰勾玉抱她回房，将她安放于床上，问一句："累么？"

向晚摇头，笑。

折兰勾玉等的就是这一个摇头。他欺身凑近，落下一个情深意长的热吻，待得良久后终于松开向晚，床上帐帘垂下，他不知何时已抱着她进了被窝，身上衣裙早没了影。向晚喘息着看他，半月明眸格外诱人，娇娇软软喊一声："师父……"

他的唇又吻上她的，只在辗转停留间断断续续说一句："只有……我能……挑你……"

她听不甚明，意乱情迷下更不能理解他话中深意，只能由着他在她身上烙下属于他的印记。

秋末初冬，满室只余春色无边。

番外一

墙角下的两人又在神神叨叨了！

三年，整整三年！哪里不能谈天论地，哪里不能把酒品茗，哪里不能抚琴对弈？修仙殿这么大，这两个人为什么非得跑她的一亩三分地来，每天都要这样那样地折腾她一下午？

她是不是仙胎，她爱在枝头待多久，那是她的自由好么！

"啧啧，时间过得真快啊！"

是那个老的在说话。向晚心里哼一声，知道他又要扯上她了！

果然，那每天都要在墙角下数一遍日子，仔细留心赌约时间的人，一派糊涂过日子的口吻："玉央公子，一晃眼好像三年就这么过去了啊。"

那叫玉央的年轻人，摇着他那把破扇子，悠悠道："珈瑛大师……"尾音拖得长长的，等珈瑛大师等得不耐又要开口，他才不疾不徐地说完下半句，"大师你修为高深，福寿无边，其实不用这样掐着手指头过日子的。"

那珈瑛大师当场跳脚："你上回不是说这朵杏花是天生的杏仙胎么？三年之期已过，它还杵在枝头没动静呢！"

向晚很受伤。

她这样把自己晾在枝头三年，都是为了谁啊？还不是尊他这个老嘛！

当初玉央用那把破扇子指着她说她天生仙胎，是谁死活不肯信？眼力不如人就罢了，还学人家打赌，三年为期，看她能不能落地成仙。早知他会这样说，她一早滚下来修仙了。

"大师原来是说这事啊……"玉央笑得风雅无双，折扇朝天一指，"午时刚过，日头还挂着呢，大师你太心急了。"

的确，还有小半天才算三年整。直到这刻，向晚的心还是向着珈瑛大师的。

两人又聊了会儿，继续下棋。

日光晃晃，天有些闷，挂在枝头三年有余的向晚开始百无聊赖地打瞌睡。

也不知睡了多久，向晚猛然惊醒时，满身的湿意。

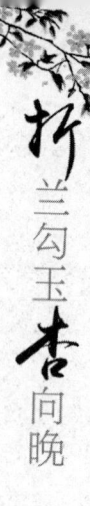

呃，下雨了？

向晚往下一探，只见墙角的棋桌边，玉央一手执伞，白衣如雪、青丝如墨，正看着她，淡淡然笑着。

这一幕很美。

向晚困惑。用美来形容男人，并不合适。但用在这一刻的玉央身上，再完美不过。他仿佛从画中走来，又仿佛刚刚入画，与周围的景色融成一幅轻烟淡水的画卷。

向晚犹沉醉在这一幕里，就见玉央一步一步，视线不移，朝她缓缓而来。

向晚不知怎么地，竟隐隐紧张起来。她很想斥他一句"看什么看"，可她现在还是朵杏花呢，怎么开口说话？

玉央跃至墙头，在她身边坐下，执伞的手移至她上方。

向晚顿觉莫名其妙。

他漂亮的眼眸看着她，似能一眼看到她杏花背后的灵魂，笑得温柔。

向晚还没弄明白他此举何意，就见他一手缓缓伸过来。

他这是……想摸她？这个念头闪现，向晚直觉反应高于一切，一骨碌地滚下树枝，落地化为人形。

珈瑛大师久不见玉央回屋，撑着把伞出来看看，恰好看到这一幕。

小小的杏花盘旋着飘落，在触地前散发出浅杏色光芒，从柔和到炫目。珈瑛大师抬手一挡，待定睛再看，只见前一秒还坐在墙头的玉央，已然站在小杏仙身边。

油纸伞下的身影，一高一矮，一男一女，一个一袭白衣，一个浅浅杏红。珈瑛大师怔在原地，手中的伞摔在地上，目瞪口呆地听那伞下的一大一小开始交流。

圆滚滚的浅杏小人儿仰着脸，怒目瞪着玉央，老气横秋："你使坏！"

"没有。"

"那你刚才伸手干吗！"

"遮雨。"

狡辩！向晚愤愤转头看不远处的珈瑛大师，气不打一处来："让你没事乱跑，输了活该！"

她多尊老的一朵杏花，辛辛苦苦在枝头忍了三年，最后关头他竟然不看紧点，让玉央这个小人有机可乘，害她多年坚持毁于一旦。

早知如此，她一早就下地玩了。

珈瑛大师看着向晚，觉得自己没晕倒真是奇迹。

没想到这朵杏花真是仙胎！而且她刚落地的仙胎身量虽小，俨然却是个小大人模样，竟还知道他们的赌约！

敢情……这些年他和玉央在墙下的侃天海地一字不差都落进她耳朵里了？

向晚气呼呼地走进修仙室。

修仙室不是谁都可以进的。向晚是仙胎，若论出身，仙胎在天界众仙中最为尊贵。

传闻有此出身的，在天界尚不足千分之一。仙胎体内有股与生俱来的神奇力量，对他们来说，修炼是种本能，天分更非一般仙者能比。仙胎进修仙室，是天经是地义，任何人都阻拦不得。

向晚夜以继日地在修仙室里修炼，玉央则日日探班。看着向晚飞速成长，套用珈瑛大师的话说，颇有些老怀欣慰。

半年后，向晚脱胎换骨，初具花仙风范。

玉央贵为三界定央珠，日日嵌于玉帝冠冕上，身上又有玉帝精血，自身修为仙法远胜天界一般仙尊。他以元神四处走动，幻化的人形几乎与玉帝一般无二，虽玉帝抱着睁一眼闭一眼的态度，为免引起不必要的麻烦，玉央的活动范围基本不出灵霄殿，以及与灵霄殿相邻的珈瑛大师的修仙殿。

这一点向晚不知。她从未见过玉帝。

那时玉央与珈瑛大师日日在修仙殿后花园谈天论地、把酒品茗，或抚琴对弈。仙尊身边有些个灵物或小童颇为正常，向晚跟在他们屁股后头偶有人见，也因着她历来的内敛沉静，一时未被人发现仙胎身份，亦无人过问她的来历。

向晚进修仙室的时间日短，夹在他二人中间的时间日长。他二人倒不介意，起先向晚更多的是旁听旁观，后来渐渐地也会加入他们的讨论。

然后，珈瑛大师很快发觉自己成多余的了。

"丫头，落子无悔。"

"……"彼时向晚已经半大人高，头发高高束起，浅杏红衣裙，眉目如画、唇红齿白，说不出的娇俏可爱。可是，她说出来的话一向不娇俏可爱，"我刚才有落子么？"

她身后的玉央合扇，佯咳数声，淡淡道："我什么也没看到。"

珈瑛大师眼睛都瞪圆了："我说玉央，她刚才明明落子悔棋，你一直看着棋局，怎么会没看到？"

"哦，是么？"玉央折扇一开，悠哉哉摇几下，笑得无比真诚，"可是我真的没看到。"

"大师……"向晚执子重新落下，坦然又镇定，"你眼花了吧。"

说完抬头冲着他笑，比玉央还真诚的样子："别担心，等下让玉央替你配一味清火明目的丹丸，服下就好。"

"小晚就是乖巧懂事。"玉央摸摸她的头，赞不绝口。

直到很多年以后，后知后觉的珈瑛大师才知自己有多迟钝。分明那时已有眉目，他却一直没有发现，光想着他二人一鼻孔出气，压根没往私情方向猜。

"丫头，丫头……"三十年河东，三十年河西，开始是向晚跟在珈瑛大师与玉央屁股后头跑，很快变成珈瑛大师跟在向晚屁股后头跑。

向晚停步，皱皱鼻子："没空。"

"就下一局，一局……"

"你找玉央去。"

珈瑛大师的老脸瞬间垮下："他要是肯，我也不会找你了。"

随着时间的推移，向晚的棋艺愈见精湛，同时她的"落子有悔"也愈见无耻。刚开始是落子后即刻后悔，现在是一悔悔几步，棋局还得退回去。

而且自从向晚学下棋后，玉央就只在一旁煽风点火，再不肯跟他对弈了。神仙的生活要有多无聊就有多无聊，他找不到人，只能将就。

"那我更不能和你下了。"

"为什么？"

"你棋艺太烂，每回都输，他不乐意，我也不乐意。"

"丫头……"珈瑛大师很受伤。就算她是个仙胎，可她在他修仙殿享受吃住修行一条龙服务，怎么能说出这种伤人的话来？何况伤的还是他这个老人家！

"我有事，你好自为之。"说完转身，潇潇洒洒。

"哎，丫头……丫头……"珈瑛大师追之不及，遂在她身后大喊，"你要是不悔棋，未必能赢我！"

向晚停步。

珈瑛大师乐颠颠地几步赶上，笑逐颜开："怎样？不悔棋下一局试试？"

彼时向晚已出落得亭亭玉立，她看着珈瑛大师，眉眼弯弯："要是不悔棋也赢你，你当如何？"

"你说如何就如何！"

"这样……"向晚看一眼不远处摇着扇子悠然踱步而来的玉央，笑得愈发纯良了，"若是我赢了，你便将他手里那把破扇子借来给我玩玩。"

"他？"

向晚的下巴朝玉央一抬。

珈瑛大师跟着看去，为难了。

那把破扇子，玉央可是日夜不离身的。乍见也没什么稀奇，有次他纯属无聊想借来一观，不料竟被拒绝，自此后他就发现玉央对这把折扇宝贝得紧。偏他后来几次三番使计都没能得逞，最后也就渐渐地死心了。

向晚出现后，他横看竖看都觉得玉央对向晚好得紧。他之前不止一次怂恿向晚开口，看玉央会不会破例把折扇给了她玩，结果这小仙胎精得很，不仅不上当，竟然还反过来怂恿起他来了！

"那算了。"

"哎，别，别！"

向晚挑眉看他。

珈瑛大师怒了，一看小丫头这表情，他就知道她心里定在鄙视他："一言为定！"

玉央全不知情，站在向晚身边摇着他那把破扇子看两人下棋。

刚才向晚跟他说她今天不悔棋，他一笑置之。多少年的习惯，哪是说改就改的。没想到她紧跟一句说要是她不悔棋赢了珈瑛大师，他当如何？

他当如何？她想他当如何？从始至终他就是个旁观者嘛！

可是，他看着她那双半月眸黑黑亮亮、满是期待地看着他，竟然很不淡定地中招了。

这小丫头一定是故意的！可惜等他回过神来，已经……晚了。

不悔棋的向晚轻松赢了珈瑛大师。

不只珈瑛大师傻眼，连玉央也怔住了。

他们一直以为，此前向晚是以悔棋取胜。眼看着要输了，她就要赖悔棋，这样能不赢么？没想到，向晚的棋艺竟比珈瑛大师还高！

向晚淡定地收拾棋局："大师，别忘了我们的赌约哦。"

珈瑛大师的两条白眉不停抽搐，来不及开口，就见她又对身边的玉央淡淡一句："玉央，你也别忘了赌约哦。"

然后她像看傻瓜一样来回看了两人一眼，起身翩翩然去修仙室修炼了。

一局两赌约，珈瑛大师与玉央互望一眼，心里是同一个想法：仙胎不都是纯良纯良的么？这小仙胎的鬼精灵打哪学来的？

没有人比珈瑛大师更明白，要拿到玉央的这把折扇有多难，而且，绝对绝对不能光明正大地去要。

不能用明的，便只能用暗的了。

天地可鉴，若不是向晚天天斜眼看他，他其实是想要赖的。

可是他越磨磨叽叽地不肯履约，就越觉得他被世界遗弃了——因为，向晚与玉央的赌约是向晚赢了，玉央须天天陪她下棋。而他，连旁观的资格也没有。修仙殿俨然被"鸠占鹊巢"，他只能失魂落魄地各处去瞎晃。

可这不是长久之计啊。

"丫头……丫头……"

向晚瞥了眼珈瑛大师，不说话。

"他睡下了，两个时辰内绝不会醒，你放心去玩扇子吧。"

"你为什么不把扇子拿来给我玩？"

"呃……"

"因为你没把握他是不是真睡熟了，也不能肯定他能睡多久是吧！"

珈瑛大师老脸泛红，仙胎忒不容易忽悠了！

"罢了，你也算尽了力，先下去吧。"

珈瑛大师一喜，走老远才想起来明明他才是修仙殿的主人，为什么他要这么听话地退下？

向晚确定玉央是在外力因素下陷入了沉睡。

若非如此，她捏他的脸，他怎会反应全无？

捏脸这件事，向晚垂涎很久了。她真不是想调戏他，她看他每天都是同一副微笑表情，一丝一毫的差别也没有，就觉得很困惑。

莫不是这人的脸被固定住了？

向晚捏捏玉央的脸，又捏捏自己的。奇怪，分明她的手感更好，为什么她却更喜欢捏他的脸呢？

向晚抱着解疑的态度，来回捏了很久，直到玉央的脸整个被她捏红，她才拿了扇子跑人。

折扇的玄机，向晚没琢磨出来。

稀疏平常的一把扇子，拿在他手里，跟拿在她手里似乎没什么不同。打开，扇面空空。

这么干净的扇面，倒是与扇主的骚包气质不太相称。

向晚想到做到，趴在桌上，开始替玉央的折扇加些衬托他气质的东西。

棋，向晚学过；琴，向晚学过；书，向晚学过，画——向晚唯独没学过画。

画画原已不易，何况还要在扇面上作画。向晚刚一落笔，就败笔了。所幸仙胎天资过人，她略一思索，把败笔的一颗圆珠，歪歪扭扭改成了一枝杏花。

还是枝出墙杏花。

"你在做什么？"

向晚做贼被抓现形，非常镇定。惊慌逃跑是不明智的，毕竟她的修为远远不如玉央，所以她露出一个非常无辜的笑容，声音平静："画画。"

"画什么？"

"画画。"

他只好换一种方式问："画呢？"

她笑着拿起折扇，将有画的那面对着自己，下一秒念动仙诀，手中折扇瞬间向外飞去。

他肯定会去追扇子，而且很快会追到。所以，她只有一两秒的逃跑时间。

她知道逃跑是不明智的，但不逃跑更不明智。

一道白影向外疾掠，一道杏影反方向破窗而出。

向晚铆足了劲，瞬间已至修仙殿最北角。北角平时鲜有人迹，她化回杏花，混在满地的落花落叶中，闭息，隐藏她仙胎的蛛丝马迹。

一把折扇轻轻一挑，准确无比地把向晚从那堆落叶落花中挑了出来。

向晚趴在折扇尖，十分挫败地看着对她笑得优雅温柔的玉央。早在她还是杏花时，她就觉得他能一眼看透她杏花背后隐藏的灵魂，原来真不是她的错觉。

"还装？"

她在心里白他一眼。

"再装下去……"他拖了个长长的尾音，若有所思地看着她。

向晚继续诈尸。

下一秒，她身下的折扇缓缓展开，轻轻一抖，她被抖到了扇面正中。

"画的总归不及原样好，你既不是小晚，我便将你印在这扇面上，从此免你惊苦，免你无枝可依。"

说着伸手，那漂亮的眉眼微微上挑，竟有说不出的风流意味。

不是吧，折扇藏杏？拜托，她可是千年难遇的仙胎耶，他竟然想把她压扇面！向晚一骨碌飘下折扇，落地恢复女儿身。

"一把破扇子，大不了我赔把新的给你！"向晚气得推他。不就是在他扇面上画了枝杏花嘛，一想到他竟然为此要把她压扇面，向晚又气又委屈。

"小晚……"

"我讨厌你！"她越想越委屈，越想越伤心，小脸一垮，又用力推他一把。

他却忽然轻笑出声，声音温柔："难怪下手这么重，原来讨厌一个人，就会狠狠捏那个人的脸。"

"呃……"向晚被震住了。

难道他从一开始，就是装睡？

那个珈瑛大师是干什么用的！

"我一直以为，喜欢一个人才会如此。毕竟这个动作，很亲昵。"他好像为了证明他的话有理有据，亲身示范，伸手亲昵地捏捏她的脸。

向晚再次被震，感觉不止是她的脸，她的耳，她整个人都被炸红了。

她觉得她不是杏花，她是一串红。从头到脚，透红一串。

回神过来，她"呀"一声猛推开玉央，一下子跑得无影无踪，比刚才逃跑时还快。

玉央打开折扇，细细打量了眼，又悠哉哉摇了几下，这才收扇往向晚消失的方向追去。

珈瑛大师最近容光焕发，每天将眼睛笑成一条缝，一副翻身农奴做主人的得意样。

原因很简单，前段时间跟玉央成双成对的向晚，最近看到玉央就躲，所以他不仅可以日日与向晚对弈，还能冲着玉央幸灾乐祸，好不惬意。

不过惬意的同时，他又很郁闷很痛苦很受伤。

他本以为上回输棋是向晚运气好，没想到从那之后，他就再没赢过。而且向晚开始不悔棋了。

他这把年纪，竟然一再输给个小丫头片子！他珈瑛大师从来就是个不服输的，他屡战屡败，又屡败屡战，终于觉得平静而无聊的神仙生活有了个伟大的目标。

这日向晚与珈瑛大师又在花园里下棋。

气氛正好，珈瑛大师却很不识趣地问了个破坏大好气氛的问题："丫头，和玉央吵嘴了？"

"不想下棋了？"

"不是不是……"

珈瑛大师嘿嘿一笑，觉得自己就是条蛇，被向晚牢牢捏住七寸，动弹不得。

于是继续下棋。

珈瑛大师是憋不住话的人，下着下着，决定换个话题："丫头，说起来玉央比你大了几万岁，你一直直呼他名字，是不是不太妥？"

神仙的日子闲散，但该有的规矩还是有的。向晚虽是仙胎，毕竟没名没分，大约在别人眼里只是他的小跟班，这样与玉央平起平坐平等称呼，确实不妥。

向晚白他一眼，落子。

"你说对吧，玉央？"得不到向晚回应的珈瑛大师转问悠悠踱步而来的玉央。

"大师说得有理。"玉央破天荒站在珈瑛大师的阵线上，让珈瑛大师顿时有种老泪纵横的欣慰。

向晚心里一虚，脸就开始发烫。她本想借故离席，又觉得有些人都没不好意思，凭什么她要不好意思？于是生生忍了下来。

那两人继续无视她，热火朝天地聊开了。

"你说丫头该叫你什么？"

"大师意下如何？"

"哎……还真挺难想的。"

"我也这么觉得。"

"你没想过这个问题？"

"没有。"

"这样……"

向晚完全成了透明。又一番讨论，两人最后得出的结论：应该和师徒沾边。珈瑛大师问："丫头，你觉得呢？"

"一心二用，难怪未至中盘就已输棋。大师，你是不是也该拜我为师才是？"

珈瑛大师老脸一红，郁闷了。

向晚看他一眼，起身便去修炼。

玉央就站在修仙室外看向晚。

存心耗着似的，向晚不肯出来，他便不肯离去。

他已经很久没这样看她修炼了。她落地后刚进修仙室那会儿，他日日来看她，珈瑛大师跟在他后头，看久了就觉得没意思，早早地离开，他却总是留下来，有时候天黑了也不回去。

这样的情形一直维持到她长大。她长大后，每天还是会进修仙室，不过时间很短，他也就再没来看过。

天已全黑，两个人仍僵持着。珈瑛大师中途来过一次，没一会儿摸摸鼻子，不明所以地又走了。

"画的总归不及原样好，你既不是小晚，我便索性将你印在这扇面上，从此免你惊苦，免你无枝可依。"

她其实根本无心修炼，耳畔一直回想着他说过的那句话。

"从此免你惊苦，免你无枝可依……"

"从此免你惊苦，免你无枝可依……"

她蓦然睁眼，果见他还站在那里，夜色中他身上的白衣尤为显眼，悠哉哉摇着他那把破扇子，双眸灿若夜星。

"今日修炼得久了。"他的声音犹如清风拂面，温柔又温暖。

他这样，她倒有气无处撒了，只得起身恨恨："你不知道你这样会打扰别人清修么？"

"以前也曾这样，难道你还不如当初？"

向晚郁闷。以前她很淡定的，不知为什么，那天他捏了她脸、逗了她之后，她就不能淡定了，情绪总是轻易被他影响，掩饰得再好也无法自欺。

"小晚。"

声音近在耳旁，向晚惊抬眼，却见他不知何时已进了修仙室。

"做……做什么？"她脸又发烫了，呜呜呜，真没用！

"你刚才，心里在想什么？"他低头，温热的气息像层无形的结界笼住她全身，空气中似有什么明明暗暗地浮动着。

向晚慌忙摇头。她怕一开口会不打自招承认她刚才心里全是他，想他说的话，想他捏她脸的亲昵。

他笑，非常欠揍地笑："小晚，你不知道吧，我会读心术。"

向晚悲催了。她手脚并用地去推他："你讨厌！太讨厌了！"

他怎么可以会读心术？那她的那点心思不全落进他眼里了？

"说笑的。"

这下向晚不是悲催，而是崩溃了。她又推又踹，这一刻是真的非常非常讨厌这个人！

他却很开心的样子，伸手捏捏她的脸，折扇一收，蓦地遮住她双眸，低头在她唇上印下一吻。

番外二

这一年的春天,折兰勾玉举家到乐正礼的封地礼正城一游。

路上一家四口坐在宽敞的马车里,小小的折兰杏扑到折兰颜玖身上,问折兰颜玖:"哥哥哥哥,谁是这世上最漂亮的人?"

折兰颜玖伸手挡住她,继续头也不抬地看书:"娘亲。"

折兰杏撇撇嘴,转而扑到折兰勾玉身上:"爹爹爹爹,谁是这世上最漂亮的人?"

折兰勾玉抱起五岁的女儿,抬眸意味深长地看一眼向晚,然后刮刮女儿鼻子,笑道:"当然是杏儿了。"

折兰杏咯咯地笑,半晌得意洋洋地冲着折兰颜玖扮鬼脸、吐舌头。

折兰颜玖神色平静地放下书,走至向晚身边,伸出小手替向晚捶背,认认真真道:"娘,晚上我陪你睡。"

"好。"向晚把折兰颜玖抱在怀里,冲折兰勾玉扬眉。

是夜落脚客栈。

见乳母哄睡下折兰杏,小小的折兰颜玖抱着枕头,敲响隔壁房门。

房门后动静全无。

折兰颜玖再敲。

门后隐约有窸窣声与似是而非的说话声。

折兰颜玖继续敲门。

门开小半,折兰勾玉瞥了眼儿子手中枕头,挡在房门口,一副公事公办的口气:"这么晚了,有什么事明天再说吧。"

说着就要关上门。

折兰颜玖急了,小脑袋一探,冲房里大喊:"娘!"

向晚一听是儿子的声音,忙披衣而起,几步冲过来推开挡着道的折兰勾玉,抱起儿子:"颜玖乖,晚上和娘睡。"

不料没走两步就被人从身后拦腰搂住。向晚脸一烫,转过头狠狠瞪那个儿子面前还不正经的罪魁祸首。

折兰勾玉头趴在她肩上,和儿子大眼瞪小眼:"回你自己的房间去。"

"不要。"
"去和杏儿睡。"
"不要。"
"要照顾妹妹。"
"乳母会照顾。"

小兔崽子，竟敢跟老子抢女人！折兰勾玉怒了："反了你了！"

向晚一掌拍开肩上的脑袋，然后重重亲了口宝贝儿子，向大床走去："别理他，儿子我们走！"

一炷香过后，折兰勾玉盯着背对着他，搂着儿子睡得香甜的向晚，几乎抓狂。

他的小晚变了，以前她做任何事都认认真真、有始有终，现在……有些事，她竟然说半途而废就半途而废，简直要人命！认命地在心里叹口气，折兰勾玉轻轻贴上向晚的背，伸手环住她的腰，在她耳边呢喃："在我心里，小晚永远是最美的。"

向晚一动不动，呼吸匀称，只是在折兰勾玉看不见的地方，微微弯起嘴角。

半个月后，乐正礼和金三佰亲自在城门迎接。

金三佰乍见梳着两个发髻、一身粉红衣裙、蹦蹦跳跳的折兰杏，当场红了眼眶。

她当年亲手将甫出生的女儿送走，早产加上未及出月子就匆匆赶回礼正城，身心俱伤自此落下病根，这些年一直没能再怀孕。她心中始终有个结，更有那午夜梦回，丝丝缕缕永远割舍不下的牵挂。

"杏儿乖，她是干娘，每年都命人给杏儿送来好多礼物的干娘，快去亲亲干娘。"向晚蹲下身，指着金三佰，鼓励折兰杏。

折兰杏睁着大大的眼睛，打量金三佰。她确实有位干娘，每年都会让人捎来很多吃的穿的玩的给她，可惜她从未见过，难道就是眼前这个人吗？折兰杏伸出小手，踮起脚："干娘抱抱。"

金三佰弯身紧紧抱住折兰杏，泪如泉涌。

向晚看到这一幕，心中凄凄。蓦然后背一暖，折兰勾玉也不顾及众目睽睽，从身后紧紧拥住她。

在礼正城的这几日，金三佰几乎与折兰杏寸步不离。

吃的、穿的、戴的、玩的，要什么有什么，喜欢什么买什么，连财迷的命根子金元宝和银票都心甘情愿双手奉上。

折兰杏把金元宝扔得满地都是，开始撕银票玩。

乐正青兰一边趁大人们不注意，偷偷把金元宝往怀里揣，一边对视金钱如粪土的折兰颜玖道："以后可不能要小孩，他们就知道花钱，不知道挣钱！"

折兰颜玖意外地瞥他一眼，虽才五岁的孩子，已是一副小大人的模样："你今年七岁？"

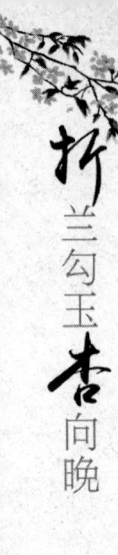

"嗯。"

"那让表叔父再生一个吧。"

"啊?"

"你不要小孩,以后没人继承你的封袭,不好。"

乐正青兰手中的金元宝砸在脚上,一声痛呼。他抱着脚跳来跳去,跳了半天他的娘亲大人都没往他这里瞅一眼,视线心思全放在撕银票撕得不亦乐乎的折兰杏身上,他顿时有种被遗弃的感觉。

折兰颜玖捡起金元宝,递到他跟前:"拿着,别难过。"

乐正青兰连人带元宝统统抱进怀里,拖着折兰颜玖往外走:"走,逛街去,哥有钱,你喜欢什么,哥都给你买买买!"

折兰颜玖挣扎不过,小声嘀咕:"看来以后真不能要小孩,他们就知道买买买!"

番外三

折兰府最近鸡飞狗跳中。

原因无他，莫前辈两眼一抹黑，每每嚷嚷着"我的乖徒儿，快随为师学医去"，逮住折兰颜玖，往肩上一扛就往药房跑。

那架势，不像教人，更像掳人。

莫前辈装傻，向晚可不能由着他装傻。偏偏折兰杏对学医是半点兴趣也没有，远远地看到莫前辈就嚎一嗓子，拖她进药房，她能上气不接下气地连哭几个时辰不停歇，谁哄谁劝都没用。

折兰杏的表现，正中莫前辈下怀。妹债兄偿，天经地义嘛！于是折兰府每天都上演着掳人、换人、哭闹的戏码。所有人都束手无策，连才名天下、智谋无双的玉陵君折兰公子亦无可奈何。

眼见着这样下去，自己很快就要替妹学医，五岁的折兰颜玖终于不再置身事外地旁观这出乐此不疲的闹剧，郑重地给了他的妹妹折兰杏四个字：医者最美。

于是折兰杏小心捧着哥哥的四字墨宝，挨个问遍折兰府上下几十号人，得到一致的肯定答案后，昂首大无畏地踏上了追求最美的康庄大道，一去不回头。

一段时间后。

有天午后，天气晴朗，空中有甜甜的桂花香浮动。向晚坐在花园里晒太阳，一旁折兰勾玉正兴致勃勃地替她梳发。

"爹！爹！娘！娘！"一道小小的身影冲进主院，大喊，"师父死了！"

向晚脑中"轰"一声，一瞬间整个人都麻了。

折兰勾玉拉起她，这时也顾不得女儿了，拉着向晚的手直奔莫前辈的药房。

杂乱得找不出一处干净落脚地的药房里，莫前辈好好的。

向晚一时傻眼后，索性找了堆药草，也不管珍不珍贵，一屁股坐下。

刚刚她头发才梳一半就跑来了，这会儿她索性把头发全解开了，就这么披散着等人。果然，不一会儿，折兰杏小小的身影出现在视线里。

折兰勾玉也知折兰杏这回是玩过头了，本还想替她美言几句，不过看向晚那架势，最后只摸摸她的头，低声温柔道："别气坏了身子。"

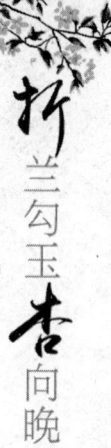

折兰杏浑不知大难临头，看到好端端的莫前辈，还眨巴着眼睛："师父你没死？"说完就被向晚提过去按在腿上好一顿揍。

折兰勾玉在一旁看着，忽然记起那年玉娇楼杏香姑娘梳拢之夜，他高高坐于玉娇楼二楼天字包房，当他被"两万零一两"这个出价引得向窗外看去时，一眼瞥见一楼大堂角落里那个刻意换了衣服与发型、侧过身子避开众人视线的娇俏身影，他当时心里的怒火简直像秋天的燎原之火，烧得他根本来不及思考，什么身份、什么风度、什么众目睽睽，第一时间冲下楼，扛着人就走。

他当时带着盛怒，直接把向晚扛回府，也是这样二话不说，把人按在腿上打了一顿屁股。他记得当时他真用了劲，打完才发现手还挺疼的。

想到这里，折兰勾玉伸手握住向晚的手，轻轻揉捏她手心："疼吗？"

折兰杏一见机会来了，一骨碌滑下向晚的腿，眼泪鼻涕地往折兰勾玉怀里蹭："爹，杏儿疼！"

折兰勾玉曲指敲了记她的小脑袋，佯怒道："你师父好好的，你怎么能说他死了？"

这话一说，折兰杏更伤心了，哽咽着几乎说不完整话："师父……刚……刚才……吐泡泡。"

莫前辈走近，跟着气呼呼地敲了记折兰杏的小脑袋："不孝徒，为师吐几个泡泡，你怎地就咒为师死？"

折兰杏一屁股坐在地上，"哇"一声哭开了："娘……娘说螃蟹……吐泡泡……就是要……要死了！"

三个大人面面相觑，然后一个都没忍住，"扑哧"全笑翻了。

可怜的折兰杏发现自己哭得这么伤心，大人们不仅不心疼不哄她，反而一个个笑得开心，顿时委屈地站起身，一边揉着被打疼的屁股，一边委屈道："你们都是坏人，我要去找哥哥！"

"杏儿……"折兰勾玉于心不忍，边笑边去抱折兰杏。

折兰杏退后几步，噘嘴朝他吼："爹爹也是坏人，再也不要理爹爹了，我去找哥哥！"

说完头也不回地转身跑了。

向晚推推折兰勾玉："快去看看。"

这回女儿挨揍得有点冤啊，向晚脸红。

折兰勾玉继续轻轻揉着她手心，笑得温柔："疼吗？你还没回答我呢。"

于是向晚的脸更红，火烧似的。

一旁莫前辈清清嗓子，半晌还是没忍住，捂着眼睛背过身："我说你们能不能别秀恩爱了，都秀几年了，烦不烦？我也不想再理你们了，我要去找颜玖！"

说着一跺脚，跟着跑了出去："颜玖，我的乖徒儿，为师来了！"

全文完